U0565803

茅 盾 文 学 奖

获奖作品

金瓯缺

第三卷

徐兴业 著
刘旦宅 插图

河南文艺出版社
·郑州·

金甌缺

第三卷

第二十六章

1

河北东北部的冬天，难得有几天晴朗，平时老是暗腾腾、阴沉沉的，看不见一丝阳光。它像一个脾气乖戾、暴躁，对人世间的一切都持着否定态度的老人。人们称这种天色为“酿雪天”。可是它已经酝酿了好几天，雪仍然没有落下来。

一天下午，刚过未牌时分，从平州[1]西城门内开出一支散散漫漫、稀稀落落的队伍。它出城后，就进入城西郊山区，越过辽、金战争中出名的兔耳山。战士们似乎带着怀古的心情，在战场上凭吊一番，兜了两个圈子，然后转出来，走上往南的滦州[2]大路，很可能是开往清州[3]。清州在边境线上的那一端，已经属于宋朝的地界，目前有一队常胜军防守着。从平州到清州是金灭辽后与宋互通使节往来的正道。

这支排列得稀稀朗朗的队伍，人数却不算很少。从未时直到傍晚时分，城里还不断有人开出去，看来已经做好夜行军的准备。但它的纪律十分松弛，战士们在不成行列的队伍中可以任意行动，随便说话，在行军途中享有充分的自由。尤其使人惊讶的，一过黄昏时分，从山区里走出来的前队士兵，不待上级命令，就自动在原地休息起来，这里、那里到处出现一堆堆的篝火。他们夹七夹八地说话嚷闹，有的问今晚在哪里宿营，有的竟然要求开回城去休息。军官们听了，大声吆喝几句，提起马鞭来，摆出要挞人的姿势，随后又让他们落入更大的喧嚷中。军官们吆喝的是女真话，战士们说的是契丹话、渤海话，也有一部分被签征来的汉儿操着辽河地区以及本地的乡音。从混杂的语言和不统一的服装来看，这确是一支临时拼凑起来的杂牌军。

在这个敏感的边境地区行军，而且看起来还有越界闯入宋军防地之势的这支杂牌军不像是要执行什么秘密任务的突击部队，因为它不具备一支突击部队必须具备的保密和迅速两个条件。它更不像一支堂堂之旗、正正之鼓，准备把自己的军事目的昭告于天下的大张挞伐之师，因为它既没有那么大的行军规模，也没有那样整肃和紧张的气氛。凡是看到过金军正式出师的人们就会感到那种整肃和紧张的气氛。它们正是十年辽金战争中，金军战必胜、攻必克的重要保证。

在斥候们的眼睛里，这支杂牌军是偶尔经过这里、偶尔闯入边境线的乌合之众。如果再碰巧遇到一个偶然的机会，它也可能发动一场偶然性的边境挑衅。自从

[1] 平州，今河北卢龙县。
[2] 滦州，今河北滦县。
[3] 清州，今河北玉田县。

辽亡、宋金对峙以来，双方关系时紧时弛，在河北、河东两条边境线上曾经发生过多次边境纠纷，当然那只是偶然的。金军集结了部分队伍，有时也由著名的统将率领，大多的情况则是由一两名猛安，甚至只有一名谋克率领了几十或上百名金军就闯入宋军的边境线，杀人掠地，或者得到便宜，暂时占据一些军事据点，掠去人畜粮食后，不久即通过外交谈判或自动撤退，或者在宋军的反击下，金军折了便宜，废然而返。两者都是试探性的进攻，都没有酿成更大的战端。

已经投降了宋朝，并成为宋朝北边长城的常胜军首脑郭药师，不敢轻易对金军开衅，基本上采取消极防御的姿态。他麾下的大部分边防部队则对金军的这种试探性的进攻习以为常、见怪不怪，以后就不把小小的边境纠纷摆在心上，可以就地解决的也不向军部禀告。军部睁开一只眼睛，闭着一只眼睛，只要纠纷的范围不再扩大，就听凭下面处理，非到万不得已，不向宣抚司禀告。可以说上自朝廷，下至边防部队都已经适应这种边境纠纷了，谁都没有把这种纠纷看成一场大战的信号。

现在，对这一支杂牌军的偶然性的行动，朝廷的斥候们大概就是根据这个印象向边将汇报的，而边将们也是根据这个印象来判断敌情的。这一天，边防将领给军部的例行报告仍然是照例的“平安无事”。

可是非例行性的事件终于发生了。

午夜甫过，一支拥有数百名女真铁骑的精锐骑兵部队突然集合起来。人们这才看到金军钢铁般的纪律、野兔一样敏捷的动作和闪电般的速度，他们半夜出发，跑了二百多里路，拂晓前已经出现在清州城下。一名全身披挂的女真骑士，跃马驰到城东门外，挽起桦皮弓，把一支在箭头上系着书信的劲矢射进城头。这是一封很有礼貌的信，由金朝东路军统帅二太子郎君斡离不出面，邀请清州城的文武官员出城参观“打球”。

女真人的马球很出名。参加的骑士分为两股，各用一根木棍在疾驰中把球儿打来打去，打进用木架搭的球门中就算胜利。参观起来，确是壮观。可是在这种时候，用这种方式邀请观球，显然不怀好意。清州守将明知有故，但慑于二太子的威名，又在兵临城下的被动情况下，只好硬着头皮，开城出来。

埋伏在城外的金军乘机一拥而入，把清州的文武将吏一个个揪下马来，然后把他们送到平州，让他们去参观另外一种“打球”。那是把作战中被俘而不愿屈膝的宋朝官兵文吏当作“球儿”，当头一棍，活活打死。这在女真话中，称为“蒙霜特姑”。只有最勇敢的俘虏，参观过这种“打球”以后，仍然顽强地拒绝投降，不怕金人给他们当头一棍。他们才是汉民族的精英。

金军旗开得胜，轻轻巧巧地就赚得了宋军边防线上的第一座城池。

同一天，金军的另一支骑兵部队迅速袭破清州所属的清化县，占领了富有经济价值的清化盐场。那里有常胜军的一名副将和五百名步兵防守，他们猝不及防，只经过短时间的接战，就遭到围歼，只有少数士兵脱身逃出。

除这两处军事行动外，另外又有几十名女真铁骑赶到清州所属的韩城镇，前去逮捕宋朝的接伴金贺正旦使、吏部员外郎傅察。傅察在朝廷里也算是一名知名的官员，他忠于自己的职守，到了清州后，每天派人到界首去迎候金使，已经等候了十多天，想不到今天迎来的却是一批如狼似虎的武士。他手无寸铁，身边又没有几个护卫的士兵，很容易就被金骑从驿馆中抓出来，送到界首，让他与一个女真贵酋见面。

金骑指点他道："上面胡床上坐着的贵人就是四太子郎君，你快下拜。"

傅察虽然没有被俘的思想准备，但既成为俘虏，又看到上座的贵酋骄倨的神情，却有了殉职的精神上的准备。他朗声回答："太子虽贵，与我一样也是人臣，当以宾礼相见，何拜之有？"

不肯屈膝就有被杀的危险，但是傅察此时想到的是国家的尊严、朝廷的体统，而不是个人安危。他的倔强劲儿激怒了金人。贵酋果然发火道："海上之盟，本不可恃。今我大金兴师南向，吊民伐罪，你可将南朝虚实及历年失德背盟之事，一一告我，尚可留你一命，否则就叫你尝尝'蒙霜特姑'的滋味。你可知道什么叫作'蒙霜特姑'？"那贵酋一面怒骂，一面就从腰间抽出一根八棱铜棍，做出向傅察的天灵盖打下去的姿势。

傅察不为所动，仍旧昂然挺立，责问他金军败盟兴兵之罪，还说大宋雄师百万，岂惧你小小的金邦？左右们一拥而上，把傅察揿在地上，硬要他磕头。他挣扎着站起身子来，继续与他们争辩。

贵酋喝一声："你那不识抬举的汉子，今天不拜，日后要想拜我也不可得了！"他强制自己压下一腔怒火，喝令左右把那汉子叉出帐外，暂时不把他处死。

满颊长着胡子的完颜兀术还是个火性未退的青年贵酋，自从父皇逝世以后，他就一心一意学着兄长斡离不的榜样做人行事。斡离不再三告诫他要懂得"为政之道"，那比冲锋陷阵要难上十倍百倍。今天他自己想出主意来逮捕傅察，想从傅察口中了解南朝的虚实以及制造兴兵的借口，这说明兄长的教导已经有点成绩了。但兄长的教导还未能把他的火性完全控制住，这是一个在成长过程中的青年贵酋常有的现象。他把傅察带到自己的行帐中，又派人三番五次去说服他。傅察始终不屈，严词相责。兀术一时怒起，就命令部下把傅察当作一只球儿活活地打死了。

傅察是宋金交兵以后，宋朝第一个有姓名可稽的殉节而死的官员。

不久，金军又攻陷燕山府外围的两个军事据点——檀州和蓟州，把燕山府置于它的包围下，就这样揭开了宋金大战的序幕。

[1] 宣和七年为公元一一二五年，又为金太宗天会三年。

2

宣和七年[1]十一月二十九日，天蒙蒙亮，蓟州城外吹起一片“呜嘟嘟”的海角声，不多一刻，人声马声融成一片，一队队的契丹军、奚军、党项军、鞑靼军、渤海军、室韦军、黠戛斯军、大石军、小葫芦军、汉军都高举旗帜，敲响战鼓，陆续整队而至。

就中女真军当然是它们的主力，不但在人数上占到全军的半数以上，在军容、服装、兵甲的配备上也都远远超过其他各家军队。

女真军几乎清一色都是骑兵，自统帅到士兵都有铠甲头盔护身。金朝的统帅部虽然无餍止地使用人力，十余年来，战争一直没有停止过，部族中十一二岁的男孩儿都被签发出来，参加作战，但在战场上非常爱护士兵，尽量要保护他们的安全，不让白白牺牲掉。事实上，大多数士兵与他们点属的将领都有血缘关系。亲属的爱与部队中上下级的密切关系合而为一，在生活上互相关心，在战斗中相互保护，是女真军的一个重要特点。

女真将领使用的主要武器是一支一丈二尺的长枪，腰垂八棱棍，很少有佩剑的。他们的后腰上还系着弓袋和箭袋，要使用弓箭时，一反手就可以抽出来，非常方便。马槊骑射是女真人的长技，几乎每个士兵都有一张或一张以上的弓。黄桦弓、麻背弓、黑漆弓，木朴头箭、铁脊箭、点钢箭都是战士们必备的武器。还有一种“鸣铃飞号箭”，飞射出去，在半空中发出嘹亮的响声，是作为信号使用的。高级将领的左右侍从们都佩带这种号箭，一般士兵不需要它。

女真将领在服饰上还有一个特点，他们的右耳上戴着一只金制或银制的耳环，有的形体较大，有手掌大小，坠在耳下，累累赘赘，对作战肯定不利，这大约是祖上多年遗留下来的习俗，根深蒂固，难以改变了。

以女真军为主力，再加上其他各家人马，这支军队足足有六万人之多。这才是一支以“背盟”为借口，以杀人略地为目的的“堂堂之旗、正正之鼓”的“大张挞伐”之师。它的目标是明确的，不把北宋政府灭亡，决不罢休。这个目标，金军上下，包括在平州城外山区里兜圈子的疑兵在内，都非常清楚。金军统帅部能够做到让全军上下明确这一目标并愿意为它的实现而奋其才智，拼出死命，这就是很大的成功。

[1] 完颜吴乞买又名完颜晟，谥为金太宗。

这是侵宋的两支大军之一的东路军。当年十月金朝决定侵宋，任命名将、皇弟阇母为东路军的统帅——都统。阇母能征惯战，跟随阿骨打不知打过多少硬仗，立过多少大功。阿骨打的禁卫部队，所谓“硬军”，多年来就归他统领。在一般的接战中，硬军隐在阵后，不出来见仗。只有到了热战方酣、胜负将决的一刹那，硬军突然从阵后杀出来，或中间突破，或两翼包抄，对转战多时已见疲惫的敌军作最后决定性的一击。金、辽几次大战，金军就依靠这个战术取得胜利。能够统率硬军的大将，当然是阿骨打认为可以放心倚任的亲信。不过，灭辽以后，阇母一个疏忽，在平州城下，遭辽将张觉袭击，吃了一个在辽、金战争中很少有过的败仗。以后虽然戴罪立功，协助斡离不消灭了张觉的主力部队，转败为胜，取得平州，但他个人的威名已多少受到一点损挫。

金太祖完颜阿骨打逝世后，根据兄终弟及的传统，他的兄弟、庸碌无能的完颜吴乞买[1]嗣位为帝。吴乞买又以他的兄弟完颜斜也为谙班勃极烈，预定为皇位继承人。这次行军即以完颜斜也为全军都元帅，下面分兵两路，用斡离不、粘罕二人分任东、西路军都统。

斡离不在金朝享有很高的声望，人们称他为太子郎君，是人人心目中理想的皇位继承人，只等吴乞买、斜也这一轮轮替完毕，就要轮到他来做最高统治者。他越是处于这样优越的地位，为人行事就越加谦虚谨慎起来。

不可否认，粘罕也有卓越的军事才能，以作战勇敢著名，久统一军，独立作战，功勋卓著，但在政治上比不上斡离不。这因为斡离不受到完颜阿骨打亲炙，又经常和汉儿、契丹的降官们打交道，懂得可以马上得天下、不可马上治天下的道理，讲究“为政之道”，锻炼出文武才具。

东路军都统发表后，他考虑到阇母的贡献和经历，不愿自己以侄儿的地位凌躐于这位老资格的叔叔头顶上。他向吴乞买建议改派阇母为都统，而自己愿意退居为监军之职。这种做法，在不很讲究礼貌谦让的女真贵族中是很少见的，却博得许多人的赞许。阇母受任都统，心里完全有数，他的都统是属于什么性质的，他把全军的指挥权完全交出来让给侄儿监军，自己心甘情愿地当一名谨受驱策的勇猛战将，绝不过问全军的事务。他们配合得十分和谐。

这支军队的第三号人物是四太子完颜兀术，斡离不正在有意识、有计划地培养这个兄弟。多少还保留部落统治残余的政权内很注意在血亲中培养有前途的接班人，他们选择的条件不决定于血缘的远近亲疏而决定于这人的才能。兀术年龄虽轻，但在辽金战争后期已崭露头角。天祚帝从燕京逃走后，兀术跟随斡离不以百骑追击辽军残部。一次遭遇战中，他的箭矢射尽，回手一摸，箭袋已空，他就大呼突入了辽军阵地内，夺槊二支，独力砍死辽军八人，生俘五人而回。从俘虏口中，打听得天祚帝正逗留在距此不远的鸳鸯泊畋猎未去，他立刻与斡离不定下袭取之计。后来虽未得手，却使天祚帝丧胆逃走，大长士气。从此，他就成为军队中一员重要将领，成为斡离不得力的助手。

女真将领中另一名重要人物是斡离不的堂叔父完颜挞懒。他征讨奚部有功，此时官居六部路都统，统率奚军从斡离不南征。

斡离不另一个远房堂叔完颜乌野也是亲贵中值得注意的人物。他辈分虽尊，年纪却不过二十七八岁，已精通汉文、契丹文，与完颜希尹一起创制女真文字，兼明韬略，是个文武两器的将才。这时已很了解即使在纯粹的军事行动中文员也有重要作用的斡离不顺手把他拉进部队。重视文员的地位，是这支东路军的一个特点。

东路军另一个特点是重用女真以外的各族人士，特别重用从敌对阵营中投降过来的文武将吏，这与斡离不的个人作风有密切关系。后来粘罕也懂得使用汉儿，那是从斡离不那里学来的一手，不过学得不很到家。

东路军中非女真族的重要将领有奚族骑将猛安伯德特离补、契丹化的汉儿赤盏晖、世袭猛安的右金吾卫将军汉儿王伯龙、渤海人高彪等。

高彪勇猛过人，生有异禀，能在一昼夜内飞奔三百里路，身上披着铠甲，翻山越岭，矫健如飞。平州之役，他在辽阵内往来驰突，勇冠三军，斡离不正好在高丘上瞭望，从此就默志在心，这次出征，破格提升为猛安，并且出人意料地让他统率一支由契丹、汉儿、渤海人混合组成的步兵部队。后来的事实证明，斡离不对高彪的破格使用，确是独具慧眼。

在所有异族人员中，也许没有人比残辽降官汉儿刘彦宗更受斡离不的重用了，即使是炙手可热的韩企先、韩庆和叔侄也远远比不上他。在出征前，刘彦宗已做到同中书门下平章事，知枢密院事。这次出征，又让他兼任东路军汉军都统，这个汉军都统有职有权，并非虚名空衔。更重要的是一切军国大事，斡离不都要与他商议，尊为谋主。有时他们坐在旷野中密议，从人们只许远远地跟在后面保护，他们用手指在泥沙中比比画画，好像在写字，谈完了立即用手掌拭去，不留一点痕迹。有时斡离不在自己的行帐中把他召来，亲手点燃一根蜡烛，屏退左右，深谋密议，直到深更半夜。蜡烛烧尽了，就在完全的黑暗中密谈。这时阇母、兀术、挞懒以次的女真贵族都不得与闻。斡离不对刘彦宗亲信的程度确是远远超过别人。刘彦宗感知遇之恩，也尽心筹划。出征前，他献上《平宋十策》，主张军事与政治双管齐下，斡离不一一采纳，逐条实施，平宋的锦囊妙计多出于此。其他的汉儿文官例如在粘罕军中当谋主的时立爱、高庆裔以及契丹降人耶律余覩等称斡离不与刘彦宗有"鱼水之欢"，表面上是颂扬，实际上不无醋意，但也反映出即使在粘罕一派人的心目中也把斡离不、刘彦宗的关系看成刘备与诸葛亮的关系。他们不甘雌伏，而又不得不雌伏于一时。

这是个人人都想奋其智勇、猎取功名的时刻，士气空前高涨，官兵们脸上都焕发出一种希望与兴奋交织的神采，他们全都意识到在他们与胜利之间已经不存在什么障碍物了。

大军出发时，阇母效一将之劳，他作为一个队部的指挥官，在蓟州城外频频挥动红旗，指挥队伍。军容壮盛的六万大军陆续出发。以女真战士组成的骑兵队走在前面，除少数高级将领配备有几匹副马，可以骑行以外，一般战士都牵着战马步行。然后是高彪统领由各族士兵混合组成的步兵，然后是完颜乌野也统领的辎重部队。他们走得那么秩序井然，一丝不乱，显示出这确是一支充满了朝气的胜利之师。

斡离不与刘彦宗并骑走在队伍中间，有时他们突然驰到队伍前面，似乎正在期待什么。

三河县[1]遥遥在望，探马报来，隔开一条白河，宋朝的常胜军已整师以待，一场事先估计可望避免的鏖战看来还是不可避免了。

[1] 今河北省三河市。

[1] 当时最高学府，相等于后来的国立大学。

[2] 朝廷考试的场所。

3

东京热闹街市相国寺以南、龙津桥以东的市区中心地区内，却有一片幽静的庠序之地的太学[1]以及与它毗邻的贡院[2]。当初礼部和主管城市设计的官员们决定把太学放在这里是否含有对太学生进行考验，要他们在这五光十色、目不暇给的闹市中修炼得像个目不旁瞬、心不旁骛的入定老僧一样，固然不得而知，但事实是，部分或者竟是大部分的太学生没有能经得起这样严峻的考验，经常要冒犯严厉的禁条在宿舍以外过夜。按照规定太学生在外过夜，要在一本名为“感风簿”的记事簿上登记，表示他感受风寒，在外治疗。奇怪的是这所煌煌学府竟成为风寒传染所，有三分之一以上的学生每夜都感受风寒，要到勾栏瓦舍去治疗，而另外的三分之一学生则更加干脆了，他们不用登记，每到黄昏就自动离开斋舍，黎明以前，踰垣而入，装得没事一样，也没有人敢去过问。至于白天黄昏，约几名好友，袖笼一锭白银，鹅行鸭步般地走到丰乐楼、会仙楼正店以及近在咫尺的仁和店去浅斟细酌一番的更是不乏其人。这些高级酒楼中的各级服务人员都经过严格的专业训练，接待顾客，喜气迎人，说两句话都有谱儿，叫人酒未落肚，胃口先已大开。酒楼中还有些身怀绝技的技术人员，例如传酒送菜的男工称为“行菜”，他一次行菜，从双手到胳膊直到肩膀下可以摆上二十碗菜肴，随着顾客传点，一份份送上，绝不会发生一点差错，否则顾客一有意见，与店主嘀咕几句，这个“行菜”就有按照当时形式被扣罚工资，甚至被开革出店的危险。有了这样一套齐整的班子，再加上豪华的气派、精美的酒肴，当然可以广为招徕顾客，日进斗金，使得一部分太学生趋之若鹜了。

虽然从广泛的意义来说，太学生都可以算为“天子门生”，但实际上，太学生也并非个个都是这样的“天之骄子”。等而下之的太学生只好到中等的酒楼以至最低级的酒店去用酒饭。最节约的办法是花十文钱吃一碗用肉末拌作料的炸酱面，当时称为“合羹”。如果嫌合羹吃不饱，还可以来个轻料重面的“单羹”，那已接近于“阳春面”之流，只消付五文钱就可以了，即使再加五文钱的白酒，统共也不过十文钱，同样也酒醉饭饱，吃得醉醺醺地回到宿舍。所有这些，太学生早习以为常，虽然竖在太学门口的一块禁碑上写得明白，未经学官同意，不得擅自出去酒饭。总之，太学生的逾规越矩，由来已久，连官家、大臣也耳有所闻，只好闭着一只眼睛，塞住半边耳朵，装聋作哑，区区几位学官，当然更没有必要雷厉风行地来整顿学风了。

可是太学生可以在哪个等级的酒楼、勾栏中吃饭闹事、闲游狂荡，也有严格的区分。这决定于他们本身的社会阶层、经济条件，也要看他们经常过从、密切往来的友好是属于哪个等级。太学虽然聚几千名学生于一堂，分子却也非常复杂，各式人等都有。他们有的出身于名宦之家，父兄身居高职，是在朝或在野的名官儿，他们礼让为先，把祖辈的恩荫让给长兄，自己退居到太学来，混他一年半载，凭着父兄的关系，照样可以找到应试中选的方便之门、仕宦的终南捷径；有的来自外路，在本乡本地也算是富厚之家，到得京师来，与上面的一档同舍生相比较，权势、财力都有所不逮，与他们交往，常有自惭形秽之感，这等人一时还爬不上高台，又放不落面子，成为夹心饼的馅子，处境很苦；有的出身寒素，几亩薄田，养活家口已感拮据，他们本身的花销，全靠官家供给的饩廪[1]，这号人虽然清苦，学业成绩却往往斐然出众，考试起来总是名列前茅，再加上家世耕读，算得是出身清白，只要高中进士，也有他们的前途；还有一等出身于富商大贾之家的子弟，富而不贵，也成为夹心馅子，处境不见得好。例如李邦彦的父亲开一家银铺，发了大财，一心结交官府，把儿子弄进太学。李邦彦在学里出手阔绰，到处笼络，同舍学生看在银子面上，当面与他敷衍一番，心里不免以他的出身微贱而加以鄙视。他在学里已得到“浪子”的绰号，这一方面是说他外貌虽美，却缺乏真才实学，一方面也讽刺他虽然家私富足，却终究根基浅薄，只好与些街混儿为伍。有的同学则因他品行不端，直斥之为“败类”。

太学里有上舍、中舍、下舍之分，那是划分年资、班次的标准，要划分人的等级，另外还有着一种无形的标准。虽然如此，太学毕竟是一所培育人才的黉宫，是一个在相当程度上还没有把个人私利与政治完全联系起来的士子集体。除少数败类以外，太学生基本上持有相同的政治观点、道德观点。他们忠君爱国，要求清白贤明的统治，对人们的爱憎，也有着基本一致的看法。譬如说，他们强烈憎恨宣和的权贵集团，敬爱有节操又能实心办事的官员。还有，他们对同学陈东都非常尊敬，大家愿意听他的话，干起正经事来，唯他的马首是瞻，并且公认他是他们共同的领袖。在一个集体中能取得这样的地位，而且为大家所公认，又不是由官方指派，那一定有着不简单的理由。陈东确实具备被同学尊敬的理由，而大家之所以尊敬陈东则因为他们共同持有一个超乎个人利益的客观是非标准，这个标准只存在于年轻纯

[1] 官府发给的粮食和生活费用。

洁的“莘莘学子”中间。

陈东出身于中等家庭——按照宋朝纳税标准的九等民产，他家正好排列在第五等，但到他那一代已完全败落，家境十分清寒。这个家族绝不是显赫的，五服以内，并无一人做到知州、通判一级的普通官吏。他本人貌不惊人，口才也不太好，碰到紧要关头，说话有些口吃，期期艾艾，竟然表达不出自己的意思。太学生猎取功名的看家本领，诸如作诗填词、善于写对仗工整的四六文、专一经之长等，他都没有学到手。只有写政论文章，议论风发，词锋锐利，才是擅长的。有些太学生也善于写这类文章，但笔墨多有含蓄，泛论时政，涉及当权人物时就十分谨慎，有时笔锋一转，似贬实褒，因而以此取得富贵的也有人在。偏偏这个陈东，不懂得这些诀窍，往往指姓道名地攻击当道，抨论时弊，不留一点余地，因此半生蹭蹬，目前已近四十岁，仍然是一介诸生。这个年龄对学生来讲已嫌过大，真已有了一些“太”的味道了。别人为他着急，替他叫屈，还有人出点子，替他代筹出身之道，他一概笑笑拒绝了，毫不在意。

陈东并不是依靠本身以外的条件，而是依靠他本身的条件——直道行事、直道做人而博得人们对他的尊敬和信任的。他的交游范围并不限于太学，三教九流都有他的朋友，其中有些人与他缔交甚深，往来频密，他们也都尊敬他的为人，信任他，愿意常来和他谈谈。

经常到太学斋舍来找他谈天的有太医邢倞和江湖朋友何宏。三个人挤在小房间里，由陈东做东，大家各吃一份“合羹”，虽然只花了三十个大钱，吃起来倒也津津有味。邢倞每次来都要带一斤白干，他自己养生有道，每喝不过两杯，其余都让另两人包干了。三人喝得痛快，每次喝上酒，就要喝过半夜。

邢太医是陈东多年好友，他兼着太学“舍医”的职务，经常来太学为师生们治病，但在师生中间可以做到不拘形迹，随便坐下来就可喝酒谈心的，只有陈东等少数几个人。何宏是市井小民，也是江湖豪侠，他就是李师师精神上的义父何老爹。陈东是通过邢倞与他结识的。他们缔交后，彼此倾慕，常相约见面，后来索性成为常规，每隔三天就见一次面，有时在邢太医的寓所，吃一顿比较讲究的酒菜，多数就在陈东的斋舍里见面。他们见面后喝酒聊天，无所不谈，从军国大事、边疆安危、宦海黜陟、社会动态，一直到市井细闻等，包罗万象。不谈则已，一谈就到半夜，甚至直达黎明，这在太学里也是有禁例的。太学和官府一样，特别强调一个“静”字，在众目睽睽的处所，都要竖起一方“静”字木牌，以促使大家注意。可是陈东才不在乎这个哩！他并不流畅的议论却出之以洪亮的嗓音，往往盖过两位来客而声震邻室。左邻右舍的太学生都是陈东的密友，他们也会听到陈东他们的议论而击节称赏。这是因为陈东常常要发表别人没有想到，或者想到了又有种种顾虑未敢形之于色、出之于口的议论。这些议论可能会给陈东和他的朋友们带来麻烦，因为太学当局对陈东的行动早已密切关注，包括目前已经掌握了太学的行政大权因而也日益暴露其本来面目的太学正秦桧在内。这些学官都要旁敲侧击地向别人打听陈东近来与哪些人往来最频繁，发表过什么奇谈怪论。陈东曾经对这些人存过幻想，因而吃了不少亏，付出过一定的代价，现在算是把他们的心肠都看透了。口头上的蜜糖，掩盖不住内心的刀剑，他对他们是一不害怕，二不避忌，还是我行我素，要说什么就说什么，只要贬褒得中，公道自在人心，何必为了顾忌这些以整人害人甚至借刀杀人为专业的学官而隐讳自己的看法。

一天——那是在宣和七年春夏之交，又到了约定之期。邢倞、何宏二位先后来到他的斋舍，他的“合羹”也早已准备好了。邢倞还是以不变应万变地携来一斤老白干，这是一个老年人的习惯。他们只肯做他们已经做惯了的事情，不肯换换花样。而另一位——也是个老头，却很有点“革新”精神，勇于打破陈规。何老爹平日携来的酒菜，虽然价铟不贵，可常常有点新花样。今天他特别带来两个荷叶包，一包盐水鸭，另一包白煮牛肚根，两样都是下酒的俊物。白煮牛肚根专取牛肚厚实的部分，嚼在口中，又鲜又嫩，特别受欢迎。

在酒食方面，邢太医相形见绌，自叹不如，只好用他带来的一个不寻常的消息作为补偿。他知道这肯定会引起他们二人的兴趣。

“东京城里出了一件大大的新闻，二位听说过没有？”他故作惊人之笔，“陇右副都护刘四厢离开了东京两年，不日即将回京述职，听说官家有意把他留下，另有任用。”

这倒真是个好消息。刘锜也是陈东的故旧，刘锜在京时，二人过往甚密，彼此相敬，并不因为身份地位的悬殊而有所隔阂。当下他欣然说：“刘四厢铁铮铮的一条汉子，受到高俅排挤出外，两年不见他，思念得紧。这番如得回来，邢太医可要把他邀来畅叙一番！”

说到刘锜受高俅的排挤，出守陇右，这还是皮相之见，心直口快的何宏一针见血地提出来问：“刘四厢是在那年龙舟竞渡后，奉了官家手诏，贬到陇右去的，如非官家点头，怎得回来？邢太医所闻可是真实的？”

“不错。”何老爹的一句话提醒了陈东，他进一层推理道，“官家为李师师之故把刘四厢调走，如今李师师仍在京师，官家怎肯放刘四厢回来?”

两年前刘锜外调陇右，此中奥秘东京人大都知道，此番刘锜内调的消息如果属实，那在一百万的东京人中肯定会有九十万人产生同样的疑问，同样的惊讶，这就是邢太医认为这条耸人听闻的新闻一定可以打动他们二人的理由。但对于他俩提出来的问题，他也不能够做出满意的解释。

“御药监黄经臣昨晚来俺处求诊，说了这个消息，还说童贯那厮被命复任燕山宣抚使后，装模作样，不肯就任，官家派木脚[1]去说了两三次，好说歹说，童贯才提出条件，要钱粮金帛，要调拨用人的全权，还要马子充回宣抚司供职，说是一条不依，他就不肯北上就职。官家不得已都依了他，童贯才肯走马上任。马子充原是官家留在京师的，被童贯索回后，官家在军事上变成个没脚蟹，无人可备咨询，所以想到调刘四厢来京仍当他的顾问。还说这些话都是张押班告诉他的。黄经臣为人老实，倒不肯无中生有，只是那张迪经常海阔天空地乱扯乱弹，听到风，就是雨，俺也不大相信他的话果真属实。”

“刘四厢能不能回来，还在未定之天，只不知李师师现下如何，二位想知其详。”陈东问道。

“自从刘四厢外调后，师师闭门谢客，也不让官家与她见面。年来周学士[2]、刘大使[3]等相继谢世，师师感伤益甚，郁结不欢。上月间俺去为她诊脉，见她形容憔悴，气血两衰，只怕十剂八剂草药也医不好她的心病。”

“师师闭门谢客，断了李姥的财路，李姥恼怒寻事，给师师怄了多少气！上月间病倒了，邢太医劝她去江南小住散散心，她本来也想南游，只是如今北道胡氛日紧，她说一旦战争打开了，她在南方还回得了京师？偌大的一座东京城容不得一个李师师，李师师却还舍不得离开京华呢!”何老爹补充道。

“王黼、蔡京迭为更替。”对朝政十分熟悉的陈东慨然道，“他们

[1]『木脚』指朱字，是当时权贵朱勔的代称。

[2]词人周邦彦。

[3]琵琶手教坊使刘继安，李师师的老师。

*『三家村』纵论天下事。

[1] 陈东字，亦作少旸。

[2] 做买卖时居间介绍抽取佣金者，称为牙郎。

高官厚禄，钩心斗角，都只为一人之利，一家之利，哪里顾得上什么国家生民？一旦有警，心思不在庙堂之上，而在于这个小小的女子身上，天下事怎得不坏？”

“钩心斗角，不仅在庙堂之上，北疆边防要地，国家安危所系，也闹得乌烟瘴气。少阳[1]可知道童贯再次出山后，与郭药师的斗法吗？”

“地不分南北，人不论中外，只要做个芝麻绿豆官，就会欺压善良，朘刻百姓。即如做了多年开封尹的盛章下台后，继任的王革、蔡懋横行霸道，与当年的盛章有什么两样？这等人如何能承望他们做些好事？俺可早就把他们看穿了！”

何老爹阐述的正好是李师师的观点。他们两人直接或间接都吃过开封尹的苦头，因而形成以开封尹为出发点进而扩大至许多官员都是一丘之貉的激烈观点。这个观点的形成，很难说是谁影响了谁，很可能就是两人互相影响的。

他们从朝政腐败讲到边疆危机，从边疆危机又回到朝政腐败，讲来讲去，都是一片漆黑，令人沮丧。这时陈东又说：“蔡京再柄国政后，借口老病，把政府文书都捧到家里去裁决，声势较前更为烜赫。他重用蜀人王时雍为吏部郎，通过他卖官鬻爵，只要金帛花到家，你要买什么官职，都可以商量。王时雍以居间人的身份，两面说合，内外交通，不多时，就发了大财。他又特别照顾乡人，太学中也有他的两个同乡，与他做成了交易，得肥缺而去。如今太学生都称王时雍为‘三川牙郎[2]’，他听到后大骂太学生无知，说经我之手做到大官的各路都有，何止家乡三川而已，称我为‘四海牙郎’，倒还不离谱，称我为‘三川牙郎’，却未免小看我了。”

“少阳年近四十，官位犹虚，”邢倞趁机打趣陈东道，“何不就走了那牙郎的门路，弄个一官半职，也好衣锦回乡去风光风光！”

“哎呀！”陈东摇晃着手里的酒盅，哈哈笑起来，“想俺陈东既非蜀人，手中又无有多金，你说凭着这些瓦盏陶碗，王时雍就把官职卖与我不成？看来，这个牙郎休想在俺身上赚取这笔佣金。”

这番诙谐，总算略略冲淡些黯淡的气氛。这时，每人一份“合羹”，早在肚里化掉了，牛肚、盐水鸭也早已化为乌有，大家憋着一口闷气喝寡酒，眼看半斤多的白干也将喝完，忽然墙外传来一声节奏感很强，但听起来却很有点凄凉味的“五香……兔……安肉啊！卖五香兔安肉”的叫卖声。原来东京附近多产野兔，因此每夜都有不少小贩，头顶一只装满兔肉的五屉竹篮，手中摇晃着一盏标明自己姓氏以示区别的灯笼，在大街小巷中往来兜卖。对市声很有讲究的专家们指出，“兔”

字发音太平，无法拖长，一定要在它下面加个过渡音“安”字，把这一声延长，在空中长时间地荡漾着，才合于叫卖之用。这一声果然十分中听，比“三川牙郎”卖通判、卖知州的叫卖声要中听得多，陈东、何老爹都喜欢吃野兔肉，二人争着去买，这时坐在外档的何老爹就占了便宜，他把食桌轻轻一拖，挡住了二位的出路，自己手脚便捷地奔出学宫大门，买了两大包兔肉回来。三人相对，连得那邢老头也不再说什么消化不消化的话，自己一块接着一块地放进嘴里大嚼。

他们的心里在想些什么呢？刚才的那番话可能使他们在脑子里构成了一幅兵荒马乱、京畿四郊荠麦青青、野兔狡狐到处出没横行的场景，他们此刻在嘴里咀嚼的，大约就是这一缕凄凉的味儿。在赋性正直刚强，万事乐观，还有不同程度的诙谐上。三个人有不少的共同点，可是在此时此地，触目惊心，他们也难免有点东京人普遍存在的末日感，这种性格上共同存在的弱点要放到更大的灾难中去接受考验，才能锻炼得更加坚强起来。

4

燕山之役虽然给北宋王朝带来莫大的耻辱，带来迫在眉睫的危机，但它并没有起针砭之效，给宣和君臣一点刺激，使他们改弦更张，发愤图强。“哀莫大于心死”，很有理由怀疑这些人的腔子里是否还留着一颗尚在搏动的心脏，因为他们根本不以耻辱为耻辱，不以危机为危机。或者，至少可以说他们都是痼疾患者，不管别人怎样虐待他、鞭打他，把他摔在地上又踢上几脚，他当时哇呀呀地叫一阵痛，过后又忘乎所以。北宋政权现在确实是沉疴难起，已经病入膏肓了。

皇帝还是那个风流潇洒、风雅绝伦的皇帝，连年号也没有改变，仍然是那个他特别喜爱的、一直要把它顶住，顶到他被挤下皇位，不能再用它为止的年号。

但他毕竟也有点改变了。在他一向白皙丰满的脸庞上多少也出现了一点自以为饱经风霜忧患的表情，那种表情在过去侈言“天下太平”，一味强调“丰亨豫大，国运昌盛”的日子里是很少有过的。还有，他的口头禅“且待理会”“却又商量”，近来也说得少了，代替那些语气和婉的习惯用语的是比较严峻的“休，休”，含有一切事情都弄不好了，对人世间抱着一种消极态度的意思。

以风流皇帝、无忧天子出名的官家居然也会对人世间抱有消极悲观的态度，不免要令人惊奇了。但这是时势所迫、无可奈何之事。

帮助他统治天下的那副班子，还仍然是那个宣和权贵集团及其残渣余孽，换汤不换药，这叫作“外甥打灯笼——照舅（旧）”。煊赫一时的蔡京、王黼、蔡攸等仍然钩心斗角，弄权朝端；白时中、李邦彦、张邦昌等后生小子骎骎日上，大有后来者居上之势，他们之间照例是互相攻击，迭为进退。这样的“斗”，看来一直要斗到国破家亡，冰消云散，大家同归于尽的时候才会停止。

就中最值得注意的是王黼，这是个在官场上经过千锤百炼，已达到炉火纯青的人物。记得他初出茅庐时，依靠当时宰相何执中的热心推荐，到处游扬，方才出人头地。不想他暗中又勾搭上蔡京，在蔡京授意下，密疏抨击何执中，弹章措辞之激烈恶毒，攻击内容之广泛，使得蔡京也为之惊骇不止。对他这种过河拆桥的作风，蔡京也有些害怕。他眉头一皱，计上心来，一天他袖着弹奏的底稿去访问何执中，有意把话头引到王黼身上。何执中照例赞扬不止，既称他宅心忠厚，善气迎人，又许他以公辅之器。蔡京等他称赞够了，才微微一笑，从袖管里取出底稿来送给何执中看。何执中读了几句，不禁脸色大变，还没看完，就连声骂："畜生，畜生！何无良乃尔！"

不过官场上的事情就是这样，一声畜生骂不断王黼的飞黄腾达、青云直上之路。随着何执中的越来越倒霉，王黼又依傍上梁师成的大门，当着人面，称之为"恩府先生"，背着人，那就老实不客气的是"阿爹义父"了。至于他正式列入蔡京门下，把"恩相""恩公"的招牌挂在脖颈上，那是较后的事情了。

从宣和二年到宣和六年的四年中，是王黼的全盛时期。当时他利用蔡氏父子的嫌隙，依靠老关系梁师成，勾结童贯、李彦，以全力排挤掉蔡京，又在任内收复"燕山"，建立了不世之功，搜刮得六千万缗的"燕山免役钱"，使国用不匮，应付金人的敲诈勒索后，君臣仍有羡余，皆大欢喜。他本人自少宰而太宰，自少保而太傅，荣耀显赫，不可一世。想不到到了宣和六年十一月，晴天霹雳，忽然一道圣旨下来，圣眷方隆的王黼被勒令致仕。这件事来得突兀，引起官场中极大的震动。时隔多日，才由消息灵通的张迪透露，事情的原委是这样的：

太子赵桓一向不喜欢王黼，在他的亲信面前，不止一次地说过有朝一日王黼不去恩州[1]安家，定在儋州[2]落户。王黼也深恐易代以后，自己的权势不固，身家难保，暗中积极活动，想拥立官家宠爱的郓王赵楷为太子，曾几次向官家试探过。赵楷似乎很有才情，他被人授意去参加考试，居然压倒天下士子，夺得状元的荣衔。皇子而兼为状元，这一件千古未有之奇，偏偏又出在宣和年间。如果状元皇子进而成为状元太子，将来再进一步成为状元天子，这岂不是猗欤盛哉！专喜做千古未有之奇事，成万代不刊的大典的宣和皇帝，果然被王黼撺掇得心头活动异常。这件事付大臣们密议。大臣们唯唯诺诺，只有开府仪同三司梁师成坚决反对。梁师成是个老资格的宦官，宰相多出其门，最擅长在幕后操纵政治，这一次却出头露面，与他过去的门下之士王黼各执一词：一个多方饰美郓王，一个力保太子；一个说此乃官家的家事，别人毋庸过问，一个说前代易储往往引起不堪设想的后果，官家既然交议，大臣岂可缄默不言？两个在御前争得面红耳赤，不可开交。官家听了他们的争吵，也感到非常高兴。在有不同意见的大臣中间暂不表态，东拉一把，西扯一下，搞平衡之术，这原是官家的长技，他就是靠这一手来统御臣僚的。可是秘密终于揭穿了，有一天，官家未经通知，突然驾临王黼之家。王黼、梁师成来不及躲避，就在王黼的密室里，官家亲眼看见他们两个交头接耳，促膝密谈，样子十分亲昵诡

[1][2] 恩州，今广东南部；儋州，今海南西北部。宋时均为贬谪大臣的处所。

秘，官家大疑。后来派人进一步打听，才知道王、梁两家原来就住在贴邻，中间开一道小门，夤夜进出，往返频密。他们明一套、暗一套，表面上争执得十分激烈，事实上却早已订立协议，双方互相保证，不论哪一个的主张胜利了，都不妨碍对方现有的权位。他们还把官家暗中交代的机密话传递给对方，使他有所警觉。

世上的事总是相生相克，五行相长，木火水土金互克。官家以平衡术制人，大臣就以明暗法对付他。官家御宇多年，自以为驾驭臣僚有术，一向沾沾自喜，想不到事实恰得其反，不是他笼络他们，而是他们玩弄手段，使用权术，联合起来使他受到蒙蔽。一旦事实无情地暴露了出来，他的自尊心受到极大的挫伤。他一怒之下，立下手诏，罢王黼之官，连带梁师成也受到严重的处分。这确是当时的一件特大新闻——肯定要成为陈东他们三家村里绝好的谈话资料。

5

王黼下台，平素与他不和的李邦彦得到好处，现成地从少宰升为太宰，下面一档的白时中相应升为少宰。这一太一少都是倘来之物。他们久处在王黼的鼻息之下，有名无实，有职无权，实际上只是在朝堂上“奉朝请”，做个伴食宰相，做梦也没有想到会有今天这一天，其得意的劲儿可想而知。

可是在东京“奉朝请”的、老资格的宰相蔡京不甘就此罢手，他发动亲信朱勔一再上言，以李、白资格不孚为理由，力劝官家再次起用蔡京为首辅。宣和六年十二月，煌煌圣旨下来，蔡京“落致仕，复领三省事”。可怜蔡京从宣和二年被官家以健康的理由勒令“致仕”以来，整整苦斗了四年：与官家的怜新厌旧的癖性斗，与敌党斗，与本党中的叛徒斗，乃至与儿子斗，总算皇天不负有心人，今天如愿以偿，斗出了一个“落”字，斗来一个“领”字，从此又平步青云，作为首相，第四次当国，好不得意！

这一年，他已到达八秩高龄，好斗的劲道如故，但健康的确成了问题，心肺肝脾手足关节，什么毛病都沾着点边儿，为最的是双目已经完全昏眊，一个铜钱那么大小的字凑到眼底来也已认辨不清笔画，别的就更不必谈了。他自己无法治事判文，一应大小政事都交儿子蔡絛以及蔡絛的大舅子韩侣办理。那韩侣当年在金明池的赛船上充当“旗头”，手舞足蹈，表演得声容并茂，如今以同样充沛的精力在政事堂上大显身手，在聚敛搜刮方面，想出不少创新的玩意儿，成立了一个史无前例的“宣和库式贡司”，把四方金帛和府库储藏集中起来，名为天子私财，实质上大部都归他们花销，跟从他们的死党都得到很大的好处。他们又通过吏部郎王时雍等官员广开方便之门，愿入彀中的只要付出相当代价，都可以成为他们夹袋中的人物。风声一传开，自有一大批人钻路子、挖地道，一心要投入他们的门墙。一时声势赫赫，舆论大哗。

他们风光了还不到半年。事情闹得过头了，就会发生反响。李邦彦、白时中早已虎视眈眈，一有机会，就与蔡攸结盟作战。蔡攸本来是王黼的死党，与父亲、兄弟都有不共戴天之仇，如今又不惜和本来的政敌、王黼的死对头李邦彦联合起来对付共同的敌人蔡京、蔡絛父子。他手里有的是私账，只消选择其中几条，揭发蔡、韩奸隐，就绰乎有余。不久，圣旨下来，蔡絛褫去侍读之职，毁赐出身诰，韩侣黄州安置。连带蔡京也坐不牢首辅的位置。官家一再暗示，要他谢事，他恋栈未忍。官家也就不客气地派童贯、蔡攸两人径往他的府第去取“谢事表”。谢事表就是辞职书，顾名思义，辞职本该自愿，事实上却多出于强迫。童、蔡两人奉派来取谢事表，蔡京把他们看成自己的监斩官，一面置酒招待，一面老泪纵横地诉苦道：“某当国不过数月，不意官家遽令谢事，此必有人进谗所至。官家何不容京再做相数年，必能致天下于太平，此事唯有拜托内相。”

“大难，大难!”童贯故意刁难，摇头道，“此时圣意难回，在下也无能为力。公相如此高龄，在家颐养数年也罢，到了那时，再作进取之计如何?”

“颐养”就是致仕的同义语，这个词，在蔡京听来，好像毒蛇钻心一样，他不禁要为自己辩护：“京如此衰老，本该上表谢事，所以迟迟不忍乞身者，无非因官家深恩厚赐，尚待图报于涓滴，耿耿此心，当为二公所深知。”

蔡京急不择言，童贯在一旁听了，不禁纵声大笑起来。童贯是蔡京的老部下，如今官高爵显，朝廷已内定封他为广阳郡王，“公”他一“公”，也无不可，虽然他在东京人的称谓中是“母”相而不是“公”相。蔡攸是蔡京的嫡亲儿子，即使宦海多变，今天荣枯判然，他们的父子关系却是不容改变的，老子竟然“公”起儿子来，这又是千古未有之奇闻，那就怪不得当时在一旁听到这个奇怪称谓的从官侍姬多人，也莫不匿笑起来，只不过他们还有点顾忌，不敢像童贯这样笑得放肆，笑得不留余地罢了。

蔡京、王黼早已势成水火，两个不断火并，如今两败俱伤，一齐下台。以浪子出名的李邦彦渔翁得利，这一次才真正当上了首辅。他踌躇满志，得意非凡。童贯再次出任河北河东宣抚使后，在前线还没有立下什么功劳，倒是在逼蔡京上谢表一举中立了不朽之功。为了酬庸报功，李邦彦特饬“宣和库式贡司”拨出二十万两匹银绢相赠。二十万两匹毕竟不是小数，手面阔绰的童贯对于这笔意料不到的财香也得好好地考虑它的用途。

到手之初，他就在心里决定，把这笔人情转送给郭药师，以取得他的好感。

从某一个角度来说，官场就是权术和阴谋的大本营（再加上一个实力地位，它的含义就更完整了）。人们要是不能在这些方面玩出一个名堂来，就很难在官场上混日子。上面提到的那几个出类拔萃的大人物都是这方面的好手，但他们中间也有工拙短长之分。蔡京原是这个权贵集团的祖师爷，但几年来连连失手，先后被他的第二代花木瓜王黼、第三代浪子李邦彦击败。童贯摔倒了又爬起来，居然能够从精明的李邦彦手里掏出二十万两匹，那当然是不简单的，但他又不得不乖乖地把这笔重礼转送给郭药师。郭药师欣然接受童贯送来的礼，还准备着更重的礼去送人。看来这个从残辽投降过来的后生小子步他干老子的后尘，正在玩弄更大的阴谋以博取更大的实力地位。他们各显神通，的确表演得有声有色。

“秦失其鹿，天下共逐之。”

这一位自以为十分高明，却受到他们共同愚弄的宣和天子正是这批逐鹿者在一定阶段中争相追逐的目标。只有郭药师心怀大志，他追逐的目标还要更大一些。

6

逐鹿虽然大有人在，国家大政，特别是边防危机却很少有人过问。他们哪一个在台上都是如此。人们清楚地了解，除面孔不同、姓名籍贯有别以外，他们之间每个人的心术、伎俩、作风等都好像是一块印版上印出来的，谁也没有新的看法，谁也拿不出新的办法。他们本来就是从一根藤子上长出来的窳果烂瓜。

看来在边疆危机上，还是宣和天子本人比他的大臣们多操了一点心。

譬如，从燕山府“惨复”以来，他曾经好几次召见熟悉边疆问题的赵良嗣、马扩，有所咨询，表示他很关心那边发生的情况，态度也好像十分诚恳。他使马扩一度对他产生新的幻想，认为官家在事实教训下，已经下了决心，想把搞得一塌糊涂的局面重新整顿一下，希望的曙光隐隐约约地出现了。

可是官家的决心是十分有限的，他的一切措施仍然凭一时冲动、一时好恶，想到哪里，做到哪里，或者随着事变之来，临时应付一下，头痛医头，脚痛医脚，根本谈不到有什么通盘计划。至于说他已经痛改前非，准备与民更始，那更是距离事实十万八千里的梦话。

在一次奏对中，马扩奏明了耶律大石在西方的活动，并介绍了耶律大石之为人。官家对此很感兴趣，忽然想出一个点子，要想师“海上之盟”的故智，派人与耶律大石联系，约他双方夹攻金朝。当时耶律大石努力经营天山以西的大片土地，已经开创了一个新局面，暂时并无回师东向与金人抗衡的可能性。马扩分析了形势，力劝官家不要存在与事实相距太远的幻想。这次官家又没有接受马扩的意见。派去与耶律大石联系的人走不到一半的路程，就连人带书函，一起被金人捕获，引起金人强烈的责问。朝廷当然也可以把责任推向下面，无如国书上印玺历历在目，证据俱在，要完全推卸责任是办不到的。这一件虎头蛇尾的事情，并未得到一点好处，反而为金人造成一个口实。

这一错误又引起另外一件性质恰恰相反的错误。宣和五年冬季，接伴大金贺正旦使王昂以“使事不谨”的罪名被特敕勒停接伴职务。这一次是因为金朝派来的使节对上述事件啧有烦言，状元出身的王昂多少还有点骨气，他出于外交官员的责任感，为朝廷辩护了几句，金使就跑到政事堂大闹起来。这时官家好像被人抓到人证物证的舞弊犯一样，理亏情屈，唯恐再因此开罪了金使，不问情由就撤去王昂的官职，以谢金人。

这两件事，或左或右，或过或不及，都办得不妥当。官家想到就做，做了又要后悔，后悔了并不补过，有时反而以更严重的错误来掩盖以前的错误，以致造成更大的后悔。边境大计，显然经不起他几次后悔的。

在边境用人问题上，也是如此。

官家对童贯的反感越来越深，这在第一次伐辽战争时就已略露端倪。童贯无法改变官家对他的好恶，但有本领做到官家即使不喜欢他，仍然不得不借重他。这一点却是蔡京、王黼他们办不到的事情。官家虽然宠爱蔡、王，高兴时加诸膝，把他们放在阁揆的地位上，不高兴时，又可以一脚把他们踢开，推入万丈深渊，无所顾惜，也不怕发生什么严重的后遗症。对童贯则不然，宣和五年燕山收复以后，官家做了一件快心的事，把童贯撵下宣抚使的位置，代之以贪吃懒做的宦官谭稹。可是事实证明，谭稹实在抬举不起，他在前线一年，举止乖张，行动失常，引起各方面怨气冲天。官家迫不得已，只好再次起用童贯为宣抚使主持前线军事。

这是一个违反官家本意的任命，与此同时，官家又暗中做了手脚，提高郭药师的地位，使他专制燕山一路，不让童贯插手其间，目的是要鼓励郭药师更加尽心殚力，为国效力。事实证明，这又是一件值得官家大大后悔的事情。姑不论郭药师之为人能不能为大宋做到捍卫边患的虎将荩臣，在一座山里，放进了两只大虫，他们在彼此的火并中消耗了大部分力量，这就给敌人以可乘之机。官家一心在文武大臣中搞平衡，连得这样简单的“鹬蚌相争，渔翁得利”的常识也平衡掉了，边事安得不坏?

总之，在边境问题上，官家一直处于被动挨打的局面中。两年来，他的心路历程，可以概括在他的三句口头禅中。

金人咄咄逼人，他心烦意乱，最好是视而不见，听而不闻，且把它搁在一边再说，这叫作“且待商量”。

形势更加险恶了，他内心也更加着急，现在拖是拖不下去了，只好随手应付一下，观望观望，希望出现什么奇迹来改变处境，这是与敌方打“磨旋儿”，走着瞧。用他的口头禅，叫作“却又理会”。

形势再进一步恶化，一切矛盾全都暴露无遗，眼看大祸即将来临，心中惶惶不可终日，不知不觉又形成了极度悲观消极的想法，这就是他近来不断悲叹“休、休”的原因。

千错万错，无一不错，从头错起，一错到底。东京人称一种用双色罗缎交叉缝制的女鞋为“错到底”，这个名称就概括了他们对时局的认识。现在，一切都向终点急遽奔赴，这个终点就叫作“大错铸成，万事全休”。一个朝代，首先是官家本人，然后是许多官员以至老百姓都丧失了立国做人的根本信念，产生了不祥的“末日感”，那么这个朝代的末日，确乎很快就要到来了。

历史上有两种情况都会使人们产生末日感：一种是长期积弱，到后来只剩得奄奄一息，人们普遍存在的脆薄衰竭的心理状态禁不起一点外来刺激而产生末日感，这是慢性的末日感；另一种是表面上繁荣富强，枝叶茂盛，实质上却早已蛀空烂光，一旦受到强大的外来压力，便堤决防溃，祸水横流，一发不可收拾，人们从长期欺骗着自己的假象中醒悟过来，已经来不及了。他们惊慌失措，也会产生急性的“末日感”。

就北宋末年这个特殊的历史环境而论，它似乎兼有这两者。

在当时人们中间普遍存在的末日感是一种兼有急性、慢性的，北宋式而非其他式样的末日感。面临着大祸当头，这种意识就会以各种形式强烈地反映出来，从而破坏神圣的抵抗运动。研究这一段历史，重要的经验教训之一，就是要密切注意这种消极意识的萌芽、发展，采取有力的措施防止它，消灭它，免得使它成为抵抗运动的障碍。

金瓯缺

第三卷

第二十七章

1

在政治上，很少有完全紧密的团结与绝对无间的和谐。有之，则是表面上的团结与和谐。表面上的团结与和谐犹如包着硬壳的核桃，透过厚厚的外壳，内部仍有掩盖不住的“磊落不平”。如以金朝而论，即使处在兴旺的上升时间，在它的宫廷与上层贵族之间也是矛盾重重的。特别在东路统帅二太子斡离不与西路统帅国相粘罕之间更存在着严重的权力与地位之争，存在着彼此间的嫉妒与排斥。但在发动侵宋战争这一点上，他们的利害关系是完全一致的。他们好就好在这里，为了追求这个重要目标的实现，个人的私利被公共的利害冲淡了——至少在那目标尚未完全实现的一段时期中。

而他们的敌手，北宋宣抚使童贯则处于更大的矛盾中。这种矛盾并不因为大敌当前，大家有着唇亡齿寒的连带关系而有所缓和。童贯上不见信于官家，中间与同僚、与西军诸将领的关系搞得十分紧张，下面又与副帅郭药师完全对立，后来甚至发展到势不两立的程度。他们连表面上的、暂时的团结与和谐也做不到。

“师克在和”，单就这一点而论，北宋军与金军相较就处于不利的地位。

童、郭斗法是金军南侵前北宋边防上第一件大事，它原在人们的意料之中，而其激烈的程度则又出人意料。

人们记得童、郭之间曾经有过一段“蜜月”时期，那是在宣和四年冬直到第二年的夏天。宣和四年十月，郭药师惊闻耶律大石被萧皇后扣留起来的消息，一方面又受到部下甄五臣、赵鹤寿等亲宋将领的胁迫，不得已率常胜军全军七千人负弩来降。由于这支军队实力完整，再加上他本人表现出来的沉毅有谋，当时就深受童贯的赏识。郭药师建议袭燕之策，被童贯、刘延庆采纳，并用他为杨可世的副手率师袭燕，战败而归，几乎一军尽歼，童贯对他也不加罪责。燕山惨复后，童贯特别携带郭药师一起凯旋，在官家面前，极力揄扬，夸奖他的功劳，抬高他的身价，果然中了官家之意。在第一次陛见时，官家就把自己穿的大珠络缝销金青纱战袍解下来赐给他，当场授以燕山路安抚副使和同知燕山府等要职，三天后，又加封为奉武军节度使、燕山路马步军副总管，升检校少傅。短短几天内，郭药师就从一名降将变成朝廷大员、边防重镇。这都出于童贯的推荐，郭药师当然心中有数。他深知自己当时的处境，如果没有一个强有力的后台老板，很难在官场上站住脚。官家是他争取的第一号后台老板，童贯不失为一条最好的跳板，他一定要好好地利用它。因此直到童贯被勒令致仕以前，郭药师对他一直是卑躬屈膝的，而童贯对郭药师也是恩宠有加，丝毫没有感觉到他日益迫近的威胁。

不久童贯去职，阘茸贪残的谭稹当然不在郭药师眼下。这时西军已陆续复员，回到西北原防，只剩下王禀一军还在河东协助知太原府张孝纯戍守。张孝纯在当时的文员中有知兵之名，慷慨莅事，自愿肩负起河东方面的国防重任，表演得十分火炽。只有与他共事一段时期以后，王禀才知道自己的责任重大，他把所部兵力集中在河东一线上调用，无力兼领河北防务。郭药师顿时好像头顶上搬去一块千斤石，好不轻快舒心！

恰恰就在此时，常胜军立了一次奇功。

辽四军大王、奚族首领萧干与耶律大石火并后，从残辽政权中分化出去，自立为“神圣皇帝”，他的军事力量还算是相当雄厚的，对于金朝，固然不敢轻以一碰，对于宋朝，则狃于卢沟之役刘延庆数万之众败在他手下的事实，很有点藐视。至于郭药师统率的常胜军，则更是在他卵翼之下成长的，根本不在话下。燕京失陷以后，他率领奚军几次进袭北宋边境，得到便宜，更助长了他的嚣张气焰。这时他又钻了西军已基本西撤的空子，大举南侵。数万名奚军横冲直撞，一下子就越过卢龙岭，攻破景州，在石门镇一战，打败常胜军内老资格的将领张令徽、刘舜仁所部，一时声势汹汹。北宋人心大乱，东京朝议也有主张撤出燕山府，仍以白沟河为界的。官家下诏切责燕山路安抚使王安中、副使郭药师。郭药师组织反攻，派战斗意志旺盛的赵鹤寿、赵松寿弟兄率领所部骑兵埋伏在景州、檀州之间的峰山中。奚军恃胜猛进，队伍不整。赵鹤寿、赵松寿看到时机已至，突然从山中杀出，拦腰一击，把萧干打得落花流水，溃不成军。奚军进锐退速，马上北撤。赵氏兄弟趁机追击，几天中间获得十分辉煌的战果，计斩获三千余级，俘执数千人，招纳部属二万余众，活捉奚太师阿鲁以下大官十余人，尽得落入萧干手中的辽历朝宝检玉册，萧干本人狼狈逃走，不久就在内部的火并中被杀。他的部下大将第白得哥携着他的首级降宋。

这确是北宋建国以来在北方边疆获得的一次真正的大捷。宣和君臣，告庙称贺，并把萧干的首级油漆了付太庙库内储藏。

这个胜利来得突兀，当时很多人都不相信萧干的首级是真的。东京西城颜家巷有一家家具店，号称“名作正店”，活计却做得十分粗糙马虎，名实不符，东京市民就把一切做得不牢靠的生活统称为“颜子生活”，后来还引申扩大到一切冒牌货、西贝货都称为“颜子生活”。这条口语一直流行到辽、金。辽人、金人嘲笑宋朝政府上了别人的当，或者钻入对方为它所设的圈套时就说“错买了颜子”。如今东京老百姓也嘲笑官家收进一颗假首级却付出不少赏金是买进一件“颜子生活”。

大约在东京人的心目中，官家做的事情，特别是有关边境的军政大事很少不是“颜子生活”的。但这次倒冤枉了他。根据各方面的考证，这颗萧干的首级货真价实，并非虚头。朝廷真戏真做，大题大做，告庙称庆，确实有它的理由。而郭药师更因此捞进一笔很大的政治资本，从此他的地位大大提高了，官家也因此确立了倚他为“北边长城”的边防方针，并且逐步把燕山一路的军政大权下放给他，骎骎乎有与童贯并驾齐驱之势。

最后一任的燕山路安抚使蔡靖，虽然名义上仍是安抚副使郭药师的长官，但只能仰他的鼻息过活，根本不能有所作为。他除不断密疏朝廷预言郭药师必反之外，并未采取任何有效措施来防止或限制郭药师的活动，而朝廷对于他的密疏，也照例来个相应不理。这样，蔡靖的日子倒过得十分清闲，每天与幕僚和儿子蔡松年诗酒唱和，再不然就是酒后发发牢骚。这父子俩写诗文、发牢骚的本领倒是有的。

蔡靖当着外人的面，称郭药师为“汾阳”。汾阳是唐朝大将，以尽忠帝宝著名，后来因平定安史之乱等大功封为汾阳郡王的郭子仪的代称。这个称呼极尽赞美恭维之能事。但他在儿子及亲信幕僚之间却直言不讳地称郭药师为“轧荦山”。轧荦山正是被郭子仪等平定的唐朝叛逆安禄山的小名。安禄山在叛变时，身任卢龙节度使，他的根据地正好也在燕山府。如果说郭药师入朝之初，逆迹未萌，赵隆就把他比为安禄山，未免为时过早，则现在郭药师擅地自雄、目无朝廷的事实，路人皆知（只有朝廷还对他存有幻想），蔡靖这样发发牢骚，可以说是接近事实的。

两个截然相反的称呼都传到郭药师耳中，但无论是帝室荩臣的郭汾阳也好，无论是巨憝神奸的轧荦山也好，对他同样都无关痛痒。手里有了六万精锐部队的郭药师对于单凭三寸毛锥和三寸不烂之舌混日子的文官们的毁誉早已不放在心上了。

把蔡靖这样级别的直接长官看得一钱不值，无足轻重，郭药师的气焰可想而知。这就是童贯再次出山时面临着的棘手局面。

2

要打败谭稹，把他撵下从自己手里夺去的宣抚使的位置，并不需要花多少气力。要战胜官家，收复他一度丧失的官家对他的倚任，那也绝非难事，他确信到头来总是官家要来就他之范，而不是他去就官家之范。童贯在再度出山以前，脑子里反反复复筹划着要对付的劲敌不是别人，而是他在内心中有几分怯惧，又多少存在一些幻想的郭药师。他已预作种种布置，也已设计出几套方案，只待复职令一下，就要使出狮子搏绣球的全力来对付郭药师，无论用软的或硬的手段，无论是笼络、欺骗、愚弄、威胁，或以名位相压，或以实力相制，或以金钱美人收买，或者派人打进去，或者把他的亲信部下拉出来，只要最后能使郭药师乖乖地听他的话，接受他的指挥，就他之范，这一切手段都是合情合理合法的。欲达目的，不择手段，似乎对付、争取、压制郭药师就是他童贯出任宣抚使的唯一目的。

复职的朝旨明令发表后，童贯上给官家的第一道奏疏中就提出要求把马扩从京师调回太原的宣抚司供职。奏疏中对马扩的才能倍加赞扬，还带点威胁的口气说："臣幕府中如无马扩其人，臣岂敢贸然北行?" 看来太医邢倞从内臣黄经臣那里听来的消息是可信的。

难道童贯真是这样欣赏马扩吗? 不，童贯并不喜欢马扩，也不信任他，在重大的问题上，常常拒绝马扩的合理建议，因而使马扩十分愤懑，这有往事可证。第一次伐辽之役，兰沟甸战败后，马扩竭力反对撤兵进雄州城，主张在城外构筑阵地，调整军容，伺机反攻。童贯表面上接受，暗中却听了刘韐的话，严饬种师道撤师，以致造成全线溃败。第二次伐辽之役，童贯又与刘延庆、赵良嗣吹吹唱唱，准备请金兵进取燕京，然后以金帛赎回。他不顾马扩的坚决反对，反而以朝命迫令马扩为国信副使出使金邦谈判，贻后来无穷之祸。燕京惨复后，童贯出于私心，把西军陆续调回西北复员，致使常胜军坐大。在这个问题上，马扩又曾多次与童贯力争，结果毫不生效，西军还是复员回去了。

老官僚的童贯只看到他们一伙人和他个人眼前的利益，只有碰得焦头烂额时才会想起劝他曲突徙薪的人。莫非童贯也看到他的处境不妙，所以一定要把马扩请来。然而请来后，又未必能够亡羊补牢，采纳他的意见。因为在新的形势下，又有新的个人利益和眼前利益，妨碍他为全局、整体、长远的利益做出正确反应。

童贯比谭稹、蔡攸这伙人略为聪明之处是他至少能够看清楚他个人和眼前利益之所在，而他们那伙人连这点也是模模糊糊的，常会做出不符合主观愿望，甚至与之截然相反的事情，比较起来，童贯确实比他们高明，但也不能远远超越他们。因为童贯永远是童贯，他永远不能考虑超过他的范围以外的利益。

这使得马扩在他麾下，即使舌敝唇焦，心焚血注，仍然对时局很少补救。但马扩也永远是马扩，他是属于那种明知其不可为却偏要干下去，而希望其万一还有可为的执拗的人，哪怕他说的一百句话中，童贯只听他一句两句而对时局有所裨益，那就值得了。苟有利于国家的边疆，何计乎个人的荣辱，他就是抱着这种心情应童贯的邀请来到宣抚司当差。

听不听马扩的建议，童贯自有自己的权衡，但是马扩这个人有多少价值，在他幕府中能起多少作用，童贯心中是清楚的。这时他感觉到需要用相当热情的态度来接待马扩，以弥补过去对他的怠慢。接风宴会以后，童贯屏退其他的从人，对马扩说了如下一番长篇大论的欢迎词。

“马廉访别来无恙?”这时马扩已升为保州路廉访使，不过他身为宣抚使幕僚，廉访使实际上还是个虚衔。官场中人对一个官员的升迁贬黜是敏感的，马扩之得以升迁是出于童贯的保荐，童贯立刻就以马扩的新官职相称，语气中既有尊敬，也不乏居功示惠之意。“本使此番出山，唯有绻绻以廉访为念，任事之初，即向官家奏明调遣廉访，幸蒙圣旨俞允。如今边事千头万绪，唯燕山一路最关紧要，蔡太学累次密奏朝廷，策郭药师必反，但所言多属推断之词，尚无确据。廉访多次往来北道，对常胜军的动静，想必早已了然胸中，此事据廉访看来如何？本使原来已属意廉访统辖此军，今后有关该军之事，悉凭廉访主裁，本使概不顾问。为今之计，应如何处置该军方为妥当，本使也尚无定见，廉访当有以教我。”

想到哪里就说到哪里，说过的话可以出门不认账，这正是童贯的一大特色，马扩早就领教过的。譬如此刻他说了“属意廉访统辖此军”的话，这样大事，未经朝廷认可，怎可轻率出口？这无非是一句口说无凭的空话罢了。但马扩作为宣抚司的僚属，仍有责任把自己了解到的有关常胜军的情况据实向童贯汇报。

[1] 今吉林辉南县境。
[2] 常胜军最初称为怨军。

3

常胜军在峰山大捷以后一年多的时间中，以空前的速度招兵买马，扩大军额，增强实力。这是明摆着的事实，可说人人皆知。可是随着它的扩军，常胜军内部的分裂也跟着十分激烈起来，这却非要对它的内情有些了解的人，不能道其详。

老资格的将领张令徽、刘舜仁都是渤海铁州[1]人，是郭药师的小同乡，早在怨军[2]成军时，他们就率领一部分乡人参军，与郭药师个人有极其密切的联系。他们可以说是一群早已契丹化了的汉儿，不仅在生活方式上，思想意识也完全是个契丹人。他们多年受耶律淳和萧干的卵翼培养，自命为忠于辽室，对北宋朝并无感情。只在到了残辽形势十分不稳，耶律大石已被萧皇后扣留以后，才和郭药师一样被迫参加反正运动。入宋后，既没有被宋朝重视，也不肯为宋朝卖力。袭燕之役，没有他们的份儿，峰山战前，望风先溃。自己没有立过寸功，反而把一股怨气冲向朝廷，怨官家、童贯有眼无珠，不赏识他们的将才，怨郭药师信任新进，忘记了老朋友，怨赵鹤寿、赵松寿凌躐过他们的头顶，目中无人。总之，他们处在羁旅孤臣的地位上，大宋绝不是他们的安乐土。

可是在常胜军中仍有他们的地位，他们不是以其才能、功绩而是以其关系和资格生存下来了，这两种优势在军队中还是十分重要的。凭着这两种优势，他们不但生存下来，还有机会进一步扩大其私人势力。他们把一些亲信死党安插在新招募的部队中，以权位实利为香饵，将一部分新军拉到自己方面来，成为他们的本钱。

这些人由于得不到朝廷的重视，战功和治军能力又相形见绌，为寻找自己的出路，开始与残辽降金的官员接触起来，并且通过他们的关系，也与金朝的贵酋们搭上关系。“关系”真是一条奇怪的纽带，任何时期都有这门高深精微、妙不可言的“关系学”。张令徽、刘舜仁等人以“怨军”起家，本来与金朝的贵酋们有着父兄家属不共戴天的怨仇，现在为了寻找自己的出路，竟然不惜通过过去的主人去跟过去的仇敌搭上关系，化敌为友，握手言欢，以出卖新的主人。机灵非常的刘彦宗看到有隙可钻，就竭力拉拢，双方打得火热。已经很懂得施展政治攻势的斡离不也十分重视这着棋子，他不惜放下架子，假以辞色，让刘彦宗用他的名义与他们通信，只等时机一到，就要让他们产生意料不到的功效。

所有他们这些活动，郭药师完全知道，他采取眼开眼闭、听之任之的态度，既不予以鼓励，也不加以限制。这种态度，被他们认为是主帅的默许，而郭药师的心里也正要他们这样认为。

常胜军中还有以甄五臣、赵鹤寿、赵松寿等亲宋的将领为领袖的亲宋派。比较起前一派人，他们在军队中的资格要浅一点，与郭药师本人的渊源也没有那么密切，但他们是实力派，过去在关外转战抗金打过几个硬仗的是他们，俘获萧余庆、强迫郭药师下决心反正降宋的也是他们。袭燕之役，他们所部受到很大的损失，甄五臣本人及所属的两个彪官都在激战中阵亡。现在这派人就以赵鹤寿、赵松寿兄弟为中流砥柱。辽朝的长期统治没有把这些汉儿“同化”过去，他们始终不忘记自己是汉人的子孙。入宋以后，踊跃从事，主观上更希望为母体多立点功劳。就是依靠他们的力战，峰山一役才能转败为功。后来又在边线上做了不少巩固边防的工作，对金人的挑衅，也敢于还击，几次打退金人的侵入。军队毕竟是一个讲究实力的团体，不管张、刘之徒施行了多少阴谋诡计，暗中做了多少手脚，在部队中的威信却远远比不上赵氏兄弟。中层军官，如非张、刘的亲信或有多年统属关系的，都愿意受赵鹤寿的统辖，争取立功的机会，而不愿跟随张、刘苟容自安。这种情绪，在士兵之间，就更加普遍了。

赵氏兄弟这派人的势力受到北宋朝廷的注目。在朝廷中有些官员的心目中，特别在官家的心目中，认为郭药师和常胜军是可以依靠的力量，主要就是根据他们这一派人的行动来判断的。但在郭药师的内心中，并不喜欢这派人，认为他们并不忠于他个人，也并非唯他之马首是瞻，然而又不得不依赖他们，把他们看成为一笔与北宋政府，将来也可能与金朝政府讨价还价的重要本钱。

截至目前，郭药师对这两派人都需要利用，既要让金朝方面感到有希望把他拉过去，留一条后路，又要让宣和君臣认为他忠诚可靠，才能不断提高自己的地位。暂时，他依违于两派之间，对他们之间露骨的斗争，没有明确地表过态，让两派人都认为自己是主帅的心腹，主帅仅仅在不得已的情况下，才与对方敷衍一下，这种复杂的处境，他们倒是谅解的。只有让两派人都这样想，他才能高踞在两派之上，施展手腕，让两派都为他所用，这才是郭药师作为一个部队首脑的妙用，这样才对自己最为有利。

显然，郭药师对未来局势的发展，已经做出几种可能的估计，但现在就要下结论，还嫌为时过早，他还要观望观望，再行定计。目前他最感兴趣的是最大限度地扩大军额，增强实力。他懂得归根结底，他未来的命运仍要决定于手中掌握的实力，而不是决定于玩弄政治阴谋。他派了自己真正的心腹到部队去，对新军实施严格认真的训练，在思想方面，做到了让他们只知道有郭太尉而不知道有王少保（王安中）、蔡太学（蔡靖）前后两任安抚使，更不知道在安抚使上面还有谭太尉、童枢密前后两任宣抚使，让士兵只知道有同知府（当时郭药师的正式差使是同知燕山府事）而不知道在同知府上面还有个朝廷。做到了这一步，他才心满意足，踌躇满志。

让两派在斗争中保持均势，自己才能从中取利。可是随着金军南侵之势日益露骨，这种均势已不可能长久维持下去。最近前线发生了一件严重的事件，就说明了这种新的情况。

有一天，郭药师携带张令徽、刘舜仁、皇贲等将领在燕山东郊围猎，这在军队中本是常事。大伙儿正在跃马弯弓，放鹰逐犬，极乐尽欢之际，郭药师忽然被人请回大营去延接两个身份不明的来客，这件事却不寻常。有人把它透露给赵松寿，赵松寿也动了疑心，派人加强边境线的稽查，两天后果然把那两名来客截获了，还在他们身上搜出一封措辞闪烁、含义不明的书函。案件正待审理，忽然郭药师已经得知消息，立刻派人来把两名来客连人带信一起提到军部去审理了。

这件事引起赵松寿的狐疑，但又不好声张，连自己的哥哥赵鹤寿也未敢相告。他们两兄弟的差别在于赵鹤寿更加效忠于郭药师，不允许对主帅有任何猜测怀疑。赵松寿憋在心里，憋不住了，也难免要在人前发泄几句。这件事，终于传到马扩耳际。

4

当马扩把这个不寻常的消息告诉童贯时，童贯也大为吃惊。他忽然把右肩耸起来贴到右颊上来拼命搔痒。这原是他在市井里闾时养成的不登大雅之堂的习惯，做大官后改掉了，但每当惊慌失措时，又会情不自禁地故态复萌。这样抓了一会儿以后，他诡谲的眼睛里忽然出现了坚决的表情，猝然发问道："郭药师不稳，俺也迭有所闻，只是抓不到他的把柄。今廉访探访得实，何不就行迅雷不及掩耳之计，把他除了，大祸可弭？"

"宣抚如何行此大事？"

"俺意即日将俺之命，召郭药师来军前会议，当场就数以通敌之罪，缚置狴犴，然后派员入燕宣慰，再得如马廉访其人者，接统此军，劫之以威，抚之以恩，俺看不出十日，大事可定。此计总得廉访允诺了，然后可行。"

一向首鼠两端的童贯，突然提出这样一个快刀斩乱麻的办法，不管事情是否可行，这份勇气倒也使马扩惊奇，不过经过进一步的分析，却蛮不是这样一回事。童贯的老奸巨猾和郭药师的机诈绝人，两个正好配成一对，童贯岂不知自己毫无准备，怎会贸然动手？郭药师步步为营，处处设防，如无十分把握，怎肯轻离辖地，落入别人的圈套？看来童贯是明知其不可，却故意出此一问，目的是为将来留个余地，万一常胜军出了毛病，他可以让马扩出来为他做证，他童贯事前是早有估计的，并且已下了决心要行大事，所以没有实现，那一定是受了部下的掣肘所致。他不但要马扩为他分谤，还要马扩来替他承担责任。

明知道童贯这几根鬼肚肠打的是什么主意，但边防重事，岂同儿戏？马扩职责所在，还是根据实际情况，作了审慎和严正的答复："宣抚以此大事见问，某岂敢不掬诚以告？如某之至愚，也知常胜军他日必为国家之患。但女真至今尚不敢大举南犯，只为顾忌此军，如我率尔动手，激成大变，军中蓄意叛变、引狼入室的岂无其人？那时女真如虎添翼，长驱南下，不知宣抚将何以善其后？"

马扩词锋锐利，也不顾童贯面上已出现不悦之色，继续发挥道："今日之势，犹如大病久虚，本原早亏，如再用劫药猛剂，未有不变于俄顷的。今日之计，不如暂且稳住郭药师，因势利导而用之，再图良策，千万不可鲁莽从事。"

"马廉访你说得太容易了，俺岂不知因势利导这句话？"童贯不禁高声嚷道，

"药师如可用，俺也不必问计于你了。正为他已萌异图，尾大不掉，除之既恐生变，留着又恐坐待其决裂，到了那时，还有什么良策可施？"

"计策倒是有一条，"马扩不为童贯的发脾气所动，微笑道，"只不知宣抚能不能用它？"

"计将安出？"

"女真人顾忌的是常胜军，常胜军顾忌的是西军。我以常胜军制女真，以西军制常胜军，岂非长策？今药师之众虽盛，计其新军旧部，也不过五六万人可用，其间多是马军武勇，宣抚诚能于陕西、河东等处选拔西军马步军六万人，分为三部，一驻燕山府，与郭药师对垒相制，一驻广信或中山府，为燕山一军之后劲，一驻雄州或河间府，又为中山之犄角，三军重重布防，声势相接，气脉相通，前后左右都有照应。"马扩说到兴会之处，不禁从童贯的案儿上，取了笔墨，临时画了一张草图。他指指点点地比画给童贯看，然后又加重语气说："今药师虽与刘彦宗书札相通，到底讲了些什么，是否已谈到通虏大事，尚不敢悬测其必然。某策药师之为人，如非形格势禁，无路可走，尚不至于甘心降虏，效一小番之劳。我今如以此项大军临之，使他进有所扼，退有所忌，更不敢遽萌异图。而金人见我重兵云集，层层设防，也不敢立即南侵，如此才能措大局以数年之安。在此期间，徐为设施，未必不能转危为安。某意今日国家之急，无有逾此者。"

"西军奉官家之旨，撤回西北，前后撤了一年余，好容易才撤回原防，如今又要兴师动众，檄调东来，劳师伤财，莫此为甚！即使俺赞同廉访此计，官家又怎肯下此前后矛盾之诏？俺看此议断断难行。"

童贯还是用他的老办法——借官家的名义拒绝马扩的建议。马扩洞察他的肺腑，不由得尖刻地刺了他一下："解铃还须系铃人，官家的旨意还不是凭宣抚一句话！"他以无可争辩的事实戳穿童贯的欺人之谈。然后，他倒认真地从宣抚司的利害关系来补充刚才的建议："想当初，原是宣抚力主撤回西兵，官家先还有些犹豫，想把种经略留在真定，兼制两河，又是宣抚与蔡学士力持反对之议，才把种经略遣回秦州。一时军府羽檄交驰，督促西军撤回，急如星火，不许有一人一骑逗留北道，文件俱在，岂能推诿？如今常胜军不稳，宣抚手下又没有一项可靠的军马，徒凭空名，怎制得郭药师？愚意是只能依照前议，暂且稳住了郭药师，虚与委蛇，一面催促西兵神速进军，三五个月后，河间、中山府都有了重兵，那时一纸诏书，以威望素著的大将杨可世、姚平仲分任燕山路兵马都副总管，协助常胜军戍守燕山，兼顾雁北，谅药师不敢不奉明诏，然后相机行事，徐分其权，宣抚也得凭借西军之力，驾驭药师，使其效忠本朝，勠力边疆，如此则大局尚有可为。”

马扩的话虽然说得率直，帅府无兵就无以制郭药师，这个道理倒是千真万确的。童贯也明知马扩此议是目前救苦救难、广大灵感的一帖良药，要挽救时局和他个人的危机非此莫办。怎奈他费了多少心血，好容易借常胜军之力把西军撵回陕西，如今又怎肯回过头来借西军之力来控制常胜军？说来说去，还是一个“私”字作怪。金军的南侵和常胜军的不稳已构成目前最大的危机，但它们是“公害”，比不上西军早已成为他的“私敌”。公害虽然可怕，私敌却更是根深蒂固的，在童贯的心目中，毋宁把后者的危害性看得更大。

想来想去，马扩的建议还是不能考虑，不过他说得振振有词，自己的隐私却无法作为公开的理由说出来反驳他，只好含糊其词地搪塞一下：“廉访此议，固合机窍，只是挪动几万人马，也是大事，即使官家俞允了，也非是咄嗟间可办。此外，廉访可还有其他的妙计以救燃眉之急？”

“搬调西兵乃当前的急务，挽救大局的正着。此外某还有一着奇着，今宣抚垂询及此，自当剀切进陈。”马扩沉吟了一会儿，又郑重其事地提出第二条建议。他说：“昔年伐辽之际，辽属各地义军起兵抗击，风起云涌，不啻百万，如今反辽义军，除董庞儿一军已归收编，由宣抚司调遣外，如彼之属尚有十余万人，仍结聚在燕南雁北诸山中。其中豪杰如张关羽、赵杰、韦寿佺、冯赛等多与某相识，平素议论，殷殷以国家为念，忠贯金石，宣抚诚能推心招纳，妥善安置，使彼尽心于我，则十万劲旅，立可成师，将来缓急可恃，胜于常胜军多多了。”

童贯带着深感兴趣的表情，听马扩说完了，连声说道：“此议可采，此议可采！”只是立刻就来了一个否定的转语：“不过我收编了董庞儿，金人已啧有烦言，如再收编那十多万人，金人知后，责难更多。譬如那韦寿佺、张关羽二人，金人已几次派人来要索，俺都推说其人无从查访，如正式编为部队，异日口舌之间，将不胜其烦了。”

这个道理在童贯看来是无可争论的，他轻轻一句就报销了收编之议，然后提出他自己的想法，征求马扩意见道：“诚如廉访所说，帅府无兵，无以制郭药师。俺想刘韐就任为真定安抚使后，已练成一支劲旅，宣抚司征兵于彼，谅他也不好推却。”

这时他们讨论的中心已经转移，现在童贯注意的，已不在于如何对付郭药师，而在于如何加强宣抚司的武装力量。马扩不相信刘鞈肯把他自己的本钱全部爽爽快快地拿出来，让宣抚司派用场，认为此事可能室碍难行，他仍坚持调用西兵和收编义军两条。童贯无奈，只得打退堂鼓道："无论撤回西兵，无论收编义军，都是大事，一时难下决断。容本使与宇文阁学商议了，却再与廉访理会。"

宇文阁学就是目前在童贯幕府中红得发紫的宇文虚中。说要与他商量一下，再作决定，还是缓兵之计。"急脉缓受"原是老官僚们对人处世的不二法门，将来事只好将来再说，童贯现在又大模大样地模仿官家的口气，想把马扩"稳住了"再说。却不知道随着形势的剧变，官家本人的口头禅也已有了相应的改变，如今不再是万事可以商量的"却又理会"，而是词气峻急的"休休"，这说明童贯的政治敏感性已大大落后于瞬息万变的局势了。

5

老官僚看重老关系，他们所谓的老关系，就是放出去的交情一定要收回来。童贯对于曾经从他手里得到过好处的那些旧部旧属是存在着不少幻想的。

譬如刘韐，多年追随他，最后由于他的力荐，出任真定府的安抚使，没有童贯就没有刘韐。刘韐的那笔本钱——由他的亲信李质和王渊统带的新军，在童贯的心目中无非是一笔暂时置诸外府的财产，什么时候需要，什么时候就可以收回来直接动用，刘韐绝不可能有什么推却、刁难之处。这自然是童贯一厢情愿的想法。

再如郭药师，童贯对他恩如父子，如今儿子长大了，有些事情对老子不大买账，那也还在情理之中。蔡京的亲儿子蔡攸还不买老子的账哩，害得老子只好公然对儿子称“公”，何况他与郭药师的父子关系还是“干”的！他认为与蔡攸比较起来，郭药师要算得是有良心的。他们之间如果有什么误会，只消他入燕一行，对儿子犒赏一笔，抚慰一番，一切误会都会烟消云散，儿子会很容易就老子之范。这也是他一厢情愿的想法。就是根据这种想法，他与几个主要幕僚商量决定了冒险入燕一举。

过去童贯手下的一些主要幕僚——所谓“立里客”，在这一年多的时间中已经变动得很多。幕僚的进退往往反映出府主的荣枯，在这一年多中，童贯被撵去职，然后又东山再起，这一下一上的变化，自然会影响幕僚们的去留。最明显的例子是老资格的李宗振，他油水已经捞足，趁童贯下台之机，宣告与恩主同进退，告老回京师纳福。童贯再起，叫他出来，他兀自推三阻四，借口足疾未愈，还需疗养，不肯离京。看来是只愿共退而不愿共进的了。刘韐飞黄腾达，在童贯离任前已出任真定安抚使，由于他治军治民都有一套办法，这位子坐得很稳，隐然成为朝廷的方面大员。赵良嗣与马扩一样，留在京师备官家咨询，不过赎回燕京城的外交谈判办理得不善，现在后果不断暴露出来，连带他的声名也有些黯然失色。王麟拍上了谭稹的马屁，由谭稹保举他为洺州知州，好不风光。不意童贯复任，他唯恐童贯要找他的岔子，吓得心惊肉跳，后来有人授意他写上悔过书，外加一笔加倍的报效。童贯不念旧恶，受纳了礼物，退回书子，才叫他放下心来，如今仍在洺州任上。最倒霉不过的是他的老搭档贾评。贾评先在袭燕之役做了俘虏，差一点成为萧干的刀下之鬼，后来钻入郭药师幕府，主管常胜军的钱粮，照样招摇撞骗，作福作威。郭药师想拿他开刀，抓住一个贪污的把柄，再度投进燕山府的大狱。罪证凿凿，他百喙莫辩，已被问成死罪，看来是死多活少了。

现在童贯的幕府中，第一号红人是徽猷阁学士宇文虚中。童贯凡事都要与他商量，听他的主见。宇文虚中同意马扩的建议，对郭药师不能采用鲁莽的做法，要抚之以恩。不过对童贯的入燕之议，却有些惴惴然，唯恐郭药师翻脸不认人，进得去，回不来。

这一次是童贯自己拿下的主张，除父子关系以外，他还有很有把握的一条，是给郭药师送去一笔重礼。吃了别人的口软，拿了别人的手短，郭药师要是接受了这笔重礼，感激涕零之不暇，怎怕他还会翻面无情？

童贯在京师时就有一个雅号，叫作“两脚赦书”，意思是他所到之处，总要给人们一点恩惠，有时是小恩小惠，有时是大恩大惠，要看接受对象的不同身份和不同的利用价值。横竖是慷公家之慨，不用掏自己的腰包，既显示了自己的阔绰，又做了人情，何乐而不为？这一次他手里有了李邦彦拨给他的二十万两匹银绢，原是李邦彦晋位首辅酬谢他的礼物，他全部拿出来专作犒师之用。

一向喜欢布置戏剧化场面的童贯，这次却也考虑到带去的人太多，场面过大会引起郭药师的不安。何况多带一些人，就算倾宣抚司现有的兵力，带两万名步骑兵去，送进常胜军的虎口，真要动手打起来，也无非供它张口大嚼一餐而已。为了取得怀柔的效果，他只派一千名士兵护送十万两白银、十万匹绢帛前往燕山，他自己带着宇文虚中、孙渥、辛兴宗、辛企宗等几个幕僚，可算得轻骑简从地直奔燕山府，对常胜军和郭药师来一个突然袭击。不是用武装，而是用金帛去袭击他们。他发动的不是一场攻城战，而是一场出其不意的攻心战。他期望着辉煌的战果。

这一场由童贯发动的袭击战，历史上有个专用名称，叫作“入燕犒师”。

无定河不愧称为无定河，每当春夏之交，河水大涨，流势不定，特别在卢沟河那段河床，往往一夕之间就涨到二三十丈开阔，比平时宽上三四倍，把两岸的沙滩地都涨满了。当时还没有固定的卢沟桥，平日交通全靠用船只连缀起来、上面搁着跳板的浮桥来往摆渡。此时水势上落相差过大，浮桥也搭不起来，只好直接用船只摆渡。童贯有鉴于此，早两天就通知燕山府路有关官员，要他们在渡口舣船相迎。万想不到，当他们这行人连同那一百辆装着银、绢、花红、牛、酒、馒头的太平车到达渡口时，南北两岸都毫无动静，不但直属宣抚司的地方长官燕山路安抚使副蔡靖、郭药师两个都没有远来相迎，即使奉有明令准备船只摆渡的转运使吕颐浩、副使李与权也不见影踪，不但本官不见，吏员部属也不见一个。当时正是戎马倥偬的时期，老百姓也很少到这里来摆渡的，偌大的渡口竟是冷清清的一片。平日威福自恣的童贯受到属官这样的漠视，还是第一遭碰到。他不禁惊疑交集地问宇文虚中道："郭药师不出来相迎，倒也罢了，为何蔡大学、吕漕司也都不见影踪，难道前日发去的文书没有赍到？"

"文书是虚中亲手钤封，派了妥当人员，用四百里急递驿送，平常重要的军书，都是如此传送，从无差池。今番有失，莫非还有他故？"

宇文虚中是当代的大手笔，擅长撰写官书文告、碑版铭碣，被童贯罗致在幕府后，不但在文字方面，办起公事来也十分细致妥帖，取得童贯极大的信任。这次童贯入燕，有意规避马扩，把他打发到雁北去公干，却让宇文虚中随侍身边，目的就想把他与郭药师拉拢拉拢，以取得郭药师的好感，将来容易打交道。宇文虚中对童贯入燕之议持保留态度，内心并不赞成，但也不敢明白反对。如今，他看到童贯着急，只好虚词安慰几句，探测童贯的口气。虽然此行祸福难测，事到临头，断无打回票之理，他又劝童贯硬着头皮，探身虎穴，去看个究竟。

应该要说的不说，应该不说或不该说的倒说了几句，这些违心的说或不说都服从当时环境的需要，这正是一个做幕僚的苦处，也可以说是做一个高级幕僚必要的长技，只有充分运用了这种长技，他才有希望成为红得发紫的人。

他们派出人员去上下流拘了七八艘大船、二三十条小船。这个任务不容易完成，宣抚使的旗号就足够把一些民船吓走了，吓得远远地躲起来。费了九牛二虎之力，才把它们拘到，来回摆渡。这个任务又是十分艰巨，首先是民船上的夫子不肯卖力，躲躲闪闪，再加上车多货重，人多嘈杂，临时慌张，整整花了大半天时间，才勉强把那一百辆太平车连货带车一起渡过。这时天色早黑下来了，两岸的士兵吵吵闹闹，连童贯本人也不知道当天可以到哪儿去投宿，正在茫然无主之际，忽然前站一迭声报来，燕山一路的文武大员都在前面大路口恭候宪驾了。

饿着肚子的人，给他一个粗粮做的馍馍，也会吃得津津有味，现在童贯的心理正是如此。童贯生平不知道多少次接见迎接他的属员，一般都是绷着面孔，大剌剌的，爱理不理。如今忽然听说郭药师已来迎接，不禁大喜过望，还怕这个消息不实，要人再去打听报来。

“小的打探是实，还亲眼看见郭太尉指挥大众，列队迎候，岂敢有虚?”

“你亲眼看到郭太尉?”

“小的亲眼看到郭太尉。”

“你认得郭太尉，不会看错?”

“小的久已认得郭太尉，圆圆的脸，高挑的剑眉，还骑着那匹御赐的乌云骓，岂敢错认虚报?”

疑云尽消，童贯不觉喜上眉梢，连那探子说话时小小的越礼也放过了。他转过头来，不禁讥笑宇文虚中一句道：“俺道郭药师必有安排，果然不出所料，宇文阁学刚才那一说未免有些多心了。”

其实宇文虚中在形势最险恶、连童贯本人心里也是七上八下的时候，他职责所在，说了“莫非还有他故”六个字之外，并不敢对郭药师有什么非议。饶是这样，一旦形势有了变化，童贯就立刻反唇相讥，毫不容情，说明自己的涵养功夫还是大大不够，这倒要引为教训，今后越发要谨慎从事，免触逆鳞，省得惹来是非!

宇文虚中正在考虑怎样回答童贯的话未定之际，忽见郭药师本人带着常胜军的几名高级将佐，已经策马驰至。郭药师带头滚下雕鞍，躬身唱喏，态度十分恭谨，口中还说：“早知恩相即将驾到，只为北边有警，卑职尽心王室，职责所在，不得不亲自出去摒挡一番，到了晚晌方回。因此有失远迓，万望恕罪。”

在这一年多没见面的日子里，郭药师显然长胖了，在他浑圆多肉的脸庞上已经看不见多少当年英武精悍之气，只有两道眉峰高高吊起，一直深入额鬓之间，显得英俊异常。由于地位的改变，他对下属的态度变得相当严厉，有时剑眉一挑，眉端的两块肉皱拢隆起，向部下死盯一眼，就会把那人吓得不寒而栗，不知不觉地退后两步。这个表情好像是“新产品”，过去，他却是以宽待部下出名的。此外，他对于蔡靖等人，正眼也没去看他们一下，似乎根本没有他们的存在。他的这股桀骜之气，并不因为长官童贯在场，而略有收敛。

但他对童贯本人的态度却是恭敬的，显然要想讨好的，这与他对待其他人的态度形成明显的对比，使人感到十分不协调。宇文虚中不禁偷偷地向童贯睃了一眼，想看看他的反应如何，只见他欢天喜地，满心高兴，根本没有感觉到那种对比，心里又不禁怪自己多此一举，无事生非。

然后是大队人马开进燕山城。郭药师一路小心翼翼地护送童贯，下了马又亲自搀扶童贯进入富丽堂皇的同知府，大摆筵席为宣抚使接风。宴席上，他殷勤招待，谈笑风生，完全是主人的派头儿，即使在礼貌上也把他的顶头上司蔡靖忘掉了。蔡靖冷清清地被搁在一旁，好容易等到机会，才得凑上去插一两句话，有时一句话未说完就被郭药师插断了，还有半句只得咽回喉咙去。位居燕山路第三名的转运使吕颐浩连说一句话的机会也没捞到，只好喝闷酒。好在童贯的心目中也只有这个郭药师，根本没有也不需要他们的存在，他们说了什么，想说些什么，他全不在意。

这一夜，童贯睡得好甜呀！他心里的一块石头完全放下了。临睡前，他与宇文虚中说了一句："俺早说郭药师孺子可教，看他这等恭顺，安有他意？看来马子充好大喜功，所报之事，未必是实。俺如听了他的话，遽尔动手，岂不是自己坏了长城？"

这一句严厉地谴责马扩的话，有一半是对宇文虚中的警告，因为看见他吞吞吐吐地似乎又想说什么了。

宇文虚中的喉咙的确又痒上来了。他精于冰鉴之术[1]，看得郭药师鹰视狼顾，两睛白多于黑，闪烁不定，更兼脑后见腮，皮笑肉不笑，分明是个胸有城府、居心叵测的生相。根据相法，凡是长着这等生相的人，不可不防，此其一；宇文虚中还注意到宴会进行中，郭药师一再对手下人示意，不让蔡靖与宣抚司里的人接近，最后辞别时，他自己拉住蔡靖，刚寒暄了两句，就有人上来把蔡靖拉走，不容他在童贯歇脚的行馆中停留片刻，其中肯定还有文章，此其二。这两点意见还没说出口，就被童贯的"自坏长城"冲走了。

其实不仅宇文虚中一个人有这样的看法，就连他的同僚，常因酗饮过度误了公事，因而受到童贯责备的孙渥也有相同的看法。今夜他清醒地看到郭药师种种反常的行为，特别注意到在他露骨的骄倨和过分的谦恭中间一定还隐藏着什么不可告人的动机。

孙渥是宣抚司里最出名的酒鬼，他鲸吞驴饮，一醉往往几天不得下床，醉中胡言乱语，不知嚼什么舌头。有时忽然清醒了，却每能提出独特的见解，为众人所不及。有时说得十分尖刻警策，鞭辟入里，抉人心肺，连马扩也非常欣赏他。他得意扬扬地在司里宣言："俺在宣抚司里有两个知己，一个是马子充，半个是宇文阁学……"

"还有半个呢？"

"还有半个，就是为俺打酒送菜的小童儿，他年方十四，尚未成丁，因此只好算得半个。"

[1] 看相术。

这句话是冲着宇文虚中说的，显然开罪了他。不过司里二三十名同僚，连半个知己都挨不着，他总算捞上了半个，也可以满足了。一般人对酒鬼说的话，都不太认真对待，宇文虚中也是如此，他对孙渥采取宽容的态度，有时也要和和他的调，以便从他口中勾引出一句两句非常警策的话。

当夜他就和孙渥谈开了，谈到郭药师的谦恭出人意料，也小声地谈到童贯表面上的自满掩盖不住他内心深处的不安。说到后来，孙渥又情不自禁地把嗓音提高了：“宣抚幸好是送来二十万两匹银绢，才买得郭药师出郭二十里外相迎。一万银绢，值得一里路。早知如此，多送几百万银绢与他，郭药师想必要到太原府来迎驾了，也省得宣抚心里老是忐忑不安。”

6

孙渥的话有相当道理，怪不得马扩、宇文虚中都要被他引为知己。童贯的二十万两匹银绢，果然索取得应有的代价，它在空间上，值得郭药师出郭二十里外相迎；在时间上，值得郭药师两天殷勤的款待。在这限定的时间、空间内，郭药师尽礼接待，一切都进行得十分正常，无可挑剔，可是超过这个限度，郭药师终于要拿出一点颜色给童贯看看。

今天郭药师的地位、实力、功架，连他本人的体型体积都不是当日的郭药师可比的了。当日是个降虏，今天已成为“北边长城”，你童贯怎能以两年前的老眼光看人，甚至希望以父子之情来感动他？你是什么父，他是什么子，你们之间有过什么感情？这真是童贯一厢情愿的想法！

说起来，童贯也真太不知趣。在第一个晚上接风宴会上，郭药师给了他一点好面孔看，他趁着一时酒兴，忽地提出要举行一次阅兵式，检阅常胜军。

这个要求提得不合时宜。要阅兵，就等于提醒郭药师的部下，在郭太尉头上还有个高高在上的童宣抚，这是冒郭药师之大不韪的。如果郭药师当场拒绝，叫你下不了台，岂非对宣抚使的威信一大打击？当时在一旁陪侍的宇文虚中听了十分着急，又无法劝阻童贯。

郭药师果然不肯马上答应下来，略为沉吟，童贯的脸上已出现不自在的表情。好个聪明机警的郭药师，当着部下将佐的面，忽然高举酒杯，慷慨陈词道：“恩相要儿郎在校场练兵，以备检阅，药师岂敢不执鞭坠镫，听候驱策？只今夜就要关照下去，稍事准备，期日必有以报命。恩相安坐官邸，等候药师的回话就是！”

第二天，郭药师又到行馆来伺候，态度和昨天一样恭敬，说起话来，“恩相”二字不离口，只是没提起阅兵之事。直到傍晚时分，才由刘舜仁代替他前来禀告说阅兵式准于明日申刻举行，到时主帅自会到行馆来迎接宣相，前去检阅。话说得倒也不离谱儿，只是神色之间有些匆遽，引起幕僚们的议论。孙渥又说了一句刻薄话：“这个刘将官可是屁股上挂了个大炮仗？你看他坐立不安，唯恐炮仗点着了，火烧燎毛。”

再过一天，事实上已超过郭药师的“时间礼数”的极限。不管幕僚间议论纷纷，童贯本人还是懵然无知。他清心寡欲地酣睡了一夜，一清早就爬起炕床，高高兴兴地命令很懂得检阅操练等武典的辛氏弟兄前往大校场去看看郭药师作何部署。

辛氏弟兄很快就回来禀告说，大校场上一无动静，门口还是三两个岗哨，稽查不严，行人仍可在校场周围行走。最紧要的，专供上司坐憩的芦席棚也未见搭起来，看不见有大军检阅的样子。

岂有下午就要阅兵了，上午在校场上尚无动静之理？一定是他两个贪懒，没有看得真切。童贯立刻破口大骂他两个“糊涂”“混蛋”，叫他们再去看来。

辛氏弟兄都是童贯的亲信，久在麾下，位分儿不低，如果下放到外路去，当个路分钤辖，甚至兵马都副总管都有他们的份儿，如今童贯却把这两员大将当作探子使用，动不动就要顿足抵案，高声叱骂。他两个懂得官场上一条颠扑不破的道理：愈是亲信的人，愈有挨骂的份儿，愈是挨骂，愈有被保举上升的机会。只有准备坐冷板凳到死的，才不愿受气挨骂哩！他两个逆来顺受，让童贯骂饱了，骂足了，然后诺诺连声而去。这时已到晌午时分，校场门口的两名岗哨都已撤去，他们进去兜了一个圈子，鬼也找不到一个。辛兴宗无奈，想攀攀交情，找个相识的常胜军军官打听一下。这一套本是他的看家本领，平时酒肉征逐，放下去的本钱不少，可是急来抱佛脚，一时竟找不到人。好容易三转四弯地找到了步兵将领皇贲。他们本来厮混得十分熟悉，无所不谈，此时皇贲竟也守口如瓶，问问他下午检阅的事情，他推说没有接到上峰的命令，一概都不知道，看来是不愿露一点口风。白白浪费了半天，结果还是一无所得。弟兄俩只好硬着头皮去见恩相，准备再挨一顿骂。

“这倒怪了！”这次童贯换了一副面孔对待，不再责骂，只是挥手斥退了这两个不中用的大将，心里掂掇道，“那天宴会上斩钉截铁地说要让本使检阅大军，昨日那个姓刘的将官又禀告得确确实实，如何又不做准备！这郭药师闷葫芦里究竟卖的什么药？只索到时再见分晓，本使对药师可说仁至义尽，他再要安什么坏心来欺侮本使，只怕国法难逭，天理不容。”

童贯居然也会想到天理，这真是难得而又难得的事情。当下他踱进耳房，想找宇文虚中谈个畅快。宇文虚中刚与孙渥一起吃罢午饭，两个正在促膝密谈，忽见童贯进来，一时猜不透童贯心里想着什么、嘴里要说什么，脸上出现了尴尬的表情。

童贯一看这里不是吐露心腹的场合，他对郭药师的疑心，只好再度深藏起来。他看一看宇文虚中深有含蓄的脸，再看一看孙渥被酒糟得通红的鼻尖，从那里似乎正在喷出一股股的酒气，不禁皱一皱眉头，说道：“受丹，你宿酲未醒，昨夜又到哪里酗酒去了？可别耽误了公事。”

孙渥竭力隐藏下一声长笑，朗声回答："卑职入燕以来，想到身在虎穴，战战兢兢，唯恐着了道儿，喝那厮们的洗脚水，日来涓滴未饮，昨晚早早就睡了，宇文阁学可为卑职做证。"

谁着了谁的道儿？谁喝了谁的洗脚水？看来要等待事实来证明。孙渥仗着一点子酒疯，装痴作醉，有时倒敢在童贯面前说几句真话。正因为他没有做第一号红人的包袱，禁忌较少，顾虑不多，敢言宇文虚中之不敢言，这倒使宇文虚中有些惭愧起来。

不过他出言俚俗，措辞十分不雅，出身市井的童贯也熟悉这一类村语荤话，不过从他官高爵显以来，麾下很少有人敢于以这样的俚言去冒犯他了，当时听了孙渥的话，不禁又深深地皱起眉头来，宇文虚中在一旁吓得冷汗直流。

7

到了时分，郭药师没有让他们多等，果然胄甲而来，要恩相率同随行人员以及燕山一路的文武长吏一起随他出西城阅兵。

这一次郭药师虽然礼数如前，但因顶盔掼甲，全身武装，腰下又佩着宝剑，不知不觉露出了一副威风凛凛旁若无人的气概。他要童贯出城去检阅部队，这又是新花样，原先没有讲到过出城的话。城里城外，虽然同样都在常胜军管辖之下，如有不测，同样都是虎口，不过童贯对燕山府这堵高峻的城墙还是寄托以安全感的，要他出城，心里更有些惴惴然。他转过头来看看宇文虚中，希望他出点主意。宇文虚中还是那副尴尬的面孔，似乎事已如此，只好听之任之了。

他们相将驰出西城门。

两名小将前驱引路，童贯作为这个队伍的最高统帅，一马当前，郭药师紧紧跟在后面，然后是一长串的幕僚、随员和地方长吏，后面又是常胜军的几员大将。他们名为随行保护，看起来很有点监押的味道。他们把眼睛盯得牢牢的，不时在人丛中点数，有时大声吆喝一二声，似乎怕有人从队伍中溜出去开小差。在他们严厉的管押下，这一行人只有向前疾驱的份儿。不允许说话问话，更不允许随便停下来小憩。这使他们感到一种沉重的气氛。

沿途所经，气氛也同样是沉重的。

燕山府遭到金人的破坏劫夺，留下来的人口寥寥无几。在这两年中，常胜军虽略有恢复，基本上还是一座要塞城，驻军的人数与居民相等，平常在街头往来的多数是军方人员以及他们的眷属。今天郭药师下令，除有出勤任务的以外，其余士兵一律不准跑出营房，因此他们在城厢内外绝少发现行人，出城十里路后更是行人绝迹，也看不到一兵一骑，一旗一鼓，根本不像有阅兵的样子。童贯满腹狐疑，几番要驻下马来，向郭药师打听个明白。郭药师还是胸有成竹地回答道：“恩相休得猜疑，且随某来，某自有道理。”

说着把马缰绳一拎，双腿一夹，他骑坐的那匹御赐乌云骓一下子就超越在童贯的马头前面，却回过头来，做个手势，要童贯策马跟在他屁股后面，童贯无奈只好照办。

他们不觉早驰过一块路标，上面字迹拙劣地刻着“二十里牌”四个大字。二十里路是郭药师在“空间礼教”上的极限，似乎跨过这条分界线后，他虚伪的面具可以卸除了。他在动作、说话的语气上都越来越多地显露出一股飞扬跋扈的神气。这一带虽无特别拔高挺秀的大山峻岭，却是千峰万壑、连绵不断。只见远处有许多因山依势修筑的城墙，还有一座座严整的关卡隘口和烽火台，近处并无高大深密的树木，也没有窝棚或其他可以藏兵之处。郭药师策马驰上一处高丘，回头看看童贯的马力不济，就指挥从人把他扶下马来，几个人一起着力，再把他掖上高丘。

郭药师以完全、绝对的主人翁的姿态指指画画，相度形势。

“这是居庸关，古称天险，山间隘路，只容一人一骑单行。”郭药师扬起马鞭，遥指东北方向的一处关隘说，“当初阿骨打夺取燕京城，就是取道于此，真乃国家北门之锁钥。如今已派赵鹤寿、赵松寿兄弟率领大军一万名驻守，山口关卡，布置得铁桶一般。斡离不纵有通天本领，也休想从此路入寇。”

这时童贯早已驰得气喘如牛，一时回不过气来说话，只有洗耳恭听、点头称是的份儿。

接着郭药师又用马鞭虚指偏西的一处关口说道：“那是天险三岔口。粘罕那厮盘踞云州后，几番派兵骚扰，要想取得三岔口为入侵之计，都吃药师派兵打退了。如今这里也有一万名大军驻守，只要保得此处不失，管教粘罕云中的来师匹马不还。”

郭药师在这里、那里比画一番，显示出他的真正的主人翁身份，童贯虽然位分高，不过是他邀请来的客人，至于童贯以下的随员都是仆人而已，客人还可以欣赏、赞美他的军事布置，却无权过问，而仆人们只配他颐指气使，更没有置喙的余地。他说了这番话后，根本没有去考察众人的反应。

不过反应当然会有的，他听到好像有人在嘁嘁喳喳地私语，这使他更加愤愤不平地发起牢骚来：“可笑那二太子郎君和国相粘罕，枉自经营多时，虎视眈眈，一旦碰上俺常胜军的铜墙铁壁，无不头破血流。只是俺历年拮据，好容易撑起今天的这个场面，如今东西两路都要防守，燕南群山间，仍有些乱民思变，还不时要让张统领、刘统领出队去雕剿。俺尽心王事，何负于国家？何负于朝廷？可恨还有人横加嫌猜，说什么安禄山、史思明重见于此日。”说着他狠狠地朝蔡靖看了一眼，吓得蔡靖冷汗直流。接着，他又去人丛中找马扩，却没有找到，只好把宇文虚中和孙渥两个当作替死鬼，眼睛盯着他们说道：“前日还听说有人欲调西军来镇压常胜军。西军有本领，为什么不去对付二太子、国相，却来对付一朝之臣的常胜军？俺看西军败军之余，自顾不暇，即使全军来临，也何足为惧！恩相听听这等议论，岂不十分可笑？”

孙渥的喉咙口“咯碌”一声，似乎有一句话要跳出来对付郭药师。童贯唯恐他闯出乱子，急忙抢先安慰郭药师道：“太尉总统兵旅，捍卫北道，不愧为国家干城。本使此番出京时，官家一再嘱咐，定要把朝廷倚任之诚当面说与太尉知道，可见圣眷非凡，旷古未有。将来再立大功，歼灭金寇，名垂竹帛，当与汾阳王媲美。至于悠悠之口，不根之论，何代无之？只要官家心里明白，此等浮议，何足介意？”

这番话说得婉转动听，郭药师的气性似乎平了一些，童贯趁机带着显然讨好的意思央告道：“太尉拥貔貅之师，虎踞北边，俺等来此，已有三日，尚未得见盛大军容。阅师之议，已承玉诺，如不使俺目睹，未免是入宝山而空手归去了，太尉其有以示我？”

童贯一向趾高气扬，今日在人屋檐下，不免要矮下一截，说起话来，和和顺顺，倒像是下属在向上司请求什么。郭药师几经曲折，一番做作，首先把童贯的气势打下去了，十分得意，当下哈哈大笑道：“常胜军十万，半数驻防前线，其余的五万大军，就藏在此处山谷之内，恩相枉自带了这许多耳目，如何看不见此处的大军？”

“太尉休得见欺。”童贯再一次把周围的山谷地势仔细看了一遍，不禁骇然道，“这里群山万壑，都近在咫尺，一目了然，如今静荡荡的没听到半点声音，又不见有人马旗帜的影踪，如何藏得下五万大军？太尉敢是在戏弄下官？”

“恩相既是不信，麾下可要放肆了，惊动了尊驾，请勿罪责。”

郭药师把这篇文章做得笔酣墨饱，无懈可击，然后从衣兜内倏地取出一面三角红旗，迎风展开，再向正前方连飐三下。只经过片刻的静止，就听见山谷里扬起一缕缕凄厉的号角声，接着就有无数面擂鼓一齐敲响，那号角声和鼓声好像拔地而起，顷刻间就震动云霄。

童贯等一行人都被弄得稀里糊涂，还来不及拭一拭眼睛，就看见漫山遍谷都有彩旗转动，一队队服装整齐、精神抖擞的步骑兵在那连绵不断的旗帜指引下，都从隐蔽的山谷中转出来，向高丘下一片大平原集合。

那片平原就在高丘东面的山脚下，正好被前面一列屏嶂挡住了视线。如今看到人马向这里集中，大家不由得再走数十步路，走上丘顶，平原这才豁然显露。它有百把亩地开阔，更兼土地平整，周围并无一点杂木灌丛，是一块天造地设的阅兵场所。士兵们从四周的山谷间走出来向这里集中，山间隘路，转身不开，行走困难，可是他们走得行次分明，秩序井然，谁也没有越位乱次，搅乱队伍。不多一会儿，所有的队伍都集中起来，恰像山间无数奔湍，千转万折，最后都汇进了一片大湖泊内。

队伍虽多，行列却十分清楚，各队与各队之间仍然保持着匀称的间距，似乎这几万名士兵已在这块平原上演习过多次，大家都熟悉自己固定的位置。现在是把他们自身连同坐骑、武器都在这个位置上冻结起来了，新的命令下达以前，人和马都不走动，不发出喧哗的声音，高举的武器像直立的树林，没有一点晃动，只有五色缤纷的军旗，被山风吹拂，不断飘动，还发出呼呼的响声。

这是第二次的静止，人马从山谷中赶出来，到这里又被冻结住了。那一片平原从高丘上望下去也好像一片被风吹皱了波浪的平静的湖面。

这些受检阅的部队，都是郭药师在这一年中训练出来的新兵，就是那一支只知道有郭太尉而不知道上面还有童宣抚和朝廷的队伍。能够把这些士兵训练到这样像岩石、像直木、像排着行列爬行的蚂蚁，像依次在山谷间跳跃的猿猴，那真是郭药师的得意杰作。

这时人们都把眼睛盯住高丘上那面小小的红旗。那红旗虽然面积不大，制作简朴，几万人马却都要听它的指挥。人们也许看不清楚挥动红旗的人，但这面具有绝对权威性的红旗是他们熟悉的，只要它一挥动，马上就变成千万人共同的意志，变成大家集体的行动。郭药师故意延长了平静的时刻，好让高丘上一群检阅者屏息静声地领略领略他的壮盛军容——既然他们如此强烈地希望看到它。然后他用力把红旗向下一落。这是一个有力的信号，霎时间平静的湖面上激动起来了。平原上忽然出现了一片翻滚的白旗，所有的队伍都转动起来，变成一个个小方阵，许多小方阵接连起来，变成一个流转不停的大方阵。然后又是一阵金钲擂鼓，白旗倏然隐去，引导着队伍转动的是一片好像滔滔黄流的黄旗，这时方阵也变成了圆阵，然后又是皂旗变曲阵，青旗变直阵，绯旗变锐阵，绯心皂旗变长蛇阵，绯心青旗变伏虎阵。在不多的一会儿时间中，旗色变换了七次，

*童郭斗法。

阵形也变换了七次。这是按照宋军传统的阵法变易，常胜军演来纯熟自如。

阵法演完，按照传统，就要选兵选将，击刺混战，这往往成为阅兵式的高潮。这时人们看到平地上一片方旗翻飞，各种颜色都混在一起，莫辨青黄皂绯白，随着旗号的变动，人马滚滚，奔走疾驰，士兵们的节奏加速了，眼花缭乱之间，根本分不出是什么队形、阵形。他们相互奔逐，相互穿插，既好像是乱窜乱走，又好像有一定的规律，大家都向高丘的方向涌进。平静的湖面，卷起了大风大浪，变成一波未平、一波又起的汹涌怒涛。

有谁喊出第一声“杀”，接着几万名战士都怒吼起来，高声喊杀。此时战鼓急催，喊声四起，平原上成为一片真正的战场。士兵们举起刀枪剑戟，向前冲刺，刃锋所指，恰恰都对准高丘上的一行人，把他们当作模拟的敌人，当作假定的冲杀对象。骑兵队跑在最前面，霎时间就冲到高丘底下，作势要冲杀上去。

站在高丘上的童贯和他手下一行人看到这种别出一格的检阅式，吓得惊慌失措。郭药师早已走得不知去向，连同几员常胜军的将领也都走开了。留下他们这些没脚蟹，在高丘上一块不大的地方往来盘旋。急忙之中，童贯想起辛兴宗身边还带着宣抚使令箭，急令他赍着下山，传令士兵们停止演习。叵耐辛兴宗这时已吓得手颤脚软，喉咙发干，竟然发不出一点声音，无法接受任务。宇文虚中算是有胆气的——当他丢掉宣抚使幕府中第一号红人的包袱以后——他从辛兴宗手里接过令箭，飞骑下山，高声传令。无如这些常胜军的新兵，只认得太尉的红旗，却不把宣抚使的令箭放在眼里，任凭宇文虚中声嘶力竭地发出停军令，也无人理睬，恰似一块小小的石子投入汪洋大海中，根本没有一点反应。

潮水涨得更加汹涌了，拍岸的惊涛和排天的浊浪一波接着一波地向堤坝上冲击上来。顷刻间高丘的四周都挤满了喊杀的战士，把宣抚使一行人围得水泄不通。双方的距离已经非常接近，童贯等人看清楚了战士们都是两眼发红，额头冒烟，正在寻觅爬上高丘的路径，要把他们当作俘虏，生擒活捉，押送回营。这没有什么疑问了，肯定是一次事先布置好的兵变，让童贯自己来钻进圈套。这时退路已断，要逃也无路可逃，他们只希望从岩石中间找出一条罅缝，大家就可以从那里钻进去。无如童山濯濯，岩石光滑得好像一面铜镜，根本找不到一点隙缝。事到如今，他们只有束手受缚的份儿。

“大事不妙了！”这时已完全丢落宣抚使架子的童贯心里想道，“不想今番自投罗网，着了郭药师的道儿，喝了他的洗脚水。有去无回，我命休矣！”

正在间不容发的当儿，忽然在对面一座山峰上出现了那面决定他们生死的小小三角红旗，一员顶盔掼甲的大将立马顶峰，向山下的战士轻轻挥动令旗。远远望去，他的神情异常从容，眼尖的似乎还看到他的嘴角挂着一丝讥嘲的微笑。

随着令旗展动，金钲再鸣，号角频催，战士们都停止了前进的步伐，停止了叫喊，接着就按照次序一一后退，退得层次清楚，一丝不乱。最后都退进刚才隐蔽着他们的山谷里。这一场怒潮，涨得迅猛，退得神速。不多一会儿，这片平原就完全空出来了，一切都恢复到原来的平静，只有宣抚使本人的恐惧心境还没有很快地平复下来。

一时，郭药师上来告罪道："只为恩相一心要检阅军队，儿郎们无状，惊动宪驾，万望海涵莫怪。"

本来童贯擅长的是讲几句漂亮的好话，绷绷场面，大家的面子上好看。这样的好听话，他根本不用动脑筋，口袋里一捞就是一大把。无如此刻，他惊魂未定，神不守舍，匆忙间愣着眼望了郭药师半天，竟然找不到一句合适得体的话来回答他。

当晚童贯不敢再领教郭药师的饯别宴会，只推说身体欠安，早早上床入睡。第二天一早，就打道回太原府去。

郭药师只派了两名二三等的将佐相送，刚送出城门，这两名送行者就自行回去。

"宣相做了一笔蚀本生意。"他们渡回无定河时，孙渥不禁又拉拉宇文虚中的衣襟说，"这二十万两匹银帛是丢进无定河，流入无底洞了。"

其实童贯蚀掉的何止是二十万两匹银绢。经过这次童、郭斗法，童贯像只斗败了的阉鸡回到太原府后，他把宣抚使的权威性全部蚀光了。从此，他打消了再去燕山府、再与郭药师见面的任何设想。至于朝议中有人主张童贯应把宣抚司设在燕山府，那样悬空八只脚的议论，当然更不在话下。

就这样，在北宋边防线上出现了各自为政、各不相谋，有时甚至是千方百计要打消对方的努力或者双方都努力于促成自己死亡的二元化领导。

第二十八章

1

在金军南侵前的两个月左右，前线竟出现了前所未有的平静局面。首先是，在长达数百里的东西两条边防线上，金军突然全面停止了挑衅行为。这原是它最擅长炮制的。在过去两年中，这种挑衅行为不断发生，有时，一天要发生几起，弄得宋军应接不暇，穷于应付。

还有，金朝派到军前来的使者，态度也比过去改善了，有时竟很有礼貌地问起宋朝边境军政长官的生活起居来，这使他们有点受宠若惊了，这在过去也是不能想象的。过去，金使一来到军前就有无穷的责难、粗暴的吵闹，有时还咆哮怒骂，在这条战线上也使宋朝边臣穷于应付。

过去，金使的责难集中在几个问题上。第一，他们每来必问到宋朝收容抗金的残辽将官张觉，存心破坏宋金关系的罪名。尽管事情已经过去一年多，宋朝对此早作处理，把张觉缢死了，首级送给金人，赔罪认错，金朝还是不肯轻易了结这件公案，每次都要提出来责问，作为宋朝违约背盟、敌视金朝的大口实。

另外还有好些口实。

一款是宋朝遣使勾结耶律大石，企图与他联合攻金。这一条由于宋朝给耶律大石的国书在使者身上截获，铁证俱在，抵赖不掉。幸好金朝贵族可能对耶律大石有所畏惧，不敢开罪他，连带对宋朝这方面的责难也放松了，这件事说过一两次，以后就不再提起。

一款是童贯答应馈赠的二十万石大米，谭稹赖账不付，有失信用。这件事其实还是金朝不守信用。原来在童贯任上，金人答应送他一千斤关东老参，童贯答应送白米二十万石作为回礼。后来童贯离任。两件事都自然消灭了。不意人参之赠，只有口头默契，白米之馈，却载在文书上的。金人根据文书，一再派人前来要索，谭稹了解了前因后果，他吃不到人参，当然不肯拿出二十万石大米。这件交涉，真叫经办人赵良嗣轧扁了头。后来也一直悬而未决，成为金人的一个口实。

一款是宋朝收容残辽的逃官赵温讯。

这个赵温讯曾做过辽的谏议大夫，很有才略，与赵良嗣有八拜之交。金人离开燕京时，赵温讯与许多辽的官员一样被掳往关外。赵温讯趁隙逃回，替童贯、王安中出了一些主意，办了不少事情，受到重视，他自己也以为找到一个安乐窝了。不想他的活动被金人侦知，金派使者前来要索。赵温讯向赵良嗣长跪求救，赵良嗣没法救他，反而说了两句风凉话："本朝固不欲谏议过去，然金必因此寻兵。大丈夫生死有道，生也为民，死也为民，借谏议一身，解两国之兵，利也不浅。"赵温讯熟知童贯、王安中、赵良嗣等一伙人都是"生也为己，死也为己"的，偏偏要他"生也为民，死也为民"，叫他如何服气？他槛车上道，自分必死，不料斡离不看中他的本事，非但不杀，反畀以重任。从此他死心塌地地为金朝效劳，变为"生也为金，死也为金"。而宋朝收容辽的著名逃官，又构成一项罪名。

另一款是宋朝收编义军董庞儿及其所部。这件事本来是公开的，董庞儿收编后改名董才，后来入朝面圣，赐姓名为赵诩，官拜防御使。宋朝方面绝对没有想到收编董庞儿有何开罪金朝之处，不料金朝方面忽然提出严重抗议，认为董庞儿在辽时已起兵反辽，是辽的"剧贼"，辽既降金，辽的官员和叛逆同样都属于金朝所管，董庞儿自应引渡给金朝治罪，宋朝擅自收编，又是一项挑衅的行为。这件事使童贯十分头痛，为息事宁人计，宣抚司里也有人主张引渡，有人主张斩了他的首级以谢金人。无如董庞儿的名字已达天听，正是宣和天子亲自赐他姓赵名诩，斩了他，官家面前怎生交代？再加上他机警绝人，几次躲过宣抚司为他掘下的陷阱。童贯无奈，想把这件事推给郭药师，郭药师也不肯为此戎首，董庞儿和他的部队就在这夹缝中生存下来了。

这件事十分棘手，十分难处，对金人没法交代，也影响到童贯以后不敢再放手招抚义军。

宋金双方，当时表面上还保持着友好同盟的关系，双方国书往来，都要写上"本朝志欲协和万邦，大示诚信，念海上结交之义，共立誓约，永保和平，苟或违之，天地鉴察，神明遭殃，子孙不绍，社稷倾危"等字样。当然哪一方违约背盟，理应受到对方的责难。不过奇怪的是，一心只想维持"友好同盟"的宋朝受到对方如此多的责难，真叫它长出一百张口来也难为自己分辩，而宋朝对于一心只想南侵、已经制造了那么多的边境纠纷的金朝却噤若寒蝉，连一次措辞软弱的抗议也不敢提出。对于金朝的种种责难，或者自己有点理屈，或者完全是对方的无理取闹都不敢声辩，更谈不到据理驳斥。双方的外交活动，早已变成单方面的谴责、威胁、恐吓。这就怪不得只要听到金朝将派来使节谈判的消息，宣抚使就吓得六神无主，朝廷也深感头痛，最后，总是低声下气地赔罪认错，还给使者送去大批重礼，才勉强把交涉搁起来再说。

看来战争固然要用粗暴的手段来实现，而和平也绝不能用和平的方式来保证。

可是在最近一段时期中，金朝忽然改变了态度，仿佛它也希望用和平的方式来确保双方的和平了。它两次派人到军前谈的都是友好往来，有关礼节方面的事情，不再提出过去的那些口实，还几次问到大宋皇帝安乐否，它使宣和君臣产生了新的幻想，认为它已经修改国策，调整邦交，决心与宋朝成为和睦相处的善邻。

可是明眼人可以看到，这虚伪的友谊和表面上的和平掩盖不了金朝内部的剑拔弩张。边兵调动的消息，纷至沓来，日有所闻，高级将领到前线来的活动更加频繁。看来这种友谊的目的仅仅是为了要造成假象以麻痹宋人的警惕。

最近马扩、辛兴宗到云州去了一趟，与粘罕见过面，判断金兵即将在短期内发动南侵，那更加可以证明这两个月的平静，只不过是暴风雨来临前的平静。一场战争已经迫在眼前了。

2

一向忙忙碌碌、马不停蹄的马扩这时也似乎出现了一个空当。他利用一次公差去真定与安抚使刘鞈洽谈事务的机会，事后，折道北去保州，探望在老家的母亲和妻子等人。回家探亲原是极寻常的事，但对马扩来说，就不是很寻常的了，这是因为他离开太原时，并未提出要回家探亲，再则保州、真定虽然近在咫尺，他多次去真定公差，从未枉道回家，竟有些三过家门而不入的味道。事实上，从他母亲、妻子自东京搬回保州老家居住以来的两年多时间中，他与她们一共只见过四次面，每次都是匆匆忙忙，住不了两三天就走，不像宣抚司里的同僚，或者把家眷带在身边以便撤走时就近照顾，或者在太原组织一个临时的家或代用的家，再不然，就是轮流请假回籍探亲，一年要请两次假，每次必得两个月以上，总加起来，在家里孵豆芽的日子加上路程和在司里办事的日子正好成为一与一之比。

在这方面，马扩也是十分特出的。他在司里绝口不谈家庭问题，给人的印象似乎他根本没有一个家，是以四海为家的流浪者。

童贯再度出山时对马扩讲了那番“亲热”的话以后，他清楚地知道马扩仍然是过去那个顽固的马扩，很少有改变的希望，而马扩也完全认识到童贯仍然是过去那个颟顸刚愎、私心自用的童贯，绝无受他感化的可能，他们仍然坚持各人的主张，毫无妥洽余地，这使得他们原来就是貌合神离的关系，变得更加疏远了。

入燕犒师之役，童贯明知道如果让马扩随往，多少使郭药师有所忌惮，对事情有好处。但他一怕马扩根本就反对他的入燕之议，二怕万一事情顺利，反而给了他一个立功的机会，竟然大笔一勾，在宇文虚中拟好的随行人员名单中把列在首位的马扩的名字勾去了，却另外派他去雁北公干。后来童贯变成一只斗败的阉鸡，垂头丧气回来，想起幸亏把马扩的名字勾去了，没让他看到自己这副狼狈相，心里倒也没有什么后悔。

现在宣抚司里人人明白，如果宇文虚中是宣抚使心目中的第一号红人，那么，与他相反，最黑最黑的黑人，无疑就是那个马扩。

但这一次宣抚使要想征兵于刘鞈，想把刘鞈编成的一支劲旅调到太原来听用，又不得不借重这个黑人。因为他知道马扩与刘鞈有着深厚的交情——连他也不知道由于某些微妙的因素，他们的交情已经发生很大的变化。

童贯派马扩去真定，表面上的任务是与刘韐洽谈募集义勇，训练成师，以增加宣抚司的武装实力。宣抚司没有一支可以直接管辖、调遣、缓急可恃的部队，那就不成其为宣抚司。这一点大家同意，没有争执。问题是：兵从哪里来？在这个问题上，他们谈来谈去已经谈了几个月。纸上谈不出一支兵，口头上也同样谈不出一支兵，宋朝的读书人多数是空谈派，喜欢坐而论，不喜欢立而行。空谈的结果常常是“竹篮子打水——一场空”。

只有童贯比幕僚们实际一点，他很早就想到要把河东的地方部队抓到自己手里来。河东地方部队经过以知兵著名的文官河东路安抚使知太原府张孝纯实心编练以后，显得生气勃勃，已具有相当的战斗力。现在童贯受摈于郭药师，他的宣抚司只能设在太原府。张孝纯不幸作为在本处已设了长官机关的地方行政官知太原府，其地位犹如一个仰婆婆鼻息过日子的小媳妇，照规矩只要婆婆一声断喝，小媳妇只好诺诺连声，俯首听命，绝无违抗之余地。童贯想得很美，无如张孝纯之为人颇有一点锋芒，他虽是一个文官，但其瞧不起童贯、遇到适当机会就想反抗一下的劲道，与郭药师颇有异曲同工之妙。当童贯征兵于他的时候，他首先想到的就是宣抚使在燕山府碰了郭药师的钉子，铩羽而归，念头就转到我张某人身上，岂非以我张某人文官可欺？这样一想，一股气涌上来，当场就敢以河东国防重地，地方吃紧，无部队可调为理由，干脆泼辣地回绝了童贯。而童贯再度出山以来，实际的权力和威信都已大大下降。郭药师要他好看，只消小小的红旗挥动几下，就惊得他不敢再履燕山之地。如今张孝纯公开拒命，叫他当场落不了台，虽然心中十分怀恨，却也毫无办法，最后只好让马扩去找他认为比较好说话的刘韐。

鉴于对张孝纯的做法过于简单粗暴，以致遭到峻拒，这次童贯学了一个乖，他指示马扩见到刘韐时，要分两步走，先提委托练兵之事，要刘韐就地募集两万义勇，限期一个月编练成军，这是无论如何也完不成的任务，姑且与他蘑菇几天，再相机提出调兵之事，并寄语此事攸关宣抚司的生死存亡，务请刘安抚念多年相知之雅，勉为其难，克日调军西上，听候拨用。

自从第一次伐辽战争以来，刘韐就在真定府埋头苦干，训练了一支以“敢战士”为名的新军。它成军不久，就参加第二次伐辽战争，立下战功，后来编制逐渐扩大，力量增强，隐然成为燕山路的后劲。这正是刘韐两年来苦心孤诣、心血凝注的结果。童贯离任前，保举刘韐为真定路安抚使，就因为他手里有这一点实力，而刘韐也是凭着这点本钱才敢于走马上任的。依靠它，真定路的军政才粗能自立，而虎视眈眈的郭药师也因为顾忌刘韐的这支军马，不敢随便派军队侵入燕南地界。到了兵荒马乱的时代，不但是军阀，文官们也同样知道手里要掌握一些实力才能站稳、站平的道理。

事情攸关到他本身的生死存亡，那就顾不得宣抚使的生死存亡了，不管他们之间有多少年的相知之雅。

刘韐的这番苦衷，马扩是了解的，抽调真定军，于公于私都会造成很大的灾难。他根本不考虑童贯的什么一步走、两步走，第一天见到刘韐时，开门见山，就把童贯的本意说清楚了，看看他如何回答。

果然刘韐一听要调走他的军队，等于要他的命，顿时翻起白眼，断然拒绝道："此事万不可行！"

为什么万不可行，刘韐急了半天也说不出一个道理来。马扩只要他再坐实一句，追问道："宣抚重视此事，特遣马某前来传命，难道真无商量余地吗？"

"绝无商量余地！"

"宣抚克期半月，全军就要调到太原。是否容马某回司后，与宣抚婉商，缓期一个月后再作计较如何？"

"无论一个月、两个月，此军决不能调动，无可计较之处。"

"童宣抚明令抽调全军，先答应他调去一半候用，如何？"

"一半也不能调。"刘韐失去了他平日的稳重自持，愤然说，"请马廉访说与宣抚知道，就说刘某说的，真定一军，一人一马也不能调。"

"刘安抚说得如此斩钉截铁，叫马某如何向宣抚回话？"

"马廉访如何回答宣抚，请自己斟酌。平日在宣抚前可不是你们几位说话最多？今日刘某却不能越俎代庖，代你斟酌回答宣抚的话。"

刘韐虽不能断定调兵之议是马扩的主意，不过童贯不派别人而派了他来传话，那么他至少是深知内情的，不由得气愤地刺了马扩几句，以发泄其私愤。

马扩且不与他纷争，就事论事地说道："安抚与童宣抚有多年相知之雅，难道不深知其为人？宣抚意有所欲，如不与他一点转圜的余地，他岂能就此罢手？"

"刘某倒也想过了，可以转圜处，无不从命，无奈此事实无可以转圜处，宣抚定要怪罪下来，刘某也只好挺身认罪，甘心领他的责罚！"

"责罚倒也未必。"马扩微笑道，"只是童宣抚之为人，他如没想到几着狠棋，岂能令马某贸然前来传命？据某所知，宣抚已内定李质、王渊为宣抚司都副统制。

[1] 王渊字几道。

童宣抚给王几道[1]的私函，计日可达。如果王几道在李钤辖面前游说一番，他二人真去太原就职了，那时调与不调就由不得安抚做主。安抚难道没有想到这一着？”

刘鞈果然没有想到童贯会越过他，与李、王二人直接交易，实行这一条釜底抽薪之计。他不由得大吃一惊，连声问道：“马廉访与李、王二人见过面不曾？”

“尚未见过。”

“何时去与他们见面？”

“马某正待见过安抚后，再去看他们两个。”

“马廉访还见过别人不曾？”

“此来曾去访子羽未值外，尚未与别人见过面。”

“贤侄，看在你我多年相知的分儿上，见了李、王时，千万不要以此相告。”刘鞈动了感情，他的声音忽然颤抖起来，这贤侄的称呼在这两年来也还是第一次用到。单是这个称呼就把二人间的距离一下子缩短了。这时刘鞈讲了一句难得的真心话，虽然还说得十分含蓄：“那李质为人朴直，倒不是见利忘义之徒。待刘某今夜先与他见面，稳住了他的心，就不怕王几道再去游说。你我有事，明日再谈如何？”

赞扬李质就是贬斥王渊，说李质不是见利忘义之徒正好是说王渊恰恰就是个见利忘义之徒。但掌握这支军队实权的是与他私人关系密切的李质而不是童贯的义儿王渊，只要把李质说通了，就不怕王渊再翻出什么花样。刘鞈要充分利用马扩给他这一晚上的时间去做好李质的工作，因此他对马扩表示了感谢之意。在这个与他个人生死攸关的问题上，谁能给他一点帮助，他都会露出这一丝真诚的谢意。

马扩策略地抛出童贯对刘鞈暗中进行的阴谋诡计，换取了刘鞈对他的好感，认为是一大收获，然后他推心置腹地说道：“真定地当冲要，尊叔辛苦成此一军不易。如今胡氛日亟，万一在前线的常胜军有变，襟带山河，屏障帝室，全靠此军在这里支吾一时了。太原有王总管在，兵力尚裕，抽调此军去徒供童宣抚一人之护卫，却不道坏了天下大事。愚侄痛恨之不暇，怎肯向童宣抚献此媚兹一人而置一路于不顾的毒计？尊叔明察，休要猜疑。”

马扩先打消了刘鞈对他的猜疑，看到他不断颔首称是，趁机提出自己的要求道：“只是如今国事日非，殷忧方深，愚侄尚有肺腑之言奉告。既然今夜尊叔要与李钤辖谋面，明日再来求见如何？”

刘鞈点点头，表示首肯。

马扩兴辞而出时，感到自己心里的希望正在增长。

3

这次马扩从太原来到真定，其真正的目的并非来执行童贯的乱命，而是想推行自己的一套秘密计划。

原在燕京周围活动的一支义军，在反辽和反金的战斗中都起过重要作用，杨可世袭燕之役，他们当过向导，金军入燕，久踞不归，后来金太祖完颜阿骨打就是困于他们的游击战术，才被迫把彻底破坏了的燕京城交还给宋朝。

童贯、谭稹互为更迭，除把这支义军中董庞儿所率的一部分人收编为宋朝的边防军队外，河北义军的主力始终没有得到妥善的安排，他们仍然集结在燕南诸山中，自行觅食。几个月来郭药师加强了对他们的压迫，义军逐渐南撤，在最近的两三个月内已陆续撤至真定西北的山区中。马扩利用出差的机会，曾与义军诸头项多次争论，多次磋商，最后确定了归宋朝收编的方针，并接受他们的委托办理此事。

马扩两次与童贯谈到此事，童贯恐怕重蹈收编董庞儿受到金人责难的覆辙——何况董庞儿名为边防军，也不太肯听宣抚司的调拨，表示不能考虑。此路不通，马扩才想到与真定路军政长官的安抚使刘鞈直接谈判收编事项。

义军方面提出下列条件：

一、义军全部编入真定路的地方部队，取得正式番号；

二、划给一部分防区；

三、按月支付粮饷军需。

按理说，这些都是最起码的条件，只要刘鞈有几分收编的诚意，在具体问题上不会给他带来多少困难。问题在于这件事童贯已经反对过，现在再要进行起来，暂时非向童贯保密不可，而童贯派在真定路军民两政中的耳目甚多，这样收编人事，要完全瞒过他也不容易。

刘鞈为人固执，过去曾说过，董庞儿其人，既不忠于辽，安能顺于我？所谓义军也者，乃乱政之莠民耳。他对义军持有这样一种完全敌对的情绪，现在又要拖他落水，一起隐瞒童贯进行收编，这显然是十分艰巨的任务。马扩看到，除非他们有很深的交情，彼此能够坦率地提出问题，交换看法，可譬以利害，晓以大义，让他明白收编一举乃国家大利之所在，也关系到真定一路的安危，这样才有希望谈得融洽。

偏偏到了十分需要刘鞈的交情的时候，马扩感到他们的交情十分不够，不仅不够，几乎已到了恩尽义断的程度。这是为什么，他不明白。但他们过去确有很深的交情，这说来话长。

他们本来是世交，刘鞈是他父亲马政的挚友，刘鞈的两个儿子子羽、子翚从小就被他父亲带到西北军来“实习军事”。刘子羽、刘子翚和马扩、刘锡、刘锜兄弟们有好长的一段时期都在熙河军中盘桓过，他们当时都不过是十七八岁到二十岁的青年，正处在十分好胜逞强的年龄。他们谈兵击剑，角逐骑射，留下了不少美好的回忆。印象最深刻的是刘子羽有一次要处分一个犯了军规的士兵，与姚平仲争吵起来，闹得不可开交。子羽竟然跑到姚平仲的父亲熙河经略使姚古那里去告状。姚古护短，不肯发落，刘子羽一怒，就离开熙河军。这件事的本身很难说刘子羽、姚平仲二人哪个对，哪个错，但是姚古在军队中威福自恣，部队中对他很有意见。刘子羽居然敢于去批他的逆鳞，使许多人都有痛快之感。马扩与姚平仲也有很深的交情，但在感情上毋宁是偏向子羽的。以后子羽出任南方，他们多年通信中，彼此都不忘记要加上“地分南北，情犹骨肉”这两句话。

但是从第一次伐辽战争以来，他们的关系忽然发生了变化。当时马扩和刘鞈都在童贯的幕府中，马扩仍以前辈和父执之礼相敬，刘鞈却在许多场合中有意回避他，拒绝私人间的交往，有时则公开抨击马扩的主张，其措辞之激烈，态度之粗暴，不亚于马扩的死对头王麟、贾评等人。

在童贯的幕僚中间，马扩早已习惯于受到这样的待遇，倒也见怪不怪。唯独这个过去与他关系十分亲密的刘鞈也对他采取这种敌对的、僵硬的态度，这使他非常心痛。他不由得深思起来，从头检讨他们之间的关系。

“听泰山说过，有一回因辩论伐辽战争的得失，他与刘学士大吵了一场。难道刘阁学就为此与俺落了个生分吗?”

“非也!”马扩找出了一个理由，马上替他开脱，“伐辽得失，千秋自有公论，况且泰山和他争的也是公义，并非私愤。想那刘阁学通情达理，岂能因此迁怒于俺!”

“是那次雄州城下，因撤兵之议，发生争执，后来兵败城下，他受到童贯责备，因而耿耿于怀，迁怒于俺吗?”

[1] 宋仁宗时期的韩琦、范仲淹，都曾出任西陲的地方大员，主持对西夏作战的军事。

[2] 指三国时期的周瑜和诸葛亮。

[3] 评论。

“非也。那次争执也为的是公事。何况撤兵之际，耶律大石果然倾巢而出，纵兵追击，不出俺之所料。刘阁学岂能为自己护短？想刘学士更事已多，老成练达，更兼忠心为国，俺料他绝非如此小器。”

马扩层层设难，又层层为刘韐开脱，想来想去，总想不出一个所以然来。既从老的身上打不开一个缺口，他把念头转到小的身上。但是情况十分明显，刘子羽与他的关系也发生了明显的变化。别的不说，最近两次他来真定公干，打听得子羽确实在署里，两次走访，都说不在。这次他来真定后，下定决心要找子羽问个明白。如果确实存在什么芥蒂，他不惜向他赔罪道歉，当年他自己不满姚平仲之所为，今日又怎可重蹈姚平仲的覆辙，仅仅为了面子，就失去一个良友？谁知他来到真定后，平日意气如云的刘子羽竟像个小媳妇似的躲起来总不让他见面。前晚，他离开下处时，子羽倒来回拜了，投一张名刺就走，也不肯约定晤见之期。这分明是师孔子不愿见阳货“瞰其亡也”作一次礼节性回拜的故智，拒绝与他见面。

刘子羽冷冰冰的态度，把他心里燃烧起来的故旧之情扑灭了。他想子羽这样决绝，可能是出于父亲的授意，目的就是要阻挡他与他们进一步洽谈收编义军之事。马扩感觉到他这番来真定的真正目的，刘韐可能已有所闻、有所知了。把自己放在有求于别人的地位上，而又受了他们的冷遇，这使马扩感到非常狼狈。

虽然已经明显地感觉到刘韐对他充满了敌意（不过还弄不清楚原因何在），马扩对刘韐之为人还是十分尊敬的，对他的评价仍然很高。

宣和末年，边鄙多事，朝廷先后任命蔡靖、刘韐、张孝纯为燕山路、真定路、太原路安抚使。这三人都是以干练著名，当时人对他们抱着很大的期望，有“两河三安抚”之称。蔡靖一出山就遭到郭药师的排斥，无所作为，声誉顿落。刘韐和张孝纯两人在任上都有建树，捧场者从三安抚中剔除了蔡靖的名字，而称他两个为韩范[1]再世，或者再进一步索性就称为“一时瑜亮”[2]。马扩也曾对他两人的才能进行比较，而做出了自己的月旦[3]。

马扩与张孝纯的交情尚浅。张孝纯不是西军出身的人员，直到这两三年来才有机会与他接触，发现他头脑清楚，议论英发，办起事情来，麻利爽快，不徇情，不怕遭别人之忌，确是个有为的边才。但他缺少刘韐的老练和沉着，这是刘韐在童贯幕府中多年锻炼出来的一种特殊才能。只有刘韐才有本领洞察童贯的隐私，童贯肚子里有几根肚肠，他都摸清楚了，一般对童贯的态度很恭敬，有时抓住他的弱点，轻轻一点，往往能够打消他的坏主意，做了不少有益的补缀工作。在这方面，不但张孝纯望尘莫及——他倒是敢于遇事力争的，结果不是把事情争好，反而把事情争僵了，造成许多窒碍，于事无补。至于其他的许多幕僚，包括过去的李宗振、赵良嗣，目前的宇文虚中在内，只知将顺府主之意，极少匡救，没有一个比得上刘韐。

马扩同时对那个锋芒毕露的张孝纯也还有些不太放心的地方。张孝纯议论行事，都与自己相似，有时听他与童贯以及一些“立里客”争论，他慷慨陈词，大声鞺鞳，正词崭崭，议论风发，马扩听了仿佛在他身上看出了自己的影子。然而有一种说不清楚的理由，他又觉得张孝纯不是那么可靠，甚至还感到他是很脆薄的。他看起来固然绚烂夺目，却是一株草本的芍药，只是一种观赏的植物，给人看一看，欣赏一下，称赞几句，如此而已。至于它是否顶得住严霜寒雪、急风暴雨，却要待事实来证明了。

刘韐与他十分不同，他们是完全不同的两种人。他却信任刘韐，把他比为木本的白山茶花，看来很朴素，没有妖艳的姿态，没有夺目的色彩，开足了花也只是一朵朵结结实实、笨头笨脑的重瓣花，花瓣儿挨得密密，包得紧紧的，似乎不愿让人看到它的底蕴。

正因为如此，他一贯对刘韐抱着极大的敬意，相信终有一天会取得他的谅解，再度在抗金的事业中携手同行。他不断地在寻找那样的机会。曙光终于出现了，他从今天临别时刘韐对他投来的感激的目光中获得了鼓励和希望。

马扩高兴地看到和解的转机已经来到了。他对自己说：“个人些子恩怨，算得什么。如今敌氛日恶，战衅将开，唯有大家通力合作，方克有济。俺看刘学士深明大义，终将尽弃前嫌，共赴国难。俺再要耿耿于怀，未免示人以不广，反而见笑于他了。”

以办理外交工作干练沉着、卓有成效出名的马扩，知人论世，还不免失之于天真幼稚。譬如他相信在共赴国难的前提下，大家都会尽弃前嫌，不计个人恩怨。这个想法十分美好，不过用为处事的原则，就要叫他吃亏，为了这个，他将不断付出代价。

4

马扩带着昨夜从心中升起来的火花，高高兴兴去见刘鞈，忽然迎面冲过来一股冷气，几乎把他的血液都冻结起来了。

刘鞈高坐堂皇，用着上司接见下属——还是一个他不愿接见的下属的僵硬的声气发问道："马廉访今日一清早就起来求见，有何见教？"

称呼口气，连彼此间座位的距离也恢复到原来的水平——那距离是刘鞈高坐在上，只肯让马扩停留在十步开外的位子上，限制他不让说什么机密话——好像他们之间根本没有发生过昨夜最后的一幕。

"愚侄来此，"由于谈话内容还需保密，马扩不得不压低声音说，"就是为与尊叔商洽收编义军之事。事关机密，请借一步说话。"

刘鞈哈哈大笑道："张关羽率乱民数万，侵入本路，盘踞西山不去，为祸百姓，此乃路人皆知之事，有何机密可言？"然后他摆出一副安抚使的官架子，严厉地说："乱者必斩。刘某乃朝廷钦派之大员，职在除暴安民，昨已商定了入山剿匪的方略，岂能再与乱民谈论收抚？廉访休要再提此话了。"

"义军多年反辽、反金，多立功劳于燕山涞水之间，拯救斯民于水深火热之中，有功于百姓，何负于国家？"马扩大声争辩道，"如今义军以国事为重，甘愿受朝廷安抚，为国家之干城，负弩前驱，誓杀金贼。此事不仅关系真定一路之存亡，也关系大局的安危。如此大事，刘安抚岂可不三思而行。"

马扩虽然说得理直气壮，但对方决策已定，这种大庭广众面前的争论已无实际意义。当下刘鞈冷笑一声道："入山剿匪之议，司里业经公决，非刘某一人所能变易。马廉访如有高见，何妨去找王总管一谈，他如今点集人马，正待整装出征，廉访不吝移尊就教，王总管必当竭诚相告。"

马扩与王渊之间，曾有一段过节，刘鞈当然完全知道。第二次伐辽之役，王渊在琉璃河一战，被萧干擒获，不能殉节而死，反而为辽军效劳，在阵前扬言大军已溃，要刘延庆全军投降，瓦解了战士的斗志。一百多年来，西军的光荣传统是官兵被打败了，力战而死，也有少数人力竭被俘，默默偷生的，却很少有像王渊这样无耻屈膝、受敌驱策的叛徒。与王渊同时被俘、一起关进燕京大狱里的正将胡德章不怕受刑，敢于申斥诱降的辽将，表现就比王渊好得多。马扩率领全军入燕后，亲手把他们从牢狱里释放出来，后来知道了王渊的无耻表现，十分气愤，曾在军部当着众人之面，斥骂他“鲜廉寡耻”，乃是“我军败类”。从此，王渊和马扩结下了血海深仇，他发誓要把马扩关进马扩把他释放出来的地方，叫他万劫不复。

要马扩去和王渊一谈，这不是刘韐存心要使马扩难堪吗？马扩一时情急，不由得走上两步，低声说道：“马某与王渊有什么好谈的！安抚岂不知道王儿道之为人，夜来与马某怎样说的，难道一夜工夫全都忘了！”

马扩使出了杀手锏，刘韐却也有恃无恐，他不慌不忙地说道：“夜来与廉访谈了什么？”这是一个老实人的撒谎，他用手指探进幞头，抓抓头皮，倒也像老年人事多易忘，忽然又记起来了的样子：“是了，是与廉访谈到太原调兵之事。廉访回司后，可上复宣抚，近来真定地方不靖，乱民为暴百姓，正待派王儿道督兵去剿灭它。宣抚征兵之议，只得从缓了。”

好个聪明的办法，一箭双雕，既破坏了收编义军之议，又使童贯釜底抽薪的阴谋落空，这大概是刘韐昨夜与李质商量了一夜想出来的点子，现在拿出来堵马扩的嘴。马扩还待再争，刘韐忽然抢在他前面说话了，这一次说得闪闪烁烁，似乎包含着许多含蓄不尽的意思，要马扩自己去猜：“念老拙与尊公有八拜之交，非比泛泛。”这时候刘韐又与马扩攀起老交情来，倒出乎马扩的意料。“贤侄啊！你且听老拙一句话。你明后天就回太原府去向宣抚复命，休再逗留在真定这块是非之地，更不要去管张关羽那伙之事。今后要到真定来，须听老拙的呼唤。”然后带着明显的不满，规劝马扩道，“贤侄啊！你聪明绝世，却不知道气盛易溢、百密难免一疏的道理。看在尊公份儿上，老拙劝你今后倒要收敛些才是。”

别人以忠厚相待，自己也以忠厚自居的刘韐，经过反复的思想变化，今天终于说了一句十分忠厚的话。不过马扩一时还反应不过来，感到这段话惝恍迷离，不得要领，他只理解为这是刘韐向他关门，不过说得稍为缓和一点就是。

大门既然关上了，留在真定已没有什么意义，马扩决定回家一行，根据即将发生的情况，做些必需的安排。他还有许多事情要去问计于正在他家里做“女长工”的赵杰娘子，这个“女长工”越来越成为他们家里的“女诸葛”了。

金瓯缺

第三卷

第二十九章

[1] 军，宋代行政区域名，与府、州、监同隶属于路。

1

保州位于燕山府以南，真定府以北，正好处在从燕山到真定一条由东略略偏西的南北大道的中心点上。它东西又与雄州处在平行线上，高低位置，大略相等。

五代末季，雄才大略的周世宗发动全面进攻，迅速从契丹贵族手里收复瀛、鄚等州。兵锋所向，契丹人望风奔溃，幽州城内的统帅部已准备仓皇北撤，收复燕云十六州、进而统一全国的大业似乎已是指顾间的事情。由于一个偶然因素，在那关键时刻，周世宗忽然染上热症死亡。后来的宋太祖赵匡胤没有能够在这结实的基础上进一步完成周世宗未竟的大业，但在思想上并未放松过为统一全国做准备工作。他重视周世宗新收复的土地，加强了那里的政权建设，划出鄚州一部分的地区置保塞军[1]，他的兄弟宋太宗赵光义又改保塞军为保州，它与平行线上的雄州一样都是宋辽接界处的边境重镇。

世代居住西陲，并且早已成为熙州土著的马氏家族本来与北边的保州风马牛不相及，自从政和八年马政接受任务，第一次出海与完颜阿骨打举行“海上之盟”的外交谈判以来，他就深深感到任务的艰巨性和重要性，绝非一年半载内就能轻易解决。为了出海航行的方便，到了第二年，他就悄悄地把自己那个简单的家从西北边庭迁到京东东路黄海之滨的牟平县。

随着形势的发展，即使迁居到牟平县也远远不能适应需要。这时他看到朝廷已经有了与辽一战以收复燕云诸州的决心，正在积极筹备军事行动。他除本身的外交活动外，也参与了军事策划，并且提供了必要的情报。又是为了工作的需要，他再次把家从牟平迁到宋辽边界的保州。

海上之盟引起了两次伐辽战争，伐辽战争的失败导致了金人的入侵。根据这条顺理成章的逻辑，后来有人追溯北宋亡国的原因，归咎于海上之盟。最早参加海上之盟并且一直起着积极作用的马政，相应地也成为造成北宋灭亡的罪人。运用这条简单逻辑的人忘记了海上之盟不能为伐辽战争的失败负责，伐辽战争不能为金人入侵、北宋灭亡负责，如果处理得好，这些战争都可能发生完全相反的结果。问题在于北宋末年这个腐败透顶的政府、腐败透顶的宣和天子和当时的权贵集团，已经为亡国制造了极为有利的条件，可以说他们无论干什么，最后都逃不了亡国的命运。

放过这些最本质的原因不谈，而把责任追究到少数几个执行政策（还不一定是错误的政策）、实心办事并确有成效的具体人员，这种论断是不公平的，也不符合历史的客观实际。

要了解背上“海上之盟的罪魁祸首”这口黑锅的马政，只要看看他在两年之内三易住处这件小事就可以知道他是怎样的一个人了。

不能脱离历史的具体条件来评论人物，两年之内，三易住处，对于普遍抱有安土重迁思想的当时人来说是很不寻常的事情。但马政这样做确实很有必要。宣和三年冬，完颜阿骨打袭破辽的首都中京，天祚帝南逃燕京，接着又西入阴夹山的鸳鸯泊，从此就把他的政权建立在有水草可逐的流动的“奈钵”[1]中。这条头等重要的消息，就是马政迁居边境保州后，派人潜入辽境觇探得知的。可笑当时的知雄州和诜，身为边境地方长官，负有“觇探敌情”的正式任务，手下还拥有一整套“刺探”机构，对这样重要的消息竟然一无所知。他是依靠制造假情报，或者半真半假的情报来取得朝廷信任的，从而积极主张发动伐辽战争，还觊觎副都统制之职，想与种师道争一日之短长。

单从这一点上来看，马政与和诜就是完全不同的两种人，可是在当时的官场上，像和诜这样的官儿比比皆是。他有本领包揽情报工作，制造假情报，高唱伐辽，从而影响了朝廷的决策，这在当时已被公认为是个了不起的边才。

明知道任务有危险，自己身膺王命，说不得只好舍命去干，但决不能把爱子亲儿拉进去，免得发生不测时，父子同归于尽，这又是常识的做法。如果这样做，谁也不会提出异议，但是马政经过与完颜阿骨打一度洽谈后，偏偏又把亲子独儿马扩拉进去做自己的助手，参加“海上之盟”的谈判，甘冒极大的风险而不知回头。

明知道局势发展到这一步，战争已无可避免，把家迁到距离战地较远的地方以策安全，这也是常识的做法。凡是身历其境的人都会这样考虑问题。例如那个高唱伐辽、慷慨陈词，表示愿意献身疆场的知雄州和诜，没等到西军开抵雄州，先把自己的家悄悄地迁离是非之地，搬回到非常安全的濮州鄄城老家去。借口总是容易找的，或者是老母病了，要回乡去颐养，或者老婆要做产，在前线边城不方便，再不然说得更加漂亮一点是，把家庭迁走，包袱卸掉，自己就好轻装上阵。总之随便他怎样说都有十足的理由，绝不会受到任何非难。而做着与他完全相反的非常识的事情的马政，却也没因此受到朝廷的表扬。人们议论他，顶多是：“这个古怪的人这会子把家迁到前沿来了，想是恋妻爱孙，舍不得远别，再就是贪图安逸，省得两头奔跑。”很少有人愿意承认他的搬家是为了“王事”之需，是为了觇探敌况、商量

[1] 契丹语。原为逐水草处畋猎，建立行帐之意，后来引申为辽皇帝出行所在之地，相当于汉语中的『行在』。（见《辽史·营卫志》）

军情的方便。他们又怎能体会到他搬家的进一步的用意是在于表示破釜沉舟，不惜以全家的生命为事业之殉的决心。

人与人在精神上的距离可以是十分穹远的，尽管是同僚、邻舍，每天在一起，却永远不能理解对方心里在想什么。因为在两者之间隔开了一条不能相通的道路，他们的关系叫作“咫尺天涯”。

马政的家庭有着非一般人所能理解的精神状态。

这个家庭，从马政开始，到他的妻子丁氏，到他的早在十多年前就成为国殇的长子马持的遗孀和马持的遗腹子亨祖，连同马扩以及加入家庭组织不久的新妇亸娘在内，所有战斗的和非战斗的人员都把这场伐辽战争以及由它诱导出来很可能就要爆发的宋金战争看成他们自己的家事，无条件地支持它，为它呕心沥血，为它奔走驰驱，为它鞠躬尽瘁，并且在精神上准备着必要时为它献出自己和亲人的血，义无反顾。

以上追溯的都是过去的事情。现在马扩借公差之便，回到保州老家，探视老母、寡嫂、孤侄、妻子，表面上是探亲——当然探亲也并不假，他多么需要以亲人之情来润湿自己枯竭的心田，实际上还有更加重要的任务。同时他也为战争已经非常迫近了，要给家里一点暗示，使他们做好更充分的精神准备。

2

马扩是在母亲房里看见弹娘带着侄儿亨祖一起进来的。他们彼此问了好，马扩问起嫂子和赵杰娘子。

“大嫂和赵大嫂都下田干活去了，要摸黑才得回来哩!”

弹娘由于自己没跟她们一起下田劳动，不无赧然地回答。这种赧然的意识来源于她的谦卑，永远以为自己占了他人的便宜，其实却是没有必要的，因为按照马母的安排，家里每个人都有明确的分工。总持家务的马母，只要健康情况许可，自己也要下田。她从西北带来的田间知识，在这里仍然适用。家人们在劳动中发生了疑问，都要像请教一个老农一样来请教她。她一直是田头的主宰者，直到赵杰娘子来到这里。

从他们的家搬来保州后，马母就割得三十多亩田地，依靠自家和雇工的劳动，有所进益，并且逐渐成为家庭生活的主要来源。马政、马扩长年离开家，马政复员到西北后，按照西军的传统，他的俸禄收入，几乎是与部下共同分享的。而马扩东奔西走，大手大脚地赈济朋友部属，领来的请受，不仅不能够帮助家庭生活，有时还不免要给弹娘写信，从母亲那里刮去一点。有时信里写明请交来使白银十两，很可能这个信使就是受赈济者。白银坐等要取走，哪管家里抽筋剥皮！在这方面，马扩倒真该脸红一下的，大约他不会有赧然的意识，如果他要用的钱是十分必要的，不向家里，去向哪个要？游子取给于家，乃是天经地义的道理。他复杂的头脑里，每天都在千思万想，大约就是算不清楚家用的经济账。

可以伸出手来，无限制地向家里要钱，可以伸出手来，无休止地向母亲要索她的母爱，这是从十五岁以后就离开家庭从军、参政，已经做出一番事业的马扩身上残留下来的亲子、娇儿的依恋。每次他回到家里，这种残余的依恋就会无限地扩大起来，终于把他完全淹没了为止。

弹娘在家庭中的分工是利用她的文化知识为亨祖授读。在那边境小城里，亨祖没有可以附读的地方，让弹娘担负起马家第三代的教育，显然是最重要的任务。弹娘的文化程度也很有限，但在这个军人世家中，已算得是个女秀才。她一心想把这份吃力的工作做好，以尽对马家的责任。看得出她是十分努力的，她熬得两眼通红，昼夜没个休息，还怕教不好书。特别爱怜她的马母，看在眼里，疼在心里，不再给她分配其他的任务。

一落地就失去母亲的弹娘对于还没落地就失去父亲的亨祖有着一种超越家族关系的特殊感情。这种以彼此生活中的不幸为纽带而联结起来的感情有着非常坚韧的性质。虽然他们彼此都怕触痛这个创口，有意把它严密地封闭起来。

任何一个教育家都明白在受教者和授教者之间先要建立起感情，有了它，教学的成绩就能事半功倍。

弹娘按照当初马扩教育自己的方式去教育侄儿，连授课的内容也完全相同：《史记》《左传》《楚辞》和唐诗。这些书家里都有，有的还是弹娘作为嫁妆带过来的。可惜《楚辞》丢失了，她记得那一本的文字特别艰深，佶屈聱牙，她自己也读不懂，丢了倒好。所有这些书，她都照当年马扩为她讲解的讲解给侄儿听。有时讲得精彩，亨祖听了入迷，她就低声腼腆地向学生声明，自己无非把三叔讲过的书复述一遍给他听罢了。说到“三叔”时，她的心就会狂跳起来，而她感觉到侄儿也有同样的激动，因此一天中，她忍不住要假借各种机会，把“三叔”提起几次。这给了她巨大的喜悦。后来越说越多了，虽然这个家庭里每一个人都是疼爱她的，愿意为她做任何可以使她高兴的事情，但“三叔”仍然是一个秘密，只能在侄儿面前一天多次地提到他。

说自己只不过复述“三叔”的讲解，那无非是借这个机会多提到一次“三叔”。她说得太谦虚了，事实上，她在讲解中，按照自己的理解，已经灌注进不少她特有的柔情、激情，再加上纤细的感觉和微妙的联想力，这些在马扩的讲课中都没有，也许是他有意避免了的，而她却掺杂进去很多。她讲得深刻、隽永、形象、激动，使每一首诗、每一篇文章都变成一则传奇性的故事、一首音调激越的军歌。

有一天讲韩愈的《张中丞传后叙》，她把马扩讲给她听的许多有关张巡、许远守睢阳的史实都串在一起讲给侄儿听了，那许多材料在文章中都没有写到。然后讲到南霁云断指射矢，讲到他们受俘时，张巡对南霁云说的“南八男儿死则死尔”的话，她不禁先流出了眼泪，然后侄儿也跟着哭出来。他们都没有说话，但在那泪光中分明闪耀着他爹和二叔的影子。

马扩授课中绝对不允许学生流泪，那是一条戒律。

弹娘就是用这种柔情、激情来弥补她学问欠缺的不足，而使受教者稚嫩的心苗中产生了感情早熟的迹象。他领受了双份的母爱，他从婶母身上得到的，甚至比母亲还多。他多情善感，富于想象力。他神往于英勇捐躯的爹和二叔，那是奶奶、母亲和其他人告诉他的，他得之于耳闻，那好像是已经过了几百年的事，他对爹和二叔只存一个神圣的回忆和模模糊糊的印象。他更神往于传奇性的三叔，那不仅得之于别人的口述，也有自己的观察。三叔才是一个存在的实体。他早已习惯了从三叔的每句话、每一个动作中追踪他的英雄业绩和高尚的道德品质。这个习惯在婶母进门前已经养成了，现在他更要求婶母多讲讲三叔的一切。伐辽之役，三叔单骑陷阵这件事，在他小小的心灵中已经追摹过几十次、几百次，好像他一遍一遍地在描红簿上，把自己用浓墨写的墨字覆盖在红字上面一样。现在他又惯于在婶母的授课中，以三叔的语言行动来印证、比较书本上记述的那些古人的教训和言行。他把人类分成两大部分，所有活着的和死去的好人占一半，三叔一个人占了一半。他的课程，包括婶娘讲解的内容和时间大体上也按照着这个比例进行。

家里另外两个中年的妇女，对亸娘来说，都是大嫂。一个是丈夫的亲哥哥的妻子，另一个是丈夫的义兄的妻子。她给了她们同样的尊敬、同样的称呼，只不过在后者的称呼上加上一个姓氏以示区别。当她与赵大嫂单独在一起时，这个区别没有必要了，她就省掉这个赵字，也称为大嫂。赵大嫂是马扩找来为亸娘做伴的。在一年多时间里，她成为这个家庭中必不可少的成员。她是田间操作的主要劳动力，是内外一把抓的家务主要操持者，更加重要的，她是马扩与当时散处在河北、河东各地义军诸头领的主要联系人。马扩回家的时间不多，义军诸头领就以他的家为据点，通过赵杰娘子与马扩以及与其他头领进行联系。赵杰已经来过多次，在这里当然是熟门熟路了。当时河北义军领袖石子明和河东义军领袖韦寿佺都曾到马家来过。

马扩与义军诸头领发生不寻常的关系是因为他充分估计到在抗金事业中与义军合作的必要性。赵杰娘子就是为了实现这个目的来到马家的。她很忙，不能像刘锜娘子那样与亸娘朝夕盘桓，她来了，就给亸娘增加生活的勇气，因为无论从体质和精神方面来说，她都是十分结实的，足以使人对她产生信任感。

马扩估计亸娘一定听到他对战争和时局形势的说明了。正当她们进房的时候，马扩与母亲说到不出一个月，宋、金战争必将爆发。现在与妻子交换了寒暄，问了家里每个人的情况，又继续就战争问题与母亲谈下去。他们马家传统的生活信条是不妄语，不危言耸听，不作没有根据、没有把握的预测。他以斩钉截铁的语气判断一个月内必将发生战争，那一定是战祸已经迫在眉睫了。对这一点，大家都信任他，谁也没有怀疑。

一生中不知道见过多少次大战、小战的马母乍听到这个消息后的反应是平静的，好像这一场大家谈论已久的战事，即使就要爆发，也不是什么意外事件，也好像当初在西北时，经常听到公公、丈夫和儿子带回来战争爆发的消息一样。她首先想到的是征人而不是自己的安危。

“娘啊！这一遭可不比往常与河西家作战。”马扩看见母亲满不在乎，提醒她说，“当初战争都在家门外几百里、几千里外开打，我军进可以攻，退可以守，一城一堡的得失，往往要穷年累月，才见分晓，怎么也打不到家门口。如今啊，金军倾巢而来，我军全靠燕山一路为屏障，万一常胜军有失，门户洞开，敌军转瞬间就可直叩保州之门。娘可要预先有个打算才好！”

“上月间你爹托小种经略相公捎来的信也说战争近了，却没有别的话。想俺家从西北迁到牟平，再迁到这里，安家落户了几年，好容易筑起一个窝，难道金兵一到，便拱手让它不成？你们男子汉没本领打退它，”听得出马母这句话把朝廷失策、宣抚司无能，包括自己的丈夫、儿子在内的男子汉统统骂进去了，“让它深入堂奥，施虐百姓。它如真的来俺家骚扰，娘知道怎样自处的。”马母说到这里，面上出现一种刚毅的表情，神色也更加穆然了。只有说到下面一段话时，把眼睛轮流看着亸娘和亨祖，这才动了感情。她低声说下去：“娘自不怕，只是马家的这点骨肉好歹要保全下来，才好让你爹儿两个放心出去打仗。”

马扩也跟随着母亲的目光去看亨祖——这个马家唯一的血胤、马家未来希望的寄托。他长得清清秀秀，活脱是大哥的翻版。大哥已经死了十多年，马扩对他的印象已有些模糊了，只有看到了孩子，他才想得起大哥的样子。可是孩子是那么瘦弱，文质彬彬，像是文人家的孩子而不像他们军人世家的子弟。马扩的目光不禁在他脸上多停留一会儿，想要探索其中有什么奥秘。

孩子的脸上忽然也出现了刚才在祖母脸上出现的那种刚毅的表情，然后又转变为某种稚气的期待的喜悦。从他变换着的表情中，马扩看得出孩子完全理解他们说话的意义，不禁赞许地向他点点头。孩子胆怯地朝叔叔偷看了一眼。叔叔的赞许，使他陷入狂喜之中，他抓住机会大胆地提出自己的要求：“侄儿多次请缨。”亨祖停顿了一下，又偷眼去瞅着婶母，似乎向她征询这个典故用得是否确当。典故是用对的，用在这里，恰到好处，不过它文绉绉的，不是他们马家用的语言。马扩截获了妻子无言的答复，才弄明白原来正是她把他弄得这样文绉绉的，对此他保留着自己的看法，不过不急于说出来。

“侄儿多次请缨，叔叔总是说侄儿年纪还小，过两年再说。如今战祸已迫在家门，侄儿再也憋不住了，这番叔叔上前线，务必要把侄儿带走。”

“你上前线去干什么？”

“杀番子！”

“前线杀敌是你爷爷和三叔的事。如今家里没个男人，你要留下来保护奶奶、娘和婶子，这个差使可也不轻哪！你倒问问奶奶，她肯放你出去？”

“奶奶，你放孙儿出去不放？”他一头扑进祖母的怀里，非要她支持他不可。祖母搂着他，也在做思想斗争，不肯定地说：“是时候了，是时候了，你三叔也是这个年纪出去的。可是三叔的话说得对，如今家里没人，你要留在家中保护娘和婶子，再过两年出去不迟。”

“过两年出去？”亨祖急起来，叫道，“到那时，番子都叫爷爷和三叔杀绝了，叫孙儿怎生为爹报仇？”

这个稚气的想法，使马扩笑了出来，然后一本正经地告诫道：“侄儿，你在家好生听奶奶、娘和婶子的话，听赵大娘的调度行事，先要学好本事。战争真要来了，哪儿都有仗可打，有的是番子叫你去杀哩！只怕你没有本事杀他们。从叔叔上回离家后，你的射力加了几个？还有赵大叔指点你的杨家枪法，你都练熟了没有？”

“箭力增加了两个，如今箭靶已放到一百五十步外。枪法天天练，已记熟了，前些日子又跟赵大叔学了马槊，还在练习。”

“他上午练弓、练枪、练骑，”马母急急表扬孙子道，“下昼跟婶子读诗读文，文武两艺全不荒疏，你看他不是瘦下来了？”

“还早着哩！”马扩摇摇头，“侄儿你可听说过完颜阿骨打箭射三百步，矢无虚发，你只及得他的一半。明儿有空，要下场看看你的箭法和枪法。”

然后马扩又询问侄儿的诗文，都还过得去，他只纠正侄儿一个错误说：“刚才侄儿说要为你爹报仇，志气可嘉。你爹当年战死在河西战场，死在羌人手里，死得轰轰烈烈。如今在北边动兵的金虏是女真鞑子，与河西羌人不是一家。你跟婶子读了几年书，想来还没有把这两家弄清楚。对当前的许多事情还弄不清楚，那就读了一百篇文章、一千首诗也顶不了用处。你知道张巡、许远死守睢阳，慷慨击贼，那睢阳城在如今的什么地方？为什么守住睢阳就能保住江淮？还有与张、许一时击贼的颜杲卿，他就是颜鲁公的哥哥，他以常山太守起兵，阻绝了安史南下的道路，那常山在如今的什么地方？为什么能阻绝贼兵南下？这些在读书时都应知道。博古为的是通今，知古而不知今，读书尚有何用?”

“他还小哩，”对第三代的爱怜超过第二代的马母不禁在旁嘀咕了一句，“一时间能记得这许多?”

马扩也意识到自己的教训过于严厉了，这才伸出手去，把侄儿的下巴轻轻托起来，把他的脸仔细看了一遍。他确是瘦了，比上回看见他时瘦了下少。一种亲密的亲族感，忽然涌上心头，那严格的要求也转化为柔情的期望了。他拉起侄儿的手，殷切地说：“亨儿，这文武二艺，全靠勤学苦练，还要多动脑筋，你可不能放松啊!”

在他长篇大论教导侄儿的时候，弹娘惝惝恍恍地在一旁听着，在一句话中间她忽然感到自己也受到连带的责备了，因而脸红起来。扪心自问，她虽然成天听人说河西家、契丹家、女真家，到底它们间有什么区别，她自己也没能弄清楚。还有，她又何曾知道睢阳在哪里、常山在哪里？为什么守住了常山，河北的贼兵就无法南下？她自己不知道的事情，怎么去教侄儿？学生的错误，可不是她老师的失职?

可是他过去也没有把这些事情跟她讲过，或者是讲过了，没有引起她的注意。她不知道这些，总之就是他的失职。有了这一点能为自己辩解的理由，她又敢于微微地抬起头来。

马扩注意到弹娘今天已经有两次红过脸，两次红脸都跟自己的谈话有关，因而他对年轻的妻子的一再赧然感到歉意。现在他开始把注意力转向弹娘。

3

这是马扩在保州老家中第五次——实际是第四次与亸娘见面，因为有一次他与赵大哥匆匆途经此地，进来歇歇脚，吃了一顿午饭就走，那算不得是一次正式的会面。

从上次正式见面以来到现在已有五个多月的间距，上次见面时还在蒸溽的炎暑中，如今已进入深冬了，当然还是一个干燥清冷的深冬。

现在他清楚地记得他们每一次见面的情况：一句随便的家常话，一件微不足道的家务，一个没有任何意义的小动作都不曾从他的记忆中逸走过。他知道，在她的那方面，一定会更加珍惜这些回忆，把它们深深地保管起来，封存起来，好像一坛深埋在地下的善酿酒，不管隔开多少年，只要打开泥坛，就会发出一阵阵浓烈的酒香。

如果她有什么珍贵的宝藏，这一坛，埋得很深、封得很严的回忆就是她最珍贵的宝藏，也是她最值得骄傲的私产。

第二次伐辽战争以来，马扩就把自己的感情世界向亸娘彻底开放，把亸娘心里的疑云迷雾一扫而尽。从那以来，马扩不知不觉地、越来越深地陷入亸娘的“心网”中。这张网是这样轻柔、绵密、温暖，是亸娘用了她全部的柔情和每天都在加温的热情交织起来的。如果柔情是这张心网的经线，那么热情就是它的纬线。它们密密地交织在一起，织成一张小至无间、大入无垠、无所不容、无所不包的网。它可以是马扩这艘永不停航的海船的避风港，它可以是马扩这个到处受到排斥打击的流浪儿的精神寄托所，也可以是马扩这个爱情的傻角儿不断寻求的温柔乡。爱情到了深处，与宗教非常接近。马扩虽然从不佞神拜佛，有时他钢铁的心也会突然柔软下来，以钻进妻子的心网中去找一所庙宇，膜拜他的爱情的上帝。如果只看到马扩追求的事业世界，而忘了他的感情世界的一面，对马扩之为人的了解就不全面。

亸娘的柔情和热情在他们上次见面时达到最高峰。那次见面的时间十分短促，连头搭尾也不过一昼夜，总共就是那么可怜巴巴的十二个时辰。他们把见面的欢乐注满在一格铜匮中，然后听到它一点点一滴滴地从那小孔中漏出去，他们几回揭开盖子来看，还有三分之二，还有三分之一，只剩下底部的一点了。他们的幸福的流失，都带着铜漏的点滴声。

正是那种紧紧压在心头上的紧迫感，使他们沉浸在热情中而不可自拔。日益迫近的战争风云，纷纭烦乱、层出不穷的边疆危机，钻心镂骨的离别之恨和对自身命运把握不定的战栗，这些在平时一时片刻都难以排遣的纠结，忽然在一刹那之间都神秘地解开了，自动地消失了，他们空出了一片完全空白的心田，让那偶然来到而很快就要逃逸的幸福来填补。

幸福落入温暖、绵密的心网中也可以小至无间，大入无垠。不过纯粹、绝对的幸福是从来没有的，它总是由愁苦与恐惧伴随着一齐而来。

随着漫漫长夜的逐渐消逝，随着那铜漏声越滴越短，他们的恐惧越来越增大了。他们唯恐窗外的一抹黎明终于会不留情地把留在这间暗室里的越缩越小的幸福完全驱走。

有千百种奇思怪想出现在潜意识中：是那些天还没亮就飞到乌桕树上叽叽喳喳噪个不休的雀儿破坏了他们的欢娱？他要拿起弹弓，一弹打去，把雀儿赶得无影无踪。是那只用了尖厉的嗓子不断长鸣报晓的雄鸡妨碍了他们的瞑息？他要找一根长竿把雄鸡赶回鸡埘。

那雀儿、那雄鸡为什么赶在黎明之前就到窗户外来乱啼乱鸣，搅破他们的好梦？不！其实在那提心吊胆一夕数惊的夜里，他们本来就很难圆成好梦，正是他们自己心里的紧迫感把幸福打成了碎片，却迁怒于雀儿、雄鸡。难怪它们要反唇相讥了：你们咒吧！你们骂吧！你们去发誓许愿吧！黎明不久就要来轻叩你们的窗扉，再过不多一会儿，那一轮红艳艳的朝暾就要露面出来主宰人间的一切，凭你们本领再大，也拗不过那必然要来到的自然规律的运行。

幸福只剩下了一个底，它滴到下面一格也将溢满的水面上，发出短的、急促的漏滴声，催得他们心烦意乱。

但愿那根长竿就在手边，把初升的太阳从它刚冒头露面的山谷中赶下去，一直赶下大海；但愿霎时间涨起一片弥天大雾，把那白日遮盖得严严密密，伸手不见五指；但愿一个接着一个的长夜永远主宰着人间，一年都只许天亮一次。

“打杀长鸣鸡，弹去乌臼鸟。愿得连瞑不复曙，一年都一晓。”这就是他们在一夜中，特别在长夜即将消逝的黎明前的胡思乱想。可是雀儿、雄鸡没有去赶，大雾没有涨起来，白日也没有被赶入海洋、赶回崦嵫山谷中。马扩自己也不知道在那一天里，他们以怎样的心情，终于不得不接受自然规律之运行，让黎明、朝暾，让叫人目眩神摇、透不过一口气来的艳阳烈日交替地落到他们头上，然后是在斜阳落日的古道上黯然判袂。

他感觉到她当时的心情，如果能够系住他的玉狻猊，她宁愿让自己化身为一根系马柱，长年累月、白天黑夜都植立在祁寒酷暑、山风谷雨的郊原上，为的是，可以永远伴随他的被系住的影子。

4

今天，马扩还带着上次离别时那个强烈的印象来看亸娘。他宁可再一次束身于她的温柔的心网中，但愿能够重温五个月前的那个绮丽的梦！

可是只经过短短一会儿的观察，马扩发现亸娘变了。不错，许多迹象都证明她是变了，不是微小的、某些细节上的改易，而是整个精神世界的变换。在马扩心目中，他的妻子是永远不会改变的，然而她竟变了，而且变化还这样大，这就更加增加了他的惊讶。

曾经有多少次马扩从她急速地从内室中奔出来迎接他的脚步声中听出她的激动和欢乐，他几乎可以从她的脚步声中数出她急遽的心脏搏动。

还有她那种毫不顾虑旁边有人——有时是婆母，有时是侄儿——的逾规越矩的强烈的握手。那与其说是紧握还不如说是摇撼。她虽然经常能够约束控制自己的感情，但到了某一个爆炸点时就会不顾一切地做她自己想做的任何事情。在丈夫乍到时，她一时间找不到其他可以表达感情的方式，就抓起他的双手，猛烈地摇撼起来，然后死命地把它们紧攥着，把它们拉近到她的胸口，似乎要通过这种异乎寻常的握手把自己全身的热量都输送进他的血管里，让他燃烧起来，把他们两个全都烧成灰烬。

“春蚕到死丝方尽，蜡炬成灰泪始干。”这种爱情的慢性的枯死炙死还不配她的胃口。她要求的是用他们自身所有的三昧真火，通过这两双手的交感，那用不着什么导火线，霎时间就会把两个人全部烧成焦炭，再烧成灰烬，最后一阵风吹得干干净净。

这是她的特殊形式的“摇撼”。

还有，她用特别方法贮存起来的爱情的语言。

马扩发现，每次乍一见面时，她都说不出话，她的爱情用无声的摇撼和激动的喑哑表现出来。她有千言万语，在他离开的岑寂的日子里，她把所有爱情的语言都贮存起来，贮存在心室的一角中。如果语言是固体的，她有那么多的贮存，那就不是心室的一角而需要用整整一个山谷来储藏了。如果语言是液体的，它早已化成艰涩的眼泪，从冬天流到春天，从夏天流到秋天，几乎可以流成一条河，流入那大海中了——怪不得所有的海水都是咸的。不幸的是，虽然有着那么丰富的贮存，到了他们真正见面的一刹那，那些固体的和液体的语言都化成气体一下子跑光了。这里只剩下无声的呜咽在喉咙口哽塞，或者变成难平的块垒在胸脯中起伏。

所有这一切都是马扩在结婚后将近四年中逐渐适应和变得习惯起来的。从不适应到适应，从不习惯到习惯，都有一个复杂和曲折的过程。记得就在那第一次出征的前夕，她忽然伏在白木桌上出声地哭起来，他越推她，她越哭得厉害。他一向怀有一种偏见，认为女孩家流泪既是她们的弱点又是她们应有的权利。碰到难以处理的事情，不让她们哭几声，又怎么办？可是，当这个女孩子变成了自己妻子的时候，她行使特权，哭个不休，他顿时就手忙脚乱，不知道用什么办法才能使她停住不哭。还有，最初，他远别回家时，妻子用了一对好像燃烧着的眼睛看着他，然后迅速地递过去那双也好像在燃烧的手。这时他在理论上已经想通了，认为她完全有权这样做，可是在行动上，他接过她的双手时不免有点犹豫，而当她热烈地“摇撼”着他，他不知不觉想把自己的双手从她的手掌中轻轻地抽出来。

可是如今他已经完全适应它们、习惯它们了，他就非常渴望并且完全相信将会继续得到它们、享受它们。不但这样，他还希望和相信他要得到的那些“爱情的保证”在程度上一定还会继长增高，不断地超过现有的水平。在这方面，他相信亸娘具有无限的创造力。

爱情是一座既有实体感又好像建筑在虚无缥缈之间的如梦如幻的迷宫。当你被眼前瑰丽的奇景所震慑，以为它已经达到鬼斧神工的巅峰，没有想到你的伴游者还可以把你导入更深的一层，用更加瑰丽奇伟的神秘之境使你心摇神驰，使你目瞪口呆。一次又一次的更新，一层进一层的幻奇，都不是人的想象力所能预测的。

马扩在走进家门以前就已经神游于这座迷宫中，而且根据习惯和适应的惰性规律正在尽他的想象力最大限度地去想象那未知的、更深一层的奇幻梦境，虽然他知道亸娘丰富的创造力将会给他新的什么，绝不是他有限的想象力所能臆测。把未来笼罩于一片朦胧的绢纱之中，那就更增加了它的魅力。

无论如何，马扩只要想到在顷刻之间他就有希望被导入那样一个梦境，这就是他莫大的幸福。

正因为马扩是带着这样一种强烈的向往回到家里的，在最初的观望和接待中，不免叫他暗暗失望。

他感觉到这一次她进母亲房里来迎接他时，她的情绪是反常的平静。平静本来是正常的情绪，正因为过去多次她迎接他时表现出来的不寻常的波动，现在他已习惯了以反常为正常，以正常为反常。首先他听不到她急速的脚步声，然后，在出迎的时间上也比他事先估计的要慢。事实上他早已精确地计算过从家里知道他的意外回家到人们把这个消息传递给她，加上她从内室奔到母亲房里来一共需要多少时间。他不但精确地计算过，并且还把过去几次她出来迎接他的时间拿来比较。

过去是，他还来不及与母亲说几句话，她已经一阵风似的卷到他身旁，单等母亲与他说话中间有一些空隙，她马上就插身进来，把双手递给他。这一切都是那么匆匆忙忙的，完成于叫人来不及透一口气的瞬间中。爱情达到这样一个阶段，就会自动排斥“慢郎中来医急惊风”式的那种令人怄气的从容不迫。

弹娘与当时许多刚结婚的少女一样，曾经有过“十四为君妇，羞颜未尝开。低头向暗壁，千呼不一回”的“十四年代”，可能有些妇女一生都没有离开那个“十四年代”，而她则很快就越过它，早已进入“十五始展眉，愿同尘与灰。常存抱柱信，岂上望夫台”的“十五年代”。她现在的那些过分热的爱情表现很可能被指摘为逾规越矩，如果处身在其他环境中的话。但这里，有婆母对她的理解和纵容，有丈夫对她的渴望以及其他人对她的爱怜。他们始而是默认，继而是鼓励，使她的行动完全合法化了。这个军人之家受到诗礼的约束比较少些，“自由”空气比较浓厚些。

可是这一次，他在母亲房里等了好一会儿，等得有点心焦的时候，才看见她与侄儿一起进来，倒是侄儿嫌她走得慢了，抢在前面走。在问好和交换寒暄中她也没有激动，她脸上既没有喜悦也没有哀怨，却出现了一种不太熟悉或者可以说是似曾相识的腼腆的表情，那表情曾出现在他们刚结婚不久的“十四年代”，后来进入到“十五年代”时，它很快就消失了。不想今天，它又复活在她略显丰满的脸颊上，她似乎要把已经挨得很紧了的丈夫重新推到适当的距离外面，对他进行一次再估计。

不错，在这五个月中，她是明显地发胖了。她身上穿一套湖绿色的绣金棉襦和罩在外面的淡红背子，两件都是刘锜娘子为她添的妆。当时刘锜娘子已经深谋远虑地考虑到她将来可能“发胖”，故意裁得比较宽大些。前年新春中，她穿了这套盛装，还有些宽空的感觉，尤其是两根虚设的飘带，晃晃荡荡地垂在前面，走起路来，很不方便。根据赵大嫂的建议，把飘带缩上去一大段，又把两腋下开的缝子——胯子都重新缝上，一直缝到腰部以上。这是一种实用主义的改造，空荡荡的感觉是没有了，行动也方便了，可惜刘锜娘子煞费苦心为她设计的服装美，东京人所谓“韵缬”，也眼看消失了。幸亏赵大嫂留有余地，缩上去的飘带仍可放下，缝紧的胯子也仍可拆开。今天她穿上这套盛装来迎接他时，两者都已恢复了原状。现在她穿起来倒反有些紧绷绷的感觉，那显然因为她的身体已经发胖的缘故。

此外，她的两颊上出现了对称的红晕，看上去好像抹了一层薄薄的胭脂，那在瘦瘠的脸上是一种预示着某种疾病的不祥的朕兆，而在丰腴的脸上则是健康的征象。

还有，与她略见丰满的体态相适应，她的行动也变得迟缓起来，不像过去那么便捷。她走路时，先要提起背子两边的下摆，然后轻轻抬起脚，迟疑地把它们落下去，似乎要找一个妥当踏实可以信赖的地方，才敢于脚跟落地。

她不再像过去那样把全副精神贯注在丈夫身上，而是时时内顾着自己，仿佛要通过身上特殊装置的一架内窥镜观察自己身体内发生的种种变化。

原来从那个火热的夜算起，她已经怀有五个多月的身孕了。

这次马扩回家探亲，是要向家人提示迫近的战争和对死亡的准备，亸娘却在她自身的内部中经历着一个胎婴成长的过程。她考虑的是“生”而不是“死”的问题，她根本没有参加他们关于战争的谈话，她也忽略了丈夫要求她提供更多爱情保证的迫切的眼色，这中间还存在着一个天大的误会。

原来母亲把这喜讯写在家信里，但那封家信捎到太原时，他正好出差去了，家信落到他的同僚孙渥手中。孙渥鲸吞百川，泥醉三日，醒来时早把这封信忘了，而为了义军收编之事，与他秘密交通的信使也没有顾上把这个消息告诉他，对此他确是一无所知。

不能原谅的是当他进门以后就对亸娘作了自以为细致精密、实际上却很粗略的观察，对于已经相当明显的种种迹象，竟然忽略过去了，还要对亸娘提出一些责难，那真是“明察秋毫而不见舆薪”了。

那天晚一些的时候，他们回到自己房里，才由亸娘亲口把这个消息告诉他。这并没有给他带来狂喜。孤丁单传的家庭和初次听说要做爸爸了的喜悦都被冲淡在战争的焦虑中。他对这个消息的第一个反应是妻子在这样紧张的时刻中怀孕，那可能会给家庭和他自己增添多少累赘，也会给他的计划造成很大的障碍。

估计到战争发生后，很快就会出现的局面，马扩原定计划是要把家庭撤离到真定西郊的西山和尚洞山寨中去。那里是他的许多朋友、义军诸领袖集中的中心点，很快就会发展成一个抗金的根据地。他与他们肝胆相照，准备把家迁去不是为了逃避战争，而是为了到那里去迎待战争、坚持战争。

他对侄儿说“到哪儿去都有仗可打”的话是已经预料到未来发展的局势，希望让他在那里接受战争的锻炼。不但侄儿、妻子、大嫂，甚至母亲也要受到战争的锻炼，为它做出一份贡献。

既然那里可能发生战争，那肯定就不是安全区域，马扩考虑的不是一家人的安全，而他相信家里每个人也都会和他一样考虑问题。

要说服母亲和妻子实行这项计划是他此番回到保州来的目的之一。可是今天母亲还没有完全说通，看来还有不少思想障碍，而妻子又有了身孕，马扩主观地认为母亲所以不赞成上和尚洞，就因为弹娘怀孕，上山困难的缘故，这使他的情绪发生很大的波动。

5

黄昏以后，两位下田的妇女回家了，然后有一桌收拾得整整齐齐的便餐为马扩接风。除了马政不能回来，马家全家的成员都在这儿了。这次接风便餐，也算得是一个小小的合家欢。

两年前，马政跟随小种经略相公的大军西撤，他仍在种师中麾下任参谋之职。那次西撤，不问全军的意见如何，朝廷严旨督促，限日限时，宣抚司派员就地催发，看起来竟有押解充军的味道。从那以来，马政就没有回家到过保州，即使目前北方风云已紧，只要童贯卡住西军不让东调，马政就没有可能回家，而把种师中领导的这支强劲可用的秦凤军和许多熟谙边事、智勇可任的有用之材弃置闲散之地，不让参与对女真的战争，而把有危险的常胜军放在最重要的防地，自己又手忙脚乱地到处征发人马，增加实力，这是宣和朝廷的既定方针，谁也没有本事使他们改变这种方针。

合家欢由于马政的缺席，家长没有在场，再加上马扩对未来战争的预测，在马母和其他家庭成员的心里笼罩上一层阴影。大家共同的想法是过了今天，再要有这样一个即使家长缺席的合家欢宴，恐怕也是很难办到的了。

因此欢宴虽在进行，大家的心却“欢”不起来。随着几杯闷酒喝下去，每个人心里的阴影更加扩大，大家都想到未来的日子将更加难过了。这个刚强的军人世家，即使对未来的世变已有相当的精神准备，却仍未能完全排除担忧和感伤的成分。这原因是他们心里都有着一个创疤。丧失儿子、丈夫和父亲，那镂心剜肝的痛苦是不能轻易忘怀的，不过时间的浪涛把它们冲淡了，今天马扩带来新的战争将要爆发的消息，那好像是一支探针，刺进旧的创口中仍会流出新的鲜血。

然而，后事固然难测，现在的会聚毕竟是十分难得的，就是因为后会难期，今天的宴会就更足珍重了。大家还想到要照顾亸娘的健康和情绪，应该尽量开怀痛饮，制造欢乐的气氛以扭转局面，于是马母、马嫂先后举杯祝饮，为儿子和叔叔“洗尘”。

亨祖跟在奶奶和母亲后面，也给三叔敬了一大杯酒，还口齿清楚地说了两句祝词，祝三叔在战场上马到成功，旗开得胜，把金朝的大酋、二酋手到擒来，那时再来共饮凯旋之杯。他生怕说话不得体，说得不是时候，又因为金朝两个头子的名字拗口难记（他是想说粘罕和斡离不），说错了又要受叔叔的责备，因此别出心裁地创立二酋之称。他说着这些祝词的时候，把脸涨得通红。不过他相信自己的话并非溢美，当今之世，除叔叔以外，谁也不配立这两件大功。在侄儿的心目中，叔叔的形象高不可攀。

马扩含笑领了侄儿这一杯，说出了粘罕、斡离不的名字，还说金将阇母、娄室、窝里嗢、兀术都是枭雄之才，将来血沃中原，祸害未已，将为我之大患。他勖勉侄儿学好本领，将来在疆场上大显身手，把他几个一一拿来，然后用着郑重的语气说："为国击贼，固我疆圉，为民除害，尽歼虎狼，这比报一家一姓之私仇，更为要紧得多。侄儿啊！今夜为叔的敬你这杯酒，你要牢牢记得为叔的这番话。"

"为国击贼，固我疆圉，为民除害，尽歼虎狼。"亨祖重复了叔叔的教训，把它们铭刻在心，然后连咳带呛地干了叔叔的这杯酒，再度陷入狂喜。

"亸儿虽说有喜，你三哥远道而来，今夜席上敬三哥一杯是少不得的。"马母转向亸娘，向她做出一个斟酒举杯的姿势，还给大家提醒，制造今夜的欢乐气氛，不要忘记还有一个重要因素。

亸娘顺从地在丈夫和自己的酒杯中斟满了酒，用一个深情的凝视祈求丈夫先干了杯，然后自己举起酒杯，一饮而尽。大家都知道亸娘是她父亲的"不肖女儿"，父亲并没有把喝酒的本领遗传给女儿，现在她一下子干了杯，这个豪爽的动作，博得大家的喝彩。然后大嫂又说了一句吉利话，祝马氏有后，喜果成双，一定要叔叔和弟妹喝了双杯，然后又是夫妻俩对大嫂的回敬。

六七杯酒喝下去，亸娘端着酒杯的手有些颤抖，马扩用一个暗示的动作制止她继续再喝。这倒使亸娘为难了！这一杯是家里几个养娘祝她的公杯，不领她们的情说不过去。马扩正待走过席来，坐在她身旁的赵杰娘子便捷地抢过她的酒杯，代她干了，还讨喜地补上一句道："待到汤饼宴上，让弟妹痛痛快快地喝上十盅酒，谁也饶不了她。今天这一杯，看在肚里的小东家面上，就免了她吧！"

此后赵杰娘子就包揽了所有给亸娘的敬酒，还代替亸娘向每个人回敬，从婆婆到养娘，还有一个丫鬟和一个短工。从来是涓滴不饮的赵杰娘子，今天忽然大开酒戒，喝了一杯又一杯，比在座的哪一位都要喝得多，这使大家十分惊奇，宴会的气氛也因此大大地热烈起来。

听说在田里她要干两个女人的活，足足抵得上一个精壮的男工。从田头回来后，她又帮马母端整酒菜——今夜的一桌菜都是她烹调出来的，后来又包揽了别人给弹娘的敬酒和弹娘回敬别人的酒。还有，宴会后，这桌面上和厨房里的善后事宜，当然又是她的事。

赵杰娘子最大的特点就是什么地方需要她，她就不声不响地出现在那个空当里，按照别人的需要去完成她认为属于自己本分的工作，一切别人需要的事情都是她的本分。她占的地位并非重要，而干的工作却总是最吃紧的。一个家庭、一个团体，或者扩大一点来说，一支军队、一个国家如果有了那么一个两个或者多至几百几千个这样沉默实干的女长工（这是她在马家为了掩护秘密工作而取得的公开身份），它们就会兴旺起来。反之，在那行将死亡之国、破败之家，偏偏就多了与她完全相反的那一号人，这才是它们的大不幸。

凭这一点，这个女长工岂不值得大大地歌颂一番？

6

赵杰娘子知道现在最需要她的是马扩，这一次倒不只是为了马扩的需要，也总是为了她自己和许多有关人员的需要。她有许多重要的消息急于要告诉他，他们能够交谈的时间可能不多了。马扩明天早晨不走，晚晌前一定得走，不能再在家里留宿第二宵。明知道马扩在房里等候她，一定等得十分焦急了，赵杰娘子还是坚持要让她一个人包办厨间的“善后工作”。这原属于马母和一个养娘的分工。今年入伙以来，为了亸娘的怀孕和准备婴儿落地，马母多操了一点心，身体不如以前，今夜儿子归来，心里七上八下的，又是高兴，又是担忧，多喝了几盅酒，走起路来，竟有些摇摇摆摆的。马母身体向来健壮，一点微小的不适，没有引起家人们的注意，细心的赵杰娘子却注意到了。她采取了一种不惹眼的形式，抓到一个机会，借口老年人错过平常睡觉的时间就会通宵失眠，逼着她回房休息去了。至于那个养娘，也是多喝了两杯，甚至在马母休息之前，就横一福、竖一拜地托付给赵杰娘子，自己先去睡觉了。这里“投大遗艰”，全部繁重的善后事业都落到赵杰娘子的肩膀上。

赵杰娘子洗涤好碗盏以后，再一次举起油灯照着厨房里容易受到疏忽的角落，确定没有什么遗漏的工作了，然后用一个铜面盆舀点水洗净了双手，又在饭单上擦干手，卸下饭单，露出一身因为参加今晚的盛会而特别换上的花俏的衣服，这才像解了牛的庖丁一样，踌躇满志、心安理得地离开她的老根据地——厨房。

这时十二月的弦月已经升到中天，墙角边的寒蛩苦鸣不辍，墙外传来了初更的柝声。围墙以内，全家的人都已睡寂了，连得因为受到叔叔的赞许，兴奋得睡不着觉的亨祖也带着一个喜悦的微笑沉入梦境。

这时只有亸娘房里还点着蜡烛，在全屋的黑暗中，显得很突出。在那摇曳的灯光影里，透过一层薄薄的桑皮窗纸，可以看见马扩的身影。他一会儿俯身在窗下的书案上，正在写什么文书，一会儿站起来，看看户外的月色，再侧耳倾听屋子里和庭院外发出来的各种杂声，神色似乎很不安定。

赵杰娘子轻轻走去，轻轻推开房门。恰巧正在马扩从门口回到书案边的一刹那，他忽然听见房门“咿呀”一声自动打开了，吓得一跳。他确是在久候着她，一见是她来了，显出非常高兴的神情，急忙推开桌上的纸笔，把座椅挪动一下，让她坐下来，自己退坐到弹娘睡的炕床边。

弹娘早睡着了，脸上的余酲未退，显出苹果般的鲜红。微微的鼻息声，说明她睡得很酣，似乎正沉入一个香花缤纷、群婴游戏的烂漫世界。赵杰娘子爱怜地向她看了一眼，用一个轻微的手势示意马扩把她已经褪到胸口的绫被拉上一把，然后指着桌上的纸笔，轻声问道："三弟正在写信？"

"兄弟正给大哥写信，告诉他真定之事，待请大嫂捎去。"

"三弟信里是说你与刘家的话不投机的事吗？这个你大哥全已知道，就不必写了。"

"这倒奇了？"马扩惊讶道，"俺前天才与刘韐谈开了，话不投机，怫然而别。昨天去找大哥的那位朋友，竟未找到，今天一早就首途来此，回家省亲。大哥怎得这样快就知道端详？大嫂又怎知道俺与刘家说的话不投机？"

"兄弟可认识大哥的那个朋友？"

"未曾见过面，连姓甚名谁也不知道。大哥信里只写了个地址，叫俺到那里去找他，昨天去了两次，叩门都无人应声。"

"可知三弟要吃闭门羹了。"赵杰娘子说话不搞神秘化，一句话就开门见山地把事情都说清楚，"他在刘家手下当差，多与军队的人熟悉，前天下午就尽知你们所谈的话，几番要找你递个信息，却不得闲。因事关紧急，立刻去见张大哥。张大哥令他到保州来候你，咱晌午时分在田间劳动时，就碰见他了，才知其详。"

"他姓甚名谁，在刘韐手下当什么官？"

"你大哥管他叫刘七爹，他们早就相识，他如今在真定府军巡院[1]里当一名掾吏，为人正直，肝胆相照，是个可与深交的朋友。"

"此人可就住在家里？怎得此刻就与他见见面最好。"

"七爹今夜住在朋友家，半夜三更，叫咱到哪里去找他？横竖说好明天一定要见面的，三弟何必忙在这一刻？"

"大嫂可知道大哥、张大哥他们打发他来此，对兄弟有何吩咐？"

"大哥说三弟一片丹忱，为我军收编之事，一再与童贯、刘韐交涉，心焚血注，事虽不成，三弟的心大家都见到了。如今义军诸头项都在西山和尚洞聚义，克日大会。大伙儿要你大哥寄语三弟致意，更兼有大事相商，特请刘七爹前来保州邀驾前往西山。三弟如有意前去，事不宜迟，明天就让刘七爹做伴，送你进山去如何？"

"大哥既然派了人来相接，必有大事商议，兄弟岂可不去？再说，成天家说起

[1] 宋朝的司法机构，中央、地方都有。

[1] 这里泛称官府。

[2] 宋朝时总称各级从上至下的命令为指挥。

[3] 当时在两河的民间武装。

和尚洞，不日还待请大嫂把眷属送去，兄弟自己却未上去过，岂非憾事？今得老爹相伴，能与诸头项畅聚一堂，大遂生平之愿，明日准去。只不知山里已有哪些头项来到？大嫂可都知道他们？"

"咱也说不全，只知道石子明大哥、石颓大哥、焦文通大哥都去了。河东五台山有个智和禅师前两天也去了，好个莽和尚，听说他手下有三百僧兵，个个武艺高强，如虎似熊。那年金军侵入边界，他挺身出战，斩了个银环将，把他们打退。可惜和尚有事，昨天已回五台山去了。此外还有韦寿佺大哥、李臣二哥也都去了。这些头项，咱知名的多，识面的少，他们可不与咱妇道人家打交道。三弟想都认识他们？"

"大嫂虽是个妇道人家，识见行事，须眉匆如，端的是个巾帼英雄。"马扩由衷地称赞一声，然后再问，"俺在真定与刘鞈交涉之事，大哥还有什么说的？想刘七爹也一定与大嫂说了，兄弟愿闻其详。"

"恁地性急的兄弟！"赵杰娘子谴责地朝马扩看了一眼，"明天与大哥见了面，多少话不好说，都要咱这个笨舌头把转来转去的话相告？"

不过在马扩坚持下，她还是把赵杰的意见说了。虽然是转来转去的话，她说得清清楚楚，显然是怕说错了走了样，尽量用了赵杰的原话："大哥说，真定之事，三弟不必介意。此事谈得成了，两三万南下的兄弟暂得栖息之所，衣食有着，固为美事。但县官[1]的饭岂是好吃的？我无求于他，他自奈何我不得，一旦受了招抚，衣食都要仰求于他，他手握缰绳，就会耍出花招，今日一道命令，拨去几支人马，明日一道指挥[2]抽调几个头目，非把你东剁西割、零敲碎打了不可。董庞儿之事前车可鉴，他如今已变了心，山中人人切齿。如今我燕南地区的弟兄已陆续南下，结聚在和尚洞、胭脂岭等几处山寨中，与当地弓箭社[3]的乡民们和睦相处，情好甚笃。粮食给养，有他们接济，暂时也尚无匮乏之虞。大哥之意，不如暂时在这里歇住脚，观望一时，不去与县官打交道也罢。至于刘鞈扬言派兵入山雕剿，那无非是空言恫吓，凭王渊等几个狗头，他来一万，就杀他五千双，他敢来就来，俺义军何惧于他？大哥要咱问问三弟之意如何。"

赵杰这番话说得气壮山河，他虽然是安慰马扩，弦外之音，却表明他反对联宋，在大会的前夕，他让妻子转告这番话，明显地含有试探的性质。马扩与赵杰肝胆相照，情同手足，要不，他会放心把自己的老母、爱妻、寡嫂、遗侄一并托付给他？唯独在联宋抗金一事上，与他存在着不同的意见，两人为此曾有过争论。如今在赵杰娘子面前，他也不能默然苟同。他沉吟了半晌，说道："大哥之意，兄弟都理会得，只是天下之势，合则两利，分则力弱，此乃事理之必然。金寇方张，是我与宋联合了并力抗金有利，还是双方各自为政，被金寇一一击败有利？此事还请大哥三思。真定之事，俺本有部署，不想刘韐那厮，目光短浅，不以大局为重，竟然严词相拒，此时只好暂且搁下了。但联宋之举，关系重大，乃是我义军的根本大计，却不容改图。"

"三弟所论甚当，咱妇人家听了，也觉得十分有理，明天大会有多人参加，至关紧要，三弟就和大家谈个透彻，大伙儿都赞同了，你大哥也拗不过众人之意，何足为忧？"赵娘子用了这句话表示她也有自己的主见，并非完全"三从四德"，不过她也提出了一点异议，"只是宋军中也有败类，譬如当日那个范麻子，凌辱拷打于咱，如非三弟拔刀相助，咱也活不到今天了。如今听说他投靠了高俅，已升为统制。与这等人联合，倒教咱有些寒心咧！"

"范麻子之事，大嫂兀自耿耿于怀。"马扩笑起来说，"只是此等败类，在军队中也只有少数，况且他在东京，又不去和他讲联合，何足道哉！"

"范琼等幺麽小厮，固然不足道，但童贯、高俅等人掌握国家大权，他们赏识的就是王渊、范琼等人。与他们讲联合，难道好教人放心？"

赵杰娘子说得咄咄逼人，使马扩一时无词可对。他深思了一下，也认为这确是一道障碍，许多义军头项，就怕落在奸臣手里，不肯与朝廷打交道。不在这个问题上有所突破，把大家都说通了，联宋抗金的大计就不能真正确定下来。

7

好像一管芦笛那样呜呜吹着的西风不断从窗隙缝中透进来，把那支已经剩下不到半寸的蜡烛吹得摇摇晃晃，铜檠中的烛泪已经流下厚厚的一堆。赵杰娘子从她熟悉的抽屉里抽出一支蜡烛，点着了接在旧的那段蜡烛上，示意她还有话要告诉马扩，还不想马上结束谈话，尽管这时已过了子时三刻。看出了她的企图，马扩也要求自己出点力来改善谈话的环境，他左右挪动着烛盘，想使它避开风口，却没有成功。还是赵杰娘子有办法，她站起来，找了亸娘的一件衣服挂在窗沿上，挡住了风，重新稳定了蜡烛的光圈，房里的亮度和暖度都有所增加了。

借助于这一线光亮，马扩从很快的一瞥中看到赵杰娘子的一个动作，她用两根食指轻轻揉着已经出现了很多皱纹的眼角，然后张开口，强迫吞下一个自动升上来的呵欠。

从第一次伐辽战争中马扩看到赵杰娘子以来，她变化得很多了。那时她是个刚结婚不久的少妇，如今隔开三年半的日子，从年龄上来说，仍然还是三十不到的少妇，但从形态上来看，已经完全是个中年妇女了。那些过早出现的皱纹记录着她自己和丈夫的不平常的生活经历，那好像永远在浪花尖上翻滚的泡沫，一次撞上岩石的峭壁，被消灭了，再撞一次，他们的青春就是消失在那千万次从不回头的永恒的冲撞中。

这个时候，马扩很希望赵杰娘子谈谈她自己的事情。他问起她娘家一家老小是否还住在固次县小谷村中。当年收复了燕山府，马扩就亲自去旺谷村和小谷村两处地方打听他们夫妻的消息，还曾和她的母亲、小姨见过面。

“他们死的死了，走的走了。小谷村、旺谷村里再也没有咱们两家的人，三弟休再提那边的事。”这里包含着多少血泪故事，可是赵杰娘子一句话就把它剪断了，“你且说明日什么时候动身进山？”

“大嫂什么时候把刘七爹找来，咱什么时候就动身走。”

“三弟这样容易就走得脱身？”赵杰娘子不禁转过头去看看熟睡着的亸娘，这时她已改变了姿势，侧身朝里睡着。赵杰娘子好像感觉到她盖的被子又有一下轻微的牵动，不由得把声音放低了：“都要安排一下才好走哩，哪能说走就走？再说三弟这番进山去了，下山时还能回家来住两天再去太原府吗？”

“不能了！”马扩屈指计算了日程，摇摇头说，“俺离开太原府时，童贯只给十天期限，还钉在屁股后面说：‘廉访早去早回，还待派你与辛兴宗去云中府走一趟。’如今天下人皆知金寇‘必’来。”他顺手从书案上抓起墨沈未干的笔，高高举起来，摇了两下，以至有两滴墨水溅在书案上。他用这支笔来与“必”字谐音，这个很大的动作使他在谈话中充满了愤怒和轻蔑：“偏生童贯那厮死不相信，旬日前已派俺与辛兴宗去云中与粘罕、撒卢母打话，探知他们必将入寇的消息，他兀自狐疑，还待派俺与辛兴宗再去走一趟，试探其意，岂不十分可笑？如今俺的日程已过了六七天，进山去两天，急忙回到太原，也已超过十天，无论如何，不能回家来了，这里的事，”他向亸娘睡着的方向努努嘴，“还有老母、寡嫂、孤侄，说不得只好把这一家子全部奉托大嫂了。”

不愿马扩问起她的家庭的赵杰娘子，却勇于承担任务，接受马扩的托付。她只简简单单地说了一个“好”字。

“前回与大哥说过，战衅一开，就把全家带到和尚洞山寨，与义军相依为命。刚才与娘说了，看她的意思，还不想就走。娘一向听大嫂的话，到时也只有大嫂去劝她才劝得动。这个也要奉托大嫂。”

“好！”

然后马扩放低声音说：“亸儿腹中的一点血肉也要奉托给大嫂了！”

“好！”

赵杰娘子三次点头说好，言简意赅，铿锵有力，使马扩放下心来。他想说句表示感谢的话，赵杰娘子却用一个严厉的表情把他制止了。在这种场合里，任何感谢的话都是不必要的，如果与她接受了委托在自己内心中暗暗发下的誓愿相比较，那种感谢之词还有什么意义？

赵杰娘子是这样的一个妇人，她虽不善于悲歌慷慨，但仍保持着一千多年来燕赵之士（应该包括士女两性）重然诺，一言相契便以身许人，百折不回的优秀传统。那传统是司马迁接触了很多燕赵之士，从他们身上概括出来并加以热情歌颂的，如今它又体现在一个燕赵的妇女身上。

赵杰娘子生长在一块饱受蹂躏的国土上，默默地忍受着一切欺侮和凌辱。在那块国土上，有千百万个妇女都遭受过同样的命运，她以为这一切都是命里注定，她自己没有选择的余地。然后她成为职业的反抗者赵杰的妻子。她跟随丈夫参加抗辽斗争，她抛弃家乡，奔入山寨，后来又奔到南方，学会了不少抗斗的知识和技能。她决定以丈夫的事业为自己的事业，这也是命里注定的，她自己没有选择的余地。如果她的丈夫是另外的一种人，或许竟是与现在完全相反的那种人，大概她也只能默默地接受做那种人的老婆的命运。由于她有七八分姿色，邻里的一个富家子弟非要把她娶回去不可。这个男人后来做了涿州刺史萧余庆手下的官儿，风光了几个月，为常胜军所杀。如果不为赵杰所娶，她很可能是个官太太，并且很快就与丈夫同归于尽了。

然而，在几年的斗争中，她树立起残辽必亡、义军必兴的信心，事实发展证明了前面的一点，因此她坚信后面的一点也必将实现。她的乐观精神来源于义军们在艰苦的环境中彼此间的黾勉、鼓舞和影响，来源于斗争的实践以及他们的主观愿望。

一个偶然的机会，她遇见了马扩。与她素不识面的马扩出于一时义愤甘冒丧失生命的危险，从死亡圈里把她拯救出来。从那天开始，她就决定马扩什么时候需要她，她就什么时候奉献出自己的生命来报答马扩的慷慨行为。她不能忘记别人给她的恩惠，好像她不能忘记别人施加于她的凌辱一样，她的爱与恨都是十分强烈的。

从这点出发，她毫不犹豫地接受了马扩的邀请来到他家。她找寻一切可以让自己献身报答的机会，她承担起马扩与义军的联络工作，促进了双方的联系，使双方都感到她的活动十分重要。这个工作为许多人所需要，符合许多人的利益，却没有多大的危险性，还不足以满足她献身的需要，她仍在继续寻找。

机会终于来到了。今晚马扩向她提出三点要求，在兵荒马乱之中，要做到这三点，肯定是有危险的。在她三次默默点头表示承诺的时候，她在内心中发出洪亮的誓言，她要不惜牺牲自己的生命来保证它们的实现。

然后他们转入今夜谈话的最后一个内容。她向马扩提出严重警告。据刘七爹从真定方面带来的消息，对他十分不满的刘韐与对他切齿痛恨的王渊正在酝酿一场陷害他的阴谋。他们已派人到他的下处秘密搜查过他的行箧了。这消息是王渊的一个亲信将佐向刘七爹透露的，来源绝对可靠。赵杰娘子谆谆嘱咐道："三弟一向忠厚待人，不料他们竟在背后耍鬼。俗话说'明枪易躲，暗箭难防'，更兼刘七爹说王渊为人阴狠毒辣，什么手段都使得出来，三弟可要提防他们!"

在真定的几天中，马扩一直感觉到有人斜着眼睛看他，这个哑谜终于打破了。他还联系到那天刘韐与他说的最后一句话，要他当天就离开真定，当时不懂他的意思，现在想起来，很可能是刘軨已知道这两天就要对他采取什么行动，刘軨一时良心发现，催他快快逃走。这样推测，未始不在情理之中。

刘七爹的消息绝非无稽之谈，大嫂的关心，更使他铭心镂骨。可是他本来就是生活在罗网之中，他早已习惯了危险，也就不以危险为危险。这个消息虽然叫他气愤，却也没有把它放在心里。他的倜傥的性格，对于涉及个人安危利害的问题，往往就这样处之以漫不经心的轻率的态度。

赵杰娘子对他的这种态度很不满意，她再三嘱咐他要小心从事，然后与他告别道："夜深了，咱明天一早就把刘七爹请来与你厮见，打点你们动身的事。三弟现在就安置，恐怕也睡不到两个更次了。"

马扩秉烛把赵杰娘子送到门外，还高举起烛台，照着她一直走进她的下处，直到她回身向他打招呼后，自己才转身进房，心里想着他自己的事好办，不管哪儿来的明枪暗箭，他都会躲闪、提防，啥都不怕，只是这个家，这个已濒于破碎边缘的家，这个沉重的包袱，可要给大嫂拴上了。

8

马扩擎着烛台回来，小心翼翼地用手掌挡住风，不让它把烛光吹灭。他轻轻推开刚才出去时因为怕有冷风倒灌进去而虚掩着的房门，忽然发现亸娘已经离开被窝，坐在黑洞洞的炕床边上。

最初他还不相信这是事实，他揩一揩犹未适应的眼睛，再举起烛台照一照，可不是，亸娘已经穿上白天穿过的那件湖绿绣金棉襦，下面系一条号称“拂拂娇”的百叠霞纹裙，好端端地坐在他刚才坐过的那个地方。烛光把她放大了的黑魆魆的影子投在砖坪地上，那影子看来也像她本人一样端庄凝寂。只有他移动烛台时，影子才跟着转动。

“小驹儿，半夜三更，你怎地坐起来了?”马扩一半惊喜、一半爱惜地问，“外面霜风凄紧，都快要结冰了，你不多加上一件半臂，仔细着凉!”

说着他放下手里的烛台，转身去把虚掩的房门闩上，由不得伸手在窗口试试有没有风吹进来。刚才大嫂挂在那里的一件衣服她已穿在身上了。果然风从窗缝里钻进来，嘘嘘地叫着，刮得他几个手指都有点痛。

“小驹儿，你且把那件背子穿上。”一时找不到半臂，马扩就把那件背子披在她身上，“把它裹紧些，炕床边有风，着了凉可不是玩的!”

亸娘把肩膀扭动一下，让背子滑落到炕床上，仍然没有搭理马扩。马扩又一次提起烛台逼到近处去照看亸娘的面庞，唯恐自己做错了什么事惹得她生气了。出乎意料的，她好端端地坐着，既不是睡意蒙眬，也不是泪痕满面。前面的一种情况，可能会妨碍她正确地理解他的这句话，后面的一种情况，可能会妨碍她正常地与他对答，但她两样都不是。她只是挥手示意，要他把过于逼近的烛光退后一点。他照她的意思做了。她又进一步挥手示意要他把烛灭了。他费了好大的劲，才弄清楚她的示意，一口长气就把烛吹灭了，让淡淡的月光透进屋里。她这才伸出自己的手，轻轻地把他的手抓过来，长久不释地紧握在自己的双手里。

马扩终于明白了，爱情是需要在黑暗中酝酿的，把爱情化为语言需要有一个酝酿的过程，可是他不明白要完成爱情的“复位”也需要一个酝酿的过程。几个月来，亸娘把自己的心血一点点一滴滴地注入腹婴身上，对腹婴的专注竟然把丈夫在她心中的地位暂时挪动了，甚至把他完全挤出去了。今天她接待新来乍到的丈夫时，神情确实有些冷淡，那不是丈夫的错觉。她看了他半天，好像在那张似乎熟悉又似乎陌生的脸上有一个古老的回忆，与她有着什么联系似的。她在自己生锈的头脑里搜索了半天，也只获得一个遥远的一鳞半爪的印象。后来她在表面上，也参加了他们间的家务讨论，她恍恍惚惚地在一旁听着，不理解丈夫提出的处理战时家庭的意见有什么意义，特别不理解丈夫提到它们时，把头转回来向她看着，那种迫切期待于她的眼色有什么意义。她忽略了这个处理意见与她本人也有极大的关系。

现在是，除腹婴以外，什么事情都引不起她的兴趣。

对丈夫的爱与对亲儿的爱本来不是对立的，可是在某些人身上却很难统一起来，因为她们在一段时期中，只存在、只承认一个生活中心，而不是两个、三个。爱情的单一化固然使爱情纯化了，但也使它简单化了。爱情要经历各种各样的考验，即使最坚贞的爱情也是如此。

然后，丈夫的爱终于在她的心中苏醒了，而要求“复位”。那是一个缓慢的过程，她一点一滴地把它捕捉回来了，放进心中原来的位置。当她把它挤出去的时候，它是完整的，而现在一点一滴地回来，却变成爱情的碎片了。要把这些碎片补缀起来，拼缝起来，恢复成为一个整体，还需要多少细微复杂的工作。

然后，她听到了赵杰娘子的警告，突然明白了丈夫的危险的处境，突然看清楚了他和他们家庭正处在一股阴暗逆流的袭击中。危险的逆变成为一个新的起点，她一下子就全部收复了丈夫的爱情，很快完成复位的过程。此刻她向他伸出手来，就在重新召唤他，把他蒙头夹脑地沉浸在黑暗与沉默的幸福之中。

当他作为一个整体重新回到她心中原来的位置上时，他又是她的了，她又是他的了。

过了好半晌，她才轻轻问一句：“丈夫离开山寨后，还回不回到这里来？”

马扩摇摇头，伴随着一个深含歉意的惨然的笑。

“丈夫离开山寨后，还去真定府不去？”

“离开山寨就回太原府，哪里都不去了！”

“为妻的问你，再去真定府不去了？”

“不去了。”

“今后还去真定府不去？”亸娘投去深情的一瞥，带着稚气的认真一定要他答应从今以后，再也不到真定府去了。

“小驹儿，你已听到赵大嫂说的那番话了？”

“嗯……”

“真定的事，丈夫自理会得，你休担心。只是家里的事，全要听赵大嫂的调度了。亸儿你可要答应我，今后一切你都要照她说的话去做。”

“嗯……”

“还有哪，”马扩指着她的腹部说，“临产之际，要多听娘和两个嫂子的话。”

“嗯……”

他们彼此都做了叫对方不太能够放心的承诺，可是不愿再开口了。

他们继续沉浸在黑暗和沉默的幸福之中。把可以丢掉的事情都丢掉吧，那灾难重重的过去，那可以预见得到的坎坷崎岖的未来，但愿能够丢掉这一切。许多时刻过去了，直到窗外出现一抹紫色，直到雄鸡的第一声啼鸣，直到家里开始有了脚步声。

知道赵大嫂有一向早起的习惯，她很快就会把刘七爹带来与丈夫厮见。抓住这将明未明的一刻，亸娘携起丈夫的手，推门而出，在庭院中徘徊一会儿。这时露珠未晞，霜华犹白，一阵风过处，把亸娘本来没有梳好的头发吹得更加蓬松了。他们的目光越过短短的墙垣，看到城楼背后蓝灰色的天幕上，还挂着一钩将沉未沉的残月，它看上去好像一片切得薄薄的萝卜，浸在汤碗里，在它周围还有几颗摇摇欲坠的星。两人都意识到今后见面的机会不多了，也可能是永远没有了，那么现刻就是他们可以盘桓在一起的最后时刻，可是谁也没有本领把那些星星和那片萝卜似的残月摘下来延长他们在一起的时间。

“他们来了，他们来了！”亸娘两三次梦呓似的对自己惊呼，直等到他们真正到来时，她的精神忽然振作起来。她招呼了客人，忙碌地为丈夫整理行装，然后抽空把自己纤小的手握在赵大嫂粗糙的手掌里，她是想用这个动作来向大嫂表示今后她的一切要听大嫂的调动了，并以此向丈夫保证她是听丈夫的话的。

与刘七爹谈话后，感到山里的任务吃紧，马扩的胸膛中好像燃

★当他作为一个整体重新回到她心中原来的位置上时，他又是她的了，她又是他的了。

烧起一堆烈火。他们三个人略为商量一下以后，就决定把预定的计划再提前半日，不是吃罢午饭而是吃罢早饭，告别了母亲、两个嫂子、妻子、侄儿就要上路。

“儿子休走！”马母急忙忙地赶出来，“俺一清早蒸上的肉馅蒸饼想已熟了、透了，你们把这一笼饼子都包去，不要留下一块。”

利用等蒸饼凉一凉的时间，马扩和母亲说了一会儿家常，忽然趁母亲冷不防之际，一把把她搂住了，把自己的面颊尽往她的面颊上贴去。然后又把一绺从她的银簪中逸出来的白发塞回到冠子里。头发既没有梳拢好，冠儿又戴得歪歪斜斜的，显得有些草草了事。

“三叔做不来此等之事，毛手毛脚的。”大嫂在一旁笑他道，“还不如请你媳妇来拢。”

说他毛手毛脚，索性就毛了，他卷起一张蒸饼，直往母亲的嘴里塞去：“娘自来最爱吃肉馅蒸饼，把这张饼子吃了，权当儿子对您的一番孝心。”

母亲吃完了这张饼子，大家把他们送出门外。真正离别的时刻来到了。马扩最后一次将目光落在亸娘的腹部，家人们懂得他的含义，大家用同样关切的目光向他做出“集体保证”，叫他放心南行。

金瓯缺

第三卷

第三十章

1

刘七爹是真定土著人氏，他的老家在真定西北新市鲜虞亭，乃是历史上著名的胜地，载在《真定府志》。

刘七爹已说不出从哪一辈儿开始，他们刘家就已迁到鲜虞亭落户，那可能是比它成为历史古迹还要早一些的年代。他祖父、父亲和他本人一辈子都在府城周围的圈子里转，周围三五百里方圆的城廓山乡没有一处不留下他们的脚印。尤其是刘七爹本人，说得夸张一些，在那个圈子里每一棵比他年长十倍、二十倍，或者与他同年辈，以及可算得是他的晚辈的树木莫不是他的新交故知。联系着这些熟悉的树木，就有一连串乡土历史、掌故琐闻从他脑子里涌现出来。

离开鲜虞亭四十多里路的赵家道口，有一棵两个人环抱不起来的大槐树。故老相传，这个赵家道口就是三国名将常山赵子龙的故乡。刘七爹还能找到树干上一块树皮早已剥去、疤疤节节的地方，留着赵子龙儿时亲手刻下的名字。字迹固然模糊了，刀刻的痕迹还是凿然的。他坚持说如今真定府二十四房大大小小的赵姓的人都是赵子龙的子孙，真正的“龙”子“龙”孙，因为赵匡胤也是赵子龙的子孙。赵云入蜀前是否在故乡娶妻生子，蜀汉灭亡后，他在四川的子孙是否又迁回原籍，后来与赵匡胤联了宗，这些历史都无从查考了，不过刘七爹言之凿凿，他自己是坚信不疑的。

还有一棵大枣树，就在西山附近，被天雷劈去了一半，主干已枯死，旁枝却长得生气勃勃、欣欣向荣。据刘七爹介绍，当年契丹人改真定府为恒京，契丹皇帝黑麻答残暴成性，把无辜的老百姓捉来，一个个吊死在枣树上，一天要吊死好几十个。他自己在树旁饮酒作乐，看得十分过瘾。后来天网恢恢，他终于逃不出老百姓的手掌，被乡民们活捉，也绑在这棵树上，连人带树一起烧死。现在树干烧焦的一边，隐隐还可以看到他的血痕。

熟悉每一棵老树历史的刘七爹，其实他本人的形象也并非不像一棵老树。当他沉默着或者靠在岩石上小憩的时候，他的又老又瘦、又干又瘪，仿佛油水已全部刮光、鲜血也完全抽去的身躯上已看不见有一点生气活力。不过只要他一走路，一说话，鲜血就突然输入身体，他的手、脚、眼同时都活起来，连得鼻孔也放大了，仿佛那里有一滴滴的油水滴下来。这棵干枯的老树复活了，霎时间就变得枝叶茂盛、红花缤纷，好像马上就会结出又酸又甜的果实，令人馋涎欲滴。

谁说他的腿力不济了？他刚于三个月前被亲友们摆酒席祝贺过七秩大庆，走起路来，还像个小伙子。现在他与马扩一样，各穿一双八搭麻鞋，小腿胫上紧紧斜绑着一副行缠[1]，专拣山间僻道行走。马扩还要稍稍加一把劲，才不至于落到他后面去。

感谢马母和赵杰娘子想得周到，山间买不到吃的，刘七爹又不愿去打扰山村居民。他们饥了，就拿出烙饼和夹肉蒸饼来吃；渴了，就用随带的勺子从山涧里舀出清水来喝。从清晨跑到黄昏，跑到黑夜，那淡淡的一点月光已经起不了带路的作用，全靠刘七爹熟悉路径，才不致走入迷途。

刘七爹既闲不住他的两条腿，也闲不住一张嘴，只等马扩的脚步略为放缓一步，就与他谈天说地起来。说到节骨眼儿，不由得眉飞色舞，有时又不禁义愤填膺，这时，刘七爹就习惯地捏拢两只瘦骨嶙峋的拳头在自己的脑壳上捶打，他用的力气相当大，拳头又是这样结实，想来一定打得很痛，有时一拳下去不免要插进“哎哟哟”的叫痛声。

他好像是无所不知的，特别是关于义军内情、义军诸头项的为人行事、真定的官场内幕以及官场中狗咬狗的丑剧等，这一切，他都熟悉得好像真定的山径僻路一样。他从这个话题跳到另外一个，又忽然跳回来谈到本题，时间和空间都在他的谈话中流逝了。马扩感觉到自己几乎来不及听他说话，来不及对他的话做出必要的反应。

他告诉马扩，刘韐与王渊陷害他的阴谋，是要给他加上勾结山中乱民、图陷府城这样一个罪名，已经派人暗中监视他的行动，打听他与哪些人接触打交道，甚至还去搜索了他的行箧。一个与王渊接近的军官还听见王渊得意忘形地说：“马扩那小子无法无天，日子长久了，童宣抚、刘安抚都十分厌弃他。这番他真的做出来了，活该倒霉。落到俺王几道手掌中，不把他放进油锅里去炸一炸，不能解俺心头之恨！”

刘七爹用了加重的语气说这一段话，目的是要马扩有所警惕。马扩的神情好像在听一件与他本人无关、因而也不会感到很大兴趣的政治轶闻，最后才带一点被刘七爹逼出来的激愤表情谴责阴谋的制造者道：“这等事在官场中司空见惯。在童贯幕府中，真有几把好手，每日挖空心思替别人布罗网、掘陷坑。天上地下，防不胜防。这等事俺也见识得多了，给他个不理不睬，谅他也奈何我不得。”

[1] 又称『行縢』『行徽』，相当于现代的绑腿布。《诗经·小雅》有『邪幅在下』之句，古代男女都用它斜裹在胫部行路，后来专用于士兵及远行的男子。

然后他再提到两个当事人说："这王渊倒也罢了，他原来就是与贾评、王麟一路的小人，只是刘安抚何至于如此无赖！大家把精力花在这等见不得天日的肮脏勾当中，怎办得好正经大事！"

虽然是同样的鞭挞，对于他一向尊敬——即使近来已多次发生幻灭感的刘鞈仍然是惋惜多于谴责，似乎多少还有点保留。

对刘七爹的警告，马扩显然不感兴趣。他感兴趣的是有关义军诸杰的生平。他和他们有的已经识面，有的还属神交，对他们的情况，知之不详，很希望刘七爹讲一讲。刘七爹十分高兴地接受了这个要求，这既满足了马扩的求知欲，也满足了自己的发表欲。不多一会儿，他就把他自己知之甚稔，或者仅仅得之传闻、有的还不免有些加油添醋的材料，翻箱倒箧地一齐讲出来，使得马扩十分神往。

"张大哥、赵大哥与廉访情同兄弟，且又多日盘桓在一起，不用俺多说了。"刘七爹先来个开场白。

其实马扩与赵杰三年相知，共探龙潭虎穴，后来又为收编董庞儿之事，一起奔走，果然十分厮熟。与张关羽虽也见过多次，却不十分了解他的生平。中间也曾向赵大哥打听过。赵杰为人深沉，不肯多说与事业无关的闲话，他只说张大哥原名张羽，为人义烈武勇，酷似汉末三国的关云长，江湖上就称他为张关羽，日子一久，张羽的本名倒被淹没了。此外关于他的家世出身，他在抗辽战争中立过多少功绩，赵杰一概不说，马扩也不好再问。至于道听途说的话，说什么他生得豹眼环须，有如张桓侯，涞阳山一战，他使个拖刀计，阵斩辽西京留守萧伊苏。这两条都不可靠，萧伊苏被董庞儿所杀，那一战他没有参加。此外他显得精悍瘦削，处处精细，头脑反应敏捷，有时也说两句笑话，使人解颐。无论他的外貌和性格，与那粗枝大叶、冒冒失失的张飞没有一点共同之处。马扩心里首先就想知道张大哥的事情，不过刘七爹跳来跳去的说话方式，一会儿讲这个，一会儿讲那个，统统没个章法，马扩也无法要求他讲得有首有尾、条理井然。

他首先介绍了昨天已与赵杰娘子说过的五台山和尚智和禅师，那个和尚显然给了他深刻的印象，他带着十分惋惜的情绪说："廉访可惜迟去了两天，智和禅师有事已先下山。他说他这一去，就要带一批僧兵北上，混入金兵界内，直拊云州之肩背，扰乱他们的后方，使粘罕不敢放胆兴师南下，以收牵制之效。廉访此去虽见不到智和禅师，却可与他的徒弟李臣二哥见面，端的是条英雄。"

不过当马扩要打听李臣之为人时，他一跳又从河东跳回到河北真定。

"俺北道上有位大英雄石子明大哥，他就是这里左邻的胭脂岭山寨的寨主，胭脂岭与和尚洞本唇齿相依，形势险要。廉访敢情与石大哥相识？"他说得口溜，不待马扩答复，又自顾自地说下去，"石大哥是出名的火暴脾气，动不动就与人拍桌子、比拳头。有一回，为了件小事与人争吵起来，他一拳头捣下去，竟把一张檞木板桌捣了个大窟窿。"说到这里，他自己也一拳头捶去，似乎要想把后脑壳也捣出一个大窟窿来，然后又"哎哟哟"叫起痛来，这声音不像七十岁的老汉，倒像是七岁的孩子发出来的。"因此，他博得个'石敢当'的绰号。天下事无独有偶，俺这里出了个'石敢当'的子明大哥，河东地界也出了一个绰号'石橛子'的石竫大哥，江湖上把他们两位合称为'两河双石'。石竫大哥也在河东举义反辽，曾北出崞口，与金兵狠狠地打过两仗。"现在的行情改变了，反辽义军如果再能加上抗金的记录，就能博得刘七爹双倍的尊敬。"那石竫大哥俺也只闻其大名，未见过其人。这个石子明大哥却是极熟的。他为人忠胆侠骨，义薄云天，听说哪里有不平之事，他就挺身而出，不怕跑千百里路，一定要去平了不平之事，才肯罢休。却又有一事作怪，他代人出头打抱不平，有时弄得骨折筋伤，有时累出一场官司，他都没有二话，怕只怕受惠人去向他道谢。有一回，一个主儿不识相，带了两条腌腿、一坛老酒，千叩头、万作揖地说石老爷是小人的再生父母，今生报答不尽，来生变了牛马来报恩。他挡了几次挡不住，忽然发怒，瞪起眼睛来骂粗话：'有你这会子的叩头如捣蒜，当初何不挺起腰板子与那贼保正斗一斗？亏你身上也长着一只鸟，何曾有点男子汉的气概？想你腌的腿也必有一股骚气，谁稀罕吃它？'他一边骂，一边就把腌腿和酒坛都摔出去了。

"石大哥原来是真定地界弓箭社的头项，弓箭社吃官府解散了，他一怒之下，就上胭脂岭与官府作对。如今已聚拢了几千人马，与这里形成掎角之势，张大哥对他好生敬重。"

马扩又打听起河东诸豪杰的情况。

"那个石橛子大哥与石子明大哥有些芥蒂，这番他听说子明大哥在此，就托韦大哥带信来说，他如来了，不免与子明大哥抬杠，二石相击，难免一伤，不来也罢。还有平阳府的冯赛也有事不得来。今遣来此的有韦寿佺大哥、李臣二哥。他们都是河东豪杰中的佼佼者，手下各有七八千人马。李二哥俺也是初见，听他手下的一位弟兄说起，他原来姓王名诚，因父兄都遭县官杀戮，他衔着不共戴天之仇，潜行山谷数载，一夕间混入县衙，把赃官一门杀光了，然后改姓易名，亡命江湖。江

[1] 即董庞儿。

湖上都知道有个善使双刀的李臣，却不知道这个‘双刀李’就是为父兄报仇，杀官亡命的王诚。”

“李二哥受了这样大的冤屈，张孝纯在河东号称清官，却不替他昭雪洗刷?”

“张孝纯怎肯管他的事情！何况他那时还没有到太原来上任哩！李二哥不稀罕那个张孝纯，倒是真心诚意地要与廉访你结识结识。俺也听说这李二哥在山谷中的几年工夫，打熬气力，锻炼武艺，后来就拜了五台山的智和禅师为师，练出一身惊人本领，只是不肯留下来祝发为僧。他不但善使双刀，十八件武器，件件都能，样样都精，见起阵来，长枪短刀，运用如风，河东诸豪杰中，就数他的武艺第一。韦寿佺大哥甘拜下风，智和禅师也说过青出于蓝而胜于蓝的话，还说他留得有用之身，闯荡江湖，结交豪杰，不做和尚也罢，省得在禅门中把他拘得火星直冒，坏了清规。这遭韦大哥把他带来了，与他说张关羽大哥是河北人杰，马廉访是抗辽英雄，这番你来河北，一定要与他们两位结识，以广眼界。俺衔命下山时，李二哥亲口与俺说了此话，叫俺务必说与廉访听。”

“这李二哥自然要结识的。七爹说起了韦寿佺大哥，”马扩欣然道，“俺也久闻其名，如雷贯耳。记得当初去辽、金二邦，也听到耶律克定、银术可提到他。耶律克定说到雁北义军时，提起韦大哥，就连声说不可挡、不可挡，似有谈虎色变之味。后来又听说粘罕在云中，特派人厚币卑词，要与‘韦义士修好’，吃韦大哥斩钉截铁地回绝了，大义凛然，端的是条好汉。如今张孝纯也想结识他，几次三番派儿子张浃上门来厮缠，定要俺引他上雁门山去见韦大哥。其实俺与韦大哥也只在张大哥处见过一面，匆忙间未曾细谈，后来他来舍间，俺又不在家。只看他气宇轩昂，行事不凡，心里兀自敬重他，不料倒如此抬举俺。”

“那张孝纯又怎生知道韦大哥与廉访相稔?”刘七爹忽然停下脚步，心直口快地问，“他们官府中人耳目甚长，他山寨中有些事，自己人还不知道，倒被他们先掏摸得一清二楚，不可不防他们一着。”

“这个俺也问过张浃，他说是赵诩[1]与他说的。前年俺为朝廷收编赵诩之事，奔走于童贯、王安中、张孝纯诸人的幕府间，他们多知道俺与义军有故。”

“少让他们知道这些也罢！可知是赵诩那厮多的嘴。俺倒怕他把廉访与义军结交的底细和盘托出，说与童贯、刘韐听了，一旦有个风吹草动，不利于廉访。廉访可要留心点儿。”刘七爹又一次警告马扩。马扩感觉到他的警告分量很重，可是刘七爹又跳到韦寿佺身上去了。

[1] 蔚州，今河北蔚县；灵丘，今山西灵丘县。

“这位韦寿佺大哥身长不逾六尺，说起话来，恂恂谆谆，从来不动声色。弓马武艺，都非他之所长，但河东河北义军中无人不知道他的大名。当初张大哥与董庞儿——就是那个改姓易名、忘祖忘本的赵诩等人在易州涞水县聚兵时，韦大哥也聚众在蔚州、灵丘[1]一带举义反辽。金军进入云中后，韦大哥率众转入雁北，与金军接战多次，因此辽人、金人均闻其名。当时河北、河东这两支义军桴鼓相应，敌寇丧胆。后来韦大哥特来冀南，专诚与张大哥相见，共结金兰之义。两人同年同月生，却是韦大哥长了十多天。此时董庞儿还不曾归宋收编，也列入兄弟之盟，序齿第三。如今韦、张二兄的声名日盛，两河义军，仰之如山斗，其余的千峰万壑都俯拜于其下，何等荣赫！比较起来，董庞儿那厮却成为一堆土墩墩了。要脊梁骨挺得笔直、不肯忘本的人才配做他们的兄弟哩！请看两河多少豪杰，奔走于韦、张的麾下，矢忠矢信，刀锯斧凿，罗列眼前，也无所畏惧，那董庞儿哪里配得上！”

刘七爹说得气愤，又是一拳捶在头上。看来这颗脑袋早已经过千锤百炼，否则这一拳下去，不发生“脑震荡”，才是怪哩！

2

这时已近午夜，山间僻路弯弯曲曲，千转百折，即使有刘七爹这样一位熟悉途径的向导，有时也要走冤枉路。总算大方向还没错，走上歧路不久又转了出来。此时刘七爹又要得意几句，说自己老眼无花，记性不错，脑袋瓜子还能顶用。不过当他误入歧途的时候，倒不曾进行“自我检查”。

后来形势更加险恶，刘七爹得意的夸耀也没有了。他们只听见满山的风声、远处不时传来的狼嗥声，还有踏在枯叶上的簌簌声。十二月的夜风总是十分猛烈的，有时形成了一个风暴，就好像一只凶恶的兀鹰，用它巨大的翅膀扑打着高入云霄的树梢，把树梢吹得东摇西晃，左右剧烈地摆动，有时“咔嚓”一声，一小枝或者竟是一大枝树枝被折断了，落下来正好挡住他们的去路。

还有更加严重的情况，他们携带的一笼夹肉蒸饼和四大张烙饼都是过早地完成任务。黄昏以后，他们就没有什么可吃的了，只好饿着肚子赶路。身体中缺少了“原动力”，刘七爹的脚步也似乎慢下来，讲话也变得有气无力的了，后来索性就停止说话。有几次，马扩真怕他会原地倒下来“坐化”，不过仔细听听，他的脚步声还是保持一定的节奏，步子也踏得相当匀称，没有东倒西歪。看来这棵刚刚发过芽、开过花、结过果子的老树还不会一下子就枯死了。

这时倒是马扩的思想十分活跃，想得非常复杂。他注意到刚才刘七爹在介绍韦寿佺大哥时，突然岔进一个董庞儿，好像偶然在路边捡起一堆破烂，正眼不屑一看地就掩着鼻子把它远远地扔掉。马扩明白刘七爹并非是最早参加这支从易州涞水县开始发难的反辽义军的原班人马，他利用真定府掾吏这个身份加入义军的秘密活动，不过是近两年来的事情，那时董庞儿已经脱离义军，被宋收编。他个人和董庞儿并无瓜葛，很可能根本未见过一面，他现在毫不掩饰地表现出来的轻蔑感不是出于对董庞儿个人的私怨，而是反映了义军中对董庞儿普遍存在的公愤。

现在义军大众就是以这样的气愤和轻蔑来看待董庞儿的。实际上他还不是叛徒——根据马扩的看法，而他已受到叛徒的待遇，这是因为义军们爱憎分明，疾恶如仇，特别痛恨为了觊觎富贵做出背盟忘本的勾当的出窠弟兄。

然而希望义军改变对董庞儿的这种完全敌对的态度，与之重修旧好，或者至少希望他们能够在一定的程度上谅解董庞儿的处境，减少对他的反感，恰恰就是马扩此番入山来的目的之一。因为马扩比任何人都清楚金寇之来已在眉睫。一旦双方开打了，是把这个拥有一万精锐部队，本人也骁勇善战，并与金人有切肤之仇的董庞儿驱入敌人的怀抱？还是采取冷冰冰地拒人于千里之外的态度，让他在战争中犹豫不决，不知道何去何从？还是努力争取他，使他成为勠力同心、共同作战的战友？这是一个有关大局的问题。童贯和宋朝其他的官吏一贯歧视他、排挤他，实际上是为丛驱雀、为渊驱鱼，最后还是把他逼上前面两条路。要争取他，全靠义军，而义军现在的做法也并不像要帮助他走上第三条路。

大敌当前，把各方面的力量集合起来，尽捐旧嫌，重修旧好，勠力抗金，这是马扩在他的历史条件下所能达到的最正确的认识。首先他明白力量在什么地方，然后努力把它们捏合起来。无论在现在、在将来，他都本着这样一个见解行事，并且不惜付出大部分的精力以至多少次冒着生命危险，百折不回地促其实现。

当下他就试探地问刘七爹道："七爹刚才说起了董庞儿。董庞儿也是多年的老弟兄，他怎生和大家生分了？"

马扩选择字眼十分斟酌，他不愿顾着刘七爹的口气说董庞儿是背盟忘本，甚至是叛变义军，他选用了这个有分寸的温和的字眼，叫作"生分"，目的就是要听听刘七爹的反应。

他果然达到目的。"生分"二字引起刘七爹的极大反感，并且把他的蒙眬睡意都赶走了。

"怎生'生分'的？董庞儿那小子自己心里最明白。想廉访也是深知其为人和行事的。"

不错，董庞儿的为人行事，特别是他受到招安收编的一段经过，马扩确是非常了解的。

残辽初亡，河北粗安，金人的锋芒却跃跃欲试地指向宋朝，当时义军诸头项都有受宋朝招安共同对金的愿望。董庞儿受编不仅得到张关羽、赵杰诸人的同意，他们还想让他先行一步，试探宋朝方面对义军的诚意，然后张关羽等也准备统率主力大军继续受编。

那时马扩正在到处寻找赵杰、沙真二人而不可见。一天，他忽然接到一份请柬，时间约在晚上，地点是相距几十里的乡间，署名的两位又不认识，马扩正在踌躇去还是不去，一个赶大车模样的人奉命来接他了。那时门外大雪纷飞，来人掸去身上的雪花，翻起帽子两边的大耳朵，马扩惊喜地叫出来："沙兄弟！"

沙真已经老练得多了，不过随时还会露出调皮捣蛋的孩子气。当时还在戒严时期，他说城里耳目众多，见面不便，张大哥、赵大哥特差他来请三哥去乡下畅叙一宵。

这就是马扩在伐辽战争以后与赵杰的第一次相见。同一天中，他也结识了心仪已久的张关羽大哥。他们郑重委托马扩去办理董庞儿受编之事。第二天，从军队里赶回来的董庞儿也与马扩见了面，这件事很快就办成了。

当时河东方面也有些义军接受宋朝的招安。董庞儿受到与他们同样的待遇，取得番号，接受宋朝有限度的、常常是七折八扣的粮饷兵仗，反过来，他也是有限度地、有时甚至是阳奉阴违地接受宋朝的调遣命令，基本上不脱离义军的母体。这是当时被收编的两河义军所持有的共同态度。无论宋朝方面，无论义军方面，对收编一事都要观望观望再说。

后来情况发生了出人意料的变化。有人在官家面前诵读王安中收编董庞儿时上的奏章中的一联："受之则全君臣之大义，不受则生吴越之异心。"王安中原以工撰奏牍，善于骈语见长，这一联却并不特别出色。当时官家匆匆看过，也并不在意。不料事隔半年后，再听人诵读，忽然发生了很大的兴趣，再三诵读，击节称赏，推文及人，连带也欣赏起董庞儿其人来。又有人顺水推舟地提到董庞儿在入朝以前，就打出"扶宋破虏大将军"的旗号，着实立了些战功，这更加中了官家之意。特旨召他入京，慰勉有加，厚赐币帛，又亲自为他改姓名为赵诩。赵是国姓，诩字含有"敏而有勇"的意思，这一姓一名的赏赐都表明官家对他的极大的褒奖。当殿还特旨传谕边臣道："赵诩乃朕亲自拔擢之人，诸卿务要加意保护。"宣抚使将顺圣旨，特把常胜军辖区边缘的几个州县划为他的防地，令他独当一面。

天子可以造命，在这方面常凭一时冲动，即兴办事的宣和天子尤其表现得突出。董庞儿无端得到天语褒扬，从此大交红运，地位反而超过边界上正规部队的将领。

董庞儿受到官家的宠遇引起了金人的嫉恨，金军侵入边界，曾搜杀过董庞儿的几个亲属，后来又一再交涉，要将他引渡入金治罪，也因为有官家的这句话，总算受到保护，未遭毒手。

董庞儿的地位日增，不由得有些头重脚轻起来，与义军母体的关系也日益发生变化。本来有重大事项，他都要亲自来山寨或者派了心腹人来与张关羽等商量了再作决定，后来把这个重要的环节蠲免了，不但本身之事，即使涉及山中义军利害关系的事项也往往擅自决定，决定了就做，不再与老弟兄商量。本来每隔一两个月要与老弟兄见一次面，此时也常常托故不到，甚至不假借一个理由，也不派个代表，就擅自缺席了，这进一步加深了彼此的隔阂。

从义军方面不断传来的责难和斥骂声，使董庞儿更加害怕和老兄弟见面，而他长期的避不见面，更引起义军方面的反感和恶感。在过去的一年中，他们的关系逐步恶化，后来坏到了几乎就要炸了的地步。

今年新春中，董庞儿作了一个出人意料的姿态，他说是给张大哥送寿礼，特派妥当的心腹人送来一批粮秣兵仗，其中包括二百匹战马和二百五十支火箭。这两样都是很宝贵的礼物，战马在山寨中十分需要而又不容易得到，火箭则是朝廷特旨恩赐给他的，连郭药师也没有得到一支，他倒得到五百支，他慷慨大度地分出一半，送到山寨来，说是“为大哥寿”，今年是张关羽的四十整寿，生日也在正月里。他想抓住这个机会与义军重修旧好，还捎去一封措辞诚恳的信，一再说到大哥过去的恩义，语气之间，似乎很有忏悔的意思。

但是他想利用昂贵的礼物来挽回已经失去的交情的打算，仍然落空了。义军诸头项、头目们显然并不认为失去的交情可以用昂贵的礼物赎回来，反而对他此举的动机颇多推测，这些推测都对他不利。

他们说：他既然记得大哥的生日，礼到而人不到，算是什么礼节？其中必然有诈，休着了他的道儿。

诈在哪儿，各人的说法不同。有的说，童贯那小子明里推崇，暗中提防，董庞儿在宋朝的日子也不好过，唯恐日后有个反复，预先往山寨里伸出一条腿，为将来归队留个余地。这种推测倒还算是相当善意的，立刻受到另一批人反对。他们认为董庞儿勾勾搭搭，并非藕断丝连，而是想借机勾引更多的义军去归宋朝收编，好为自己立功。有的说得更加厉害了，说他送马仗来，心怀叵测，是想借端窥测义军的虚实，以便发动袭击，为一网打尽之计，其心着实可诛。

张关羽心里明白，义军的虚实动静，董庞儿早已了然于胸，何待窥测？说他意图袭击义军，这话未免太过分了。覆灭了义军，童贯对他更无所忌惮，这对他有什么好处？何况义军的兵力，还远远超过他，他想覆灭义军谈何容易？

张关羽固然不同意这些推测，但鉴于目前群情激昂，也不便替他说话。他采取了慎重的态度，派人下山去验收了他的礼物，不给回信，只在打发使人回去时，口头上关照要他多多拜上二弟，谢他的厚赠，下面是一句语重心长的话：“富贵利禄乃身外之物，岂比得上兄弟情深？董贤弟千万不可忘本。”

董庞儿送礼，得到这样一个结果，不觉恼羞成怒。双方的关系更难维系了。今年春夏之交，郭药师对辖境内的义军发动一次突然袭击，要把它们完全扫荡出境。这次军事行动，主要就是针对张关羽所部的。事前已知道内情的董庞儿请人去把马扩请来，向他透露了一个口风，请他转告张大哥预筹对策，他自己决定避开常胜军的锋芒，引军而退。这样就使义军直接暴露于常胜军的攻击之下。结果义军无法在冀南地区存身，只好陆续退入真定地区。

发生了这件决定性的事情后，义军诸头项对董庞儿更是深恶痛绝，连原来不轻易表态的赵杰，这时也说董庞儿利欲萦念，其心已变，不可再把他当作同盟兄弟了。

所有这些经过委曲，马扩都是十分了解的。他对董庞儿之为人行事，非常不满，但仍认为双方的关系还没有到非要破裂不可的程度。只要有一线可以转圜的机会，就该竭力争取。

马扩这时想到的是一幅宋金交战的图景：双方激战了五六个时辰，大家都打得筋疲力尽，胜负兀自未分。这时哪一方得到援军，哪一方就可取得胜利。正在苦待之际，忽然一杆“董”字大旗从山坳里转出来，董庞儿银盔白甲，一骑飞前，大呼杀贼。战场上的宋军得此声援，精神突然振作起来，两军合势，果然把金军打得大败输亏，纷纷溃退。

颇有一些理想主义的马扩，脑子里既有这样的构思，自然非要把董庞儿挽救过来不可。

3

然后马扩和刘七爹说起他与董庞儿最近一次的谈话。那场谈话的情景，现在回忆起来，还是历历在目。当时，董庞儿已决定撤兵，准备把防地让给常胜军。马扩竭力劝他再作考虑，不要轻易撤防，使义军失去屏障。

“非是俺不记兄弟的旧情，廉访看看这些就知道了。”他一边说，一边拿出童贯儿次压他撤军的文书，说的是为了保全实力，万万不得与常胜军冲突，词气十分峻急。另外还有一大沓朝臣的奏章，说什么童贯不善将将，坐使董庞儿尾大不掉，异日必为郭药师之续，祸患无穷。还有人赤裸裸地说：“非我族类，其心必异，对董庞儿之徒，唯有聚而歼之耳。”

那个夜晚，董庞儿留住马扩在他的营帐里过夜。董庞儿治军甚严，周围的许多兵营里，一过戌时，灯烛全灭，通夜不闻嚣声，只有他自己喝了二三斤汾酒，话不觉多起来。他说：“休说官家关注、童贯畀仗，朝臣们攻击起来就是这样不留余地。廉访看看，‘非我族类，其心必异’，这说的是什么话！你把心肝掏出来报效朝廷，捍卫边疆，朝臣们还是把你看成异类。俺如今也看穿了官家与朝臣们串通排演的两套戏法。他们逼呀逼的，把俺逼上了绝路，对国家、百姓都有什么好处？”说到“绝路”二字，董庞儿的眼睛里忽然出现一道奇怪的闪光。马扩不禁害怕起来。董庞儿似乎已猜到马扩要说的话，他通红的眼珠灵活地转了两下，抢先把马扩的劝告制止了。他说：“俺难道不知那是一条万劫不复的绝路？俺董庞儿人心尚在，岂能与张令征、刘舜仁坐上一条船？实话相告，斡离不那厮十分狡猾，一面向朝廷要索于俺，一面又派人来勾引，赔了多少好话，许了不少愿心，还说俺如愿过去，当以平州节度使相待。俺董庞儿却不是三岁小儿，可以让他玩之于掌股之间。”

他又说到，自从招安受编以来，表面上风光，直属部队却经调遣分割，得力裨校也有一些被调走，实力大损。真要与郭药师火并起来，显非其敌。他的本钱打光了，于义军无补，倒使金人有可乘之机。此事再三考虑，不得已才定下撤防之计。区区微忱，万望马廉访转告张大哥，邀得他的亮鉴。

然后他又说到，新春时，送大哥寿礼，不想好事做拙，大哥竟不赏脸，赏封书函，倒落得他手下亲信的嗔怪，这件事憋在心里很不痛快，几次要想去见张大哥、赵贤弟说个明白，又怕他们见怪，众弟兄责难，因此踌躇不前。廉访这回见了大哥，务请捎个信去。大哥什么时候愿意接见，只消一纸手书，就单骑上山，负荆请罪。大哥如要责罚，他甘心领受，誓无二言。大哥、廉访也要相信他决不会做出寒盟背誓、愧对天日、愧对祖宗国家之事。皇天后土，实鉴此心。

“话倒说得好听。”刘七爹还是抱着怀疑的态度问，“廉访后来与大哥、二哥相见了，可曾把董庞儿这些话转告？”

“军务重要，次日未明，俺就别了董庞儿去找大哥报信。当时张大哥也已得知郭药师动兵消息，急忙部署防御，旬日之间，连打三仗，都得到便宜，挫动了常胜军的锐气。只是常胜军倾巢而出，三面分攻，敌众我寡，山中义军有限，终非常胜军之敌。张大哥一面与俺商量分兵抵御、陆续南撤之事，一面又委请俺得机与刘韐商谈收编事项。当时赵大哥也在座，他引董庞儿事为前车之鉴，又举出近年来冀南、京东饥民大起，高托山、张万仙诸人聚义至三十余万人，纵横数路，官军莫敢撄其锋，可惜后来受了招安，都吃了大亏的例子，力持反对之议。后来虽经张大哥力劝，好容易才定下与刘韐谈判之计，当时却争论得十分激烈。俺在一旁未便再为董庞儿说话，后来匆匆即行，至今还未曾把他的话详告二位大哥哩！”

“今天廉访见了大哥时，可说与他知道，看看大哥之意是否愿与董庞儿见面。”他停顿了一下，再表示自己的意见道，“俺不敢说董庞儿一定有多少歹意，可也不敢相信他真是心口如一。”然后他漫无边际地发起议论来，“世道险阻，人心难测，特别是有了一绶之荣的官儿，说的话更难叫人捉摸。俺说的可是老实话，廉访休怪！”这时他才意识到他的谈话对方马扩不久前刚升为保州廉访使，膺一命之荣，虽说是个空衔，在宣抚司里也算得是一驾尊官了。还有他自己虽然只是个吏目，却也食朝廷之禄，大大小小也算得是个官儿。官儿的话都作不得数，那么他们两个的话也作不得数了。话说得未免有点过头了，不觉脸红起来。为了掩盖这赧然的表情，他一下子又把话题跳到韦寿佺身上。

“刚才俺与廉访说到韦大哥来，怎的让董庞儿那小子混岔进来了！如今回头再说韦大哥。这韦大哥为人朴朴质质，并无赫赫之威，却智深勇沉，思虑绝人，喜怒不形于色。他独个儿时，平平常常，也不见有什么特色，但与李二哥他们在一起时，顿时神采秀发，渊渟岳峙，自有一种超群拔类的大将风度，与众不同。目前他在河东，与李二哥、冯赛各统一军，冯、李二位都尊他为首，一切行动主见，唯他之马首是瞻，端的是威重令行，节制如山。河东一路的老百姓都奉之如父母，官府听了他的名字，如闻惊雷。张孝纯几次派人去接洽收编之事，曾洋洋得意地与幕府说，如得韦寿佺来归，河东一路十万义军都在本使的掌握之中了，上月间还派儿子张浃上山去找韦大哥，韦大哥不肯与他见面。怪不得张浃那厮死乞白赖地要廉访与他引见，廉访休信他说的什么歆羡之诚、亟图一见之类的鬼话，他们这些大官儿缺少的就是这个‘诚’字。如果他真有一点诚意，就该把招安韦大哥的话与廉访言明在先了。他与廉访说过了没有？河东的情势与这里不同，这里的刘韐看见我军自燕南撤退至此，以为我军已败，有求于他，自然要拿足架势，爱理不理，叫人气破肚皮。那边的张孝纯却也知道收编了韦大哥，大有利于他，因此对义军打躬作揖，无所不至。韦大哥珠玑在握，权衡在心，不肯相信他的花言巧语，目前只让冯赛大哥和一个投奔义军的士子王择仁去和张浃见面，看来一时还未能定议哩！韦大哥此来，正是要与张大哥、廉访商议此事。俺与廉访说了，明日大会时，心里可有个底。”

经刘七爹这一提，马扩才恍然大悟张孝纯心里还怀着这样一个鬼胎，表面上却不露声色，瞒过了他。“那刘韐用心深险，不用说了。”马扩想道，“张孝纯貌似爽朗，实则也是城府极深的，他明知道俺马扩与两河义军诸杰相熟，要收编韦寿佺之众，非俺从中斡旋难以奏功，却存着小人之心，唯恐被俺抢了功劳去，又怕义军收编后，听俺说话，不肯听他节制，竟也严守秘密，不肯推诚相告。难怪刘七爹要说大官儿就缺少个‘诚’字，他们对同僚如此，又怎谈得到赤诚为国？譬如收编义军，他们想到的是为自己立一场大功，最多也只为河东路增添一分兵力，何曾想到异日在沙场上角逐金寇，可收掎角之利？平日议论恢张的张孝纯心里想的尽是这些自私的勾当，那么宣抚司里的碌碌余子，就更不在话下了。”

马扩千思万想，想来想去，忽然想到义军身上：“这些官儿不足贵，他们十年寒窗，应试做官，本来就为了富贵荣华。”马扩撇开了官儿，进一层想道，“只是义军弟兄对联宋一举，也兀自狐疑不定，异议甚多，赵大哥就是一例。眼前的刘七爹也是如此，他们中即使赞同收编的，也只为一时权宜之计，多半为解决目前衣食兵仗匮乏之虞，却很少有想到勠力同心、共赴困难的。看来要说服他们捐弃旧嫌，同舟共济。这件事不太好办哩！”

两年半前，马扩单骑入辽谕降，那是与虎谋皮的勾当，稍有差池，就有头颅落地之虞。当时他慷慨请行，意气干云，心里丝毫没有畏怯。如今要去会晤的都是些肝胆相照的朋友，不知怎的，此行倒有些临事而惧的感觉了。对敌人毫不害怕，在自己人面前却有些畏缩不前，这几年的生活经历使他有所改变了吗？不错，他感到自己确实有些变了。但愿不要变成一个谨小慎微、顾虑重重的烂熟的硁硁君子才好。烂熟与成熟一字之差，十分形似，在实质上却是大相径庭的。

4

在那消失得特别缓慢的后半夜中，他们的行程更加艰苦了，即使有那薄萝卜片似的弦月，但它被密密层层的彤云包围，很难再起照明的作用。有时走路，完全是摸黑的，一只脚踏下去也不知道下面是山泥、枯叶、岩石，还是已走在危乎其危的悬崖边缘。视觉和听觉的作用不断削弱，全凭脚下的感觉指引走路。刘七爹口中尽管还在说“不要紧，廉访且随我来”，他的声调中已没有那么多的自信，倒是充满了怀疑和犹豫，有时反而要马扩在前面引路。

感谢上苍，他们终于在一片参天大树的森林背后找到一条蜿蜒曲折的小径。随着微明的到来，马扩忽然发现小径的尽头处有一座关栅，然后逐渐看清楚关栅的两旁都是依着山势高低竖立着的木桩墙。那木桩有碗口粗细，排得密密麻麻，还用草荐、苇箔遮蔽起来，不让外面人看清里面的底细。

“到了，到了！”这里是和尚洞山寨的后门，刘七爹总算平安无事地把马扩带到，不禁长长地吐出一口气。

有十多人看守木栅门，有的在打盹，有的披件老皮袄沿着木栅墙慢慢地来回巡视。刘七爹、马扩走近栅门时，一阵脚步声早惊动了里面的人。有一道粗壮的嗓音在黑暗中问：“谁？是谁在这禁区里乱闯？”

草创的山寨里还没有定下一套完备有效的口令制度。

“郭有恒，你大惊小怪做什么？难道就听不出你七爹的声音？”

“哦！刘七爹久违了！”守栅的小头目郭有恒从黑暗中跑出来，隔开一道木栅墙，与刘七爹打起哈哈来。

“郭有恒，你好糊涂，俺前天清早刚从这道门出去公干，才隔开两个夜，就算是久违了，难道你已忘记得干干净净？”

“前天俺送出门的是胡子乌黑的刘八哥，如今迎来的却是鬓发雪白的刘七爹！”郭有恒哈哈大笑起来，“七爹，你敢情就是那个夜渡昭关的伍子胥，一夜工夫就急白了头？”

刘七爹上上下下一摸，才发现全身衣帽以及须眉头发上都结了一层冰霜。原来在紧张的夜行中，他们早已忘记了寒冷。

哈哈打过，然后郭有恒像模像样地办起公事来。他主动向马扩打招呼，问道：

“还有一位敢情是大名鼎鼎的马廉访?”

“这位就是张大哥让俺去保州接来的马廉访。”刘七爹显然以接受这样一个重要的任务为荣，“他们在山寨中敢是久候了?”

随后听见郭有恒低声向部下吩咐几句，又隔着木栅与刘七爹两个寒暄起来。

郭有恒与刘七爹很熟，刘七爹把马廉访介绍给他时，他似乎也知道山中的大会要等这位尊贵的客人来到后才开得起来。他以自己的方式对鼎鼎大名的马廉访表示敬意，横梃为礼。但奇怪的是，他仍让他们二人等候在木栅外面餐风吸露，而没有打开栅门，延请他们进去休息。

“郭有恒，你还等什么?”这一回是刘七爹发命令了，“你快快打开大门，迎接廉访进去。”

“当得，当得。”这一位深通世故，并且对刘七爹很讲交情的小头目郭有恒却把军纪法规放到优先地位来考虑。他无权开门放进一个初次来到的客人，只好不着边际地回答道：“七爹可是亲眼看到俺已派人去禀告张大哥、赵大哥二位了?眼见他们就要赶来摆队相迎马廉访进山去哩，七爹你又急什么!”

一句话提醒了刘七爹，他才明白迟迟不能开门的道理，却怕因此得罪了马扩，转过头来看看他。只见马扩赞许地点点头，那意思是说这位弟兄干得对、干得好，哪有一支像模像样的军队不经头领同意，可以随便放一个生人进去的?

不多一会儿，张关羽、赵杰、韦寿佺、李臣、石子明等都赶来了，大家厮见已毕，略略谈了数语，马扩就提出要求，让他先去看看山寨的全貌，然后再与众家弟兄见面会谈。

“三弟还是初次上山，理应到山寨前前后后都去走走。就让小弟与刘七爹陪奉于他，准定于晌午时分，回到前寨来，与众位见面会谈。大哥你看如何?”赵杰抢先接受了向导的任务。

“如此甚好。”张关羽点头道，“赵贤弟先陪马兄弟全寨都去走走，我等且到前厅去备酒为马兄弟接风。”

显然，这个山寨之主给了马扩很高规格的接待。

第一次伐辽战争时，马扩曾在赵杰和赵杰族兄的陪同下，到易州南郊去参观一个小型的山寨，当时曾留下深刻的印象。如今时隔三年半，他又一次在赵杰、刘七爹的陪同下，参观察看了这个著名的和尚洞山寨。不同的是，当时纯粹以第三者的身份参观，看得比较客观。如今，他感觉到他的自身已有一部分融入义军的团体，

[1] 晚唐成德节度使为河北三镇之一，治所在恒州（即真定）。田弘飞、王武俊、王庭凑等家族相继为节度使，迄于唐亡。

他的思想感情逐渐与义军一致起来，还不说他的母亲、妻子、侄儿都将搬入山寨来住。这里可能就是他的家，可能是他后半生事业的立足点，也可能是广大人民抗击金虏的一个重要据点。现在他的观察就带有强烈的主观成分。

一路行来，他看得十分仔细，看到什么有疑问的地方就提出来问。这两个称职的向导随问随答，有时，他的问题还没有出口，他们从他的表情中看到一个疑问号，就抢先把答案摆出来，充分满足了他的好奇心。

这个山寨名为和尚洞，据刘七爹相告，山里并没有那么一个洞，也不曾听说过在哪个朝代时有哪一位高僧来此卓锡挂单，潜身修行。它之所以得到这个名称，是因为晚唐时藩镇割据，成德[1]一镇，雄踞河北腹地，四出战守，祸乱频仍。当时有个名叫“赵和尚”的居民——当然是赵子龙的子孙，率领家族进山来避祸，草创伊始，多有擘画。后来战祸不解，数十年中前来避乱的前后接踵，早已不止赵姓一家，山寨建设也越发兴旺起来，逐渐成为今日的规模。大家为了纪念赵和尚这个首创人，即以他的名字名寨。山寨后门外不远有个土堆，相传就是他的坟墓，每年清明，他的后裔还有前来祭扫的。赵和尚晚年身穿僧服，生活形貌都像个和尚，人们即以和尚相称，他的本名倒已埋没了。埋葬他的这个土墩也被人相应地称为和尚塔。不过和尚塔为什么变成和尚洞，这个刘七爹也回答不出来。

接着赵杰就用激昂的语调补充了山寨居民惨烈光荣的斗争史。他说，五代石晋末年，这里又成为乡亲们抗击契丹大军的根据地。那时契丹皇帝耶律德光被中原人民打得到处存不下身，被迫北撤，打算撤往塞外老家去。行至真定城南六十多里的栾城，得病苦热，手下人把冰块堆在他的胸腹手足上，一夜之间，愤懑至死。

“老胡病死的地方，叫作‘杀狐林’，侦事的又讹为‘杀胡林’。”刘七爹再次补充，“他就是听到这个地名，才气愤致疾的。病中他直着嗓子叫喊，一面抓起冰块，大把地往口里塞。也是他恶贯满盈，冰块治不好他的热病，没到天亮，就伸直腿子走路了。死也回不得家乡。”

“耶律德光既死，契丹阵营大乱，各地义兵纷起，剿杀残胡。耶律德光的侄儿永康王兀欲自立为契丹主，即以真定为中京。安国节度使麻答为中京留守，留驻真定，意图留踞中原一方之地，为异日卷土重来之计。这麻答生得面黑身长，贪残异常，听说民间有珍货美女，千方百计地要掠夺到手，方始称心。老百姓略有怨言，他就诬为盗贼，剥去面皮，抉去目睛，再不然斩手刖足，劓鼻削耳，用文火慢慢烤炙至死，用以示威。他把这些刑具，随带身边，还在帐幕府座的壁上悬挂着死人的肝胆手足，自己就在那里起居饮食，谈笑自若。他又怕留在城里的汉人逃走，下令凡有汉儿窥视城门的，立刻斩首来报。真定军民不堪其虐，乘各地义军蜂起、城内契丹军四出应战城防空虚的机会，聚众起义，突入府衙，赶走契丹军。这时城中烟火四起，鼓声震地，四面八方，不知有多少人赶来助战。兀欲早一天就逃走了，麻答等贵族也震惊恐怖，尽载宝货好女，走保北城城楼，还图负隅顽抗。在这关键时刻，和尚洞的乡民们立下不朽大功。这时他们已聚结数千人，一声令下，杀下山来，在北城外大呼攻城。麻答不敢恋战，突围走了。城中人推举旧军官白再荣为城主。他贪财虐民，行为与麻答无异，老百姓送他一个雅号叫‘白麻答’。这时麻答在城外稍得喘息，又去附近纠合一批契丹军，军势复振，突入真定北城。黑白两个麻答在城内巷战，汉兵势危，又是依靠乡民之力，源源增援，最后把黑麻答赶跑了，中原大局才得稳定下来。”

赵杰祖上原是真定府西北的白马关人氏，算来也是赵和尚的本家——那当然又是赵子龙的血胤，后来在战乱中，遭俘北迁，落籍在涿州固次县，不过排起辈分来，与和尚洞现住的赵氏子孙支派也还不远。他讲述这段历史时，充满了民族和家族的自豪感。

“那黑麻答也不曾逃走，”有着补充别人说话的习惯的刘七爹当下就纠正道，“后来被乡民捉住了，就捆在西山口那棵烧焦的大枣树下，连人带树烧死了。赵大哥敢情还不知道那棵树？”

“俺倒不曾听说，俺只知道真定北郊的一块悬崖上刻着‘麻答走，契丹亡’六个大字，就是居民们为纪念这一战役刻下来的。后来宋政府要讨好契丹，几次派人上山去凿。如今字迹虽已模糊，痕迹犹存，仔细看来，还可辨认。”

这两处遗迹，都不在眼前，今天是看不到了，刘七爹要求赵杰带马扩去看看和尚塔——赵和尚之墓，那几乎是顺路走过的，不用多走几步弯路。赵杰拒绝了，说今天没时间看，他却从相反的方向，多走了二三里路，带他们去看另一处乱冢堆，传说那里丛葬着石晋末年与契丹死战的乡亲们的忠骸。他们在蔓藤乱草中间找到一块已经裂缝的石碑，揩拭去碑上的泥土苔藓，碑上的字还可辨认，也是六个大字，叫作“忠义汉民之墓’。他们相将在那里凭吊一番，结合着刚才赵杰、刘七爹描绘的那些惊天地泣鬼神的战斗场面，马扩的神情不由得十分严肃起来。

离开乱冢堆，回到正路上，赵杰一面指画着山寨的形势，一面继续介绍道：“宋建国后，宋辽二邦大致以燕云十六州一带为界，真定幸喜划入宋朝一边，只是地处边界，辽境的汉儿不堪契丹人的骚扰，往往逃回宋境。澶渊之盟后，宋对辽越发软弱了，处处唯恐开罪邻邦，不敢去兜搭逃回的义民，听其自为生死，有时眼看辽人越境把汉儿捕捉回去，就在边境上残酷处死，宋朝的官员，也装聋作哑，只当不知。入境的汉儿们侥幸逃脱了辽人的追捕，仍解决不了生计问题，他们只好被迫入山寨自保。在真定附近就有二三十个山寨，其中以和尚洞的规模最大，来居留的汉儿最多。宋兴一百多年来，这里始终没有断绝过居民，山寨的房屋墙栅，积年增修，如今比五代时更加兴旺了。这次义军南移，早与山寨的居民联络好，在居民协同帮助下，即以原来的营垒遗址，稍加修葺，就成规模。义军居民，情好甚孚，不啻家人弟兄。目前来这里结聚的义军已有三万多人，也都包容得下。山寨的气象日日更新，三弟这都亲眼看到了。”然后赵杰旧事重提，问起马扩道：“记得三年前，俺族兄赵俊陪同三弟前去易州木叶山的双股寨参观，当时三弟啧啧称奇，叹赏不止。请问那双股寨比这里的和尚洞山如何？”

“那双股寨布置得井井有条，尽有可采之处，只是规模较小，具体而微，哪里比得上这里的布局宏大、气象开阔。两相比较，真有大小巫之别了。”马扩欣然回答。接着又问：“在真定周围，似这等规模的山寨，还有几家？”

“自中山府[1]以南至真定西北，山寨所在都有。”熟悉这一带地理的刘七爹回答道，“其中规模相称的有北岗山寨、胭脂岭山寨等。”

“这两处寨主，今番都来这里聚会了，稍停三弟就要与他们见面。”

“真定以南，”刘七爹继续介绍，“获鹿、元氏、赞皇诸县，山寨环立，其中十六盘岭，地势最为扼要，真个要转十六道弯子才登得到山头。前人择了险要之处树栅立寨，真有一夫当关，万夫莫开的气象，可惜这些山寨都荒芜了，而且规模也比不上此地。”

“刘七爹可去过赞皇县的五马山寨？俺久闻张大哥说起五马山寨规模不逊于此，而形势之险要尤有过之。张大哥说过，与金兵开仗后，万一和尚洞有失，我全军就撤往五马山寨，在那里抵御二三年再说。俺久说要去看看，却没去成。”

“赵大哥没去成，俺倒早就进山去过了。这真定府团团一千里之地，哪有一处俺没有到过的？”刘七爹又得意起来，“五马山在赞皇县、赵州之间，属庆源府辖治，山寨方圆百里，其中朝天、铁壁诸寨形势尤胜，听说还是北魏孝昌年间修筑的坞堡，至今已有六百年之久了，遗垒隐然，犹未坍废。前数年俺曾去看过，山寨内住着数千家民户，山中尽有出息，他们耕种山田，采摘果树，完了县官之税外，尚

[1] 今河北定县。

可糊口，可惜里面的住户，散散漫漫，尚未以兵法部勒。”

马扩听了，不胜嗟叹道：“兵荒马乱之际，生民多灾，不得已迁入山寨为避狄之计。草创伊始，乱兵接踵而来，山民不得已以兵法部勒，执梃相抗。山寨于是乎兴。今天小弟亲眼看到，我寨布置得法，战守皆宜，足可与敌寇周旋一时，又听了二位所说，这真定周围方圆之地，已有这许多山寨，两河统计，更不知有多少山寨。异日金兵南下，即使各城尽失，我义军以山寨、水寨为立足之地，进可攻，退可守，如得官军协力同心，前后出击，共掎金寇之角，天下事不足忧矣！”

赵杰的反应果然是十分灵敏的，他一听马扩说到协力同心四个字，马上就反驳道：“三弟的话说得何曾不是，只是要官军与我义军同心协力，共御金寇，却是谈何容易？别的不说，只如此番三弟与刘韐谈判收编之事，我兄弟何等诚意，他倒以恶语相加，还图不利三弟。义军诸头项听了，大家气愤填膺。其实我兵精寨固，又得河东诸杰之响应，再过几个月，冀南义军悉数来归，力量更为完固，何所求于刘韐？”

他从马扩的眼睛里看出不以为然的神情，很快地把自己的观点摆出来，道：“依我之见，那刘韐既不愿就我之范，且搁他半年六个月再说。到了那时，我不着急，他倒要急起来了。”说罢就哈哈大笑起来，接着问刘七爹道：“七爹，你久在真定府衙当差，看见过刘韐的嘴脸，他着急起来，可是这副攒眉抓发、搓手顿足的样子？俺倒有幸看见过他。”说着，自己也模仿起刘韐的样子，还一股劲儿地问：“七爹，刘韐急起来，可是这个样子，你道像与不像？”

从赵杰对刘韐的嘲笑中，马扩忽然看出来了，现在不是刘韐着急不着急的问题，而是赵杰自己应该不应该着急的问题。现在形势转变得这样快，他理应着急起来了，却还是一副无所谓的样子，说明他对时局还缺少正确的判断，这正是他们分歧之所在。他意有所悟，猝然发问道：“赵二哥，休管刘韐怎样，你且道金人将于何时入寇？”

一句话把赵杰问住了，他思想上确实以为那是很遥远的事情，当下随口回答道：“天天说金兵来了，说了两年，它老是不来。不见得说来就来，今番真个就要动兵了？”

“二哥还说什么不见得说来就来，说什么半载六个月的事情。”马扩截断他的话，断然地说，“依俺看来，不出一个月，金人必将入寇，到那时大局剧变，彼此御战不遑，还说什么勠力抗金的话，二哥，你想得太从容了！”

不出一个月，那等于说年内金人即将入寇，这是赵杰想也没有想过的问题。赵杰一下子还接受不了这个石破天惊的预言，半信半疑地问道："三弟说金人年内必来，可有证据?"

"怎么没有?"

马扩把自己最近去云中与粘罕见面之事告诉了他，再摆出所有的论据，那些综合起来的情报，都经反复核实，并有许多旁证，其中说服力最强的一条是他们最近截获的一份金军军书，那里明文规定东西两军约期于明春在东京城下会师。

这不需要马扩点明，赵杰自己也可以做出结论了，这大大地触动了他的思想。原来他的一切论点都是以金寇尚缓这个假定为前提的，前提如有变动，全部论点都不能成立了。

他陷入深思，他的表情一下子就严肃起来。

现在他承认马扩的预言是正确的，如果金难将作，与宋朝谈判也是刻不容缓的了，这一条又是马扩正确。不过，预言终究是预言，金人的预定计划到了具体执行时也可以有变化，那预言总是要等待事实的最后证明。

他又沉吟一会儿，忽然要求马扩提前结束对山寨的巡视，未到晌午时分，他们就一起回到前厅。

他们匆匆忙忙地吃罢午餐，就开始谈论起来。

马扩与赵杰的谈话，显然加速了山寨中时间的节奏，现在赵杰是真正着急起来了。

5

赵杰制造的一种匆遽的气氛，破坏了准备得相当充分的接风宴会，甚至连酒也没有喝畅快，饭后迅速举行了会议。

古代的所谓会议，特别在山寨的场合中，并没有取得后代的那种正规化的形式。会议，不过是大家围坐拢来，或者就留在原来的座位上，你一句我一句地随便谈谈而已，当然也会有一两个中心人物，一般是主人或者地位最尊、发言权最大的充当中心人物。今天因为马扩是新来的贵宾，他带来不少重要的消息，这一席就让他取代了。

在义军诸头项之间，马扩只与少数人见过面。但他早在传闻中，特别是在昨天刘七爹的介绍中熟悉了他们，可说神交已久。在见面前，他已经在自己的心目中想象、模拟他们的形态、神情，见面后，他一一用自己的想象力去吻合他们的实际，结果是两相符合的不多，不相符合的不少，有的还是大相径庭的。譬如他曾在匆忙中与石子明见过一面，当时五六个人在一起，大哥二哥地混叫，他到底也没有弄清楚哪一位是石子明大哥。昨夜听了刘七爹的介绍，他心想这位心粗气厚、一拳头可以捣碎一张槲木桌板的石子明一定就是那个身长八尺、威风凛凛的大汉了。现在张大哥再次给他介绍时，却是个身长不逾六尺、身体也不算太胖的结实汉子。有一刹那，他还不敢相信自己的耳朵咧！后来悄悄地拉着张大哥问起来，才知道上回相见的那个八尺大汉是石子明麾下的一个头目，外号“飞行豹子”的崔忠兄弟，他被派往北部去打听消息了，没参加今天的盛会。这里的一位确实是货真价实的石大哥，绝无冒牌影戤之虞。

“以貌取人，失之子羽，这回三弟看失了眼，该罚该罚！”张关羽开起玩笑来，这张嘴也不饶人，他大声地把这句话嚷出来，还拖住马扩，要他再认认清楚。这引起了大家一阵哄笑，有些义军头项跑过来再一次把自己介绍给马大哥、马宣赞、马廉访，什么称呼都有。有一位左颊印着一溜红痣的好汉指着这特殊标志让马扩看，说道：“俺朱砂李这一溜朱砂红痣，在北道中只此一家，并无分店，马宣赞认清了，再也不得认错。”

张大哥的这个玩笑开得及时，它抵消了赵杰为大家制造的匆遽感。就在一阵哄笑声中，马扩非常自然地融入团体中。

事实上，义军诸头项对马扩并不陌生。他们都知道马宣赞其人，知道他的经历，特别知道他单骑陷阵，力战辽将的那段惊险史。惺惺惜惺惺，英雄惜好汉，单凭这一段，他们就对马扩产生无限敬意。他们也知道这两三年来马宣赞为义军所做的种种努力。对于他努力的结果，或则获得成果，或则没有达到目的，固然在各人心目中引起不同的评价，但对他的动机却没有人怀疑，大家一致承认他是义军的忠实朋友。

要取得这些人的信任是不容易的。他们中间许多人对宋朝的官吏具有强烈反感，具有一种先天性的敌忾。譬如刘七爹特别介绍过的那个“双刀李”李臣二哥，他提起宋人，不管是大官，还是小吏，一律要伴以一句粗话，单单用个“鸟”字，还算是客气的，有时说到气愤处，双手挥舞，真好像要用他的双刀把他们的头颅切瓜似的通通砍下来。

幸亏韦大哥、张大哥早对他打了招呼，否则马扩也难以幸免于他的“双刀切瓜”。

第一天聚谈中，大家一般地就时局交换意见，就自己的处境提出一些具体的困难。马扩当仁不让，他谈得很多，吸引了大家的注意，只是他谈到金人将于年内入寇的话，大家还有些将信将疑。马扩提到宣抚司截获的那些情报时，李臣第一个跳起来说：“那个鸟宣抚的军报都是假的，为的好向昏君鸟官家捏报战功，你们相信它，俺可不信！”

大家七嘴八舌地议论起来，有的说可信，有的说不可信，有人提醒李臣说，这些情报是派往金邦的细作打探回来的，并非出于童贯捏造。一句话把李臣激得火星直冒，他一跳三尺高，大声嚷嚷：“金兵真要来了，把俺这颗脑袋割下来与你们赌！”

他还没有找到打赌的对象，自己先把这笔赌注抛出来了。

在热烈的气氛中，大家听到赵杰冷静的发言：“金人处心积虑，谋我已有数年，岂可不加提防！俺看这遭马兄弟带来的消息倒是十分可靠的，我不可不深虑对策。”

这是赵杰今天第一次的发言，他是经过深沉的思虑后，才明确提出自己的看法的。赵杰在义军中居于仅次于张关羽的地位，他的话引起了很多人的连锁反应，相信金人即将入寇的比重增加了。

不过李臣的几个“鸟”，还在空气中荡漾，还有一部分人既不相信金人即将入寇，也并不认为义军有联宋的必要，现在要作结论，时机显然尚未成熟。张关羽深合机宜地结束了第一天的谈话。

通过会谈，马扩发现阻力尚多，但他终于说服了顽强的赵杰，使他完全同意自己的看法，其作用犹如争取得一个大国的合作，使之成为自己的联盟，这是一大胜利。不过前途的暗礁尚多，真正的辩论，尚未开始，马扩是否能够完成任务，确定大计，还在未定之天，这一夜他的心情好沉重啊！

6

半夜子时三刻，忽然有一阵大惊小怪的呼喊声扣索着山寨的大门，岗哨报上来，把张关羽和赵杰都惊动了，亲自下去打探，原来是胭脂岭山寨石大哥的副手外号“飞行豹子”的崔忠从北道回来，带来了震动人心的消息。

斡离不率领的十万大军从平州出发，连陷清州、檀州、景州、蓟州，燕山府已在金军包围中。郭药师亲自率领常胜军在燕山郊外与金军打了一仗，有人说两军尚在相持之中，有人说常胜军已打败了，燕山府危在朝夕，燕山府的官员、富室大姓纷纷携带家眷南逃，道路大乱，卢沟河上已是舟楫不通，消息虽莫衷一是，看来是凶多吉少了。

这个惊人的消息，把义军诸头项从睡梦中惊醒，等不到天明，大家都又聚到一块儿来继续会谈。

马扩关于金军即将入寇的预言已被事实证明，事实来得甚至比他预料的还要快一个月。在事实面前，倔强的李臣也不得不承认错误。他揩揩宿酲未醒的睡眼，千贼奴、万贼种地骂：“金寇早不来，迟不来，偏偏你老子与人赌一颗首级时倒来了。马廉访，你看咱这颗首级怎么办？”

“马廉访现刻要了你这颗首级，也没处安放。”赵杰瞪了他一眼，代回答道，“俺看不如权且寄在你脖子上，等你把粘罕、斡离不两颗首级取来缴验时，再与你勾销这笔账如何？”

“当得，当得！俺李某不把那贱种粘罕的首级取来，誓不为人！”

“李二哥说得好！只是粘罕、斡离不的首级人人想取，你李二哥从今天起须得听马廉访的话，照他的吩咐办事，这件功劳才能留给你。”

这时韦寿佺发言了，一时会场上鸦雀无声，听他从从容容地说话。他先把马扩抬到很高的地位，然后提出当前迫切需要解决的问题：“如今金贼已来，说不准哪一天就会夺走燕山府，进入真定地界，也说不准哪一天会打到黄河边。大局十分动荡，我义军羽毛尚未丰满，独立角敌，可有胜算？今后应何去何从，事关数十万义军的生死存亡。今日好容易两河豪杰都聚在一堂，大家说句话，出个主意，张大哥、马廉访也出个主意，小弟无不洗耳恭听！”

金寇既入，当前的急务莫过于两河义军团结起来，在共同的领导下，部署战守，然后与宋联合，勠力抗金，这本来都是顺理成章的事情，但是长期习惯于各自为政、各自作战，对宋朝又多抱着怀疑态度的义军头项们要迅速达到这样一个共同的认识似乎还有不少障碍。这时大家的眼睛都集中在张、韦二位大哥身上，张、韦的眼光又集中在马扩身上，希望他能发表高见。马扩还待要酝酿一下，一时会议中竟出现了冷场。然后大家听到了马扩条理清晰、感情激越的发言。

他说："各位大哥都身受契丹凌辱之苦，才树旌反辽。可知道两百年前，我汉族父老兄弟也是不堪契丹主耶律德光杀掠之苦，挺身执戈，与他为敌的。当时契丹人到处打草谷，弄得民怨沸腾，人人奋起，欲与契丹偕亡。各路义军多至三五万，少的也不下数千，大大小小何止数十支队伍，到处拦击契丹军，战果赫然。但吃亏的是上面缺少个统筹兼顾的主帅，大家你打你的，我打我的，彼此不通声气，不相应援，结果虽然屡战获胜，自己损失却也不小。"

这几年马扩读了不少史书，他经常以书本上的知识来印证现实的局势。这时，他顺手捞了一个相州攻防战的例子来说明问题。

当时相州有个绰号叫作梁小哥的梁晖领导义军与契丹苦战数十日，城内外死伤累累，真个是骸骨撑天、鲜血成河，城内义军亟须友军支援解围。附近州县，义军不少，固与梁晖素无联系，竟然望望然而过之，不发一卒相援，城内义军孤军苦斗，以致沦失。原来相州有居民七十余万，城破受契丹屠戮后，全城留下的孑遗不过七万人。

马扩利用这个惨绝人寰的历史往事说明义军之间彼此救援的重要性，然后进一步说到义军本身力量不足时，还要有所"凭借"。他说当时义军虽然人数众多，声势浩大，作战倍极惨烈，只因力量尚未完固，易聚易散，打不起硬仗，总的说来是声势浩大，成效却是有限。后来，在太原的河东节度使刘知远出兵收拾残局。他利用义军的声势，义军也"凭借"他的兵力，两相结合，局势果然急转直下，不出几个月，就风扫残叶似的把契丹势力逐出中原。刘知远也做了后汉皇帝。

说到这里，马扩环顾了一下众人的表情，感到时机成熟，趁势引出正题道："今日之势，犹如当年。前事不忘，后事之师。今我两河义军数十万，却无一个总统全军的统帅运筹调度，不利甚明。再则，我义军的声势，尚不能加于当日，而金军精锐，又非强弩之末的契丹可比，独立角抵，怕要吃亏，势不得不与宋联合，受他收编了，勠力抗金，这才是当务之急。韦大哥、张大哥也都是这个意思，未知诸位大哥意下如何？"

马扩运用历史，把这段话说得洞里彻表。义军诸头项很少有人读过史鉴、博古通今的，他们听了马扩的话，都认为很有道理，大家点头称善。即使持有最强烈的反宋情绪的人，看到目前形势遽变，也认为联宋之举是大势所趋、不可违抗的，何况这个意见得到韦、张两位大哥的支持。再加上敌寇已经深入，眼看不久就会在脚跟下发生战争，他们也急于要回家去准备一切，不想在这里多作争辩。由于以上的几个原因，马扩事前估计要困难得多的任务，在新的形势下，居然顺利完成了，大家一致赞同联宋的方针。

为了表示坚定地执行这个方针，赵杰当场表示改名为赵邦杰，急于补过的李臣也自动提出在姓名中间加上一个“宋”字。赵邦之杰，宋朝之臣，这两个名字的改变说明了在大敌当前的特殊情况下，义军运动中出现的一个新动向。

马扩和张关羽、赵杰个别商量后，决定由赵杰出马去和董庞儿会面，并约定董、张见面的日期地点。

只有义军内部的“共帅”问题，没有谈出明确的结果。众望所归，“共帅”必然要在张关羽、韦寿佺二人中产生，不过他们相互钦佩，彼此谦逊，都只肯推对方为主，自居于副帅的地位，到会议结束时，这个领导的地位，还是悬空的。事实上，战争一起，彼此各别作战，联系十分困难，再要推举“共帅”更加不可能了。

第二天，天刚亮，各路义军头项就纷纷打道回寨，所谓“和尚洞山寨义军大聚会”实际上只谈了一个下午、半个深夜，一切都显得匆忙，许多事前准备要谈的重要问题，诸如与金军作战的战略战术问题，在目前情况下粮秣给养的来源问题等都没有谈得透彻。但它决定了联宋抗金这个大方针，在今后十年天翻地覆的大搏斗中，两河义军基本上执行、贯彻了这个方针，它们构成了一条强大有力的敌后战线。

金瓯缺 第三卷

第三十一章

1

斡离不率领大军横扫燕京东北各州县，来到燕京东郊八十里的三河县，发现迎待他的不是一纸降书，而是以五万大军组成的铜墙铁壁。细作报来，隔开一条白河而阵的常胜军，集中了全军精锐，统领郭药师，大将赵松寿、张令徽、刘舜仁以及由蓟、檀、顺、景诸州撤回来的守将吴震、高公平、徐杰、林良肱等全都麇集在军中。

斡离不通过足智多谋的刘彦宗在郭药师身上做过许多细致周密的工作，双方书札往返，彼此把重要的情报相告，已非一日。只有感觉到他们这项工作已有成效，郭药师之迎降已如水到渠成，绝无问题，斡离不最后才定下了出师之期。出兵前的旬日，刘彦宗又给郭药师送去一封密函，明告出师之期，要郭药师准备一切。出兵后，蓟、景、檀、顺诸州纷纷易手，基本上没有经过战斗，斡离不认为这是郭药师决心投降的表示，附郭诸州县的撤退正是燕山全路迎降的前驱。这时斡离不、刘彦宗的思想中已经有了可以不战而下燕京的准备。

只有一件事情还叫他们放心不下，郭药师的回信尚未送到，而通款曲最早、平日书札往来最多的张令徽，这时也无只字片札送来。不过这有很多理由可以解释，郭药师最后准备尚未完成，不愿打草惊蛇，引人怀疑。也可能郭药师、张令徽的回信被常胜军主战派的将领赵鹤寿等截获了，无法送达。这种事情过去有，现在也可以有。不过郭药师大权在握，只要他真心愿降，少数几个主战派阻碍不了他的行动。斡离不的乐观确是很有理由的。

因此斡离不接到细作的情报，郭药师没有迎降的迹象，反而好像要倾全军之力在三河县迎战，不由得又惊又怒。他首先感到自己是受骗上当了，然后又觉得自己在策略上已犯了相当严重的错误。

斡离不的大军在总数上与常胜军相等，构成他这支军队的主力女真兵约有两万人。郭药师麾下战斗意志最旺盛、作战能力最强的赵鹤寿部也在两万人左右，他们在实力上可算得旗鼓相当。本来常胜军要多方设防，兵力分散，他以全师进攻，兵力上可占到优势。如今他错误地把出师之期和主攻方向告诉了郭药师，后来又分兵攻占附郭州县，使郭药师赢得了时间和空间，得以放弃边地，缩短防线，把精锐的赵鹤寿、赵松寿部全军东调来此，集中全力来与自己对垒，双方形成了一比一的均势。而常胜军又有劳逸、主客对比上的优势，正好抵消自己进攻方面的锐气。看来在这一场主力决战中，他已经没有多少便宜可占。

斡离不独自考虑了半天，然后派人去把刘彦宗请来，两人密议了半夜。事后，没有再去征求阇母、兀术的同意，就发出明晨进攻、决一死战的命令。

那么郭药师是怎么想的呢？

郭药师决不愿做大宋的忠臣孝子，为宣和天子殉葬，这一点除痴心梦想的宣和君臣外，大约可说是“路人皆知”，但与此同时，他也不会心甘情愿地成为一条帮助斡离不打江山的功狗，在这一点上，斡离不、刘彦宗都没有看透，也存在一些幻想。前面说过郭药师是个野心勃勃的军人，对自己的前途，他早有深心密虑、不可告人的打算。

他不愿保宋也不愿降金，他称心如意的算盘是凭借自己的武力，周旋于宋金之间，成为第三种势力，使宋金两方面都想借重他，形成举足轻重之势。

五代时有个成德节度使安重荣说过一句话：“当今之世，唯有兵强马壮者堪为天子耳。”安重荣也是块没字碑[1]，说出来的话却要比读烂五车书的酸秀才透彻得多。郭药师一生服膺这句话，并努力促使其实现。他不稀罕那来得太晚的燕山郡王，那是宣和君臣早就答应他，而直到金兵入寇的前夕才算兑现了的封爵，圣旨颁到时，他只在内心中冷笑两声。他也不愿做石敬瑭、赵延寿[2]，这一对已到手或尚未到手的宝贝皇帝，都是被人穿了鼻子牵着走路的。这样的皇帝，他不稀罕。他要做的是凭借自己的武力而不依靠外力的货真价实的最高统治者。他要做自己的主人而不是别人的奴隶，这才是他的内心秘密。

不过郭药师能不能实现他的野心，在目前情况下，要看他能不能一战重创斡离不，好像两年多前，他在峰山一战打败奚军一样。如果历史重演，再来一个新的峰山大捷，把斡离不的大军彻底击溃，从而造成金朝内部的分崩离析，或者重创金军，使它无力卷土重来，朝廷对他的依赖更甚。只要出现了这两种情况之一，那时距离他的野心实现之期就不远了。

接到刘彦宗最后一封劝降书，明告他金军出师的日期及主攻方向以后，他的内心发生剧烈的波动，这个他既热切盼望而又有点害怕的日子终于到来了，好像经过多时的盘马弯弓，引而不发，这手里的一支箭，终于不得不发射出去了，或者一发中的，或者失手射空，或胜利，或失败，两者必居其一，这中间已无选择余地。

[1] 五代时，一个姓安的军阀不识字，当时人讽刺他为『没字碑』。

[2] 后唐幽州节度使，与养父赵德钧降契丹，企图代石敬瑭为帝，为契丹拘执而死。

从那时开始，他就秘密地驻军三河——劝降书中提到的金军主攻方向——不再回到燕山府去。他检阅了手下的兵力，部署了对金作战的方案，做好一切应急准备。郭药师确实不愧为铁腕人物，他考虑周到，行动迅速，在短短几天内，就悄没声息地把一切都布置得十分完善。

郭药师的布置要对三方面保密：金朝、宋朝以及部下一直想要降金的张令徽等将领，因此他的一切行动都保持高度的机密性和警惕性。

安抚使蔡靖、转运使吕颐浩、廉访使梁兢是燕山路地方的三大长官。他们虽然是站在郭药师个人利益的对立面的，但对郭药师过去已得到的好处，并未成为阻力，对他未来的事业可能还有相当大的利用价值，对于这样的人，不必消灭他或者驱逐他，而应该加以严密的监护。从金人入侵那天开始，郭药师就派人暗暗地把他们“保护”起来。他们似乎还蒙在鼓里，一夕之间，忽然发现自己已被锁在一口大铁柜里。他们的自由只限于燕山府高峻的城墙之内。在这个范围之内，他们可以做他们愿意做的事，譬如向朝廷告急，向邻道请兵请粮，发文檄痛斥金邦的背信弃义，作出誓为朝廷慷慨殉节的姿态，等等。这些文书经过检查，只要不指斥郭药师和常胜军，都可放行，但绝不允许他们离开燕山府。

至于宋朝政府所有的财产、文书、册籍等，事实上早已在他的控制中，谅也逃不出他的掌握。

常胜军内部本来就有亲宋、亲金两派，现在实行抗金，自然要借重亲宋一派的军事力量，他判断刘彦宗劝降信中指出的进攻路线是真实可信的，便于他作迎降准备。因此只要把主力大军集中在三河一地，其他边城得失，都无足轻重。他甚至把驻守北门锁钥居庸关的赵松寿也调来，把战胜的希望寄托在这支军队身上。赵松寿勇冠三军，比兄弟有过之而无不及，郭药师对他一军十分放心。只有赵鹤寿本人因病留在燕山府。

郭药师不放心的是张令徽、刘舜仁等将领，他们早就鬼鬼祟祟地与金朝勾搭，这个，他不但早有所闻，而且本人也通过他们去和刘彦宗搭线。想投降，当然需要他们通路子，现在决定抗战了，反过来就要防备他们临阵出卖自己。一生依靠投机起家的郭药师怎能不提防手下人也来一个投机，抄自己做过的老文章？张、刘二军本来就驻守在三河一带，现在把他们调到次要的偏南地区，另外又派了自己得力的亲信率部渗进二军的队伍中间，临时打乱他们的编制，以防止他们异动。

所有这些军事和政治方面的布置，在斡离不大军到达三河县的前一天都已完成了。论实力，并不输于对方，讲谋略，自己也有一日之长，因此在决战前夕，郭药师的意态相当舒展。

[一] 郁州即今江苏连云港市东云台山一带。

2

燕山府沦陷时，首当其冲的燕山路安抚使蔡靖乃是这个官职的最后一任。随着燕山府及其附近州县全部沦陷，这个地区划归金朝所有，两宋政府再也没有恢复一个名为“燕山路”的行政区以及它的高级行政长官燕山路安抚使副。

历史上有过这样一个办法，在东晋和南朝时期，北方许多州郡早已沦陷，南方政权在其所辖的范围内“侨置”州郡，地方在南方，名称却是北方的。譬如河北东南部本来有个冀州，河北沦陷后，南朝政府又在郁州[1]侨置冀州，以示不忘收复失土之意。这是一种“精神收复法”，不是通过军事政治的努力从实际上收复失土，而是用一种象征性的手法，在意识形态中收复失土，这种“精神收复法”有没有实际意义，起了什么作用，是好是坏，这要放到历史的具体条件中去评论。可是南宋政府连这样一种象征性手法也没有敢用，因为当时北方大片土地被金兵攻占，南宋君臣一心只想泥首乞降，唯恐金人不肯接受这笔重礼，怎敢再提收复之事？后来和议成立，以法律的形式承认了金朝对北方土地的占有权，从而收复失地变成了非法行为，要求收复的思想也变成非法的思想，写下了历史上最可耻的一页。

燕山府沦陷是个历史悲剧，身为最后一任安抚使的蔡靖在酿造这个悲剧中也有他的一份“功劳”。虽然他在这多灾多难的一年任期中可说是无所作为，表面上看不出他应负多少责任，但是一个长官的“无所作为”，就在事实上使得别人“有所作为”。无论郭药师，无论斡离不，在这一年中都是很有作为的。“傀儡就是帮凶”，不能以傀儡作为替自己辩护的理由，这个历史教训是惨痛的。

宣和末期，金兵南侵之势已成，两河地区，首当其冲，这是谁都看得清楚的事实。当时充任河东路安抚使的张孝纯和真定路安抚使的刘韐都是著名的“边才”，在军事、民政、培训后备部队方面各有专长，各著功勋。宣和六年十一月，朝廷派蔡靖接王安中之任，充当比河东路、真定路更重要的燕山路安抚使。当时舆论对他抱有很大的希望，相信他能拿出有效的办法来钳制郭药师八只横爬的足，重措燕山路于磐石之安。舆论对于过去声名不太狼藉的初任官员都是这样期望的。何况当时，他官拜为保和殿大学士，比刘韐、张孝纯的官衔都要高出一头。即使在政宣时期，权奸横行，许多人把大官看得一钱不值，但只要他依傍权门的色彩不太浓厚，仍有人把官衔看成一种衡量标准，把他的官衔与他的道德、品行、学问、才能等同起来，成为一个混同体而肃然起敬。

这是一种社会偏见，可是这种偏见由来已久。

其实，撤去与王黼、蔡攸关系密切的王安中，而代以派系色彩较淡的蔡靖，这还是朝廷当权派的一个阴谋。把蔡靖搭到烧得通红的铁床上去烤一烤、炙一炙，把他烧得皮焦肉烂，浑身冒烟，那时就可宣称：与他比较起来，王安中还是此胜于彼的。只要能够压倒政敌，抬高自己的一派人，不论要国家付出多少代价都行。这在官场上，不仅是不乏其例而且已很难找到相反的例子了，可是，一般人不明真相，他们真以为朝廷已有去旧布新的决心，从而期望蔡靖能够出现什么奇迹，扭转乾坤。

一年前，蔡靖就是在这种期望和信任声中来到燕山府履新就任。他倒颇为珍重自己过去的官声，再加上安抚使也是他仕宦阶梯中不可缺少的一级，只要在燕山任上太太平平地过一两年，他就有希望调回东京出任宰执。因此明知燕山府是个火坑，他也得去跳一跳。

不过幻想很快就被打破了，既然童贯对郭药师也毫无办法，只得退避三舍，不敢见面，他蔡靖一个文员拿郭药师还能有什么办法？要他创造奇迹，力挽狂澜，那无疑是白日做梦。他慢慢地适应了这种局面，他学会苟且自容之术，看见郭药师当面恭维一番，有时在一些无关宏旨的小事上，估计不致触怒郭药师，也争论几句，偶得俞允，回去就在幕僚面前夸奖："汾阳毕竟不凡。"在相反的情况下，受了一肚子闷气，当面不敢作声，只好在家人面前痛骂"轧荦山"跋扈难制。这两个称呼，如前所述，对于郭药师早已是不关痛痒的了。

金兵出动前旬日，郭药师得到刘彦宗的诱降书，已知确悉。他调兵遣将，自己就坐镇在三河县，已有多日未回燕山府。不久，蔡靖也得到金人即将入寇的情报，他也忙起来，与属官、幕僚、家属等商量应变之计。会议中，有人主战，有人主守。安抚司参谋沈琯曾在小种经略相公麾下任职数年，懂得军事，主张水来土掩，兵至将挡，如能发动常胜军一战挫敌，斡离不的野心自戢，说得振振有词。另一名幕僚，著名书画家米元章的女婿、安抚司勾当公事吴激主守，认为燕山一路的大军全归郭药师自己掌握，如在东郊与金人猛搏，是孤注一掷的勾当，万一失利，大势去矣！不如劝告郭药师持重坚守，徐伺其隙，再图退敌之计，说得也不无道理。主战主守，两种意见截然相反，蔡靖心里委决不下，他不顾天色已晚，征得守卫的同意后，就带着儿子松年一齐驰至三河去见郭药师。

郭药师面色极其难看地接待了他父子俩，问道：“天色已晚，大学父子驰至军前，不知有何见教？”

“闻说檀州有失，敌氛日恶，事关燕山一路存亡得失。这几天又不知太尉行旆何在，今日幸蒙赐见，有关战守之事，尚幸赐教。”

蔡靖说得十分婉转，想不到郭药师直截了当地就回绝他道：“战守大计，药师自有权衡，无与大学之事。大学父子且回燕山去听候消息。”接着又极不礼貌地警告一句道，“药师明日尚待至居庸、南口一带视察边情。药师行踪，事关军事机密，大学知道了也休得声张。”

这次郭药师来到三河，原属机密，不知如何被蔡靖打听出来了，跟踪追至。安抚司里好像装着个大喇叭，蔡靖今天做的事情，斡离不那里明天一定知道，哪还有什么保密可言？这句警告的目的是不准蔡靖随便泄露他的行踪。蔡靖自然也听得出来。经过这一年来的锻炼，这时的蔡靖颇有点唾面自干的休容精神，得了郭药师这句回话，就兴辞而出，一路上与儿子研究郭药师的闷葫芦里卖的是什么药。

父亲说：“汾阳似有惧意？”

儿子说：“岂止怯惧而已，轧荦山目睛流转，机锋内藏，恐有不测之事。”

父子俩带着各自的印象，回府去与僚属们商量对策。

但是父子俩的观察都错了，其实郭药师于他们来到前，正好截获一份重要的战报，他的内心中正为要酝酿一场已经掌握了主动权的决战而十分兴奋，哪有什么“惧意”，更没有“不测之事”，只不过他一向瞧不起蔡氏父子，不愿以实言相告罢了。

蔡氏父子一走，郭药师就把赵松寿找来共同研究这份战报。

赵松寿知道蔡氏父子刚来过，一见郭药师就问：“蔡安抚父子夤夜驰至军门，有何急事？朝廷可有密旨？”

“并无密旨，”郭药师摇头回答，“蔡安抚闻说檀州有失，忧心忡忡，特来打探消息。俺告诉他这里日夕将有大战，请他父子安心回衙，颙听捷音好了。”

郭药师巧妙地把他与蔡靖的对话改动了几个字，改头换面，语意全变，赵松寿听了，果然十分满意。自从截获那封给刘彦宗的词意闪烁的信函以后，赵松寿对主帅的意图颇具戒心，不过此番郭药师把他全军调来，抗金意态十分坚决，他的疑心也打消了一半。此时，他又试探一句道：“蔡安抚不失为忧国爱民的好官，此等人在官场中也算不可多得的了。”然后他转进一层道：“只要是朝廷派来的，哪怕是一束刍草，我辈也当尽礼相待，才不失以臣事君，尽忠报国之道。”

“这小子好傻！哪来这一套酸气扑鼻的迂腐之论？”郭药师不禁在心里窃笑赵松寿的幼稚无知，“你敬朝廷的人如神佛，他们看你还是一束刍草，叩头下跪，又有何用？”

闲语撇过，当下他们认真地研究起这份战报来，经过综合分析，判断金军将于明天发动进攻，具体的作战计划有如下两条：

明日拂晓前后，斡离不要亲统一军从白河东岸的大本营吴雄寺出发，渡过白河，与郭药师的主力接战后，直占燕山外围重镇通州，进围燕山。

金军大将阇母另统一军，从偏南的皇子庄出发，渡河后，压迫驻扎在长陵营的张令徽、刘舜仁两军，隔断他们与郭药师主力军的联络，然后迂回南下，切断运河粮道。

针对金军的作战计划，郭药师与赵松寿拟定了先发制人的反击方案：

他自己亲率赵松寿的精锐骑兵作为主力，于今日午夜前就渡过白河直扑吴雄寺的斡离不大营。当时正在冬令，白河水浅，根据事前测量，他选择的渡河点，水最深处也不及马腹，要渡过去并非难事。为了增加实力，他把张令徽麾下的大将皇贲调来，令他统属所部步兵，限于子、丑之间到达指定的渡口，渡河东去，接应赵部骑兵。

皇贲虽是张令徽的部将，平日多受他的笼络，张、刘与金人秘密往来的情报多是他向郭药师提供的。现在把他调来，既增加了赵松寿的后备力量，又削弱了张部实力，可算是一箭双雕之计。与此同时，郭药师严令张令徽率本部人马扼守河口，不得妄动，如果阇母军渡河，俟其半渡而击之，不放他们过来，也不许追击过河。刘舜仁所部相机协助在渡口作战，并拨出部分兵力，加强运河一线的防护力量。

抗金的方针定了，郭药师在拟订方案时，不缺少决战的勇气。实际上它是一份破釜沉舟、背水一战的军事冒险计划。郭药师把自己的命运孤注一掷地押在赵松寿这张王牌上，只要赵部渡河顺利，能找到斡离不的主力，一战挫动了他的锐气，就不难取得全面大胜的战果。张、刘二军虽不可靠，但只要把斡离不主力军击溃了，阇母所部自救不暇，安敢渡河挑衅，更加谈不到迂回南下去切断运河了。

知己知彼，百战不殆，在决战之前，忽然截获了金军的军事文书，使敌方的行动尽在我的烛照之中，而我据以制订的反击方案，却为敌方意料之所不及，这在双方的战略部署上，我已着了他的先鞭，先就掌握了三分胜机。

至于决战之际，全看赵松寿一军的表现。峰山之战，赵氏兄弟骠勇异常，赵松寿表现更加突出，他率部左右决荡，只经过一个时辰的激战，就把萧干所统奚军击溃，以后即形成摧枯拉朽之势，彻底消灭了奚部的战斗力量。今天赵松寿慷慨请战，勇气百倍。他的部下，多时在居庸、南口一带集中训练，犹如新发于硎的利刃，人人摩拳擦掌，希望一举得胜，士气空前高涨。郭药师觉得让历史重演，继峰山大捷之后再来一个三河大捷，也完全是意中之事。对此，他自己也有充分的信心。

现在就要看行动了。

3

彤云密布的黑夜把双方的动静都遮蔽起来，而呼啸着的山风，也起了助手的作用，把秘密行动的部队偶尔发出的一点嚣声都掩盖住了。这一场不仅决定燕山府命运，而且也关系到宋金两朝兴亡的战斗，就这样悄悄地开始了。

赵松寿亲自率领一千名轻骑兵，作为第一批渡河部队。十二月初五的新月，只有过了午夜时分，才透过重重云层，露出淡淡的光亮，依靠它的指引，赵松寿饬令所部，严格按照规定的渡口渡河，渡河时彼此照顾，相戒不要发出很大的声音。他自己身先士卒，第一个就渡过了白河，在西岸没有发现一个敌踪，他带着渡河成功的舒畅的心情，拍马径向东北方向驰去。这时再要遏制士兵的欢呼声，几乎是不可能了。看见主将东驰，陆续渡河上岸的骑兵等不及整好队伍，就鼓噪着、呼嚣着，舞弄手里的兵刃，跟随赵松寿迅捷驰去。

横在胜利道路上的第一道障碍，被顺利地克服了。郭药师听到第一线传来渡河成功的好消息，不敢怠慢，自己迅速渡过河，在亲将的簇拥下，快马东驰。

起更以后，云层逐渐散开，但是月色更加朦胧了，从平地上腾起的一片雾好像在它上面蒙上了一层轻纱，随着雾气的逐步加浓，这块透明的轻纱也逐步变成半透明的绢子，最后变成完全不透明的幕布，这时大地上又回复到一片漆黑，伸手不见五指。起先，被战士们压抑不住的欢腾泄露了一部分的军事秘密，现在却被包裹在更加保险的浓雾中间，战士们的心情稳定下来，又复归于沉默，连得杂乱腾踔的马蹄声也变得更加掩抑，更加有节奏了，似乎战马也通人情，懂得在这样一种带有袭击性质的军事行动中，不宜过于暴露自己。

重雾，无疑会降低疾驰者的速度，不过三河一带本来就是常胜军经常操练兵马的地方，赵松寿所部在峰山大捷以后，在这里驻防过大半年，他们指挥所就设在吴雄寺、皇子庄二处，他们对这里的地形十分熟悉。哪里有一片树林，哪里有一条岔出正道去的小路，哪里有一块突出于路边的岩石，他们都知道得清清楚楚。行途所经，他们本能地绕过这些障碍，使行军的速度没有受到多大的影响。另外一方面，在战争中，雾，总是有利于袭击的一方，因为静止的目标，即使在重雾中，也还容易找到，而袭击者的行动如果得到大雾遮蔽，就可使对方莫测虚实而大吃一惊。

老于军事的郭药师判断了当前的情况，就马上平举起右手掌加在眉心上，搭了个凉棚，望一望根本望不见有什么的前方，然后回过头来跟那几名紧紧跟随着他的亲将说："早料不到有这场大雾，它来得正好，乃天助我也！"

然而到了浓雾逐渐消退、勉强可以辨色之际，大吃一惊的首先不是敌方而是他们自己。原来他们驰逐到距离吴雄寺还有五六里路的地方，忽然发现有大队金军。虽然在刚消退的浓雾中还不能把敌方的样子看得十分清楚，但是，那矫健勇捷的骑马动作，那在脑后晃动着的发辫，那熟悉的服装和兵刃，分明是一支女真劲旅。他们人数很多，大路上、小径上、田野上，到处都挤满了人马。

原本以为这个时候还留驻在大本营尚未出发的敌军，忽然提前行动，一下子悄没声息地就出现在眼前，这当然要大吃一惊。使得久战沙场的赵松寿也出乎意料。他大喝一声，一马当先，就往敌人密集处冲杀过去。

可是在敌人的一方面，在这刚消退的雾气背后忽然发现了这支人数众多、作战意志昂扬的宋朝队伍，也是大大出乎意料的。他们原以为要渡过白河，在河的彼岸才有机会与宋军交手。

在这样接近、绝少回旋余地的距离中，要后退是不可能的，敌人追杀上来，很可能把他们全部吃掉；要从侧面逃跑也无路可逃。他们双方都是锐气极盛的部队，犹如一对生死冤家，忽然狭路相逢，分外眼红，非要拼个你死我活不可。于是随着赵松寿的这一声怒喝，双方骑兵一齐发喊，直冲向前，各自找寻自己的对手厮杀。

赵松寿不愧为常胜军中的第一号猛将，他冲入敌军人丛中，乱劈乱砍，霎时间就血染征袍。他还不能满足于与一般战士交手，一心一意要找到斡离不捉对厮杀。他知道好胜逞强的斡离不也一定不会临阵逃跑，错过一个与自己交手的绝好机会。

他没有花费多大气力就找到这个身材健硕、态度威猛的二太子郎君斡离不。由于常胜军久与金军对峙，虽然没有与斡离不本人作过战，却都知道他亲自率领的一支军队用全白素旗，而那面加上虎头豹尾饰物的素纛就标志着他本人的所在地。找到素纛就等于找到他本人。赵松寿毫不犹豫就向纛下那个金酋冲去。

那斡离不果然是个统帅之才，他身穿一套雪白的袍甲，把头盔拉得低低的，只露出两只炯炯发光的眼睛。他手执缰绳，在那里安闲地观战，似乎正在找寻宋朝军队的弱点，准备一下子投入全部后备力量，迅速取得胜利。在他身旁，有一群金将围簇着他，人们指点说这是金军骑帅伯德特离补，那是女真大将挞懒，他们看到赵松寿来得势猛，就双双出阵，掩护着斡离不。

斡离不身后，在无数面被刚刚露面的太阳照得金光万道的素帛大旗下面蠕蠕蠢动着大队步骑兵，无疑就是斡离不的后备力量。善于作战的将领们懂得在什么时候，恰到好处地把后备力量投入战斗，以收最后一击之功。过早或过晚地投入后备力量，都会犯极大的错误。

赵松寿看准目标，挥舞着手里的大刀，突然骤马冲入。刀光熣燿，刀环发出好听的铿锵声，一个斜劈，就把一名护卫着斡离不的银环金将劈下马来。一道喷泉似的鲜血，直喷在伯德特离补的脸部，刀影血光，再加上耀眼的阳光，竟使沙场勇将伯德特离补和挞懒二人惊慌失措，拦阻不迭。转眼间，赵松寿就把他们撇在马后，扑进旗门，直抢斡离不。

斡离不果然不是等闲之辈，他赢得一口喘息的时间，挺槊骤马直上，一槊向赵松寿的腰腿刺去。在冲驰中仍保持高度警惕的赵松寿，灵活地一偏身，就把斡离不力量千钧的一槊躲过，同时他的电光般的钢刀一掠，似乎已掠到斡离不的耳朵边。斡离不把头盔一低，这一刀发出的呼呼声和刀环的铿锵声，还在空气中呼啸、振荡。

他们第一个回合的交手，那一槊和一刀都好像惊雷闪电、恶浪骇涛，逼得对手各自透不过气来。那马匹也随着人的节奏直驰，停不着脚，转眼间，赵松寿冲入金军的后方，斡离不也冲到宋军一方，一个踉跄，险些马失前蹄，然后两人又都灵活地掉转马头来，再作第二回合的冲击。这一次赵松寿的大砍刀直向斡离不的头顶劈下，由于距离过近，斡离不躲闪不及，举起铁槊来一格。赵松寿力猛刀沉，斡离不的铁槊竟微微地往下一沉。赵松寿的刀子顺势向他抓住槊杆的手指削去。斡离不一声“坏了！”丢下铁槊在地，转身就逃。可惜赵松寿手里没有弓箭，金军的将校又一拥而上，把他死死缠住，没有能够获斩首酋的大功。

这时双方的许多战士都看见了这场闪电战，看见自己主将的攻击和招架，为他们欢呼、惊喊，有一刹那，战场上的空气突然凝结了，大家都停止战斗，屏住呼吸，等待主将们决出胜负来，再决定自己下一步的行动。

在战场上，将领不一定可与对方的将领放对战斗，特别是主要将领，能与对方的主要将领敌对厮杀的机会更少了，除非双方将领都逞强好胜，有足够的信心可打败对方，而又相互蓄意要找寻对方来比个高下。历史上这种场面并不多见，如果把小说家想象的那种描写排除。

唐朝安史之乱时，李光弼麾下的裨将白孝德阵斩蓄意挑战的敌将刘龙仙，那场面很精彩；还有《三国志》为我们提供的白马之战关羽刺杀袁绍麾下大将颜良取得首功的场面，那似乎有点出敌不意，双方并未经过一场恶斗。关羽胜来固然光荣，颜良死得却有点冤枉。只有神亭之战，太史慈与孙策的一场鏖斗才是半斤八两、势均力敌的，看了这段记载，这一对青年将军在沙场上相互争雄、互不相屈的英雄气概确实很难从人们的记忆中抹去。

现在这个应该加上引号的“斡离不”和这个行将成为国殇的赵松寿一场短促的，却是惊心动魄的战斗，恐怕也很难从当时目击者的战士心目中抹去。它虽然只是宋金双方混战中千百个战斗场面中的一例，但由于双方交战者所居的重要地位，特别由于战斗的精彩、胜负的立决，它成为这个局部战役的关键。斡离不被打败，许多簇拥在他周围的金环将、银环将把赵松寿拦阻一阵以后就跟随主将一起向后逃跑。它引起了连锁反应，不多一刻在附近的金方战士们都受到它的影响，纷纷从紧张的战斗中撤下来逃跑。

富有沙场战斗经验的郭药师这时也冲上第一线，他看到赵松寿突击得胜，立刻抓住金军惊慌图逃的机会，指挥全军进攻。他手里的小红旗不断挥舞，指向前方，紧紧跟随着他的鼓手、号手迅速发出追击进攻的号令，千骑万骑应着号令声向前突进，霎时间就把并不宽敞的道路与田野都挤满了。

撤退中的金军发挥他们的长技，不断发射箭矢来阻挡敌方的追击，他们射得又准又狠，把一部分追击的人马射倒在地。倒地者还来不及挣扎起来，后面拥上来的铁骑又把他们挤倒了，或者践踏成泥。这一阵射击，给宋军造成相当大的伤亡。但这时大势已去，金军的劲弓铦矢已经阻挡不住潮水般涌进的宋军。赵松寿部骑兵追驰的速度似乎已超过箭矢在天空中飞行的速度，弓手们刚刚一箭飞出，追击者却已经冲到他们身边，枪挑刀斫，再也没有给他们射第二箭的机会。许多弓手被杀死了，更多的弓手惊惶失措，把宝贵的弓箭丢在地上，拼命逃走。此时，天色大明，万马奔腾，掀起来的尘沙遮蔽了半边天空。刚才血战过的那片沙场现在寂寞了，它留下许多人马的尸体，双方都有。有时两具服饰各异的尸体并头躺在一起，愤怒的表情、蜷曲和痉挛的身体都表明刚才那场拼死搏斗的激烈程

＊赵松寿鏖战『大金二太子』。

度。他们怀着各自的目标——一个是要掩护战友反守为攻，一个是要乘胜追击扫荡残敌，在最后的谜底揭晓以前，双双战死了。他们最后一个愿望大约是希望在断气之前有人告诉他这个谜底已经揭开了，他是属于胜利的一方。当然他的对方也同样希望自己是属于胜利的一方。

这个谜底终于揭晓：现在，他是胜利的一方，不久后，他的对方也将成为胜利的一方。可惜他们两人都看不见、听不到了。

在乘胜追击、扫荡残敌的道路上，郭药师、赵松寿没有受到多少阻碍。除劓杀一部分落伍的金兵外，从战场追到吴雄寺敌方大本营，再也没有值得称道的战斗。他们一气呵成地追进吴雄寺阵地，那里只有几座空荡荡的营帐，能够作战的兵早已空营而出，参加战斗，原来留下的少数非战斗人员，这时也听到前线的败讯，丢下军需物资，向后方逃跑。后营里军粮马秣都堆成小山，还有炉灶碗盘，样样俱全，甚至许多大木桶里也装满着酒。看来金军并不准备战败，而是准备战胜了举行大规模的庆功宴。可惜一切都落空了。现在营帐里、木板房里以及那座破落得连正殿的栋梁也已七歪八斜的吴雄寺寺庙里都空无一人，只有几匹病、跛的老马，带着一副乐天安命的样子，仍旧低头在木槽里嚼啮草秣，它们就是残存在这里的最后的生物。

这是一个货真价实的胜利，威名久著、不可一世的斡离不一战而败，全军奔溃，把大本营都丢了。死伤的人员，粗略统计，总在几千名以上，军需物资的损失，更属不赀。这一仗可能就会使他一蹶不振。郭药师感到踌躇满志，赵松寿虽以没有全歼敌军、活捉首虏为憾，但初战就把敌人打得落花流水，也非常高兴。

如果这场战争，真的就按照现在这个样子结束而没有发生后来的事情，那么，宋朝的历史记载上就可以大书特书堪与峰山大捷媲美的三河大捷，大大夸耀它的辉煌战绩，而郭药师个人的命运也会有很大的不同。

还要替这个局部胜利装上一条尾巴。

由于斡离不已经逃得无影无踪，据郭药师的判断，他很可能逃回蓟州城，当下传令停止追击，准备回师扫荡阇母余部，然后凯归燕山。他要毁掉金朝的遗垒，破坏他们逃跑时遗留下来的军需物资。遗憾的是：全军上下，竟然没有一个人携带一点火种或取火的工具，而除焚烧以外，一时又找不到既要彻底、又要迅速见效的手段。郭药师为这场决战已作了几天准备，想不到临到结束时还会发生这样一个意外的差错，这不免在大家的心理上投入一丝阴影。

事已至此，别无他法，郭药师只好传令一部分骑兵，用绳索刀斧，把营帐拉倒，再把堆积着的粮食草秣推翻，然后尽情地往来践踏一番，作了象征性的破坏，以发泄心头之怒气。

心理上的阴影，使他们这一胜利成为不完全的、看起来有些像瓷片一样脆薄的东西。

4

郭药师率领大军刚刚走上归路，只见大道上一骑飞驰而来，扬起一团灰尘。来人被带到郭药师身旁，立刻呈上皇赍送来的告急书。书中讲得明白，他的这支步兵部队渡河不久，就遭到“二太子郎君斡离不”亲自统率的女真兵的袭击。他皇赍抵死力战，不放金兵过河，已陷入金军三面包围中，部下伤亡过半。现在十万火急地派人前来向主帅告援，请速回兵相救，否则难逃全军覆灭的命运。

这个败耗，令人十分吃惊，特别是“太子郎君斡离不”刚在半个时辰前被我军打得丢盔弃甲，向东北方向落荒而逃。众目睽睽，岂有虚假？他纵有三头六臂的本事，也不可能同时在他们的前后方，一面与赵松寿作战，一面阻击包围皇赍的渡河部队。

赵松寿愤然问来使道：“皇将军可曾亲眼看到斡离不？”

“不但皇将军看见，小将也亲眼看到了。”来使以十分肯定的语气回答，“高高的个子、深目高鼻，人称都统国王，他手执铁槊，亲自冲锋陷阵，勇敢非凡，皇将军就败在他手里！”

究竟斡离不是身材健硕的，还是高高的个子、深目高鼻，赵松寿也弄不清楚。不过这个消息要是属实了，刚才与他交手、被他打败的不是二太子斡离不而只是金军中的一名二流角色，就会贬低自己胜利的价值。他勃然大怒，立刻请令，要求带一支骑兵前去相援，以便找到第二个斡离不，与他拼个你死我活，为自己受愚弄报仇雪耻。

“且慢！”

郭药师从来不是鲁莽绝灭的家伙，他仔细一想，刚才与赵松寿交手的那员金将，因为头盔上的眉庇低低地拉下来了，看不清面目，再加上战斗是在穿云掣电的瞬刻中进行的，固然难以判断他是否真是斡离不，但斡离不在金朝东路军中的正式职称为监军，刘彦宗给他个人的劝降书中就称他为监军郎君，不是什么都统国王。其中莫非有诈？他沉吟一会儿，问来使道：“俺派在皇将军处的任都监，你可看见过他？如何他不亲自赍书来报紧急军情？”

“任都监如何不识？皇将军打发小将前来时，任都监正骑着一匹枣骅往来督战，好生英勇！”

来使确是皇贲的亲信。郭药师有着过人的记忆力，见过几面的部属，他都能记得，何况这来使说话时的神情十分坦然，而任杰骑的正是一匹枣骅，还是他赠予的。对于这个来使没有什么可怀疑的地方。

这时又有一骑从官道上绝尘而来，郭药师的亲兵们老远就叫起来：“任都监，任都监！”那任杰果真亲自来了，一见郭药师在这里，立刻滚下雕鞍，禀报军情。他说的与来使所说，大致仿佛。他衔来的使命是再次请援，并且充任向导，陪同援军，穿过金军的包围线，合军解围。

郭药师不再犹豫了，他挥一挥手，就让赵松寿率领两千名轻骑兵，随同任杰前行，自己亲率余下的大军，跟着出发。

根据任杰和使者的报告，皇贲已苦战多时，金军的包围圈越来越小，最后被消灭的危机已迫在眉睫。救兵如救火，赵松寿在路上不再与他们打话，一心要及早越到河岸边，救出勇敢作战的皇贲及其全军。如果第二个斡离不是真的，那么他决不重犯错误，一定要在第一个回合中就杀死他，消灭已经出现的危机，重新稳定战局。

他们按照计划进军，在已经可听到喊杀声的一丛树林旁经过，赵松寿略为踌躇一下，他凭着战场上的直觉，发现有什么不对头的地方，突然发令，立刻停止前进，后队变为前队，转身撤离那林区。可是晚了，这道命令还来不及传到后队，埋伏在丛林中的一阵飞蝗般的箭矢把他们一行人，包括他本人、他的哥哥赵鹤寿、两名告援使以及几百名骑兵统统射死在路旁。

只有少数几个从箭镝下夺得性命的败卒把消息报告了统军续上的郭药师。当时尚未幡然变计的郭药师不由得大惊大怒。根据败卒报告，射死赵松寿的箭矢并非金人所发，而是自己人躲在丛林里发射的。郭药师判断皇贲已经叛变，他引军径扑叛徒皇贲。

高颧深目的瘦高个、人称蟾目[1]国王的金军都统阇母趁机引部与皇贲会合，与郭药师展开剧烈的对攻。阇母部一清早就在白河东岸虚张声势地围攻皇贲部，虽然人马驰逐，喊声震天，却是一场彼此默契在心的假厮杀。只在此时才像离山的猛虎一样，真刀真枪地与郭药师部干起来。

这时主客之势既异，双方将士的心理状态已转变，何况赵松寿战死的消息是封锁不住的，它极大地影响了战士们的作战意志。常胜军虽然抵抗得十分猛烈，郭药

[1] 蟾目，阇母一音的异译。

师亲自搏战，也手斩了几名敌军，血染征袍，他麾下的亲兵，所谓“硬军”三百名，不多时就战死了一大半，即使这样，还不能扭转战局，胜负兀自未分。

正在关键时刻，忽然又传来第三个斡离不向南路进兵，张令徽全军不战而降，刘舜仁部不战而逃，通州已被金军占领的消息。这个消息对阇母来说，来得十分及时，它起了最后一击的作用，既击败常胜军在河岸边的奋死抵抗，也粉碎了郭药师本来就不太坚定的抗战意志。他考虑到后路已受威胁，顷刻间就有全军受歼的危险，现在还残留的两万多名战士已是他手里最后的本钱，一定要把他们保存下来。他急忙下令，在金军的第三个斡离不截断他的后路以前急速撤退，一直退到燕山府东门以外，才停下脚来。

酝酿了两三年之久的常胜军与斡离不军之间的较量，只花了半天时间就见分晓。常胜军先胜后败，金军先败后胜。常胜军并非没有战胜的机会，但它被自己的叛徒和斡离不巧妙的战略安排破坏了。金军的胜利与其说是军事攻势的胜利，还不如说是政治攻势的胜利，与其说是斡离不的胜利，还不如说是刘彦宗的胜利。

郭药师、赵松寿据以制订今天作战方案的那份敌方情报是一份假情报。它是刘彦宗精心结构的杰作，又通过郭药师自己派去的细作回传给他，达到欺骗、迷惑他的作用。

这份情报说金兵准备分兵南北两路，拂晓渡河攻击常胜军，这一条并不假，假是假在两路金兵的兵力和人员配置上。

郭药师把重点放在他自己所在的北路军上，而金军的计划则以兀术、阇母领偏师牵缀郭药师的主力，斡离不率领大军直逼张令徽、刘舜仁，迫他们投降后，攻占通州，截断郭药师大军与燕山的联络，以获取大功。

郭药师明知张、刘不可靠，但他错误地估计了自己对他们的威信，认为只要自己不发令投降，张、刘绝不致临阵降敌。他还相信自己抢先渡了河，以赵松寿的主力打败了斡离不，大局可定，南路一军无足轻重，即使让一部分金军过河，他回师一扫就可把它消灭掉，根本不影响大局。

他万想不到，金军临阵调包，与赵松寿在吴雄寺大路上激战的第一个斡离不是四太子兀术，在河岸边与皇赍合军谋杀赵松寿，后来又与自己激战的第二个斡离不是都统国王阇母，两个斡离不都是假的。

把兀术看成斡离不，确是中了金人愚弄之计。金人有意迷惑，把斡离不的旗号、偏将都借给兀术使用了，造成假象，以吸引宋军的主力，减轻南路压力，至于把阇母看成第二个斡离不，却是宋朝将领自己的误会。本来高颧深目的瘦高个都统国王阇母，在外形上与“撒合辇、仆古”[1]有相似之处，但都统与监军不同，国王与太子郎君不同，常胜军枉自与斡离不对峙多时，临阵之际，还有人发生这样的错误，而主将郭药师等不察，信以为真，这也说明常胜军在谍报工作上、在了解敌情上都存在不少问题。

只有第三个斡离不才是真的。黎明前的一阵大雾帮了金人的忙，他们交叉行军——原在南路的阇母、兀术北调，原在北路的斡离不南调，在大雾的掩蔽下，竟没有被常胜军发觉。事实上，昨夜刘彦宗已派了几个密使分别与张令徽、刘舜仁、皇贲等人联系临阵投降，都得到他们的首肯。就中皇贲表现得最为“积极”，他通过密使问：“太子郎君要生底（的）郭药师，还是死底?”只有皇贲临战前被郭药师调为北路军接应，这一着却不是刘彦宗事前预料到的。经过一番秘密商量后，皇贲牺牲一个使者，再加上自己去送死的任杰，阴谋用一阵乱箭射死赵松寿，为金朝立了一大功。

斡离不南路军渡河后，受到张令徽摆队欢迎，并且身为向导，导引斡离不攻下通州。通州攻下后，运河切断，郭药师的军队已无能为力，宋金第一个大战役事实上已告结束。以后斡离不只要把已经兜在网里的鱼儿取出来放在砧俎上切脍就是了。

张令徽、刘舜仁（他的行动受到郭药师派去亲信将领的监视，没有得到投降的机会，后来与郭药师一起撤退至燕山城外）、皇贲这些狗彘不食其余的民族败类，其行径十分丑恶。但他们长期来受到郭药师的包庇，在某些场合中，正是郭药师自己鼓励他们去和金寇勾搭的，今日的突变，正是当日纵容、鼓励的必然结果。

[1] 女真话，撒合辇意为黝黑的，仆古意为瘦长的人，撒合辇、仆古是斡离不的自称。

[1] 唐朝中期抗击安史叛乱集团的名将李光弼、郭子仪。

5

蔡靖从三河前线驰回燕山时，心里也有点后悔此行是多此一举。

如果他提出主战，郭药师不同意，他有什么办法？如果他提出主守，郭药师偏要出战，他又有什么办法？现在主动权完全操在别人手里，别人不但不需要征求他的意见，甚至也懒得把决定告诉他，任他去胡猜一气。蔡靖的地位确实是十分可悲、可笑的。

不过他去一趟也有好处，那是对朝廷有个交代。大员和名医一样，实在医不好病，只好尽尽人事，开张药方，将来病人死了，对病家有个交代，也就于心无愧了。

既然郭药师的战守都不要他管，降，他又管不了，他们回家后，他当夜就与属官幕僚们开会商量今后自处之计。

论到“自处”，别人不管，他蔡靖幼读圣贤之书，长明华夷之别，身为朝廷大员，怎可丧志辱身，投降金虏，上贻祖宗之羞，下为门户之累？当时在幕僚属官面前，他就表示了一死殉职的决心。不过对于吕颐浩用唾沫写在案几上的“走”字，倒也有些怦然心动。死是不得已的，“走”却不失为通权达变之计。当然要“走”思想上先要做好受到朝廷谴责的准备，罢官削职，流放南服，都是意中之事。大不了吃他两年苦头，将来还有出头之日，比死总要略胜一筹。因此当他语气十分坚决地表示了必死的决心后，又松过一口气，委婉地暗示大家就“走”的问题再考虑考虑。

转运使吕颐浩、转运副使李与权、廉访使梁兢等大官或明或暗，都是主张走的。就中梁兢主张最力，他还有一套振振有词的理论，说道：“昔唐室之乱，李、郭[1]诸将，也曾有退保者，卒成大功。燕山可守则守，不可守则暂保真定，与刘安抚合兵，徐图进取，也不失为上策。”

这条“上策”受到参谋沈琯的反对。他说：“走有生之道而未必不死；守有死之道未必不生。若出城以后，为金人所杀，或被常胜军执俘，仍不免一死，其辱更甚！不如守城一死为愈。某决心追随大学，死于城内，以此为荣。”

沈琯说得十分激昂，蔡靖听了大为动容，当下就对沈琯说道：“靖今日决死，他年可入《忠义传》，公不畏死，也可附在我的传后了。”

反对逃走的还有蔡靖的妻舅、幕僚许採，他在会场上义正词严地指出：“大学乃封疆大臣，守土有责，自当以死守之，岂可与他人相比?”会后又悄悄地告诉蔡靖道：“吕颐浩等人为自安之计，早就打算挈眷出城，逃命苟活。今出此荧惑之议，万一朝廷有行遣，必以公先动为言，把罪责全推在我公一人身上，卖公自售，不可不察。”

许採这席话把主张蔡靖出走的诸人的心理刻画得淋漓尽致，将来事实也必然如此。蔡靖一想何必为了苟活数日，坏了自己的名声，却去成全他们逃命？当时他下定决心，准备一死殉节。

晚晌得到消息，常胜军已封锁燕山城各道城门，军民官吏，商贾士子，没有郭统领手令，一概不得进出城门。此外，府衙和家门都被监视起来，进一步限制他们的行动。他偷偷摸摸再一次把幕僚召来开会，会上大家一致痛骂：“轧荦山居心叵测可诛!”这次会议开得好，“轧荦山可诛”的结论，大家意见完全统一，并无异议。这在向来各持一说、分歧百出、争论不休的宋朝官员的会议中，可算是一个例外。

现在是要走也走不掉了，只有死路一条，只要死得太平一点，死得体面一点，还比提心吊胆活着的日子好过些。蔡靖想通了，居然落枕就睡，鼾声大作。

第二天早晨，他还在睡梦中，忽然手下经常争论不休的两派人一起跑来报告他一个相同的消息。夜来郭药师出兵渡河，鏖战金兵，获取大捷，目前正在追亡逐北、扫荡残敌之中。

“这个消息可是真的?”他衣服犹未穿好，先就慌张地问。

“千真万确!”两派人一齐回答。

“此话可靠?”他再问一句，不由得已经喜上眉梢。

“可靠，可靠之至!”两派人又一齐回答。

这真是奇迹出现了！就是这个目无长官、目无法纪的“轧荦山”，亲手把他推进一条死胡同。如今一战得胜，解铃还须系铃人，重新又把他从死胡同中拉回来了。现在他考虑的不再是寻死觅活，而是怎样精心撰构一篇告捷疏，除盛推郭药师的战功外，也要巧妙地把自己和属官的功劳一并叙入。这件事就交给儿子松年去办。

这时蔡靖得意忘形，连声索马，要亲自跑到三河前线去迎接郭药师的大军凯旋。他刚把靴子穿好，儿子松年提醒他，城门口的岗哨未撤，昨天打了半天交道，好容易才特许出城一次，今天前线已发生战争，戒备特严，再要出城，恐怕守军又要啰唆。蔡靖一想不差，今天是出城不得了，不得已退而求其次，想带着僚属一起登到东城门城头上去观战。妻舅许採又说不行，府衙门口的监防哨不许大学随意走动。这个许採好像是只白头老鸦，专报凶讯，不报喜讯，好不令人丧气！这时他手下的两派人又激烈地争论起来，许採说一定出不得府衙大门，“勾当安抚司公事”吴激说一定出得。许採说大门口新来的军官，一脸杀气，难于通融，吴激说天下哪有不爱钱的军官，多许些金帛与他，谅无不从命之理。空口争论无补，许採采用激将法要吴激去打交道。这一激果然成功，吴激很快就把这次“公事”“勾当”回来。满脸杀气的军官居然答应在他本人和部属的保护下，蔡安抚可以携带僚属上东城门观战。办好这件交涉，吴激得意得满面通红，仿佛他就是打败斡离不凯旋的大将军一样。

蔡靖对死亡下的决心本来就不很大，现在活机来了，当然显得特别轻松愉快，带同大队人马以及他的监防者高高兴兴一起驰至东门登城观战。

他们在城头上只看见迤东一带烟尘滚滚，马蹄掀起的灰沙遮天蔽日，把一切都包裹起来。蔡靖指着那团灰沙，问僚属那是什么地方，有的回答是燕郊，有的回答是夏垫，有的断言那里一定是金寇的大营所在地马坊。有人对马坊的地名提出怀疑，说在白河东岸只听说有个牛司，却没有马坊，而且金人的大营也不在牛司而在观音庙。这些僚属都是蔡靖从南方带来，平时郭药师不许他们过问军事，他们自己也乐得省力，对于迤东、迤西、迤北一带究竟有哪些军事要地，有几条河流、几处关隘，一直都懒得去打听，所以此刻的回答，竟是言人人殊，莫衷一是。

蔡靖又问：看起来这一派烟尘是由东向西，还是由西向东？由西向东，意味着常胜军正在追亡逐北，正在扩大战果；由东向西，也可以解释为郭药师已牵师凯归，总之都是好消息。不过，这一派烟尘滚来滚去，他的目力不济，竟看不准滚动的方向，只好请问僚属。可惜这些僚属，有的工撰奏牍，有的擅长歌曲，吕颐浩、李与权管钱粮调度，梁兢管刑名司法，幕府人才之盛，可说极一时之选，却没有一人专长军事的。只有种师中推荐的沈琯颇有一些军事知识，可惜今天又没随来。现在蔡靖提出这样一个问题，大家又回答得五花八门、南辕北辙，听得蔡靖更加糊涂了。

最后有人怪到东城门地势卑下，非高瞻远瞩之所，甚至说到这里的风水也不好，死人葬了，三代之内不会出一个五品官。于是吕颐浩建议登北极庙的凌云阁上去看一看。那座阁子高达五层，顶层有一块“凌云绝顶”的匾额，还是前朝陈子昂的手笔，到那里去眺望一定可以看得清清楚楚。在经过几天监禁生活后，这样一个建议是深得人心的，大家都十分赞同。在征得监防哨军官的同意以后，他们又一阵风似的拥到北极庙，无心上大殿去礼三宝，直登凌云阁。

不过凌云阁纵使离地面一百尺，也仍然不能为他们提供一个满意的答复。极目东眺，远远看去仍与在东城门上看到的一样，到处是滚滚翻翻的烟尘，到处是遮天蔽日的灰沙。一会儿看来好像近在眼前了，一会儿又变得远在天边。大家议论一番，有几个人又争得面红耳赤，结果还是不得要领。

但从早上传来大捷的消息以后，一直没有新的消息继续报来，更看不见有大军凯旋的迹象，大家又开始担起心来。

这时晌午早过，日影逐渐西斜。大家劳累了半天，才有人想起还没有吃饭。军事时期，北极庙的僧众四散，搜空了香积厨竟办不出一桌可以吃的素斋。有人提议，既然城外没有确报，何妨派个随从出城去打听打听。这个建议没有得到那军官的许可，只索罢休，且打道回府，再作计较。

这时蔡靖忽然对他府衙门口站班的那个监防哨军官发生了兴趣。在归途中不惜屈安抚使之尊，对他的部下的部下——不知道要隔开多少层次——的军官亲热地说起话来，不但问到他的妻室儿女，还问每月的请受若干、能不能按时领到等。叵耐那个军官铁石其面、铁石其心，架子竟比他的上司的上司郭药师还大，问了三句，回答不到几个字，看来此路不通。

蔡靖再接再厉，回家后把妻舅许採找来，要他再去试试。颇有一点刚劲儿的许採敬谢不敢。蔡靖再去把原经手人员吴激找来，让他多许金帛，再疏通是否可让他们派个干办出城去打探消息。

这一次，军官直截了当地拒绝了，吴激得到的回答是十分冷峻的一句话：“今夜且关上大门安睡，明日听统领吩咐。”

这一夜要蔡靖“安睡”是不可能了，他千思万想，一颗心犹如打井水的吊桶，被辘轳牵上放下，放下牵上，上上下下，忐忐忑忑，竟没个安顿处。

如果郭药师打胜了，他当然不会死。

如果郭药师正如他们下午就担起心来那样地被打败了，投降了斡离不，那一定要把自己送给斡离不，作为进见之礼，也不肯让他死。

降虏苟生，他是绝对不能考虑的。等到郭药师战败进城后，要死也死不成了，真正要死，除非马上就死。现在他还保留死的自由，一剑刎颈就可解决问题，壁间悬着的那把宝剑，打磨得锋利非凡，见血即死，顺手摘下来就是。倘使看到流血可怕，去找一壶鸩酒，或者一绳悬梁倒也方便。不过选择在这个胜负尚未揭晓的时候去死，万一郭药师打胜了，他应该得到的荣华富贵未曾到手，倒先白白地去送命，将来留在青史上，也是一个天大的笑话。想来想去，马上去死的想法是绝对不可取的。

现在不再是他手下的两派人打架，而是他自己腔子里的两颗心——或者是一颗心的两半在打架了。

死还是活？马上就死，还是等到要死而不可能的时候再去死？活，要怎样活才能活得体面些，活得可以对得起自己的良心？这些看来都是不可解决的矛盾。经过一夜翻腾，他终于在一线隙缝中看到解决的希望。

马上去死的可能性已经排除。过了今夜再要死也死不成，看样子是只能活下去。活下去就要成为降虏，这个，他还是不能考虑，但如果别人一定要他投降，这种把责任推给别人因而使自己的内疚可以减轻一点的投降，却是另外的一个问题了。好像他绝不愿苟生，但如果别人一定不让他死，这种让别人来替他负责的活命，比起“苟生”“偷生”来，总还体面些，至少是罪减一等，这也还是可以考虑的。至于圣贤的教训，华夷的大防，虽然铭心刻骨牢记心头，但它们毕竟是些空空洞洞的东西，可以用来教育子弟，可以用来著书立说，至于是否言教身教、身体力行，又是另外的一回事了，言与行本来就是两回事。

蔡靖翻腾了一夜，直到黎明前，才算得到一个朦朦胧胧的结论，自己也就迷迷糊糊地睡着了。

6

第二天确息仍未报来，局势更加混沌。

城内为数不多的常胜军还能力持镇静，劝告居民毋得惊扰，但是居民们到处打听消息，一会儿传说张令徽、刘舜仁无耻降敌，一会儿传说赵鹤寿、赵松寿兄弟以身殉国，他们互相走告，掩盖不住内心的惶恐。常胜军采取严厉的措施，白日戒严，禁止行人在街道上往来。

中午以后，对官员们的监防又加紧一步。除蔡靖一家外，他的幕僚属吏一概撵出府门以外，顿时内外隔绝，不通信息。这促使蔡靖把朦朦胧胧的结论更趋向于具体化，而那些空空洞洞的圣贤之训、华夷之防，也变得更加虚无缥缈了。

这时他蓦地想起旬日前接到清州被占的消息，当时留在界首的接伴贺正旦使傅察被俘不屈，骂贼而死，副使蒋噩、武汉英髡发易服，泥首乞降。傅察是自己在太学中的同舍生，后来又在礼部共事多年，生平以节义相砥砺，可称得是个畏友。他被四太子兀术杀死后，从人回来传达他的死状，大义凛然，与副使们相较，有泰山鸿毛之别。把这件事上告朝廷的奏章就是他亲手撰制的，写得淋漓尽致，以期不负死友。当时自己朗声读了几遍，也十分感动。在奏章中，他痛斥蒋噩、武汉英面缚阶前，觍颜偷生，曾狗彘之不若！表彰义烈、斥责奸佞，自问持论甚正，析义甚精。此刻一层朦胧意识蒙上他的头脑，竟有些迷糊起来，忠佞之间的界限也不像旬日前那样黑白分明了。现在他的想法和草疏那会儿已经有相当大的变化。

“之明刚直博大，正气磅礴，死得磊磊落落，朝廷自有恤典。蒋噩、武汉英临难之际，勉应危局，也亏煞他们，只是生死一层未曾看透，尚有一间未达，倒也不可厚责他们。”

要达到生死关头的那一“间”，固然很不容易，已经达到过又回出来，再要“达”进去，那更加是难上加难。看来，随着他的持论的改变，这一“间”是永远达不到了。

晚晌时刻，那个面如铁石的军官忽然闯入府来，换上一副笑吟吟的面孔，邀请蔡靖父子前往郭药师家中赴宴，他说是：“副使有屈安抚至府中宴集。”

郭药师虽为燕山路安抚副使，他手下人一概称他为统领，副使这个职衔早被人们遗忘。如今这军官改口称副使，那非出于他本人的特别关照不可。郭药师机诈百出，这一表示谦逊的称呼，一定有他的道理，为吉为凶，一时尚难逆料，但足以证明，他本人确从东城外回来了，距离哑谜揭晓之期已经不远。蔡靖怎敢怠慢？急忙携带儿子奔往“同知府”赴宴。这座同知府据传还是当年安禄山在卢龙节度使任上的旧第。安禄山、史思明相继为大燕皇帝，即就节衙改建为皇宫。它经历了三百多年的沧桑，中间迭为王府、留守府、皇宫，现在改成同知府后，仍然是府第潭潭，棨戟森严，比蔡靖所居的府衙不知要壮丽多少倍！一踏进它的门口就会使人不自禁地产生能不能再出来的恐怖感。

安抚司主要的文官和幕僚都被召来赴宴，酒筵摆开，果然丰盛，奇怪的是始终不见主人之面，连常胜军的二等将佐也没有露面，只有一个小小的文官王枢殷勤作陪。酒席一散，又是那个小军官出来打招呼，说：“副使传话，请诸位都留在同知府里过夜。”实际上都被软禁起来了。

自从在三河县见过郭药师以后，蔡靖经过极其复杂的思想斗争，在生死关头的参悟上经过好几个反复，现在是一个朦朦胧胧的意识占上风，那就意味着斗争已经结束。现在的形势已经十分清楚，晚上不但禁止回家，即使关在同知府里也有人相伴，免生意外，那么他要死的自由也已丧失。这一夜他睡得多么沉酣！

以后发生的事情，正如人们意料，是蔡靖这一点朦胧意识的合乎逻辑的具体发展。他、郭药师，以后还有斡离不似乎在演一出三方面都默契在心的喜剧。

初八，郭药师终于露面了，他眼泪一把、鼻涕一把地对众人表白：“药师非不尽心为国，前日鏖战，尽心殚力，仍不免一败，乃诸公目睹者。今日归顾大金，不能与朝廷诸公全始终之义矣！事非得已，天地鬼神，实鉴我心。”然后单刀直入地劝蔡靖道：“大学不得已，莫且降否？”

“下官以死报君，是岂可为？”

蔡靖一面回答，一面就从从人手里抢把佩剑自刺。在这个场合，用这种方式来自杀当然只能是一种象征性的行动。郭药师拉住他的肘臂，奇怪的是已经传为国殇的赵鹤寿忽然也从右边跑来，一把拖住蔡靖的腰。

“赵观察是你……你……”蔡靖吓得向后倒退两步。

这个在燕山养病的赵鹤寿忘记父母兄弟之仇，此时已被郭药师拖下水了。他不无觍颜地打圆场道：“即是大学不降，且再商量。”

郭药师在降官中间已经找到一个他需要的谯周[1]，昨夜的一顿断头宴，一半就是为他润笔。儒林郎王枢十分卖力地草表道：“待时而动，动静固未知其常；顺天

[1] 三国时蜀汉的大臣，以专草降表出名。

者存，存亡不可以不察。”“臣素提一旅之师，偶遭百六之运；亡辽无可事之君，大金有难通之路。”“昔也东争，虽雷霆之怒敢犯；今焉北面，祈天地之量并容。”这是一个文人能够写的最没出息的文章。郭药师看了大喜，当夜就送去给斡离不。次日，郭药师又来见蔡靖，商量与斡离不相见之礼。

这一次蔡靖的态度稍有缓和，他先是要求免见，“既就拘执，何必更降？见时用何礼数？”然后又提出“靖若死，举家骨肉告相公缢死，一坑埋之”的要求，虽然也说到死，语气之间，不像昨天那样的决绝了。郭药师心里明白他的投降是要经过三揖三让，才能实现的；他的死志，也要经过多次乞免，一再哀求，才答应有保留地从缓，颇有死刑缓决的味道。郭药师看在安抚使的一颗大印面上（这是送给斡离不的一笔重礼），只好十分迁就他。后来再一次谈到见斡离不的礼数，蔡靖的口径又松了一大步，说是“若太子肯议和，靖为生灵之故，不惜两拜”。有了这句话，郭药师诱降的大功才算告成。

郭药师要投降，在降表上拉出“天”与“时”两头替罪羊，蔡靖愿意屈膝，其动机是为生灵，他们的做法虽然各有千秋，机杼用心，却是一致的。

最后的障碍扫除了，第二天大家见面时，蔡靖果然屈下了关系到燕山一路百万生灵的双膝，向斡离不拜了两拜。斡离不客客气气地把他搀扶起来，招呼他上前，两人谈了一些其他汉人听不到的话。当时看到他们密谈的郭药师、张令徽、吕颐浩等人心里都七上八下，唯恐他恩将仇报，忘记了对他的救命之恩，反而在斡离不面前投石下井，要他们好看。不过，他们的密谈已被封入历史疑案的档案袋中，谁也不可能知道它的内容了。只知道以后蔡靖被留下来，仍旧主持燕山一路的民政，却没有什么正式名义，成为一个受到谅解的特殊形式的降官。

所有这一些都在意料之中，都是合乎他的逻辑的顺利发展。他似乎还在表彰自己始终忠于宋室，不负赵皇，把自己的被迫投降与别人的甘心事虏区别开来。不知道后来的大金朝廷是否也把这两类降臣加以区别而对前者特别优待，这也被封入历史疑案的档案袋中，无从妄测了。

北宋末年，两河重臣三安抚之一蔡靖的曲折心情和委曲降敌的过程很有点像春秋时期起先不愿辱身为仇人臣妾，后来又不得不委曲求全，觍颜事仇，终于做了楚王小老婆的息夫人。他们的屈膝事仇，是颇有典型意义，很值得为他们树碑立传的。

蔡靖、郭药师、斡离不三方面的表演都没有出人意料，只有在论功行赏之际，斡离不起先认为张令徽的功绩在郭药师之上，宴会席上，把张令徽的座次排在郭药师前面。这是对郭药师观望一战后再行迎降的惩罚。后来谈了几次话，郭药师又自告奋勇，愿为伐宋前驱，斡离不这才发现郭药师的利用价值绝非张令徽能望其项背。明智的斡离不立即改变态度，把张令徽留在燕山府当一名无足轻重的闲官，而派郭药师率常胜军一千名，随军南下作为向导。

在燕山府逗留了四天，这支经过休整的大军，踏着漫天大雪，径向黄河边进军。

第三十二章

［一］贺若弼，隋将，上《平陈十策》，后参加平陈之役。

1

从“海上之盟”与女真诸首领谈判以来，马扩就认定女真人一旦得志灭辽以后，必将转而谋我。他的这个观点与上司谈过，与同僚、朋友谈过，与西军中诸统将谈过，后来留在京师，备官家咨询顾问时，又曾多次上奏，说与官家知道。

随着时势的发展，他的这个观点更加明确了。在燕山惨复以后两年多的时间中，他全神贯注地注视着金人的动向，他的一切活动包括对朝廷、对宣抚司、对义军、对家庭的建议、劝告、措置、安排等莫不针对这个中心而考虑其对策。

可以说当时在宋朝很少有人，或者竟可以说当时没有一个人能像马扩这样对金人的入寇做好充分的思想准备的。

即使这样，当他在西山和尚洞山寨中，乍听到金兵已经出动的消息，也不禁为之震愕。这不是在这个根本问题的看法上他已有所改变、动摇了，而是金兵出动之迅速，仍然出乎他的意料，即使他有着长期的充分的思想准备。

最初他估计金兵的出动要早得多，两年前完颜阿骨打逝世时，金军已经做好南侵的一切准备，由于内部的调整、女真贵族之间的权力平衡，推迟了出兵时间。一年多来，前方时紧时松，金军调动频繁，军事大员仆仆于平州、云州道上，似乎随时可以入侵，而每到危机扩大，地雷瞬将爆炸的一刹那，金人忽然临时来个紧急刹车，把战争制止了。这好像是抄隋文帝时大将贺若弼所上《平陈十策》[1]的老文章，多次发动假袭击，一方面试探对方的实力，一方面要造成敌人的麻痹大意，然后大举深入，一战成功。刘彦宗也给斡离不献过《平宋十策》，看来也会有此一策。这一策果然见效，它麻痹了许多人的思想，甚至也影响到像马扩这样警惕性很高的人。事实证明马扩在山寨中所做的预测还是不够准确的。

特别当他回忆起十一月中，他曾受命与辛兴宗二人以国信使副的名义入云州与粘罕相见。当时他们看到金军南侵的迹象已十分明显。他回太原后，力言战势已成，劝童贯速为应变之计。童贯还有些犹犹豫豫，将信将疑。而马扩自己呢？惑于粘罕还要于十二月初派使来太原谈判的假象，认为使节们一来一回，大战总要在月底年初才可能发生。这就怪不得他乍闻战争消息时，要十分震惊了。

那次他们衔命北上，表面上是争蔚、应二州之地，实际上是探虚实。由于童贯在军事上还没做好准备（其实童贯永远不可能做好准备，他要准备的无非是拔脚逃跑罢了），他们的立场十分软弱，这又是一次棘手的谈判。

粘罕接见他们时的态度非常骄倨，他问："宣抚司回文中不说别事，二位承宣到来，有何事理会？"

马扩提出："自童宣抚接替谭宣抚以来，主张和好，使两界士民安乐，各享太平。今特遣某等来问，不知山后[1]土地取甚日交割？"

粘罕且不谈交割山后土地之事，忽然怪声大笑起来，笑了一会儿，才毫无礼貌地说道："你家更无人可使，却只委内官。"

谭稹、童贯都是宦官，宦官是在生理机能上加工，丧失生殖能力，以便在官家左右及内廷给使的人。他们是生理上有缺憾、心理上失去平衡，因而发生变态的人。北宋后期，先派宦官李宪出任西北方面的军事长官，后来又变本加厉，先后任童贯、谭稹为河北宣抚使。堂堂宋朝，文武两途，素称多士，竟找不出一个可以任事的大员，翻来覆去，还是这两名宦官，怪不得粘罕要不客气地当面嗤笑了。然后他又咄咄逼人地说："你家尚待要山后之地，交割蔚、应二州？我若与了你，叫二州的百姓往哪里去存身？"

以杀人纵火、扫荡城乡为乐的粘罕居然学会了汉人一套的门面话，"为民请命"起来，这倒真是咄咄怪事了。听他说到二州的百姓时，马扩的脑海中立刻浮现起那年他在蔚州城外看见的母女两副相互搂抱着的骨架，他的眼睛里不禁冒出火来。

"国相说到百姓存身不得，煞是好事，马某此来，就是为百姓请命。记得昔年往来蔚、应二州时，亲眼看到城内外白骨如山，却无几个活人在那里存住。这岂是我大宋兵干下之事？国相久驻云中，当知其详。"

这是义正词严的责问！蔚、应二州向为粘罕的防区，那里并未发生过重要战争，被屠杀的都是无辜良民。那里的金军杀人如麻，身为主帅的粘罕，推卸不了罪责，当时他装痴作聋，佯作不闻，反而进一步强词夺理地说："山前山后乃我家旧地，岂可相让？你家土地，却须割取些来，方是省过之道。"

"国相言语相挑，莫非决心背盟用兵？兵戎之事，我岂惧尔？"

粘罕又一次不怀好意地哈哈大笑起来："马承宣，你须忘了，俺倒不曾忘记。你国中大将如刘延庆等辈纵有十个百个，又怎能挡住我大金的雄师？"

马扩听了他的诮让之词，神色不变，徐徐说道："国相想已忘了，俺马扩倒还

[1] 燕云十六州在燕州附近的称为山前，在云州附近的包括蔚、应等州称为山后。

记得，我国中不尽是刘延庆等辈，也还有韦寿佺、李臣等人。如今两河地界，义军遍布，韦、李之徒，不啻千百，国相如果真去进攻，岂不又要吃亏了。”

马扩针锋相对地与粘罕斗了一斗。粘罕脸色顿变，自己嘴里叽咕几句，就由从人传话道：“国相吩咐你使副只今便辞，旬日间我遣使人报聘，就宣抚司商议大事去也。”说罢就悻悻而退。

当天晚上，金朝的外交谈判老手撒卢母代表粘罕设宴为马扩、辛兴宗二人饯行。意料不到的事情是，向来守口如瓶的撒卢母，大约酒喝得多了，劝酒之际，忽然漏出一句真话：“我朝接待使人只此一回了。看在多年周旋的分上，马承宣不可不干此一杯。”

一个多月来，金人停止了边境挑衅，在使人往来中，气焰也略见收敛，如果说那是因为入侵的具体准备还未完成，那么今天粘罕和撒卢母赤裸裸的说话表明暴风雨前夕的平静即将告终，军事侵略行动即将开始了。

那次出使，谈判山后交割，完全失败，但就试探金人的真实意图这一点，还是有成绩的。在这以后，马扩对宣抚使、对家人、对义军诸头项预言金寇必至的根据就在这里。即使这样，在推测金人入寇的具体时间上，他仍然犯了保守的错误。

2

马扩从真定回太原宣抚司的当夜，就去找童贯回报刘韐不愿拨军之事，不过当金军正式出动以后，这件事已成为明日黄花，即使刘韐愿拨，时间上也嫌太晚了。

马扩出差云州回来后又去真定公干，外加自己去探亲，童贯一共只给他十天假期。他在山寨中听到金军出动的消息，心焚血注，等不到假期届满，就提前赶回司里，这一天是十二月初六。根据常识判断，既然马扩已从山寨中得知金人入寇的消息——它已兜了个大圈子，身为宣抚使的童贯不可能还被蒙在鼓里。不过童贯的确没有把这个消息告诉马扩。

马扩忍耐不住说到他在真定道上听说金人已经出动，于攻陷蓟州后向燕山府进军的消息，童贯还是假装糊涂，说了一大套什么像这样的谣言，每天都有，都要相信起来，你只能跟在它屁股后面转等话。然后告诫马扩道，这等无根之言，休得外传，以免动摇军心。接着就指派任务给他："昨据代州关报来，金元帅府差撒卢母、王介儒两人为使副前来报聘，兼与本使计议大事。昨已委了文字机宜宋彦通与辛兴宗二人馆伴，又恐他两个疏于职事，应对有差，误了大事。难得廉访今日赶来，就烦廉访前去应付两日，如有所闻，快快报来，撒卢母这厮言语撒野，不谙礼仪，廉访却千万莫将他引来与本使见面，免得受他聒噪。"

马扩喘息未定，又被派去馆伴金使。事实上，在童贯的宣抚司幕僚中间，没有人比马扩被使用得更多了。宣抚司里备了几匹骏马，规定有急差时应用，后来这些差使都推在马扩身上，这几匹马索性就由童贯指定全数拨给马廉访及其随从骑用。几匹马的马蹄铁都磨损了，以至不到几个月的工夫就得去重换一副。宣抚司的僚属们把这些看不见好处的差使都推掉了，乐得窝在家里纳福，但是马匹全让马扩占用，这小小的一点权利既涉及物质利益也有面子问题，却使他们很不高兴。有人说："宣抚司偌大的一个衙门，只消有个马宣事，就把全部公务包揽了，其余的都是酒囊饭袋！"说这句话的人把眼睛去瞟瞟在司里素有酒囊饭袋之称的孙渥、范讷二人。"早知如此，不跟宣相出来走这遭也罢！"有人说："人家有了这副巴结劲儿，才巴结上一个廉访使。你凭什么眼痒，就凭你这点功夫，忙杀了也还是个小小的录事官。将来双脚一挺，两眼翻白，进了棺材，柩头前的题旌仍然逃不出大大的七品芝麻绿豆官，下一辈子也盼不到什么使什么使的。"

不提这些风言风语，它们听来似乎也真带有一点酸味和辣味，拌起来，制一份酸辣汤，想来幕府中人都需要分得一杯羹醒醒头脑的。

可是马扩虽然被童贯使用得最多，却不等于受到童贯的信任。

大官们驾驭幕府夹袋中人物都懂得一个要紧的窍门，首先要把他们分成几种类型，分成几层层次。盘根错节、疑难杂症固然需要干练的人去办，凡是涉及本人隐私之事只能与几个最亲信的人商量，把两者的界线搅混了，就要坏事。

譬如这次金军出动的消息，童贯早于四天前就知道了，他只让最亲信的幕僚宇文虚中、王云、宋彦通等几个人知道，并把自己心里的打算与他们秘密商量。这个消息是瞒不住的，这两天在太原府已经沸沸扬扬，大家传说得很多了，童贯对河东路的军事长官张孝纯、河东方面主持军事防务的王禀仍严守秘密，对他们的追问，矢口否认，因为童贯明白让他们过早地知道真相会于自己不利。

马扩是干员，过去、现在都有许多事情要他去办，但由于同样的理由，童贯对马扩也暂时保密。

当他已经知道平州金军出动，檀州、蓟州相继沦陷的消息后，派马扩去馆伴粘罕派来的使者一举已没有多大的意义了，但他还存在最后幻想，斡离不出兵，不等于粘罕也非要跟着斡离不同时出兵不可。即使到了这一天，他们希望河北边界的战争只限于局部战争而不是全面战争。

即使作最坏的打算，粘罕一定要出兵，让马扩与撒卢母周旋两天，拖延了他出兵的日期，也有利于他自己的打算。因此他发出手中这一张最有用的牌，把马扩置于无可用武之地，只能单纯地为自己的利益服务。

这次粘罕派来的两名使节撒卢母、王介儒都是马扩旧相识。

从海上之盟以来，金主完颜阿骨打、大太子粘罕、二太子斡离不、大将完颜希尹等都曾多次直接与马政、马扩、赵良嗣打交道，但平常接伴的一般都是撒卢母。这是一个与他打过一次交道就不想再见第二面的人。但每次出使，马扩还是不得不让他形影相随。他有时谄笑，有时嗔怒，有时没来由地来献殷勤，有时甚至不顾礼貌地把面孔拉长了拒人于千里以外，犹如演剧场上的猢狲，随时都可以从戏装箱里取出他需要的面具戴上，随时变换着自己扮演的角色。这种赤裸裸的虚伪，有时倒也有一点可爱，因为别人知道虚伪的可耻，在伪装以后还要加上一层伪装来掩盖自己的伪装。撒卢母却没有这种可耻的意识，他不怕别人知道他的伪装，因为这出于他的需要。

其实马扩有什么权力谴责撒卢母？撒卢母虚伪善变，满口胡柴，这都属于个人品德上的问题，如果他的这些“缺德”都是为了他的朝廷的利益，那本身就是一种很好的德，何“缺”之有？

有人给外交家下了一个定义是“为了国家利益派到国外去撒谎的诚实人”，外交家本身不一定是诚实者，但他到外面去撒谎却真是为了本国的利益。如果他反其道而行之，把本国的虚实尽输与敌人，那岂不成为“卖国贼”了？譬如这次撒卢母来太原，背着副使把金朝的虚实和盘向马扩托出，他告诉马扩：粘罕与斡离不之间的矛盾，金朝东西两支军队的实力，两路进兵的路线和最后会师东京城下的战略目标，还有粘罕特别惧怕的雁北义军的抗击等，这些都是马扩十分需要的情报。对这样一个背叛本朝利益的贼徒，马扩岂不是要深恶痛绝、看不起他的为人？更加谈不到做朋友了。

个人的品德有时要和国家的利益发生矛盾，把国家利益放在至高无上地位上的马扩仍然非常看重个人的品德，因此，在今后的历史发展中，马扩常常陷入这方面的迷惘而不可自拔。

还有与撒卢母同来的王介儒也是马扩的旧识。当初萧皇后决定归降宋朝时，就派王介儒随着马扩一起南来。在兰沟甸大战后，宋辽双方无法进行外交谈判了，王介儒还在雄州城里住了几天，一直由马扩馆伴。他为人善于思考，深思不露。当时马扩对他的印象是一个老练的官员，在外交谈判中可能是个劲敌。与他们打交道，需要步步小心，一点不可放松。

童贯虽然不希望与两个金使见面，金使却不容他躲避，他们到达太原后，说是奉国相之命，一定要面见宣抚议事。宋彦通拗不过他们，只好带去见童贯。

撒卢母见了童贯，以极度傲慢的态度出示粘罕派他赍来的军书，除照例责备宋朝种种罪名外，明确地写上元帅国相已兴师前来尔邦吊民伐罪。这一句带有宣战性质的话，好像在童贯的头顶上打了一个轰雷。现在他的一切幻想都破灭了。

出示军书后，撒卢母继以十分不逊的语言连珠箭似的攻击童贯，指摘他这个不是、那个不对，根本没有把他的权威性放在眼里。童贯一时手足无措，不知道应该怎样对答才是，谈到最后，还是向撒卢母商量道：“许大国事，且须商量，何故便有此事？”

“军马已起，还有什么好商量的？”撒卢母更加盛气凌人地回答。

最后童贯找到下台的办法，好声好气地劝来使让“馆伴陪去说话，有事但见谕，足可相应”。

凡是看到这番酬答的人，万想不到平日威势十足的童贯一旦看到金使竟变成个矮子、哑子、聋子，骨架几乎都被拆散了的风瘫的汉子。幸喜马扩没有在场，宋彦通又是个极通世故的老幕僚，最善于隐恶扬善，不至于把恩相这副窘相张扬出去，这个童贯是放心的。

下午，马扩也来行馆接伴，双方又进行了第二轮，也是最后一轮的对话。在马扩的影响下，宋彦通的胆气略为壮了一些，居然敢提出责问道：“两朝许多时讲好，如今贵朝不通些耗，便起兵前来，是何道理？”

所谓“不通些耗”，是责备粘罕没有通过外交文书正式“宣战”，就发兵前来，有失道理。不过古代既没有一个对双方都有约束力的“国际法”规定出兵前必须通知对方，这种责备就完全没有必要了。金方是从来不讲道理的，当你责备它不讲道理时，它又会把道理抢过去，反唇相讥，它倒变成是受害的一方。当时王介儒回答宋彦通的责问，就说“只为贵朝有失道理，所以如此”。这是非常典型的强权外交。

“兵凶事，天道厌之，”马扩想把他们的气焰压一下，“今贵朝不顾以前誓好，便先起兵，却不道南朝幅员广大，人力物力充沛，若朝廷有悟，略行更张，你家军马，怎近得我的通都大邑？不过掳掠些近边小民户，日后干戈漫漫，无时停得了。”

这几句空话折服不了金使。撒卢母当即反击道：“元帅国相若怕贵朝的人力物力时，不敢便入来了。”

马扩还待再说，王介儒插入一句道：“事已至此，自家懑在这里斗口作甚？承宣若能劝童大王急行奏请，只且割与河东、河北土地，以大河为界，存取大宋宗庙社稷，这就是承宣的尽忠报国了。”

这是金朝第一次提出讲和的条件，好大的口气，想要不战而尽得两河之地。在这种场合中要反击他倒也不难，马扩不怒而笑道：“贵朝欲得两河之地，此事不难，只要贵朝把会宁府[1]送上，两相调换，有何不可！”

马扩一句火药气十足的笑话结束了这一场本来就不可能有什么结果的谈话。

马扩、宋彦通出馆后，具告童贯。童贯惊魂未定，急令他们写个书面报告，以备上奏。他自己就把宇文虚中、范讷、王云等几个亲信幕僚留下来密议。

在这几个幕僚之中，只有新来的中书舍人王云胆子最泼，敢于言人之不敢言，

[1] 会宁府是金朝的首都。

为人之不敢为。童贯就是凭这一点，把他引入幕府、视为亲信的。他说道："金人欲得我两河之地，才肯罢兵，此事未尝不可商量。大王何不就此上奏，看看官家之意如何，马子充不识起倒，不明事理，遽以言语伤人，此事关系匪细，恐金人又要借此生事，不可不严加惩处，以谢金人。"

战争甫起，就主张以两河之地赂敌，这种创风气之先的大胆议论，当时连童贯也没有胆量接受它。童贯推开一句道："王中书既以赂地之议可行，就请你削个奏稿，待俺看来。马子充之事另议。"

童贯自己没有表态，轻轻一句话，却把王云套住了，坐实他的主张。不过王云倒没有什么顾虑，他这个割地赂敌的首创权是不肯轻易转让给别人的。

"皇天不负苦心人"，后来，割地赂敌之议大行，赞成它和坚决反对它的两派人，果然都没有忘记他王云这个首创人。

[1] 乐队。
[2] 权，暂时代理之意。

3

纸包不住火，宣抚司再大也包不住金军南侵的消息。撒卢母等北归后，不到两三天，警耗就纷纷传到太原。河东北部数百里封疆一时尽失，金军连陷代州、忻州，已经出现在太原以北不到一百里路的石岭关。

事实上金朝东西两路军出动的日期，前后相差不过数日。童贯想利用与撒卢母谈判以拖延粘罕出兵的日期，那只是一个梦想，反而是粘罕充分利用了撒卢母与宋朝的谈判，以掩护其出兵略地的真相。撒卢母通过外交途径南使之日，粘罕的大军已悄悄地跟踵而至。它从云中出发，取道怀仁、山阴，旁略朔州、武州，绕过义军丛集的雁北山区，直扑代州，拿获了河东大将李嗣本，接着就向忻州进军。

忻州知府贺权是朝廷命官、守土大员，却最懂得打算盘、做买卖。莫说忻州府是边郡贫瘠之地，他把张孝纯收编的一支义胜军的饷项侵吞一半，就足够抵付送童贯的礼物，本来早就收支两讫。如今金军杀来，他自然不肯把自己的一条性命垫付进去。他急中生智，立刻打开府城大门，传来两部鼓吹[1]，在城门上大敲大打，又备下牛酒花红、香案蜡烛，恭迎金师。粘罕看到了十分高兴，对他褒奖有加，仍令权[2]忻州知府，后来又升官两级。这笔生意做得顺利，本小利大，子母相权，羡利两倍，不禁高兴得逢人就要称扬元帅国相的大恩大德。

兵贵神速，粘罕得了忻州后，更不入城休息，就传令大将娄室长驱直攻忻州以南的雄关重镇——石岭关。

石岭关守将耿守忠，他是从抗辽义军中收编过来的部队即义胜军的首领，他的兵额先被贺权之流的宋朝官员吃去一半，接着自己又吃去剩余的一半中的一半，早已弄得上下交诟、怨声载道。金军一到，这个不“忠”不“义”的义军败类，居然也步贺权之后尘，未经一战，就献关投降。

十二月初七是个不吉利的黑道凶日，事实上从金军入侵以来，对于宋朝再也没有什么黄道吉日可过了。这天上午斡离不已在三河县打败常胜军的主力，决定了燕山府的命运，粘罕也顺利取得石岭关，直叩太原的外围。那两条消息当天还不可能同时传到太原，但连日来谣诼纷纷，真假莫辨，有人说昨日太原城里已发现金军的细作，都被王总管拿来，讯明斩首，号令在北关城门上。有人说郭药师已率常胜军降敌，燕山一路已告沦陷，有的谣言跑得更快，竟说金军已经渡河，东京城危在旦夕了。弄得人心惶惶，气氛空前紧张。

这天早衙时分，太师广阳郡王领枢密院事、河北河东陕西宣抚使童贯，高坐胡床，大会幕僚，遣人去把河东路安抚使知太原府张孝纯、河东路兵马都总管王禀请来，说是有要事相商。自从童贯封王以来，这样摆出郡王的架势，召集会议，也还是第一次。张孝纯不敢怠慢，忙把儿子文字机宜张浃一并带来，且听听童大王有什么锦囊妙计以退金兵。那天王禀正在北关布置防务，不久，也赶来参加会议。

一看张孝纯父子到来，童贯整一整幞头，理一理袍服外面的玉带，咳嗽一声准备说话。他的威势虽足，内心却十分紧张，又有两次不自觉地耸起肩膀来触动面颊搔痒。这个动作与王爷的威严糅合在一起显得很不协调。正在洗耳恭听的张孝纯似乎听到了一声熟悉的匿笑，心里想："这个孙受丹敢是不要命了？在这个时候胆敢笑出声来，岂不怕童贯翻转面皮，问他个谤尊讪上、摇惑军心的罪名？管教他吃不了兜着走！"

张孝纯还在替醉鬼孙渥提心吊胆，那壁厢童贯已经发言了，他三言两语，说得直截了当，并无转弯抹角："金军入寇，情势有变，本使兼顾全局，理当诣阙奏禀官家定战守之大计，来日早衙即回东京。"然后转过头来，对张孝纯道："此间太原之事，就交付与你张安抚、王总管二人摒挡。你等守土有责，千万不可疏失。本使到京奏禀后，即日发诸路军马前来策应，无足为忧。"

张孝纯还当是自己的听觉不灵，听错了话，急忙回头去问儿子。张浃一一向老子回话明白了，张孝纯一时反应过来，忽然从座位上直跳起来，用着比童贯更大的嗓音争道："金人渝盟入寇，大王自当坐镇太原，勾集诸路军马，击退金贼。怎可弃此他往？大王若去，人心骇散，岂不是将河东一路白白弃与金贼？河东有失，河北路也不可保，如此则大局危殆，不堪设想。且乞大王驻司于此，共竭死力，以纾国难。"

"说什么共竭死力以纾国难的话？"对于张孝纯限度以内的反抗，童贯思想上是有准备的，想不到他说得这样激烈，童贯嘿嘿一声冷笑道，"据探马报来，代州李嗣本未发一矢，就吃金人拿去，失陷城池。这李嗣本须是你张安抚麾下的大将，日后朝廷发落行遣，于你张安抚身上却是老大不便，还待本使在官家面前与你弥缝。你保住太原，也是将功赎罪，戴罪立功。本使就怕你防务疏虞，不消几日，太原又成为代州之续了。"

张孝纯为人是压不倒的，越压他跳得越高，话也说得更加尖利了，一句不让。

“今日大局以拒敌战守为重，怎谈得到朝廷行遣发落之事？若论罪责，失陷了河东河北许多土地，大王与某等均不得辞其咎。某挺身赴罪，斧锧自甘。到那时，大王难道就置身事外不成？”说到这里，正好王禀进入会场，张孝纯又高声说道，“王总管你且听着，童大王以太原不可守，不消几天，将成代州之续。正待要弃此国家的重镇并百万生灵，潜行他往。王总管，你职司兵马，且道太原府可守不可守？”

王禀是西军大将，是种师道的左右手，当初留下来，原说以河东之军事相畀，事实上张孝纯相信的还是河东李嗣本等人。他们不肯把兵权让出来，王禀处于客将的地位，又以大局为重，最后只能率西军五千人专管太原城防之事。这几天，大局突变，他成竹在胸，早已有所布置。此时在张孝纯督促下，他起来发言道：“太原地险城坚，人谙战守，非别处可比。如今城防早经部署了，北关新城、东边杨家峪都拨有重兵防守，西、南两面也有接应互援之师，谅粘罕插翅难过。我凭坚严扼，半年之内，必无差池，如有外兵来援，里外合势，必能击退金寇。宣抚还是留在此间，统筹战局，策应燕山、真定两路为妥。”

王禀是个早已定了型的军人，这种人定型以后就不大会改变。童贯二十年前去西军监军时，发现王禀智深勇沉，虑周思密，不轻率发言，言必有中；过了二十年，他仍然如此，或者可说是更加如此了。他的为人也是很有分量的，他的说话也有分量。童贯对他好像对种师中一样，不大敢去惹他。当下撇开了他，专门去找张孝纯发话。那张孝纯又岂是好惹的？双方你一言，我一语，越说越不客气，后来童贯发怒道：“本使只是承命宣抚，不系守土，若攀宣抚在此经营，却要你帅臣做甚？”他揪住颔下的几茎短须[1]，一双三角眼看到宇文虚中、宋彦通几个人身上：“帅臣守土有责，应与地方共存亡，如有闪失，岂能逃脱干系？宇文阁学你道是与不是？”

现在是他自己要滑脚溜走，并非张孝纯要逃脱干系，这个问题问得不伦不类，但这正是做大官儿的诀窍。无道理可讲之处，偏要讲些似是而非的道理，使人不知所云，不敢驳回，这就是他的胜利。宇文虚中无话可对，事实上他倒是反对童贯逃离太原的。童贯却抓住他习惯在童贯发言后不管赞成还是反对先要点一点头的机会，就把他算为支持者了：“宇文阁学也是如此说，张安抚你守土有责，太原守备自是你职分内的事，且须勉力！”然后又气势十足地吩咐僚属道：“本使明日即行，你等速去准备，办好公私善后事宜，明日早衙时分，来此会齐，随本使启程。”

[一] 据《三朝北盟会编》记载，童贯虽系宦官，颔下颇有几茎短须。

张孝纯见童贯不听劝阻，执意要行，这时再也顾不得他的郡王之尊、宣抚使之威，把双袖一甩，从自己座位直走到机宜位中，拍拍手掌大呼道："平时见童太师做许大模样，临到危难之际，却是如此畏懦。全不想自家身为大臣，当为国家捍御患难，一心只图逃窜，算得什么节操？"

几年来，张孝纯受尽童贯的鸟气，都憋在心里，今日一发不可收拾，他拼着一顶乌纱帽，准备叫童贯下不得台。果然把童贯气得怔怔的，双脚乱蹬，口中乱骂。不过这个时候的童贯已经拿不出什么杀手锏了，趁幕僚们把他拦住的机会，大袖一挥，表示散衙了，自己就回进后衙。

张孝纯还不甘罢休，他对儿子张浃说话，声音却冲着童贯走回去的方向，而且特别大声，一定要让童贯听个明白："要性命的都兔奔狐走，却顾不得国家安危，也不管名节扫地了！"然后，他表示决心道："休、休！自家父子，与他死守。"

这个"他"，当然是指北宋朝廷，也可能是指官家本人，反正都是一样。此时此地，张孝纯发此豪言壮语，确实想做个为社稷殉难的节义之臣，将来邀易名之典，谥为"忠节""忠烈"，庶儿无愧，不枉人生一世。

4

张孝纯与童贯争辩的当儿，张孝纯并不期望宣抚司的幕僚们能够挺身而出，力持正义，帮他讲句公道话。不管是平日议论尚有一定是非羞恶之心的宇文虚中，不管是近年来曾在他幕下一起募兵、相当熟悉的孙渥。因为一个严酷的现实，摆在他们面前，旦夕之间，太原就要沦为战场，沦为战场就有被杀受俘的危险。何如名正言顺地跟随童贯逃走，早早离开这块是非之地？既然是宣抚使的僚属，跟着宣抚使本人走路，总是不错的。

只有一个例外，那就是马扩。马扩向来敢争敢言，在童贯面前，不愿苟容自安。如今在要不要童贯留在太原府这样一个明显的是非问题上，张孝纯相信马扩是能够仗义执言，为自己张目的。因此，在他与童贯争辩时，曾几次目顾马扩，希望马扩有所表示。但结果是大失所望了，马扩竟然像其他的幕僚一样，毫无表示。后来张孝纯大骂不顾名节、只图逃命的狐兔之辈，这话固然是冲着童贯而发，但也未尝不把马扩包括在内。

张孝纯绝不是能把自己的想法隐藏在心中，等到考虑成熟后再声张出来的人。特别当自己做了这样节义的表现心情十分激越的时候，当真以为天下人能为大宋朝廷、宣和天子死守封疆、寸步不移的，只有他们父子三个——还有一个在河东平阳府军队中当统制官的儿子张灏。他们是最重要的人，太原是最重要的地方，他们死守太原乃是最重要之事。王禀如果愿意跟他一起死守，把王禀的萤火微光附在他父子日月之明的骥尾后，那还可以考虑。至于像马扩这样临难苟免的人，实在是一钱不值，过去未免把他看得过高，现在马扩即使要留下来，他也未必照准了。

散衙以后，他就把这种想法说给王禀听。

“马子充岂是临难苟免之人？”平日不轻易表态、说话又不会转弯抹角的王禀一句话就挡住了张孝纯对马扩的诋毁，“惜我公与子充同事多日，尚未深知他之为人。子充思虑周详，议论行事，每每出人意料。此事他或另有打算，却非某所能蠡测！”

“让童贯从太原逃跑了，不出一言相诤，只此一事，便是天下罪人，还有什么其他的打算？”显然张孝纯不能够容忍在他的所谓重要的事情以外还有人“另有打算”。从这句不入耳的话出发，他又转进一层想道：“他们西军中人，总是互相回护，有私无公。如今俺把城防之事，全交与他管了，只怕他临事多有藏掖，处理不公，叫俺河东军吃了亏，此事倒也不可不防他三分。”

门户之见与空发议论是宋朝文人的两大通病。太学生出身、进士高第，做到地方大员的张孝纯也未能摆脱门户之见这个毛病。因为张孝纯与王禀不属于一个“派系”，即使平常很尊敬他，听了他一句直率的话就会产生种种想法。张孝纯已经忘记了王禀是战功卓著的西军大将，当初唯独他不愿复员回西北去，甘心留下来协助自己充实河东防务，这正是他公而忘私国而忘家的表现，张孝纯也忘记了正是依靠王禀和他所部的五千泾原兵的努力，把太原府布置得铁桶一般，使自己敢于信心十足发出“太原防务，必不可虑”的豪言壮语。过河拆桥，甚至河还没过，思想上先要拆桥了，这些文人学士的毛病，还不仅仅是健忘而已！

王禀说马扩另有打算，确是相知甚深的推论，并非私阿所好。在宣抚司应该设在哪里这个问题上，马扩确是想过了，且想得很深，考虑得比较全面。

童贯说安抚使守土有责，理应死守，而自己作为宣抚使，却可以理直气壮地逃回京师。这是诡辩，是他的幕僚范讷、王云那帮人想出来的一个花招，是专门在字眼上打滚的秀才伎俩，根本不值一驳。

这个范讷虽在童贯幕下多年，但是平常尸位素餐，出的鬼点子不多，又怪他的娘老子没给他个好姓名。在司里，人们把他与醉鬼孙渥并称为“酒囊饭袋”。酒囊尚可，饭袋尤其难听，使他深以为耻。昨夜童贯的亲信会议中，他与王云及许多人都主张宣抚逃走，他还想出用“守土有责”这顶高帽子来压服张孝纯。不过，饭袋的主意并不高明，张孝纯这个人岂是用一顶帽子压得下去的？结果倒反使宣抚使出丑。

马扩认为问题不在于安抚、宣抚哪一个更有守土之责，而在于目前情况下，宣抚使应该驻节何处，才能于大局有补。在早衙的一场争吵中，童贯之失在于他一心只想逃命。张孝纯之失在于他只知道太原的重要而不知其他。马扩既强烈地反对童贯的无耻图逃，也不支持张孝纯囿于局部的想法。马扩认为当务之急，莫过于宣抚司移司真定，兼顾河北河东两路军事，并迅速定计收编义军，实现共同抗金的夙愿。散衙不久，他已拟好一份议状[1]，送去给童贯过目。

此时童贯气犹未消，再加上急于准备逃命，哪有心思坐下来细读马扩的札子？他随口敷衍两句，就把札子塞进靴筒，把马扩暂时打发走了。晚衙时分，他的亲信

〔1〕书面的建议，或称札子、条陈。

[1] 窟笼为原话，今作窟窿，意思是出了漏洞。

毕集，他才想起从靴筒里取出札子，粗枝大叶地浏览一遍，甚至内容讲些什么也没看清楚，口中还轻薄地说道："许大紧急大事？此公容易入议状。"

这是市井语言，意思说难道真有这样大不了的紧急事，这位老兄动不动就送来一份议状。只有在两种情况下：危急之时，他心里紧张，不觉脱口而出，或者他意存讽刺，故意要找几句话来刻薄人，童贯才会说出这样他少年时期说惯了的"市井话"。幕僚们平常虽厌恶马扩之为人，在童贯面前，却有些忌惮，不敢十分诋毁他，只有恩主自己带了头，他们才起哄道："这位老兄呀，不管什么大事小事急事缓事，乃至芝麻绿豆、蝼蛄蚂蚁之事，他都要来议一议、申一状，真是个'议状迷'。"

一语未了，这个"议状迷"已自破门而入。原来童贯固然习知"此公容易入议状"，马扩也习知"此公好推事"，凡是他不喜欢的事情、不入耳的言论，童贯都想办法推掉了，推得干干净净、无影无踪。但兹事体大，有关国家大局，马扩非得跑来与他争一争不可。

"马廉访，你来得正好。大伙儿正在议论你的议状，说你的文章大大长进了，这里的大手笔宇文阁学也有望尘之叹。"

好个童贯，真有他一套！随手往嘴上一抹，就是满口胡柴，随手往口袋里一掏，就是满把谎言，真好像是个变戏法的。

童贯居然与马扩谈起文字来，岂非亘古未有之怪事？不过马扩与他并非文字之交，不想在此刻浪费时间与他谈文论艺，马扩抓住了一句就问："既是宣抚称赞俺的文字长进，想必留驻真定之议，已蒙采纳，且听吩咐，何时启节前往。马某不才，愿为前驱。"

"移司真定，也是大事，"直到此时，童贯才知道他的议状上讲的是这件事，"容俺细细想了，再与廉访回话。"

童贯要打退堂鼓，马扩却不肯放过他，逼上一句道："移司真定，马某筹之已熟，难道宣抚还有犹豫？如今天下人视宣抚之行旌为轻重，行旌或东或南，朝廷存亡所系，宣抚不得不勉。"这句话还怕不足打动童贯冥顽不灵的心，马扩又转进一层道："况且结交女真，收复燕云之事，乃宣抚一手经营。如今出了窟笼[1]，却须宣抚与他补了！不但别人不知金人情伪，不能补得，即使能补，也不得使别人夺取宣抚这段功劳，否则宣抚落得一身罪辜。此言非但关系国家利害，也关系宣抚一身利害，望宣抚深思，休为浮议所惑。"

这几句话说得童贯有点着急起来，然后马扩转身责备众幕友道："你们众位都是童大王的心腹，久沐恩波，致身富贵。如今北道出了大事，也即是童大王身上之事。众位不劝大王力挽狂澜，补过赎罪，转败为功，却一心只图苟免逃走，另觅谋生之路。众位自身脱卸干系，太平无事了，不知置大王于何地。你等于心安否？"

马扩从来与童贯说话都只谈国家与朝廷之利，因此童贯听不入耳，唯独这一次说的句句都为的是童贯的利益，其实童贯心里明白，这个祸闹得大了，将来不知如何收场？幕僚们分明只图自己苟免，并无人真正为他着想。当下他不免问计于马扩道："依廉访之见，此事要如何办，才能家国两利。"

"马某不是在议状上都写明白了，唯独宣抚留驻真定，策应两路，为战守之计，最为紧要！除此更无别策！"

童贯拿起议状再看了一遍，问道："宣抚移司真定，万一太原有失，如之奈何？"

"宣抚南走了，或留驻在太原，万一真定有失，如之奈何？"马扩反问一句，然后自己回答道，"马某观河东路险，关隘甚多，太原防守得法，居民皆习战斗，金贼必不能长驱。唯河北自广信军以南至保州、中山府、真定府皆是平坦大路，万一常胜军有变，燕山府失守，贼马乘之，后患不堪设想。大王诚能审度时势，速即移司真定，与太原府犄角相守，互为应援，金贼必不敢轻易渡河，那时相机出击，大局才有转机。"

童贯想了一会儿，又问道："移司真定，敢情不好！只是宣抚司随行兵少，如何御敌？"

"宣抚不去真定，人心涣散，随行的兵也人人思逃。宣抚若去真定，诸处选刷，尽有可州的军马，何患无兵？"

"诸处选刷的兵马来到真定，都教刘安抚调去掌管了，俺还是一双空手，空口何补？"

"昔廉颇思用赵人，如今河北各处漫山遍野都是执戈持梃的民兵，岂非赵人可用之明证。据某所知，单在真定周围山寨中的就不下十万余众，其头项首领，均与马某熟悉。如得宣抚明令，迅即收编了，劲旅指日可成，足够宣抚司调拨应用。"

"马廉访岂不知古今异势，不可一概而论。"这时宇文虚中出来反对了，"向日燕山之役，调发河北人民，往往有举家恸哭、不肯应役的，有的部押上道，即在路上自经。岂能与廉颇时相比？愚意收编之事，不可不慎。"

“宇文阁学徒知古今异势，却不知同在一时之内，情势又有所不同，效用迥异。”马扩立刻反驳道，“前日开拓燕山，调发百姓，举措多有不善，故此一路骚扰，非民之怯战，乃官之扰民耳！如今虏骑入寇，百姓孰不顾惜乡土，营护骨肉，此人自为战之时，保乡卫国，正在今日。如能少加总统，何虑不成劲旅。宇文阁学可谓只知其一，不知其二了。”

两人正在争辩，童贯却出来支持马扩，他说：“收编义军之事，未始不可行，前因金人阻挠，未敢放手去办，如今还怕他怎的？此事马廉访就放在心里。移司真定之议，明日却又理会。今天晚了，大家且去休息。”

马扩出衙时，只有孙渥一人与他骈骑而归，其余的都被留下了，看来他们还有事密议。

孙渥是马扩在宣抚司幕僚中唯一可以谈谈知心话的人。把别人都留下了，单单让孙渥送他回来，可知那边的密议一定不利于他。他们两人回到下处，相互看看，黯然无语。后来孙渥憋不住了，拉住马扩的手，动感情地说：“吁！子充奈何？从此以往，天下定见土崩瓦解，生灵涂炭，将来不知如何收拾才好？”

马扩还来不及回答他，门外有急使送来忻州已失、贺权降敌的急报。当夜有值班任务的孙渥把急报誊写好，留下了底，着原人送往宣抚司。不多一会儿，又有人来报耿守忠以石岭关降敌、太原殆危的警报。孙渥又立刻办好誊写录底的手续，急送宣抚司。以酒鬼出名的孙渥，办起公事来头脑清楚，毫不糊涂，马扩就是凭这一点，与他建立起友谊来的。

这接二连三传来的警报，使得一向处事镇定的马扩也十分烦乱起来。他在斗室中，团团地兜了十多个圈子，嘴里不断反复着孙渥的这句话：“天下不知如何收拾才好？”看来他比醉鬼孙渥更加不能自持。最后总算坐定下来，蘸墨铺纸，写起信来，他一写就写了十多张信纸，亲自粘了封皮，派个亲信连夜出发送去给山寨里的赵邦杰大哥，要他们作速为应变之计，办完了这件事，心里才算安定一些。这时孙渥还在一旁怔怔地坐着，关于山寨之事，马扩既不瞒他，也没有特别告诉他，只将那份给童贯札子的底稿找出来给他看了。孙渥读了两遍，忽然眼睛发亮，说道：“能够照此做到，敢情是好，只怕为时已晚，赶不上时机了。”

“受丹，你怕赶不上时机，俺还怕他说的话不算数，来日又有变卦。记得雄州城下与耶律大石大战时，俺就吃了童贯说话变卦的亏。”

"今晚他本来也没有答应过你什么，加上石岭关有失，再经亲信怂恿，明晨一定快马加鞭离开太原，逃往京师。子充你这份心算是白操了！"

这个醉鬼孙渥越说越清楚了，哪里像个"酒囊"，倒是他把一钵冷水浇在马扩身上，使马扩心头凉了半截。

醉者以不醉者为醉，这时他索性连童贯带上所有幕僚都骂在里面："他们这些人镇日昏昏沉沉、迷迷糊糊的，还说他作甚？俺兄弟且喝杯寡酒再说。"说着，他从怀里掏出一包熟牛肉，又从床底下拖出一坛汾酒，斟下了，不由分说地就碰了马扩两杯。

5

不出孙渥所料，第二天早晨他们上衙门去找童贯时，宣抚司门口以及附近的两条街上已是一片戒行首途的景象。几十辆辎重车在胜捷军护送下，首先启程，那显然是显官们的眷属，然后是乱哄哄的第二、三等的幕僚们的眷属以及也想跟着逃出太原城的眷属的眷属们。他们有的挤上了车，有的抢得一匹骏马，更多的人既无车又无马，眼看别人已经车辚辚马萧萧地登程出发，自己还不知道怎样才走得成，因而慌作一团。有人胆子大些，就去攀附车辕，希望让他挤上车厢，自己挤上了不算，又要把下面的妇女孩子再拖上来。护送的士兵，不知哪里来的威风，举起鞭子，噼噼啪啪地乱打一气，又踢又骂，又推又拖，扫除车前车后的障碍，然后又碰上前面停下来横拦在街头的车辆。赶车的彼此吵起来，这时前后车的护送兵与护送兵之间在比车主头衔的高低，车内的乘客与乘客之间也伸出头来比他们的“来头”大小，彼此又各不相让。交通拥塞的情况越来越严重。

这支胜捷军自从成军以来，没有做过几件好事，没有打过一阵硬仗，后来索性变成一支专门为大官儿们服务的后勤部队。护送官员及其家属，跟着宣抚使本人落荒逃难，在难民中间摆威风、逞英豪，已成为他们的专业。显然童贯本人进进出出也少不了他们的护卫。但奇怪的是，他们押送了这许多人员行李，目的地在哪里，问问这个不知道，问问那个不知道，他们只知道用手指往前一点，跟随在别人的屁股后面走。看来即使问到车队最前面一辆的护送兵，他也说不出一个所以然来。到哪里去，取哪一条道儿走，只好去问童贯本人才知道。

进衙门不久，就看见童贯、宇文虚中、宋彦通等人从内衙出来，其余的想都已挤上车马。童贯、宇文虚中也是一副走上旅途的打扮，神色匆匆、指手画脚地，正在指挥什么。童贯一看见他们两个进来就高声嚷道：“你两个来得好！马廉访且回下处摒挡一下，即速来衙，随本使南行。受丹，你就留下来办理司内未了之事。今后就在安抚司衙内供职，毋庸去东京了。”

大官儿是健忘的，似乎根本不存在昨夜谈到的移司真定的问题。马扩问道：“马某今随宣抚，不知是东去真定，还是南下东京？”

“本使不是与你说了？”童贯瞪瞪眼，“你跟随本使南下东京！东面又待往哪里去？”

“宣抚昨夜答应过真定设司之事，莫非一夕之隔，又有变化了？”

“俺几时答应过真定设司之议？”童贯忽然两眼通红，青筋绽露，跳起来叫道，“宣抚司的大事是由俺做主，还是由你做主？这两河宣抚使是俺童贯做的，还是你马子充做的？”这句话说得十分严重，显然他下面还有话，不吐不快，“你只为自己的家在保州，故而一心要移司真定，俺把宣抚司移过去了，却只为保你的一家老少？”

童贯明知道马扩的家虽在保州，过去难得回去一次探亲，去了也匆匆即回，不像司里其他的幕僚，大家约定了轮班探亲，一去就是数月。为了这个，童贯还表扬过马子充三过家门不入，有大禹之风。今天忽然把保州家小和真定移司两件不搭界的事情联系起来，这分明是幕僚们的杰作，昨夜亲信会议的结果，用以堵塞马扩的嘴，打消他真定设司之议。手段虽然毒辣，不过立论十分脆薄，马扩反手一击，就把它砸烂了。

“马某几番使辽使金，出生入死，何曾顾惜到一家老小？真要顾惜老小，早就把他们接到太原来了，今日就可随宣抚一起入京，远祸避害，何等自在！何必牵动宣抚司到真定去，干此笨事？宣抚可听到此刻大门外，攀附车辕，争夺坐骑，大哭小喊的，都是司里的眷属。”他把眼睛一转，就看到宋彦通、范讷两人促膝附耳，喊喊喳喳地谈得十分入港，“宋机宜，俺刚进来时看见你宝眷，被范郎中贤郎挥鞭赶下车来，哭得好不伤心，机宜何不出去照看一下？”

一句话顿时把范、宋两搭档拆开，宋彦通目露凶光，狠狠地看了“饭袋”一眼，“饭袋”又岂肯示弱，急忙申辩道：“夜来司里拨的一辆太平车给敝眷乘坐，如何宋机宜的宝眷又挤上去？想是他带的辎重多了，一辆车不够使，又去挤别人的车，此事如何行得？要请宣抚做主！”两个人凭空推想，争吵起来，霎时间就吵得不可开交。童贯喝一声把两个一齐斥退。

到底是谁顾惜家小，是谁私而妨公，这个问题不需要再说，童贯也已明白。连带东去还是南下，哪个更有利于国家和童贯本人的命运，这个问题也十分明白的了。当时童贯前前后后想了一下，坐到案儿前提起笔，歪歪斜斜地写了一道手谕递给马扩，口中还说：“宣抚移司之事，待本使诣阙奏禀了官家再行办理。子充此刻先去真定，为本使预筹兵马及移司之事勿误。”

这遭手谕可能是宣抚使以他本人名义，盖上大印下发的最后一道命令。它明白委任马扩，“专往真定、中山府招置忠勇敢战军马，专一统制”。忠勇、敢战，在这里都是义军的代称。根据这道手谕，马扩总算取得收编真定、中山府一带义军的全权，刘鞈、王渊、李质都不能再掣他之肘。

这总算是一个意外的积极的成果。

6

太原与京师相距六七百里路，中间还隔开一条大河。从他“宣抚”之地逃回来的宣抚使童贯仅仅用了两昼夜多一些的时间就跑完全程，安返京师，这在官场上可算是一个创纪录的高速度。

这几天坏消息纷至沓来，令他应接不暇。出亡前夕，已得知忻州、石岭关失守。他唯恐一夕之间，金兵已出现在太原周围，截断他南归之路，使他死为异乡之鬼。他急急忙忙地从太原逃出，路上得知三河战败的消息。初十夜到京师后，又听说郭药师挟持燕山一路文武长吏尽降斡离不、燕山沦陷的谣传。十二月十二日，他去面圣之际，把这些一股脑儿都包揽下来，一字不隐地面奏官家，然后建议官家速为应变之计。这时他采取的是“拖人落水”的方针，他自己已经“落水”了，把官家也拖下来，大家一起淹在水中，我失陷封疆，你放弃国都，彼此彼此，就不怕他板起面孔来“行遣发落”。平常凡是打了败仗，总要把消息隐匿起来，瞒过一天是一天，瞒过一时三刻也比马上让官家、让朝野通通知道为好。如今，在新的特殊场合中，童贯的做法恰恰与之相反，消息越坏越风凉。他还怕消息坏得不够，不足打动官家的恐惧心，成就他的拖人落水之计，不免又要捏造一些，加油添醋一番，例如说斡离不、粘罕受到命令，凡是城守一天后再投降的，进城后就要屠戮十分之一的居民，多则类推，守城七天以上，即使投降了，全城受屠，城主全家也要杀尽等，目的是要官家相信，除他建议的出逃以外，再也无路可走。一直要到官家连连点头，叫他戒途先行，童贯才算大功告成。

不过这几天的警耗来得既快又狠，不用童贯花多少心思去加工复制，就足够打动官家的恐惧心，把他的三魂六魄，一个一个从腔子里摄走。

继石岭关失守以后，娄室的先锋军果然绕到太原以南，截断太原的后路，把它团团包围起来。接着粘罕亲统大军也到太原城下，一场大战正在酝酿。

太原以北的战争仍在继续中，金军围攻代州、忻州之间的崞县。无耻降敌的河东军统领李嗣本跑到崞县城下来招降守将代州西路都巡检使李翼。李翼大义凛然，怒斥叛徒后，又亲自弯弓搭矢，一箭把李嗣本射倒在地。接着与部将折可与等歃血为盟，彼此以忠义相勉，登城守御。这是金朝西路军开战以来遇到的最激烈的抵抗。指挥攻城的大将银术可之子毂英猛攻一天不下，第二天换了娄室之子活女为指

〔1〕折氏自北宋初折德扆任节度使以来，代产名将，至折可与已为第八代。

挥，城也没有攻下，最后银术可亲自出马，爬城而上，才把城门打开。李翼被俘后，回顾折可与道："不可食前言，与公生死共处。"银术可还想以温言诱降，李翼裂眦戟手大骂："不幸被你番狗俘虏，我岂是苟生之徒？"折可与也严词拒绝诱降，骂道："我八叶[1]世守之家，岂肯负国，败坏家声？尔等无知畜类，不如早早杀我。"在一阵殴击之后，两人都被杀害，死得慷慨。

在家门鼎盛、文武两途都有显要的折氏子孙中，后来也有无耻降敌、败坏家声的，如折可求之徒，也有苟默自容、无所表见的，如折彦质之辈，他们对不起抗击辽、夏有功的祖宗，更加愧对这个死得壮烈的同宗。

太原被围后的第三天，河东名将知朔宁府孙翊率部赶来应援，在城下与金军大战。这时太原城已经紧闭，张孝纯登上城埤与孙翊打话道："贼已在近，不敢开门，观察可尽忠报国。"孙翊回答得很有勇气："此来本已不图生还，只恨兵少力乏，不能大创贼寇为太原解围耳！"他以两千孤军在城外转战数日，中间有几次突围的机会，他冲杀出去后又重新犯围而入，救援被围的部下，最后全军覆没，自己也在乱军中被杀。

以后王禀防守得法，粘罕亲率完颜希尹、娄室、银术可等军事首脑，千方百计地围攻，竟不得手。太原的攻守战形成长期胶着的状态。

斡离不的东路军取得燕山全路后，气焰万丈，郭药师要为新主子立功，更是十分卖力。出乎意料的，这支军队刚离开燕山路的范围就遭到抵抗。他们进攻小小的保州，竟遭败衄，接着围攻中山府，又铩羽而归。

这两役的胜利，主要归功于董庞儿部与张关羽部义军的联合出击，与守军配合作战。董庞儿与张关羽见面后，迅速制定出击计划。董庞儿把部队摆在前路，张关羽、赵邦杰率部在后路游弋。当时保州城的守将已击退攻城的金兵，董庞儿又在满城一击，打败兀术，迫使郭药师、刘彦宗撤退进攻保州的部队。

接着张关羽率部救援中山府（马扩也参加了那次战争），那是一场鏖战，张关羽与伯德特离补的精锐骑兵苦战两昼夜，好容易把他打退，不料他又来个回马枪，使义军受到极大损失。张关羽身先士卒，力挽狂澜，不幸胸口中了敌方的流矢。赵邦杰闻讯赶来，张关羽已气息仅存，他断断续续地嘱咐赵邦杰要与正在行间作战的马扩一起统带部众，继续战斗，就断了气。后来金军再次败退，赵邦杰鉴于义军本身的损失重大，也收兵回山寨去休整。

中山府保住了，知府詹度大吹大擂"中山之捷"，他黑着良心，"干没"义军的战果，坐享其成。不过当时官家与童贯要的是战败而不是战胜的消息。詹度大吹大擂的胜利，又被童贯黑着良心“干没”。好在此时京师已十分混乱，前线打个败仗或小小的胜仗都已无足轻重。官家下旨以威武军节度使梁方平统率七千名骑兵守浚州，以步军司都指挥使何灌将兵三万人防河。然后决心步童贯之后尘，办得一个“走”字。

以后几天中，斡离不避开义军的锋芒，顺利南下，而义军经过中山府那次激战，暂时已无力出击。几天中，斡离不大军连克庆源府、信德府，很快就到达黄河北岸。

从十一月底以来，斡离不统率东路大军，用了不到一个月的时间，击败宋朝的主要边防部队常胜军，略经顿挫后又连克名城，南叩河岸，其战果较之在太原城下被王禀胶着的粘罕西路军优劣判然。这在宋、金双方都有这样的评价，粘罕自己也不得不承认这个客观事实。从此，斡离不在金朝内部权贵斗争中取得的优势就十分明显了。

[1] 宋徽宗“避狄”南方前，把皇位让给儿子钦宗赵桓，自称“太上皇”。

[2] 赵桓即位后，当时人称为少帝，被俘后，加尊号为渊圣皇帝，被害谥为钦宗。

[3] 狩，打猎，出狩是皇帝出走的代名词。

7

几个月后，有两名胆大包天的杂剧演员在宫廷的红氍毹上演了一出政治讽刺剧。

上台的一名大将，丢失头盔，露出满头发髻，弃甲曳兵而走，另一名显然是他的随从，追上了他，告诉他追兵已远。两人坐下来。随从替主人整理衣甲，做数髻状，忽然惊呼道：“大王的发髻如何少了一个？小人数来数去，只剩三十五髻，还有一髻哪里去也？”

“走也！”

“走往哪里去了？”

“你这个蠢汉，岂不闻‘三十六计（计，髻同音），走为上计’。那走掉的一个上髻随着官家往南方去也。”

当时力劝官家逃往南方的童贯固然已经明正典刑，不但发髻，那颗头颅也被砍掉了。不过逃往南方的太上皇[1]这时又回到东京，入居龙德宫。投鼠忌器，骂了童贯，岂不连带涉及太上皇？其实当时要逃走的不仅有太上皇、童贯，还有许多大臣。就连渊圣皇帝[2]也一度动摇，想要“西狩[3]”。就算渊圣宽厚，那些力劝渊圣“西狩”的大臣，现在仍居高位，他们直接看到或间接听到这出讽刺剧的，对两名演员，岂肯善罢甘休？要不把这两名演员问个“指斥乘舆、诋毁大臣”的罪名，充军发配到沙门岛去才是怪事哩！

其实把太上皇之南走完全归咎于童贯的劝告，那也有失公允。官家听到边境的警报后，加上金使的恐吓，早就萌生南逃之念了，童贯不过是投其所好而已，不能说完全出自他的怂恿。

官家最早接到的噩耗是蔡靖在十一月底上报蓟州失守、傅察殉节的奏章，接着金廷派来两名使者，大言“要与赵官家说话则个”。这时当朝太宰白时中、少宰李邦彦不敢引见，自己在政事堂尚书省厅事与他们厮见。刚刚就位，金使就出不逊之言，指斥南朝违盟背德，还是老一套的话头，接着大发雷霆，说：“大皇帝（金太宗）煞是发怒，命太子郎君与国相两路而入，吊民伐罪，你们如何对付？”

白、李二相一齐失色，战战兢兢，不敢回答。只听他们又说：“郎君与国相以两朝生灵为重，煞是不欲开仗，此事须得你们赵官家出来相议始得。”

白、李二相还是不敢开口，善于鉴貌辨色、投机取巧的中书舍人王孝迪这时却越位而上，问金使道：“告大使，要如何才得请贵朝缓师？”

“不过割地称臣尔！”

白、李二相不敢怠慢，急趋内廷，把两名金使大闹朝堂之事，一五一十地全部奏告，然后提出建议，厚礼卑辞，遣回金使，另找一员能言善辩的官员，前去斡离不军前求和，务必要把他的军队阻拦在黄河以北。

曾在河北都转运使吕颐浩手下当过转运判官的李邺因贪污有据，被人告了一状，削职在京闲居，正图钻营复职。王孝迪透露这个消息给他，他连夜上了一本，备言敌强我弱，势力不侔，决不可与敌。然后自告奋勇，丐请奉缝议和。

李邺算是第一个出头露面的求和者，比主张割地赂敌还没有实际行动的王云又进了一步。以后这方面的竞争更加激烈了，在无耻和卑鄙的道路上，有那么一大批人，都想抢做第一名。

当下官家借李邺以给事中之职，派他出使斡离不军前求和。李邺提出条件，要带去黄金三万两犒师。这时国库如洗，哪来现成的三万两黄金？官家求和心切，从内库中取出一对大金瓮，每只重五千两，当场交内廷“书艺局”销熔了，铸为金牌，让李邺带去。

这李邺官也复了，差使也得了，又带着一笔厚厚的见面礼，不但是这万两黄金，还有价值超过黄金千百倍的重要贽仪，自信求和必有所成，兴冲冲地走马就任渡河北上。

不过官家对于这个名不见经传的小人物李邺前去求和，心里还不大踏实。求和得成，果然是好，万一不成，金军仍然杀过河来，自己岂非陷入它的罗网之中？从这时起，他就有了避狄南方的想法。

斡离不和粘罕两路进兵，势如雷霆万钧，同时他们在外交上也发挥了高效能。军事攻势、政治政势双管齐下。撒卢母、王介儒到宣抚司来威吓几句，童贯就“逃之夭夭”。斡离不派来两名“名不见经传”的小使，在朝堂咆哮一番，竟使堂堂的南朝皇帝“遽萌退志”，弃社稷而南奔，这是他们的先声夺人，在精神上早已打败了宋朝君臣的缘故。

不过官家在逃走之前，还有两篇官样文章要做：一篇是沉痛自责的罪己诏，一篇是表示悔过，尽罢秕政的《罢花石纲指挥》。

《罪己诏》由官家亲自点中的试给事中兼侍读吴敏起稿。吴敏虽然出身蔡京门下，几年前，曾拒绝过蔡京要招他为孙女婿的建议，明白表示不愿做相府的“东床坦腹”。这件事暂时封闭了他的仕宦腾达之路，却给他带来“远离权门、洁身自好”的好声名。官家早就赏识他，即使在蔡京第四次出任首相，蔡氏父子祖孙权倾朝野、作威作福的时期，官家还是多方保护吴敏，不让他坠入万劫不复的阿鼻地狱。现在官家正需要像他这样一个触忤权贵，同时对过去的陋政牵涉不多的文学侍从之臣来起草这道旨意。当即把他宣来，当面交代了任务。

不像表面上看起来那么老实，吴敏的家庭生活颇有几分浪漫色彩。自从拒婚以后，他不再娶亲，有一个芳名叫作远山的绝色侍婢为他主持中馈之政。此刻他从内廷回到家里，远山已为他烧起一炉御香，磨好一砚浓墨，一切都准备得舒舒齐齐。她在书斋门口迎着吴敏嫣然一笑，吴敏不由得搂住她在她的面颊上亲了几下。

《罪己诏》虽可痛斥权奸误国，但仍要为官家留个余地，既要感情沉痛，又要措辞得体，写起来并不容易。吴敏一面写，一面涂，稿纸上都是一个个大墨团。大半夜过去了，统共还写不到十联文字。这时窗外卷起一阵阵的西北风，呼呼地吹得他的心头冰凉。

不知道什么时候走出去的远山，又悄悄地进来，把一件半臂轻轻披在他身上。吴敏一转身就握着她的双手，问她冷不冷，怪她深更半夜，还不去睡。远山把手指从他的手掌中挣扎出来，又是嫣然一笑，指着桌上的草稿说：“你呀，且把心放在那上面，别的都不要管了。”吴敏没法抵抗她这一笑，把她拥入怀中，连连亲吻。

在哪个旮旯角落里被堵塞住的文思忽然像一股山泉那样顺利地畅通了。吴敏自己不动手，却让怀里的远山代他执笔，他口占一句，远山就笔录一句，不到半个时辰就把全文草成。吴敏自己读了一遍，又让远山读一遍，十分得意。第二天一早，他又拿去给同乡畏友、现为太常少卿的李纲看，请他点定。李纲十分赞叹，只替他改定几个字，然后郑重其事地说：“元中（吴敏字）代天立言，说得何等沉痛！多年来祸国病民的稗政，已尽于此一纸之中。”即使处于危亡之秋，对万事仍抱着乐观态度的李纲忽然流下几滴激动的眼泪，高兴地说，“此诏一下，朝野震动，只恐天下事从此就有了转机了！”他尽管心里高兴，说到最后一句时，自己也感动得流下泪来。

谁知道吴敏就是为了这个善于嫣然一笑的远山才拒绝蔡府的亲事，成全他不慕权势的美名。谁知道官家这篇透彻沉痛的《罪己诏》就是在这样旖旎风光中写成的，竟被李纲看成天下事转机的枢纽，这对吴敏说来，真所谓是“不虞之誉”了。

当然《罪己诏》还是写得十分透彻沉痛的：“朕获承祖宗庥德，托身士民之上，二纪于兹。虽兢业存于心中，而过咎形于天下……言路壅蔽，导谀日闻，恩幸持权，贪饕得志……赋敛竭生民之财，戍役困军伍之力。多作无益，侈靡成风。利源商榷已尽，而谋利者尚肆诛求；诸军衣粮不得而冗食者坐享富贵。灾异屡见而朕不悟，众庶怨怼而朕不知，追惟己愆，悔之何及！”

《罪己诏》与《罢花石纲指挥》是一正一副的文章。《罪己诏》从理论上谴责自己的失德。《罢花石纲指挥》则从行政上保证知过必改，从此与天下更新。在这道指挥中，提出了要罢花石纲、罢应奉局诸路岁贡、罢都茶场、罢河防非紧急泛料、罢免夫钱、罢诸御笔断遣[1]、罢大晟府、罢学乐所等，一共“罢”了二三十项事目，其中多数是导致朝廷败坏天下事的陋政，为士民所丛诟。大晟府、学乐所等研究音乐的机构，也遭到池鱼之殃，被一起罢掉了，这说明官家个人的嗜好，无论宫室园林、声色犬马，都是不得人心的。

现在是到了人民要向他算总账的时候，他聪明地自己先承担起一切罪过，然后表示一定要改过。这就是李纲认为“天下事已有转机”的根据。

下《罪己诏》比顽固到底、至死不悟，把错误坚持到最后一天当然要高明一些，但它毕竟不过是一种表态而已，并不是一服起死回生的良药。

〔一〕官家直接下条子处分人。

8

下《罪己诏》，降《罢花石纲指挥》，这两件事都不费官家吹灰之力，他只消在已经办好了的诏书上盖一方御玺就好。现在官家要认真考虑“避狄”之计了，这里还要解决一个很重要的问题。

官家毕竟与童贯不同，童贯逃离太原，可与张孝纯打笔墨官司，安抚守土有责，宣抚守土无责，在有无的字面上做文章。官家是“普天之下，莫非王土”的主人公，无论逃到哪里去，都逃不了轻弃社稷的责任。虽然历史上有过不少做逃皇帝的先例，还是冒天下之大不韪，受到后世谴责。现在是涉及他要继续做皇帝就不能轻离京师，轻弃社稷宗庙而逃，他要为避狄之计就不能继续再当皇帝这样一个鱼和熊掌不可兼得的问题。

他心里正在犹豫是否要把皇位让给太子赵桓，自己退居太上皇之位然后南逃。那皇位的确已成为食之无味、弃之可惜的鸡肋。食之还是弃之？他自己委决不下来。这件事与皇太子赵桓有关，他不能在事前与太子商量。至于白时中、李邦彦之为人，他知道得很清楚，如果告诉他们，他们奇货可居，一定马上跑到太子那里去请功了，他不愿与他们商量。童贯与王黼关系密切，王黼曾主张废太子而立郓王，如今王黼虽在京邸待罪，政治上还有一定潜势力，因此他不可与童贯商量。

官家是个刚愎而不自用的人，他的每一个愿望都非要实现不可，但最好有人商量商量，帮他做出决定来，好像以他名义颁发的谕旨都要有宰相的副署一样，事情是他做，责任则要别人帮他分担。现在他能够商量的人，或则不能、或则不愿，想来想去，最后还是想到了起草《罪己诏》深合自己心意的吴敏，当时就派内监去把吴敏找来。

即使近来颇走好运，连连受到官家青睐的吴敏也只把自己放在文学侍从之列，没有想到官家竟会把这样一件大事与他商议，吓得他冷汗直淋。当场也只说得一句，兹事体大，容臣回家细想后，明日再作回奏。

吴敏回到家里，脸色红一阵、白一阵，心头小鹿乱撞，不知如何是好。还是远山看出了他有心事，建议去把李纲请来商量。一句话提醒了吴敏，他在内廷时，心里想到的也就是回家去与李纲商量，怎的走在路上，全都忘记了？

李纲赶来，听了他颠三倒四、前言不搭后语的叙述，忽然抓住了其中的一个要点，顿时大喜过望道：“早间还与元中谈到天下事已有转机，不想转机这样快就来，岂非奇迹?”这时他的脸色豁然开朗，好像被正午的阳光照得十分灿烂，眼睛里也放射出一道道喜悦的光芒。

“何以见得?”吴敏还弄不清楚喜在哪里。

“官家御宇二十多年，听信奸佞，民怨沸腾，弄得内忧外患交至。今幸得他自愿退位，太子仁孝，正位后必有一番作为。这不是否极泰来、国运将转的大好机会来了?此乃天赞我也，何疑之有?元中今夜务必入宫去，力赞官家此议，期在一两日内办成此事，庶不负天下人之颙望!缓则恐生变，元中勉旃!”

吴敏一听李纲如此率直地批评官家，指斥乘舆，还说天下人颙望他退位，不禁又是一阵心惊肉跳。不过“否极泰来”这句话倒很有道理，他自己何曾不期望有这样一个转变?这样一想，勇气提高了，发言也积极起来，最后决定今夜就去面圣，促成其事。然后又提出一个实际问题来：“太子正位后，将何以处官家?”

李纲不假思索就回答道：“官家一向崇奉道教，以教主道君皇帝自居，退位后何不仍称他为道君皇帝?虽无官家之实，仍有皇帝之名。元中以为如何?”

这个点子又出得好，吴敏不断点头称是。

把李纲送走后，远山轻轻推了吴敏一把，说道：“相公啊!你枉为个男子汉，自己的魂灵都往哪里去了?万事都要李太常替你拿主意。你听他说的话，句句在理，不由得叫人心折。”

“你小小的年纪，深居闺阁，懂得什么国家大事。”吴敏佯怒地说。其实经远山一点，他自己也感到李纲说的话确实具有强烈的说服力和感染力，他也自心折了，决心今夜面圣时一定要把这件大事定下来。

太宰白时中、少宰李邦彦、枢密使童贯在玉华阁面圣时，把斡离不军连陷庆源府、信德府，已距黄河不远的消息禀奏官家，还呈上一份措辞十分狂妄的檄书奏启官家过目。官家坐在御榻上，捧起檄书，好像读一本什么天书似的，读了一遍又一遍，最后想要把它撕了、扔了，却因手发抖了，两者都没有做到，又要把它放在案儿上，东找西看，尖着眼找了半天，竟没有看到御儿就在他的肘臂之间。

李邦彦踏前一步，从官家手里取来这份檄书，这时方看到官家的脸色十分异常，两颊间还挂着眼泪。官家对三个大臣熟视片刻，才吩咐道：“休休!卿等晚晌再来商量。”在他们迅速退出前，官家又补了一句：“晚晌入见时，把吴敏、宇文

[1] 宰相府和枢密府称为两府，是宋朝最高的行政机构。

虚中两个一起带入。”

吴敏是《罪己诏》的起草者，宇文虚中是《罢花石纲指挥》的起草者，按其身份、资历都够不上追随两府[1]陛见官家，这就引起他们的种种猜测。大臣们一般都不喜欢，除他们之外，官家还有什么心腹之臣。那无论在升平时节，或在危亡之秋，都是如此并无例外的。只有童贯与宇文虚中的关系非比平常，心里想着宇文虚中刚随自己从太原逃回，官家是不是要就南幸之事向他打听咨询而感到高兴。那是一种自己布置了圈套让对方一步一步地走近，终于要走进圈套时所感到的那种成功的喜悦。

晚晌，他们再次到玉华阁陛见时，内监传下话来：“吴敏、宇文虚中两人先进阁入对，大臣且在外伺候。”这是很不舒服的伺候，既不能进去问讯，又不好互相说话，他们只得在玉漏声中，闷声不响地坐等，过了半天，才得旨传进。

阁子里黑沉沉的，只点了一根蜡烛，照在御榻旁。看见他们进来，官家没有说话。吴敏、宇文虚中也表情严肃地侍立一旁，分明是一片沉重的气氛！后来，他们才看清楚了官家的神色很不对头，他挥挥手要想说话，忽然一阵痰锯气涌，堵住了他的话音，接着就气喘吁吁，喘个不停，竟不由自主地歪倒在御榻上，左脚已经搁在榻上，右脚还拖坠在榻下，过了半晌，也不知道缩上去。大臣和内监们大惊，一面急传太医，一面想把他搀扶入内，他却做个手势制止了，示意要他们扶他到近旁的保和殿东阁，躺在御榻上，闭目休养了半天，又从宫女手里呷了两口人参汤，这才缓过一口气来。

他正待说话，忽然又是一阵痰锯上来，比刚才喘得更厉害了。李邦彦等疾步趋前，想要搀扶他，他瞪起眼睛，直勾勾地看了他们半天，说不出一句话。然后慢慢地举起手，叵耐那只右臂已不听使唤，只得改举左臂示意索取纸笔，就用左手写了“我已无半边也，如何了得大事”十几个字。过一会儿，又写道：“诸公误尽苍生，到此如何不语?”

官家一时痰迷，可能会发生半边瘫痪的严重症候，但他的头脑还是清醒的，即使左手写字，字迹个个清楚，眼光也十分锐利，从白时中看到李邦彦，再看到白时中，带着恼怒的神情，似乎要把天下大乱和他本人痰迷两件事都归咎于他们。这一对太宰、少宰受到官家无声的谴责，不知道怎样做才好。他们回头看看吴敏、宇文虚中，希望帮着出个点子，想个主意。两人都不敢兜揽，兀自低下了头，这等于给他们递来一个不好的信息，使他们更加惊慌了。

这时官家又讨了一张宣纸，改用右手振笔疾书："皇太子赵桓其可即皇帝位，予以教主称道君皇帝退处龙德宫。"

官家的这场痰迷来得正好，他既有风瘫的危险不能再处理国家大事，太子即位自然是顺理成章的事情，这就可以打消群臣的异议和太子的谦让，省却多少麻烦。吴敏肚皮里明白，李纲的建议，官家已照单全收，而且用了这样的形式，以书面公布，可谓大事已定。他与宇文虚中两个当仁不让，就着手起禅位诏的草稿。吴敏思想上虽有宿构，挡不住宇文虚中这一支燕许大手笔[1]，看他略略抬头吟哦一下，笔底下就风起云涌，妙辞联翩而出。吴敏索性就把定稿一事让给宇文虚中，自己讨个美差，径往太子宫中报信。

这件事办得十分爽利。第二天是宣和七年十二月二十三日，太子赵桓就在太和殿上即皇帝之位，没有遭到什么阻力。

这两天，吴敏是父子两代皇帝的"魂灵"，而李纲又是吴敏的"魂灵"。禅代之际，一切事务都处理得干净利落、有条不紊。不明真相的人，都归功于吴敏，渊圣皇帝即位的当天，就下诏除吴敏为门下侍郎，挤入宰执的行列。吴敏也不抹杀李纲的功劳，竭力向渊圣推荐李纲是"瑚琏之器，栋梁之材，可任以天下大事"。

在官场上素无什么名气的李纲，这时忽像一把出鞘的宝剑闪出熠熠光华。

[1] 唐朝燕国公张说、许国公苏颋都以善撰文章著名。

[一] 今安徽省亳州市。

9

让了皇帝之位的太上皇（或者道君皇帝），虽然急于要南幸——他正是为了南幸才把皇位让出来的，无奈新旧皇帝交替，还有不少仪节和移交的手续要办，还有不少具体事项黏住了他的身体。别的不谈，他已经住了二十五年之久的皇宫，现在要让出来给儿子占用了，自己退居南内的龙德宫，这一进一出的大事，岂能在一朝一夕之中办完？在他做皇帝时期搜集到的许多宝彝铜鼎、名画法帖，久已划在自己名下，江山可以转让，这些古董文物却不能随着过户。其中最宝贵的一部分，还需要亲自整理了搬到龙德宫来。还有一些并无嫔妃、夫人名位，却受到自己宠爱的宫人，也要安排一下，不能全部都转移给儿子。这些啰里啰唆的事情占去了他几天的时间。转瞬新年来到，正月初二的深夜，晴空霹雳，传来了金人已于当日渡过黄河，迅将出现在东京城下的坏消息。

形势倏变，此时不走，再晚就走不脱了。他自己火急燎毛地要走，少帝也急于要把他打发走，为他想出一个好题目，叫作“太上皇亳州[1]进香”，太史为他选择了正月初四黄道吉日，出门大利。他还嫌太晚，自己又提前到初三深夜，还未交上子时，他就搭上御船，启通津门东下。

这一次走得匆匆忙忙，他只带了一批文物古董和几名内监。郑皇后和部分皇子、帝姬们跟随不上，搭乘第二批船只，随行扈驾的大臣、卫兵也跟随不上，落到第三批船上。三批船队，前后相距有数十里之遥。

这船上的一夜，六师未集，旅次屡惊，他自己又不免胡思乱想，觉得一走了事，好像欠了别人一笔债。是欠祖宗、欠儿子、欠老百姓？好像都是的，好像又都不是。他自己也说不出来到底是欠了谁的一笔债，害得他神志颠倒，梦魂难安！后来郑皇后飞棹赶到他的船上，多方抚慰哄骗；接着，他喜欢的儿子信王赵榛、郓王赵楷和未出嫁的女儿柔福帝姬等都跟着上船，陪在他身旁。然而他们也不能使他的情绪完全安定下来，他整整翻腾了一夜。

第二天，船到雍丘，正值河浅船挤，把一条水道都堵塞住了，御船也没法越众挤上前面去。他一时情急，弃舟登陆，跨上自己的骏骡“鹁鸪青”，要想跑得快些。无奈逃难的人很多，陆路上也同样是人流壅塞，无法奔驰。幸喜童贯率领了一千名胜捷军赶来保驾，把周围的老百姓都赶开了，这才为他清出一条道路来。

中午时，他们在一家野店里打尖，童贯上前告罪。道君意存讽刺地笑了一笑道：“我匆忙出走，道上狼狈不堪。儿辈也未能尽来相送。公等何不安居家中，却远道追随至此?”

原来他临上船时，曾打发内侍都押班张迪前往福宁殿通知少帝道：“事势匆匆，事须从权，且莫相送!”少帝倒真听他的话“从权”了，只派朱皇后前来相送，连张迪也留下不放。当时他心里感到很不是滋味，现在一有机会就不免在童贯面前发起牢骚来。

“官家蒙尘，老臣心有未安。拚着这几根老骨头，也要尾随保驾，岂能舍陛下而他去?”童贯从太原逃回来后，一直惴惴然，唯恐受到官家处分。后来大位改易，浑水摸鱼，居然逃脱斧钺之诛，不胜感激，这时倒真表现得声泪俱下、忠心耿耿：“如今师徒大集，匕鬯不惊，官家可以安心南行了。”

“卿忠心扈跸，贤劳可念，只是我传位太子，名位已定，卿以后休再以官家相称。”他的话还是进一句、出一句，表现出既想丢掉包袱，又怕丢得太光了，自己将一无所有的复杂心理。然后他问起京师诸人的情况，问起高俅有没有赶来扈驾。

“高俅那厮无良。”童贯忽然咬牙切齿、义形于色地说，“少帝前日委了国舅王宗濋勾当殿前司公事。这两天，高俅与他混在一起，花天酒地，打得火热。昨夜老臣去他家约同赶来扈驾，叵耐他竟推说与殿帅有公事相商，脱身不得。老臣欲与他商借一军护驾，他也推说殿前司的公事，他已撒手不管，此事要新帅做主才得。老臣敢保他决不来也。”

道君黯然半天，口中兀自念道：“一生一死，乃见交情，一荣一辱，交情乃见。”然后嘿嘿地笑了两声道：“高俅那厮，原是势利小人，如今还他个本来面目，倒也罢了。只是那王宗濋乃膏粱纨绔之徒，胸无点墨，手无缚鸡之力，怎当得殿帅重任，官家敢是失了眼了?”然后又十分嗟叹地说：“可惜刘信叔调到西北去了。我早就看中他，如让他留在京师掌执禁兵，必能御遇金寇!”

“刘信叔去西北，也是高俅一力撺掇，所以致此。还有种师道的总参议赵隆，当年铁山之战，威震羌夏，前年他留在京养病，也叫高俅撵到西北去了。官家当初不合事事都听他的话。”

“过往的事，如今还说它作甚?”刘锜、赵隆如何会调往西北去，这笔账官家自己肚里最明白，不但高俅，也有童贯的份儿。他心想如今大家都成了落水狗，别人要打落水狗，落水狗自己也咬落水狗，不免又生感嗟。这时他蓦地想起：昨夜一夜翻腾，心里总像有件搁不下的事，当时无论如何想不起来，如今偶然触机，忽然记起来了。他立刻挥挥手，让童贯退下去，接着另派一名内侍，去把大内监黄经臣找来。

黄经臣踉踉跄跄地进来，一见道君，就叩头告罪道："老奴前日领旨去镇安坊，没见到贵人本人，她只让小蘩传了几句话。昨日忙乱中，偏又赶不上御船，直到此刻才得回禀，先求官家责罚。"

"你好拖沓！"官家微愠道，"不叫人找你去，你还待明天、后天才来回话哩！直教俺悬了一夜的心。"

黄经臣把头垂到胸间，算是默默地领受官家的责罚。

黄经臣年纪较大，在宫中服役的时间最长，真可算为一个"老奴"了。他一向办事勤勤恳恳，不喜欢多说话、搬弄是非，因此博得后廷普遍的尊重，连官家也对他客客气气，难得有句重言重语。自从师师向官家明确表示她厌恶张迪，不愿让他往来传话送信以后，官家就改派了黄经臣担当这个职务。黄经臣不像张迪那种狗颠屁股，一心要装得十分巴结讨好的样子。他接受了任务，就老老实实去执行，既不漏掉一件，也不外加半分。对他的办事，官家是放心的。当时看看旁边无人，就低声问道："你在镇安坊没见到贵人？小蘩都与你说了些什么？你怎不等到与贵人见面，当面发放了才来回奏？"然后他提心吊胆地提出一个敏感的问题，"莫非贵人也因俺让位给太子生俺的气？"

"贵人没生气！"黄经臣先让他安下了心。然后按照他一夜熟虑想好的话回奏。他说，他去时，贵人病在床上，未能延接，叫小蘩出来问话。他把官家的旨意都说与小蘩听了。小蘩转身进去良久，出来传贵人的话道："烦黄内相多多拜上官家，臣妾染病在身，未便随驾南行，决心留在京师。万望官家保重！"

这是一套谎话，是一个老家奴出于爱护主子之心，不愿在他失意的时候再受一点刺激而编造出来的谎话。实际的情况是他见到李师师了。师师的确染疾，斜躺在炕床上，头发蓬蓬松松的不加梳掠。她听了官家要她一起出逃的建议，只从鼻子里哼出一声，伴以极度轻蔑的表情。她默然了一会儿，然后词气激越地说了下面一段话："官家传位太子，师师不恨，恨的是金寇尚未抵国门，官家先已弃京师而去，将来千秋万代留下了逃天子的名声，岂不污耳？官家既轻弃社稷百姓逃走，何必再以一个弱女子为念？"她一面说，一面从发髻下面摸出一支金簪，一折两段，把半段交与黄经臣道："黄内相，这半段金簪就烦你带去给官家了，说师师传话，万一有个三长两短，师师在京，不惜一死以殉国家，官家可也要自重啊！”

师师说话时，本来就已情急气迫，现在加上这个大动作，面孔忽然涨得通红，青筋绽露，胸脯起伏不定。直等她一阵喘过以后，黄经臣才敢悄悄地退出。

这半段金簪，他置在怀中，显然拿不出来，这段话也不能照实回禀。黄经臣想来想去，决定担个欺君的罪名，把它们隐瞒起来，还把师师说的词气激越的“自重”二字改为情意稠叠的“保重”二字，官家听了十分感嗟，当时匆匆忙忙，不暇推敲其中矛盾之处，都相信了，还待要问什么，正好郑皇后进来，只好把话头剪断。

当夜大队人马都在雍丘县县衙中过夜。道君嫌人多嘈杂，带着郑皇后和几个随从自去找个民家投宿。他找到的一家，房子还算齐整，只有一个老婆婆应门。她看见这一伙人进来，心里犯疑，拦住了通往内室的门，不让进去，还向郑皇后打听他们的来历。

“婆婆休问，”道君拦住她的盘问，自我介绍道，“俺姓赵，人称一郎，路过宝乡，错过了宿头，特来打扰投宿，明日酬金从丰。”

“赵官人作么生活？”老太婆还是不相信他的话，寻根究底地打听下去。

他本想诓说在京师做绸缎买卖，只见郑皇后在旁不断递来眼色，唯恐他说得不像，露出马脚，于是改口道：“本人在京师为官，如今致仕了，带着家眷亲随回乡去也。”

老婆婆看看郑皇后的花容月貌，很不相信致仕的话。她指着郑皇后问道：“这位敢是宝眷？官人年纪又不老大，怎生这等要紧便休致回乡去了？”

这句话说得中听，道君一高兴，就顺口编下去道：“老夫倒不算衰老，只为如今公事太忙，特举长子赵桓自代，一身轻了，且乐得闲散！”

他说得大伙儿都笑起来，郑皇后忘记了皇后——现在是皇太后的尊严，伸出一根食指戳戳他的额头，轻声说：“你这个人啊！就喜欢信口开河，也不想改改。”老婆婆看看这个，看看那个，一般老太婆用自己智力推断出来的结论往往是十分顽固的，凭你说得天花乱坠，也难使她相信，不过看到他们服饰华丽，言语和善，派头十足，她毕竟也让步了，相信他们不至于是来抢劫她家的强盗。她把道君和郑皇后让到内室去休息，其余的人也都安排妥当。

从出行以来，道君一直愁眉不展，现在算是第一次乐了。一向以丈夫的忧喜为自己忧喜的郑皇后看见丈夫乐了，也自高兴。她也着实倦了，一靠上枕头，不管它是干净还是肮脏，就齁齁入睡，很快就沉入梦境。她怎知道今夜道君受的煎熬十百倍于昨夜，他的表面上的快乐，正是为了掩盖内心的痛苦。当他达到了目的，大家高高兴兴地入睡，把他一个人留在孤寂中承受煎熬，那更是双倍的痛苦了。他从来不是一个可以独自承担痛苦的坚毅的人，即使在爱情生活中，他也远远不是个强者。

走的走了，留的仍然留着。从此天各一方，不知何年何月，才能相会？今天恰巧是“宣和”八年正月初五（他在内心中还不愿承认靖康改元），自从宣和五年六月初五那天龙舟竞渡以来，他已有整整两年半时间没有再见过师师。十年绮缘，一夕中断，梦里呓语，追寻已邈。今夜虽共此月，但已相隔三五座城市，相距五百余里之遥。即使有梦，梦境更加遥远缥缈了。江山可弃，社稷可轻，只有师师这一声“保重”，却像千斤石似的压在他的心头，叫他透不过气来。他这才明白，他欠下了李师师一笔永远偿不清的债务。

他以后越逃越远，不只是“亳州进香”，而把香一直进到镇江，直逃过大江以南，才停下脚步来。他对京师的印象越来越淡漠了，对它的存亡安危早已置之度外，那里的百万百姓、少帝和许多皇子帝姬的命运也只好让他们自己去挣扎。他念念不忘的就是这块压在心头的千斤石。

[1] 当时的河道在今道以北，流过浚州的南面。

10

斡离不东路军在大河以北最后一次的军事行动发生在宣和七年和靖康元年交替之际，正月初三大军完成渡河，这一天就是道君皇帝仓促南逃之日。

当时这支大军已连克河北南部的庆源府、信德府。河北义军经过两次激战，损失了杰出首领张关羽，暂时转入山寨休整。刘鞈所属的真定军，缩在真定府城内，对过境的金军不敢出击，因此金军一路如入无人之境。最后斥候在浚州发现北宋的防河部队。浚州渡口较狭，取道来东京甚近，历来就是河南北主要的渡口[1]。斡离不毫不犹豫，立刻派大将挞懒、骑将迪古补率部五千人风驰电掣般地向浚州进发。

道君皇帝禅位以前下的最后一道诏旨就是派何灌、梁方平二人率禁军三万余名分别戍守滑州和浚州二处的黄河渡口。这些禁军根本不能作战，出发时有人双手抓住马鞍不放，唯恐滑坠下马，东京居民看了又好气又好笑。梁、何二人地位相等，互不统属，何灌出身西军，早年立过战功，后来投靠高俅，曾统率胜捷军及京师的募兵随童贯伐辽，无功而返。梁方平是谭稹手下的大将，靠山甚硬，气焰胜过何灌。这样的军队和这样的统帅显然担当不起防河重任。

特别是梁方平早已过惯了东京的花天酒地的生活，派他来统带部队，连新年也不让好好地过一个，心里不满。他到达前线后，每夜仍在营帐中饮酒高会，十分热闹。

除夕酒刚吃过，接上来又是春酒，这天酒筵收拾得非常整齐，舞伎们就在营帐中应节舞蹈起来，好一片升平气象。

有个幕僚不识相地提到对岸河防堪虞，梁方平哈哈大笑起来，说道："足下敢是忘了今夕何夕。我这里要吃春酒，他斡离不难道不要过年？俺猜他这会子是喝醉烧酒，拥着胡姬高卧去了，还会出兵渡河？"然后他又意气豪迈地说："就算他要渡河，俺怕他怎的？记得当初王敦造反，朝廷派了个皇族司马流前去拒敌。司马流正在吃饭间，忽听战鼓一催，吓得双手乱颤，一块肥肉夹起来竟找不到自己的嘴在哪里。派这等脓包货出去拒战，才叫误了国家大事哩！"

"我公说的正是'食炙不知口处'的典故！足征博古通今，无所不知。"一个幕客凑趣地说。

为了表示自己的豪气，梁方平拣了一块方方正正的红烧东坡四喜肉，送进口中，三咬两嚼，就吞进肚里，哈哈笑道："俺梁方平奉命督师，视敌虏如草芥。今天端端正正地就把这块四喜肉吃下肚去，可知今人定胜古人。"然后举杯，一饮而尽，劝众幕客道："俺干了这一杯，众位也要畅怀痛饮，才不致被古人所笑。"

一言未了，忽然探马坌息而至，报告金将特里补轻师来袭的消息，梁方平还没有反应过来，第二起探马又到，说沿河的大军已溃，正被金军赶杀中。

"马，马！"梁方平喊出了发自本能的一声，倏地踢翻筵桌，急奔数步。刚来得及跳上马，忽然发现脚上少了一只靴子。"靴，靴！"他又大声索靴，及至从人把靴子找来，他在马上伸错了脚，把跣着的左脚藏到马肚皮底下，反而把着了靴的右脚高高翘起，等候从人替他穿上。这时他又第三次大呼："火，火！"示意从人放火烧掉大营和架在黄河上的浮桥。这里他自己坐稳了鞍桥，才伸出左手来，往自己的鼻子下面摸了两摸，依靠触觉和味觉的帮助，摸到了那块四喜肉的入口处，这才带着"今人毕竟胜古人"的优越感，向他六天前开来的方向疾驰而归。

梁方平说到的那个司马流在"食炙不知口处"以后不久就陷敌而死，他梁方平却能从从容容地发号施令，然后拨马逃走，今人毕竟远胜古人，真值得他自豪了。

可惜他的部属在执行"火"的命令，焚烧浮桥时烧得心慌意乱，只烧毁靠南岸的一半。靠北的二十八虹，虽然烧断了，却没有着火，飘向北岸，仍然拖着一个大尾巴，似乎要给北来的迪古补送上一份见面礼。迪古补欣然接受，略加修葺，浮桥依然可渡。另外他们又拘集了一批船只，驱兵渡过第一批部队。不到两天工夫，斡离不、阇母都赶到河岸了，麾兵急渡。

这时两岸麇集着待渡河的、正在渡河的和已经渡过河的正在待命的金兵。各式各样的兵种，各式各样的旗号，女真兵、契丹兵、汉兵、渤海兵、步兵、骑兵，互相掺杂，无复行伍，情况相当混乱。正在中渡的斡离不、阇母、刘彦宗起先也有些慌张，唯恐从哪里杀出一支宋军，乱流而击。后来看到黄水滔滔，上、下流几十里的地方都不见有一个宋兵的影子，才把心放下来。

斡离不倚着船舷四顾，踌躇满志地说："南朝可谓无人，这里若有一二千人凭河死战，我军岂能安渡？"

梁方平匹马逃回，紧接着在滑州防河的何灌所部也跟着溃散。斡离不一面续渡部队，一面就发起向东京进攻。郭药师充当金军的向导，他对东京的道路早已摸熟，此时一马当先，麾下一千名常胜军急急跟进，然后是女真、契丹、奚、渤海、汉人等各军，他们在急迫的进军中，趁机调整了队伍，这时都挨在常胜军后面，准备抢立大功。

不久，东京城隐隐在望，从一片雾气中逐渐露面的城堞映入郭药师的眼帘，他狂呼："东京到了！"接着千万道粗哑的嗓音应和着他，发出地动山摇的吼声："东京到了！"金军顿时陷入狂热之中。

郭药师更不怠慢，率部疾驰，径登城郊西北的牟驼冈。那里是宋朝孳畜官马的所在地，刍豆山积，还有两千匹战马留在岗上，竟没有及时收入城内。郭药师不费一矢之力，就把城外的这个制高点占领了，尽获战马、马秣，立了第一功。

这时在东京西北郊居的乡民们不明情况，还留在城外。兀术驱军，一阵屠戮，把乡民们都杀光了，几把大火，把附郭的许多村落、相当繁荣的市镇都烧成灰烬，清出一片战场，也算立了第二功。这个兀术在屠杀人民、掳掠焚烧方面，从来不会手软，人们不忘记给他记上这笔账。

现在一切障碍物都已经扫除了，驻扎在牟驼冈周围的六万金军和刚成立不久的宋朝新政府只隔开一堵城墙，面对面对峙着。

从宋朝军民的一方面来讲，第一次东京保卫战开始了。

第三十三章

1

按照一千多年封建王朝的惯例，在同一个朝代内，继位的皇帝在即位的当年必须承袭老皇帝留下来的年号，不管老皇帝已经晏了驾，或者还活得活泼泼的自愿禅位，都是如此。这个年号要保留到当年十二月底除夕之夜。直到第二天新正初一，新皇帝才有权力换一个年号，称为“改元”，含有万事更新的意思。

渊圣皇帝虽然仁孝非常，对于父皇的这个声名狼藉，内患外祸纷至沓来，与蔡京、童贯、王黼、高俅、蔡攸、朱勔等权奸集团成员的名字和与花石纲、应奉局、行幸局等秕政联系起来的“宣和”年号，并无好感（在这个年号之内，他本人的太子地位差一点被王黼一力支持的皇子郓王楷挤掉）。幸喜他即位于宣和七年十二月二十三日庚申，过了六天，就是二十九除夕。这一年十二月小，又省掉一天，次日丁卯就是新正初一。从这天开始，正式改元“靖康”，以此摆脱了“宣和”这口黑锅。

一般新改的元，多少总有一点含义。

渊圣皇帝把改元的事委托给首相太宰白时中，白时中委托尚书右丞宇文粹中、中书舍人朱胜非两人。他们请示：“凡年号须有主意，今以何意为主?”白时中透露了极重要的、听起来很像是转述渊圣本人的话，说：“当以和戎为主。”和戎就是与金人讲和，在即将兵临城下的情况下，甚至要在年号中表示出谋和的决心，这很可以看出新朝廷的动向。不过后来宇文粹中提出并经廷议通过的“靖康”两字，含有靖难安乱、天下太平的意思，还算是积极的。

如果说“以和戎为主”确实出自渊圣皇帝本人之意，而决定用靖康为年号，也由他本人裁定，那么在两三天内，他的主意已有所改变了。这一变变得很好。可是后来他又变了多次，从主和变为主战，又从主战变为主和，有时在一天之内要变两变，有时在一件事情中变来变去，拿不出一个决定的主意。最奇怪的是在他主战的同时又可以听信主和大臣的意见，同时进行和议，双管齐下，并行不悖，变来变去，终于变出了一出亡国的悲剧。

靖康元年正月初一金人渡河，梁方平、何灌防河部队溃散的消息传到京师。三日，渊圣下诏亲征，诏旨中说：“事非获已，师实有名，已戒六师，躬行天讨。”

“一应亲征合行事件，令有司并依真宗皇帝幸澶渊故事，疾速检举施行。”对于抗战似乎表现出相当大的决心。

澶渊之役，朝内也有主逃的王钦若、陈尧叟和主战的寇準两派，寇準的主张得胜，澶渊亲征才能实现。如今渊圣效法祖先，实行亲征，也要在朝廷内树起一个主战派来做自己的助手。经过十天来的议论纷纷，他终于弄清楚太宰白时中、少宰李邦彦、中书侍郎张邦昌等都是主和的，他们手下有一大帮人，是多数派。坚决主战的只有太常少卿李纲一人。不过吴敏是李纲的荐主，渊圣本人得以禅代太上，就靠吴敏、李纲的斡旋，因此他特擢李纲为兵部侍郎，而以吴敏知枢密院事。枢密院专管军事，在下令亲征的同一天，派吴敏、李纲负责军事就是希望他们成为自己的寇準。看来亲征确是皇帝自己的主张，倒不是写在字面上哄骗人。

可是在同一天内，朝廷里出现了骇人听闻的情况，尚书以下的大官张劝、卫仲达、何大圭等五十余人弃官而逃，朝端为之一空，人心惶惶。特别在宫廷之内，大部分内侍都与当权的白时中、李邦彦，隐在幕后操纵政局的大内监梁师成有联系，他们兴风作浪，把外面的谣言带到宫内，再把宫内消息透露到外边，以制造混乱的局势。当天晚上，传出了渊圣皇帝要出狩襄樊[1]的消息。

这个患了严重健忘症的皇帝，不到一天工夫，就把自己说过有关亲征的话忘掉了。

但是已被任命为兵部侍郎的李纲现在已拥有直接奏对之权，他进入内殿，当面诘问渊圣道：“臣顷在道路间闻说宰相们将奉陛下出狩襄樊，以避夷狄，如此则宗社危矣！兼与昨日亲征之议大相径庭，不知果出于陛下之意乎？”问得渊圣默默无语。接着李纲又进一步逼问道：“太上皇以宗社之故，传位陛下，陛下舍之而去，可乎？”

渊圣皇帝又默然不语。这时，太宰白时中等纷纷奏说京城不可守。一个领京城所的内监陈良弼从内殿跳出来争议道：“京城楼橹，百无一二，又城内樊家岗一带濠河狭浅，绝难保守，陛下不可听李纲之言，误了大事。”

可守不可守，双方各执一词。渊圣采取了折中的办法，派李纲与蔡懋、陈良弼一起去新城东壁实地视察城墙濠河，商量出一个大家可以接受的意见前来回奏。他们出去视察后，双方回来奏对，仍然各执一词，不过陈良弼等一口咬定京城不可守，说不出多少道理来。李纲却提出不少具体的意见，如整饬军马，扬声出战，团结军民，相与坚守，以待西北勤王之师等战守策略，说得渊圣的意思又活动起来。

[1] 襄阳、樊城，今湖北省襄阳市。

“卿言之成理，朕志已决，坚守京师，”渊圣点头道，“唯今日大臣中谁堪主持战守之计者，卿试推举其人。”

“朝廷平日以高爵厚禄畜养大臣，今日国家有事，正该大臣效命之秋。”李纲指名道姓地说，“白时中、李邦彦虽书生，未必知兵，然借其位号抚驭将士，以抗敌锋，正是职责所在，岂容推辞？”

李纲的话说得咄咄逼人，白时中忘了金殿奏对应有的礼貌，面色发赤，厉声说道：“李纲莫能将兵出战否？”

白时中以李纲之道还治其身，以为这一下可以把李纲吓退了。不料李纲以国事为重，不怕承担艰巨，当渊圣征求他的意见时，他就老老实实地回答：“陛下不以臣为庸懦，倘使治兵，愿以死效！”

这时新除知枢密院事吴敏在旁帮衬道：“李纲任事甚勇，可付以大事。唯官卑职微，不足以镇士卒，官家须得加封他才好展布。”

“此言极是。”渊圣又不住地点头问，“宰执中可有出缺的报来。”

近臣报道，尚书右丞宇文粹中前日随太上皇去亳州进香，尚待补缺。渊圣大喜，立刻写了诏旨，除李纲为尚书右丞，面赐袍服牙笏。看来，渊圣皇帝已经接受李纲的建议，这场争论将以李纲的胜利结束了。

2

可是李纲的胜利维持不到半个时辰。

当时车驾回宫内进膳，赐宰执食于崇政殿门外庑，唯白、李两人跟着进内陪侍御膳。不久，他们出来传话：膳毕，宰执们再会于福宁殿，决去留之计，同时任命李纲为东京留守，李棁为副留守。

“决去留之计”，表明渊圣的去留尚未决定，犹待讨论，这与顷刻前说朕决心坚守京师的话发生矛盾，何况又命李纲为东京留守，一般只在御驾离京的情况下才需要有人留守，命他为留守，则不待讨论，渊圣出狩之意已决。李纲知道渊圣在一顿饭中间，听了白、李的话，主张又变。他先发制人，等渊圣一到福宁殿，就力陈御驾不可轻出理由。古代臣僚进谏都要举历史为例，历史的作用，远胜于后来，它是皇帝与臣僚的必修课程，李纲自然也擅长此道。他说：“唐明皇闻潼关失守，即时幸蜀，宗庙朝廷，碎于贼手，累年后仅能复之。范祖禹以为其失在于不能坚守以待勤王之师。”安史之乱，唐玄宗弃京师幸蜀，杨贵妃死于马嵬坡，这是人人都知道的历史。范祖禹负责编写《资治通鉴》唐史的部分，是唐史专家。李纲引据他的论断加强了进谏的分量。然后他说出本人的意思：“今陛下初即位，中外欣戴，四方之兵，不日云集，虏骑不能久留。舍此而去，如龙脱于渊，车驾朝发而都城夕乱，虽臣等留守，将何补于事？宗庙社稷，且将为丘墟，幸陛下审思之！”

这番话说得非常有力，渊圣低回半天，不能做出决定。一个近身内侍王孝杰却跳出来威胁渊圣道：“中宫国公已行，陛下岂可留此？”

中宫指渊圣的皇后朱氏，渊圣即位前，两人曾有一段共患难的经历，情好甚笃；国公是他们尚未满两岁的长子，他们母子俩就是被内侍矫官家之旨劫持上銮舆送出东京的，现在内侍们又反过来说中宫已行，逼得官家非走不可。渊圣一听妻儿已经走了，大惊失色，当即走下御榻流泪道：“卿等休再留朕，朕将亲往陕西，起兵以复京城，决不可留此。”

渊圣之意虽决，但事关京城存亡，李纲岂肯轻轻罢手？他泣拜御前，以死相邀。正好渊圣的两位皇叔燕王赵似、越王赵俣前来陛见，他们倒也主张固守京城。在大臣中间吴敏也反对御驾出走，几个人极力谏劝，渊圣之意稍定。他即在御案上取纸笔写了“可回”两个字，画上花押，派内侍朱拱之急骑赍送，追回中宫，然后回顾李纲道："卿留朕，朕专以治兵御戎之事委卿，不得少有疏虞。"

李纲再拜受命，与副留守李棁一起出去治事，当夜就宿在尚书省。

这是李纲第二次在廷议中得到的胜利，可是这个胜利也过不了夜。

朱拱之受命去追回皇后，事实上他并未出城，只在城里兜了个圈子，午夜后，回奏中宫、国公的銮舆已远，无法追回了，又添油加醋地说："奴婢在城外听逃难南来的百姓说，金军前驱距京城已不过数十里，官家此时不走，被金军困在城内，此生将永无与中宫、国公相见之期了。"渊圣儿女情长，一听此话不由得害怕起来，又一次改变了主意，急命内侍、侍卫做好出幸的准备，只等天一亮就走。

第二天一清早，李纲从尚书省入朝，道路上又纷传官家将出西城。他无暇细问，拍马径往大内。这时宫门口果然是一片逃难的景象，许多神色仓皇的宫人从内廷侧门出来，身上的衣服单薄凌乱，显然是临时得到命令，来不及梳妆一番，就奔出来了。她们手里只带一个包袱和一卷被褥寝具，往来乱窜，不知道要听谁的话、往哪儿走才好。

有人告诉她们，来的官儿就是主持城守的李右丞。一个宫人带头来问消息，许多宫人都跟上来，要向李右丞讨个主意。

"是谁打发你等出宫的?"

"内押班张迪。"

"张迪那厮，现在哪里?"

"张押班早就坐一辆宫车出城去了。"

"官家可曾出宫?"

回答得莫衷一是，有的说官家早已出宫，有的说还留在宫里，只有一个宫女回答得十分肯定，她刚才出宫前，看见官家正往祥曦殿走去，相隔还不到一盏茶的时间。既然是她亲眼看到的，李纲确信官家尚未出走，心里较定，就吩咐宫人们先都回大内去，等待后命，休得慌乱走动。

清晨严寒，御沟中结着厚厚的冰，屋檐下边也挂着一排排坚实的冰须，擐甲执兵的禁卫们冲风顶寒，不断地揉搓着双手，在冷空气里呵气。新的殿帅，威风不可一世的王宗濋骑在高头大马上，往来传令，要把这批禁卫军集合起来，担任扈驾出行的任务。他的命令受到沉默的抗议，也有人鼓噪叫喊，拒绝出行，这显然就是这支逃难队伍还不能够启行的原因。

十多年来禁军们无可奈何地习惯了服从贪残庸横的长官高俅的管辖，现在试图要反对这个新任的长官了。他们看到王宗濋身穿厚厚的皮袄，别人冷得发抖，他却冒出满头大汗，单这一点就引起莫大的反感。他们不听指挥，不愿集合站队，许多人还口出怨言，反对出城护驾。作为官兵的代表，一个手执金枪的军官正在与王宗濋争执，这在军队里是很少见的事情。不过他是有后盾的，大部分禁军支持他的意见，拥在他们周围大声嚷喊。王宗濋使出浑身解数，叱骂威吓，竟不能把他们吓退。

李纲认得这个军官，他是金枪班班直蒋宣，也认得他的同伴银枪班的李福、卢万等人，弄清楚了他们争执的原因，就站到一处台阶上，高声问道："俺李纲受官家之命，坚守京城，誓与此城共存亡，一息尚存，寸步不移。尔官兵等食朝廷之禄，忠国家之事，愿意随俺死守，还是出城西行？不妨各抒所见，待俺入朝面圣，取官家裁决。"

"愿从右丞死守！"蒋宣第一个带头高呼。许多禁军接着叫喊："如能保守京师，粉身碎骨在所不辞！"还有人冲着王宗濋骂道："天下事都叫这些奸臣误了！今日京师危亡在即，还待往哪里逃？"

王宗濋看看形势不好，抽起马鞭，就想溜走。李纲一把把他扯住了，说道："殿帅休走，且随李某上金殿去走一遭。"

"殿帅休走，殿帅休走！"禁军们也觉察王宗濋的意图，一拥而前，拦住他的马头，把他们送到东华门口。这时渊圣已出御前殿，昨夜宿在东门司的宰执们，也纷纷来到前殿打听消息，安排出走之计。一见李纲扯着王宗濋闹闹嚷嚷地进来，生怕又生别议，一齐阻拦着不让李纲走近御前。

这是用得着气力的时候了。李纲虽是文官出身，看到天下多事，在南剑州的几年中，每天走马舞剑，打熬出几百斤气力。他为自己特别打制一对瓦楞铁锏，足足有三十六斤重，骑在马上，舞动起来，簌簌生风，俨然是个战将的派头，哪里把这几名文官看在眼里！他愤然一推，早把他们推得跌跌撞撞，自己一径走到御前，不客气地奏问道："陛下昨夕已许臣留下，今天如何又要出走？臣事君以忠，君待臣以诚，忠诚相济，大局才有转机，官家怎忍见欺？"

这一问语气相当严厉，问得渊圣低下了头，不好意思回答。然后李纲又把王宗濋拉上来，揿跪在御前的地坪上，说道："适才王宗濋在宫外，处置不善，引起禁军鼓噪。禁军忠心为国，愿为陛下死守京师，如何又要他们出城西行？禁军也有父母妻小在京，无端舍去，仓促扈跸，万一中道散归，那时陛下靠何人护卫？"说着，

[1] 耐辛苦，禁中的习惯用语，皇帝用以安慰臣僚。

随手一拖，把王宗濋拖前两步，指着问："难道陛下真要靠王宗濋护驾？看他这等阘茸无能，自护不足，安能护人？"

可笑王宗濋身为渊圣的母舅，又新任最高军事长官，枉有八尺之躯，一个肉墩墩的肚皮，被李纲拉来拖去，恰似泥塑木雕一般，不敢动弹，更不敢出声申辩。

宰执们看见渊圣有偏袒李纲之意，唯恐昨夜之议又要被打消了，一齐上前，七嘴八舌地议论。户部侍郎王时雍要在白、李两相前逞能，越次上前，弹劾李纲在金殿上殴辱国舅大臣，无礼可诛。

王时雍这一出格的行动博得宰执们人人叫好，齐声附和起来。渊圣一眼瞥见张邦昌与白、李两人挤眉弄眼，得意扬扬。回头又看见内侍朱拱之站在御座背后，向他们做出要斩砍李纲的姿势，看他这副咬牙切齿的样子，恨不得一手掌劈下去就把李纲身首分离。一时糊涂一时清醒的渊圣忽然觉悟到内侍与宰执们都是沆瀣一气，串通了排斥李纲的。他们党羽已成，勾连甚深，因而联系到自己孤立无援，也产生了对他们的强烈反感，顿时露出愠色，斥责王时雍道："李纲忠贞，一时粗鲁，朕不罪怪他。只如你王时雍职供司农，不在户部好好核算钱粮出入，却在此越位妄言，这算得是什么礼！"

渊圣即位旬日，还是保持了做太子那时谦卑退让的作风，与臣僚说话，即使忤旨也不以重语相加。今天难得发雷霆之怒，把王时雍斥退后，温言与李纲说道："卿且耐辛苦[1]，出宫去说与禁军们知道，禁军愿拒敌死守京城，禁军不负国家，朕也不负禁军。这番朕说了此话决不再食言了，卿可放心前去传旨。"

李纲领旨出宫不久，就听见宫外响起一片万岁声。这种真正出自内心的感悦的嵩呼与大臣们有气无力的习惯的嵩呼是很不同的。渊圣虽然迟钝，毕竟也能够辨认出两者的区别。他终于悟出了一个道理，只有他决心抗敌，才能博得士兵们真正的拥戴。趁着一时激动，渊圣当即下了两道手诏，以李纲为御营京城四城守御使和亲征行营使，接着又毅然向大臣们宣布："朕决心以一身殉社稷，战守之事，悉委李纲，再有人敢以出狩之议上者斩！"

好容易从渊圣口中挖出一个"斩"字，这句话就等于是一柄尚方宝剑。有了这句话，有了上面的两个头衔，李纲才算取得主持战守的全权。

还没有对来犯的金军一矢相加，李纲先要拼出吃奶的气力与群臣的阴谋诡计斗争，与官家的反复无常斗争，总算取得决定性的（远远不是最后的）胜利。再过一天，宋金两军就在汴京城外展开白刃大战。好险呀！形势间不容发。人们简直不能想象如果没有这两个刚刚来得及、火热出笼的任命，下一天金军掩到东京城下，将会出现怎样的局面。

3

宋金之间第一次的攻守战发生于西水门外，时间就在正月初六，斡离不亲统大军到达汴京城下的当天。

这是一支锐气十足的攻击之师。他们于初三全师渡过黄河，经过三天来的追击、扫荡、整顿，迅速赶到汴京城下，在牟驼冈扎下大营后，就积极筹备进攻。

只有东水门还来不及关上，汴京城的其他城门已经昼闭，几万名家道殷实的居民，受到太上皇南逃、官家也准备西走，谣诼纷来，朝端一空的影响，相将携妻挈子，逃出东水门，沿汴河而走。

他们是举措不定的朝政的第一批牺牲者，为了逃命，反而丧命。兀术亲自统率的那支轻骑兵杀光了西北城外的居民后，心犹未足，打听得东水门外有大批老百姓出走，立刻赶到东郊。这是一支久经战阵的骑兵部队，左右两翼遥遥展开，主力摆在中央，正对难民密集之处，一声掩杀令下，犹如一只凶猛的鹰隼猛然向一群小鸡扑来，小鸡乱飞乱逃，怎逃得出鹰隼的魔爪？欲待回去，东水门已经关上了，只好坐待受戮。只见一阵阵血雨横飞，一层层惨雾四塞，不到一个时辰，兀术就取得歼"敌"的全功。他不但杀光了人，还掳掠得他们携带的全部贵重的细软，得意之余，又下令尽焚郊外屋宇村落，这一夜，东门外火光烛天，哭喊声不绝。

不过真正的战争并不发生在这里，而发生在宋军已有相当准备的西水门一带的阵地上。

历史学家把这些准备工作归功于李纲。

他接受亲征行营使和御营京城四城守御使的任命以后，就利用已经废置的大晟府旧址置司，辟除一批参谋官、书写机宜、勾当公事、管勾文字等从官，办理公务，后来又把行营司移到陈桥门内的班荆馆。他下令修治都城四壁守具，以百步法分兵备御，每壁拨正兵一万二千名，再加上保甲民兵厢军之属，饬令他们即速完成修敌楼、挂毡幕、安炮座、设弩床、运砖石、施燎炬、垂檑木、备火油等防御工作，又宣布官家决心坚守，已颁赐钱银绢各一百万贯两匹，文臣自朝议大夫以下、武臣自武功大夫以下及将校官告宣帖三千余道，只要在攻守战中立功的，都可得到奖赏。一切统由亲征行营司便宜行事，其他机构不得掣肘。另外又任命四壁的从官，以宗室武臣为提举司，诸门皆有大小使臣，分地以守。又整顿了三衙的禁军，把现有的马步兵四万人划分为左右前后中五军，军各八千人，有统制、统领、步队将、骑队将等层层节制。各军都有规定的战守任务。前军八千人被派往东水门外，稳定了那边的军心，把门内延丰仓储存的四十万石豆粟搬到安全的处所。

所有这些准备工作都是十分必要的、深合机宜的，如果没有像李纲这样一个中心人物擘画一切，统筹一切，即使官家决定了固守的方针，也只是一句空话。但问题在于官家决策固守，李纲被任命为上述的两个要职都是发生在正月初五的事情。李纲纵有三头六臂，又怎能把上述的许多工作在一天一夜之间就全部完成？不，这绝不可能。事实上，李纲发下的命令，不可能全部迅速执行。主和大臣，特别是权力很大的内侍，仍然起消极作用。如果他们不敢再正面提出出狩的建议，也要从反面来破坏李纲的战争措置，以证明他们的不可守的观点是正确的。非到东京城沦陷，他们的阴谋决不停止。譬如官家御赐的金帛，真要从内库搬到城防第一线，这绝不是几天内就能解决的事情。攻防战争最激烈的时候，将领们用以激励士兵的还只是一句空话，一张尚未能兑现的期票，士兵们能到手多少，是很成问题的。还有城头上十分需要的强弩炮座大部分都堆在兵器库里，主管兵器库的恰恰就是反对战守甚烈的内侍领京城所陈良弼，只要他的差使不撤，李纲就不能希望他马上把这些高效率的武器送上城来。

上述的许多备战措施除刻不容缓地成立两个机构，确在当天完成外，其余大部分都在以后的几天，甚至十多天中才能陆续实现，而其中不小的一部分直到金军退去，第一次东京保卫战结束以后也未见实现。历史就是这样的。

因此初六西水门之战和初七陈桥门、封丘门、卫州城等处攻守战的胜利，与其归功于李纲一人，还不如归功于受到要打退金虏保卫国家这一神圣信念激励的广大军民，更为符合事实。当然李纲是这个战役的组织者，正是他把全体官兵的爱国心激发到一个空前的高度，他的功绩当然决不容许抹杀。

初六傍晚，西水门之战是斡离不的一次试攻，具体指挥战役的就是首先渡过黄河有功的骑将迪古补，他乘进军之锐，掠得小船数十只，沿汴河而下，直攻西水门。

这时受命专守西城一带的大将何庆彦也还是刚刚到任。他一听说西水门有急，立刻带了两千名“敢死士”赶到那里。原来在西水门防守的禁军很少上过战场，大部分士兵都还是第一次作战，但是出身西军的何庆彦却是战守兼备的著名将领，两千名敢死士中有一部分是他的亲兵，曾长期在西北战场上作战，有丰富的作战经

〔一〕女真军队的中级将领耳戴银环，高级将领耳戴金环。

验。他们的来到，鼓舞起原来守城禁军的勇气，当他们初次看到金方的精锐部队攻城时，在相互勉励之下，居然能够克服在这种情况下很难避免的畏怯情绪，奋勇应战，这是很不容易的。

何庆彦是李纲赏识的禁军将领。禁军多年来由高俅一手包办，军政腐败，士气颓丧，有能力、有抱负的官兵都想脱离禁军，另谋出路。也有因为种种原因留下来供职的，大都沉屈在中下层，高级将领中很少有李纲的知音。李纲这次自南方北调至京，虽然充任与军事毫不相干的太常少卿，但预料到天下多事，京师必有被兵之日，有意识地与禁军将领多相往来，其中何庆彦、姚友仲、辛康宗等与他相交甚密，也因他们的关系，结识了中下层的将佐金、银枪班的蒋宣、李福、卢万等人。还有一个何灌，也是西军出身，后来依附高俅、刘延庆门下，声名不好。这次奉命防河，在滑州未经一战就逃回来了，更为将士们所指摘。但他毕竟是一员老将，梁方平统军防河时，他曾向当局力谏，防河的禁军不可恃，京师应有准备。李纲看中他还有一点责任心，在禁军的最高层中，只有他尚堪一战，就在渊圣面前把他保下来，一起参加守御。后来又划东南半壁给他，让他负责那方面的城防。

李纲赏识的这些将领，在现在和将来的保卫战争中都起了一定作用。何庆彦首战得利，其功不小。

其实那天的战斗还不能算是十分激烈，金军的船只顺汴河而下，何庆彦招募的敢死士准备了长钩，看见金军的船只驶近，就从隐蔽处跳出来，以长钩钩住船只，其余士兵准备了大块石头，猛然向小船砸去，把它们砸得粉碎，没有上钩的船看前面形势不利，就退回去了。但是迪古补不肯退兵，不久又派一批小船顺流而下，船上乘载着许多弓箭手，挽起强弓，向城上频频发射，使敢死士近不得船身钩搭。敢死士又在汴河中流安放了不少杈木，还发动观战的老百姓搬运大石块塞在水门的河道中间，把河道堵死了，金方的船只无法下驶。

又有几只小船被石块打碎，不习水性的金兵纷纷掉下河去。敢死士不愧为不怕死的勇士，他们不顾后面应援的金军劲矢狂射，奋勇跳入汴河内，活捉并斩杀了掉在水里的金兵一百余名，其中还有一名女真的中级将领。当战士们举起戴着银环[1]的女真将领的首级向岸上摇晃示众时，观战的将士百姓们都狂呼起来。

这以后就没有战斗了。金军的船只不能下驶，但也不肯撤回，他们挑起明晃晃的灯笼，又把沿河的建筑物统统拆下来当木柴烧，沿河两岸火光烛天。宋军没有射程远的大炮和强弩，眼睁睁地看着金军耀武扬威，无法把他们驱走。但是参战的战士和观战的老百姓越来越多了，他们隐蔽在金军箭射不到的地方，大声呐喊，通夜不绝，双方相持到天明，金兵方退。宋朝的官兵百姓又大声鼓噪起来，好像列队把敌军送走，然后大家狂呼着庆祝第一个胜利。

这第一个胜利，从战斗的角度来看，并没有怎样了不起的战绩，但它把金人的攻势挡住了，磨炼了战士们的胆力，也使全城军民产生了敌军并非不可战胜的信心，这是很有意义的。

4

真正的鏖战发生在初七这一天。

初六是斡离不的试攻，他只派小部队乘船进攻西水门一处。到了初七，他才发动全面进攻，投入的兵力有四五万人，随军携带的攻城用具全部用上了，从东京的东、北、西三个方向进攻，战况空前激烈。

这天清早，李纲正在垂拱殿奏报昨夜的战绩，忽听得内侍报来金军进攻封丘门、酸枣门一带甚急的消息。渊圣着了慌，急命李纲前去御敌。

隔夜，李纲已传命蒋宣、李福在侍卫亲军中挑选出一千名善射的士兵待命，面圣出来，他就带着这一千名射士赶赴前线。从禁中到酸枣门将近二十里路，李纲在夹道委巷中骑马飞奔，一面又不断派出传令兵向各方面传送命令。他一路上心里十分紧张，唯恐自己尚未驰抵城厢，金军已经攻陷城池了。幸喜他奔抵目的地时，看见战况虽空前剧烈，城门尚未失陷。姚友仲正在敌楼上紧张地督战，见他来了，急急忙忙禀告了几句，又返身回去督战。这间不容发的当儿，大队金兵已越过城壕，有的倚着云梯，准备抢城，守军沉着应战，把手头捞得到的矢石灰瓶，一阵阵像倾盆大雨似的往城下倾泼，一次又一次地打退金军，让他们留下许多尸体，有的地方尸体横七竖八地叠起来，叠成好几层。只是矢石有限，金军却不顾伤亡，前仆后继地继续扑向城根。在阵后督战的将领们抡起八棱大棒，不由分说，朝那些后退的将士横扫竖打。他们退下一批又拥上一批，再进再却，再却再进，形势确实十分危急。

李纲的出现，首先振奋了士气，然后他急令蒋宣指挥侍卫从城头上发射箭矢。他的幕僚与内监们打交道，费尽口舌才搬来几位大炮、几架床子弩，把它们推挽上城助战，射士们人手多，箭矢集中，射法又不同凡响，顷刻间就射死不少金兵。有的射士擒贼擒王，对准战阵后的督战将领射去，也射死射伤几名，造成了金军的混乱退却。这时城上城下都看清楚有一名金环大将怒马突出，直扑城根，企图稳定军心，重新组织进攻。城上几架床子弩一齐对准他发射，有两支箭同时穿透他的身体。他的亲兵们急忙向前抢得他的尸体，回身就走。城上一起呐喊，金军大乱，狼狈撤退。

酸枣门下的进攻显然缓和了，但是近旁的战斗还是十分激烈。金军似乎在每一道城壁下都选择了几个进攻点，只要一处得手，登上城楼，就可驱散守军，抢夺城门，放进大队人马。面对着金军的流动进攻，李纲也不固定驻守在一处，他带着僚属部将乘城而行，看到战况剧烈之处，就把弓箭队调来助战，同时激励将士，奋勇抢救。将士们人人奋战，找到目标就一箭射去，还有用手炮、檑木相击的，击退金军。

床子弩发挥了杀伤敌人的高效率，几位笨重的大炮也开始发威，远距离地攻击敌方阵后，破坏他们的组织进攻。座炮虽有，作为炮弹的大石块却不凑手，数炮打过，座炮就沉寂了。眼看密集的金军重新集合拥来，一时无法把他们打退，在城头上观战的老百姓们看得气愤，有的振臂一呼，说到蔡太师花园里去要石头。这是个由群众自己想出来、群众自己领导、群众自己行动的真正的群众运动，一人带头，一大群人就呼啸着拥到“春风杨柳太师桥”的太师府中，把东园、西园中的假山湖石统统拆下来，搬运到城头上当炮石打。这一不平常的举动，在战斗的当时，大家都觉得是正常而又十分必要的。用民脂民膏换来的假山湖石，当作炮石打去，既打击了侵略的金军，也惩罚了导致侵略的民贼蔡京，大家心里感到特别痛快。

一阵炮轰箭射，城壕以内的金军被消灭了，城壕以外的金军也被轰击得站不住脚，纷纷撤退，丢在城根、战壕中的云梯也顾不得搬走。缒城而下的宋军一把大火，把它们烧成灰烬，火焰冲天而起，遮蔽了白日，在金军混乱的退却中，这些缒城而下的勇士又敢于渡濠追击，掩杀溃兵，使金军丢下了大量的尸体匆匆而逃。

这一天金军攻陈桥门、封丘门、卫州门、酸枣门，而以攻酸枣门为最急。宋朝能战的将士何灌、姚友仲、辛康宗等几乎全部出动了，西门没有重大的战斗，何庆彦也被调到陈桥门上督战。双方战况空前激烈，从早晨卯时一直战斗到申、酉之间。进攻的金军损失较大，有数千名战士和十多名金环、银环的大将被杀，受伤的更是不计其数。宋朝方面也有相当损失，有些城楼上猬集着无数箭矢，不少官兵中箭伤亡。

既然各处城门都确保无恙，而金方的损失远远超过宋方，这一天战斗的胜利者毫无疑问属于守方。

5

金军两次进攻都铩羽而归，第二次的大攻击不但无功，反而遭到相当严重的损失。各军都有伤亡，单是女真精锐就阵亡了数百名，大将迪古补受伤，兀术麾下有两名青年宗室和一名猛安被杀。当天收兵时，各军士气不振，多有怨言。斡离不考虑了全局，不得不暂时约退人马，重新部署再攻之计。

当夜，李纲和随从人员都宿在酸枣门城楼上，密切监视敌军行动。半夜以后，探马报来，金兵已撤。李纲大喜过望，只是黑夜中，从城头望城下，只看见一片黑暗的海洋，远处有些跳动着的灯光和隐隐约约的嚣呼声，也弄不清楚方位和距离远近，李纲决定明晨亲自出城去实地视察一下，以决定下一步的行动。

渊圣皇帝关心战局，夜来已派了几批内侍赶来问讯，李纲原答允明天一早去垂拱殿面圣详奏，如今情况发生了变化，他考虑一下，改派亲征行营副使李棁入宫面奏。李棁是他的副手，昨天又跟随他在酸枣门上督战，始终没有离开过左右。他相信派李棁入宫，一定能够奏报得十分翔实。

此外，官家早两天御口答应颁赐一百万贯两匹的钱、银、绢帛赏赐给前线将士，这个消息早已向将士们公布过了，并由亲征行营司定了赏格：凡打死射死一名金环大将的赏银千两，打死射死一名银环大将的赏银百两，以下递减有差。应统制以下军官，下至士兵战死战伤的都规定了抚恤和慰问的金额，行营司派专人在各城门计数造册，不许遗漏。这一着在战阵中果然很起作用，更加激发了战士们的斗志。无奈官家的赏赐口惠而实不至，户部侍郎王时雍推说这笔特赐应在官家内库中支付，与本部无涉；掌管内库的内侍朱拱之又推说官家已降手谕，明确指定应向户部关领，无与内库之事，再问官家的手谕在哪里，据说还搁在内廷尚宝司，要等到盖了御玺后才能生效。问起尚宝司的内监，又回说根本不知道有这样一道谕旨，总之是推来推去，推了三天，这笔赏赐还是没有着落。

李纲知道李棁曾在河北路当过转运使，与王时雍、朱拱之都有微妙的关系，因此给了他任务，今天务必把这项赏金取到，限明日一定要发放到有功将士和阵亡官兵的家属手中。

李纲再三关照道："初六西水门之战，何庆彦独立大功，昨在封丘门上助战，也著劳绩。酸枣门大战，姚友仲战功最著，蒋宣、李福的弓箭手射退金军，并指挥弩手攒射城下的一名金环大将，当场射死，众目睽睽，务必依照赏格发给金帛，以昭大信。姚友仲、何庆彦官位已尊，须得官家御笔褒谕，激励大众。副使见了圣上都要一一详细奏明。”

李纲把两天来将士们的功过，都记在心里，一项一项地报出来，要李棁奏上。李棁身为副使，只好照单全收，诺诺连声而去。可是这个李棁，无论从年辈、资历上来讲都在李纲之上。李纲在这次超擢以前只做到太常少卿，而他李棁三年前就官拜光禄卿，单凭这一项他就很有理由阳奉阴违，不听李纲的指挥，何况要取到金帛，这个任务是很难完成的，无论王时雍，无论朱拱之，都是他的“关系人”，交情要留到对自己有好处的时候才肯用，他又岂肯为了这几个“赤佬”就去开罪权贵们？

他在李纲跟前，说不得只好低头三分，马匹一离开李纲的视野，他就恨声地对几名随从发起牢骚来：“几名‘赤佬’杀了个把小番，值得什么大惊小怪？怪不得白太宰说，李伯纪专会哗众取宠，他自己取不到金帛，却把俺往火坑中推，俺岂是三岁小孩，听他摆布？”

“赤佬”是东京人对士兵的贱称。北宋一代重文轻武，即使在边疆上立了赫赫战功的大将，也难免受到“赤佬”之讥，何况这个李棁，一生都在官场中打滚，早已养成趾高气扬、瞧不起军人的习惯，他当然不肯给姚友仲他们一个比较尊敬的称呼。

不过官场中也有例外，譬如这个“哗众取宠”的李伯纪，他同样生长在充满着轻武重文偏见的宋朝，又身为文人官员，却从不轻视军官，有时还要“哗军人之众，取学生之宠”，对尚未进入仕途的太学生也另眼看待。他今天出城视察，挑选的随从中既有文人，也有武夫。譬如文人出身的参谋沈琯，原在蔡靖幕下任职，燕山沦陷时，一起为郭药师所俘，随金军南下，中途伺隙逃归，投奔李纲。他深明敌情，提供了许多宝贵的情报，深为李纲器重。另一名文人正是太学生雷观，他带着太学正秦桧一道奏章的底稿来见李纲，李纲来不及细问，就把他带出城了。另外三名随从何灌、辛康宗、李福都是军人，就中何灌还犯过很大的错误，戴罪在身，以备咨询，李纲也没有瞧他不起。

这次李纲出城视察的目的地是封丘门外的铁塔。铁塔高三百六十尺，是东京附近最高的建筑物，登上去眺望敌营，一目了然。为了不打草惊蛇，他们这一行人轻骑简从，没有另派步骑兵护卫。李纲身披轻裘，里面却也裹甲，以防万一。他的防身武器，那一对三十多斤的铁锏，此时让从人携了，自己空着双手登塔。沈琯虽是文人，也带了防身宝剑。何灌等自不必说，都是全身披挂。铁塔距封丘门城门不过数箭之遥，一阵疾驱，早到塔下。这里昨天还是战场，一路行来，都看见战死的金军人马的尸体。铁塔下原有一座大寺院，塔的周围围着木栏杆，此时都被金军烧了，灰烬犹温，焦味扑鼻，烧得焦头烂额的佛像横七竖八地倒在灰烬中间。看来，这寺院和木栏杆还是昨夜撤兵时烧掉的，但他们已来不及破坏铁塔了。从人们稍微拨去一些断木焦砖，他们就进入了塔内，循着扶梯，盘旋升陟，几个曲折，就登上三层，此时塔身越来越窄了，众人不能同时并行，只好鱼贯而上。李纲走在最前面，他即使不携带铁锏，单单身上的一副铁甲就有二十斤重，几层扶梯走上去，就有些气喘。

连日天气都是阴沉沉的，雾气四塞，阴霾不开，与那战斗气氛相当调和。今天却是个大好天，卯初刚过，东方升上了一团火球，它似乎在地平线上跳了两下，就跃登高丘，然后很快地直升上去，驱散了浮云薄雾，高悬碧空，为他们一行人提供了广阔的视野。

金军确实退走了，退得匆忙，这从地面上留下的混乱的遗垒可以看到。也退得相当远了，目测过去，现在金军分别驻在城西北郊十多里至二十里的地方，原来驻军的牟驼冈一带现在出清了人畜，变成了空荡荡的一片。从金人的撤退中可以看到昨天的战绩十分辉煌。

但是金军的退却，仅仅是经过一个回合交手，初战不利，暂时后退一步，以便站稳脚跟伺机再进的退却，并非就此失败了。李纲登高一望，在十多里外，金军的营帐密密层层，军旗招展，灰尘飞扬，士气犹自旺盛，这是看得清清楚楚的。

还有，昨夜以前，金军的大本营虽驻在牟驼冈一处，其他城北、城东、城西都散驻着不少金军。登高远望，可以看到他们的后方到处都扎有军营。现在，金军的战线缩短了，他们集中在西北角，西城琼林苑、金明池周围都有军队厚集，看样子很像打架的一方，一拳头打出去落空后，立即收回，保护着自己的胸腹。

对于这个现象，何灌、沈琯的看法一致，都认为金军怕我勤王军东来，恐有腹背受敌之虞，厚集西北路，目的就在加强这一路的防御。沈琯还进一步指出，金军一败之余，就惴惴然唯恐我西北军东下，这说明他们的内心也是有所不足的。

对于这些意见，李纲都点头称是。昨日之战，虽然险象环生，最后到底把金军击退，取得相当大的战果，自己方面却损失有限，不由得产生了一点轻敌之心，以为金军不足惧，特别当午夜后探子报来，金军已撤，他一度幻想金军可能知难而退，全面撤退了。文人出身的李纲虽然勇锐任事，对军事经验却是缺乏的，谋事有时难免轻率，结论有时也下得过快。譬如说，昨日姚友仲曾一再提醒他，即使守城得胜，最后要打退金军，仍非依靠勤王东来的西兵不可。他当时听了，心中也未必以为然，只有此刻他亲临战地登塔环视，看到金兵的实力仍是如此雄厚，大战方兴未艾，最后收功，确非西兵不可，这才有了临事而惧、好谋而成的现实想法。

战争锻炼人，李纲身为全军的统帅，他也只是在战争中一步步地学习，一步步地成熟起来。天地造化并没有在战事发生以前就为大宋社稷制造出一个天才的统帅来让他挽救危亡，保卫江山。

他这样深思着的时候，不禁信步登上铁塔的最高一级。这里的塔身更加狭窄，但是视野更加宽阔了。他只见滔滔黄流从天际飞来，几番周折，几次直泻，好像一条桀骜不驯的黄龙在束缚着它的两岸堤坝之间奔腾跳跃，遥遥望去，看不见人影和船只，显然，它已受到金人的控制和封锁，在数千里原野上奔驰咆哮的黄龙，如今被关锁起来，钥匙掌握在金人手里。这是大地的耻辱。李纲不禁回过头去，谴责地望了何灌一眼，慨然道：“黄河天险，一夜决防，坐使虏骑泛滥，将军不得辞其咎!”

何灌羞愧地低下了头。

6

“赏尽天下花，踢尽天下球，做尽天下官。”这是两天前代替白时中为太宰的李邦彦的名言。

“读遍天下奇书，交遍天下奇友。”这是亲征行营使李纲的名言。读遍天下奇书，固然很不容易，交遍天下奇友，却是李纲努力在追求的一个目标。

事实上，从他北调供职京师以来，凡是与他志同道合、坚决主张抗御金寇的人，他都视为朋友。而当时金兵尚未南侵，大河南北也还看不到胡骑出没，要公开主张避狄出逃或者早就准备屈膝投降的人大约是很少的。在抽象理论上，人人都是抗战派，因而在当时，自宰执台省到百官胥吏，自禁军将领到士兵走卒，及至太学太医、作坊店主等人中间，都有李纲的朋友。

李纲又以爱惜人才、培育人才著称。他虽没有在太学中任职任教，但在太学生中有许多朋友。日常以忠义相砥砺，每天谈论的是万一金人兵临城下，京师将出现怎样一个局面，从而预筹战守攻防之计。这些议论，别人听来也许好笑，一个太常少卿和一群太学生，几杯烧酒落肚以后，酒酣耳热，讲的无非是刀光剑影、金戈铁马之事，休说纯属书生之见，全是纸上谈兵，他们倒实实在在把这当作一件正经事来干的！

可以说，当李纲还是个太常少卿，远远没有取得朝廷任命主持京师战守的大权的时候，他早就给自己下了委任令，并且在自己的构想中，网罗各方面的奇才，成立了一个“行营使司”，或者“京师战御使司”，或者其他的什么“司”，执行起战守大计来了。

这个雷观，就是他早先在太学生中间看中的奇才，交的奇友，理想的幕僚人物。他特别欣赏雷观说过的一句话：“天下之利害当使天下人议之，安可结舌以保身？”这句话差不多已成为所有太学生的座右铭了。行营使司真的成立以后，李纲就辟他为幕僚，准备畀以重任。不过这个雷观在太学生中间已很有名望，已经铺平了未来的前程，并不忙着做官。他要答报李纲的知遇之感，在重大的政治问题上提醒李纲，以补救他的不足。他认为这才是自己最有效的报国之道。

李纲虽然看中了雷观之才，雷观却并不认为李纲就是毫无瑕疵的统帅。早在太常任上，他们几个太学生碰在一起，也会善意地讥笑李纲是“志大才疏”。志大是称赞他忠君爱国之心可贯金石，这一点大家公认，毫无疑义（当然也要经过事实考验）。才疏是指摘他细大不捐、良莠不分，把一切口头上的、经过伪装的“抗战派”都看成志同道合的朋友。这种指摘有时是过火的，在事实真相揭晓、忠信奸佞判明以前，双方都可以各执一词，却无法说服对方。因此尽管这种讥刺十分尖锐，李纲对志大的评语谦逊不遑，对才疏一点却有自己的保留意见。

譬如李纲与太学正秦桧有相当交情，一直认为他议论英发，心思缜密，是不可多得的人才。太学中的几个朋友与秦桧打过交道，吃过暗亏，不能同意他的意见。李纲因为他们拿不出多少真凭实据，单凭几句诛心的空话就替秦桧下结论，也不肯同意他们的不同意见，双方又形成了相持不决的僵局。今天雷观带来秦桧数日前上的奏章《论兵机三事》的底稿，算是拿到了真凭实据。他了解在这本奏章后面的复杂背景，并且指出了在目前政潮中的一个新动向。他就是为了这个才跑来提醒李纲的。

铁塔的顶层，容积特别狭小，经不起几个人在里面转身。何灌等几个将领看了一会儿，先就下去，李纲把沈琯留住了。他记起前天沈琯给他一封信中谈到马扩近来在河北、河东地界收编义军的活动。马扩是李纲心仪已久、可惜没有机会结识的奇友，而马扩在两河地界收编的义军领袖中又有不少是他知名已久、心向往之而很想结识的奇人。现在他凭着铁塔的狭小的窗口，极目远眺，遥想大河以北的局势云扰，常胜军已经降敌，刘韐消息不明，童贯又急急逃回，朝廷在那里已无一支正规军队，现在的希望只能寄托在义军身上。在这个时候，他特别想听沈琯讲讲有关马扩和义军的情况。

沈琯谈了一会儿后，说起：“某在金营时，虏酋斡离不也曾向某打听马子充的消息。”

“斡离不如何认得马子充？”

沈琯还来不及回答，雷观就插言道：“马子充多次出使金廷，在一次围猎中，还救过大酋完颜阿骨打之命，斡离不岂有不识马子充之理？”

显然太学生们对马扩的行动也是十分熟悉的。

“奇才！奇才！”李纲点头嗟叹道，“可惜俺两次来京，都失之交臂，不曾与他结识得。沈参谋可知道马子充现在哪里？”

“子充如非留在太原张孝纯幕中，必在真定西山一带有所事事。他是个不甘寂寞的人，纵然雌伏一时，必将振翅高飞，此则拭目可待。”

李纲又点头同意了他这一观点。

出城视察以前，李纲只看到他自己指挥的凭城墙作战的一道战线，登塔以后，他看到了西北战线。如今登上铁塔顶，他又看到了两河地界广阔的战线。不但肉眼的视野，他精神上的视野也扩大了，他感觉到自己的思想意识也随之更加复杂起来。

李纲还待再问问河北的情况，雷观却等待不得了，就从靴筒里抽出秦桧奏疏的底稿给李纲看。铁塔八面有窗，光线不错，李纲的目力也还可以，他一面往下走，一面看底稿，还没走到底层，就读毕全稿。

这份奏章还在金兵渡河之报到达京师前就已送呈御览，只怪李纲这几天实在太忙了，没有注意它（即使看到了，大约也看不出有什么问题）。奏章里讲了一些门面话，"金国远夷，俗尚狙诈，今日遣使求和，又复渡兵随之，恐是设计以缓王师守御之备。望一面遣兵守备黄河，仍急击渡河寇兵，使不得联续以进"等。

"金兵渡河之前，秦会之（秦桧字会之）已见及此，不失为及时之论，有何可议之处？贤弟有以教我。"

"我公忠厚待人，陈少阳昨天已自说了，李公必然不知其机栝隐狙，我公可知道这本奏章是谁唆使秦桧写的？"

"原来贤弟今日来此乃是陈少阳的主见，少阳之言定有深意。"李纲欣然说道，"贤弟且告我这份奏章是谁怂恿会之奏上的。"

"秦桧疏出自学士莫俦、吴幵的怂恿，莫俦、吴幵怂恿秦桧上疏又出自李士美（李邦彦字士美）授意。李士美号为浪子宰相，与我公势不两立，他唆使秦桧上这道奏章，岂有好意？我公可记得秦桧上了此疏以后，圣上才派李邺去金营讲和，蛛丝马迹，斑然可寻。昨日大战方剧，李邺那厮，却偷跑回来了。朝廷立派郑望之为使，出使虏营，晚晌间郑望之又把两名虏使带回，径入宫中，鬼鬼祟祟地不知干了哪些鬼蜮勾当！正当前线将士喋血苦战之际，朝廷大臣却一力怂恿官家与金贼议和。金人以讲和愚我，李士美等人又以讲和愚官家、愚百姓，不至亡国覆宗不已。如此大事，我公岂可等闲视之？"

李纲想不到秦桧的这道奏章竟会引起一场讲和的阴谋。这两天他一心扑在战争上，对朝局变化知之甚少，全靠太学生们耳目灵通，不时带些消息过来，他才能略知一二。

初五坚守之议定下来，白时中不能再觍颜留在首相任上了，当夜官家就下旨递升李邦彦、张邦昌两人为太、少宰。李、张之心，路人皆知，当时舆论大哗。雷观赶快就上了一道奏章，指出“白时中罢相，公议称快，递迁李邦彦、张邦昌，士民大失望”，又说：“天子建太学以取士，有求言之诏，且申诫曰，毋回隐以溺于导谀，苟若畏祸而不陈其愚，臣实耻之。”

李、张议和，还是意料中事，最令李纲吃惊的是他的荐主吴敏竟也改变了论调，主张起和议来。吴敏是官家最亲信的大臣，他也主和，肯定会影响官家的抗敌意志。雷观还告诉他，李、张以外，宰执中尚书左丞蔡懋，中书侍郎王孝迪，行营副使李棁，枢密副使唐恪、赵野，权直学士院莫俦、吴幵等无一不是他们的党与。他们聚在朝堂上，不问前线胜负，大发议和之论，一唱一和，说什么国家拼着捐弃数百万金帛、数百里封疆与金人，就可保数十年太平，岂可听新进后生的议论，妄开战衅，把祖宗基业付诸孤注一掷？有些话分明是针对李纲的。看来朝廷大臣中，李纲是彻底孤立的，这些情况李纲都懵然无知，还引他们为同调。如今听了雷观的分析介绍，才如大梦初醒，不觉深有感触地说：“朝廷养士百余年，不想到得危难之日，竟无一个忠君爱国之士，肯与官家分忧。如果他们议和的阴谋得逞，大局就不堪设想了。”

雷观却不同意他的一概贬斥的说法，当下就反驳道：“我公此言差矣，庙堂以上固多苟安误国之人，江湖之中岂少忠义自矢之士？别的不说，太学中数千人，除少数败类，甘为权奸犬马之外，大多忠愤激发，夜来相与聚议，都愿投奔我公，在帐下效一卒之劳。即如少阳，这两天正在草拟一封万言书，言人之不敢言，竣事之后，也当投笔从戎，望我公收录。士岂有负于国家？”

李纲知道自己说得偏极了，即忙纠正道：“太学忠义，某所深知，正当相与黾勉，共赴大计。不但此也，前昨两天，军士踊跃赴战，不惜肝脑涂地。何观察也说，昔在西北，不曾见得士卒如此用命，如此士兵，岂不可用？”

“不但军士用命，今日京师百万居民，都与我公一样心肠。”雷观又提醒他说，“前日何统制说了一句，要用大石堵河，老百姓纷纷拥至权相蔡京家中，拆了假山湖石来用，剩下的湖石，昨日又用于酸枣门上的座炮上击贼。人心如此，众志成城，何忧金虏不克？至于朝堂群小，和议误国，我太学生职责所在，口诛笔伐，必不使其奸谋得逞，我公多提防着点就是了！”

李纲本来就是有承担、有勇气的人，此刻面临内外两条战线，战斗任务都十分吃重，并不气馁，他的神情倒更加发旺了。当下，他慨乎言之：“李某一心许国，岂惧艰巨？只要有裨大局，一息尚存，誓必与他们周旋到底，有进无退，有死无生，贤弟回去可对少阳及诸同舍说，诸君不负国家，李伯纪也决不负诸贤君期望，就请放心好了。”

[1] 尚书左右丞，是尚书省的长官，称为左右辖。
[2] 当时口语，了结、解决问题之意。

7

第一个出使到斡离不军前乞和的给事中李邺完成了“送礼”任务，又带回来一批货色，于初七战斗最紧张的时刻擦城绕入南门回朝。他是凯旋的英雄，只看他双手空空，满面春色，就可知道他的任务一定完成得十分出色，当下李邦彦等宰执大臣都到朝堂门口迎候。新任尚书左丞蔡懋，忘记了“左辖”[1]之尊，竟然迈前两步，亲自笼住马头，扶他下马。李邺乐得风光，让大臣们恭维一番，然后站在朝门口，当众大言：“敌强我弱，势不可敌，二太子嘱早早派去议和大臣，议定了便好退兵。”

李邦彦听了不禁拊掌称善，说道：“某早知强弱之势不侔，毋奈官家听了李伯纪的话，轻启战衅，闯下大祸，如今还得某与诸公与他了梢[2]。给事且请都堂中坐，说一说金人之势如何不可敌。”

李邺是在黄河边上见到斡离不的，他送去了两样重礼，一是黄金万两，二是“我朝军备废弛，不敢与贵朝为敌，宰相特派下官前来乞和”的情报。斡离不照单全收，然后快马加鞭地杀到汴京城下，把活宝李邺也一起送回城下，要他回送一笔重礼给宋朝的君臣。这笔回礼就是李邺从金营中带回来的一批货色，叫作：“金人如虎，马如龙，上山如猿，入水如獭，其势如泰山，宋朝如累卵。”

宋朝大臣听了，一个个胆战心惊，面如土色，龙虎猿獭已不可当，何况它又是一座泰山。想我两只小小的鸡蛋，叠在一起，不碰自落，怎当得它泰山压顶之势，岂不立成齑粉？

惊惧之余，也有一点安慰：既然双方之势如此不侔，不与他议和，更待何时？担得一时惊吓，倘因此定下和议来，倒也不失为祸中之福。当时不但李邦彦、张邦昌等人因为找到了议和的有力论据而感到十分高兴，即使像吴敏这样的人，原来对战和二途都有些将信将疑，心神不定，如今也觉得非和不可了，不知不觉也成为他们的一丘之貉。

张邦昌更加积极，既然朝堂中大家的意见完全一致，就得赶派出使人员，出城谈判，免得李纲打了胜仗后又有后言，官家可能再受荧惑。现在传来的消息确实不妙，李纲已在酸枣门外再次打退金军的攻击，看来他已经走到他们的前面去了。

这批人的行动十分迅速，议论刚定，恰巧驾部员外郎郑望之为了往太仆寺选马之事，来到都堂太宰的阁子请示。张邦昌一见就拖住他道："好了，好了，郑望之在这里，就派他出使。"

郑望之还摸不着头脑，张邦昌附耳数语，顿时明白。他又不是傻瓜，岂肯让这宗淌来的富贵白白流失？这时李邦彦、吴敏已把李邺带入内宫面圣。只消三言两语，就打动官家之心。官家在亲自派李纲去酸枣门督战，后来又几次派人去前线问讯的同时，竟也同意了李邦彦求和的建议，借郑望之以工部侍郎的名义，奉使出城。

按照规矩，出使人员的鞍马袍带要在国信所关领，此时只怕迟了有变，来不及跑去关领，张邦昌就吩咐小吏把自己所带鞍辔绒盖一齐借与，马上押送出城。郑望之仗着自己的嗓音洪亮，越过城壕后，就向金人军前大声扬言，朝廷遣工部郑侍郎往军前奉使，大金可遣人来打话。

斡离不早已做好两手准备，他在积极攻城的同时，亲自接见了郑望之，让他带回"事目"一纸，吩咐他奏明官家与宰执商议了再来。

事目就是金人提出来的讲和条件，内开：

> 一、犒师之物，黄金五百万两，白银五千万两，绢帛一千万匹，马驼骡驴之属各以万计；
>
> 二、尊金主为伯父；
>
> 三、凡燕云之人在汉地者，悉以归之；
>
> 四、割太原、河间、中山三镇之地；
>
> 五、以亲王、宰相各一名为质。

李邺使金，只带回来一句空话，一个论点，一些论据，郑望之却带回来具体的条件，在卖国竞赛中，他比李邺又高出一头，只是与他一起进城的金使嫌他的地位太低，不够资格，坚持要朝廷派一名宰执级的大臣前往谈判。恰巧初八早晨行营副使李棁受了李纲之命向官家奏禀。李棁一肚皮没好气，把前线的情况说得一塌糊涂，危险万状，果然把渊圣吓得心惊肉跳。这就使李邦彦、张邦昌对他十分满意，再加上李棁本来就是同知枢密院事，是个宰执级的大臣，可以满足金人的要求，当即就地取材，奏准官家以李棁、郑望之二人为计议使副，再次去金营谈判议和条件。

听郑望之说起昨日斡离不接见他时，态度温和，神色喜悦，他李棁官拜枢密副使，比郑望之的借官工部侍郎要高上一级，理应受到更好的待遇。不料他在大营外面，看见小番们对他瞪目相视，毫无敬意，心里十分反感，想道："赤佬们无礼，看见本使也不知道上前施礼。岂不知本使官拜枢密，与你家太子郎君也是平起平坐之人，岂得怠慢？稍停与斡离不议了大事，少不得要告诉他管教管教。"

他正要把这个想法告诉副使，忽然听见几名小番猛然对他几声暴雷似的吆喝，他心里一惊，好像从百丈深渊中直堕下去，不觉两腿一软，双膝着地。以后他们从女真将校两边交叉着的枪锋刀刃中膝行而前，一直跪进斡离不的大帐，拜到他的座前。一路上不知叩了几百个头，拜了几百拜。

后来发生的事情都是郑望之事后告诉他的，斡离不高高坐在铺垫得厚厚的多层兽皮毡上，不发一语。翻译王汭传话："京师之破已是指顾间事。我大金今日不攻，乃是看在你家赵皇一再乞和的脸上，还想保全赵氏宗社，此乃大金皇帝之厚德。尔等休不知趣，事目内所开各项，一件不能少，一两不可短，尔们快去办好了送上，才可来商量退兵之事。"

王汭传话的当儿，李棁又拜了几十拜，叩了几十个头。王汭问他的话，一句也回答不出来，都让郑望之代他回答了，他才再拜后退，直到仪式完毕。这时斡离不发话了，他的汉语说得很好，根本不需要由翻译传话："这个李棁可真是枢密副使？"这句话是冲着郑望之问的。郑望之回答称是。斡离不又说："俺得知李棁还是亲征行营副使，你们赵官家派这等脓包货与俺对垒作战，今日又派来乞和，岂非你家的人物都已死绝了，让这等猢狲充数？郑望之，你回去上复官家，以后休再派这个只知跪拜、不会说话的李棁来此，免得污了俺的眼目，败坏和议。"

这番话是用汉语说的，李棁不能说听不懂，只不知道他究竟听进去多少。他仍然用叩头代替了回答，膝行退出大营。

直到护送他们的小番离开后，李棁才恢复说话的功能。他的第一句话是问："郑员外，俺的头颅可还安在腔子上？"

"李枢密，你的头颅不是好端端地搁在腔子上，话也说得好好的，怎有此问？"

看他这般失魂落魄的样子，郑望之这才明白李棁的头颅固然没有移动地方，他的三魂六魄却已丢失在斡离不的大营中，要费点功夫才找得回来。因此在归途上，他诌出一首招魂曲，一路上不断地叨念着：

北方漫漫兮兵戈剧，
衔命乞哀兮词气竭。
金帐虽好不可留，
魂兮归来李枢密！

李枢密终于招回他的魂魄一起回到京城了。过了两天，李邦彦等问他斡离不是怎生一个长相。他绘声绘影地回答：“斡离不身高八尺，虎腰熊背，顾盼异常，有帝王之相。他稳稳地坐在几层毛毡上，犹如封丘门外那座铁塔。”其实都是郑望之告诉他的话。那一天，他跪在地上，始终不敢把视线抬到几层兽皮毡的坐垫之上，究竟斡离不是座铁塔，还是个侏儒，他根本没有看见。

使回以后，朝廷具体讨论了金人开出来的“事目”。

割河东、河北三镇，朝廷并不肉痛。遣归燕云之人更是无关痛痒，尊一声伯父，虽则体面有关，倒也没有实质上的损失。亲王、宰相为质，也可马上照办。当时渊圣的第九个兄弟康王赵构自愿要去，就派了他（后来换了个肃王赵枢），第一号宰相太宰李邦彦要主持和议大计，当然不能成行，这一次金人又指定少宰张邦昌陪同为质。张邦昌作茧自缚，说不得只好走一遭，想不到这一去，竟然走出一个傀儡皇帝来。在抹去良心的前提下，议和诸宰执也在秘密竞赛，看看谁能捞到最大的好处，看来鸿运高照的还要数这个卖国有道的张邦昌。

以上许多条件都好商量，真正为难的是犒师之费。斡离不听了刘彦宗、郭药师的话，漫天讨价。渊圣皇帝也不明白五百万两黄金、五千万两白银究竟是一笔多大的数字，被金朝人一吓，宰执们一逼，居然全部同意了，后来李纲力言：“金人所需金币，竭天下且不足，况都城乎？”渊圣这才明白这数目犹如夜空上的星星，太仓中的米粒，金人欲壑是个填不满的无底洞。可惜为时已晚，已经答应了金人，要翻悔也无从翻悔了。

初八以后，战争基本停顿，搜刮金银是朝廷的头等大事，把国库、宫中内库所有的金银全部拿出来，再把御用金银珠宝全部折价，也不足金人勒索之数的十分之一。

这两天，一担担、一船船、一车车的金银纲通过陆路、水运押解到金营，络绎不绝，十分热闹。它们即使用几层油布密密地盖起来，也瞒不过人们的耳目。看见的守城官兵、过路行人莫不嗟叹怨愤，痛斥谩骂，说这都是从老百姓身上刮下来的民脂民膏，不充作军费杀敌却去填金人的无底洞，主和的奸臣们该杀！宰执们的日子也不好过，他们倒也不是害怕军民的斥骂，而是担心现成的金银送完了，不足之数如何拼凑？他们想出了种种办法筹款，例如裁缩官家和宫中的饮膳，拆去鳌山灯火变卖，等等，为数都十分有限，无济于事，最后还是把主意打到老百姓头上。

中书侍郎王孝迪这时兼了一个时髦的差使叫作“专领收簇合大金国犒军银”，他公事在身，十分卖力，连夜亲自赶写了一道文榜贴在东京各道城门和通衢大街上，限士庶人等在三天以内，把全部财物都交纳归公，送去给金人抵折。违者就要抄籍，文榜中写得明白，“此则免吾民肝脑涂地”，不然则“男子杀尽，妇人虏尽，宫室焚尽，金银取尽”。

东京人真是好记性，早两天出了个“六如给事”，把金朝的军队比为龙，比为虎，要求“朝廷速宜与和”。今天大街上又出来一个“四尽中书”，说金人要“杀尽虏尽、焚尽取尽”，总之是要把家财全部献出来送给金人，才免得肝脑涂地。制造这些舆论，目的何在？东京人早把他们这帮人看穿了。

把“六如给事”和“四尽中书”配成一对，从此这两个“宝贝”“青史留名，永垂不朽”。

第三十四章

[1] 相当于现在的项圈。
[2] 士兵们穿上新制棉衣，心里身上都感到温暖。

1

国家没有经济收入，势必陷入瘫痪；战争缺少物质基础，同样也会造成失败。有人认为战争靠的是士气，只要士气旺盛、斗志昂扬，就可以打胜仗，并不需要经济支援，这种片面的观点十分有害。

围城以来，前线开支浩大，户部又事事掣肘，行营使司的军需人员早就叫苦连天了。试看下面这些开支，哪一项可以节省，哪一项可以从缓？

东京城虽然号称高峻，近年来只在外表上踵事增华，颓坏的城垣、楼橹多未修葺，樊家岗一带的护城河因为接近禁地，未加浚深，仓促之间，金军已到城下，城外的工事已无法进行，城内和城上的防御工程，只能在守城的同时边战边修，需要的工料开支都相当庞大，而在时间上又十分迫切，刻不容缓。

士兵也都是仓促集合起来的，衣食多有不周。大敌当前，先解决了食的问题再说。官方粮仓，虽有积存，也需要拨出一部分经费向民间收购粮食为持久之计。这一条李纲深谋远虑地提出来了，兼管军需的沈琯却以“事非急需，可以从缓”为理由，把它顶了回去。

最为紧急的是士兵的衣着。战争发生在一年中最寒冷的季节。正月初七，城上大战，这一天正好是三九严寒，士兵们大都只穿一件破棉袄，有的上身是棉，下身还是夹裤。有的连破棉袄也捞不着一件，拿着冰冷的兵器，双手先簌簌发抖，如何还能上城作战？

渊圣皇帝的朱皇后，深明大义，她被劫持出城，车驾等不来，重新折返城中，在城厢目睹士兵的窘况，回宫后发动宫女，连夜赶制了一千条棉拥项[1]，发往前线，赢得士兵们的感激涕零，人人有“挟纩”[2]之感。可惜粥少僧多，几万大军中，这一千条棉拥项，济得甚事？何况即使人人有了一条棉拥项，温暖了头颈，仍然温暖不了全身。

李纲以忠义激励士兵，大部分官兵也以忠义自勉，因此士气空前高涨，但碰到具体问题，忠义既代替不了伙食，也代替不了棉衣，全靠精神力量而缺乏物质基础，这样的士气是不能太持久的。因此有识之士，都为这个问题担忧，特别是太学生中的头面人物汪若海、董时升等到处劝人捐输财物，支援前线。这个“劝募队”也光顾到陈东、邢倞和何老爹的“三家村”来。

围城以来，这三个人各忙各的，但是定期的集会还是照约不误，合羹、白干、鹅头颈，还是照样供应。只有城闭以来，五香野兔肉的货源被卡断了，深夜里难得再听到那凄凉回荡的叫卖声。何老爹有备无患，来时带两包红烧腐干，一段饧藕代替兔肉，还是吃得十分香甜。陈东发现虽然国难当头，他们身在围城之中，听到种种不如意之事，大家的胃口倒也没有很多的改变。三个人吃完了三份“合羹”，还嫌不足，陈东又出去添了三个“半羹”，才算对付过去。

那天他们正在酒醉饭饱之际，忽然汪若海带着几个同舍生闯进房来。他们的目标显然就是那个大家都很熟悉的邢太医。汪若海冲着邢倞说：“邢太医，你看俺们几个人这副打扮。一个捧了一截竹筒，一个托个大托盘，还有俺手执捐簿。知道的说是太学劝捐，踊跃输将前线，不知道的还当是大和尚募化来了。”一句话把大家都逗乐了。陈东先从枕头底下摸出二两银子放在托盘上。汪若海知道陈东经济困难，当下阻拦道：“少阳，你这几文钱还不如留下给太夫人寄去作家用。如今巴巴地拿出来了，明儿家里闹起饥荒来，都是俺老汪叫你捐的不是。”

“若海，你是怪俺捐得太少？”陈东正色道，“俺也情知拿不出手，只是尽自己的心，否则就向邢太医借十两银子来添上如何？”

汪若海一看陈东认真了，连忙把那二两银子收入账里。这里何老爹匆忙地把个腰兜解下来，彻里彻外一翻，一把掏出八九十文大钱，豁朗朗一声，都倒进竹筒内。

“何老爹还是这个爽利脾气。”汪若海由衷地赞一声，然后两手合十，口中念一声佛号说道，“贫僧这厢有礼了。请问邢大施主在化缘簿上写五十贯还是一百贯？”说着提起墨沈饱满的笔，准备代邢倞写下来。

邢倞沉吟了一会儿，好像在药方上斟酌用药的分量一样，然后从汪若海手里接过笔来，用他开处方时写惯的龙飞凤舞的字迹在捐簿上写上“邢倞捐五千贯”六个大字。

所有的人都不禁怔了一怔。汪若海还当自己看错了，平常邢太医的字迹只有药店掌柜的才认得清楚。再仔细地看一遍，可不是简简单单、清清楚楚的五千贯？这个“五”字写的是普通的字体而不是医药行业中的专用字，没有一点怀疑的余地。大家都知道邢倞虽然号称名医，一年诊金收入不少，不过水涨船高，他的开支特别浩大。同乡、亲友的周济不必说，贫家病人施医施药，医不好的还要把棺木丧葬安家之费全部包下来。一年收支基本上不过保持个平衡，并无多少财产积下来。这五千贯的数字非同小可，少说一点也当得他家财之半了。汪若海觉得自己这个祸闯得大了，逡巡问道："太医多呷了两盅，敢是有些醉了？要不，回家去和师母商量商量，再斟酌个数字，俺明天造府领款如何？"

"少阳，你看俺喝醉了？"邢倞哈哈大笑起来，"汪太学明天一早来领款，俺在舍间专候。俺家老婆子倒也不管俺这些账。"

"好，好！邢太医再来一杯！"何老爹举起酒杯，发觉不但他们三个的酒杯都空了，连那酒瓶也早已倒得涓滴全无，不禁大扫其兴，说道，"俺本来倒有个好主意，待与邢太医干了这一杯，说出来与二位商议商议是否可行。如今酒瓶酒杯全空，这一杯不干自空，兴致索然，不说也罢。"

这个脾气爽利的何老爹居然扭扭捏捏地卖起关子来，邢倞先就不答应他："老弟台你想到的什么，何妨说出来大家评评是好主意还是馊主意。何必一定要干了杯再说？没有酒你不说话，没有酒难道你不做人？"

"何老爹想说的莫非也为募化之事？"熟悉何老爹脾气的陈东一猜就猜中他的心事。

邢倞仔细一想，也猜中了，顿时为他加上注脚道："少阳猜得不错，俺也想到了，莫非到镇安坊去募化？"

"俺们三个都想到一块儿了！"何老爹拍手称好，"这些年来，宫廷颁赐，不可胜计，师师都不稀罕，拿下了都锁在阁子后间，害得李姥眼睛发红。俺们不如明天就去劝师师扫数输将前线，化无用为有用，也省得那姥姥贼心不死，虎视眈眈。"

"好主意，好主意！"陈东拍掌称赞，"何老爹有了这等好主意，如何卖起关子来，不肯说出？明日二位去镇安坊办妥了此事，定要罚他两斤白干。"

"罚，罚，罚！明日办妥了此事，罚俺五斤白干，也当一吸而尽。"

"好爽快的脾气，一罚就是五斤，不怕把你的五脏六腑都浸在酒糟里糟透了。"然而，陈东有点担心起来，"只是刚才汪若海一顿捋扯，把俺们三人都剥得只剩下一条穷裤，明儿哪里还掏摸得出百文大钱去沽这五斤白干？"

"少阳休急，"邢倞急忙安慰陈东道，"俺即使把全部家底都铲光了，总还得留下一分，断断少不了俺三人的酒食，何忧之有？"

虽然无酒无食，加上严寒凛冽，陈东小小的斋舍里又不能生一只煤炉子，但是三个人的心里都热腾腾的，他们照样高谈阔论，快快活活地谈到半夜。忽然想到太学外面街道上早已戒严了，禁止行人往来。陈东去同舍生那里找两个空铺，让邢太医、何老爹二位安置。他们心之所安，这一宵睡得十分甜香，鼾声大作，直到天明。

看来这三个实行家还没有传染上在围城中，特别在太学中已蔓延得十分广泛的“国难忧郁症”。而围城和太学正是“国难忧郁症”最容易滋生蔓延的场所。

2

两位老人还没走上师师的阁子，就闻到一股浓烈的檀香气味。这种气味具有寺庙建筑那种富于宗教感的黄色色彩，并且往往与木鱼铜磬梵呗的声音联系起来，把人们带进一个清净世界，一个似乎与外界紧张的战争和频繁的谋和活动相隔绝的世外桃源。步入这个世界会产生一种恬静、安稳的感觉。邢倞、何老爹二位走到那里不由得自动把脚步放轻了。

邢倞本来是这里的常客，最近来得较少，围城以后还是第一次来此。何老爹却是发誓不上镇安坊之门的。小蘘、惊鸿两个丫鬟多次随同师师去到他家，和师师一样对他怀着尊敬和虔诚的心情。今天忽然在这里发现了他，感到十分惊异。小蘘悄悄地问道："娘正坐在阁子里写经，可要侍儿进去通报一声？"

写经又是新花样，据他们所知，师师为人很少有那种当时妇女多有的宗教情操，平日并不佞神拜佛，也难得有几回到寺庙尼庵中去随喜随喜。她为什么写起经来？不但何老爹不知道，即使接触较多的邢倞因为近来来得少了，对师师的活动也不甚了解。当下他两个摇摇手，制止了小蘘的通报，蹑手蹑脚地走上阁子。

他们看见师师面向窗口，端坐在案几前。案头上已齐齐整整地叠着一厚叠已经写了字的黄纸。案几正中的一张黄纸上还有几行是空着的。师师一手拈着朱笔，一手用一块白笈慢慢地磨着一方白玉小砚上的朱砂，似乎正在考虑怎样落笔。正在此时，她听到了窸窣的声音，带着不愿意在此刻有人来打扰她的微愠的表情回转头来，忽然转变为十分高兴惊奇的表情，热情地叫出来："啊哟！是你们两位，邢太医，怎么不声不响地上来了？叫师师大吃一惊。"

师师对邢倞还是用了一向用惯了的极熟的朋友之间说话时的那种口吻，对她敬畏的何老爹说话时却另有一种口气和表情。

"老爹有事，托人带个口信来传呼就是了，怎么巴巴地自己跑来，岂不折杀了师师？"说着就把自己的座椅挪过来，要请何老爹坐下。

"俺倒是站着说话好，师师不必让座。"

"别动，别动！师师一本正经地写些什么？且让老拙看来。"师师写经这件事已引起邢太医莫大的兴趣，似乎他不解决这个疑问，就不愿谈今天来此的正经事。

"哪里是一本正经？闲着没事，抄一部《妙法莲华经》练练小楷也好。"

"老拙费了五年工夫，编成一部《宣和本草》，正愁自己目力不济，写不成字。师师有工夫抄《莲华经》，何如替老拙抄好这部本草，也是功德无量之事。"然后他瞥眼看见她抄写的《金刚经》已经蒇事，写得工工整整，一笔不苟，也不禁佩服她的毅力，说道，"这部《莲华经》已经抄好，功德圆满，工程何等浩大！这案几上的一幅黄纸是刚写的疏头，上面写些什么，且待老拙看来。"

师师忽然红了脸，赶忙用一幅素笺把尚未写完的疏头盖起来，不让他们看。

邢太医说自己目力不济了，实际上倒是老眼不花，他已经抢先看到疏头上写着"愿以此功德……"几个字。

"也罢，既然师师不让看，老拙与何老爹且猜一猜师师写经是为死者超度，还是为活人祈祷求福。"说着，二人就胡猜起来。

何老爹猜的是为父母超度，邢倞猜的是为一些老朋友祈福，两年来师师的朋侣星散，他们死的死，走的走，现在活着还在围城中的只剩下一个笛王袁绹，他也已是八十老翁了。为他们祈福，当然是情理中之事；还有一句话，邢倞憋在心里没敢说出来：师师写这部大经可能是为已去亳州进香的太上皇祷告平安。她对太上皇情已断思未绝，在这个时候想起太上皇也在情理之中。

但是他们都没有猜中，最后师师自己把那幅素笺揭开来了，还带一点惭愧之意，低声说道："师师在家，长日无俚，为此无益之事，聊以遣有涯之生，兼求心之所安，二位长者看了休得见笑。"

他们看那疏头时，上面端端正正地用朱笔恭楷写着："愿以此功德，回向[1]正月初六、初七二日在水西门、酸枣门、封丘门死难国殇，愿英魂毅魄，永生天界。靖康元年正月十二日信女东京镇安坊李师师沐手焚香敬书。"

下面空着两行，似乎还有些话要写下去。

邢倞与何老爹相视一笑，一齐说："俺等此来，正是为了要教师师做些有益之事。"然后邢太医作为他俩的发言人，继续说下去："俺说师师与其为战死者超度，何如为生存者造福？近来朝廷卡住军费不发，李右丞巧媳妇难为无米之炊。师师如把太上皇历年所赐，捐输前线，功在社稷，德存人民，岂不胜于写《莲华经》十部？今天何老爹与俺就是为了这个，才来师师这里的。"

他们的任务很容易完成。果然他们一开口，师师就完全同意。其实在他们开口之前，师师自己也正在打这个主意，大家的想法完全一致，连侍立在一旁的小蘩、惊鸿两个也非常高兴她这样做。大主意一打定，他们的说话，很快就转入具体讨

[1] 佛教名词，佛教徒把他们所修的功德，投向众生期望普遍成佛。

论。

李师师决定以太上皇历年赏赐的金银珍宝全部捐献，只有一个附带条件，她的财宝折价变卖了，必需涓滴归公，全部送往亲征行营使司，为前线将士所用，绝不允许其他人染指挪用。为此她特别委托了邢太医、何老爹两位经办其事。他们两个乐于襄成师师的义举，也顾不得什么嫌疑，就一口答应了。正巧太学生雷观是彼此的熟朋友，他目前在李纲手下任幕僚，兼管钱粮之事，这件事通过雷观，把师师的捐献送给行营使司，谅无不妥之处，这一条师师也很同意。

这件大事就这样三言两语简单地决定了。邢、何两位非常高兴，下午就把雷观请来，与师师一起商议后，大家就行动起来。

不过事情涉及财务，要排除朝廷的插手干涉是不可能的。凡是有关财务方面的问题，不管你是向朝廷要还是向朝廷送，同样都会有很大的麻烦。

邢、何二位虽然上了年纪，劲头之大，不减少年。他们抱着满腔义愤，兴致勃勃地准备接受来自朝廷方面任何形式的挑战。

3

多年来，京师流传着一种谣言，说太上皇宠爱李师师，把皇宫中一半的金银搬到李师师家里来了，因此李师师富可敌国。镇安坊每一个房间的墙壁上都贴了绝薄的金箔，师师自己住的阁子名为多宝楼，每一片窗格都用玛瑙、翡翠装饰起来，到了晚上就会发出红红绿绿的闪光。有的说得更加神乎其神：官家为了向师师家里送东西，不让别人看见，特意从宫苑到镇安坊造了一条夹道，师师吃的、穿的、用的都由内侍们送去。

绝大部分的东京人不相信、也不愿相信这个谣言，首先就因为它是谣言，不是事实，一向对李师师抱有崇敬之心的东京人绝不能把豪华、侈靡、淫奢等含有贬义的概念与师师的为人联系起来，他们对师师的为人可以说是太了解了。如果这个谣言造到赵元奴、崔念月等人头上，那倒会有一部分人相信它。

师师的朋友们愤怒地为师师辟谣，说镇安坊里有个小小的阁楼，布帘素帷，布置得有如佛堂，哪里又生造出一座“多宝楼”？蔡太师相府中倒真有一座用许多珠宝装饰起来的“奎章楼”，用以储存官家历年赐他的御笔诏旨，哪能蔡冠李戴，栽到师师头上？

不过辟者自辟，信者自信，东京城里还有那么一小撮人愿意相信这些其实就是他们一伙自己制造出来的谣言。有机会还要扩大其市场，弄得有些人也将信将疑起来。

以“四尽中书”出名的靖康新贵中书侍郎王孝迪就是这样的一个人，他既是谣言的制造者，又是谣言的相信者、传播者。

王孝迪本是太监杨戬的侄子的外室的舅爷。杨戬在宣和年间，炙手可热。王孝迪也从此起家，活跃于仕途。后来杨戬病死，把王孝迪“托孤”给另一名有势力的太监梁师成。徽、钦二宗禅代之际，他替少宰李邦彦拉线，与梁师成搭上关系。正月初六，太宰白时中以力主渊圣出幸襄樊落了不是，被夺职勒令致仕，同样主张出幸襄樊的少宰李邦彦不但没有受谴，反而坐升为太宰。这显然是王孝迪两面拉线、梁师成坐镇后宫一力主张的结果。以此因缘，李邦彦特疏保举王孝迪为中书侍郎，主持政府的日常工作，以酬其功。

王孝迪早就想染指李师师的财物，听到这个消息，立刻委任太医院供奉邢倞为户部度支郎中，专门办理此项捐款。表面上是尊重李师师的委托，实质是企图以官爵来收买邢倞，希望他把这笔捐款转到户部账上，让政府来支配用途。以“三川牙郎”出名的王时雍，此时以户部侍郎主管户部工作，也插身进来希望在这笔大家都有好处的款项内捞取一笔可观的佣金。他专在邢倞身上下功夫，送往迎来，甜言蜜语，什么都做得出来，不消两三天工夫，就与邢倞混得极熟。

邢倞早已看穿他的心思，虚与委蛇一番，等到办好折价变卖的手续，把珍宝首饰都变成了白银，立刻装上太平车，径送行营使司，当着李纲的面，点交给主管军需的沈琯、雷观等人，当场签掣了收据，去向李师师汇报。

这件事办得十分痛快，轰动了东京人。

对王孝迪的文榜东京人嗤之以鼻，无人理睬，对李师师的义举却争相称赞。不少人闻风而动，也把自己的存蓄捐了出来，送往行营使司。行营使司应接不暇，李纲就加派邢倞、汪若海两人专门办理此事，并专疏向渊圣奏报。渊圣听了也十分高兴，说道：“有民如此，朕何忧焉！”立刻降手诏嘉奖李师师和其他捐献者，诏旨内明确规定，凡属本人意愿者，捐献的财物都归行营使司入账拨用，户部不得干预。

王孝迪做了一笔蚀本生意，没有拿到分文，先就蚀掉一个度支郎中的官缺，岂肯善罢甘休！他去向梁师成求教。梁师成为他指出一条活路，叫他去向曾为太上皇亲信，现在又受到渊圣重用的太监内押班张迪求教。

张迪是内监中的“时者”，能够最大限度地适应新的环境。他本来就十分欣赏王孝迪之为人，何况士别三日，当刮目以待。他目前已贵为中书侍郎，再加上梁师成的推荐，当然要为他献谋划策了。张迪想出一条釜底抽薪之计，让王孝迪去向渊圣进言，太上皇历年赏赐李师师的珍宝，统由张迪经手，积累的总数，不下内府之半，其中有几件饰物，都是人间稀有之宝。如今李师师被迫捐献了一部分，只不过太上皇赏赐的十分之一，余藏尚多，显有情弊。还有太上皇宠爱的歌伎赵元奴、教访使袁绹、武震等人，也都积有百万家私，理应来一个迅雷不及掩耳的抄家，把抄得的金帛全部充公，拨交户部输送金人，以满足斡离不的要求，金兵就可不战而退，社稷再安，官家也可博得个爱恤士庶、摒绝近佞，甚至“干父之蛊”[1]的美名，真乃千秋不朽之盛业。

王孝迪在进奏时，还特别强调此事不办则已，要办则一定要快，不能走漏消息，使他们的财物得以隐匿转移。

[1]《易经》中的话，意思是继承父业。

渊圣皇帝从来不知道什么才是自己的利益。每一个向他进言的人都说是为了官家之利，他相信每一个进言者的话，很容易错把别人的利益当作自己之利。给前线捐款，打退金人，社稷再安，固然是他的利益。抄了他们的家，把金帛去赂买金人退兵，大家保个太平，也同样是他的利益。熊掌和鱼都能给他好处，两者都要，却不知道这条鱼要咬他的手。

这一点性格上的特点，使他和他的朝廷付出了极大的代价。

当下渊圣准了王孝迪之奏，在他下手诏褒奖李师师以及其他捐输者以后不到一个时辰，又下诏以户部侍郎王时雍兼领开封府，并加派他的娘舅主管殿前司公事的王宗濋协助办理“抄家之事”。王宗濋那天在金殿上出了丑，却不曾丢去差使。现在渊圣想起他，让他去协助王孝迪抄家，正符合他的私愿。

这三个姓王的凑在一起，各人都出了一点鬼主意，当下议定只今夜就要动手，除张迪提供抄家的名单以外，各人又想了几个，随意添上，使得抄家对象膨胀到四五十家之多，他们中间多数是三王的仇家，或者是三王的亲戚至好等各种关系人的仇家。活该，他们胆敢得罪新贵以及新贵的关系人，咎由自取。理应抄他们的家，而且三王还要自己动手带队去抄。

还有好几家是自投罗网的，他们昨天兴高采烈地跑到行营使司去捐献财帛，受到李纲以下行营使司人员的接见奖励。今天就要给他们一点颜色看看。

三王决定动手的当夜恰巧是元宵佳节的正日——正月十五。一到满月初升（往年此时正是万灯齐明之际），一支规模相当庞大的“抄家队伍”，后来又分成几路、十多路、几十路，鬼鬼祟祟、偷偷摸摸地在东京的大街小巷中出现了。

4

紫禁烟光一万重，五门金碧射晴空，
梨园羯鼓三千面，陆海鳌山十二峰。
香雾重，月华浓，露台仙仗彩云中，
朱栏画栋金泥幕，卷尽红莲十里风。

五日都无一日阴，往来车马闹如林，
葆真行到烛初上，丰乐游归夜已深。
人未散，月将沈，更期明夜到而今，
归来尚向灯前说，犹恨追游不称心。

这两首《鹧鸪天》词是无名氏的十首《上元词》中的两首，写尽了东京城元宵佳节、灯市如昼、车马喧闹、游人如织的热闹风光。

自从北宋定鼎开封以来，元宵节就成为宋朝的“国定节日”，成为一年中最重要的例假日、庆祝日。从正月十四开始，一连三天，东京人民陷入后人难以想象的狂欢之中。太宗年间，全国统一的形势已成，吴越国王钱俶在杭州割据自雄的一隅之地看来也难于保全了。他跑到东京来贺正，心里惴惴然，唯恐太宗把他扣留起来，不让回去。他一面叫人在杭州西湖宝石山上造了一座“保俶塔”，就是希望老天爷保佑他平安回家之意；一面又带来大量金银财宝，企图买通太宗及左右侍从，放他回去。无如宋太宗玩弄政治把戏，也是个斫轮老手，他一再暗示钱俶说：“率海之滨，莫非王土，朕要的是土地人口，不是财富。你如纳土称臣，财宝自归国家所有，何用你来献上?”钱俶忽然灵机一动，从没有办法中想出一个办法来，把这笔钱统统献上，说是要“买”十七、十八两天之宴，大酺[1]二日，为皇帝助兴添欢，与民同乐。这个名目想得巧妙别致，一时中了太宗之意，太宗果然欣然接受了，下诏延长节日两天。

买宴钱既买不回钱氏吴越的江山，保俶塔也保不牢钱俶本人的一条命。他最后还是被太宗鸩死。但是，从此元宵节日从三天延长到五天！东京人又可以多狂欢两天，这却是钱俶留下的遗爱了。

可是狂欢的节日毕竟也有一天到了尽头。几年来，东京人忧心忡忡，唯恐有一天大祸倏然降临，大家狂欢不成。这可怕的一天终于来了。不肯为东京人助兴添欢的金朝二太子斡离不偏偏把他的大军提前十天开到东京城下，把东京城包围起来，

[一] 官方命令特许的大欢饮。

霎时间，歌舞升平变作愁云惨雾。

按照太上皇旨意，早在去年十月间就支出内库巨万金帛，搭好了以备观赏的灯楼鳌山，忽然一声令下，全部拆除，算是官方正式表态，今年停止赏灯。老百姓受到战争的威胁，也失去看灯的豪兴，适得一年一度在“棘盆”演出的外路百戏杂剧班子也受到战争影响，无法来到京都而辍演。因此今年的元宵节过得冷冷清清，凄凄惨惨戚戚。黄昏一过，全城戒严，除防城部队穿梭经过，巡夜的更夫柝声不绝以外，绝少行人通行，偶尔有几个孩子从家里偷一盏灯笼点着了，在门口探头探脑一番，然后大着胆子冲往街心，也被街道上那番凄清的景象慑住了，急忙熄灭灯烛逃回家里。

这番凄清的景象笼罩着东京城内的家家户户，当然也会感染到镇安坊李师师的家。

醉杏楼中珍藏的奇宝异珍，经折变后早于十四日晚上送往军前。

那几天真够师师忙的，事实上，从邢太医、何老爹前来劝捐的那天开始，师师就和小蘩、惊鸿三个忙着整理和出清珍物，这些珍物都是太上皇赏赐的，当时推辞不掉，就把它们锁在后间，十多年中，从未拿出来看看。在师师的内心中，毋宁是把它们看成为盗泉之水，不触动它们，听其自然消失，是一种处理办法。现在捐献出去是更彻底的办法。师师忙着清理，一方面固然为了前线需款甚亟，一方面也希望赶忙把这些污手之物处理掉，好叫自己干净一点。

两年半前，官家因龙舟竞渡失败，迁怨于刘锜，把他逐出京都。这一鲁莽的举动，伤了师师的心。从那次以后，她再也没有同意过官家的造访。官家多次派内监颁赐珍宝，请她赏收，都被她回绝了。可是表面上的决裂，还不是真正的恩义两绝。有时，夜深人静，隔院中送来声声金柝，陡然枨触起师师的愁怀，想到官家多年来的柔情蜜意，也使她转侧通宵，不能成眠。只有这一回，官家轻弃社稷逃命南下以后，这个人在师师的心里算是真正地死绝了。这是促使她把珍宝全部捐献的原因之一。

她们准备了两只箩筐，大的一只专放捐献之物，小的一只留下自用的东西。官家赐予的珍宝，当然全部装进大箩筐，就是她自己平日搜集或朋友赠送的古玩字画，也都随手搁进去，最后留在小箩筐里的东西已非常有限，似乎并不想给自己留下多少后路。

珍珠首饰、宝石玛瑙、古玩字画都已清理好，她又把满壁箫笛、一床弦索全都卸下来，搁进大箩筐。其实师师不太了解这些珍宝的物质价值，她一般只能从感情的好恶来衡量它们。譬如官家送她的一幅周昉《仕女图》比她自己喜爱的一只琵琶价值不知道要高上多少倍，她却把它们等量齐观，不分轩轾。在这方面，如果让太上皇来做她的顾问，那肯定要比她精明得多。不过有了南下事件以后，即使他愿意，她也不愿再让他来帮助她了。

只有拈起那支玉管凤头箫时，她才有点犹豫。箫还是老师袁绹送的，从十五岁开始学艺用起，她已经吹了十八年。除自己以外，只让刘锜吹过两三次。她翻弄着这管玉箫，忽然听到一缕呜咽的箫声在她心头飘上来，许多不堪回首的往事也随着呜咽声飘上心头，似乎织成一个怅惘的梦。

很懂得她的心思的小蓁乖巧地问："娘可记得，这管箫还是刘四厢吹过的？留下也罢！"

"娘倒忘了！小蓁你且说刘四厢在哪年吹过它？"

"就是蔡京搬弄是非的那一回，害得刘四厢落了不是，"小蓁切齿痛恨地说，"周学士也丢了大晟府的官，落魄江南，从此不得回来。"

"正是刘四厢一别二年有余，音信杳然。"师师点点头，陷入凝想中，然后调子深沉起来，"可惜他生平空负报国之心，未获一当，今天国家正要他效劳，他却远离京师。世上的事就是这等颠倒！"

"还有那马宣赞，两年中也不见他来过一次！娘可知道他的行踪？"

"马宣赞国事为重，这两年身在前线，忍辱负重，与童贯那伙人，怄了多少气！听邢太医说，好像也施展不开。"然后她叹口气道，"如今的事情就是这样，坏人当道，好人怄气。"

"如果刘四厢、马宣赞他们都在这里，金人的军马怎到得了汴京城下？娘再抄部《莲华经》，保佑李右丞，休教坏人谗害了他。"

"如今朝堂内有不少人要暗害李右丞，他纵有通天本领，怎对付得了四面的敌人？娘怕一部《莲华经》也保佑不了他长命百岁！"

一时的感叹过去，师师犹豫了一会儿，还是把那管凤头箫扔进大筐，心里总觉得还是有件搁不下的事。

把细软搬走以后，第二天就是元宵正日，师师通夜转侧，犹恨捐献得不够彻底。一清早起来，就督率小蓁、惊鸿把一些动用家具、粗细衣服全部搬出来，分门别类地挑选一下，准备继续捐献给行营使司。这些家具衣服，又重又笨又多，非比细软，她们流出一身身的大汗，直到黄昏时分，才整理出个头绪。她们把搬来的大柜小桌、座椅卧铺，还有一箱箱、一箩箩、一包包的粗细衣服，全部堆在院子里、走道上，把家里的通道都堵塞了，暂时断绝交通。

醉杏楼早已出得空空的，两侧卧房和下面的厅堂也都出空了。出清得越干净，师师心里越踏实。两个侍儿跟她一样的意思。她们头上冒着汗，心里热腾腾的，所谓元宵佳节的凄凉之感，被她们这一行动冲淡了。

可是隔在箱笼衣柜另一边的李姥和她那伙人的心情却大不相同了。他们看见每一件东西从醉杏楼中搬出来，仿佛挖去心头一块肉。官家赏赐师师之物，从表面看来，无论所有权、使用权都属于师师，除非经过师师同意，李姥才有权使用它们，可是实际上，师师本人的所有权也是属于李姥的，师师所有的东西当然都要作为她本身的附着物一起归李姥所有。加上师师一向对财宝不甚措意，李姥早把一部分珍贵的首饰珠宝收藏起来，其余的也只当作藏在外府，随时可以收回，据为己有，万想不到师师竟会下这等毒手，一声捐献，全部精光。可恨邢倞、何老爹两个辣手辣脚，竟做起师师的主，唆使她捐献；在点交之际，又毫不容情，决不允许她做些手脚，染指半分。从昨日以来，李姥就把这两个不得好死的老头痛骂不休，骂得狗血喷头。由于何老爹、邢倞两个在师师身上发生的影响，李姥本来对他们就没有好感。邢倞还算是个太医，王侯公卿都请他治病，社会上有崇高的地位；没出息的是那何老爹，他枉自在东京混了几十年，混不出个名堂来，至今还是两手沾满靛青的染匠。在李姥的眼睛里岂有一个染匠的地位？往常每当师师出去看了何老爹回来，她就要借端发话，指桑骂槐，教师师心里不舒服半天。

如今事情闹得大了，经过他们两个撺掇，把她一生培养师师的心血酬报都付之东流，她与他们势不两立。这就怪不得她要千刀万剐地骂，骂他们两个是死掉了从棺材里扒出尸体来苍蝇不要叮、黄狗不要啃的臭老头、贼老头。

她终于鼓足了勇气，冲过箱笼衣柜箩筐桌椅砌起来的防线，扯着师师的衣服，又哭又跳地责问起来："心肝肉儿呀，你敢是患了失心疯，把家底全部搬光了，连那两只描金漆红的牛皮箱，还是老娘当年嫁妆，也让那何老头搬走。还有这些碗儿、盘儿、碟儿、勺子儿，晚晌前都叫惊鸿搬出去了。咱看索性把灶间里的风炉、锅子、炭篓、风箱全部搬出去吧，咱娘儿四个今后就靠喝西北风过日子。这可完全称了你的心？

"儿啊！你做事全不思前忖后，想做就做，说做就做，做到哪里是哪里。这全是邢老头、何老头那两个拖牢洞[1]的贼囚徒坑了你的，拨弄得你神不守舍，魂不附体。你倒看看自己嘴脸，蓬头垢发，衣履不整，哪里还像个京师出名的红歌伎！老娘可要跑去，揪住他们，非拼个你死我活，决不罢休！”

李姥来势汹汹，师师也早已胸有成竹，揭穿她的阴私说：“姥姥休怒！咱捐出去的都是咱自己的东西，姥姥平日收了咱的东西，都算在你姥姥账上，这个咱也张着一只眼，闭着一只眼，不与你姥姥计较。如今咱把自己名下的东西捐了，姥姥可莫见怪。那两只描金皮箱不是好好儿地搁在后间，谁说捐掉了？你那里满箱满箧的造孽钱，都是咱替你挣来，尽够你两辈子吃的，只要下生还投胎为人，也吃着不尽，说什么要喝西北风过日子！在西水门、封丘门、酸枣门上披坚执锐的战士们才喝西北风哩，姥姥去和他们比一比，岂不惭怍？”

“儿啊，”李姥一听师师的回答软里有硬，绵里扎针，知道硬对付不行，顿时见风转舵，说得十分体贴起来，“娘说的哪一言哪一语是为自己？还不是为你和小蘘、惊鸿三个。你把家底一下铲光，连得箫笛琴筝、琵琶檀板等吃饭家伙都丢了，今后还靠什么过日子？”

“姥姥不知，金兵肆虐，都城危在旦夕，一旦沦陷，满城生灵都遭祸殃，那时玉石俱焚，大家还有什么好日子可过？如今为儿的毁家纾难，踊跃输将，多捐得一文钱，就让在城头上喝西北风的战士多喝一杯滚水，多吃一块蒸饼，多杀一个敌寇。天可怜见保佑得朝廷退了金兵，大家重振家业。凭着为儿与惊鸿等三双手，绣花缝衣，谅也不得饿死，姥姥担什么心事？再说儿久已厌弃了烟花生涯，如得退了金兵，就离开京师，找个僻静处所，安下身子来，靠手艺为生，省得再去赔笑奉承，衣食依人。儿意早决，姥姥休再阻挠。”

师师的话虽然说得婉转，通情达理，内容却是决绝的，誓与过去的烟花生活决裂。李姥岂甘罢休，她忽然又一声心肝一声肉地哭闹起来，说宝贝心肝儿撇了娘要到外地去找营生，叫娘的下半辈子靠谁？又说你不叫娘活下去，娘也不想再活了，这就去找那两个老头拼命，拼个同归于尽，大家都活不成。

从官家赐顾以来，李姥与师师的关系改变了，逐渐变成为一团粢饭、一块蜜糕，只有到了生死关头，她才彻底暴露出本来面目，不惜以性命相扑，不管师师怎样好说歹说，都无法叫她安静下来。

[1] 宋朝市井骂人的恶毒口语，当时囚犯死于牢狱中，尸体要从墙洞中拖出来。

5

李姥正在师师的阁子里闹得不可开交之际，忽然一个妇人气喘吁吁地跑进来通报说："外面来了个王府尹，带着几十名差役闯进门来，说要找李师师说话。"

这分明是个凶兆，闹得昏头昏脑的李姥却只听说来的是大官儿，顿时转嗔为喜，换上一副准备接客的好看面孔，迎出门去。来人们不理会她这一套，打头的虞候一把把她推得老远，口中嚷嚷，谁是李师师，快出来听王府尹宣读圣旨。然后，在一派和声中间，板起铁青面孔的王府尹走进房来，他似乎是不用自己的脚而让从人们十只手把他抬进房里的，作为奉圣旨前来抄家的执法官、监督官理应有这样的一副气派。

被人们叫得山响的王府尹原来就是户部侍郎王时雍，为了折价变卖首饰之事，昨天他与李师师还见过面，当时他巴结讨好，一副热络的样子。今天刚奉旨兼了开封府尹，还不到三个时辰，就来执行抄家任务，忽然变得人都不识了，打起官腔要从人问谁是李师师。

做官的要会变，变得越快、越及时越好，王时雍当然是深知其中三昧的，他煞有介事地宣读起文告来："尚书省直取金银指挥奉圣旨，李师师、赵元奴等曾经只应倡优之家并箫管袁绹、武震等逐人家财籍没。若敢徇情隐庇，并转为藏匿之家，许日下自首，如违并行军法。诸人所隐匿之物，一半充赏。"

他越读越带劲，读到"如违并行军法"等语简直是声色俱厉，宣读后，在室内环行一周，东看看，西望望，不断对自己点头，表示什么都已知道了，然后冷笑一声，对虞候们道："幸是早来一步，哪个耳报神走漏了消息，眼见这里的箱笼衣柜都已整好，马上就要送走。倘非本官早来，岂不耽误了朝廷大事？"

看到王时雍这股气焰，师师不禁又好笑又好气，未免要冷冷地刺他一下："王侍郎，你不认得咱李师师，咱倒有幸识荆，只昨天还在户部与你相会，渥承优遇，拜茶赐酒。怎一夕之间，你都忘了？真所谓贵人多忘事。咱倒要问问你王侍郎，你今天这等气派，是哪个派你来的？"

"本府奉了王相公之命，督率众人前来你李师师家抄籍财物，输送金营。你知趣些，把贵重物事自己先取出来缴与本府收管，省得差役们动手，面子上不好看。"

师师不跟他多谈财物之事，单单问："哪个王相公?"又故意挑逗一句道："你说的王相公莫非就是那王黼?"

"李师师，你休装痴作傻，那个误国的奸贼王黼已奉旨削去在身官爵，长流衡州，你身在京师岂能不知?"

"怪了，怪了，这王黼相公前为太宰时，声势煊赫，一时无两，咱分明记得你王侍郎为吏部郎时，曾与他联了宗，认为本家，称作'相父'，何等亲热?曾几何时变成误国的奸贼，你就不认这个本家了?官场上的事真是白云苍狗，变幻莫测。咱且问你，如今当朝的这位王相公姓王名谁?你可也与他联了宗，认为本家?"

师师的话充满嘲笑和挑战的意味，王时雍权且忍耐一下道："李师师，你岂不知当朝中书侍郎王孝迪王相公，已奉御派专领簇合犒设大金国金银事，如今簇合金银之事，全由他主管了!"

"这个王相公莫非就是都人哄传为'四尽中书'的王孝迪?"师师哑然笑出来道，"他的大名谁人不知，哪个不晓，户部早不说，倒教咱胡猜。"

王时雍忍无可忍，顿时恼羞成怒，他高声吆喝着，叱令差役快快动手。

"且慢!"师师一手拦住差役，一手指着王时雍，正色责问道，"咱李师师一介女流，也知急国家之急，急前线之急，首倡捐献，毁家纾难，太上皇所赐及咱自己所有金银珍宝昨已全数送往行营使司。昨日你王户部也在场，亲眼看到，岂有虚假，又何来隐藏之说?如要隐藏了，何必捐献?已经捐献了为什么还要隐藏?其理甚明，咱倒要问问你王户部，你为吏部郎时，专为家乡蜀人说合，纳贿求差，所得不赀，人称'三川牙郎'，如今你权领户部，不过浃旬，道路喧传，家资已逾百万。别的不谈，咱的一只'映月珠环'，乃太上皇御赐的内府珍品，价值连城，昨日送至户部后，转眼就已失迹。它的来龙去脉，别人犹可诿推，你王户部可是最明白的。如今前线吃紧，严冬酷寒，将士们乘城苦战，大半都穿不上一套棉袄，你王户部枉自生财有道，可有一文钱输往前线?今日反来迫害于咱，岂不是你做了卖官爵的牙郎，犹嫌不足，存心还要做个'卖国牙郎'，使我民遭殃，让金贼快意，这样才好叫你心满意足不成?"

师师一语未了，忽然又有人报道："邢郎中来到!"

这个邢倞本来就是王时雍的死对头。那件映月珠环确是稀世之宝，太上皇赏赐后，师师把它搁在箱底，一搁就是十多年，昨日好容易见了天日，送到户部，王时雍是个识宝的波斯胡，一见就把它笼入袖内，然后做个手脚，在清单中一笔抹去，这一切他都以为做得神不知鬼不觉，不想被师师当面拆穿。这分明是邢老头捣的鬼。他把一腔怒气都栽在邢倞身上，一见他进来，就怒气冲冲地问："邢郎中来此，有何公干？"

"王户部来此，有何公干？"

"你问这话干甚？俺奉王相公之命，奉圣旨籍没李师师家财，正待动手查抄，此事与郎中无涉，郎中自便。"

"户部差矣！下官奉李枢密之命，传宣圣旨与李师师知道，李枢密还说要加意保护李师师之家，休让宵小惊扰。事关公差，怎说与下官无干？"

"这倒奇了，本官刚宣读过王相公抄下籍没李师师等家的圣旨，岂有差错？怎生李枢密处又别有圣旨，莫非其中有诈？"

"李师师听着！"邢倞故意设起香案，摆出排场，从怀中探出渊圣手诏，朗声宣读，"李师师心存社稷，功在国家，踊跃输将，三军挟纩，朕心慰焉。特降手诏嘉奖，以为天下倡。靖康元年元月辛巳御笔。"然后笑嘻嘻地问王时雍道："王户部请先看看御笔，其中莫非有诈？"

"这倒奇了。岂有奉旨籍没三家，还会受到官家御笔嘉奖，此乃千古未有之奇闻。"

"这倒奇了。"邢倞针锋相对地回答，"岂有传旨嘉奖毁家纾难之人，还会奉旨籍没？这倒真是千古之奇闻。"

邢倞的一番做作，使得王时雍也有点糊涂起来，但他毕竟是个官场老手，决不因一时犹豫而放弃到手的好处，何况他确是奉王孝迪之命前来抄家，刻下王孝迪、王宗濋正分别在崔念月、赵元奴两家下手查抄，必定大有油水可捞。他王时雍堂堂户部侍郎，又兼授开封尹，官显位尊，怎可落在他人之后，空手而归？他明欺邢倞孤家寡人，老迈病弱，怎当得他手下带来三四十名精壮的差役，就算动了手，又怕他怎的？李纲有话，明天再说，官家那里有梁太监、李太宰、王中书顶着，容易对付。

王时雍主意已定，就叫人把邢郎中半拖半拉地请到外间去坐地。

李姥不懂得他们在说些什么，先是怔怔地听，后来听说要抄他们的家了，又大哭大闹起来。王时雍喝令先把那婆子捆起来，押进马房，用马粪填满她一嘴。

这里恶狠狠的差役们一齐动手，翻箱倒箧，乱摔乱踢，还在室内挥舞皮鞭，把李家的人赶来赶去。惊鸿不忿，待要上前去与王时雍理论，一鞭早已飞来。小蘩奔去救护，这一鞭正好打在她左颊上，顿时肿起一条血痕。

这里正在纷扰之际，忽然门外喧声大作，大门倏地打开，一个矮矮小小、髯发蓬松，却生得结实健壮、双目炯炯有神的老头，提一盏灯笼，灯笼壳上还画着一枝水墨杏花，称为杏花灯，领头走进。跟着百十个老百姓，也都提着杏花灯笼拥进门来。

他们都是李师师的街坊邻居，也有一部分住得远些。今夜有月无灯，街市上冷冷清清，他们提了这些草草扎就草草画好的杏花灯，排除街上巡卒的干扰，跑到这里来赏灯。

“这里是镇安坊李师师之家。”带头的矮老头声如洪钟地说，“李师师毁家酬国，不愧为当代巾帼英雄，羞煞那些坐在高位、干尽坏事的髯眉男子。早听说官家已降了手诏嘉奖她，你们是什么人？敢到这里来撒野？”

“你是何等样人，敢到这里来扰乱本府公干？”王时雍手下的干办叱问道。

“俺是个小小的染匠，名叫何宏，人称何老爹。瞒不得你府尹大人，今日率众来此，就要看看你们如何行事。休道老百姓干涉官府，你们平常净干些鸡鸣狗盗之事，有天没日，人心难容。今天凑巧，狭路相逢，就想跟你们算算这笔账。”

老头嬉笑怒骂一番，旁观者都帮腔叫好。有个胆子特别大的，掇条板凳，站上去举起灯笼，照照王时雍的面孔。王时雍果然气得面色发白，胡子倒竖，连声说：“反了、反了！你们快上来把这老泼皮捆上，送府严究。”

“谁敢碰何老爹一根汗毛，俺就与他拼了！”一个精壮汉子，越众踏前一步，怒目瞪视。两名差役不识高低，手舞皮鞭，要想把他赶开。只见他两掌轻轻一翻，就把两个狗头摔倒。

忽然有个差役认出了这个精壮汉子是谁，恐怖地喊出来：“他是小关索李宝！”老百姓们也呐喊助威道：“小关索李宝，小关索李宝！”有人说：“他就是东京城里鼎鼎大名专打抱不平专打贪官赃吏的小关索李宝。”几十名差役一听说是李宝，吓得一齐转身，就想夺路而逃。

“哈哈，哈哈！”何老爹得意地大笑，指着门外道，“王府尹你且睁大眼睛看看门外有多少人，看看你今晚还抄得成李师师的家？”

这时门外拥来成千上万的“观灯者”，他们多数是店铺作坊的伙计、工匠，沿街叫卖的小贩，也有店主、士子、太学生，一部分巡街的禁军也加入他们的行列，使队伍的进行通行无阻。他们或手提灯笼，或高举火把，把镇安坊一带照耀得满天通红，到达李师师家门口时，大家高呼：“不许抄李师师的家！不许动李师师家里一草一木！”

王时雍还待督率差役，把住大门，不让他们进来。忽然一个身穿烂衫、头戴方巾的太学生大声疾呼：“俺们先去抄王府尹的家，回来再与他算细账。”一呼百诺，大家顿时附和，呐喊着要去抄王府尹的家。有人高呼：“王府尹的家就在东城老鸦巷，你们众位且随俺去。”又有许多人附和，嚷道：“大家到东城去抄王时雍的老窝，管教抄得他片瓦不存。”这时街坊上人影幢幢，万头攒动，似乎正要开拔队伍。

群众用的是围魏救赵之计，这一着果然奏效。王时雍仕宦三十年，见多识广，却从未见过这阵仗儿。他心想这批泼皮光棍劣生顽童，说得出做得到，真要去抄他的家了。此刻三衙中已无军队可调，凭他手下几十个人怎挡得住这成千上万的老百姓？硬做不成，只得软下来，先去求那个太学生，再去求何老爹和李宝，无如群众太多，他稳住了一个，那边又有人蹦出来发话、吆喝。他到处打躬作揖，唱喏认错，官架子丢得精光。后来又把邢倞请出来，诺诺连声，保证偃旗息鼓回去，再求他转求李师师高抬贵手，放他一马。亏他转机得快，群众的气愤渐平，陆续有人散去。他得机就溜之大吉，李家抄家之事，自然不了自了。

这是人民群众在东京围城中与措施荒谬的朝廷进行的第一回合交锋，并取得胜利，也是东京人民在火线中受到的第一次考验。以后，在与朝廷的斗争中，他们的办法更多，经验更丰富，胆量更大，他们的行动也更加发舒了。

6

可是这一天针锋相对的斗争只集中在镇安坊一处，其他各处的老百姓没有充分发动起来，因而也没有获得同样的战果。

那一夜，在合法的外衣下，王宗濋、王孝迪等人亲自带头，官抄民家，被抄的不下数十户。后来被抄的范围还扩大到指定的名单以外。开封府的几名公人，借口查抄，就可以随意进入民家，进行勒索、搜查甚至抢劫，公人们成了变相的强盗。

被作为财神的对象当然倒了霉，被抄得寸缕无存，至于那些因私怨而被牵连的对象，遭遇更惨，到处都发生血案。那一夜中，当场被打死、逼死、被奸致死以及老人小孩惊吓致死的人命不止二十条。著名的歌伎赵元奴、崔念月等都遭到不堪忍受的侮辱。

特别是王宗濋，久已馋涎赵元奴的艳色。太上朝内，他倚仗自己是太子的元舅，也曾几次去小姐儿巷问津。无奈朝内的亲贵太多，赵元奴应接不暇。何况太子登基不知是何年何月之事，像他这样一个尚未兑现的国舅，显然没有成为赵元奴的入幕之宾的资格。有一次，他表演过火，遭到赵元奴的白眼，就被毫不客气地摈诸大门以外。

赵元奴使王宗濋下不了台，王宗濋十分怀恨，他咬牙切齿地扬言，有朝一日，定要赵元奴好看。这一朝居然来到了，今夜他抓到机会，硬讨得抄赵元奴家的差使，一马当先，熟门熟路地扑到赵家，亲自动手把赵元奴抓来，不由分说，就把她掀倒在地，浑身剥得精光，尽情发泄报复。

有多少权，行多少势，不留一点余地，这正是一切暴发户官僚的特点，王宗濋步他前任高俅之后尘，睚眦必报，有加无已。活该赵元奴倒霉！在那一夜间，她的全身好像一团和了水的糯米粉团，听凭他揉搓捏弄，揿扁拉长，从头顶到脚趾末梢，凡是可以施虐的部位，都受到他残酷的凌辱，然后又逼她弯下身体，双手双脚落地，狗子般地绕院子爬几圈。鞭子不时重重地落在她背、臀、大腿等皮肉厚实的处所。一鞭下去，随着一声惨呼，顿时凸出一道三个指头阔的血痕，这样殴辱一番，王宗濋意犹未足，喝令把她拖出大门口，游街示众。人们看到她雪白的裸体上满是血污，乳头还被两根细麻绳紧紧缚住，两根麻绳另一端上悬空坠着三斤半重的大砖头，把她的一对乳房牵扯到腹部以下。这时，她已被折腾得奄奄一息，全靠两名军汉架撑着，才站得起身子蹒跚而行，在小姐儿巷、大姐儿巷一带兜了个大圈子。王宗濋充分满足了兽欲，这才兴冲冲地结束了这场“毁灭性”的抄家。

赵元奴的遭遇使人们十分同情，也因此更加痛恨这些奸党，痛恨这次为了满足金人的勒索而嫁祸给人民的抄家。但是没有人挺身而出，好像救护李师师这样救护赵元奴。这固然因为事出仓促，群众来不及组织起来，更重要的是赵元奴平日骄纵放诞，不像李师师那样深得人心。

并不是所有的被抄家者都乖乖地俯首听命，在某些场合，抄家者也遭到应有的惩罚。教坊司的笛师蒋翊，虽然名气很响亮，却未受到过太上皇多少好处，仅因为与袁绹过从甚密，也被官方列入抄家名单中，他一时怒起，奋身拼持，用菜刀砍死了一名户部的部员和一名差役，然后纵火烧掉住宅，自己跳进火海，与他们一起化成灰烬，这时天气干燥，水龙未至，因而蔓延到邻家，烧掉几栋房屋。

抄家所得是十分有限的。

事实上，徽宗一朝，用去的金帛银两犹如潮水河泥，它们汩汩不绝地流入权贵大臣之家。留下一点剩余赏赐给倡优教坊，能有多少？当时的民愤，显然不在倡优教坊而在于当朝权贵。靖康朝的大臣事实上都是宣和朝权贵们的残渣余孽，他们官官相护，转嫁祸水到倡优教坊等下层小民，希望从他们身上发一笔大财，岂不是十分可笑？

本来抄家的油水不足，何况抄来的财物，大部分都被当事人朋比瓜分，真正登上官府账册上的不过三分之一，总数也不过几万两银子。这使得主持其事的三王和他们的后台老板梁师成、李邦彦等大为扫兴。他们把责任推到别人头上，说是事前走漏了风声，被抄者早把细软金珠隐匿到别处，扬言还要继续查抄。

抄家是暴行的集中，是罪恶的渊薮，是杀人犯、盗劫犯、偷窃犯、贪污犯、强奸犯、侮辱女性犯、诈骗犯的培养所，是贪欲狂、虐待狂、喝血狂的大暴露，也是还没有脱离兽性范畴的“人性”的大展览。特别当这些罪行是在合法的外衣之下进行的，人们就可以借用法律的名义，随心所欲地干一切他们愿意干的事情而无所顾忌，无所约束。也许过了许多年以后，这一颗深埋在心里的罪恶的种子还会长出恶臭的稗草。

一次大规模的抄家，教坏了一代人。

十六晚上，数千名气愤填膺的老百姓实行反击，他们在太学生雷观、高登、汪若海、徐伟等策划下，发起了另外一种性质的抄家。

三王本人闻风逃走，他们家门口加强了警卫，抄家群众转移目标，他们去抄了已经下台流放的权奸王黼之家，并且使朝廷承认他们行动的合法性。

这是一次大快人心的抄家，虽然它仍然不免发生种种暴行——只有在人民仇大恨深的情况下，抄家才有一点政治意义，因为它惩罚了一个举国皆曰可杀的国贼。

第三十五章

1

民抄王黼之家大快人心以后的第三天，城上又传来令人振奋的大喜讯。

这天早晨，在万胜门城头巡城瞭敌的守军，发现金明池、琼林苑附近有一彪人马风驰电掣而来。沿途的金军出队阻击，当不得他们一阵扑杀，枪挑箭射，金军纷纷败散，不敢追击。这彪人马疾如飞风般冲到城脚下，高声叫门。

城上守军急忙禀告大将姚友仲、何庆彦。姚友仲认得城下带头的将领是西军统制吴革，连忙放下吊桥，开门迎接他们进来。

他们从前天晚晌开始，一天两夜中，疾驰了四五百里路。从今晨开始，五六个时辰中间没有吃过一点东西。他们每个人都被厚厚的灰尘罩了起来，各色战袍和发亮的铁甲都蒙上了灰尘。连刚溅上不久的血迹也被一层层新的灰尘遮盖了。他们浑身上下，连人带马，都是灰的。但他们的精神状态却是发旺的，只要扑去这层灰尘，就露出辉煌的脸和发光、发亮的眼睛。

吴革回过头去清点人马，二十个战士，一个不少，二十匹战马，一匹不伤，不由得发出一声由衷的呼喊。

他们是西北军统帅老种经略相公派来的先遣部队。他们捎来了老种经略相公本人及大队军马将于日内晋京勤王的蜡丸。

第一次伐辽战争失败以后，种师道被撤去都统制之职，责授为右卫将军并降为一个州的知州的低位。不过军队中仍把他看成为统帅。他仍在一定的范围内执行统帅的任务。而对他十分嫉视的枢密院也不得不承认这个客观事实。

金人入寇的消息传到西北后，深知朝廷空虚的西军诸将领不待朝命，就陆续自动起兵勤王。种师道仍然是他们的统帅，他的兄弟秦风路经略使种师中也跟随他一起勤王东下。在路上种师道檄调熙河路大将姚平仲随征。姚平仲的父亲熙河路经略使姚古虽因争都统制的地位与种师道有芥蒂，种师道却非常赏识姚平仲的将才，非要他参加勤王军不可。

西军中另一名声名煊赫的大将杨可世，在伐辽战争中多著勋劳，复员回西北的两年中，不幸身患风瘫，不得离床，只好派他的兄弟杨可胜统率所部泾原军随种师道出征。杨可世是个“力战型”的猛将，在战场上喑哑叱咤、风云变色。杨可胜与其兄相反，足智多谋，深明韬略。种师道知人善用，提拔杨可胜为全军参谋，万事都与他商量了再行。

勤王军的阵容还是相当完整的。只可惜原任总参谋赵隆现在陇右都护任上，一时檄调不及。还有英勇善战，而又恂恂儒雅，能辑和诸将，不愧为大将之才的刘锜，也在陇右副都护任上。他们远处西陲，消息不灵，再加上那里也是多事之秋，不能无人照顾。种师道再三考虑后，最后还是放弃了把他们调来随军勤王的想法，让他们留在当地，负责一方面的军事。事后证明，不让赵隆、刘锜随军确是勤王军的重大损失。

正月初二，金军突破黄河防线，梁方平、何灌所部逃散。京师几无可用之兵，朝廷震恐，渊圣急诏种师道勤王东来。正月初六，守城之议既决，渊圣又手诏急征西兵勤王，又一连发下五六道金字牌勾兵陇西。这些诏旨和金字牌都被胆大包天的内监们隐匿了。种师道在路上既未听到军事上的确息，也没有接到朝廷的诏旨，未知朝廷的意向如何，不敢急进。直到行至洛阳时，才知道金朝粘罕一军胶着在太原城下，未能南下，斡离不一军却已突至大河以南，东京城已受围攻。有人劝种师道持重，认为“敌势重而我以轻兵犯之，必败。一败则四方勤王之师解体，不如且驻汜水关观望，以图全胜”。这种说法，从军事观点来看，也不无理由，但它忽略了一个要点：如果京师无西兵之勤王，猝被攻陷，则全国岂不解体？国家解体了，又何有于西军？杨可胜断然驳斥了这种只图一军安全而不顾国家危亡的谬论。他建议先派人到京师通报：“使我有一骑到京师，报以大军续到，则京师之气自振，然后再图破敌之计。”

种师道也知道京师军民盼望勤王军就如大旱之望云霓。当下他毅然采纳了杨可胜的建议，即多次派勇锐请战、愿充先行的统制官吴革率领二十名敢死的铁骑作为先驱诣京报信，然后自己亲率大军兼程而进，准备两三天内到达东京。鉴于金军势大，吴革作了最坏的估计，把此行的任务明白宣告给二十名铁骑，叮嘱他们即使只剩下一人一骑到达城下，也要把这个消息告诉守军。

二十名铁骑不负主帅的委托，全军安全到达，完成了通报的任务。这个消息，果然震动了京师，全城军民欢呼“救星到了”！

李纲更是积极做好迎接大军的准备，他派沈琯、吴革每天在城头上瞭望。只隔了两天，沈琯远远看见西北角上尘头大起，旌旗飞扬，知道大军已到，急忙飞报李纲。李纲全身披挂，在二百名“敢战士”的保护下，大开万胜门，出城迎待。不久，种师道拍马来到，两人在城门口厮见了，彼此行了礼。种师道威重，李纲英锐，神态都有过人之处。两人会见，犹如两条曲折奔流的大河，在某一处交叉点上汇合了，飞腾流泻，气象万千。李纲满面兴奋，掩盖不住内心的喜悦。种师道表面上虽然不露声色，对李纲这些日子在围城中的作为也有所闻，此时又亲眼看到城门口的布置有法，心中也很敬佩。

两人见面后，彼此又介绍了随行的将佐幕僚。守城的禁军将领如何灌、何庆彦、姚友仲等都出身西军，何庆彦还是种师道的直属部下，对种师道之来，久在盼望之中，一旦见了面，心里的一块大石头落地。种师道手下的主要将佐，李纲过去虽未见过面，却多曾听说他们的名声，今天都能相见了，十分高兴，不免要说些久慕英名一类的话。然后动问："如何不见令弟小种经略相公?"

"舍弟统率后军续进，估计还须旬日才得到京。"

李纲又问起刘锜和赵隆，种师道也都一一作答。

双方见礼毕，种师道调拨人马，让杨可胜率领一部泾原军的精锐，驻扎在城外金明池、琼林苑一带，与城内的守军形成犄角之势。种师道亲统大军入城。

按照李纲建议，大军入城后，要在东京城内和城头上各巡行一周以安定民心、鼓舞士气、威慑敌军。这项建议，深合机宜，种师道完全同意。他们商量出一个大军入城的隆重仪式。除杨可胜所部外，七万多名勤王军全部参加这个仪式。一面绣着"种"字的大旗前导，擎旗的旗手缓缓而进，西军各将领翼护在两侧，也乘骑缓行。队伍中间一乘露顶的肩舆内坐着统帅种师道。他神气威严，态度从容，不断向夹道欢呼的东京军民颔首为礼，还不时举起手来向观众招呼致意，好像与他们非常熟悉。在他们后面才是兵甲鲜明、步伐整齐的七万名步骑军。东京人有生以来，第一次看到这样一支有高度组织性、纪律性的大部队。他们奔走相告："老种经略相公十万勤王军来到，东京城可保无虞了。"

这一天直接看见种师道，或者受到他的注目、向他举手为礼的军民，固然感到无上光荣；即使挤在人丛背后，看不见种师道本人，只看到擎着大旗的旗手和抬着肩舆的舆夫，也同样感到非常兴奋。似乎依靠种师道的一道眼光、一个动作、一乘肩舆、一面大旗，就可以在百万东京人民的心里建造起一道坚固的长城。并不是种师道的容貌、动作有什么特别过人之处，也并非他的大旗、肩舆会产生什么神奇的作用，而是他的威名早已在人们的心目中树立起来。他是大家公认的救星、福星。有了种师道，东京就得救了，东京人民就有福了。

勤王军的来到，不但鼓舞士气，安定人心，也确实起到威慑敌军的作用。这几天金使王汭来到朝廷勒索“犒设之费”。他仗着斡离不之威，咆哮朝堂，斥骂宰相，对渊圣本人也傲慢无礼，动不动就威胁说：“赵官家，你手下人行事如此怠慢，惹得太子郎君性起，攻破城门，鸡犬不留，玉石俱焚，那时悔之晚矣！”今天王汭听说种师道带着十万勤王军来到，居然在金殿上向渊圣皇帝跪着磕了一个从来没有磕过的响头。后来渊圣接见种师道时，得意地说：“彼特为卿屈膝耳！”

2

东京人民兴高采烈地欢迎种师道进城之时，正是主和的大臣们愁眉不展、如丧考妣之日。他们认为西军之来，特别是统帅种师道、大将姚平仲等入城，目的不为别的，只是为了要破坏和议，从他们手里劫取一场富贵而已。

他们非要给种师道来个下马威、给他一点颜色看看不可。

种师道刚从肩舆下来，走进政事堂，坐席未暖，李邦彦已将敕旨一道付与他观看。敕书上写得明白："金人和议已定，再敢言战者朕必重责之。"

敕书倒也不假。日前郑望之、李棁等带回斡离不的"事目"，渊圣认为和议有望，在李邦彦的怂恿下，糊里糊涂地下了这道敕书。后来李纲战胜，形势好转，而金人要求的金银又开价太大，实在无法凑齐，渊圣的意思又改变了，转而主战，一再命令李邦彦缴上这道敕书。李邦彦拒不从命，视敕书为法宝，拿来压制主战派。

敕书虽然不假，老练的种师道却不会轻易就被吓倒。他和李纲在城厢交谈了一回，后来又与统制官吴革略谈数语，对朝廷内主战、主和两大派的情况已了然于胸，心中先有了一个底。后来李邦彦、李纲引导他陛见渊圣时，他明确表示道："京城周围八十里，金人充其量不过十万人，如何围得拢来？京城高数十丈，民兵百万，金人如何攻得破？我若于城上扎寨，城下严拒守，以待续来的勤王之师，不过旬日，大军云集，虏自困矣！"

种师道要言不烦地分析了当前形势和双方的兵力后，就在官家面前发出了豪言壮语说："臣在此，陛下不须忧也！"这大大地安了渊圣的心。

过去几天中，渊圣虽也逐渐倾向于战，但在主战、备战的同时又不敢废和。金银仍然在"簇合"中，金人催促"犒设"的使者仍在朝堂责难、咆哮，金银"簇合"得积有一定成数时就陆续往金营送去。双方信使往来不绝。在渊圣的主观想象中，主战仍不废议和，以备万一战败时，还可以留条后路与金人妥协，却不知道正因为朝廷尚在谋和，战志不坚，蛊惑了人心，反而会导致战守的失利。渊圣的脚踏两只船正好反映了他对战胜的信心不足。这一方面固然因为主和的宰相、内侍、宫人们日夕在他耳朵边聒噪，时作耸人听闻的危言，使他六神无主；一方面也因为京师的防御力量薄弱，李纲忠义有余，毕竟缺少战争经验，心里不太踏实。如今有了种师道这根主心骨，又有了勤王军成为他的王牌，他的胆子壮起来了，决定要停送金银，开城一战，当殿就拜种师道为签书枢密院事，充河北、河东京畿宣抚使，派姚平仲为宣抚司都统制。一应西兵及四方勤王之师并隶宣抚司统属，俟机出击。除拜之际，还向种师道明确表示："破贼之事，朕一以委卿！"这句话说得亮堂堂的十分威势，不像过去那样唧唧哝哝、吞吞吐吐。这是渊圣支持主战派最积极的表现。

有了这样的硬后台，种师道才能放手办事。他回到政事堂，即与李纲、李邦彦、折彦质、姚平仲等几个人共议战守大计。

李纲、姚平仲的主战立场，自不待言。折彦质也是新任的签书枢密院事，他是文官化了的将门之子，是个随风而倒的典型官僚，但他曾做过种师道的幕僚，渊圣让他签书枢密院，目的就是要他协助种师道办理战守之事，而此时又是主战派占尽优势，他理所当然地成为主战派。在这场四比一的争辩中，公开主和的宰相李邦彦被主战派痛击得体无完肤。

种师道一上来就把问题提得十分尖锐。他说："种某向在西陲，不知京城如此高坚，备御绰乎有余。不知公等当初为何这等急急要与金人议和？"

"国家无兵，"李邦彦回答得十分勉强，"不得已才与之讲和。"

"凡战与守，自是两码事，战若不足，守则有余。京城百姓虽不能战，如稍加训练，上城守御，有何不可？只怕粮食匮乏，倘使粮食有余，京师百万人民都可团结守城，怎能说国家无兵？"

"有兵无粮，也是枉然。"这是李邦彦的一句遁词。

对京师兵马钱粮的数据已大概了解的李纲立刻反驳道："京师存粮尚可支数年，并无匮乏之虞！何来无粮之说？"

种师道又提出一个十分明确的论据道："种某进城前，曾剖开一具金兵的尸体，看见他腹内并无粗细粮食，只用饲马的黑豆充饥。一人如此，全军可知。谅他金军已经缺粮，岂能在城下旷日持久？李太宰如此要紧与金议和，对他兵马钱粮之事难道一无所知？"

"这个……李某倒不知道。"李邦彦又期期艾艾地回答不出来。

"前日金使来催犒赏，金银不急，倒急着要牛马羊豕各万头，立时送去。折某当时也想着金军缺粮。"当时折彦质并未把这个想法告诉任何人，此时都说得振振有词，表明他的先见之明。

种师道趁机嘲笑道："折参谋想到的事，李太宰身为百僚之长，怎见不至此?"

李邦彦只好打退堂鼓道："李某素不习武事，这些武夫之事，一时却见不到。"

"公不习武事，尚有可说，难道不读书不成？古来典籍中记载战争攻守之事多矣！公不读史鉴，如何考中进士，见为宰相？又怎能轻议武夫?"李邦彦以武夫相讥，种师道立刻还敬他一句，然后又问，"某此来，见到城外居民，多被屠戮，男女老幼尸骸纵横，民舍被焚，畜产也多为敌有。当时闻警，何不悉令城外居民拆去房屋，搬畜产入城？为何立闭城门，置百姓于敌军刀锋下，宛转就死？当局者谋国不臧，斯民遭殃，可胜浩叹!"

李邦彦一时想不出为自己辩护的话，只好老着面皮回答："仓促之际，不暇及此。"

"好慌，好慌!"种师道显然恶意地笑起来，加上说，"某麾下士卒路经城郊时，看到这等景象，个个都戟指痛骂金贼肆虐，戕我生灵，也怪朝廷处置失策，不该和他议和，长他的威风，灭我之锐气。相公秉成国政，倒要多听听士兵百姓们说些什么、骂的什么，才是采风观政之道。"

种师道像训斥小孩一样训斥了李邦彦一顿，李纲在一旁听了也着实称快。平时就对文官们愤愤不平的姚平仲，这时也插进话来，调侃李邦彦道："公等怕保不住自己腰下的金带，听凭金人勒索，急急忙忙把金银送去。倘使金人要公等的首级，难道也马上割了，乖乖地与他送去不成?"

战争之际，是带兵的人行势。现在不但种师道，连他麾下的将佐，一名小小的"赤佬"姚平仲也胆敢调笑起当朝首相来，自然使李邦彦十分愧恨。不过他素知姚平仲的脾气毛躁，当初交割燕京时，金朝大太子粘罕也要让他三分，自己一时也奈何他不得，只得随众干笑几声了事。

可笑的是大家笑的正是他自己，对他们的笑，他不仅不敢发怒，还要随之而笑。这在普通人犹自难堪，何况他是当朝首相？这股气憋在心里，总要出一出。

那天会议中决定了几项措施：

第一，开放东壁、南壁的各城门，听任老百姓自由进出，以安民；

第二，派军队四出巡哨，限制敌后方游骑的活动，不使远出抄掠；

第三，斥回金使，停付金帛畜产，表示战斗的决心，不再迁就和议。

这些措施都发生威慑敌人的作用。金帛停送了，有些人心中惴惴然，唯恐开罪了金军，惹得金军怒起，再度攻城。事实恰恰相反，斡离不非但没有攻城，反而自动把作为人质的康王赵构送回来，还客客气气地送了一百斤关东老参、三十张紫貂皮作为压惊之用。

这里种师道不理会金人这一套，他派姚平仲出动一万名熙河兵会同城外杨可胜所部联合进兵，直逼金军之寨，找寻战机。金军不敢应战，自动撤退二十里，再安营寨。这标志着两军的攻守之势已经改变了。

根据种、李的原定计划，要趁金人锐气逐渐消失之机，派大兵出击，以便一举把他们赶走。这个时机正在逐步成熟。

出击的意见大家一致，分歧在于出击的日期和指挥人员。

老成多谋的种师道主张等到春分节后出击，理由是他的老弟秦凤路经略使种师中所部主力军数万人将于春分前后到达京师。秦凤军素称精锐，在两次伐辽战争中都立下不可磨灭的大功。有了这支军队，勤王军实力大增，破敌可操必胜之券。

可是豪迈勇敢的姚平仲反对主帅的意见，主张立即出击，以获全胜。他以"士不速战，已有怨言"为理由，要求自己率部担任出击的任务，不必再等候种师中来到。他还有一句虽未出口，大家心里却都明白的潜台词是"种氏勋业已盛，破敌大功，不宜再出其门"。

为此，又在福宁殿举行一次枢密会议。出席人员比上次多了一个枢密使吴敏。吴敏此时已变为主和派，当然反对出击。会议中李纲同意姚平仲的建议，并把出击的日期定在四天以后的二月二日。

出人意料的是李邦彦，这次也赞成出击，并表示："兵家有迅雷不及掩耳之说。出击之议既定，迟出不如早出。如今姚将军准备有素，一击可收全功，某意出击之期不如定在二月初一。"

李邦彦的意见立刻得到李纲和姚平仲的赞同。大慈大悲的李纲，抱着要超度一切众生成佛的宏愿相信李邦彦知过能改，力补前咎，已经放下了屠刀，可以立地成佛，对此表示衷心欢迎。

"舵"派折彦质在三比一的优势面前，又在多数上加了一票。种师道孤掌难鸣，也只好放弃自己的主张，同意由姚平仲率部提前出击。他只提议让多谋的杨可胜协助姚平仲一起执行任务。

这很可能是一次赌两个朝代兴亡盛衰的军事行动。除当事人种、姚二帅外，参加讨论的各人都有各自的心理背景：李纲是急于见功，思虑欠周。折彦质是见风使舵，唯诺随人；吴敏是坚持错误，执而不化；李邦彦是暗藏祸胎，别有用心。

撇开主和派不谈，这时主战派诸人都存在着不同程度的轻敌思想。勤王军尚未来到时，李纲主持守城，曾两次击退金兵。如今勤王军陆续抵达京师，人数已在十万以上。斡离不对勤王军的几次挑战都采取避而不战的态度，一退再退，闭垒不出，六七天中竟没有发生过一次接触。现在不但李纲、姚平仲，即使富有经验的种师道也失去原有的持重，内心中未始不认为金军容易对付，一击必可收功。他反复考虑的是大功出自谁人之手而不是出击能否胜利的问题。作为一军统帅种师道的这种心理正反映了西军大部分官兵的心理。

军事上一个有利的原则：以哀兵临骄兵者胜。围城之初，宋朝方面是哀兵，金朝方面是骄兵。经过一个月的变化转换，这种关系已经颠倒过来了。

3

正月三十日，太学生领袖陈东上了一道奏章，痛切陈词，乞诛蔡京、王黼、童贯、梁师成、李彦、朱勔等六贼以谢天下。这是一篇惊天地、泣鬼神的大文章，奏章中论列的乃是当前时局中关键性的问题。奏章最后的结论是：“今日之事，唯断乃成，当断不断，反受其害，幸陛下留神。”“断”是劝渊圣下决心割断主和派的尾巴，全心全意与金人战斗。这是针对渊圣的懦弱性格和朝廷里那股谋和乞降的势力而言的。这篇奏章的底稿传出后，除一小撮投降派切齿痛恨外，这一天东京城内，上自学士大夫，下至平民百姓、贩夫走卒、僧道缁流等聚在一起，就谈论这篇奏章。谈到兴会淋漓之处，不禁琅琅然地把其中警策之句背诵起来。大家莫不击节称赏，拍手称快。

这一天可说是目有视，视陈东；耳有闻，闻陈东；口有谈，谈陈东。

事实上陈东之成为大众注目的人物，并不始自今天。自围城以来，他已三次上书“登闻鼓院”，请诛蔡京、王黼，直声已震于天下。

“登闻鼓院”是一个封建式的“民主机构”，坐落在大内的宣德门外。院门口有一只硕大无比的“登闻鼓”和一口收纳奏章的铜柜。根据朝廷规定，一应士庶人等如有不平之事，不管是公事私事都可击鼓申诉，把各种形式的“申请书”“呼吁书”通过这个机构上达天听。“天”是否愿意听一听老百姓的申诉呼吁，那是另一个问题，这里，至少在表面上总算是提供了一条通天的渠道。

由于陈东要申诉的不是个人的利害恩怨，而是代表东京百万人民的共同呼声，这使得平常惯于倾听大臣们翻云覆雨奇谈怪论的渊圣皇帝两只软耳朵，也不得不稍微张开一点，听听下面的意见了。

“六贼”是祸国殃民的罪魁祸首，又是导引太上皇走上邪路的奸佞便嬖，不诛六贼无以平民愤、谢天下。在这个时候，朝廷如能做一件顺应人心的好事，就能使民气振奋，与朝廷同心同德，共挽狂澜；反之，如果还有人不肯割断与六贼的关系，或者怕牵连自己，徇情枉法，使用各种手段包庇六贼逃脱法网，其结果必然引起更大的民愤，最后，引火烧身，自己也免不了受国法和舆论的惩罚，这是略具一点政治常识的人都可看清楚的。

但是陈东第三次上书的意义还远远不止于此。原来这时蔡京闲居洛阳，在政治

[1] 唐德宗时期著名政治家陆贽的奏稿，以议论条达、文章畅通著，为奏议的典范。

上已无能为力。其余童贯、朱勔、李彦三人随太上皇之驾，避“狄”南方，随着太上皇的倒霉，他们也成为人人喊打的过街老鼠，朝臣们弹奏迭上，朝不保夕。王黼则因与李邦彦积有私怨，早被定罪流放衡州，行至京师附近的雍丘县负固村地方，被一群披着“劫盗”外衣的官差捉住斩首（这是朝廷不敢对王黼明正典刑，托言盗杀，杀死他了事），京师的家也受到民抄，霎时间人财两空。他是六贼中下场最早的一个。

蔡、童、李、朱四贼的命运尚在未定之天，只有梁师成因在太上皇时保护太子有功，渊圣即位后，对他倍加眷顾，他的声势比较当年有过之而无不及。李邦彦当太宰、王孝迪当中书侍郎，都靠他这根内线牵引。此外，宫廷内一批有脸有权有势的大内监陈良弼、朱拱之、王孝杰、张迪等也莫不是梁师成的党羽，有的是老关系，有的是新搭上的线。内监中，他还有一个死党，名叫邓珪，当时奉渊圣之命去河北公干，被金军俘获。斡离不、刘彦宗二人稍假辞色，就使他心甘情愿地成为金朝派往宋廷的内奸。他来往城内外，都可出入无阻，成为双方议和的牵线人。

所有这些人都以梁师成为“内主”，可以说他是朝廷内主和派的总后台。

陈东擒贼擒王，在第三次上书时，矛头直指梁师成。他强调“且恐师成在陛下左右，浸润弥缝，无所不至……师成不去，同恶尚在，深恐陛下威福之柄，未免窃弄于此人之手，群贼辈倚为奥援”，从而要求皇上“当机立断”，下决心去掉这个呼吸通神、为祸无穷的神奸巨憝，挖掉了这株老根，才能尽削主和派的枝叶，天下事庶几有望。

陈东这样尖锐露骨的议论，涉及整个朝臣班子的去留，这当然要引起一时的震惊了。

有人做了一件大事情，心里得意，不知不觉有些头重脚轻起来，连身体也会膨胀，似乎他这个人已充塞于天地之间。有人趁一股勇气办成一件大事情后，忽然“后怕”起来，颇有痛定思痛的味道，反而变得胆小如鼠。陈东上书后，既没有得意，也没有害怕。当初未上书时，心里有一种对朝廷尚未尽职，因而对国家欠了一笔债的沉重的感觉。现在宿债还清，包袱卸掉，十分轻松。

记得前夜草疏的当儿，虽然义愤填膺，心里的议论风发，笔下却感到有些枯涩，几次为了用不好一个恰当的转折词，搁下笔来，写不下去。一心想找一本陆宣公的《翰苑集》[1]来参考参考，一时竟找不到。当下心里决定，明天上了书，一定要到州桥大街的书肆里去买一部，买来后要发一个狠锁在书箱里，不再拿出来让同舍生借用。事实上，这部书，他先后已买过三四次，只为鼓励同学草奏稿，上万言书，主动借与，或让他们自己拿走，后来都转辗丢失了。

他买书的决心下得如此之大，下一天出门时，摸摸袋兜把几十文看囊钱都揣在怀里，心里盘算：今天出门投书，眼见来不及回学舍来乞饭。如果买了这部书，就吃不成一顿午饭，如果要到店铺去吃一顿即便是最简便的饭，就凑不齐一部书价。熊掌与鱼，两者不可兼得，宁可要书而省下这顿午饭。长期过着学斋的清寒生活的陈东，忍饥耐寒，并不是稀有的事情。

因此在他上书的当儿，心里盘算着的不是个人的荣辱，也没有去考虑因为得罪了权贵可能带来的种种迫害，倒是担心今天有没有一顿午餐可吃。

投书以后，他径往书铺走去，忽然迎面来了太医邢倞，手里拎一只熟悉的酒瓶，另一手中似乎还有两包熟菜。陈东不由得大喜过望，心想这下好了，买书和吃饭两件事都齐全了。正待追上前去，忽见邢倞向他递个眼色。反应相当迟钝的陈东要过好一会儿才领悟到邢倞的意思。不过一经领悟了，他与邢倞倒配合得十分默契。两人装得互不认识，东拐西弯，专在小街别巷中穿来穿去。不久，便把开封府派来盯陈东梢的两名公人摆脱了。四面一看无人，两个拊掌大笑，然后就在僻静处一家只有三张桌子、此刻都空着的小饭铺里坐下来。

“太医怎不把何老爹约来一起喝酒?”这个圈子兜得不小，陈东早已饥肠雷鸣。他一面问，一面就向“大伯”讨来两副杯箸，不待邢倞动手先就吃起来。

“俺刚去找他不着，只好独自跑来找少阳痛喝数杯。”邢倞也不客气，动手就吃。

几句话交换过，邢倞情不自禁地痛赞起来：“少阳身在江湖，心存魏阙，今日一奏，震动九阍，大快天下人之心，真可谓功在社稷!”

邢倞说了这时候人人看见陈东都要说的话。话虽然说得一般化，赞扬确乎出自衷心。

被买书和吃饭两件事搅在一起弄得心里七上八下的陈东，一时竟然忘了他刚才做过的那件大事，被邢倞提醒后，才问：“邢太医从哪里听说晚生上书之事？书刚投入不久，恁般快就传进太医的耳朵?”

“书虽投入不久，底稿却在昨夜就传开了，一宵之间，传遍九阍，如今人人都在议论此事。俺得信已迟，未及跑来相伴少阳一起去鼓院投书，只好酌酒相贺。少阳且干俺这一满杯!”

平常不知与邢倞干过多少杯酒的陈东，此时被邢倞点明了是庆功之杯，却有些腼腆起来。他盖住自己的酒杯，不肯让邢倞斟入。邢倞只索罢休。

“适才道路喧传，少阳的奏疏已达御览，官家将有发遣，不知少阳自己可有所闻？”

“此番上疏如能把梁师成扳倒，倒也痛快。只是奏疏上去不久，朝廷行事，岂能如此神速？”

“梁师成厕名‘六贼’之列，”邢倞沉吟一会儿道，“扳倒他不难。只是那浪子宰相根底已固，羽翼早成，官家早晚都离不开他。依俺看来，纵使梁师成发落行遣，也不能动李邦彦分毫。早两日，李枢密、种宣抚几次向官家进言，大臣主和误国，说得何尝不淋漓尽致，其奈官家不悟何？俺看天下之事尚未许乐观哩！”

一月之内，三度上书，陈东的目的并不是为自己博取直声，而是希望能够打动官家之心，改弦更张，与天下更始。这说明陈东对渊圣本人还存在着较多的幻想，这一点与邢倞有所不同。但对于李邦彦这伙人的深恶痛绝，两人看法完全一致。当时相与感叹一会儿，接着邢倞又提醒陈东道：“少阳已与浪子那伙人结下深仇。岂不知新任开封尹王时雍走的是‘四尽中书’王孝迪的脚路，王孝迪又是梁师成夹袋中的人物？得罪了梁师成，王时雍一定恨得你咬牙切齿，今天他已派眼线暗暗相随，得机必要下手陷害。少阳倒要躲避着点。”

“此事虽在意料之中，倒也不足为惧。”只有讲到节骨眼上，陈东的态度才激昂起来，“晚生三度上书，早已置生死于度外。苟有利于国家，蝼蛄之生，又何足惜？不唯晚生如此，就是邢太医元宵那日在镇安坊力持正义，不让王时雍那厮下毒手抄李师师的家，令人痛快之至！可知你我所行虽异，两心实同。”

“说起那日之事，俺也是临时得讯，匆匆跑去。倘非少阳倡议，汪若海、雷观、徐伟诸位擘画一切，邀来何老爹、小关索李宝等拔刀相助，威慑群小，师师可要吃他们的大亏了。”

“何老爹、李宝都是风尘中的侠士，江湖上的人杰，不愧为侯生、朱亥一流人物。他们仗义执言，登高一呼，街坊邻舍，不期而集者顿时就有数千人。天理人心，果然如此。”

邢倞点头赞同他这一观点，还进一步说：“今日看来，朝廷只要顺应百姓之心，力御金寇，就能使人心翕服，共挽狂澜。如再苛刻百姓，屈从和议，为城下之盟，则祸乱立见，不堪设想，成败治乱，判然可见。”

“朝议与众议相合者昌，朝议与众议相戾者亡。晚生不揣蚊负之微，再三上书，无非要使朝廷熟知路人之心，两相翕合，然后金寇可御，强敌可退。如不此之图，使浪子辈安居朝端，李枢密、种宣抚恐不得竟其全功。”

“未有权臣在内而大将能立功于外者，少阳此论极是。昨见李枢密在开宝寺竖起三杆御前报捷的大红旗，眼见得就要与金寇恶战一场了……”说到这里，邢倞停顿了一下，不禁露出一点迟疑的神情，“但愿种宣抚指挥若定，赢得这一仗，社稷重安，天下幸甚!”

不用说，邢倞、陈东都是坚定的抗战派，他们都以万分急迫的心情迎待这场胜利。可是，从此刻谈话中，不难听出他俩对这场胜利多少还有点保留，是因为期待之深，不觉担心过度？当然也有这样的心理因素，但又不光是这样。从他们了解到的一切情况来看，不仅是主和派，即使在主战派的内部也有令人不太能够放心的地方。譬如军队尚未出动，李纲就预先在开宝寺监竖起报捷的大旗，对最重要的军事行动掉以轻心，给人以轻率的印象。邢倞这几句听似无心的话实际上却含有微妙的谴责，与他相知甚深的陈东也完全能够领会他的含义而与之发生共鸣。

从西北勤王军陆续抵达京师以来，总的形势确乎好转了，但从这几天看来，似乎正在滋长一种骄傲轻敌的情绪，并且逐渐代替了围城初期那种悲观失望的情绪，两者都是危险的。想到这些，他们两人的心情都不禁沉重起来。

分手前，陈东邀约邢倞一起去买那部《翰苑集》，他们不愿在最热闹的市区露面，只好到城南龙津桥一带书铺林立的书市去问。问了好几家，竟然买不到这部书，原来从朝廷下诏求直言以来，根据“城门闭、言路开”这一特殊规律，不仅太学生，就是许多中下级官儿也相率上书言事，大家都要找一部《翰苑集》来作参考，书店里的存书销售一空。当然在另一种情况下，“城门开、言路闭”，敌兵退去，危机解除，城门大开，朝廷对于装点门面之用的所谓舆论的需要减少了，投机书商赶忙翻印的大量《翰苑集》肯定会发生滞销现象。他们发财不成，反而要大蚀其本。

虽然反映公众舆论十分敏感及时的陈东对市场信息却不甚灵通，一时也想不出城门之开闭与《翰苑集》能否买到有什么内在联系。他买不到书，未免失望，后来还是邢太医答应把家里的一部找出来奉送，他心里才好过些。

邢倞还想送陈东回太学。陈东估计在目前群情激昂的情况下，权奸们不致对他下毒手。如果他们真要暗算他，赔上一个邢太医也无济于事，于是坚决辞谢，不要他送。邢倞想了想他的话不错，但分手后，仍暗暗跟在他身后，目送他进太学大门后，才自己回家。可笑陈东只知道直道而行，两眼睁睁地只顾看前面，竟没想到在他背面还有那一双多情的眼睛正在暗暗地保护他！

[1] 今河南洛阳市。

4

受到层层重兵保护的金军东路军统帅斡离不，这时正坐在营帐里，为考虑全盘的"军事地位"而陷入沉思。

斡离不是果断剽疾的战士，是久经大敌的名将，又是在十年辽金战争中锻炼出来的老练的统帅。这次他出兵以来，所向克捷，用了不到四十天的时间，就驰渡黄河，包围东京，创造了战争史上的奇迹。可是，此刻他比麾下任何人都锐敏地看到自己军队所处的不利情况以及很快就会发生的危机。

金军出动之初拟订的军事计划，是让粘罕统率西路军攻取太原，横断黄河，在西京河南府[1]郑州一带布置阵地，拦截宋朝自潼关方面开来勤王的西北边防军，不使东下。这样东路军就可以全力进攻汴京。

当东路军乘锐南下，即将渡过黄河之际，粘罕特派他麾下大将、西路军监军完颜希尹带来西路军月前正滞留在太原城下的战报。斡离不当机立断，立刻请完颜希尹赍带他的书信回见粘罕，建议他派大将娄室以部分军队包围太原，粘罕本人亲率大军，径渡黄河，仍按原定计划拦截宋朝的西北勤王之师，以配合东路军作战。

在金廷中，斡离不的地位超过粘罕，侵宋的两路之师，虽无明文规定，按照不成文的法律，粘罕要接受斡离不的指挥。可是长期以来粘罕独当一面，也已养成骄纵自大的习惯，他不甘心自己居于配角的地位，更不愿让斡离不独成大功。他拒不接受斡离不的意见，这大大地出乎斡离不的意料。当完颜希尹回来向他禀报时，东路军已在汴京城下，势成骑虎。斡离不明白如果不能迅速攻入东京，北宋援军大集，真定重镇尚在宋人坚守中，自己后路受到威胁，将处于十分不利的地位。

正月初六、初七两天，斡离不指挥全军猛烈攻城不下，以后尽管他在政治攻势中威胁与利诱并施，勒索得一笔骇人听闻的金银财帛，并迫使宋朝同意割让河北河东三镇，玩弄宋朝的君臣于掌股之间，但到种师道的勤王军进入围城以后，他明白自己在军事上已被打败了。现在最好的出路莫过于安全撤回，但要做到这一点而不受损失，也是很不容易了。

二月初一，也就是陈东、邢倞说到"未有权臣在内，大将能立功于外"的第二天，斡离不整天都与刘彦宗在一起商量研究突破困境的办法。饶他刘彦宗足智多谋，枉自设计了五六个方案，都经不起进一步的推敲。直到黄昏时，刘彦宗才回到汉营去。这里斡离不留在营帐里，坐困愁城，还是一筹莫展。

但是“奇迹”出现了。傍晚以后，刚刚掌上灯，近侍们带进一个衣衫褴褛、满身血迹、跛着一条腿走路的青年汉子。他就是斡离不派到宋朝去当内奸的宦官邓珪。斡离不一见他就相信必有好消息相告。果然，邓珪郑重其事地端下幞头，从发髻中取出一颗小小的蜡丸呈上。然后自我表功道：他凌晨混出曹州门，迤逦数十里，一路上遭受无数困难，两番被守城门的宋军盘诘搜查，击破头脸，后来在城外又被大金的军士打折左腿，好容易绕道而至太子郎君的营帐，呈上蜡丸，总算不辱使命。他说话的态度好像在土场上演完了戏，仰面伸手，向观众索赏的猢狲。斡离不无暇理睬他，紧忙把蜡丸剖开，里面是一团经得起百般揉搓的桑皮纸，密密麻麻写着绝密、紧急的军事情报，报告今夜亥时姚平仲、杨可胜率军一万，开万胜门出来劫寨。斡离不一看就知道这团蜡丸价值之大，即使把他从宋朝勒索得来的金帛，拨出半数赏赐给邓珪也不嫌多。当下他堆下笑脸来细细打听蜡丸的来源。

当然，这颗蜡丸的来源十分可靠，就算渊圣皇帝亲自写一份情报送他，也不见得比它更为可靠。

参加枢密院会议的当朝首相太宰李邦彦似乎漫不经心地把会议的内容、决定出击的具体计划和出击时间都告诉了李棁。谁叫官家任命李棁为同知枢密院事，既然任命了他，由枢密院主管的军事行动，岂可不令“同知”同知。李棁又迅速把这一切告诉了邓珪。谁叫官家亲信邓珪，他既是官家的亲信，还有什么事情要对他保密？经过这两番转手，他们很容易通过这条心照不宣、万无一失的渠道，把消息传进斡离不的耳朵。在禀报蜡丸的同时，邓珪还加上一条他亲眼看到、千真万确的证据，在开宝寺两廊下有三面红旗，那是专为打赢了这一仗向御前报捷用的。

李邦彦、李棁泄露军事秘密，当然也有他们十足的理由：种、姚、杨等几个“赤佬”如果打赢这一仗，就会破坏和议，断送他们首相和副使的地位，不如把这笔人情送给斡离不，让金人打赢这一仗，官家死了战守这条心，然后和议可成，“社稷”可保，这才是他们的尽忠报国之道。

于是绝对不可能的事情变成可能的了。

这颗小小的蜡丸，妙用无穷，它拯救了处于危境的斡离不和六万大军，使之化险为夷，转败为功；它又使这一场可能要决定两个朝代命运的龙争虎斗的恶战变得非常简单化，变为一场一面倒的歼灭战。

当下斡离不把刘彦宗召来，紧急商议，发下几道命令，就让姚平仲率领的七千名泾原熙河兵连扑几座空营。在那几座经过伪装的空营里，烛光荧煌，刁斗声不绝，似乎并无异状。及至扑进去一看，其中阒无一人。姚平仲、杨可胜连扑了几座空营，情知机密已经泄露，中了敌人之计。杨可胜急忙传令退兵，忽然听到胡笳声四起，隐蔽在黑夜中全身披挂，只在兜鍪中露出炯炯有光的双目的女真骑士从四面八方包围过来，把宋军团团围住，然后又在外围布置了层层的游骑，抄杀突围而出的溃兵。不到天明，就把大部分宋兵歼灭，能逃回城的寥寥无几。

只有姚平仲凭着难以想象的神勇，在千军万马中驰突。他枪挑箭射，鞭打剑斫，一层一层地突破包围圈，最后居然冲出重围，夺路而逃。拦截他的金骑慑于他那股双睛充血、口喷白沫的拼命劲儿，恐怕遭到他的毒手，逡巡而退。姚平仲单骑落荒，不敢再回东京城，取道西北方向逃出。

从此，历史上消失了这个开小差的英雄，或者不如说是英雄的逃兵的踪迹。以后，不管是政府严令通缉他也好，老百姓和旧部怀念他也好，到处追寻他，却都找不到他的下落。他似乎化成为一条见首不见尾的神龙在漫天乌云中隐没了。

若干年后，有人在四川青城山看见一个虬髯紫脸的道士，从他的仪表、口音、谈吐中推想他就是姚平仲，推算年龄也相仿佛，只是没有得到道士本人的证实，倒累得诗人陆游为他赋了一首长歌。

姚平仲的结局是属于我国历史上若干疑案中的一个。

杨可胜被俘后，死得很壮烈。他预先准备了一道奏章的底稿，藏在怀中，表示这次出击事前并未取得政府同意，纯属他们自己决定，应由他和姚平仲承担一切责任，其目的是为渊圣皇帝和主和的大臣们开脱罪责。一战而败仍可议和，或者至少不妨碍和议的继续进行，表明杨可胜对这次出击可胜的机会是有所怀疑的。

看来，以“杨三思”出名的杨可胜，他的最后一“思”还是有欠考虑的。

[一] 弹劾百官的御史台称为台谏。

5

一夕之间，形势大变。

二月初一深夜，姚平仲一军劫寨失利，主将或夺路潜逃，或被俘杀害，士卒大部被歼。败耗传来，京师震动。二月初二，李纲奉诏到班荆馆行营使司调动五军统制辛康宗、敢战统制范琼等开封丘门出战，接应陆续逃回的败兵。这几支军队出城后又被金人击败，逃回城里。只有选锋统制韩世忠的一军奉派去应援向东明县方向逃去的溃兵，奋勇一战，获得胜利。这个将军在第二次伐辽战争中的最后一战获胜，现在又获邀击之利，两次都在大军失利后奋战得胜，其战绩更受人注目。

这一次败耗，对主和派的李邦彦一伙人真是天大的喜讯。他们抑制不住内心的欢愉，竟在都堂摆酒庆贺，互相祝杯，毫不掩盖其幸灾乐祸的心理。

好像李纲过早地做好报捷、设御幄受俘等准备工作一样，李邦彦一伙也早做好对付战败者的准备工作。初一夜，姚平仲的大军刚出动，李邦彦的爪牙李回、莫俦、秦桧等就像夜猫子似的四出活动，到处拉拢御史起草弹章。拂晓前败耗刚刚传回，他们已把“台谏”[1]这架政治机器充分发动起来。在初二一天中，渊圣皇帝接连收到二十多道奏章弹劾种师道、李纲误国。弹奏的内容彼呼此应，给他们加上的罪名也好像弹棉花似的越弹越胖，到后来竟然说：“四方勤王之师及亲征行营使司皆为金人所歼，无复存者。国家危亡在即，陛下速作应变之计。”李邦彦酒醉饭饱之余，也亲自出马，当着渊圣之面，对斡离不派来责问朝廷何故用兵的使者说：“用兵乃李纲与姚平仲‘结构’，非朝廷之意，朝廷必将李纲缚送金营以谢太子郎君。太子郎君休得责怪!”

渊圣皇帝的主战立场是脆弱的，经不起金方使者和臣僚们的内外夹击，不消三两个回合，就败下阵来。初三下旨，撤去李纲、种师道的职务，待罪浴宝院，另派尚书左丞蔡懋代替李纲为亲征行营使。

这个蔡懋干的事情恰恰是他的职称的反面，他不是主持作战而是禁止作战。他一上任就宣布国家已与金人讲和，不须战争，因而严禁将士以矢石还击城下的金军。这还不够，隔了两个时辰，又进一步下令全城官兵都要卸甲待命。接着又把李纲集合起来的保甲民兵全部解散，一个不许留。

初三以后，军事形势又趋紧张。原来慑于勤王军威力的金兵已有多日不敢靠近城根进攻。初三开始，却连续派出数百人乃至数千人的队伍逼近东、北、西三面城壁。

这天发生了一起惨事。

固子门下的一股女真铁骑蜂拥而来，连连发矢杀伤城上的守军，守军不敢回击，只有一名炮手愤然道：“既已讲和，为甚金兵杀伤我军，又不准回手？天地间哪有这等的理?”他凭着泼天大胆，引炮一发，打死了十多个敌人。城上城下一齐鼓噪，金军急忙撤退，忙乱中自相践踏，又有几名士卒堕入壕沟。宋军正在拍手称快之际，在城上监督的内侍闻讯赶来，不问情由，就把这个勇敢的炮手处死，当场割下首级，挂在城头上号令。这件事在士兵中引起极大的悲愤，人人切齿痛骂当局无耻。

当天晚上，奇事怪闻，层出不穷。

有几个内侍，手捧文书，口里嚷着有紧急军报送往城外，一定要打开新宋门。这时已经深夜，守军职责所在，未得上级命令，不肯擅自开门。双方争执起来，内侍吆喝着要动手捆人、斫人。幸好大将姚友仲巡夜过来，严词责诘，内侍们才悻悻而去。

靠近城北的皇城城墙上，深夜中忽然挂起几盏红灯笼。皇城禁区，向来严禁火烛，一灯不许上城，违者以军法论处。这几盏灯笼，为数虽少，目标却异常显著。有人推测，其中必定大有文章，很可能是金人买通内侍为献城之计，以此为信号。与此同时忽在西北隅城墙下发现几杆“独脚皂旗”，这种旗帜的颜色、式样和旗饰都非我军所有，又有人推测这是被金人买通的内监故布疑阵，摇惑人心。在这敏感的时刻、敏感的地区中，连续发生事故，必非偶然。在军队中已树立相当威信的太学生领袖人物雷观发起要在城内大搜金人的奸细，以绝内奸。可惜这件事被开封尹王时雍卡住了。他对搜杀内奸不感兴趣，他感兴趣的是另外的一种“搜”和另外的一种“杀”。

借前线一败之功，王时雍夺回了失去的权力。他更不怠慢，在勾当殿前司公事王宗濋的配合下，带着一批死党，在京城内，大肆查抄民户的财产。他把正月十五籍没李师师等家的这道圣旨无限扩大，扩大到所有民户都在查抄之列。其理由是：朝廷既经议和，就应“簇合金银，犒设金军”，早经通知在案。按照法理，从那天开始，民间的财物均应归公家所有。如有隐匿等情，一经查出，就要严刑相处。还允许揭发告密，因而查获的可得十一之赏。

根据这道法令，当夜就有几百户人家被抄，弄得东京城里鬼哭神嚎，人人自危，这是王时雍大感兴趣的“搜”。

与此同时，王时雍又乘机报了自己的一箭之仇，他广贴告示，图形画像，要缉拿“不逞之徒何宏、李宝等二犯”。因为他们阻挠抄李师师之家于前，又趁机打劫王黼之宅于后。这两名钦犯，必须立即拿获归案，以正国法。从初四傍晚开始，就不断传出两人被捕杀的消息，有人亲眼看见并证实了这两颗血肉模糊、须眉纵横的首级插在禁军的枪尖上，随着犯由牌到处巡行示众。这又是王时雍最感兴趣的“杀”。

这两天，乌云蔽日，雷声滚滚，人心浮动，局势混乱，达到极点。看来一场政治大风暴不可避免地就要来临了。

[1] 古代夜间的计时单位称"更"，一夜分为五更。北宋初的易学家陈抟有"怕到五更头"的政治预言。赵匡胤迷信，改五更为六更。终宋之世，讳言五更。

6

二月初五清晨六更[1]未尽，一群身穿襕衫、足蹬皂靴的太学生来到宣德门外。

宣德门是大内最靠南面的一道大门，造得富丽堂皇。两旁华表耸天，门阙之上又建有一座飞檐重廊、丹雘朱髹的宣德楼。每年元宵佳节，官家都在这里纵观灯彩，接见士庶，颁发赦诏，是老百姓熟悉的地方。

宣德门两侧各有一道较小的门，称为左、右掖门，左右掖门转过一道弯，向东西方向开的两道门是东华门、西华门。官家平日坐朝听政，处理万机，都在东华门内的福宁殿。因此东华门也成为百官经常出入大内的门。

正对宣德门有一条贯通南北的大街，它从宣德门开始，越过州桥，直达内城的朱雀门；穿越城门后，又穿过龙津桥，直达外城南门的南薰门。这条可以称为东京城中心大街的街道，当时称为御街，是东京官民重要的活动场所，十分著名，连词牌中也有一个《御街门》。御街宽达二百步，平坦整齐，平时御驾出入，簇从侍卫如云，有时要摆开两万多人的大卤簿队，六匹大白象开路前导，齐头并进。夹道还有数不清的观众，好一派歌舞升平的气象！这样的大排场，如不是在这宽敞的御街上，又怎生展布得开？

御街两侧正对左、右掖门建有两条"千步廊"。廊内各设黑漆和朱漆的"杈子"，实际上是一种阻拦行人的木架，又称"行马"，是古代官僚把自己与老百姓隔绝开来的障碍物，它象征着封建统治的权威性。北宋中央官署大多设在千步廊左右两翼。这一带以行马为界，行马以内不许老百姓随便行走。

从宣德门到州桥大街横街大约有三里长的一段御街，包括千步廊左右的地区在内，形成一个规模宏敞的"宫廷广场"。那里视野开阔，观瞻非凡，地上铺的一色都是精工水磨方砖，配上镂云刻月的拼花图案，看起来好像一排排十分整齐的水磨铜镜。北宋朝廷种种"与民同乐"的政治活动、文娱活动，连同在元宵节前临时搭起来的露天大剧场"棘盆"的演出，也都在这宫廷广场内举行。

二月初五正在春寒料峭的季节中，凌晨的西北风特别尖厉，吹得打扫不尽的枯叶簌簌作响，一阵飞上半天，不久又重新坠落地面。这时御街上很少有人往来，偌大的广场上只站着一簇人，显得相当空旷。这堆人人数有限，但他们的情绪是激昂的，他们的心是热的，他们的血管里比平常更快地流着沸腾的血。他们此刻虽然人数不多，却充满着信心，相信一百万东京人民都是他们的支持者和同盟者，是他们可靠的后盾。因此他们既没有感到寒冷，也不感到孤寂。

这一群太学生有六七十个人，以他们一致推举的陈东为首，此外姓名可知的有高登、汪若海、丁特起、雷观、吴铢、董时升、徐揆、徐伟等。他们此来的目的是想通过“登闻鼓院”这条通常鸣冤诉屈的渠道，鸣国家之冤、诉人民之屈。要求官家收回成命，复种师道和李纲之职，罢黜奸臣李邦彦等，严拒和议，重定战守之策。

太学生在我国封建历史上曾有过几次有声有色的表现。其中东汉和两宋的太学生运动更为著名。

不能笼统地说太学生全部都是纯洁无瑕的，既然太学生也是当时社会的组成分子，他们的思想意识当然要受社会的制约。当时东京太学中有数千名学生，成分相当复杂。譬如今天的集会，就有一部分太学生畏首畏尾、顾虑重重而不敢参加，即以参加者而论，陈东不但以今天的行动，还以过去和后来的实践证明他言行一致，义无反顾，不愧为太学生的表率、读书人的典范。其他参加者也大多刚毅正直，能够勇敢地参加正义行动。但也有后来变了节，在政治上表现得很不好的。此外，太学生中也有败类，金军入城后，竟向斡离不上书献谋划策，企图夺取桑梓之地，作为送给金人的见面礼，堕落成为民族的叛徒。当然这样的人在太学生中是极少数的。

也不能笼统地说太学生每一项政治活动都是正确的。譬如太学生最爱发表议论，动辄上万言书，有的万言书慷慨激昂，切中时弊，但也有肤浅芜杂，陈腐空洞，或者好高骛远，目的仅仅为了哗众取宠、沽名钓誉，社会效果也不好，那就不能算是正确的活动了。有的太学生为了获取自身的利益，聚众闹事，制造混乱，那当然是不可取的。聚众集会只是一种斗争的形式和手段。评价它是否正确，要看目的是为公为私，主张是否符合多数人的利益。

但就这次宣德门外的集会而言，其目的是为了救国。参加者动机纯正无私，行动光明磊落，他们发扬了民族正气，反映了广大人民的呼声，在历史上应该得到很高的评价。

登闻鼓院虽然是一个吸取民意的开放性的机构，它和东京大大小小几百个官署一样，早已浸透了腐朽霉烂的官僚气。这时，早过了应卯上班的时刻，官署的大门还是闭得沉沉的，署内办事的官吏寥若晨星，对门外陆续到来、已逐渐多至数百人的太学生队伍还置若罔闻。

等到太学生集合至一定数量时，陈东按照老规矩办事，先提起鼓槌，用力在鼓上击上一阵，这登闻鼓果然发音洪亮，一声声、一槌槌都敲进东京人民的心里，召集来更多的群众参加集会，却未能对本署的官员发生振聋发聩的作用。他们似乎仍在睡意蒙眬中，没有被鼓声惊觉。

登闻鼓院大门左侧放着这张大鼓，右侧是一口用来收纳士庶人等书疏文状的大铜匮。按照传统规矩，书疏投入，铃声大作，就有官吏出来接待，当面了解情况。现在这铜匮也好像早已生锈，机栝失灵了。陈东代表太学生投入的书奏，犹如石沉大海，等候许久，仍无一点动静。

未牌过后，参加的群众越来越多，不但附近的过路行人，远住在城西、城北的居民也都闻风赶来，参加义举。现在人数已不是以千计，而要以万计了。太学生在这支队伍中占的比例已微不足道，但他们仍然是领导力量。群众是一艘大海船中的搭客，因为这艘海船可以把他们运送到共同的目的地而忘却了航程中可能遭遇的惊风骇浪。他们把自己的命运交托给操舟的船员和掌舵者。太学生是他们的船员，陈东是他们的掌舵者。全体群众唯太学生马首是瞻，而太学生又以陈东的行动为指南。这时陈东不慌不忙地从容指挥，群众来得越多，仔肩越重，他的神色越加穆然，这更加增进了群众对这位志愿掌舵者的信赖。

来襄成义举的群众多数是一般城市居民，其中有店铺主、作坊主，各行各业的行头、行老、小商贩、手工匠，各色手工艺人以至酒肆饭店的博士、铛头、行菜、过卖，官府人家的押番、门子、轿番、小厮儿、火头，等等。

参加到行列中的还有闲散的小官吏、士兵和低级军官。

僧道缁流等出家人，虽然出了家，却并未“出国”。在这个行动中，大多仍然六根未净，关心大家关心的事，纷纷走出庵庙寺观，赶来参加。

在陆续参加进来的人丛中间，最引人注目的莫过于昨天刚被开封府“拿获”，“斩首徇示，巡行大街小巷”的何老爹、李宝两人。这两颗大家熟悉的头颅，仍然装在活生生的腔子上，在万人丛中出现。他们照样指指戳戳地说话，活泼泼地走路，与熟悉和不熟悉的人叉手抱拳为礼，答谢他们的热情关注，丝毫看不出曾经被人斫去头颅的痕迹。他们的出现引起人们长久不绝的欢呼。好人遭到冤死，虽是人间常有之事，却是违反天理人心的。老百姓心目中坚定不移的信念是“好人应有好报”。何、李二人死不掉，他们的头颅被斫去一百回，仍会长出第一百零一颗。这才叫作老天爷开眼、神佛有灵。

邀许多不同阶级、阶层，不同职业、行业，不同宗教信仰的群众集合在一个统一的行动中，绝不是有人在事前组织，或者临时动员号召，更加谈不上有人在暗中操纵。没有哪个人有这样大的能量，能够把这么多的人在这么短的时间内集合起来。他们大多数是自发而来的，历史上记载这件事，说“不期而会者数十万人”。“不期而会”就说明了事实的真相。陈东虽然是这次行动的领导者，群众中有一部分人还是第一次听到他的名字，多数人是初次在这里与他见面。知道不知道他，认得不认得他，都无关紧要，重要的是大家全部同意他的主张——要李纲不要李邦彦，支持他的立场——主战拒和。有的人比较熟悉朝政，了解小道新闻，谈起王孝迪、王时雍发动抄家的丑事，说得头头是道，还有人谈起王宗濋报复赵元奴的暴行，绘声绘影令人发指。有的人熟知朝廷内的两派斗争，内行地称呼李纲为李右丞、种师道为种宣抚或老种经略相公。谈到他们时，跷起大拇指，表示出一种出自内心的尊敬；说到他们受李邦彦的谗言招致贬斥时，用小手指钩一钩，表示对这个浪子宰相的无比蔑视。他们向周围群众介绍这些官儿的为人行事，贯串着自己的和大众的爱憎。群众的思想感情本来就是互相贯通的。

但是大多数人不知道这些被介绍出来的官员们的姓名官职，不知道他们的为人行事。他们只知道抗击金兵是光荣的，谁主张抗击金兵就是他们崇拜的对象；屈膝求和是可耻的，谁主张屈膝求和就是他们憎恨的对象。他们宁愿光荣地死，不愿耻辱地生。

也有些人信神佞佛。北宋末年是道教极盛的时期，道教徒比佛教徒更多，但他们都相信佛家提倡的宿命，相信劫数，相信因果。在意识领域中，道教远非佛教之敌。人们都相信金人之来侵是命里注定的，在劫难逃。但是民族的意识战胜了宗教的意识，即使相信宿命，他们中间的大多数人仍然主张与金人一战，看看命运之神到底站在哪一方。

要成为千百万群众的行动指南，往往只需要一个简单的信念、一句简单的口号。“主战拒和”，就是这样的一个信念、一句口号。在一百万东京人民中有九十多万人都是主战派。这是因为人民群众积累了千百年的经验教训，最后得出了一个惨痛而有益的结论：对于来犯之敌，只有坚决抵抗，把他们打败、消灭才有自己的生路，其他谋和、妥协、投降都是死路一条。他们把复杂的斗争简单地概括成为一个信念、一句口号，那就是：主战拒和。

东京人民在升平时节曾经是浮华的、脆弱的、追求虚荣和享乐的，但是在战争的考验下，他们坚强起来了。作为中华民族的一个组成部分，他们懂得国家和民族在受到压迫和侵犯的时候，应当怎样保卫自己的尊严与生存。这是值得尊敬的人民！而陈东和太学生们的行动之所以值得肯定，正是因为他们最大限度地体现了人民的意志。

7

过了晌午，集合的群众可能已经达到十万、十五万，甚至二十万以上了。宽敞的宫廷广场已经挤得密密麻麻，隙地无存。千步廊上的行马早已跛了腿、断了足，被可笑地撇在一边。群众挤入禁区，权威的象征被打倒了。群众鹄立在严寒中，有的已经鹄立了三四个时辰，还没喝过一口水，吃过一点东西，保卫国家的热忱把人们的基本本能挤掉了。

登闻鼓院内还是消息沉沉，现在不再是有没有人的问题，而是有了人敢不敢出来接待群众的问题了。看来里面的官员是紧闭大门，不敢出来，也可能已从后门溜掉了。陈东等久候消息不至，就猛捶起登闻鼓来。一个人的气力不加，许多人帮助他一起捶，擂鼓十通、二十通，一直没有人管账。有人主张把登闻鼓推到距离大内更近的东华门外去，可使官家直接听到，不用鼓院的官吏转奏。这个建议十分合理，立刻被陈东接受。许多人一齐动手把那只硕大无比的登闻鼓推翻在地，陈东作为群众的领袖，带头滚动大鼓，许多人上前帮助他。随着登闻鼓的滚动，十多万群众的大队伍也跟着移动，不消半刻时间，转过一个弯就到东华门外。

在东华门外，陈东还是继续捶鼓，捶得嘭嘭作响。此时陈东击鼓不但希望让官家亲自听到鼓声，还想利用鼓声来维持现场的秩序。这时群众的气愤继续高涨，局面已逐渐变得难于控制。这面大鼓竟然经不起陈东重重的连续敲打，十多万群众都听到清脆的鼓声忽然变得重浊了，然后是陈东的最后一捶，把鼓面击出一个大洞。陈东还没有考虑好怎样处理破鼓，愤怒的群众早已一拥而前，你一把，我一脚，把鼓的皮面撕得粉碎，最后索性把整只大鼓都拆散了，拆得尸骨无存（关于这只鼓的下落，登闻鼓院的官吏事后写了一份向上级报告的“须知单状”，声称“本院原管鼓一只，在东京宣德门外，被太学生陈东等击破，不曾将取前来”等。这份典型的官样文

*宣德门伏阙上书。

章，到后来竟成为历史的见证）。

作为群众领袖的太学生们从击登闻鼓到伏阙上书，一心只想和平请愿，他们中间没有人挟带寸刃或其他武器，也没有采取任何暴烈手段的思想准备。他们对于最痛恨的国贼三王、二李、张、蔡等人，也只想通过官家的旨意去惩罚他们，不愿自己动手。在这一点上，陈东本人尤其如此。正月三十日他一道奏章上去，居然把巨憝梁师成扳倒了，次日梁师成即行发遣待罪，这使陈东更加相信渊圣的聪明公正，他即使一时受到蒙蔽，最后一定会接受群众的合理意见而无须采用什么暴烈手段。

但是十多万群众中间，并非人人都是这样想的。

不识势头的浪子宰相李邦彦仗着有一支禁兵保护，大模大样地来到宣德门外，意图进入门内的都堂，发号施令，干涉群众的行动。李邦彦是卖国的罪魁祸首，是群众痛恨的众矢之的。义愤填膺的群众发现他的踪迹就拥上前去，拦住他的马头。他回头一看，不好了，禁兵们都已跑散，只剩下他孤家寡人。他待要掉转马头溜走，这里由何老爹带头的一群老百姓早就七手八脚地把他拽下马来。有人动手，一把就撕裂了他的袍服衣袖。另一个上来不由分说，在他脸颊上重重地打了几下。站在后面的群众够不到他本人，就向他扔掷石块，口里怒骂：“你是浪子，如何做得宰相?”

李邦彦挣不脱身，心里想：“我命休矣!”但是太学生出来替他解围了。他们拦住群众，好说歹说，雷观、丁特起等几个人掩护他，从旁道离开，才算让他逃脱一条狗命。

这时的形势继续恶化。

群众的和平请愿并未感动朝臣，反而是朝臣要出来替李邦彦报仇。此时王时雍、王宗濋已悄悄地调来范琼所部几千人马，在宫廷广场的外围布防，布置下一层层的天罗地网，把群众四面包围起来。然后，王时雍悍然出面，威胁群众道：“太学生敢以布衣劫天子，当行诛戮!”十多名刽子手忽然在禁兵队伍中拥出来，把陈东簇定了，不离左右。根本没有想到要逃走的陈东，这时挺身在斧钺之间，一面说服太学生的同伴，不要盲动，一面严词责诘二王，何故动兵。二王不敢与陈东打话，却派了王宗濋的兄弟王宗沔飞骑入内，请旨诛戮陈东。他们单等圣旨一到，就要杀死陈东，然后趁群众混乱害怕之际，以铁骑冲击，对这许多犯上作乱的老百姓实行血腥镇压。

被激怒的群众再也忍耐不住了，他们高呼狂喊，手撼门柱，脚蹬砖地，有的还

[1] 采取措施，发放办理的意思。

戟指大骂以抗议官方的威胁。和平请愿逐渐变为一场大风暴。它终于惊动了渊圣皇帝。他现在从深宫中走出来，坐在福宁殿上沉思。当时他的亲信大臣只有吴敏一人在侧，其余的都被隔绝在外，内监们进进出出，传递消息。他们带来不少威胁性的谣言，目的是想激怒渊圣以加强他实行镇压的决心。后来王宗沔进来请旨，更是非要渊圣马上下旨把陈东当场正法不可，否则“大祸立降，宫禁将化成灰烬，陛下不知葬身何处矣”！

是流人民的血以取悦少数人，还是取得多数人的同情？是杀人媚敌，还是接受人民的意志拒和求战？一向在歧途中徘徊的渊圣这时必须做出决断来应付事变了。在这间不容发的当儿，他出乎大臣内侍们的意料，毅然决定登上宣德门，亲自与群众直接见面。在人民的欢呼声中，他派吴敏宣旨：“诸生上书，朕已亲览，备悉忠义。当放行[1]。”

只有为朝廷做点好事的时候，吴敏才显得理直气壮，腰板挺直。这道圣旨虽然只有寥寥十五个字，却充分肯定太学生的上书，充分肯定群众行动的正义性。吴敏读来，正词崭崭，语音琅然。顷刻间，宣德楼下响起一阵阵震撼天地的“万岁”声。人民用了出自内心的“嵩呼”答谢渊圣的英明决定。

渊圣皇帝的名字是与昏庸柔懦的评语联系在一起的。他一生没有主张，没有决断，没有勇气，永远让别人牵着鼻子走路，是个典型的亡国之君。尽管如此，他却不是暴君，不是屠夫。在处理宣德门事件上，他没有受左右群小的影响，不听王时雍和两个娘舅的嗾使而对群众实行血腥镇压。他毅然下旨释放陈东，还全部接受群众的意见，复种师道、李纲之职，罢黜李邦彦，重新确立战守之计。所有这些“发放”，都是正确的、英明的。这是他一生中难得的一次按照自己的主见行事而获得人民群众的好感。

历史是公正的，即使是一个功业彪炳照耀史册的杰出统治者，如果他一生中有过一次采用流血镇压的手段来对付旨在保护国家利益的群众，他也要受到强烈的谴责。历史对他做出最后评价时，不免要加上一句“功过不相掩”。

渊圣答应复种、李之职，派去宣召种、李入朝的御药监朱拱之是大内监梁师成的死党，是宰相李邦彦的密友，自然不甘心把他们那一伙好不容易得来的胜利成果拱手让人。这个朱拱之行事干活杀气腾腾，绝不像他的名字那样谦逊有礼。他竟把圣旨藏匿起来，自己藏身别院，准备挨到群众散去，一天大事就可雾消烟散。官家面前，他自有办法搪塞。他想得好不称心如意！却不料奉旨护卫他前去宣诏的银枪班卢万痛恨他的卖国行为。两人争执起来，卢万把他揪到群众面前，宣布他的罪状。太学生们是深知他的底蕴的，围城之初他隐匿过渊圣向西军征兵的手诏不发，不久前又隐匿官家召回皇后、皇子的手诏，现在三罪俱发，太学生和知情的群众不觉大愤。小关索李宝一拳把他打翻在地，大家一拥向前，一阵殴击，立时击毙。后来又陆续搜出朱拱之的死党大小内监二十余人。他们有的已躲入深宫内，在禁军和内监们协同下，一一被擒出，都被群众击毙了。这起暴烈的行动纯然出于群众的义愤，陈东他们既不希望看到这种情况，临时也无法制止。这是在这一天“宣德门事件”中唯一发生的流血事件。

奸党们的阴谋把群众教乖了。他们坚持不看见李纲、种师道本人决不解散。等到渊圣再次派人把他们召上楼来，当场宣布复职时，已近傍晚。群众又一次爆发出欢乐的狂呼，他们欢呼种、李依旧部署在战守的岗位上，欢呼渊圣的英明决定，欢呼奸党们阴谋诡计彻底失败，也欢呼自己的胜利、人民的胜利。长久的欢呼，一直延续到夜间才陆续散队。

这就是北宋史上著名的群众爱国运动“宣德门事件”的本末。它虽然爆发于靖康元年二月初五这一天，却植因于长期来的主战、主和两派的斗争，这种斗争始终贯穿于从正月初六开始的一个月的围城时期中。它是第一次东京保卫战不可分割的部分。

8

宣德门事件不仅是一次政治斗争的胜利，也是军事斗争胜利的关键。二月初五这一天，斡离不挥军猛攻东、西、北三壁城门，其猛烈的程度较之正月初六、初七的攻城战有过之而无不及。但是宋军在人民斗争的鼓舞下，奋勇作战。特别是西北的勤王之师在吴革等将领指挥下，一再击退金军的攻势，最后迫使金军全面退却，军事的胜利和人民斗争的胜利几乎是在当天黄昏时分同时取得的。

慑于宋朝军民的威力，六天以后，斡离不不待勒索的金银足额，就统率金军自动北撤。临走前派人入城辞行，并送来一封拜辞信，说是“非不欲诣阙廷展辞，少叙悃愊，以在军中，不克如愿，谨遣某某等充代辞使副，有些少礼物，具于别幅，谨奉书奏辞”。这封信措辞之诚挚友善好像一个情好甚笃的亲家探亲后恋恋不舍地分手回去一样。他的言外之意是不久还将再来探一次亲，相信亲家仍会像这次一样热情地接待他。

东京人民取得第一次东京保卫战的胜利，但是斡离不的军队并未遭到有力的打击。种师道建议尾随追击，使之匹马不还的计划又被主和派大臣否决。被免职的太宰李邦彦代以张邦昌，这叫作换汤不换药。不久张邦昌再度陪伴肃王北上为质，李邦彦官复原位，主和派重新活跃起来，垄断了朝权。

北宋王朝的危机方兴未艾。

第三十六章

1

从金军出动以前就开始酝酿的一场大雪，终于憋不住了，自十二月十二深夜起，纷纷扬扬地下起雪来，以后三天越落越大，从雪珠到一簇簇、一团团像杨花那样轻扬于天空中的雪花，很快就变成鹅毛大小的雪片。降雪的范围，也越来越扩大了，从冀东到冀北，从冀北到冀南，直到黄河北岸，整整的一大片平原上，高高低低的山岳丘陵，枯秃的树枝，水源干涸的河流，被划分成一格格的湖荡、房屋、道路上全都覆盖着皑皑白雪，特别从中山府到真定府一段官道上，积雪深至六七寸，马蹄印和车辙深深地陷在积雪中，使人感到行旅的困难。

这一场赶在立春以前下来的大雪，如果在升平时节，那就是预兆丰年的瑞雪，可惜在这兵荒马乱，特别在金难已作、许多地方已告沦陷的年代中，它似乎是一个急急忙忙赶路而来登门吊唁的白衣客。它是从河北最前线赶上斡离不东路军的马蹄，渡过黄河来向宣和的遗体告别的。在那场大雪以后的半个月中，宣和的年号果然被靖康代替了。

在这漫天大雪中，在那些看起来已被积雪封锁得死死的道路上，还有哪些人、哪些车、哪些马仍在狂奔疾驰呢？大雪封锁不住侵犯者进军的道路，大雪留不住要活命逃命的官儿们的马足，大雪阻碍不了为了要拯救这个危亡的国家，心焚血注、到处奔走的志士们的脚步。

从宣抚司逃奔的队伍中分离出来的马扩就是这样单骑上道，花了一天一夜的时间，奇迹般地来到真定的。

宣抚使童贯本人虽然已从他的驻节所在地太原府逃奔京师，在他这颗“河北河东陕西宣抚使”的大印来向官家缴销以前，对于它所属的官员、机关仍具有约束力。马扩凭着童贯那道手令，来到真定时，仍受到安抚使刘韐、路分钤辖李质、兵马副总管王渊等人的敬礼。

第一次会晤中，刘韐出于礼貌，哼哼唧唧地说了一些要借重鼎力、协助防守等门面话，李质、王渊也哼哼唧唧地跟着说了几句。

然而，真正谈到了防守——即使不是出击作战的问题，马扩问起真定城守及附近地区的军事布置时，三个人吞吞吐吐地都不肯以实言相告。官场上重视权限，童贯手令只授权马扩招置中山、真定军马，并非授权马扩主持中山、真定的军务，他们当然有权拒绝马扩的越俎代庖的提问。

在这种冷冰冰的拒绝中，还含着猜疑、厌恶等非常不友好的表情。马扩不顾这些，提出尖锐的批评道：“今日燕山府确息尚未报来，军情至关重要。俺一路行来，看见真定西南的许多烽火台上寂无一人，有的人员虽有，柴草都被士兵烧光，形同虚设。一有缓急，军情不通。此事李钤辖倒要去查问查问。”

这是属于李质职权范围内的事情，被马扩当场点出批评，心中十分不快，表面上却也不得不点头表示马上就去查问。

然后谈到正题，谈到收编西山和尚洞及胭脂岭等山寨的义军之事。马扩表示，一两日内将入山寨去会见张关羽、赵邦杰、石子明等头领。现在马扩是受了宣抚使之命，名正言顺地到这里来办理这件大事。刘韐心里虽不愿意，却也不能再公开反对了，他只好在饷项、军械、给养等问题上，多方刁难，谈了半天，谈不出一个明确的结果，最后忽然冒出一句话来：“山中——莠民，”文官们最会斟酌字眼，这回刘韐算是让步了，“乱民”被升格为“莠民”，表面上提升一级，“久已不沾王化，廉访此去与张关羽、石子明等人打交道，务须谨慎从事。”这段话可以证明他在思想上仍是反对与义军合作的，接着又说，“收编之事，往复谈论，非旬日一月内可了。闻说宝眷尚在保州，如燕山有失，保州首当其冲，情况可虑。子充何不先去保州，把令堂与令正都接到真定来，就近照顾，无后顾之忧，这样岂不是家国两便?”

这番话倒也说得入情入理，使马扩有些怦然心动。对家事，他虽早有安排，托了赵杰娘子，但在战争突然爆发的情况下，母亲和妻子、侄儿是否已经迁入山寨，他还没得到消息，很想去打听一下。不过，这一次他冒着大雪，飞骑来到真定，目的就为了要尽快实现收编义军之事。刘韐关心他的家事，莫非是有意转变话题，把收编之事拖延下去，这仍然是一种消极反对的方式，使他感到非常失望。

从他在和尚洞山寨中听到战争爆发的消息以来，他心中涌起了一个美妙的想法：既然大敌当前，各方面都应该尽弃旧嫌，消除成见，共赴国难。并且认为这是天经地义的道理，凡是披毛戴发、有血有肉的大宋子民，都应当信奉、遵行这一条。在他丰富的想象中，已经出现董庞儿与张大哥他们的合作，义军与宋朝的合作，西北边防军与宣抚司的合作，朝廷中文官与武官、大臣与大臣之间彼此团结合作的美妙前景。如果大家都团结起来，化私仇为公愤，就不难打败共同的敌人。他看到的是有几千万人民的泱泱大国的宋朝和只有一二百万人的草创的金朝。力量对比，仍是我方占优势，关键就在大家能不能团结，大家愿不愿意合作。

这种想法确是十分美妙的，不过能不能团结、愿不愿合作，是否别人也和他一样把这一条看成为天经地义的道理，尚有待于事实之证明。首先，在太原会议中，他就看到童贯与张孝纯之间的激烈的争吵，不但不是尽弃旧嫌，而是在新的情况下，反而产生了新的矛盾。在这里，听了刘韐这种消极反对的话语，看到王渊、李质冷冰冰的态度，就知道他们的成见绝不会轻易放弃。马扩的理想又一次遭到幻灭，这确实使他痛心。

这个马子充好像是一只扑火的飞蛾，多少次，他往理想的火焰中扑去，扑得身焦肉烂，化成灰烬。只要得到一次再生，他还是要向这个理想的火焰中扑去，不到最后陨灭，决不停止。扑呀扑呀！他的生命就是在这样的扑灭、再生、再扑灭的反复过程中消耗尽的。永远不失去理想的光芒的人，就难免成为一个悲剧的角色。

2

不过马扩终于有些进步了。当夜他去找刘七爹的时候，陡然想起七爹、大嫂对他的多次警告，他的行动比过去周密谨慎得多。他先写了个字条表示自己要去保州取家眷回来，托人转呈刘安抚。然后两次出门试探，确定了没有人尾随着他，这才披一件皮氅，戴一顶大雪笠，走马来访刘七爹。还怕马蹄印会给追踪者提供线索，泄露了刘七爹的身份，他故意把玉狻猊拴在很远的地方，自己步行着来找七爹。

刘七爹住在一条断头巷深处的一宅院子里。马扩这已是第二次来找他，可算得熟门熟路了。他按照事前约定的暗号，连续叩了三次门，又等了好一会儿，才从门缝中张见刘七爹自己秉烛出来，问明了来客的姓名，才“咿呀”一声打开大门，很快就把它闩上，让马扩到内房去坐。

马扩从七爹的动作中感觉到有一种紧张的气氛，不待坐定，就性急地问道：“七爹可知道俺老娘与家眷们已经上了西山不曾？你可与他们见过面？”

刘七爹不忙着回答，他先把门帘和窗帘都放下来，把室内的烛光遮盖得严严实实，又走进里间，轻声地向他小曾孙吆喝了一声，那小子听到外面有了响动，从他蒙着的被子里钻出只在顶门上蓄了一小撮头发的、小小的头颅，用他的发亮的小眼睛到处乱看。听了老爹的吆喝，他不服气地重新蒙上头，却用小脚蹭了两下以表示抗议。刘七爹不理他，又去掩上里间的门，然后摇摇头，小声回答道：“他们还不曾上山哩！”

一句话把马扩吓了一大跳，他急忙问：“时势如此紧迫，他们还等什么？想是舍不得那些瓶瓶罐罐，还有那几间破房旧屋。七爹，俺离开山寨后，你可曾与赵大嫂见过面？”

“见过了。”

“在哪里相见的？”

“就在保州尊府里！”

“你见到俺老娘了？”马扩着急地问道，“还有俺那家室，她们可都好？”

“……”刘七爹好容易才咽下一句几乎冲口而出的回答。

“敢是出了什么事？”马扩的神情十分紧张，“敢是俺那小驹儿出了事，七爹你快说。”

“廉访休急!”刘七爹开始还有些吞吞吐吐，后来一下子都说开了，“你家娘子……日前有些违和，保州边僻之地，没有好医好药，俺连夜赶回，请得一位大夫，已由亨祖侄儿陪同送往尊府。他走得匆匆忙忙，一时来不及携带好药。俺这两天，到处去买‘安胎养气丸’，今天才购得数丸，又怕山寨有事走不脱身。幸好廉访来了，只今夜你就动身，回保州把药带去勿误。山寨中有什么事，俺自会随时奉知，廉访你这就放心走吧!”

原来马扩离开和尚洞山寨后，刘七爹也奉了张大哥将令下山去与赵邦杰娘子一起把马家的眷属接上山来。刘七爹见到赵娘子后，才知道亸娘与马扩分别后，因感伤过度，昏卧了两日，忽然觉得头痛恶心，十分难受，当夜就呕吐起来。天明以后，病情恶化，一阵接着一阵的腹痛，痛得她手足冰冷，几次昏厥。马母、赵大嫂首先想到的是流产，只是这样恶痛以后，胎儿尚未下来，那就是十分危险了。正好那天刘七爹去了，进房一看，她面如白纸，气若游丝，已经不会言语。但头脑还是清楚的，她知道刘七爹是送马扩下山、最后离开马扩的人，勉强打起精神，向他笑了一笑。这时室外正下着大雪，她房里围着很多的人，映着那支摇摇晃晃、闪闪不定的烛光，她这一笑显得十分凄惨。还是赵大嫂有主意。刘七爹在这里派不上用场，她请他带着亨祖一起回真定去请个好大夫回来，再请他打发人到太原去带个信给马扩，要他急速回家。至于把家眷接回山寨之事，马母本来就有异议，在亸娘病愈之前，当然更谈不到了。

马扩一听要他带“安胎养气丸”回家，就知道亸娘患的什么病。当时和刘七爹商量了几句，就出门去把玉狻猊牵来，准备上路。

“且慢!”刘七爹拦住马扩道，“廉访今夜来得巧。保州宝眷，有廉访自己去照顾，俺也就放心。只是这两天形势险恶，军情多变，山中已有数日不通消息，俺却放心不下，欲待自己上山去走一遭，顺便把廉访已回保州的消息禀告赵大哥。廉访何不就与俺同往，让俺陪你走一段路，明日分手，也不耽误时间。”

“如得七爹做伴同行最好，只是如此大雪，七爹也要备个牲口才好上路。”

“廉访且请稍待片刻，待俺出去借匹走骡，片刻即回。”

马扩看见七爹往里间一钻，半天不出来，还当他在里面摒挡家务，不想他已牵了匹走骡在大门外面，等着马扩一起上路了。

“七爹，俺看你一直在里面，几时走到大门外面去的?”

“俺耍了个小小花招，把廉访骗得眼花缭乱。”刘七爹又不禁得意地吹起来，“干咱们这一行的，都要防个三长两短。这条断头巷外面都堵死了，俺在厨房灶膛里辟了一条地道，直通到巷子外面，进进出出，好不方便！”

只有吹起牛来，刘七爹才会全身来劲，马扩又在他的眼睛里看到满园春色。

他们一起乘上坐骑，才走了几步路，忽见东北方向一根火柱冲天而起，通红的火光映在雪地上十分耀眼。

“烽火！”两个人一齐叫出来。

他们听到寂静的街道上，家家户户都有些骚动声，显然是这把烽火把人们安静的生活打破了。他们不顾这些，策动坐骑径往北关。北关的城门已经闭上，幸好守城的小军官与刘七爹相识。刘七爹跳下坐骑，拉着那小军官走到一边去，悄悄地说了几句话，军官笑起来，说道：“七爹的事还不好办，只是得了利市，明儿回城来要带些财香，让弟兄们浇浇手。”

“那还用你说？”

“中山府那里举起了烽火，眼看北道就有急报报来。七爹路上当心些。”

“俺自知道，这就多谢大哥了，明儿有人查问起俺的行踪，大哥包涵则个。”

军官在行地点点头，亲自打开城门，把他俩放出城外。这时在原来的方向又举起第二把烽火，这一把柴草烧得更加炽烈，把满天映得通红，燃烧的时间也比刚才第一把烽火增加了一倍。似乎要让人知道，它报道的不是一般泛泛的而是十分重要、十分紧迫的警报。这长久不熄、还在天空中飞出无数火花的烽火说明了许多问题。

骑在骏骡上的刘七爹很想从懂得军事的马扩身上打探一些消息，让他来解释这两把烽火的情况。他几番要开口，看见马扩严肃的面色，似乎正在考虑什么重要的问题，他就忍住不开口了。

3

离开弹娘才不过十一天的工夫，马扩却怀着从来没有过的强烈的渴求，希望再看见弹娘一次，不是在遥远的几个月以后，也不是再等十天八天，他甚至等不到明天了，只希望马上就能看见她。只要让他们见一面，说几句话就够了，但必须是马上。

这种强烈的渴念不仅来源于刘七爹给他带来弹娘病重的消息。在此以前，当他离开山寨到太原去，离开太原到真定来，无论骑在马上，无论走在山径和大路上，无论是警报纷至沓来、令他心烦意乱的白天或者是终宵转侧、归梦难成的深夜，无论在官署或住宿的下处，无时无刻，每地每处，他都在想念弹娘，渴望与她再见一次面。那时他还没有听到弹娘病重的消息。

也不是因为弹娘怀孕了更增加他对她的系念。怀孕的消息对于他，并没有像他母亲、嫂子、赵大嫂，以至弹娘本人那样看得重要。现在听说弹娘流产，有可能失去胎儿的消息，也没有使他特别感到悲伤。还没有生下来的孩子，并不能使他产生舐犊深情，马扩的爱情有时是很实际的。

既不为弹娘流产，也不为弹娘怀孕而产生那种强烈的渴念，主要是因为马扩这次分手时也像弹娘一样，忽然有了一种过去从来没有过的不祥的预感。他预感到这次他们分手以后，可能永远不能再见面了。时局的纷纭，国家命运的把握不定，母亲的固执，弹娘的身体都是造成他产生那种预感的原因。

这种可怕的预感，几次要改变他的计划。他清楚地记得从和尚洞山寨下来以后，原定计划是直奔太原，到了分歧路口时，他又犹豫起来，是否先到家里去弯一下，把战争爆发的消息告诉他们，以坚定他们上山的意志，借此又可以与弹娘见一次面。这样的绕道也不过多费一两天时间。他踌躇了好一会儿，有两次把马头拨向北上的道路了，好容易才克制住自己的私念，奔往太原。

这次他从宣抚司的集体中脱离出来到真定去，是匹马单身，可以自由行动。他也曾考虑先去保州，把这个家迁到山寨后，再去真定，那不过多耽搁几天工夫，也未始不可。不过，想到经过那次山上大会后，此时义军诸首领可能都在颙望与宋朝合作的好消息。他既然拿到了童贯的一纸手令，把这件事早办好了，也好让大家安心，回家之事只好再商量。

正因为几次要想回家，终于考虑了以国事为重而没有回去得成，他的不祥的预感，以及回家去与弹娘见面的渴念也越来越强烈。当刘七爹把弹娘病重的消息告诉他时，他既是意外的，也有一点在意料之中，因为他早就有了弹娘或者他自己会发生什么不测的思想准备，因而更加强烈地希望立刻回家去与弹娘见一面，或许那就是最后的一面。

当他看到第一把、第二把烽火时，虽然大为震惊，他的思想仍然集中在尽快地回去与弹娘见面的那个聚焦点上，一时还没有做出相应的反应。只是模糊地感觉到，那连续两把烽火，一定是前方有变，他要不快快地赶到保州，恐怕路上还会发生什么意外的变故，使他回不到家了。

深解人意的玉狻猊，即使在雪夜中，也奔得飞快，一段路跑下来，人与马的身上都是汗水直淌。马扩回头一看，刘七爹已经落下了一大段，他略为放缓缰绳，等了一会儿，才看到刘七爹气喘吁吁地跟上来。幸亏他那匹大走骡也是健足，勉强跟得上。

这里马扩又待放辔，刘七爹赶上一步，说道："廉访既是性急要走，只管快跑，不必等候老朽了，老朽自会觅路上山去。"说着，他从衣兜内取出药丸，郑重其事地交给马扩，嘱咐道："这药丸最关紧要，廉访收在衣兜内，休教马儿颠失了。顺着这官道，转过那三岔口，就走上去保州的道儿，不到明天此时，廉访就可与令正见面。"

马扩取过药丸，尚未答言，忽见正前方又有一条火柱冲天而起，这把烽火虽然烧得炽烈，时间却短，只烧了一会儿就变作一团团的黑烟，随着风势，在天空中翻腾弥漫。马扩他们虽然远距在几十里以外，似乎也闻到这一股烟味。黑烟犹在天空中结集未散，那壁厢忽然又燃起了第四把烽火。这次烧得更旺，持续得更长久，超过了以前的三次。马扩遥遥望去，似乎在正北的方向，有无数火把，正在晃动，还好像隐隐听得到人的喊声、马的嘶叫声，在那火光和嘶喊声中，忽然出现了无数金朝的铁骑，漫山遍野而来。他们横冲直撞，把那幅用金线绣成的河山图割裂开来，割成一小块一小块地放在大口里咀嚼，霎时间就吞食去一大半。这火是金骑点燃起来的，他们进入城市就把城市烧光，进入乡村就把村庄烧掉，无家可归的老百姓们从火光连天的城市、乡村逃出来，携老挈幼，彼此紧紧牵在一块，但经不起铁骑一冲，顷刻间就被冲得零零落落。骑在马上和跳下马来的金骑到处找人搜杀，只见刀光霍霍，鲜血喷流，没有一个老百姓逃得过这一劫。

马扩在蔚州城外看到的一个悲惨的场景，又在这里重叠出现。他似乎看见一个蓬头散发的年轻的母亲，搂着她唯一的亲人、相依为命的小女儿，斜靠在一张炕床上，这时马蹄声渐远，她以为可以逃脱金骑的毒手了，不由得把女儿搂得更紧一些。那个还不解事的小女儿用乌黑的小眼睛向母亲看了半天，“哇”的一声哭出来，这是索乳的啼声，但也可能为她们带来杀身之祸。母亲急忙解开胸怀，托出一只原来是膨胀饱满，现在却由于惊慌过度一下子瘪下来的乳房塞进女儿小小的嘴里。女儿用力吮吸，母亲也用力挤压，终于没法使乳汁回进乳腺。女儿推开乳头哭起来，哭得比刚才更凶。

忽然母亲的脸色大变，双手颤抖得搂不住女儿，竟让她滑到炕下。母亲还想跪下来向一名推门而入的金骑乞命。这名金骑带着意外地捕捉到一头小动物的黄鼠狼的喜悦，一刀砍去，把母亲砍倒在地上，然后又补上一刀，让母女两人一齐卧倒在她们自己的血泊中，缓慢地抽搐死去。

这些带着成千上万大宋老百姓的殷红鲜血的场景，映在连续四把烽火满天通红的天幕上，一场场、一景景地在马扩心里驰骋过。他好像大梦初觉似的，忽然意识到那四把烽火意味着什么。

他还在沉思，却做手势示意刘七爹留下来，不让他在这个时候离开他，与他分道扬镳。刘七爹不明白他的意思，只好紧跟着他再走一段路。

不久，天空中又出现了第五把烽火。燕山已失，燕山路全都沦陷，金骑正待向真定一路侵入，这是毫无疑问的了。马扩这才下定最后的决心，毅然说道：“敌军侵境，山寨急待部署出击，以救真定、中山燃眉之急，朝廷方可在黄河南北岸布置防务。此事一刻也不能耽搁。俺这就与七爹一起上山与张、赵二位大哥商议大计。保州之家，室人的存亡，只好听命于天，俺也顾不得这许多了。”

说到最后两句，马扩的声音忽然哽咽，然后流出了悭吝的眼泪。好像他正在吞服一颗难于下咽的药丸，全靠他流出来的这一小盏苦水，才能把它送下喉咙。

马扩这个遽然的改变，使得一向能言善道的刘七爹无话可对。他第一个反应是不赞成马扩这样做，可是他想不出什么理由来反对他，因为在公与私、家庭与国家的关系上，马扩早有自己的权衡，反对他也是白费。不过，虽然没有足够的理由，他还是不赞成他这个决定。这几丸“安胎养气丸”可能就是救亸娘一命的灵芝仙丹，不给她送去，那怎么行？

刘七爹一下子打定了主意，他伸出手，指着面前的道路说：“廉访要上山去就拐进前面的僻道，你且把药丸取出来，俺代你去保州一行。”

马扩怔怔地看着刘七爹说话，忽然听懂了，二话没说，立刻从衣兜中取出药丸，交付给刘七爹，然后从马鞍上滚下来，扑倒在雪地上就拜。

刘七爹还骑在骏骡上，拦不住他，口中尽说："廉访你怎么啦？快起来！"马扩再次跳上玉狻猊的时候，刘七爹才发现他泪痕满面。刘七爹自己也流出眼泪来了。两个人都有急事在身，不要说一天一夜，就是一时半刻也耽搁不起。他们策骑走到分岔路口，彼此扬一扬手就分道扬镳，各奔前程去了。

4

失去了刘七爹这样一个熟悉途径的向导，对于马扩真是莫大的损失。

上次上和尚洞山寨就是由刘七爹做伴的，刘七爹陪他从后山翻上，走了许多曲曲折折的路，直到黎明前才找到山寨的后栅门。在如弦的夜月下，差一点刘七爹自己也迷了路。他离开山寨时已得到战争的消息，心情十分激动，由赵大哥陪他下山，一直送往去太原的大路。路上哥儿俩谈谈说说，竟忘了认路。今夜马扩再一次赶到西山山麓，只看见一片白茫茫的都是被大雪覆盖着的高高低低的山岭。他找不到上山的路口，看不见蜿蜒曲折的山径，遥遥望去，也望不见山里有木栅、墙垣、房舍——它们本来都暗藏在隐僻处，不让人随便发现。马扩心急起来，策骑沿着山麓跑了一大段路，竟找不到一所民舍可以打听道路、寄宿过夜。眼见今夜是上不了山了，最后找到一所歪歪斜斜的古庙，凭着四周还没有完全倒塌下来的墙垣，两扇会自动开合的破门，总算还可以挡一挡风雪，当夜他就靠在庙内墙根下胡乱睡了一宵。

第二天天一亮，他就起来继续找路，白天也没有给他带来希望，最苦的是他来来回回跑了百把里路，竟看不见有一所缕缕炊烟升起来的民舍。除非往回走，回到真定，找个向导，那当然是他不愿意的。向前走又找不到道路，最后还是回到古庙来栖身。身边带的一点干粮很快就吃完了，人和马都疲惫不堪，两个索性就在庙里睡大觉。睡得昏昏沉沉的，有一队人走过来的脚步声也没有把他们吵醒。

“马廉访，马廉访!”他在睡梦中听见有人在喊他，他牵动了一下身体，一个转侧，又呼噜呼噜地睡着了。然后是那个喊他的人不客气地猛烈地推他、摇撼他。他醒来了，睁开眼睛，向四面看了看，忽然发现有许多人。他一下子跳起来，厉声问为首的那人道：“你们都是些什么人？到这里来干什么?”

“马廉访敢是忘记在下了，”那人笑嘻嘻地回答，“在下倒是挺记得廉访的。”

马扩再看了他一下，记起来了：“你莫非就是郭队官郭有恒?”

“廉访眼力不错，”郭有恒呵呵地笑起来，“俺正是守后栅门的队官郭有恒。这一回，刘七爹没有陪廉访回山？俺带着弟兄巡山，看见来来回回的马蹄印，想见廉访一定找得好苦。”

“俺找不到道路，在这座山神庙里困了两宵，和伙计两个，”他指点着玉狻猊道，“绝食断炊一天。郭队官，你可带有吃的，先接济接济咱两个再说。”

郭有恒从怀里拿出几张烤干的烙饼。马扩立刻走出庙外掬了一捧雪和着烙饼大吃起来，然后又去喂饱玉狻猊，它在旁已等得十分心焦，连连用蹄子击地来表示抗议。

“张大哥、赵大哥都在山寨上？”马扩一面喂饼，一面动问。

“廉访在山神庙里困了两天，都不知人间已换了个世界。”

郭有恒不慌不忙地讲了下面许多惊心动魄的消息：“常胜军在燕山府东郊的三河县与金军鏖战半日，先已打胜，不想在后方的张令徽、刘舜仁两个贼蛋，临阵降敌，断了郭药师的后路，全师大溃。郭药师退入燕山城后，动了邪念，一夕之间，尽劫燕山路安抚使蔡靖等官儿降敌。斡离不不战而得燕山府，席卷全路，易州、涿州等要地纷纷易手。三天前斡离不率大军南下，侵入燕南之地，一夜之间，前线传来五把烽火，保州、安肃军、中山府诸处告急，文书雪片似的传来。刘安抚下令紧闭城门，敛兵不战。听北面那些城池自为存亡。张大哥、赵大哥看到形势危急，当仁不让，昨日已率义军弟兄下山去救应保州等处，这里只留下两千多名弟兄保护老小，看守山寨。俺奉令留守山寨，今天出来巡山，幸好与廉访相见。”

上面的这些情况，特别是燕山失守、常胜军有变、金军南下等虽然早在马扩的预料之中，但经郭有恒证实，向他复述一遍以后，仍使他非常激动和悲愤。当下他就提出要追上义军，协助张、赵二位大哥参加作战的要求。

郭有恒地位虽低，却是个处事明白、头脑清楚的头目。现在他既被任为“留守”，就要以“留守”的地位来考虑马扩的要求。他了解马扩在义军，在张、赵两位大哥心目中所占有的非常重要的地位。他既然上山来找两位大哥，不巧碰到大哥出征，断无把他留在山寨之理，何况他又是一个出名的军事专家，让他追上大军，作为张、赵两位大哥的参谋，对于打胜这一仗可能起很大的作用。这样考虑停当后，他就以十分诚恳的态度表示欢迎马扩此举，还派了一名向导，陪同马扩前去。

当张、赵二位大哥与马扩在一起时，推心置腹，他们早已不把马扩看成外人。他们就是以这样兄弟般的热诚，赢得马扩的友谊的。现在郭有恒是山寨的主人，他以极有分寸的礼貌对待马扩，马扩却感觉到自己只是一个客人，因而不快。

但他对郭有恒有什么可以抱怨的？把他从“风雪山神庙”的困境中救出来，同意他去前线的要求，还怕他再度迷路，特别为他提供一个向导。如果他处在郭有恒的地位上，能够为朋友们最大限度做到的事情，恐怕也只能到此为止。

他对郭有恒没有什么可以抱怨的，但他仍然感到不快，这说明马扩的心理结构不同于一般人。他对友情，对别人对他的信任程度，有着更高的要求，而不能满足于泛泛的、在形式上可以接受的满足程度。

5

马扩在保州以南的南大冉追上大军的殿后部队时，张关羽、赵邦杰都到满城董庞儿的军部去指挥作战了。他又向满城的方向追去，路上就听说金兵已经大败，金将兀术向东北方向溃退而去。他急忙迎上去，只见张关羽、董庞儿、赵邦杰联骑而来，满面高兴的样子。这是宋金交战以来宋方第一个胜仗，也是义军和金朝正规化部队交战的最大的胜利。

董庞儿看见马扩，老远地就拍马迎上来说："金兵犯顺，兀术统大军进攻保州。闻知三弟宝眷尚在城内，俺哥儿三个心里着急，定了分路合击之计，昨日傍晚一战，败兀术于漕河，挫动了他们的锐气，今日又在满城大战，两军合力，杀得兀术片甲不留，匆匆逃走，保住了保州。三弟今天就可进城去看看宝眷了。"

把保卫战略要地保州的战争说成是为了保护马扩的家眷，是把这一战的价值贬低了，但这正是董庞儿的作风。如果他见到刘鞈一定会说保卫保州的目的是为封闭金军进攻真定的大路；如果他见到张孝纯，也一定会说保卫保州是从侧翼打击金军，不让它靠拢太原。他这张嘴是够甜的。但在一旁听到这话的张、赵二人倒也不以为非，因为在战争时，他们的头脑中都曾想到马扩的家属以及赵邦杰娘子。

即使打退了金军，能不能把亸娘从死神手里抢回来，还在未定之天，马扩不能够因为这一战的胜利就高兴起来。他高兴的是张、赵两位大哥终于和董庞儿尽弃旧嫌，言归于好，同心勠力地打败了金军，这是他多时的愿望，今天终于实现了。他还把这场战争看成一个榜样，只要宋朝政府能与成千上万的义军、弓箭社和其他的民间武装力量合作，不难最后打退金军。他情不自禁地握住了董庞儿的手，又拉着他的手与张、赵两位大哥的手紧紧握在一起，这个动作倒教张、赵二位有点腼腆起来。

"好教三弟放心。"赵邦杰指着从后面跑来的一个人说道，"三弟你看看他是谁?"

"刘七爹!"意外的邂逅，使马扩激动地叫起来，"你从城里来，可知道俺那家室还在人间不在?"

刘七爹合拢两只手掌，念了一句"南无救苦救难、广大灵感观世音菩萨，南无释迦牟尼佛"，先教马扩放下心来，然后用了夸张的语气告诉马扩，他再次到保州的时候，骅娘已命属悬丝，那个大夫一面着急骅娘的病，说已是回天乏术，母子两个都保不住了，一面又担心他自己在真定的家属，嗔怪七爹不该在此军务倥偬之际，把他接到保州来，害得他困在孤城里，心挂两攀。刘七爹骗他道，这病人是马廉访的眷属，如今他统军十万，连夜从真定来救保州，你要不好好地把病人治愈了，大小平安，明儿马廉访打退金寇，进得城来，可要与你算账的。吓得那大夫浑身发颤，问道："七爹，他……他……那个马廉访……可是个通情达理的人?"幸亏他带去的那几颗"安胎养气丸"真是灵芝仙丹，晚间服下，半夜里下了不少瘀血，胎儿倒保全了。第二天再服一丸，果然又安了胎，又养了气，神气好转，气力也有了些，人都识得了，话也会说了。只是大夫再三关照，要让她安心静养，只怕在百日之内不得下炕行动，也休要把外边的事告诉她，免得她多操一份心。

"看到她已离险境，俺的心也放下一半。前晚打听得我义军已到满城，还不知廉访是否也在军内，俺与赵邦杰娘子商量了，设法出城来找廉访。不想病人心静，俺两个悄悄地说话，她都听见了。临辞别时，她举目要俺走近炕床边，拉着俺手，颤声说道：'告七爹，你出城去把三哥找到了，就说俺的话，三哥打退金贼后，务必回家来看看，俺在这里……忍死相待。'"

一句话说得沉痛，在一旁听到的董庞儿、张关羽都劝马扩立刻进城去看骅娘和母亲。不过马扩本人心里倒有点犹豫，因为骅娘说的是三哥打退了金贼就去看她。昨、今之战，他都没有参加，打退金贼，他没立下寸功，认为自己还不具备可以去看她的资格。

要是骅娘的病势十分危急，或者马扩现在想起了那不祥的预感，那他就会不顾一切地先去看了骅娘再说。现在的情况却不是这样，骅娘的病势已经好转，金人暂无再攻保州的可能，而保州又近在数十里之内，没有什么力量可以阻止马扩进城去看骅娘等家人，那预感也就不存在了。这时他心里想着的，最好在附近的什么地方又发现一股金军，让他讨了军令，一举把它歼灭，那样他才可以无怍无愧、心安理得地进城去看骅娘。

他正在这样想着的时候，忽然一骑飞来，向董庞儿、张关羽报告了有大队金军骑兵从博野、望都一线进袭中山府。知府詹度派他前来告急。战志正浓的董庞儿、张关羽毫不犹豫就接受了告急书，打发詹度派来的使人先回中山，要他稳定军心，坚守一二天，义军的大部队陆续就到。

他们几个人商量了一下，救人救火，事不宜迟，义军的后续部队这时还驻在南大冉待命，就派那支军队改充先锋，前去中山救援。这里的大军整顿一下，续后跟上。

马扩趁机请令道：“张大哥，董二哥激战方罢，理合稍憩。这里南大冉的部队就让小弟领带了，先去中山，如得一战，定不失机，请大哥裁定。”

马扩不是以宣抚司廉访使的资格而是以义军中的一员客将的资格请战。董庞儿、张关羽都不能够接受他这样的礼数。当然他们也是十分希望马扩带领这支人马与他们一起同金人作战的，只有赵邦杰说了一句：“三弟要战，也不忙在这一时三刻，何不先进城去看了弟妹，再赶到中山，也不耽误多少时间！”

“赵大哥休如此说，”马扩性急地争辩起来，“让小弟追随大哥们在中山府打败了敌军再回去探望家室，都不过是这一二天内的事，有何不可？”

张关羽看马扩着急，连忙插进来道：“既然三弟踊跃求战，小弟就与他一起先到南大冉去，二位贤弟整顿了部队，续后就来。”

他们就这样决定了分成前后两路，向中山进发。

6

保州之战，义军胜来容易，在诸头领之间，不觉滋长了轻敌思想。譬如当时马扩就说，打败了进攻中山的金军，两日内即可回保州老家探望家人。在一旁听到这话的董、张、赵等头领心里也都是这样想，兀术身为四太子，麾下都是女真军的精锐，他们尚且可以一战挫之，再战溃之。那个伯德特离补统率的乌合之众的骑兵部队又何足为惧？他们忘记了保州之战，事前经过研究，在漕河、满城两处预先布置了阵地，等待兀术入彀。中山之役却是仓促决定的，闻讯即行。哪里可以遇到敌人，遇到了敌人准备怎样一个打法，都是心中无数。这违背了兵法上说的“致人而不致于人”的原则，很可能会导致失利。

骄傲轻敌，不完全是主观的产物，在某些具体的客观环境中，大家都会产生这种想法，可谓人同此心，心同此愿，都没有想到还会出现潜伏的危险和意外的结果。

他们的轻敌思想，导致了异常激烈的战斗。这一战役前后打了五天，义军经历了先胜、后败、最后胜利三个阶段，中间损失了杰出的领导人张关羽，也导致了董庞儿与赵邦杰的再度失和。

马扩是在第一阶段战争时阵斩银环将蒲察绳果，击退了伯德特离补以后，单骑叩城，与詹度打话，被詹度用竹篮子缒入城中的。以后两天，他就留在城里，帮助詹度布置城守的军事，直到最后出击时，才回到义军队伍里。对于第二阶段的战败，张大哥的战死，他都不要负多少直接的责任，但他还是把战争看得太容易了，一经战胜，就建议入城与詹度联系，内外夹攻，既料不到伯德特离补败退以后还有一个杀回马枪的可能，也没有想到詹度并无配合作战的诚意，事后倒有干没义军之功、大吹大擂自己守城功绩的极大胃口。他对张关羽的战死，要负间接责任。

十一月二十三日，在中山府周围完全肃清了敌踪以后，赵邦杰和董庞儿会谈这支义军今后的趋向。董庞儿主张河北义军与他的部队合并，推马扩为主，放弃和尚洞山寨，在河东河北之间找一个根据地，在金人的后方游弋作战。赵邦杰不同意合军之议，主张把河北义军带回山寨，整顿休养，伺机出击，以屏障目前还算完好、没有受到金军蹂躏的真定府，以牵制金军向南方进军。他们双方各执一词，问题的焦点在于合军。董庞儿推马扩为主，说不出有多少诚意，但马扩在义军中毕竟还是一个客卿，要借用他的名义则可，真正要统带两支军队，并不是那么容易的。张关羽已经战死了，赵邦杰的声望比不上董庞儿，如果合军了，不消多少时间，这支军队终将为董庞儿所有。

这番话赵邦杰虽然没有说出口来，但从他反对合军态度之坚决上就可以看出来。董庞儿也猜到赵邦杰的心思。既然合军之议暂时还谈不拢，他也就顺风转舵，客客气气地与马扩、赵邦杰两个分手，自己带着部队到金军的后方去活动了。

这里赵邦杰与马扩商量把义军带回去整顿训练的问题，邀请马扩一起入山。这对于马扩有着不容推诿的道义上的责任。

经过这一场鏖战，马扩发现义军还存在着不少缺点，不能适应金军的战术，骑射击刺的技术比不上金军，持久作战的体力比不上金军，战胜则嚣然杂上，战败则纷然四散，作战纪律和作战意志也比不上金军。他提出了“明约束，习战斗，练胆、练艺、练力、练志”的目标，与赵邦杰研究了具体训练的办法，在山寨中转入一个整顿、休息、加紧训练的时期。

在将近一个月中，马扩固然不难抽出三四天的时间回保州去一趟看看亸娘，她已经望眼欲穿了。赵邦杰也一再怂恿马扩回家去一次。马扩考虑到这里的任务吃重，有千头万绪的事情要等待他们去办，他日复一日地口头答应刘七爹，说再过几天一定回去，事实上却是一天天地拖下来。最后只让刘七爹把亨祖带上山寨，与全寨官兵一起参加训练。

什么是最重要的，什么是次要的，在不同的人中间固然有不同的标准，在同一个人身上有时也会出现不同的标准。

马扩明知道亸娘是怎样迫切地希望他回去一次看看她。那种渴望得到心灵上的抚慰的要求，已经成为叫他喘不过一口气来的压力，他甚至把他回家后亸娘要对他说的每一句话、每一个动作都琢磨过了。那会给予他多少欢乐、多少激动！每晚入睡以前，他都暗暗地下了决心，明天或者后天一定要走，中夜转侧时，这个决心下得更大了，顶好天一亮就走。可是天还没有亮，他就被号角声吹醒，进行每天早晨第一轮的击刺训练，郭有恒等头目不断跑来向他请示报告，然后是赵邦杰与他研究一天的日程，这些在山寨中日夕发生的平平常常的工作，只要和打击敌寇这个目标联系起来，就会发出闪闪的光，变成头等重要的事情，挤掉了其他的一切。

这样一天天地拖下去，马扩终于没有回得成家。

7

保州的家回去不成，马扩为了为义军请粮之事却到真定去了两次。

过去马扩与义军诸头领的往来，多少带点秘密活动的性质，饶是这样，刘韐还一再告诫他休与张关羽等人往来。只有这一次马扩带着义军在保州、中山两次战胜的消息来到真定，他受到凯旋英雄那样的待遇，那原因是十分明显的：军兴以来，两河城市，望风奔溃，只有那两役打击了金寇，使它知难而退，国人稍得扬眉舒气，也提高了士气，影响不小。再则，保州是真定一路的门户，中山是它的堂奥，保住了保州、中山，间接地保卫了真定府和真定一路，关系匪细。为此，刘韐还为马扩举行了一个欢迎的仪式，表彰他抗敌的功劳。马扩当场提出异议，认为血战之功应归于义军，特别是为国捐躯的义军首领张关羽，他自己不敢掠美。刘韐口角春风，也顺便提到义军的功绩，对他们的称呼又有所提高，从过去的“乱民”“莠民”升格为“义民”，而张关羽本人也被他称为“义士”、谥为“国殇”。总之，属于精神方面的表扬，刘韐都不吝惜，还表示愿与“赵义士”见面。他还对人说，这个赵义士原名为杰，现在改名邦杰，可见他心存帝室，不忘官家，单这一点，就值得大大奖励。不过谈到物质方面的问题，他虽答应赠粮两万石，却口惠而实不至，经过一再催促，总算拨付了五千石白米。话说得很漂亮，军兴以来，本路开支浩大，银粮两绌，不得已从万无可省之处，先拨付白米五千石，以济贵军燃眉之急，其余之数，日后再作商量。

马扩第二次入真定城催粮的那天，正好朝廷颁来道君禅位、渊圣皇帝登极大赦的诏书。这道诏书给人们带来“否极泰来，万象更新”的希望，它好像一阵春风、一场春雨，吹拂着、滋润着人们的心田。凡是直接或间接受到宣和末年权奸集团统治之害的臣民，得知这个消息后，莫不产生了这种喜悦的感情。即使像刘韐那样本身曾受过那集团好处的官员，只要从国家利害的角度上来考虑问题，当时也分享了这种喜悦。他捧着诏旨竟然失声痛哭起来。不能够说他的眼泪中没有回顾畴昔、留恋归君的成分，但毕竟在他的眼泪中也闪耀着希望的火花，是属于喜极而泣的悲伤。他这一哭缩短了与马扩之间的距离，两人间的共同语言多起来了。

那一次，他挽留马扩在真定城内住了两天，谈话比较融洽。与刘氏父子恢复感情，本来就是马扩争取的目标之一，这个机会来得正好。可惜子羽出差在外，马扩两次来真定，都没有与他见到面。

关系略有好转，刘韐就不免要以老世叔、老上司的双重身份，对马扩的工作、出处有所规劝，甚至以“大义相责”：“子充负绝世之才，朝野瞩目，当为一国、一路之重，岂可局促自限于山寨一隅之地，忘了全局？”然后他介绍了当前的军事形势，斡离不大军攻保州、攻中山不克，已向庆源府、信德府进兵，眼看即将抵达黄河北岸。想朝廷对河防必有布置，异日两军决战，将在大河两岸，胜负非短期可见分晓，但我保得真定一路不失，隐为金军之后患，叫他跋前疐后、进退失据，我军才有持敌之胜算。说到这里，他趁机劝马扩回真定来：“子充莫非还离不开山寨？想那赵义士久在义军中，上下交孚，威名夙著，俺昨已上奏朝廷，请授以武翼大夫之官。想他必能带好此军，为真定一路之屏藩。至于该军的整顿训练，乃军中常事，一偏裨之力尔，军中人才正多，何必躬亲其役？子充不怕委屈，肯到真定来，当以提举四壁守御的重任相畀，这才不负子充平日忠君爱国之志！”

这时王渊、李质都在真定，王渊这个脓包货，固然无足轻重，但李质是刘韐一手栽培的人，又在统带真定一军，为什么不让他“提举守御”之事，反而舍近就远地要来请教马扩？其中必有缘故。据马扩了解，那天金军入境攻打保州及中山府，警耗传来，刘韐也曾拟出一个出击救援的计划，让李质、王渊分别率部五千人北上救援保州、中山两处，让懂得军事的儿子子羽作为参谋协助自己坐镇真定。结果王渊托病，始终未跨出城门一步，李质率部出城兜了一圈，刚到城东北百里的无极县，听说金军已抵安国，急忙撤兵回城，还谎报金兵已退。大约就为了这一次的表现，刘韐不放心使用他们，想要让马扩来代替他们主持城守。

这个建议值不值得考虑？

从大道理来说，要把马扩使用在更重要的岗位上，守住了战略要地的真定城就可以保住真定一路，进而威胁金军的后路，这是讲得通的。

义军正在整训，这个工作赵大哥完全可以担负起来。马扩如果取得了真定战守的主持权，将来与义军配合作战，彼此都会得到很大的好处。他相信赵邦杰以大局为重，会同意刘韐的建议。

问题的症结在于他以一个客将的地位，而且与王渊、李质多有人事上的摩擦，一旦凌驾于他们之上，主持城守之责，指挥起来，能够得心应手吗？王渊、李质两个，会心甘情愿地交出指挥权吗？这才是值得慎重考虑的问题。

马扩虽然出身于军人世家，他在西军中只是一个带领几百名弟兄的中下级官佐，他们长期生活在一起，职分虽有差别，感情却逾骨肉，一上战场就形成一个呼吸相通、生死与共的战斗集体。少年时期战争的经历是他一生中最值得留恋的回忆。他不能忘怀作为一支子弟兵的指挥官指挥作战感到的那种得心应手的快乐。后来他被调去参加“海上之盟”的外交谈判，接着又担任童贯宣抚司的幕僚，可说脱离战争已久，偶然上一次阵，也好像是客串演剧一样，已经不是他的本分职事。

这一次，他作为义军的客将，重披战袍，在中山府以北的清风店与金军大战一场，虽然他与义军的关系十分亲密，他不以客将自外，义军战士们也都视他为自己人，但在指挥过程中，仍有格格不入的感觉，这就影响到作战的效果。从而他悟出了一个道理，他要带自己熟悉的队伍。

由于这一重顾虑，他对刘韐表示是否接受新职，要与赵邦杰商量后再作决定。

刘韐忽然机警地抛出一片香饵，他表示如果赵义士能够同意让马扩回到真定来，他可将下欠的一万五千石白米一次拨交给义军。刘韐不愧是童贯幕下的首席幕僚，这一套办法都让他学到手了，现买现卖，两不相亏。马扩也是经过童贯熏陶的人，在这个问题上也不示弱，他问了一句，二万石白米固然可解义军目前的燃眉之急，不过今后义军的给养应当如何支付，希望刘韐有个明确的表示。刘韐毫不犹豫地回答：“只要子充来府主持城守，义军、官军都是一家人了，有米共炊，有饭同吃，决不厚此薄彼。”

下一次马扩就是以“提举四壁守御”这样一个新的身份来到真定的。不管长官的欢迎、同僚的侧目、部属的惊讶，他把他在山寨中已经行之有效的那一套实干苦干的精神带到这个部队来，决心要把部队中已经蔓延开来的骄纵、怠惰、市侩式的庸俗等坏作风、坏风气彻底改变掉。

马扩来到真定治事以后，他的立足点更高了，对战局的全貌有了更明确的认识，对战争前途也产生了乐观的想法。这时金军已经渡过黄河，包围东京。靖康君臣，惊慌万分，有的主张派人到金军军前去乞和，有的主张渊圣皇帝弃京师出走，战守之策定不下来，人心越加惊慌。马扩身在前沿，心存魏阙，他针对那种悲观消极的情绪和一些没出息的主张，草拟了一道奏札，遣人密送京师。在奏章中，他分析敌我情况，设计作战方略，预测战争前途，最后提出了气壮山河的结论“可使（敌军）匹马不回”，确实起了令人振奋的作用。

在奏札中他说：“虏人南寇，步骑无二万人。又时已春首，彼难久留，乞坚守京城，勿轻出兵，括职官私马，无虑三万匹，招募敢勇必战之人，各授器甲，略阅队伍，每五千人为一项，分屯要害。密檄诸道勤王之兵，并力齐进，预戒河东、河北多设邀截。彼不过二月中必退，京师之兵蹑其后，河外之兵邀其前。彼方阻河势迫，乘机击之，可使匹马不回。”

在这道预见性很强的奏札中，他谈到的许多事实都被后来的历史所证实，它标志着马扩在政治军事上成熟的程度。

诸葛亮著名的《隆中对》，在群雄割据天下纷扰之际就预见到以后三分的大概轮廓，用后来的历史事实来印证他的预言，一一如同符契。它是一个重要的历史文献。可以说马扩的这道奏札也是一篇军事上的“隆中对”。

第三十七章

[一] 苏东坡诗，有『惟愿孩儿愚且鲁，无灾无难到公卿』之句。

1

“两河三安抚”之一的刘韐与其他二安抚蔡靖、张孝纯一样都是干练的官员。他们基本上不依傍权门，或者出于权门的污泥而不染，或者还有勇气来和权贵们对抗。他们都希望做出一番事业，将来好在青史中留下个好名声。如果他们不是命运多舛，生丁末造，而生在太宗、仁宗的太平盛世，雍容华贵地当一名侍从宰执，或者既愚且鲁，无灾无难地做到公卿[1]，将来分别列入国史中的《名臣》《循良》《文学》《儒林》等列传中都是不成问题的。

可惜命运偏偏与他们作对，偏要在那多事之秋的宣和末季，把他们当作“边才”来使用，出任边境的地方长官。地方长官与政府宰执不同，后者登庸了几个月，施政不善，受到攻击，还可以引退，顶多不过是声名扫地。地方长官原则上是不许逃跑的，有了危险，谁肯来顶你的火坑？他们损失的不仅是名节声誉，还要赔上自己和家属的生命财产。边境地方长官是一块试金石，到了盘根错节的时候，所有长官的才干、操守、道德、品行都要放到这块试金石上去磨一磨，到底是真金还是一块冒牌的黄铜，终究要见出分晓。

宋、金战争发生了才不过一个多月，蔡靖的原形已经毕露。粘罕围攻太原之战犹在持续进行，使张孝纯受到严峻的考验。现在要轮到刘韐来受考验了。

三安抚中的“边才”，毕竟要推刘韐。蔡靖根本没有军事方面的经历，也没有出任过边帅，要他出任燕山路安抚使控制郭药师，本来就是件阴差阳错的事，一个历史的误会。张孝纯也没有军事方面的资历，他的“边才”好像是从天上掉下来的，从地面上突然冒出来的。不过目前太原保卫战的确打得有声有色，集合粘罕、娄室、银术可等许多名将的金朝西路军几次进攻，都被打退，气得粘罕眼中金星乱冒，一再发誓，非要在几天之内攻下城池不可！是张孝纯的“才”，还是他的“运”？因为他有王禀这样的硬帮手，完全可以因人成事，或者是他的“才”和“运”兼而有之，才能造成如此辉煌的战果。由于围城中缺乏具体的史料记载可以考查，这些情况已经不太弄得清楚。但有一点是肯定的，张孝纯确有一种“自我表现”的才，善于掩盖别人的“才”，因此张孝纯的“边才”“将才”“帅才”的声名才能洋溢于国中，成为一时的抗金英雄。

就中只有刘韐才是真正的边才，他有多年于役西军的经历，在军中做了不少有益之事，还促成了与青唐羌领袖臧征扑哥的谈判，他把两个儿子都带到部队去经受锻炼。这些作为表明他绝非那些到军队中来混功名、混资格的文员可及。他是看到了异日天下多事、希望懂得一些军事知识，将来可以出任艰巨，可算很早就有了投笔从戎、以身许国的思想准备。

第一次伐辽战争后，他在真定埋头苦干，训练了一支名为“敢战士”的部队。第二次伐辽战争中，“敢战士”已崭露头角。现在还有人记得那个“胆大妄为”的少年哨官，竟然巡哨到燕京城下，把一路所见的地形和辽军配备都画入地图，献给军部。那个姓岳名飞的军官就是刘韐培养出来的一名“敢战士”，可惜后来退了伍，不知流落何处了。一支军队只要有几个不平常的人物做出几件不平凡的事情，就能突出于其他许多并列的部队而取得好声名。

第二次伐辽战争以后，刘韐进一步训练和扩大他的“敢战士”，由于他过去的好声名，由于童贯对他的信任，也由于真定路地处要冲，他的工作受到朝廷的支持。在事权上不受掣肘，在经费上充分拨支，两年多来，竟训练成两三万人的大部队，这就怪不得要引起童贯眼红，千方百计想把它抓到自己手里去。

但是刘韐心里明白，这支军队的数量虽然扩大了，质量却大大降低了，真正发生了战争，能否担负得起国防重任，就很成问题。原因也像上面所说的情况一样，一支军队中只消有几个败类混迹其中，倚仗某种势力，破坏规章制度，带来不良风气，很快就会搅浑一缸水，使整个军队变质。

王渊无疑是破坏这支军队的罪魁祸首，他有童贯这座靠山，也有较高的官衔，在军中可以为所欲为。刘韐想通过他搞好与童贯的关系，结果反而变成童贯通过他来控制这支军队。可悲的是刘韐一手培植起来的李质也变质了。这个出身农民、一向非常听话的军官执行他的命令，不折不扣，雷厉风行，在士兵中有相当威信。他一旦有了权势，就慢慢暴露出贪婪的本性，凡是属于他势力范围以内的东西，绝对不容别人染指，而他自己的手却可以伸进别人的势力范围中去，后来甚至发展到安抚司也变成他的势力范围。“贪将可使”，读史书有得的刘韐，也可以闭上一只眼睛，假装什么也没有看到，假使他还可以使用。但是中山之役，李质没见到敌人的面就望风先逃，还撒了一个并不高明、一戳即破的谎话。事实证明，这个人无可使用了，这才使刘韐下了决心要请马扩来“提举四壁守御”之事。

马扩即事不久，就在军队中进行大刀阔斧的改革。对此，刘韐是默许的。刘韐虽然只授予马扩以“提举四壁守御”的权力，马扩却无时不在考虑出击金军、困扰斡离不后路的可能性。但无论战守或出击，都要依靠军队，如果军队的素质很差，根本无守御之力，那就更谈不到什么出击了，“提举”两字也变成虚话。因此刘鞈是支持马扩的改革的。

但是向来对马扩侧目而视的李质、王渊对此有不同的解释。主帅信任马扩，又在新朝廷上力保马扩“提举四壁守御”已使他们十分痛恨，何况马扩又把权力溢出于“守御”的范围之外，在军队中进行改革，居然侵犯进他们的老窝。这个他们岂能容忍？他们不断到刘鞈面前去告状诉苦，使得向来善于做调停工作的刘鞈也感到难以措手。

引起轩然大波的是马扩有一天发现王渊手下的一名军需官，在经办士兵伙食的账项下有贪污嫌疑。扣留查实后，予以革职棍责的处分。这件事本来就可以这样了结，不想这个军需官是李质的表兄弟，又是王渊的亲信，平日倚势横行，在军队中积有公愤。群众乘机揭发，有的说他贪污的何止伙食一项，历年干没的军饷为数不赀，否则哪来的钱在乡下买了数百亩好田，盖起五椽大屋？有的说他是王统领的铁算盘，三一三十一，二五添作十，给他一算，好处都归了上头，吃亏的就是弟兄们。还有人把他藏在伙食房里的一本黑账簿提出来了，账簿上清清楚楚地登上了他历年贪污的公款、军饷、军粮和杂项开支。这还不算，还有数字较大的几笔黑账，下面明明注着“三划头”“木字头”等叫人一看就明白的暗号。一经研问，他很快就招供出这些都是送李统领、王统领的礼。原来舞弊者心里也有一个想法：他贪污的数字不及王、李的十分之一，万一事情闹穿了，王、李还在台上，看了这笔账，自己肚里明白，谅也不敢翻面无情，把事情全摊在他一人头上。如果王、李也已下台，他可怜巴巴的一点数目，人家也不看在眼里。他只要反戈一击，尽输王、李的情弊，说不定还要给他记上一功哩！

马扩处于嫌隙之地，主观上并不希望把事情扩大，但对于王、李侵吞公款，克扣士兵肥己自利的行为也感到非常气愤，再加上事件的本身已经公开化了，很难包得住。他不得已，携带了黑账来向刘鞈汇报。

讲道德、讲正义、通读圣贤之书、绰有君子之风的刘鞈一看账簿，就明白马扩汇报的句句都是实情，当场激起了一阵义愤，痛责王、李，特别是李质表面老实，不想背地里干了那么多鸡鸣狗盗的无耻勾当。这等人如何还配统带军队？谅他们也无面目来见俺。俺明日就上一道奏章，把他们两个一齐都参了，削职遣回。

刘鞈是个正面人物，君子的刘鞈就是他的正面，那是可以曝诸光天化日之下，质诸鬼神而无所愧怍的。可惜他还有一个侧面，凡是涉及具体事务，特别涉及与他本人利害有关的事务，那个“小人”的刘鞈就会悄悄地上场。这个小小的“小人”的刘鞈是正面人物的君子的刘鞈命里的克星，它一上场，就会把君子的刘鞈全部的努力化为乌有。

古代有这样一个道学家，每天做了一件好事，就把一颗赤豆放进“功过格”中的“功”栏，做了一件坏事，就把一颗乌豆放进“过”栏。据说几个月下来，他的身心净化，乌豆逐渐减少，终于全部“乌有”了。这种“速成君子法”，简便可行，花的成本又不很大，可以试试看。不过，好事、坏事并不完全是以一比一的对等比例出现的，有时一颗乌豆可以把全部赤豆的颜色染得墨黑。它们还存在着质量高低以及互相转变等复杂的问题。这种计算法似乎有些简单化、机械化了。

刘鞈慷慨一阵以后，当他要具体地考虑怎样来处理这件公案的时候，一个“小人”的刘鞈忽然又悄悄地登场了，它扰乱了他平静的心境，加速了他的血液在脉管中的流速。他左思右想，一个一个顾虑接踵而至，使他难以做出决断，最后攒眉苦脸地说：“贤侄，这件事可不太好办！你且把卷宗留在这里，让老夫好好地想上一想。”

且看看，在那一夜中，他想出了什么神机妙算？但愿可以解除他的困境，拯救他的灵魂。不要让那一颗小小的乌豆染黑了全部赤豆，把他几十年来读书养气的全部努力都化为乌有。

2

靖康元年正月二十七日，真定府路“提举四壁守御”马扩按照常例，一清晨就上安抚使衙门参加这天的早衙。

这一天，东京城仍在斡离不大军包围中，但是大部分西北勤王军已经开进围城。也在同一个时间内，靖康君臣正在福宁殿讨论“出击”，最后决定由姚平仲率部于四天后的二月初一出劫斡离不的营寨，由于这一战的重要性加上种师道、姚平仲之间出现的矛盾，会议气氛十分紧张。这一天，太原城下仍有激烈的战斗。在这段时期中，唯独河北前线出现开战以来所未有的平静的局面，严格地说这时河北已不是宋朝的前线而在金军的后方了，因为金朝的东路军早已越过河北，渡过黄河，现在除燕山府仍有完颜乌野也率领的小部女真军和常胜军驻守外，燕山以南，并无金朝军队，过去攻陷的城池也都自动撤退了，让宋朝的军民收复。特别从中山到真定一线，秩序恢复，道路畅通，似乎危机已经过去。乱后复定，定中犹乱，选择这个时机来进行政治阴谋活动，利用大家心里都不大安定踏实的时候浑水摸鱼，做了再说，将来也未必会追究后果，这确实是一个千载难逢的机会。

马扩来到安抚使衙门时，出乎意料的是王渊、李质两人也早到了。由于昨天发生的一场风波，事情正待安抚使发落，犹未了结，见了面，彼此都无话可说，冷淡地招呼了一下，各自落座。

另外一件出人意料的事情是以治事勤敏著名的刘韐，一向总是准时或者比规定时间更早地坐在自己座位上，今天却迟到了。在所有的属官、幕僚到齐以后，他还没有出衙。

马扩发现自己的座位恰巧又是两个月前他来向刘韐请求收编义军而遭到刘韐峻拒那次给他安排的座位。这个座位距离安抚使本人的座位较远，而安抚使本人的听觉又不甚灵敏，使他难以与他打话。这个座位的安排仅仅是由于巧合，还是别有原因？这使马扩感到一阵隐隐约约的不安。

刘韐终于出来就座了。他的容色憔悴，神情不定，两眼通红，似乎是熬了夜的样子。马扩一面随同大家行参见之礼，一面心里想道：“莫非子羽在外公干回来了？父子深谈，一宵未眠，怪道他的面色如此难看！如今京师被围，西兵已勤王入援，旦夕必有大战！未知胜负如何，又太原的攻守剧烈，王总管无恙否，都教俺思念得紧。子羽此回必有以告我。”

行礼已毕，大家落座，刘韐忽然用了颤抖的声音，问一句今天有何事商量。这原是一句照例的话，他说得却不正常，不但声音，而且连双手、胡子都一齐颤抖起来，他的眼睛一会儿朝手下的僚属看看，一会儿朝王渊、李质那个方向看看，最好是大家没话，他袍袖一拂，宣布散衙，天下太平。

不过此时再要祈求太平已嫌太晚了。那壁厢只见王渊从座位上站起来，趋向他的案前，从怀中掏出一封书信呈上案儿，口中高声道：“金寇犯顺，安抚一再嘱咐加强地方巡哨，防止宵小活动。卑职遵嘱，昨夜派了队官王俊在城厢巡逻……”这话先就有了毛病，城厢内外的巡哨，应该是提举守御马扩主管的工作，如何由他越俎代庖地管起来，还热心地向长官汇报，大家的眼睛里出现了这个疑问。他不等有人发言，很快地接下去说：“深夜三更时分，王俊忽见一名行踪可疑之人，在北关城门，徘徊不去，意图偷越。王俊上前去截住那人盘问，他心慌意乱，言语支吾。后来从他身上搜出这封书函。卑职看了，事关重大，特呈安抚过目。现下人犯已带至衙外，王俊也在此候审，听安抚发落。”

刘韐从案儿上取出书信来看，他只大约上上下下地瞄了一眼，就把书信掷在地上，发怒道：“马子充，本使一向待你不薄，以国土相期，委你提举城守之重责。不想你狼子野心，居然与斡离不通起款曲来，约期献城。卖国通敌，想要陷害真定一路百万生灵。幸得王总管麾下队官截住来使，阴谋败露，不然真定殆矣！如今证据俱在，你还有何说?”

“通敌卖国，约期献城”，这个莫须有的罪名，像焦雷一样打在马扩头上，使他也不能自持了。他当时又惊又怒地拾起书函来看，忽然一下子明白了，刘七爹、赵大嫂多次警告他有人要阴谋陷害他，今天果然爆发了。他冷静了一下，申辩道：“马某虽因职事与斡离不相识，从未通过片纸寸札。如今日夜练兵，正为了要加强城守，御退敌寇。献城之说，从何而来？岂不可笑！且凭斡离不的一封信就要坐实马某通敌之事，安知不是他的用间，或有人诬陷所致，怎能使马扩心服？请安抚明察。”

“禀安抚，”这时李质得意扬扬地呈上一叠信封信笺笔迹黑色完全相同的信，口中说道，“卑职得知马扩通敌，怕他阴谋败露后，回家毁证灭迹，趁他来此早衙之际，派人去行馆提了他的行箧，又搜出这几封信。信中不是写得明明白白，他献出城池，斡离不就封他为常山郡王。罪证确实，岂容狡辩？安抚早早发落了，免得

[1] 指刘韐的儿子刘子羽，当时的官差是『提举浙西市舶司事务』。

生变！”

马扩又大声申辩道：“你们趁马某不在之际，搜出书函，明系陷害，栽赃诬赖。这种书信，岂能做证？”

“你自己做出这等没出息的事来，有何人诬陷于你？”刘韐道。

马扩一时气愤，就顶撞他道：“扩与会嗣提举[1]不足，众人共知，安抚岂可因小儿子潜诬，欲加罪马某？”

“渠在河东公干来回，不干渠事。”

“昨因军需贪贿之事，涉及李质、王渊两人，告到案前。此必李、王二人挟嫌诬陷。安抚岂可不察？”

“马扩通敌，罪证确实，还要血口喷人！”王渊不待刘韐的命令，径自下令道，“来人啊，快把这个叛国通敌的逆贼捆上，休叫他逃脱了！”

一群早在事前埋伏好的刀斧手从两侧耳房中拥出来，把马扩捆上。李质又进一步威胁刘韐道：“马扩外通金寇，内结乱民，正图里应外合，把真定府献给斡离不，罪不可逭。且马扩乃安抚之故交，众人尽知，这番来真定主持城守，也是安抚一力保举。疏远旧人、引狼入室，如今士卒闻讯，汹汹欲变，只怕顷刻之间，就要祸起萧墙。主帅不如按照军法通敌者斩，立将马扩明正典刑，庶几可以免祸。”

“李钤辖言之有理，这等乱臣贼子，不把他斩了，还要等什么？”王渊、李质一吹一唱，李质刚刚提出军法处置，王渊就代刘韐发令了，喝声刀斧手把那“里通外国的叛贼马扩推出门外，斩讫报来，不得有误”。

刀斧手一拥而上，就要把马扩推出去斩首。马扩站住不动，大呼道：“今日之事，明系诬陷，你们众位都看清楚了。”对王、李之徒，已无可理喻，他大声地责问刘韐道：“刘安抚你身为方面大员，须要遵守朝廷法度。安抚斩人，须责文状，待朝廷准了，方可执刑。你莫不是看到胡骑围攻京师，把朝廷看轻了，胡乱杀人，异日如何向官家交代？”

一句话提醒了刘韐。

在这半刻钟的时间里，刘韐既抹杀了良心，也丧失了理智，说了许多违心的话，做出一些丧心害理的事情。当时他唯一害怕的就是李质威胁他的兵变，他不得不相信别人强迫要他相信的话。只有马扩说的这几句话才使他恢复了一点理智。别的不谈，单从朝廷的法度来说，要杀像马扩这样一个有名望、有地位的官员，不具备一定的手续，如何行得？王、李可以逞一时之威，为所欲为，草率用刑，这责任最后还是要落到他头上，他不得不考虑其后果。

他制止了刀斧手的行动，用着老年人的颤抖的但还是有着安抚使的威严的声音发令道：“尔等且退！先把马扩与那使人关进牢狱，待本使具奏劾治，听候朝旨发落。”然后他吩咐主管司法部门的长吏道：“这干人犯都交付与你们了，未得朝旨，不可对马扩擅自动刑，否则唯你是问。”

王、李阴谋得逞，只有最后的一段，未能按照他们的事先计划先斩后奏，心怀不满，悻悻而出。

这里司法长吏执行了刘鞈的命令，把马扩押进牢狱，成为真定路军巡院监狱中的一名囚徒。

3

军巡院与提刑司是一而二、二而一的司法机构。它们同属于司法行政系统，不同的是提刑司所属各级单位都是常设机关，审理一般刑名案件，军巡院则是临时设置的机关，审理有关政治案件与犯罪的官员，凡是“置院根勘”——在军巡院内成立专案彻底审问明白的，一般都要由朝廷特旨规定，性质比较严重。

在朝旨下来以前，先把马扩发往军巡院监狱。由于军巡院没有自己专设的监狱，实际还是关在一般的监狱里，加上院狱之名，目的也无非表示马扩是个重要的政治犯，要加意防范。加意防范可以从两个方面来理解，或者予以优待，防止犯人瘐死狱中，或者严刑拷打，让他吃到比一般囚徒更多的苦头。

刘韐是预防到王渊、李质要使出毒手，买通狱吏，杀马扩以灭口，特别关照了不可擅自动刑。这一招又是他良心发现的表现。其实用不到他关照，马扩在狱中也会受到优待，这是公道尚在人心的缘故。

原来王、李两个一来要泄平日之愤，二来急于自救，今天在安抚司大堂上匆匆忙忙排演的戏，演得漏洞百出，拙劣异常，明眼人一看就知道他们是蓄意诬陷马扩，而安抚使本人受到他们某种挟制，不得不这样做，别人也看得很清楚，并且深有反感。

王渊、李质两人平日在地方上声名狼藉，素有“贪将”与“淫棍”之称。特别王渊来真定还不到两年，就巧取豪夺搞了六七个小老婆，其中有两个民家少妇、一个小家碧玉，还有一个部下士兵的妻室，都被他以财势霸占了。那士兵不甘妻室被夺，告到李质那里，不料他两个狼狈为奸，反而办了他诬陷长官的罪名，发配沙门岛去填大海的眼。因此真定的老百姓人人切齿，正因为要对他们表示仇恨，大家就倾注同情于马扩。这不但在老百姓中间，即使平时也要在老百姓身上敲点竹杠、占些便宜的各级司法官吏，上自提点刑狱公事、推官、司理，下至孔目、节级、狱吏、禁子等人，对待这件公案也都是是非分明、爱憎分明的，他们憎恶王、李，同情马扩，一下子就在刑狱中形成共同的舆论。

宋朝行政制度的优点之一，是地方上的财政、司法都自成系统，具有相对的独立性，不受地方长官掣肘。它们的长官转运使提点刑狱公事称为监司，不但不受地方长官干涉，反而赋有监督地方官的特权。王、李的手臂虽长，却伸不进监狱之门。马扩入狱时，王渊、李质竖眉瞪眼、恶狠狠地关照这是叛国通敌的要犯，一定要戴上脚镣手铐，头颈上还要套一面三十斤重的铁枷。刑狱官吏唯唯诺诺，等他们一走开，就把马扩的刑具都松开了，还让他住进一间打扫得干干净净的单人房间，一般有床铺桌椅，床铺上厚厚地垫着新稻草，正月严寒中倒也不会受冻。

所有这些，都由一个上了年纪、一脚微蹩的老禁卒替他安排好，只要看到他在一把乱胡须中间露出来的笑容就知道他是充分同情马扩的，而他的行动也受到典狱吏员的支持，或者至少没有妨碍他，因而壮了他的本来并不很大的胆子。那天在典狱官的默许下，他还陪着马扩在狱里走了一圈，到处看看，仿佛马扩不是一个囚犯而是一个访问者、参观者。

比较起其他囚犯，往往是十多个人挤在一间比他的房间大不了多少，用碗口粗细的木栅拦起来的牢房，马扩的住处自然是天堂了。他们有的戴着脚镣，有的还可自由行动，都算是一般的囚犯，至于那些重犯号关在暗无天日的地下室中，求生不得，求死不得，那才是真正的地狱！马扩那天刚进来，还来不及去看地下室。

牢狱里的消息特别灵通，马扩刚进来不久，犯人们已经知道他的姓名、身份和关进来的原委，大家纷纷议论开了。马扩和那老狱卒走过来时，他们都从木栅缝里探出头来看，已经失去光彩的眼睛里仍然毫不含糊地流露出敬佩和同情的神情。有的试图和他谈话，有的向他点头示意。长期的监禁生活，并没有使他们失去人类最基本的爱憎，这使马扩受到很大感动。

每天上下午都有一次放风的时间，轻犯号被允许从笼子里放出来在院子里散步一刻。他们都拥到马扩的房间里来，或者挤在门外，与他说话。那老禁卒和其他两个看守都佯作不知，不加阻止。这些囚犯是走来向马扩致敬的，有的表示愿意为他服役，有的告诉他狱中有哪些不可触犯的清规戒律。没等那两个看守走远一些，有个气度不凡，即使在监禁中也不失为容貌堂堂的热心的囚犯就向马扩介绍狱吏的情况，他说这个老禁卒徐信和他兄弟徐义都是老好人，大家有事情都托他们去办，那两个看守也还算通情达理，但也有几个凶的狠的狱卒，动不动打人骂人，以酷刑相威胁。他看到马扩仍是一副挥洒自如、目无长官的样子，不免替他捏一把汗，善意地指点他道："在狱中自然以狱卒为首，多少拔山举鼎的英雄好汉也吃不住他们用刑罚日夜来磨。俺说马廉访呀！你既然到这里来委屈几日，不免要随和一些，省得吃眼前亏。"

马扩十分感谢难友们对他的友好的访问和善意的指点，特别是这个热心人，态度十分诚恳，马扩后来知道他姓巩名仲达，本身也是一条好汉，仅为一点细故，已吃了三年冤枉官司，囚犯们个个敬重他，大伙儿都称他为巩大哥。马扩此时感到虽失去自由，却从他们的同情和友好中获得了补偿。

在牢狱中的第一个夜晚好难熬呀！马扩百感丛生，痛彻心扉。过了两三天，他的气恼、悲愤和火性才渐渐平复下来，转入冷静的考虑。他在那些终夜反侧的思索中，也想出了一些好点子，只是苦于找不到一条可以与外面通消息的线索。他几次想从那老禁子徐信身上打开缺口，他照例是从乱须子堆中露出一口令人难忘的笑，然后做出一个用两只手掌用力向下压的姿势，表示要马扩捺下性子耐心等候。

等候是没有底的，在牢狱中，如果没有找到与外面通信的线索，那真是一个英雄无用武的地方。他索性不去想它们了。每天除了睡觉，就是在那个小范围——自己的小房间和那条两头都被用木栅门封住的走廊里走来走去。牢狱四周都是高达十丈的风火墙，把太阳光都挡住了。马扩记得他关进来的那天太阳特别好，现在却只能在正午的一刻，阳光完全垂直的时候，才看见它在牢狱的院子里投下一抹炫目的光亮，它很快就要缩回去。马扩利用了他的特权，总是走出房间，跑到走廊上来看看，心里想，如果能把这道太阳光捕捉住，装进一只瓶子里，要用的时候就放出一点来，那就好了！那种想法当然是毫无意义的，现在无论是它——那一道阳光，无论是她——他的妻子亸娘，都只能在他心头投下一瞥闪闪的金光，他要捕捉它，它就从他的手指缝里滑走了。

在失去自由的日子里，越过了千思万想、头脑十分活跃的初级阶段，现在他冷静下来了，不再去胡思乱想。这时有两种本能在生活中占了重要的地位。

一种是他希望说话，他找一切机会与人说话，与难友，与那一把乱须子的老禁子徐信，与其他善意对待他的狱吏，与巩大哥说话。巩大哥在狱中似乎也享受一部分特权，常有机会来找他说话。即使这样，他能够得到说话的机会还是不多的。除了睡觉以外，一天中总有四分之三的时间独自枯坐，或者在小房间里兜来兜去，那总共不需要走七八步路就可以兜过一个圈子，这样一天中他不知道要兜几十个、几百个圈子还不肯歇下脚来。他是想用兜圈子来代替说话。在那些时候，他倒有点羡慕起大牢房的难友来了，他们即使受到种种限制，说话的自由要比他多得多。

另一种本能是吃。马扩平日不讲究吃喝，一向马马虎虎，塞饱肚皮就算。在西北战场上，两三天里没有一点吃喝、干饿着肚子的日子也熬过来了，唯独在监狱的那一段，他想吃想到十分不正常的地步，他想吃得多，还想吃得好。每次，那为他个人“馈食”的老禁子徐信送饭来以前，他老早就热切地盼着了。一提篮酒饭送来，他从床上一跃而起，马上揭起篮盏来看看今天送来的是什么，对不对他的胃口（其实在那些日子里，一切可以进口的东西，他都喜欢吃，根本不存在对不对胃口的问题），够不够他吃（他的胃口奇怪地膨胀起来，多少东西吃下去，只感到还填不满他的食壑）。提篮里要是有一碗红烧东坡肉，那就等不及把碗放上桌子，两只手指一钳，就从提篮里直接钳进口中，一面又在懊悔，这一块，没有好好嚼出味道来就吞下去，未免可惜了，剩下的三块，一定要慢慢地、细细地咀嚼才好。

其实，监狱里的伙食房没有亏待他，肉是每餐都有的，还有汤汁、包子、烙饼、酒，给他送的分量也比一般囚犯多。头两天，他出于一种同情和恩赐的心理，把自己吃不完的东西都送去给难友们分食了。后来送来的东西并不减少，但他能够转送请客的却越来越少。以至有一次，因为送去的太少了，分“赃”不匀，引起难友们的一场打骂。

牢狱的作用除禁锢人的自由外，还要摧毁作为人的尊严性。马扩虽然是个英雄人物，但他仍然是人而不是超人，他有别人难以做到的种种优点，但也具有普通人都有的共同的弱点，在那牢狱的环境中，他也很难保持作为一个人的尊严。

4

马扩入狱后的第九天是靖康元年二月初五，那一天是太学生陈东等领导东京二三十万军民叩宣德门向渊圣皇帝请愿之日。这是具有历史意义的关键性的一天。当然，在当时的条件下，这个消息，一时还无法发往外地。即使距东京不远的真定府也不可能知道当天在东京的围城中发生了什么重大的事件。

那天在真定府的监狱里倒也热热闹闹地过了一天。相传二月初五是狱神的生日，各地监狱里都要设醴酒香烛祭祀他老人家，并座受祭的还有他的老夫人狱神娘娘。在禁的囚犯们叨他们两位之光，也可以痛快地吃喝一顿，因此囚犯们都把这一天看成为自己的节日。元宵刚过，他们先就性急地盼望起来，从他们放在心里、永远不会弄错的日历里把难熬的日子一天天地划掉，终于盼爹盼娘盼亲人似的盼到了这一天。按照规矩，在节日里，狱吏、看守都不许打人、骂人，他们索性人情做到底，把几间牢房的木栅门都打开了，让囚犯们临时布置起一个大家会食的场地。大伙儿都席地而坐，只有几个年轻力壮的往来搬运酒菜。他们一面搬运，一面警告，在所有的人统统入席之前，不许擅自动筷，否则就罚他出席。那是在当时的情况中最最严厉的处罚了。囚犯们宁可再多关三年，也不愿被罚出席。

酒菜是丰盛的，用他们的眼光来看，四只大口径的洗面木盆中满满地盛着大荤小炒。猪肉、羊肉、牛肉、马肉、驴肉，红烧的、白切的、清炖的一应俱全，而且混放在一个木盆里，也分辨不出是什么味儿。只是尊重有些人不吃牛肉的习惯，把牛肉另装在一个木盆里。酒是盛在大木桶里的，那一对大木桶，往常由那位老禁子徐信挑着去滹沱河边挑水，今天拿来装酒，两只桶足足装一百斤水酒，尽够大家喝个爽快了。

受到大家尊敬的巩大哥是会食的当然组织者和主持者，他指挥得井井有条、忙而不乱。等一切安排好了，他提议把他们尊贵的客人马廉访也邀请来一起参加会食——在他们的心目中，马扩还是并且永远是一个客人。但肯下这样的邀请书，而且有把握一定可以请到，这是对马扩很大的信任。而马扩也早跃跃欲动，不待巩大哥走进单身房，他先搬着自己的一份酒菜，跑来和大伙儿一起吃喝了。

多了一个客人，会餐的最初阶段不免有一点拘束，规规矩矩地敬酒，客客气气地干杯，大家苦于找不到一些摆得上台面的话来应酬，场面有些冷落。但这个阶段很快就过去了，三大杯落肚，肠热耳红，大家的话多起来，这就一发不可收拾。不久，有人纵声怪笑起来，笑得声震屋宇，把椽子上的积尘都抖下来，簌簌地落进菜盆，仿佛浇了一层胡椒面；也有人失声痛哭起来，连哭带诉，把他自己的以及祖宗八代所受的沉冤大屈一齐哭诉出来，哭得回肠荡气，绕梁三日，简直停不下来。这两种失态的行为，被他们的同伙连劝带吓地制住了。虽然监狱中谈不到人的尊严性，但在某种正规化的场合中，他们也要相互勉励、相互约束，尽可能地保持常态，不让人的品格和自由一起泯灭无余。

然后，他们集中在一个话题，这是在狱中大家最感兴趣、常常要谈到的话题：如果他被释放出去，恢复了自由，他将要去干什么？这个问题的答案本来就是多种多样的，有的十分荒唐，有的非常沉痛，有的简直是匪夷所思。例如有个年过半百、已曾多次光顾府狱的囚犯说，他进来了出去、出去了又进来过多次，这番出去还是要干他的老本行。马扩问他老本行是什么，大家一齐笑起来，代他回答道："白日撞，白日撞[1]。"原来白日撞不但是他的职业，还取代了他的姓名，久为大家公认，恰巧他又姓白。白日撞就白日撞，他既没有其他的手艺，又缺少飞檐走壁的本领，大半生都在真定城内外混，街坊里巷，城乡道路，无不熟悉。真定万户居民中，他至少光顾了一半以上，这样的一块料，你不让他"白日撞"，又叫他干什么？

他说得十分坦率，因为当时还不时兴向狱吏打"小报告"，他并无被人出卖、罪上加罪的顾虑。

还有个青年囚犯，他是在男女关系上被囚系狱的，这回是痛改前非，回头是岸。他准备出狱后，自己阉割了，卖身进宫去当一名内侍，拼着断子绝孙，也为自己和父母挣得一口饭吃。弄得好，做到了童贯、梁师成的位分儿，还可以买田买地，光宗耀祖。不过这行当，目前都被宫廷大内监的侄儿、外甥、亲戚朋里包办了，找不到门路的，白白断了子孙根，也混不到宫里去。

不过军兴以来，大家的论调有些改变了，答案趋于统一化。今天马扩再提出这个问题来问，除上述的两位以外，巩大哥首先表示愿追随廉访出去攻灭金贼。这是一句上得了台面的话而且符合大家的心意，大伙儿一齐哄然跟进。最后连白日撞和那候补内监也都改变论调，表示愿与大家一致，攻打金贼。

在这里，没有人想欺骗别人，更不愿欺骗自己，也没有人想到这种表态性质的

[1] 一种白天撞入人家，假装走错了门户，一有机会就偷点东西的低级的贼。

言论可以为自己捞到多少好处。他们学到一句上台面的话只是想把自己修饰得更加像样些，并无虚荣感，他们说愿意参加抗金，那就表明他们真正想出去攻打金寇，那回答是真诚的。这一群失去了自由，甚至也失去部分人性的人，却没有丧失做人最基本的是非观念和爱国热诚，没有丧失一片赤子之忱。

这一餐吃得过瘾，喝得痛快。马扩感觉到他已经喝得过量了，他从来没有喝过这样多的酒，兀自支撑不住。他要站起来，向同席告辞，离席而去，他的腿和嘴都不听使唤了，喃喃地不知说了些什么。巩大哥看他沉醉，就与一名难友搀扶他回进房内床上睡觉。

二更初过，马扩迷迷糊糊地从醉梦中醒来，耳边犹自萦绕着难友们酗酒猜拳、吆五喝六的声音。那不是幻觉，那壁厢，会餐还没有结束，似乎有延续到天明，把这个狱中的狂欢节充分使用，不留一点余地的趋势。谁知道明天的日子又是怎样的日子？这时马扩的酒已醒了一大半，他侧耳听听，似乎自己的房里也有些声响，他坐起半个身体，剔亮了油灯，发觉在他床铺面前的椅子上坐着一个人，他那瘦长干瘪的身影，被灯光投在壁上，竟像一根枯树干。

“刘七爹！”他惊叫起来，“七爹，你把俺想苦了，怎的到今天才来看俺？”

刘七爹“嘘”的一声，制止了他的带着大动作的叫喊，再指着坐在床脚边的一个身影，说道：“廉访你看是谁来看你了！”

“侄儿，你也来了！”马扩禁不住又是一声惊呼，然后把亨祖紧紧搂在怀中。这时亨祖只有抽泣的份儿，再也说不出一句话。

“奶奶可好？”

他点点头。

“你娘和赵大娘可好？”

他再一次点点头。

“你的婶娘可好？”这一问他显得特别紧张。亨祖第三次点头，禁不住失声哭出来。

“你叔叔问婶娘可好，你回答呀！”

“婶娘病倒好了，只是还不能起床。”

马扩点点头，绷紧的弓弦放松了。他再问亨祖：“叔叔这次出事，奶奶和婶娘她们可都知道了不曾？”

“山寨中人都知道了，赵大娘也知道了。大家小心不让奶奶婶娘知道。”

马扩点点头道："这才是了。"然后又搂紧了他，不断地抹着他脸颊上的眼泪，又摸摸他的头，把他当作七八岁的小孩。半晌才把他推开去，问道："这回，你怎的跟刘七爷爷来？可得到赵统领的将令？你现在是山寨之人，就要按山寨的规矩行事了。"

"侄儿都省得。侄儿此来是奉赵大叔之命跟随刘七爷一起来看三叔的。"

然后刘七爹接下去解释他们此来的任务。马扩被扣的消息，山寨中第二天就知道了，当时群情激昂，大家都求赵邦杰发兵来救。赵邦杰也着急非凡，每天派两三起探子进城来打听消息。后来知道马扩已关入牢狱，形势较缓，拿不定主张怎样来救他，特派刘七爹进城来和马扩直接见面，商讨营救之计。

这时马扩的头脑已经非常清醒，他先问："营救小弟，赵大哥之意如何？"

"赵大哥也是这个主意，营救三弟，如要使用金银，山寨中倾家荡产也在所不惜。如刘韐冥顽不灵，只好发兵攻城，迫使刘韐交出三弟来。"

"此事不可。"马扩毅然制止道，"七爹明日就上山去说与大哥知道，义军一出，必与真定军火并，金人虎视眈眈，正好予他以可乘之机。再则李、王之徒，也可借此口实，杀害小弟。发兵之议，断不可行。小弟意，目前刘韐已上奏朝廷，非得朝旨，绝不敢擅自相害，此事已是缓了。为今之计，七爹先与这里的法司打好交道，嘱他们暗中保护，休让王、李做了手脚，静候朝旨，再为营救之计不迟。七爹与亨祖回寨去，先要稳住了弟兄的心再说。"

"此间之事，俺已有打点，好教廉访放心。"说到这里，刘七爹的神情又焕发起来，"王渊、李质一定要把那个假使人引渡回去，意图杀人灭口。周推官、董司理都听了俺话，严词拒绝，昨夜审讯了，此人果系李质的亲信，李质派他冒充金使，说事成有赏。周推官先把这一节瞒住了，只等朝廷派人来审理此案时，和盘托出，必能水落石出，为廉访昭雪。俺昨已托了他们两位暗中保护三弟，他们都一口答应，谅无意外。狱中之事，俺也有所嘱托，那个老禁卒徐信是俺知交，尽知原委，廉访有事只管交代给他就是。"

他们三个又谈了多时，刘七爹把一切都交代清楚了，才携着亨祖的手，拜辞而出。他看看马扩还像有什么不放心的，重新又回身进来说道："尊嫂之病，日见起色，三弟出事后，俺又去过一次，神气极好，勿药可期。况家中有你赵大嫂主持一切，那头之事，廉访休再挂心了。"

马扩点头称谢，目送他从从容容地走出牢狱，回头又嘱咐徐信几句话，两个看守见他走来，急忙持钥开锁，打开大门，态度十分恭敬，好像是他家里的仆人一样。马扩这才想到刘七爹的公开身份，正好就是这里军巡院的掾吏。当初张大哥、赵大哥派刘七爹来与他联系，莫非已预见到有今天之事？他们为他想得如此周到，而张大哥阵亡，他没有尽到保护的责任，今天又累得赵大哥为他如此操心，心里不禁十分感愧。

二月初五陈东领导的宣德门伏阙上书之举挽救了危险万分的东京围城，为宋王朝投下了一服续命汤，功在天下。

“伏阙上书”也挽救了马扩的生命。原来王、李之徒，歹毒非常，一心要钻法司的路道，趁局势纷乱杀死马扩，以绝后患。刘七爹和马扩都把事情看得简单化了。官场中的正义感和同情都是有限度的，不能估价太高，事实上，在那旬日半月之间，马扩随时都有被当作交换品出卖的可能。幸亏宣德门事件救了他。从二月十一日起，斡离不大军开始北撤，朝廷危而复安，真定的司法部门才不敢曲徇王、李的嘱托，暗害马扩。不久，朝旨下来，委深州兵马曹毕蟠至真定“根勘”马扩通敌一案，这件冤狱才算转入正式的审理阶段。

那是一个多么漫长的过程呀，在那几个月中，又发生了多少天翻地覆的变化！而马扩只好寄身在铁窗之中，按下一颗热辣辣的心，等呀等呀，要等到何年何月何日，才得结案？在这几个月中间，马扩感受到自己的头发已白了几茎。

5

战争以来，或者说得正确些，自从马扩把战争即将爆发的消息带到家里以来，巨大的不幸，好像六月里的闷雷一样，一个接着一个，连续打在马家头上。无论在保州、在真定、在太原附近的榆次县、以后在西山山寨、在五马山寨，只要马家的成员走到哪里，经过哪里，那闷雷就像踏着风火轮跟踪追迹，不等马家的人驻下脚来，就“轰”的一声，把一个盛满了灾难的火药包投到他们脚边，非要把他们一个个都炸得粉身碎骨不可。他们的灾难随着战争的开始一起开始，随着战争的深化一起深化，以后战争结束了，他们的灾难却没有随着战争的结束而结束，反而成为战争的后遗症长期存留。

描写战争的可怕，因为它是真实的。真实的东西就应该记录下来，成为历史的文献，成为一个国家、一个民族的经验教训。战国时期，宋人发明不皲手之药，只用来预防冻疮，有人用于军事，却导致了一场战争的胜利。[1]历史留下来的经验教训对于人类生活都是有益的，或大用或小用，或正用或反用，要看你怎样去运用它。

描写战争给人们带来的灾难，描写它的可怕性，不是叫人害怕战争，逃避战争，而是为了揭露和谴责战争的制造者、发动者，也使人懂得战争是躲避不掉的，如果有人一定要发动它，那只有勇敢地迎待战争，以自卫反击的手段来消灭战争。

十二月初，亸娘一场因流产而引起的严重的病，就是战争开始后，落在他们马家第一个不幸的后果。

亸娘并不害怕战争，军人的血液在她血管中涌流。不但父亲，她父亲的父亲，祖父的祖父，世世代代都是军人，她就是在这个军人世家以及军队的环境中养大的。她习惯战争生活甚于习惯其他的任何一种生活。可以说，如果战争打到她的家门口，她就会毫不犹豫地拿起一把刀，冲出去，找一个敌兵，与他拼个同归于尽。那对她绝没有什么困难。

使她惴惴不安的并不是自己的命运，而是丈夫的和腹内的小生命的命运。与丈夫怀有的那种不祥的预感一样，与丈夫分手以后，她同样也预感到以后可能再也见不到丈夫了——这肯定不是一个出身军人世家的妇女的思想状态，她自己也知道这个，竭力希望以婆母（她难得提到活着的丈夫和死去的儿子们）、以大嫂（她好像

[1] 宋国人发明的一种药，涂在手上，冬天洗衣服时皮肤不会裂开生冻疮，这个药方被人买去，用来涂在士兵手上，士兵打赢了一场在冬天进行的战争。（见《庄子》）

想也没有想过早已阵亡的丈夫，并且乐于把遗腹的儿子贡献给战争）、以赵大嫂（她是要照顾他们一家人而放弃与丈夫在一块儿的机会）为榜样，她承认她们都是对的，是她的好榜样，但她做不到、学不到。

那种日久悬念、无时无刻不在惴惴不安中的精神状态就是引起流产最直接的原因。

真定名医带来的一囊草药，刘七爹带来的几颗"安胎养气丸"，都起了良好的治疗作用，但是真正把她从死亡圈子里拉回来，奇迹般地把她以及腹中的胎儿一起保留下来，还不光靠草药和丸药的作用，而主要是依靠她本身产生的一个强烈的信念：她要活下去，她要留着自己的以及小女婴（好像得到什么启示，她相信这次她生下来的一定是个女婴）的活泼泼的身体迎待丈夫，以防万一能够再见到他的时候，作为最好的礼物和安慰送给丈夫。

这个异常坚定强烈的信念，使她能够忍受一切痛苦。特别在那夜里，她服用了大量下血的草药后，鲜血直淌，把一条被子都浸在血泊中，谁都以为她逃不过这一关，至少胎儿一定要跟着下来了。她却拼足气力，不让那胎儿跟着鲜血往下滑。她在自己的幻觉里好像看见有一场拔河比赛正在激烈地进行，一方面是把胎儿用力往下拉，一方面是把胎儿拼命往上提。她昏厥了，在昏厥中说了许多呓语，在病床旁边的人只见她口唇翕张，喃喃说话，不知道说了些什么，她自己却听得清楚，她是在说："提啊！用力往上提啊！再用一把力，就要胜利了。"

她果真胜利了，胎儿没有随着鲜血淌下来，她自己也从死里逃生。但她已经筋疲力尽了，她的鲜血流干了，还有浑身淌不完、揩不干的汗水，不消一两个时辰就把几层衣服都浸透了。她悠悠忽忽地一口气回转过来，脸上忽然露出一个胜利的微笑，它代替了说话、感谢和表白。她心里还在想着：这下可好了，子充他要回来，对他可有个交代了！

不过把胎儿保下来，自己起死回生，还只是胜利的一半。一个多月过去了，亸娘的恢复十分缓慢，她仍然躺在床上，无力着地行走，她每夜仍要淌出不少虚汗，有时在睡梦中呓语绵绵，醒来后一副神不守舍的神气。碰到这种情况，必须睡在她房间里的赵大嫂起来，轻轻地拍着她，揉摸她的胸口，小声地安慰她，才能使她安定下来。

她还不太听话。

流产或产后的妇女最忌惊风受寒，她发病后，赵大嫂早把房里所有板壁的隙缝都贴上了双层桑皮纸，门户、窗户里外都挂上了棉帘子。饶是这样，西北风还像个顽劣的野孩子，一有机会，就要闯进禁区，耀武扬威一番，弹娘看到赵大嫂那种手忙脚乱或者一步赶到门口，把门儿紧紧掩上，或者一步赶到炕床边，把自己当作一张屏风使用，挡住了风的样子也禁不住笑了。她自己是高兴吹到一点风的，房间经常关得严严密密，像个闷罐儿似的。鼻管里只闻到一股当归炖鸡的味道，把她憋得苦了，只想有一天来一场大台风，把门儿窗儿吹得大开，桑皮纸都吹裂了，四面八方都有流通的风，这才痛快咧！

有一天，她吵着要换衣服。多日来，衣服被汗水浸透了，全靠被子里的体温把它烤干，烤干了又被新的汗水浸透，这样反复多次湿了又干、干了又湿的衣服，弹娘实在受不住了，一定要求给她洗洗身体，换一身衣服。赵大嫂拗不过她，只好替她洗换。这份工作基本上是在被底下进行的，不过赵大嫂还是看见她露在被外的肩膀和背脊，那简直是一张白纸，比糊板壁的桑皮纸还要白。赵大嫂帮她脱下衣服时，被底的手触到她的瘦而干瘪的胸部。她双手一缩，挡住了赵大嫂的手，不禁红一红脸，不过这是没有血色的羞怯，“唰”地一下又恢复了雪白。然后赵大嫂又触到她身体的其他部分。她病前丰腴美丽的肉体哪里去了？她的血肉全部被吸干了，这里剩下的无非是一层薄皮包着的隆起、突出、张开的骨架，好像一手就可以把她抓起来。看见她这副瘦骨嶙峋的样子，赵大嫂不禁流下泪来。赵大嫂的眼泪可是悭吝的，当范麻子那帮暴徒把她吊起来打得皮开肉绽的时候，她也不曾掉下一滴眼泪呀！这时她心中想到的，她曾经发誓要保护他们的家，保护弹娘，如今这个样子，她怎么向三弟交代？

正当弹娘艰难地、一点一滴地夺回她的健康、收复她的血液和脂肪的时候，忽然从山寨中传来了马扩被关进牢狱的消息。赵大嫂第一个反应就是把消息严密地封锁起来，不让马家任何一个人知道。

不过，保州、真定相距不远，像马扩这样一个重要人物出了事总是有人会把消息带到保州来，在马家的养娘佃户之间流传。后来马母和大嫂也都知道了。赵大嫂不能够再向她们隐瞒，说了实情，只要求不让弹娘知道。

弹娘隐隐约约地也感觉到出了什么事情。刘七爹来了三四次，每次都把赵大嫂请出去，嘁嘁喳喳地在商量什么。刘七爹是很熟的人，弹娘一向把他看成自己与丈夫的媒介体，只要与丈夫沾着些边儿的，就是她的亲人。她在重病中，也不回避他。那么他与赵大嫂有什么要紧的话要避开她来说？还有，她向刘七爹问到马扩的行踪时，七爹每次回答都可以叫她满意。他有一种绘声绘色惟妙惟肖的天才，一经他描摹起来，仿佛马扩已经笑嘻嘻地走进她的房间来了。就每一次的回答而论，他确是编造得天衣无缝，没有一点漏洞，但把他前后几次说的话联系起来，再把他的话与赵大嫂的话联系起来，就可以发现不少矛盾之处。

善于信任别人说话而又细心的亸娘虽然不肯寻根究底地追问下去，但在内心中确实是在寻根究底地追想：如果七爹说的都是实话，那么他的行迹始终只在保州、山寨、真定这几百里的小范围内转，不曾出过远门。时间已经过了三个多月，他又明知道自己生过这场重病，为什么不回来看看呢？他真是那么忙吗？据七爹说，那两天，他闲得没事，常到西山去打野味，这回送来的一大罐鹿肉，就是他自己打了烧好的，说要给她将补身体。这话倒可信，烧得乌焦可又半生不熟的肉真像是他的手艺，但他为什么不写一封家信来，即使一张字条也好。他有空打野味，难道写一张字条的工夫都没有？难道欺她不识字？

她曾把这个愿望向七爹微微吐露过。

“这个容易，”刘七爹又夸下了海口，“俺下次来时，一定把他的手书带来，让少夫人过目。”

不是他自己想着了写信来，而要她去索取，这已够使亸娘痛心了。偏偏七爹下次来的时候，又把这件大事忘了，让她白白等了半个月。她几回要请大嫂帮助，扶她起床来，写个字条给他，可她实在太虚弱了，挣扎不起来，只索罢休。亨祖又在山寨中，这里竟没有一个人可以为她代笔写封信。

再下一次七爹来时，偏偏又忘了信的事情，从此她不再提它，但在内心中，已构成一个极大的悬念。他人不来，信也没有一封，唯一的解释，除非他已到很远的前线作战去了。可是他们又说他近在咫尺，这就没法解释上面的事实。她忽然得出一个可怕的结论：“莫非他已出征阵亡了，家里都瞒着不告诉我？”

自从有了这个想法以后，亸娘处处留心，注意身边发生的事情，研究分析她听到的每一句话。它们似乎都在支持那个可怕的结论。有几次她几乎已经肯定丈夫阵亡了，她甚至希望得到赵大嫂的证实。她用像火一般燃烧着的眼睛一直看进赵大嫂深邃的、忧郁的眼睛里去，带着那个可怕的无言的疑问：“莫非他已阵亡，再也回不来了？”

赵大嫂似乎很了解她的意思，忧郁地摇摇头说：“不！”

赵大嫂没有去解释，因为她也不肯向她说真话。在那段疑危的日子里，亸娘简直不相信任何人，她只好咬紧牙关，独自忍受着内心的煎熬。那悬念中的，疑惑不定的痛苦可能比已经证实了的实实在在的痛苦还要痛苦几倍。

可是她还是渴望刘七爹来，即使她已经不信任他说的话，他来了，仍会给自己带来一个虚假的希望。虚假的希望毕竟比证实了的痛苦好，因为它到底还可以给人以希望而不是绝望。

“反畏消息来，寸心亦何有？”[1]人们长期与家庭脱离联系，在内心中构成了千百个恐怖的想象。一旦接到家书，他的反应不是非常高兴，而是双手发抖，一时不敢去拆读它。那是因为怕这封信会证实自己种种的恐怖悬念，而把残存的希望——其实是最强烈的希望全部打消，一无所有了。杜甫这两句著名的诗就反映了这种既想证实、又害怕证实的复杂心理。

刘七爹最近一次来到保州，看见弹娘时，忽然双手在怀中乱摸，口里说：“不好了，丢了要紧的东西。俺把三弟亲笔写的那封信丢失了，真是个老糊涂！”他习惯地用拳头在后脑壳捶打了一下：“下次来，一定给你补上，叫三弟补个双份儿，给你写两封信来。”

[1] 杜甫《述怀》中的两句。

6

将近天亮的时候，亸娘小声地唤："大嫂，大嫂！"才叫了两声，已经成为惊弓之鸟的赵大嫂早被唤醒，她一骨碌离开床，披上衣服，走到亸娘床跟前来问：

"弟妹，你怎么了？"

"妹子上回痛的那地方，昨夜又痛起来。"

"已经痛了多久？"

"妹子也不知道已痛了多久，好像睡觉后就有点痛，后来痛得越发厉害了。"

赵大嫂撩开窗帘看看天色，再点起亮，看看蜷曲着身子蒙在被窝里的亸娘，只露出半个头，额上不断沁出黄豆大小的汗滴，惊道："弟妹是戌时入睡的，如今天色微明，你已痛了四五个更次，怎不早早唤醒嫂子？"

亸娘带着一个不必向人解释理由的微笑朝大嫂看看，一阵急痛破坏了她的好看的笑，扭曲了她的脸，她再度把它深深地埋进被窝。自从那次吸肉吮血的流产以来，她自以为已经取得相当经验，她的阵痛要经过一定的层次，等到一定的火候，才可能出成果。早把大嫂吵醒了，无非让她与自己一起痛苦，一起忙乱，于事无补。亸娘虽然习惯于受到别人的照顾，却有着体贴别人的细心和独自承受痛苦的力量，只要她的体力还能支持，她的精神支柱还没有垮下的话。

不过赵大嫂比她的经验更加丰富。她屈指计算一下，距离正常的临产期还差半个多月，既是流产，又是早产，麻烦可多着哩！马母、大嫂和赵大嫂这些日子来一直提心吊胆就怕发生这件事。

幸亏她们还有准备，保州城里一个最有经验的接生老娘，旬日前已请到家里来住了，把她当作老封君似的供养起来。当下，赵大嫂出去把她叫醒，去灶间现通开火，烧起两大锅滚水，桂圆熬参汤也在小火上炖上了。老娘还有许多准备工作要做，把她接生时要使用的一套炫人眼目的"道具"，包括金属品、丝织品、棉麻织品等，一股脑儿都放进开水里煮，这倒叫人看了放心。

这时马母、大嫂和养娘等都进房来看亸娘。她们马家是军人世家，一向务实，禁忌较少，所有妇女，只要她自己无禁无忌，都可进产房，只有一个条件，大家进出房门时要特别注意那道棉帘子，休教产妇惊了风。那一位聪明懂事的养娘，不待吩咐，早在一只铜狻猊香炉中点上一股安息香，那一缕香烟，从狻猊口中喷出来，没有受到一丝微风的干扰，冉冉直上，不久就把房间弄得烟雾腾腾。

赵大嫂还是固定在自己的位置上，那是上次流产时就给自己指定的位置，坐在弹娘枕头旁，用一把把滚烫的手巾揩拭弹娘脸上和身上的汗珠。另外几个人往来于铜面盆和枕头边之间，把一把把绞好了的滚烫的手巾递给赵大嫂，又不断地在铜面盆里换上滚水。在这一间用安息香并不舒服的香气凝结起来的房间里，在这个将要完成一次人类神秘的变换的时刻里，房里挤着许多人，谁都没有哼出一点声音来，谁都愿意把自己全身的气力移植到弹娘身上去，帮她用力，帮她进气，帮助她早点儿完成那“呱呱坠地”的大业。对她们来说，弹娘是最受疼爱的媳妇，是最温柔、最听话的弟妇，是最贤淑、最厚道的少夫人。甚至这种空气也感染了那个新来乍到的老娘，她把弹娘看成最好的主顾、最能够与她配合的产妇。她的根据是分明已经到了火候了，产妇躺在床上，一声不哼，一声不响。等到瓜熟蒂落，她轻轻一揉，就把他取出来，那必是一次最顺利的“接收”！

但是一个个时辰过去，在人们屏息的迎候中，他并没有出来，反而有向里面缩进去的趋势。老娘的结论也开始改变，那是一个不肯好好合作的产妇，她好像已经瘫痪，并没有做出任何努力来帮助她，帮助自己完成任务。到这个时候还不出来，那可能是一次不太顺利的“接收”了。

弹娘的汗珠仍然不断地沁出来，她的身体仍是不断地翻腾，那一条丝绸面子的被，被她翻腾得好像在海洋中卷起一阵阵红浪，但她已经哼不出一点声音。这可能会是置他们母子于死地的一个可怕的迹象。

“弹儿、弹儿，你哭呀！你大声地叫呀！你哭出声，叫出声，他就会落地了！”马母也从弹娘的不声不响中感到了事态的严重。她用眼睛向大媳妇征询，她低了头不敢回答，她又去向老娘探询，那对眼睛仿佛在问：“难道这是一次难产？”老娘严厉地点一点头，承认了这确是一次难产。

在这九个月中，在她的一次怀孕过程中，先是流产，后来是早产，现在又被证实为难产。一个孕妇可能有的不幸都集中在弹娘一个人身上。她受得住这一次次加在她身上的磨难吗？她气息仅属，手脚都软软摊开来，用一层薄皮包着的骨架已经拆松、拆散了。她还没有死，仅仅因为那胎儿还在她的腹壁中乱冲乱撞，还替她留着那么一线生机，但是看来，那胎儿的蠢动也不可能维持得太久了。

在她腹中的那个“小马扩”（那是大家希望的，在那孤丁单传的马家先要抢下一个男孩子来），或者是“小弹娘”（那是她自己秘密希望着的，先养一个女的，再养一个男的，以便年长的姐姐去照顾年幼的兄弟，如果她自己不能照顾他，好像她的母亲不能够照顾她自己一样），肯定是个不安分的小家伙，在他还没有形成为一个人的形式时，先就吵着要到人间来游戏一番了，为了他的一时冲动，险乎乎给家里带来一次大灾难。全靠妈妈用着生命的力量把他死死拖住，才保住这条小生命。后来他在自己的那个窝里闷得憋不住气了，又异想天开地要提前大半个月出世。临到门口，他忽然又把脚步留住了。他在窝里乱冲乱动，就是不肯出来，别人越是用力要拉他出来，他越是把手脚勾住了门框、门槛，不肯出来。他把妈妈坑死了，还在撒娇发脾气，好个不懂事的孩子。一个妈妈在临难之际，还要保护孩子，往往是先让自己死得结结实实了，才肯撒手再让孩子死亡。现在弹娘只等自己撒手了。

弹娘曾经做过超人的努力把那还未成形的孩子保留下来，她的一个有力的动机就是希望把已经恢复了健康的自己和白白胖胖的婴儿一起当作一件最珍贵的礼品奉献给久别重逢的丈夫。这个希望给了她一定要活下去的意志、无坚不摧的毅力和超人的勇气。那一次，她花了多少气力才把孩子拉住！可现在，只要再用一点点气力就可以把孩子送出大门外了，她的难产的难度并不很高，并不太“难”，那不是属于生理方面而是属于意志方面的。

自从她得出这可怕的结论，相信丈夫已经不在人世以后，这些活下来的日子实际上都是多余的，她已经失去继续活下去的勇气、兴趣和对象。现在她的珍藏已久的宝贵的礼物还能奉献给谁？既然已经失去奉献的对象，让它摔了、砸了、丢了，都不足惜了。

这个时候，她想到的不是“生”，而是“死”的问题，她甚至想到没有爸爸的亨祖和没有妈妈的自己，失去了父爱和母爱，他们的生活中有过多少灾难？索性他们的妈妈根本没有把他们养下来，人间根本不存在他们，那不是要省多少事，可以少吃多少苦？

从阵痛开始时算起，这个巨大的痛苦——对产妇本身，对她的亲人、接生者同样都是痛苦，已经延续了一昼夜。汗还是不断地沁出来，不过流出来的都是冷汗，粒子也越来越小了。血一阵阵地涌出来，把被褥都染得通红，而且还渗入到炕前的砖坪上。喝下去的参汤犹如石沉大海，根本起不了接一把力的作用。后来她头一歪，喝进去的参汤，都从口角边流出来，再也灌不进去。老娘早已束手无策。派人到中山府去请的医生还不可能赶到，即使请来了，照这个样子，也是无能为力的。

那老娘嘴里喃喃地在诉说什么，可能她在说那是不必要的，既然她也没有办法，中山府的名医又有什么回天之术？看来再去请医生确是不必要的了。有多少回，大家以为已经到了最后的一刻，但是不久她的一口气又转回来，她睁开眼睛，似乎还在搜索什么，但那已经是死人的眼睛了，目光散乱，看不出什么东西，然后她又沉沉入睡。

弹娘最后一次醒来，是被赵大嫂叫醒的。那时她正在做梦，梦见自己向着那无底的深渊中坠下去、坠下去，两只脚虚飘飘的尽是往下沉。她还能够想，她想只要掉到渊底，两脚踏在实地上，无论是泥土、岩石、沙子都好，只要是实地，那就好了，一切都完了。是完成、完美、完备还是“完结”？她小心地选择一个恰当的字眼，不错，是完结，一切都完结了，那敢情是好！省得她还虚飘飘地吊在半空中。“用力啊，用力啊！”她鼓励自己，“只要再用一点力，往下蹲一蹲，她就可以坠入渊底了。”可就是使不出这一点气力来，她惋惜自己这一番的进气又是白费了。她现在既没有生的力量也没有死的力量，无论生或死，只要她再用力蹲一蹲就可见分晓！

耳壁厢扬起了一声轻轻的呼唤，“弟妹，弟妹！”那声音似乎在耳边，又似乎在遥远的天外，她再听一听，它是亲切的，熟悉的。它好像在她轻飘飘的坠向深渊的身体上拴上一根丝线，把她拉上来了。

她悠悠忽忽地醒过来，再一次睁开失神的眼睛，看见赵大嫂手里晃动着一件东西，那不是替她拭汗的毛巾，它是冷冰冰的，还会簌簌作响。“那是什么？为什么要拿这个给我看？”她找不到答案，还在胡思乱猜，可是嗓子眼里滋润着一丝甜津津的，好像吃一颗谏果的滋味。她尝够了生活的苦汁，哪里还有甜津津的谏果等着她去吃？她竭力要从这几年生活的回忆中去寻找那颗谏果。一块块剪开来的破碎的回忆忽然拼起来，拼成一个长方形，拼成一张纸，拼成了两句诗，拼成了十四颗谏果。

她忽然找到答案，赵大嫂手里摇晃着的是一张字条，而且可以肯定那是一张写有他的亲笔字的纸条。

她再次睁开眼睛，这次眼睛里有点神了，一看不错，那真是一张纸条，纸上真的写着不少黑字。难道这些字都是他写的吗？不可能，他已经不在人世，怎么能写一张字条寄回来？她竭力在探索这个宇宙间的最大的秘密。这秘密被赵大嫂揭穿了，她用手指指门口，门帘子撩起来了，站在门框里的就是那个白须子一把、瘦得像棵枯树的刘七爹。他活像一幅嵌在楠木框子里的《枯木逢春》的古画。古画渐渐活动起来，那声音是亲切的，带着谏果一般的甜美。他说：这字条是三弟昨儿亲笔写了交给他，要他转给小驹儿的。

她再一次闭上眼睛，那是因为幸福来得太突然了，她承受不住它的重量，她要积储一些力量才能把它负荷起来。

人们看到生命已经回进她的躯壳。

隔不了一盏茶的时间，一个“小弹娘”呱呱坠地了！

活力满身的刘七爹又该有的吹了。他要告诉马扩母女平安，全靠他从监狱里取出他的一封手书的功劳。

第三十八章

1

好像一叶扁舟逐着惊风骇浪，在黄河的急湍中驶航，先后克服了流产、早产和难产三重难关，几番逃过灭顶之祸，到了三月二十二日那一天，亸娘总算生下了一个婴儿，为多灾多难的马家添了一口先天不足、营养不良，不知道能不能养活长大的女小子。刚刚透过一口气来，这个微弱的喜讯马上就被一个更可怕的噩耗冲掉了。五月初九，河东榆次一战，宋军败绩，马家的家长马政与主帅种师中一起战死。

马家的第二代男主人马扩这时还关押在真定府的监狱中，等待旷日持久的审理结案，事情未许乐观。

马家第三代的男主人，尚未成丁的马亨祖原在和尚洞山寨中。四月底，马政随军出征河北，路经真定，与马扩在监狱中见面时决定把亨祖带去见小种经略，接着随军西入河东，榆次之战，马政战死，亨祖消息不明，生死难卜。

经受得起千锤百炼、有着钢铁般意志的马母，在媳妇、儿子、丈夫的灾难中，还是挺住了，把这些消息一个接着一个地，和血带肉地吞入肚里。但是最后一个消息把她打倒了。她卧倒在床，就在床上向刘七爹作个叩头的虚势，要他去河东一遭，查明亨祖的确息。如果他受伤未死，被谁收容了，设法把他带回；如果他成为金人的俘虏，尚未遭毒手，这里倾家荡产，变折了银子也要去把他赎回来；如果他已战死，就在当地为他招魂，设法把爷孙的尸骨一起带来保州暂厝，将来盘回西北熙州，与祖宗葬在一起。

当男丁将绝，这个家已濒于破碎的边缘，马母心里只留下了这样一个唯一的愿望。

在这段时期中，全靠赵大嫂内外兼顾，既要维持这一家人的生计，又要照顾马母和亸娘的病。幸亏有她这根支柱，这个家还没有完全垮下来，但也已经是岌岌可危了。

马家的命运也成为靖康朝廷的缩影，东京保卫战的胜利，暂时延续了它的寿命，但是这个微弱的喜讯，挡不住接二连三而来的重大的打击，加上内部纠纷，层出不尽，战守大计，迄无定策，等到当年冬季，两路金军再出，这个朝廷也早已摇摇欲坠了。

金军刚刚解围北去，朝廷故态复萌，在几个重要问题上，发生了激烈的争论。参加争论的，除主战、主和两大派外，还有可战可和派、朝战夕和派、阳战阴和派等形形色色的派别，他们都在发表议论，传播奏稿，十分典型地反映了宋朝官僚阶级议论多、务实少的政治特点。

争论的一个方面是用人问题。

东京数十万军民痛心疾首，好容易把他撵下台的主和派头子李邦彦甚至在金兵还没有完全撤离东京时就回到太宰的位置上。理由是：太宰张邦昌出质金军，揆席犹虚，需要他来坐镇。似乎没有李邦彦，天就要塌下来。

李邦彦刚坐上太宰的位子，就要排斥与他势不两立的死对头种师道和李纲，后来种、李先后出任河北宣抚使，河东、河北路宣抚使，表面上倚任，实际上是把他们排斥于朝廷之外。这个企图十分明显，可谓路人皆知。

李邦彦组成的这副政府的班子，以后人员虽屡有变动，基本政策却没变，卖国投降，直到他们的政策完全贯彻，政府垮台为止。

争论的第二个方面是追击金军的问题。

金军退走前夕，种师中率领的秦凤军三万人，风驰电掣般地开到东京。种师道即命他率部尾随金军之后，俟其半渡而击之，可歼其全军，永消后患。三天后，李纲又建议用澶渊故事[1]“护送”全军出境，密告诸将，有机会就纵兵追击，当时金军掠夺到手的金银绢帛妇女辎重极多，军行迟缓，击之确有可胜之道。

种、李的主张都是正确的，渊圣也同意李纲的建议，派军十万，紧紧“护送”。这个重要的战略措施又受到李邦彦等人的反对、破坏，结果是中书省、枢密院各行所是。枢密院下的命令是“出击”，中书省下的命令是“保护”，弄得护送诸将摸不着头脑。最后结果又是主和派的主张胜利，他们派人在黄河边上竖立大旗，严令军队不得绕过大旗追赶金军，否则，一概处死。

以后种师道又提出亡羊补牢的办法，建议集合大军驻屯黄河两岸，防止金军再次渡河，预为“防秋”之计。渊圣准奏施行，不久又听了主和派大臣的话，认为万一金军不来，这笔巨大的军事费用，岂非白白浪费了？这一条还是拒绝采用。

大好机会都被断送了，以后种师道气愤致疾，以至病死。李纲在河北、河东宣抚使任上，受制于朝臣，无所作为，最后被逐到江西。朝廷清一色地都换上主和派，这才使得他们耳目清净。

[一] 指宋真宗景德元年（公元一〇〇四年）宋辽的澶渊之役，宋军打击了辽军后，双方成立和议，宋军护送辽军出境以防掳掠。

争论的第三方面是对发动宣德门事件的军民太学生处分的问题。

宣德门事件以后的第六天，金军即自动撤退，两者的因果关系十分显然，可以说，是人民挽救了北宋王朝。何况，那一天渊圣宣旨中有“诸生上书，朕已亲览，备悉忠义”的话，充分肯定陈东等人的爱国行为，本来已没有再加讨论的余地。

不过主和派在宣德门外吃了大亏，岂甘罢休？他们一再提出“陈东等以布衣胁天子不可赦”。太学的行政官国子司业黄哲上奏：“太学诸生伏阙上书，致令兵民乘势作闹，上烦圣训丁宁。臣等职司教导，不能表率诸生……难以备员学官，见今待罪，伏赐黜责。”

这件事舆论的反应强烈，太学生的特点之一是压得越厉害，反抗也越强烈，他们打听到黄哲之待罪是由于受到某些政府要员的胁迫所致。太学生沈长卿上书抨击主和投降派之无耻行径，也提到目前某些措施与当日渊圣本人的表态前后矛盾：“臣虽至愚，心知前日奸邪之人重以变乱之说惑陛下者，是致陛下德音始终反复如是也。”这封万言书敢于指责当权的政府要员是“奸邪之人”，也敢于指责“陛下德音始终反复如此”，可说是封建式的民主的一个样板。

鉴于士气激昂，渊圣皇帝批复黄哲的奏章有“朝廷方开言路，通达下情，士人伏阙上书，乃是忠义所激，学官何为自疑，乃尔待罪。可速安职，仍晓谕诸生”等语，再次肯定伏阙事件。对沈长卿这样激烈的言论也没有加罪，反而下旨褒奖参加伏阙上书的太学生雷观，赐同进士出身，补迪功郎。一个月以后又赐陈东同进士出身，温旨褒奖。主和派看看这出戏唱不下去了，只得暂告休战。不过事情并没有完全结束，他们对陈东等人的切肤之恨是消除不掉的，只在等待机会，再向陈东他们开刀。

以上几个问题的争论，反映朝廷中两大派斗争的激烈。

马扩希望战衅一启，各方面的人员都能捐弃成见，团结一致，共同对敌。事实证明，这只能是一个善良、天真的幻想。在东京，派系的矛盾，正议与邪论的交锋，夺权和反夺权的斗争，争取渊圣皇帝站到自己一边来的努力正在不断加剧，有增无已，首都从来都是各种斗争集中的场所、矛盾的焦点。其他地方也不见得好多少，譬如在真定，则连他本人也成为这个伟大的信念的牺牲品了。战争并不能消除矛盾，反而制造了新的和更大的矛盾。而各种形式的矛盾肯定会大大地削弱备战力量。

北宋政府能够用来抗战的一点力量，在新的战争来到之前，已经在内部纠纷中消耗殆尽了。

李邦彦第二次下台后，徐处仁、吴敏曾分别升任太、少宰，以下的执政除枢密使许翰外，基本上都是主和派。徐处仁有“清亮刚直”的美誉，从外地调到朝廷来，摆摆样子，实际上，除最后与吴敏吵了一架以外，并没有表现出什么“清亮刚直”的作风，倒是同流合污的地方很多。吴敏则依仗有定策之功，得到渊圣皇帝的信任，独掌朝政大权。

吴敏促成太上皇禅位之议，在第一次东京保卫战中曾向渊圣竭力推荐李纲，用为亲征行营使，在太学生伏阙上书的关键时刻，他又代渊圣宣旨抚慰，复用李纲、种师道，表现不错。这是个“近朱者赤，近墨者黑”的人物。他只有与李纲合作的时候，才能干出一点好事。这一点，他的侍姬远山老早就看到了。远山曾说过他自己的躯壳里是没有灵魂的，要李太常给他安放进一个去。金兵撤退后，他与李纲分道扬镳，让李邦彦把一个黑灵魂安进他的躯壳中。他为李邦彦昭雪洗冤，竭力推荐他复职。后来索性代替李邦彦，成为主和派的领袖，官做得越大，做的事情越加荒唐，实际却是个低能儿。每次坐在政事堂上，胥吏们捧来一大沓文书，等他裁决，他想了半天，只判上“依旧例可也”五个大字，什么事情都是“依旧例”，以后“依旧例”就成为东京人称呼他的代名词。

东京人善于用概括、幽默的语言来讽刺当朝人物。当时有“十不管”之说，这十件应管不管、不应管的倒都管起来的事情，大都是“依旧例”的吴敏的德政。它使人看到在榆次败绩、盘陀兵溃，太原日益危急前的半年时间中，朝廷里的大臣们正在忙些什么。这是一幅很好的朝政写真图，不过把这十大件罗列出来，要加些注解，才能说明问题。

> 不管太原，却管太学。

当时太原受到猛烈围攻，粮援两绝，已到了析骨而炊、易子以食的绝境，朝廷并无积极救援的措施，这时却忙着对王安石的功罪进行再评价，下诏太学，撤去他的画像和“十哲”的地位。

> 不管防秋，却管《春秋》。

这一条是指吴敏拒绝采纳种师道屯兵大河两岸防秋的建议，却忙着具札子“乞令学者添治《春秋》一事”。

不管炮石，却管安石。

炮石指金军撤退时，曾在西门外遗留下五百尊大炮，至今无人收管。老百姓已经有远见地看到金军将再度围攻东京，而朝廷方面，并无任何准备，却根据国子司业杨时的一道奏章：“王安石《三经新义》邪说聋瞽学者，致蔡京、王黼因缘为奸，以误上皇，皆安石启之也。”把亡国导乱的罪名都挂到王安石头上，要太学生议论议论，省得他们有工夫上万言书，混淆视听。

不管肃王，却管舒王。

舒王即王安石，王安石死后追封为舒王。肃王赵枢是渊圣的兄弟，奉命代替康王赵构为斡离不的军前人质，斡离不退军时，把他携往北方，政府不敢索取。

不管燕山，却管聂山。

太原犹未沦陷，朝廷尚且不能救，已经沦陷了的燕山府当然更顾不得去管了。聂山原任开封尹，这时升为同知枢密院事，渊圣问他：“山，大物也，何以为名?”他回答道：“臣素慕周昌之为人，乞改名为昌。”于是奉御笔改名为昌。这一条是渊圣亲自与聂昌之间直接打的交道，与吴敏无涉。

不管东京，却管蔡京。

金军退师后，太上皇本人被李纲等大臣接回东京来，退处龙德宫。宣和权奸集团的成员纷纷受到处分。王黼、梁师成二人于解围前，已被诛杀。蔡京、蔡攸父子被放逐到广东的儋州和雷州，童贯放逐到吉阳军。至此，蔡京在潭州[1]病死，后来蔡攸赐死，童贯正法，连带赵良嗣也被诛杀。靖康主和的臣僚与宣和的权贵集团本来都有千丝万缕的关系。现因权力冲突，靖康诸臣唯恐有朝一日徽宗复辟，又是蔡

[1] 今湖南长沙市。

京一伙人的天下，不如把他们都贬死了，以绝后患。同时也可以取得明正典刑、赏罚分明的美名，不失为一举两得之计。

由于首创“海上之盟”的赵良嗣已受诛戮，参加谈判活动的马扩也处于不利地位，他的冤狱，迟迟不得昭雪，可能与此有关。否则王渊、李质的诬陷十分明显，一审就可以判明是非了，何至于把马扩在真定狱中关了九个月，一直不能释放？这方面虽无直接的史料证明，道理却可以推想出来。

平心而论，不管李邦彦、吴敏等人的动机如何，诛杀、放逐宣和权贵集团这些坏蛋却是大快人心、十分必要的。把这一条放在“却管”里面，似乎不太妥当。

> 不管河北地界，却管举人免解。
> 不管河东，却管陈东。

这两条都容易理解。

> 不管二太子，却管立太子。

二太子即斡离不，东京两次被围，最后沦陷，斡离不即为戎首。这里提二太子而不提大太子粘罕，可见在东京人的心目中也把斡离不看成为最可怕的敌人。太子即渊圣与朱皇后生的皇长子，围城时尚封为国公，此时正位太子。

“十管十不管”反映了东京老百姓对朝廷施政轻重缓急失当的愤懑情绪，其重点在于谴责朝廷在军事上拿不出有效的办法防止金军再度南侵。在这个问题上，老百姓十分敏感，而当局者，无论是徐处仁，无论是吴敏，都已麻木不仁了，真所谓“当局者迷，旁观者清”。

其实这些当权派并不都是瞎子、聋子、哑子，他们心里也有一整套想法：他们希望最好金军由于某种原因，改变南侵政策，停止进攻。譬如说，一场大瘟疫，一场大地震，粘罕、斡离不、兀术、阇母、娄室等积极主张南侵的将帅，统统卷入了，个个死绝，一个不留，那就很有希望天下太平了。至少几年之内，金军不会南侵，这自然是上策。

万一既不发生瘟疫，也没有地震，金军一定要来，那也只好由它来。他们还有一个泥首乞降的办法。好在宋朝有的是土地财帛。金银财帛随他要，土地也可商

[1] 北宋初边将尹继伦曾大败辽名将耶律休哥之众。继伦面黑，以后作战时辽兵惊呼：『当避此黑面大王。』

量，贿以三镇不足，那就划黄河为界，如还不满意，再送多少都可以。只要存在一个小朝廷，他们保得牢太宰、少宰的官职就好，至于这个叫作宋朝或者其他的什么朝的疆域有多大，人口有多少，倒也可以不计较，这不失为中策。

万一乞和投降都不行，金朝一定要把他们逼得走投无路，那当然可怕。为未雨绸缪计，他们也有一策。即在金军出动以前，先就借个因头，脱身而去，溜之大吉，把这里的国事，“投大遗艰”于后来者，虽然丢掉宰相之位，却可保牢身家财产，这也算得是一条下策。

那段时期，太原方面的警报，雪片似的飞来，吴敏、徐处仁两人的心情都不舒畅。一天，在政事堂上，你一句我一句地争起来。一个怪他对蔡京下手太重，致使他患故潭州；一个怪他对太学生纵容迁就，致使他们十分嚣张，不肯敛迹。一个骂他沽名钓誉，一个骂他贪天之功。后来越骂越凶了，竟涉及个人隐私。徐处仁先骂吴敏纵情声色，帷薄不修，成何体统。这指的是吴敏宠爱远山。但与侍婢鬼混，原为当时社会风气所允许，除非远山别有所欢，否则就谈不到帷薄不修的话。这件事吴敏一直自认为风流千古，值得自豪，根本不以为耻。他反击的一句却十分厉害，他骂徐处仁是“白日俨俨，外窃清刚之名；黄夜幢幢，内行贪赂之实”。

这吴敏原是“风雅绝世”的人物，骂起人来，也用对仗精工的四六，音调铿锵，这一句却击中了徐处仁的要害。当时他正在据案作书，一时恼羞成怒，把一支饱蘸浓墨的笔直往吴敏面上掷去。吴敏不防有此一着，躲闪不及，面额上早已着了他的飞笔，唇鼻之间，一团乌黑，忙乱之间，他用手揩抹，顿时把白脸郎君变成了“黑面大王”[1]，真正成为“近墨者黑”了。

查一查国史，本朝定鼎以来，一百余年中，并无左右仆射在政事堂上大打出手、飞笔掷人的旧例可依，两个一齐告到渊圣皇帝御前。这件事实在太不像话了，成何体统？御史相继弹劾，两人一齐下台。徐处仁改知东平府，吴敏改知扬州。这不光彩的下台，也许是符合两人之私愿的，甚至也可能是他们早已默契在心，表现一番，就借此下台。如果这样，他们不仅瞒过了当代人，也瞒过几百年来历史的编纂者和读者，他们都可算得是第一流的相声演员了。以后他们的行动十分一致。诏书下来，不待办好接替手续，就搬运家人家资，急急忙忙地搭上渡船，分别到东平府和扬州去履新了。

以上就是太原沦陷前的靖康朝廷的概貌。

2

在两次东京保卫战之间的一段时期中，宋、金双方的军事首脑们始终着眼在太原一地。一方猛攻未下，一方死守待援，双方的军事布置也莫不以太原为中心。宋军几次解围不成，太原最后沦陷。不久，金军即两路南下，合围东京。如果说，太原一战，成为宋金战争之关键，太原一地，关系东京之存亡，揆诸当时的军事形势，这种说法完全符合事实。

貌似强大的金军，其实实力有限。第一次进攻东京，斡离不的东路军渡过黄河后，在河北只有完颜乌野也率领的一小部女真兵盘踞燕山府城。助纣为虐的常胜军不为金朝所信任，只让郭药师带一千人作为南侵的向导，其余统归完颜乌野也管辖，散驻燕山外围各州县，算是金朝的军占区。除此之外，河北一路，并无金军。这时在河北的大名府、中山府、真定府、河间府以及保州、邢州、赵州等各地宋朝的正规军总数加起来不下二十万人。他们有的据城自保，如保州、中山府等，有的坐拥大军，观望迁延，如邢州、大名府等，有的在内部矛盾中消耗了力量，如真定府等，没有出一兵一卒阻挠斡离不的后路，或进攻完颜乌野也在燕山的根据地，错过了一个大好机会。

斡离不回师以后，才开始经营河北地方以扩大和巩固他的根据地。

在东京围城时期，宋朝政府已答应割让中山府、河间府、太原府三镇以求和。太原府属于河东地区，正在围攻中。中山、河间都在河北，这时斡离不派完颜乌野也率军前去武力接收，中山、河间的军民不愿投降，实行抵抗，这才开始了长期的攻守战。

三月中，宋朝廷调整了军事机构，任种师道为河北宣抚使，驻在黄河北岸的滑州，统筹两河军事。任西军大将、姚平仲的父亲姚古为河东路制置使，将兵救太原，任种师中为河北制置副使，将兵救中山、河间各地。当时称为三大帅。

姚古出兵后，先后收复隆德府与威胜军。隆德之战，姚古部将王德率领十六骑突入府城，活捉伪知府姚播，献俘朝廷。姚播原为辽殿前司副都指挥使，曾接伴马扩，降金后出守隆德。渊圣皇帝临轩问他被俘的情况，他说："亡臣为夜叉所获。"想见当时王德以迅雷不及掩耳之势突入府城的威猛，从此王德就获得了"王夜叉"的雅号。

河北围攻中山和河间府的金军，慑于种师中的威名，种师中大军才开到真定，完颜乌野也就率部自动退走了。

河北、河东连获胜利，此时宋朝的军事颇有起色。只是太原城从去年十二月被围以来将近五个月。金朝的东路军从东京撤退，西路军围困太原，仍不放松。他们在太原外围修筑了逶迤数百里的夹城，隔绝太原与外界的联络，防止宋朝援军的突入，使太原的地位更加孤立。

由于军事好转，这时在朝廷上的主战派同知枢密院事许翰也比较好说话了，主和大臣对他不敢十分掣肘。当时枢密院拟定了两路救援太原的计划。命种师中率部九万，从真定出井陉，突入河东路，命姚古率部六万，从威胜军出发北上，两军约在五月中会师太原，一举解围。

这道命令中两军的人数都夸大了，譬如种师中奉命“护送”金军渡河时，手下只有秦凤军精锐三万人。现在朝廷明令中山府路兵马总管王璞、真定府路兵马总管王渊各以所部万人来会，事实上这两支军队都没有调到，这个好听的数字，无非存在于一纸空文的诏旨中，壮壮声势而已。种师中率领西征的援军，除为数不到一万名杂牌军以外，还是他的基本部队三万人。姚古那里的情况也是如此，他的实际人数不超过二万五千名。

虽然如此，种、姚都是西军名将，麾下猛士锐卒如云，这时又挟连连战胜之余威，两路并进，势如雷霆。看来，这一仗要打胜的可能性还是不小的。

种师中的大军出发前，已在真定府驻扎了七八天。种师中根据枢密院的檄调，要王渊率领真定军参加作战。王渊托病在家躲起来了，不敢出见种师中。原来他为马扩之事，心怀鬼胎，唯恐受到种师中信任的行军参谋马政打击报复，借故把他扣留，不敢露面。其实凭这一条，托故拒调，种师中就可以把他扣留起来，军法从事。不过，有刘韐挡在前面，替他打掩护，刘韐也不愿把自己的这笔本钱在一场战争中花光，他列举出许多理由，说明真定的防务还是十分吃紧，不但王渊，即使李质也无法随征。由于他的态度十分坚决，种师中也不能勉强，结果真定军没有一兵一卒参加西征。

枢密院明文规定，这次种师中西征之师所需给养、辎重，还特别提到备作立功战士赏品的金牌、银碗等，都应该由真定府拨支应付。刘韐一时拿不出这许多东西。枢密院督促出师之期已迫，种师中未便久候，最后只好同意刘韐提出的先拨付一小部分，其余的加紧征集，随到随解的办法。

这两项交涉都办得不顺利，种师中看在多年的老关系分儿上，宁可自己吃亏些，不为已甚。随他出征的参谋官黄友、统制吴革、亲信将领李孝忠等都感到愤慨，却也无可奈何。

在真定驻军期间，种师中、马政都去监狱探视了马扩。这时奉朝旨“根勘”马扩一案的法司毕蟠已到真定开始审理。种师中作为一军的大帅，未便干涉司法，只好拜托刘韐道：“子充乃忠义之士，岂能作过？此中必有别情，朝廷派人审理必能水落石出。在此期间，刘阁学务要好好护持他，为朝廷留个有用之才，为国家保持一分元气。”接着他严肃地警告，“子充如有不测，你我尚有何面目再见西军故旧？”一向温和克制的种师中，这话说得十分严重了，刘韐自然只能唯唯诺诺允承下来。

这时马政已与儿子见过面，备悉这场冤狱的原委。刘韐与马政见面时，心中不无惭愧。马政以大局为重，不动声色，始终没有与他谈起儿子之事。

马政再一次入狱探视儿子时，父子商定把亨祖从山寨中接来，一起参加西征之役，接人的差使自然又落到刘七爹头上，不两天他就把亨祖接来了。

出征前夕，马政带着孙子，再一次入狱探视马扩。父子叔侄祖孙三代抑制了个人的感情，忘却了其他的一切，而把所有希望寄托于这次决战的胜利。马政、马扩都明白这一战不但要决定太原的命运，也将决定朝廷命运。在这样的关键时刻，个人生死、家庭存亡都算不得什么了。

最后临到辞别时，亨祖向马扩跪下，刚叫得一声：“三叔！”眼泪已在他眼中滚动，忽然抬头看见祖父严肃的神色，急忙把眼泪制止。马政自己倒掉过脸去了。

马政三次入狱，探望儿子，这个事实的本身就表现了他为父的感情。

西征军出发前，马政已看到种种不祥的朕兆，这是在监狱中的马扩无法知道的。马政三次与儿子见面时都瞒住他不以实言相告。他心里想道，儿子已关在狱里，心情郁郁不畅，何必再叫他提心吊胆地过日子，让他高高兴兴地等候捷报就是，说不定这一仗还能打胜的。

用虚伪的安慰掩盖事实真相，这从来不是马政的习惯，今天他第一次这样做也表现出他为父的感情。

他制止孙子下泪，是因为他不习惯用眼泪来表达感情，这不等于说他没有感情。

3

种师中、姚古两路大军分别从冀西、晋南出发，出援太原，这是一次朝野瞩目的重要决战。由于种师中在西军中的声誉、威望和过去的战绩都非姚古所及，加上秦凤军在数量和质量上也都超过熙河军，因此在当时人的心目中，一致认为种师中是这次出击战的主帅，在两军之中，又以他的东路军为主。

但对种师中本人来说，他考虑的绝不是主次从属，而是正兵、奇兵的问题。换言之，他考虑的不是个人地位，而是两军的作战任务、作战性质，以及怎样根据作战性质来完成这个任务的问题。

在种师中看来，既然枢密院明确规定两军各自为战，互不统属，那么彼此之间只有相互配合而没有从属的关系，再提为主为次的问题已失却其现实意义。何况姚古现在的官衔是河东路制置使，种师中的官衔是河北路制置副使，姚古还要比种师中高一级。如果要讲主次，那也应以姚古为主，种师中为次。一向谦虚谨慎、顾全大局的种师中，特别对于与他们种家成见很深的姚古，更是小心翼翼地应付，决不愿在这个容易导致矛盾、造成纠纷的敏感问题上去惹怒姚古。由于种师中的坚持，这个麻烦的问题小心地避免了。姚古体面攸关，十分满意。

不过种师中心里十分清楚，主次可以不分，奇正却一定要弄明白。古代作战，重视正兵、奇兵的关系，一般是以正兵为主，奇兵为辅，有时出奇制胜，奇兵地位的重要性又超过了正兵。就这一战役而论，姚古的一军是正兵，他的一军是奇兵，他们有着不同的任务。

姚古一军之所以成为正兵，因为过去宋朝几次出兵救援太原，都取道晋南北上，那里已吸引了金方的重兵。粘罕的副帅娄室此时正在这一带布防，阻击宋军。大家都知道娄室是个经验丰富、指挥老练的可怕的敌手，甚至比粘罕本人更难对付。估计姚古收复隆德府、威胜军以后，就要与娄室正面对垒，那时再要北进，夺取每一里的土地，都要付出重大的代价，姚古的任务显然十分艰巨。

金军的分工，粘罕本人指挥围攻太原的军队，对晋东一带，不甚措意，看来种师中要插入金军的后方，靠拢太原，任务还是比较轻松的。不过最后不免要与粘罕恶战一场，迫使娄室撤军来救，这样就间接减轻了姚古一军北上的压力。到那时他们两军齐头并进，只要能攻破太原外围金军修筑的夹城的任何一段，与城内张孝纯、王禀取得联络，里外夹攻，战争就会有胜利的希望。

根据这种战略设计，姚古的一军是正兵，要采取常规化的作战形式，逐步取得进展。他种师中的一军是奇兵，要用突击奇袭的作战形式，出敌不意，插入其心膂之地，然后选择有利的时间和地点，进行决战。两军任务不同，性质也有区别。

朝廷负责军事布置的枢密院对两军的性质、任务没有进行很好的分析研究，就贸然下令，河北河东两军于同一天从各自的所在地出发，约期半个月后，在太原会师，与金军进行决战，实现解围。这道纯凭主观臆断发出的命令是脱离实际的。

在种师道、李纲两人都受到排斥、被挤出政府的情况下，同知枢密院事许翰是当权大臣中唯一的主战派，在一段时期中，分兵河东、河北，力图救援太原的一切军事布置都由他负责主持。在这样一个关键性的重要战役中，他竟出之以急躁的情绪，下达了这样一道毫无军事常识的命令，使种师中十分震惊。他接到命令后，立刻派参谋官黄友入京，赍去一封他亲笔写的回禀，备述按照不同的战略任务，他与姚古一军同时出发的不妥之处，要求把本军的出发期限展缓七天。乘金帅注意力集中在姚古一军之机，他的一军才能达到出其不意、袭取心腹之地的突击任务。

尽管回禀的措辞十分婉转，许翰还是认为它触犯了上级，有损他个人威严。他接见黄友时态度傲慢，回答的尽是一派官话。说什么枢密院给两军的命令早已发出，姚古昨来回禀，准期出师，种师中何故又生别议？所请碍难照准云云。根本没有给黄友发言申辩的机会。

发生战争以来，主和派与主战派之间矛盾百出，迭有争议。想不到今天主战派之间也有出乎意外的矛盾。在这有关军国命运的重大问题上，种师中未便缄默自安，不得已，再次上书申请展缓出发之期。枢密院以六百里加急传递的文书，断然予以驳斥，回文中并有“种师中逗留玩敌，意图何为”“必解太原之围以赎罪，否则自蹈法网，罪责难逃”等十分严峻的话。

一向从容不迫、按部就班行事的种师中拆读文书后，也气得胡子发抖，叹息道：“逗留乃兵法之大戮。俺种某结发从军，至今四十余年，兢兢业业，未尝一日撄法。不意垂老暮年，还有此事。某岂肯爱一死以负国，只怕死了也无补于国事耳！”

这样的重言重语，对种师中来说，大概一生中也还是第一次。他说了以后，茫茫然地东看西看，忽然拉住马政的手补充道：“此番师中东出，万里勤王，东京城下，未得一当，临岸邀截，又成虚话，都说是权臣阻挠。今许中丞以忠义自诩，不想也如此难说话，事之不济天也!”

这支大军就在这种被迫的情况下，没有做好必要的准备，却带着灰溜溜的情绪，匆忙开拔。

亲耳听到主帅说了这番话的马政，最后一次入狱探视儿子时，没有告诉儿子，第二天上路后，他也保持沉默，没有与同僚说话，但是不用他开口，这种情绪已经在全军中扩散开来，从统帅到士兵都感染到这种不祥的预兆。

军行第四天，粮食已竭。这一路的居民稀少，十室九空。资粮于民的想法落空了。战士们每天只发黑豆一勺充饥，他们心怀不满，口出怨言，军心已自不稳。

4

但是就进行一次袭击战而论，这一战役的战略的制定、进军路线的选择，那是十分成功的。甚至出兵的时机也掌握得恰到好处。这是由于一个偶然的机会所造成，并非许翰已经得到了什么情报。

太原西北群山中建立起不少山寨，他们共同的头项就是“两河二石”之一的石谆。江湖上口碑流传，都知道他是一个不怕死的豪杰，是一条铁铮铮的汉子。粘罕一心只想对付宋朝的正规军，忙于修筑夹城，猛力进攻围城，没有把这些近在咫尺的义军放在眼里。这个粘罕，敢情是十分健忘的，他已经忘记当年曾吃过雁北义军韦寿佺的苦头，现在还要再受一次惩罚。

那天，他率领几名随从，大摇大摆地经过这里的山区，在思想和行动上都没有一点警戒的情况下，受到一群山民的突然袭击。

“来了几个小毛贼，敢来捋虎须，想是欺俺这里人少，活得不耐烦了。”粘罕不惊不怒，好像十分好玩似的哈哈大笑起来，“你们休动！叫那个打头拿把铁叉的吃俺一箭。”一语未完，箭声已响，果然把那名打头的汉子射倒在地。按照公式，那一定是其余的人发声喊，一哄而走，他们追上去，杀死几个，活捉几个，让他们逃走几个，然后明天派一支军队上山洗剿，把活着的人口杀得一个不留，房屋烧得一椽不剩。按照这个公式行事，他与他的部下不知道已经干过多少回了。奇怪的是，这次的情况有些两样，领头的虽被射倒，其余的人，既没有发喊，也没有逃走，却很快地找个隐蔽的地方隐蔽起来。然后锣声大作，四面八方，拥出了成百上千个山民，把他们几个人远远地包围起来。

粘罕一看这里不是他的用武之地，策动坐骑，要想突围而出，手下六名随从，紧紧相跟。不知道从哪里飞来一支冷箭，射中他的坐骑，他一跤摔下，跌了个仰八叉。后面的一个随从，一看不好，急忙把他就地提起，让出自己的马与他乘骑，两个拼命挣扎，狼狈地逃脱性命。其余的五名随从，为了掩护他们，冲突不出，有的被箭矢射死，有的丧命在义军的铁搭锄头之下，一个不剩。

这五名随从不是无名小卒、等闲之辈，都是榜上有名的将领，其中还有一个是金环大将。这场遭遇战如果发生在太原城下，值得张孝纯上个专折奏报朝廷了。这里的山民，却不知道金环是何物，摘下来，拿回家去给毛孩子当玩具。

粘罕吃了这个亏，怎甘罢休？第二天调集了五百名女真铁骑，他自己和昨天救他一命的那个随从，拍马当先，向山寨进攻，满拟一举得手。山寨里紧闭垒门不出，只管用矢石檑木滚打下来，把几条上山的路都封锁起来。金军攻打了一天，竟不得其路而上，黄昏撤退时，又遭到义军掩击，死了一大半。这一战，石竫本人大显身手。在追击中，他亲手俘获了两名金将，夺槊数支。粘罕看见他的神勇，吓得拨转马头就逃。

一次骄兵、一次愤兵都吃了大亏，眼看蛮攻不行，粘罕手下也有智谋之士，劝他改图。这时围攻太原之师不能抽调，他们建议向晋东、晋中一带目前没有发生战争的地方抽调出五千名驻军，把山寨围困起来，然后步步进逼。这时义军还没有取得与大军相持的作战经验，经过半个月的激战，山寨终被打破，石竫突围不成，被金军俘获。

女真兵当然要在他身上施行报复，他们把他的双手双脚钉在一辆木板车上，拖去见粘罕。粘罕对他既有满腔的愤怒，也有衷心的钦佩，向他端详了半天，忽然好言劝说道："你就是寨主石竫？你如降我，当命你以官。"

石竫"呸"的一声，一口唾沫吐在粘罕面上。他的双手、双脚虽被钉住，连同锁骨下面的伤口，都被紫血糊住。但他仍保持着勃勃英气，他动员了身体中还可以自由活动的部分与粘罕斗争。他大声谩骂："爷是汉人，宁死不降你番狗。你识爷吗？爷姓石，石上钉橛，更无移改。"[1]

这当当响的每一个字都好像钉子钉进石头，石头裂了、炸了，也丝毫不会移动。粘罕当时愤极，凌迟处死了石竫。以后几天中，他只要一想起那两句当当响的话，想起石竫眼中好像要喷出烈火来的表情，就感到一阵战栗。

[1] 石竫谩骂粘罕的话，根据历史记载中的原文。

[1] 今山西晋中市榆次区。

5

种师中带着低沉黯淡的情绪率部离开真定之时，正好是粘罕急急忙忙把晋东驻军调往太原西北之日。纯然是出于一种巧合，种师中于无意之中得到一个顺利进军的机会。大军离开真定，自土门入井陉，进入河东地界时，竟是一片真空地界，并无一个守军。一生用兵谨慎的种师中还怕这是金人设下的陷阱，急令黄友、李孝忠带着初出茅庐的马亨祖出去巡视了大半天，回来报告，百里内并未发现敌踪，也没有任何埋伏邀截的迹象，种师中这才放胆西进。他们进占平定军后，只用了三天两夜的时间，就抵达晋中重镇寿阳县。

他们出发时准备本来不足，一阵急行军后，又有一部分军需辎重跟不上来。这时已连续吃了两天黑豆，一进寿阳，首先就想解决吃的问题。金军撤退时，并未留下人马的粮秣，他们搜遍了县仓，小麦、大麦、高粱、玉米，统统加上来还不满二百石，先解决了眼前的问题再说。大军在寿阳县休整了一天，继续西进，这时开始，就遭到部分金军的抵抗。他们的抵抗极为猛烈，有时两三百名战士在一个谋克率领下，扼守一块阵地，明知寡不敌众，也要拼命打一阵，索取一定代价，才肯转移，这给了种师中很深刻的印象。但优势仍在宋军手中，两天中连续作战五次，每次都打了胜仗，或把金军全歼，或在激战后把他们赶跑，然后趁势进入榆次县[1]。这里北距太原府只有一百多里路了，已经深入到两三个月来宋朝援军从未能够到达的金军后方深处。

出自衷心的渴望解救太原军民倒悬之苦以及从全局出发来挽救军事危机的“大局感”——这是种师中个人最重要的特点，称之为“大局迷”，他完全可以当之无愧。枢密院的严令督促以及恰恰在这一点上受人误解的委屈感；顺利的进军，即使遭遇抵抗，仍能不费力地把它击败，继续西进；目的地的接近，粮食的匮乏。这些有利和不利的条件，构成了一种强大的力量，既是吸引他、诱惑他，又是压迫他，逼使他只有继续前进，不达目的誓不罢休，而没有其他的选择。也使得这位老练谨慎、从来不冒进的名将，不知不觉地踏进冒险的范围内而丝毫没有自觉。

他自己还在榆次休息，喘一口气，由李孝忠率领部分前军已越过晋祠，向北折入距太原府只有二十里路的石桥。金人修筑的夹城已隐隐在望。消息传来，全军都感到那种已靠近目标，准备在夹城下进行一次决战就可以取得胜利的兴奋。两天来苦恼着他们的粮食问题，暂时也被忘掉了。

种师中在榆次的中坑作了一番进攻夹城的调度布置，李孝忠所部是进攻的主力。另派参谋官黄友、选锋杨志续上接应。杨志所部是被宋朝招安的农民军部队，不属于西军系统内，但参加过第一次伐辽战争，有相当作战经验。种师中最大限度地抑制了自己和亲信部将的排外性，把它当作嫡系军队来使用。使用降将、降卒要有一套高级的指挥艺术，种师中是能够做到的，不过在短期中难于得心应手罢了。种师中作为中军主帅，紧紧跟着前军出发，行军参谋官马政随侍在他左右，以备咨询并帮助他指挥作战。中军统制王从道、副统制张思正作为合后，催督跟不上大军已落后一二日路程的后队。

这里分拨刚定，忽然探马报来，在南路的太谷、祁州一带出现大队金军。这时种师中全神贯注地望着西北方向的敌军，他正在争夺时间，希望抢先攻下夹城的一段，溃其全军，到了那时，即使粘罕回师救援，已处于被动地位，胜券可操，却没有考虑到南方有敌兵出现。他判断可能是前天被杀败的败兵又在附近纠合一些部队前来挑战。那几百名、一千名敌军这时不在他心上，他随手下令：“此必金人残将零兵，着令后军去收捉!”不多时探子来报，金兵数千大至，王统制、张副统制挡不住金军锋芒，已在后撤。种师中大惊，一面急令黄友撤回来，率领杨志一军用床子弩御敌，一面续令探报。不久，几起探子都来回报，这支金军是娄室亲统的大军。娄室原在南线沁源、霍州一带布防，抗击姚古之众，闻得太原有警，急忙来援。前后续到之兵，不下两万人，娄室本人已在前军。

现在情况都已探明：金人粘罕、娄室两军，一个在北，一个在南，相距四五百里，其势如常山之蛇，击其首则尾动，击其尾则首动。种师中趁粘罕不备，深入其后，想不到娄室又趁种师中之不备，弃其汛地，全军来援。这种机动灵活的战略战术，确实使种师中十分震动。但他仔细分析一下，太原西北粘罕之师尚在与山寨义军相角，并无回师东来的迹象。娄室之众虽称精锐，总数与自己所部相埒，只要与他相持一二天，挫其锋芒，估计姚古那里一定得到娄室北上的消息，他必以全军跟踪追击。他们两军南北合击，使娄室背腹受敌，不难溃其大众，无足深虑。兵法上有一条颠扑不破的原则，要争取主动，要致敌而不致于敌。战争情况，千变万化，这种主动权也会随时易手，或得或失，全靠统帅部灵活掌握，机动应变，把失去的主动权，随时设法夺回来，再牢牢地掌握之，就能坚持到胜利。

现在的关键问题是先要自己顶住娄室的猛攻，然后与姚古联系上，研究夹攻之策。种师中当即派马政往黄友的前军了解作战情况，另派吴革率领几名随从，从间道绕至南路与姚古的大军联络。自己在中坑的指挥所，调度一切。

黄昏以前，马政从前军驰归，带来了好消息。床子弩发挥巨大威力，把几条要道都封锁住。金军猛攻，挡不住这里的步兵与床子弩配合，宋军一次次打退了它的攻势，使它丢下了大量尸体，屡攻屡却。金军势不得逞，已撤退十余里下寨，估计它无力再发动夜战，今天一天真是顶过来了。

这是一场与时间竞赛的战争，今天宋军的战绩不错，各处阵地都保住了，杀伤了敌军几千人，自己方面的损失有限。只要再顶上一天，先就消灭它一半的兵力，然后等待与姚古军合势夹攻，战胜可期。

晚上，种师中带了马政等几名军官，策骑缓行，视察前线的军情，一遍又一遍地慰劳了他们碰到的将官和士兵们，激励他们再接再厉，打好明天这一仗。许多将士的反应正常，特别是种师中亲自去宣慰的地方，战士们听到他的苍老、缓慢、低沉、有力的嗓音，都感动得哭起来，表示一定要与阵地共存亡，誓不让金军前进一步。

也有一些官兵的反应冷淡，有人嘀嘀咕咕地发牢骚说吃了三天黑豆，使不动枪，踏不动弩机。有人抱怨今天他们一床弩机，连续发射了五六个时辰，杀敌数百人，手脚都长出老茧来了，到夜来还不见金牌银碗赏下。种师中还是用他的苍老、缓慢、低沉、有力的声音说："粮食、赏物都去真定催督，已走在道上，谅一两天内即可解到。"然后他伸出手臂，指向金军的方向说："金军远来进攻，岂可枵腹行军？只明天就要把它打得片甲不留。它留下的许多粮食军需，都归我们所有了，弟兄们何忧无食无赏！"

这些军队中例行的豪言壮语，种师中此时说起来却不见得那么有力了。他自己心里也尽在想："明天，明天一定要打赢这一仗，否则就不堪设想！"

后来他们又登上一处高丘瞭望金营的动静，距离虽远，看过去还能看到一个轮廓。那里既有大海似的平静，又有规律性、节奏感很强的波动，把动态和静态很好地结合起来。在种师中四十多年的从军生涯中，很少看见过这样好整以暇的敌人。

视察完毕，踏着露水回到中坑营寨的途中，大家都沉默不语。天空中半月呈辉，星斗纵横，他们的心境是沉重的。过了半天，种师中才想起一件事，问马政道："床弩箭矢，至关重要，马参谋可曾打听过各军是否敷用？"

"刚才向各军打听了一下，所余已不多了。"马政低声回答，他的心情也是沉重的，然后好像要安慰主帅似的加上一句，“不管怎样，明日一战，总还够用。”

说到这里，忽然听到一阵马蹄声，马政忙策马去问。来人说是吴统制的随从，有话要回禀经略。马政带他来见种师中，他说吴统制奔驰半天，出入敌军后方，看见敌军调动增援频繁，却未发现姚制使麾下的一人一骑。如今吴统制已漏夜去威胜军找姚制使，特派他先来回禀主帅。

种师中点头不语，挥手示意来人且去后帐休息。这是一个沉重的打击。原来他希望今夜姚古一军能突然出现在金军背后，他们两军合力反攻，才可挽救危局。现在这个希望又告破灭。

凭着一个知兵的老将的经验，他首先看到的是有一半士卒士气不振，他明白形势已十分严重。他黯然了半天，几次要想找马政说话，最后又忍住了，还是一声不吭地回进营帐。

回到后帐，他亲自掌起灯来，凭几作书。马政发现他到很深很深的深夜才入睡。

第二天，风云突变，从五更起，金营中一片海螺声和鼓声，催动全军，数道并进，猛烈进攻。昨日一战，金军虽然损失了三四千人，但昨夜从后方开来了大批生力军，使它的总数超过三万人。娄室根本没有把姚古看在眼里，调动全军人马开赴前线，后方只设了一些虚张声势的疑兵，牵制住追兵。姚古疑神疑鬼，不敢出动，又耽搁了两三天，等到他敢于向北推进时，娄室早已胜利回师，做好伏击的准备，把姚古全军击溃。

一听说前线紧张，有不支之势，马政乞令再到黄友处协助指挥作战。种师中点头答应了，却要马政把孙儿马亨祖留在中坑，说是另有任使。

马政从主帅惨淡的眼光里看出，他将要派亨祖去执行什么任务。他为什么要派亨祖而不派其他的人去执行这项任务？他了解主帅的意图。种师中也看出了他的意图已被马政了解。他们彼此点一点头，竟没有再说一句话。马政就把亨祖留下，自己跃马去前线作战了。

似乎懂事、又似乎不很懂事的亨祖踏前一步，按照军队正规的形式，向种师中敬了一个礼，禀告道：“亨祖愿随祖父去前线杀敌，请主帅恩准。”

“你既来军中为见习军官，当听调遣，怎可自专？”种师中严厉批评了他，然后转为比较温和的口气道，“本帅待派你去京师见俺兄长种宣抚，还有奏章一件，你也赍去了让俺兄长转奏朝廷。事关重大，你小心去京师，把信送到了，就是你立了大功。”

亨祖一听种师中把这样重要的任务交他去办，不觉严肃地正立，敬了一个礼，说道：“小将愿听主帅差遣！”

“这才是了。”种师中爱抚地摸摸他的头，回身去内帐把一个纸包拿出来，放在案上，却不马上交给亨祖，似乎还没有下定最后的决心，让他带走。

纸包里有一道遗奏和一封家信。

虽说家信，他给种师道的信中没有谈到任何家事，他只要种师道听到了他的死讯后，立把遗奏面递官家，免得中间有人阻格。此外为马扩提了一笔说：“子充一狱，纯系诬陷，兄长要为他昭雪，不然，马氏三代英灵，目岂能瞑？弟在泉下也死有余恨矣！”

给官家的遗奏中，他把榆次一战失利，全部归咎于本人，为许翰、刘鞈、姚古三人开脱罪名。因为他明白，战败的消息一经披露，肯定有人要借机攻击他们三人，把朝廷中唯一主战的大臣、地方上尚堪一战的两名军帅排挤去职，这样抗金的前途就更加黯淡了。处处以大局为重的种师中一生中最后一次的衡量，也仍然把国事放在第一位，把个人荣辱放在最后一位。对他的曲折用心，当时毁誉不一，但终将大白于后世。人民有足够的聪明来辨白像种师中这样的人，以及与种师中的行径完全相反的人孰是孰非、孰功孰罪！

中午以前，前线传来的消息更加不好，杨志所部因为得不到赏物，竟由主将带头，放弃阵地，哗变而去。大队金军就从这个缺口中拥入。马政、黄友闻讯，双双驰去，以身堵截，这条防线看来已是岌岌可危。

得到了这个消息，种师中不再犹豫，毅然把纸包交付给马亨祖，又叮咛了几句话，然后郑重其事地解下腰间的佩刀，持与亨祖道：“这把宝刀乃是先叔祖遗赠之物，在西北战场上立下多少战功。今日特以相赠。贤侄孙佩了它，异日为国杀敌，痛歼丑类，休辜负了俺今日临别赠刀之情！”

亨祖久知这把宝刀的来历，知道它是种氏的传家之宝，平日不肯轻易示人，今日相赠，用意可知。他正踌躇着不敢伸手去接，却是种师中双手捧与他了。“国之已无，焉有其家？”正是这种想法才使种师中舍得把传家宝送给亨祖的，不过这句话他没有说出来，他只说了句：“为时不早，俺也待上前线督战，贤侄孙就从那山后的间道走吧！”亨祖跪下，拜了一拜，种师中亲自扶他上了马，目击他折向间道，不禁惨然一笑。

杨志首先逃跑，马政、黄友拼死抵御了一个时辰，弩矢已尽，他们自己射箭攻击杀上前来的金军，不久壶矢又空，他们挺槊，跳出掩蔽体，找敌人厮杀。在他们还剩一口气的时候，没有放过一名敌军进入他们守卫着的最后一道防线。

最后的命运也落到种师中头上，他带着几百名亲兵缓缓前进，一点也不匆忙的样子。因为这时中军统制王从道、副统制张思正都已溃逃，在他与金军之间只剩一片空白，再也没有什么需要他去保卫的了。正因为四面毫无掩蔽，这一群人缓缓而行，金军倒迟疑起来，不敢纵骑前进。双方又相持了一会儿。当然，不久金军就摆开阵势，一阵风似的冲杀上来。在一场剧烈的混战中，人们看到夕阳正照在一名骑将身上，他已经丢失头盔，一头白发映在鲜红的夕照中，显得十分耀眼。不久他倒下去了，埋葬在一层层叠上去的人和马的尸体下面。

6

榆次战败后的第十天，姚古一军又溃于盘陀。姚古没有积极救援种师中一军，致使娄室各个击破的战略得逞。娄室击败种军后，回师南向，又击溃姚古一军。这在姚古可说是自取其咎，自食其果。西军两大劲旅在旬日间先后败亡，朝野震动。

七月间，出任河东宣抚使的李纲又组织起最后一次大规模的解围战，分兵三路，解救太原。刘鞈、王渊一路出平定军、辽州，基本上还是走种师中的老路。当时刘鞈已解除真定路安抚使的职务，升任为河东路宣抚副使。解潜、折彦质一路出威胜军路，基本上还是走姚古的老路。另派张灏、折可求一路出汾州路。张灏是河东宣抚使张孝纯的长子，李纲用他为大将，是希望用父子之情来激励他奋勇自效，力解太原之围。结果，只有西军出身的解潜在南北关之间与娄室狠战了四天，不胜而溃。刘鞈、张灏两军听到败讯后，都逃回来了。这一战失败，太原陷于绝望的境地。

从去年十二月份金军围城以来，太原的城门就紧闭不开，金人筑了夹城以后，更是围得水泄不通，太原城内的物资补充日益困难，张孝纯派使向朝廷和各路告急，使人要冒险缒城而下，这在当时有个专门名词，叫作“擦城”。太原城高数十尺，擦城是十分危险的。有时擦城成功，刚刚双脚落地，埋伏着的金军就上前把使者捉住或杀了。即便在晚间，或者凑巧，当时未被发现，走在防范严密的夹城范围内，要找寻出路越夹城而出，仍然十分困难。因此派出去的使者能够完成任务的，往往十不一二。

在此期间，张孝纯曾有几封信写给在外督兵的儿子张灏求救，这些告急信中，反映了太原城危急的情况。

“城中事势，奏检中具之……此中况味正如病危待汗，存亡须臾，而呼医不至，其荒扰可以想见也。迫切迫切！”

“医久不至，今膏肓矣！可奈何！然而忍死以俟，尚冀灵丹连投，起此危证。”

“阖城军民，久已乏食，又无生路，极不帖妥。事势愈危，死亡之期，近在朝暮，可速赴宣抚制置使司，速赐催促大军星夜前来解围为望。”

这些信说明情势虽已危殆，张孝纯还寄希望于大军前来解围。自榆次之败、三路之溃以后，金军把夸耀战绩的文件缚在箭矢上射入城内，又把战利品及战俘摆在

〔1〕麻胡，传说中的人名，暴戾好杀，民间用来吓唬小儿夜啼。

城外炫耀，用来瓦解城内军民的守志。这一着果然厉害，很多人对朝廷遣军再来解围的希望已完全破灭。

最后一个出城请援的勇士是西军名将杨可世的从兄弟杨可发。他勇悍敢战，在军队中博得杨麻胡[1]的绰号，他不以为忤，索性把“杨麻胡”三字刺在面上立异。这次他请命求援，越城成功，非常得意，逢到宋人就自夸“杨麻胡擦城出”。但当时南路密密层层都有金军防守，他只得折往北路，碰到繁峙县的豪杰、因不愿顺番差往太原去探事的三个人，杨可发跟他们至五台山北繁峙县东的天延村，招军马四十余日，远近义民来归者两万余人。五台山的智和禅师也派了吕善诺及号称杜太师等两名徒弟参加义军。金兵闻讯来剿，义军不幸战败。杨可发上五台山投拜，智和禅师和五台山的副僧正真希又拨了二百名僧兵给他，回到盂县，集合了几千人，重整旗鼓。这次声势大振，粘罕亲自率了大军前来“剿灭”。大战一日，宋军才告败退。这一次杨可发可逃而不愿逃跑。面对几十名围上来的金兵，他靠在土墙壁上，掉转枪头，自刺其腹以死。奇怪的是疮口没有鲜血迸出来，只有一块白色的脂肪，隐隐塞住疮口。金军骇以为神，过了半天，才敢靠近他的身体。

杨可发以后再也没有人能够擦城而出，太原和外界的往来完全隔绝，变成一座死城。

但是太原人既没有丧失斗志，也决不释仗投降，一息尚存，他们就要奋斗到底。八月中，粘罕又发动了一次猛攻。架炮三十位，发射的石块比斗还大，打入城内，猛烈破坏城上的防御设备。主持城守的西军杰出将领、河东路马步军副都总管王禀随方设施，在城上架设木栅，称为“虚栅”，上面挂着盛糠的布袋，用以减杀炮石的威力，掩护城上的防御设备。金兵发动五十余辆“洞子”填没壕沟，“洞子”又称“洞屋”，下置车轮，上安巨木，状如屋形，尖顶上用牛皮蒙上，再裹以铁叶。人躲在“屋”内，推动车轮前进，推到壕沟边就用大木板、稻草填没壕沟。王禀把城墙穿成许多小洞，内置燃料和鼓风的皮囊，等到洞子逼近时就把燃烧着的燃料丢出去，里面鼓风，烟焰亘天，把洞子连同填在壕内的木板草荐都烧光了。金兵又用下装车轮，上面备有搁板，高与城齐的“鹅车”进攻。“鹅车”实际上还是云梯的一种，不过头颈伸得很长，外形造得像只鹅。它只要越过壕沟，逼近城墙，把搁板搭上城堞，就可登上城头。王禀一面派人在城墙中穿孔，用搭钩钩住鹅车，使它动弹不得，再用巨绳拉拽，把它拽倒。一面又在城头上丢下油脂芦草等易燃的东西，焚烧鹅车，把它们烧成灰烬。

这一次进攻又失败了，金军损失巨大，粘罕死了心，不敢再轻易发动进攻，只好等待宋人自毙。

太原攻守战坚持了二百五十多天，是一场惊天地而泣鬼神的剧战，其激烈的程度超过两次东京保卫战。王禀及其部下英勇守卫，他们总结了前人的经验教训，发明创造许多守御战术，为后世留下了宝贵的军事遗产。

太原人以其不屈不挠的斗志和不朽的业绩，写了光辉的一页，记入我国民族斗争史中。

但是敌人打不倒的太原人最后却被饥饿拖垮了。

围城之初，张孝纯等有计划地把十五岁至六十岁的男子一律编入军籍，直接参战。全城屋宇房舍，一律拆去墙壁，全部打通，家家户户，都能互相照顾。不论贫富，一律配给粮食，分配工作，使每个人都投入战斗。城内秩序井然。

随着金军攻击的加强，无法从外面取得军需给养，半年以后，太原的粮食已竭。最后三个月中，他们先吃浮草、树皮、糠秕、草茭，后来煮食弓弩筋甲，最后割死人的肉为食。沦陷前，大部军民已经饿死。最后金兵没有经过战斗，就用云梯爬上城墙。守城的战士，身体靠在城楼壁上，看见金人上城，瞠目怒视，但已叫不出声音，兵器丢在地上，也无力捡拾起来。只好听凭金军上城，打开城门把大队人马放进城来。金兵就是这样不费气力地攻破了坚守八个多月的太原城。可以说这座英雄城不是被攻破，而是自然死亡的。

城破时，除饿死者以外，活下来的文武将吏已为数不多，大部分也已奄奄一息。安抚使张孝纯和他的儿子文字机宜张浃，转运副使韩总，转运判官王苾，提举刑狱单孝忠，廉访使狄流，通判方笈、张叔达，统制官高子祐，统领李宗颜等，都被金军所俘。粘罕诱降张孝纯，张孝纯拼着一股“浊”气，起先表示不降，还讽刺粘罕说：“我兵饥乏，故城为尔所得，何足道哉！使我有粮，尔岂能逞其志乎?”张浃也大声说：“我不负朝廷。”父子相约殉节而死。

不过这种勇气坚持不到半天。不久韩总以下的文武官员都不屈被杀了，张孝纯的态度开始软化，张浃也不能“斡文之盅”，父子两个一齐投降了金朝，成为言行不一、口是心非的民族败类。

后来金人也不重视他，让他在傀儡皇帝刘豫手下做一名傀儡宰相，不久即放逐回乡。

三安抚之一的张孝纯的结局就是这样。起初，他不屑与降敌的蔡靖齐名，还瞧不起刘鞈。现在他愧对尚在抗敌的刘鞈，并且不得不与蔡靖称兄道弟，成为一对难兄难弟。历史的斧钺是森严的。

城破之初，作为知太原府张孝纯的副手的通判同知王逸全家举火自焚，死得壮烈。

一代名将、兵马副都总管王禀于城陷后，还率领数十名羸卒进行巷战，突至西城门。这时他已身中数十枪，重新又杀回来，投汾水而死。太原城这才全部沦入敌手。

粘罕取得太原后，长驱南下，安渡黄河，不久就攻陷西京，分兵五万把守潼关，断绝了西军勤王的来路，一面就向东京方向东进。在此同时，斡离不亲统东路军攻击河北重镇真定府。经过四十多天的攻守，真定被陷，以后续陷北京大名府[1]，也渡过黄河，两路金军再次会攻东京之势已经形成。两京既失，河防又溃，屏障尽撤，东京的厄运是不可避免的了。

[1] 宋朝北京大名府在今河北大名县。

金瓯缺

第三卷

第三十九章

1

经过第一次东京保卫战，特别是经过约有三分之一的东京人参加的那次激荡人心、震惊天地的伏阙上书以来，东京人变了很多。他们变得深沉了，不再追求虚荣的享受和轻佻的生活。他们带着密切的关注注意国家大事，他们懂得现在两河地区发生的每一件事，都要关系他们的国家、家庭和个人的生死存亡，而不再像过去那样把战争和政潮当作好玩的节目，从旁观者的角度为它叫好助威，或者吆喝着希望把他们不喜欢的一方击败。他们谴责或赞美政府的官员，也不再从一时的好恶出发而形成一个严格的标准——凡是削弱或涣散了抗金力量的人都是坏的，反之就是好的。这个标准本来已树立在每个人心里，而经过宣德门事件以后，它的应用更加普遍化和明确化了。

总之，东京人是变了，变得更沉着和更成熟了，他们好像从一个小孩变成为已有相当阅历、经得起考验的成年人。

不幸的是，这大半年来，一切发生的事，都与他们的主观愿望相反。局势好像沿着一条狭窄的轨道急骤飞驰，眼看距离终点已经不远。终点将是一声飞雷，把大地上的一切炸成灰尘，炸成齑粉。他们虽然怀着无限焦急，却不知道用什么方法来阻挡那在轨道上飞驰而来的大灾祸。城市居民虽然热血沸腾，爱国情切，值得称赞，但当他们还没有被良好的领导者组织起来时，却处于无拳无勇的状态，没有多少办法来改变国家的厄运。

太学里的三家村，这块牌仍然存在，但内容已非，因为参加的成员和地点都有所改变了。三家村的中心人物，也是宣德门伏阙上书的领导者陈东，在上书以后，奸臣们迫害百端，实际上已被开封府监视起来。有人劝他应种师道、李纲之辟，投笔从戎，一方面也为了高飞避祸。他说：当初伏阙上书，请官家复用种、李，为的是急国家之急，岂为自己留一条避祸的后路？朝议要惩办“首祸”，他听之任之，不愿意离开东京一步。后来渊圣皇帝再次肯定“太学生伏阙，乃是忠义所激”，并赐陈东同进士出身，补迪功郎。官场上是势利的，一部分朝臣看到圣眷甚隆，顿时换了一副面目，要想收他为门生，替自己风光风光。他这才想到要回到镇江去省视带病的老母，暂离京师以避“福”。他倒不是害怕短时间的福气会给他带来长久的祸患，凡是深明老庄之道的士人都知道祸福相倚的道理，陈东却不是老庄一流，他是真正害怕被人拉进官场去鬼混，这是一个天生的在野派，永远不知道怎样做官的人。

他走后，三家村中这个空额由一名女学生李师师来填补。太学中的领袖人物雷观、汪若海、沈长卿、丁特起等在李师师毁家纾难一役中，多与她打过交道，钦佩她之为人。何况他们与邢、何两位也都保持着亲密的友谊，欢迎“三家村”仍设在太学斋舍内。不过太学里的风流倜傥、不恤物议也有一定限度，如果真让李师师这样一个名噪一时的歌伎经常出入太学之门，往来庠序之地，那时不仅朝议嚣然，恐怕依附在“至圣先师”神主牌位上的孔老夫子之灵也要站出来提抗议了。镇安坊也去不得，自从师师“穷”了以后，李姥视何、邢两人为蛇蝎，不仅茶酒供应全无，连好面孔也不给一个看。何、邢不愿讨这个没趣。以后聚会之地就在何、邢两位家中轮流举行。

人员、地点虽有改变，他们的约期却更加频促了。过去几天一会，现在常是隔天一会，有时是每天都会。自从道君皇帝邀师师出逃，经她严词拒绝以后，这个皇帝在她心中才是真正死透了，因而她的行动就更加没有拘束。邢倞家中还有位夫人，始到邢家去，就帮助夫人做菜温酒。何老爹是个光棍，平常一天三餐，连酒带饭，都在外面混着吃，家中炉灶杯盏，一概全无。每次在何家聚会时，酒菜用具都由师师带去，主持一切。活该三家村要兴旺起来，自从师师换了陈东以来，他们的饮食较前更胜了。这原是三家村活动的一个重要内容。

参加人员也不仅以三人为限，太学生雷观、丁特起有时也自携酒菜，参加一份。邢倞家中地方亮敞，多两个人自然不成问题；何老爹也是神通广大，到期，隔壁邻居自动把地方让出来，请他们去坐地。

这几个人中，邢倞老成持重，谈话之间，偶有议论纷纷聚讼莫决，最后得邢倞一语裁定，大家才没意见。何老爹生性豪爽，动不动就要与两位太学生抬杠，却不知争论就是太学生的看家本领，文论武争，他们都不甘示弱退撄，何况他们带来的消息多，事情又有根有据，常常迫使何老爹屈居下风，感到不自在起来。这时就得师师出来抚慰一番，提起他生平得意的事情说：“雷太学，你补上迪功郎，现在户部供职，一年俸金才不过数百贯。怎比得当日在围城中，王时雍那厮悬赏缉拿，以五千贯购何老爹之首级？老爹也足以自豪了。”

何老爹一听此话就呵呵笑道：“想俺当了染工这个行当，只落得两手靛花，一文不名。”他甩甩两只手，然后指着头颅：“想不到这颗首级倒值得五千贯，割了去换酒吃，包咱们这几个人吃一辈子酒也够了。”

“老爹，你把头颅割了，自己还喝不喝酒？”雷观笑他。何老爹愣了一下，大声地回答：“喝，喝，割了俺十颗头，肚脐眼里也要长出一张嘴来喝酒。”他提起另一件得意事：“那天俺喝了几盅酒，胆气越壮，气力也更大了。看那浪子宰相耀武扬威而来，心里胀满了气，一声断喝，把几名禁军赶开，然后一把就把他拎下马来，几个巴掌扇得他鬼哭狼嚎。当日神勇，全仗这股子酒兴。”

何老爹还没得意完，忽然被一道呜呜咽咽的哭声打断了。原来像古代善恸的唐衢、爱泣的阮籍一样，丁特起也是个哭包子，受了气要哭、伤心要哭、听到激动的事情要哭，这会子忽然想到二月初五宣德门外那番热血沸腾的情景，想到黯然离京的陈东，忽然悲从中来，哭得伤心。

他哭起来，又得师师出来抚慰一番，感情才得平复。师师具有很高的生活艺术，她洞达世情，能够适应各种人。从皇帝到太学生，包括老医士、义父与她在一起时，都愿听她说话，或者说话给她听，看她蹙眉微颦，或者展颜微笑，或者在面靥上出现一个小小的酒窝，或者用纤指轻轻地梳拢着落下来的一绺青丝。这一切都起着调节人们感情的作用。人们对着她如饮醇醪，如对名花，自然而然地心平气和起来。哭声也停止了，气也平了，争吵也和解了。他们也许没有意识到，正是国难以来，大家长期处在焦虑和悲愤之中，到这里来与师师盘桓半天，就希望得到半晌的安慰、片刻的宁静，而师师从来也没有让他们失望过。这个集体之所以能够这样自然而然地形成，师师起的作用很大。

然而师师虽然能够适应各种人，她自己却不被别人所左右。当此战争风云日益迫切之际，她像许多东京人一样，正在深沉地考虑，万一京城不守，她将怎样来处理自己一身，还有与她相依为命的侍女小蘩与惊鸿。其实，当她拒绝与官家逃跑的那天开始，在如何处理自己这个问题上，已经下了最大的决心。对于某些人来说，这样的问题很简单，只要按照决心去做，但对某些人，情况却不一样，决心还要受到严峻的考验。

这半年多以来，师师的身体倒好转了，在三家村中，她经常以调解者、安慰者的悦人的笑靥出现，别人陶醉于她的浅笑微颦、玉容花姿。只有与她相知甚深的邢倞和何老爹才知道隐藏在这些表面现象背后，她还有十分深沉的考虑，但即使他们也不能够完全参透她内心的秘密，他们只知道她正在酝酿一个极大的决心，而她的决心一旦形成，即使地动山摇也不能再改变它了。

2

三家村里又有一次新的集会，地点在邢太医家中，出席人员除基本成员三人、太学生两名外，又由雷观带来了西军将领吴革。吴革是听说有这样的集会，主动要求参加的。吴革于第一次东京保卫战中，带着二十名骑士突围进城，带来种师道即将勤王入城的好消息，是当日的英雄，东京城中无人不知他的名气。后来他回到种师中的部队，参加榆次之战，对榆次、盘陀两个战役的情况都十分了解。太原失守后，又承朝命出使粘罕军前，以言词折服粘罕，迫使他追回进攻威胜军的军队。这是开战以来，外交方面唯一的一次差强人意的交涉，并探得金军的虚实，备告防河的大帅河东宣抚使折彦质。上月间，他又奉朝旨赴阙，奏对时，渊圣问他割地与不割孰便。当时朝廷内正在争论要不要把三镇割与金朝。他回奏得爽快："金人有吞箭之誓，入寇京师必矣。割地与彼，徒张其势，也复何益？乞措置边地，起陕西兵马，为京城援，不复议和。"不复议和这一条是朝廷办不到的，但渊圣也要做出万一和议不成的准备，不得不听听这个主战将领的意见，派他去陕西勾兵，委同诸帅臣讲京师武备。陕西勾兵是句空话，结果没有去成，但他毕竟也有资格参与东京城防的工作了。

这是个令人瞩目的英俊人物，这次雷观把他带来，自然会受到三家村里新老成员的欢迎和尊敬。还有，在李师师的眼里，这个英俊人物的仪表、神态、言论都与马扩有相似之处。凑巧他出使粘罕军前，借的虚衔也像马扩一样是宣赞阁门舍人，现在还有人以吴宣赞相称，这个官衔更使人想起马扩。师师悄悄一问，他与马扩果然是西军中的旧侣，并有相当深厚的交情。这样一种自然联系，使他在三家村中不像是个生客而是彼此已认识多年的旧交，这增加了这天集会的稠密的气氛。

一番客套后，就转入正题。吴革是今天的中心人物，大家都想叫他就目前的时势发表议论。他却愿意先从榆次之战谈起，谈到姚古如何懦怯，致陷种帅一军于死地。他的叙述开始是平静的，到后来就抑制不住自己的激情了。他说：那天，他受种经略大令，前往敌军之后催督姚古一军。他驰了一日夜，在敌后二三百里中来往寻找，根本未发现姚军，后来直奔到威胜军，才见到姚古本人，那里正是他的一军受令出征的出发点。原来他在京师时，当面向枢密使许翰夸下海口，保证即日遵令北上。事实上，过了十天，仍在原地踏步未动，吴革禀告娄室全军北上，种经略一军已陷入重围，请他急速出师，以解倒悬，继之以泣请。姚古还是慢吞吞地回答出军之事且待与诸将商量，这样又耽搁了两天半，才拔队缓缓而进。此时榆次一军已经陷没，种帅以下的将佐死得慷慨，皎如白日。说到这里，他做了一个猛烈的动作，似乎要把姚古这个人放在他的掌心里捏成齑粉，他问道："诸位且说，姚古之肉，其足食乎？"

吴革的这番话慷慨陈词，使大家十分激动，仿佛看到那批死难的将士双目不瞑，遗恨填膺，然后又十分感叹地说："榆次一战，两军精锐尽歼，种经略战殁，昨日种宣抚又在京师捐馆，种氏后继无人，西军也群龙无首。赵钤辖、刘四厢远在陇右，防范羌人，鞭长莫及，今番官家命吴某入陕勾兵，竟不知可与何人洽谈。目前娄室已据西京，潼关外陈兵五万，往来途窒。朝廷续旨止吴某勿行，仰见官家保全之意。吴某却怕今番东京再次受兵，欲望西兵勤王解围如上次那样，恐已不可得了。"

东京本身见兵不多，所望的就是西北勤王之师，现在经战略家吴革这样一分析，大家才知道东京确是危机空前。丁特起不由得又要呜咽起来。这时邢倞发问道："种经略的行军参谋马政听说也在榆次一战中阵亡，此事可真？"

"马参谋之恤典已见明旨，如何不真？俺听战场上逃出来的黄参谋之弟黄爱说，种帅是当日黄昏边殉难的，马参谋与黄参谋在晌午时分就已阵亡。那日辰刻前军已溃，狗彘不食其余的杨志和王从道等率先逃跑，各军纷纷撤下，弩矢又尽，马参谋、黄参谋急率几十名伤残兵卒，凭着一道坚垒，又苦战了一个多时辰，挡住金兵。其用心是拼着自己一死，可使种经略率领残部突围，再作后图。这时，东南一路金军尚未合围，种帅尽可从容撤出。可惜种帅的死志早决，不肯再作突围之计了。"

然后他又补充道："马参谋在军中携有他的孙儿马亨祖，才不过十四五岁的年纪，已见了两阵，俺看他小小年纪，身手不凡，还在马参谋面前夸他是跨灶之器。如今消息不闻，想也跟从祖父一起战死了。"

"马亨祖莫非就是马子充之儿？"雷观问道。

"非也。"十分了解马氏家世的邢倞解释道，"子充结缡才不过四年多，哪有十多岁的儿子？听说亨祖是他大哥马持的遗腹子。马持早在西北战亡。如今马氏三世都绝，全靠子充一线单传。前闻子充的夫人、赵钤辖之千金亸娘已经怀孕，但愿生下个儿郎，以续马氏香火。"

由于吴革还是初次见面的朋友，师师的态度比较自持，但一说到马家情况，她也情不自禁地要问："吴将军乃马宣赞之友，相知甚深。他久系真定狱中，究为何事，朋辈久为他不平。吴将军前日军次真定，见闻较切，当知其详。"

"马子充一狱，纯系刘韐、李质、王渊三人诬陷，真定人人都如此说，只恨奸臣当道，朝廷不明，至今未为他昭雪洗刷，岂止朋辈不平而已，实令天下志士扼腕！"吴革气愤地说，"俺在真定时，听说种帅、马参谋都入狱去看过子充。俺也想去看看他，只是狱中关防得紧，不得其门而入。其实种帅军中，有一大半人都是子充故旧，都想去看看他而不得。大军出发时，种帅关照刘韐要看顾子充，不许动他毫毛，否则唯其是问。这话当着人面说，大家都听到了。子充在狱，谅不至吃苦。只是军中报来，上月间，真定已不守，子充消息杳然，不知是生是死，目前已无处打听了。"

刘锜远戍三载，未得一面，马扩系狱近年，目前又生死不明。师师想到与他们多次邂逅，相知实深。今日面对着英姿飒爽的吴革，使她更加想起马扩来。"十年生死两茫茫，不思量，自难忘……"苏东坡的那首著名的悼亡词忽然不合时宜、也不切题目地涌进她的心头。原来人的意识界是十分宽放的，它不比考场作诗，塾师论文，它不讲究切时切地切题切人那一套清规戒律，只要有一点可以相通之处，就可以彼此借用。当时师师默默地念着东坡的那句词，不觉两滴清泪挂下来了，她又唯恐引起丁特起的一场恸哭，只好勉强忍住。不想丁特起这次倒没有跟着哭，反而带来一条有关马扩的消息。他先笼罩一句道："俺倒得知马子充的消息，你们可要知道？"

"快说，快说。"

大家听他说得郑重其事，都催他快说。

"那可不是子充自己跑来了！子充，你来得好，大伙儿都想死你了！"他指指门框，哄得大家都回头去看，然后哈哈大笑起来，"师师，看你哭得这样伤心，俺无非是想逗你破涕一笑，千万莫见怪。"说着就连连向师师打躬作揖，道歉不迭。原来这丁特起不但善哭，也善于开别人的玩笑，不但自己常要流泪，也很注意别人的眼泪。

"你这个不得好死的促狭鬼，但愿你哭出一缸眼泪，自己跳下去淹死了，省得再来现世。"师师不由得骂了他一句。

"这个死法倒真想得别致有趣。如果真让师师一句话骂死了，自当含笑九泉。

可惜俺这会儿死了，你到哪里去打听子充的消息。”他一本正经地说下去。

“朝廷里那些不肖之徒，上月间又遣工部侍郎王云赴斡离不军前哀求缓师。那王云专主割地求和，朝廷里的吴敏、唐恪、耿南仲等人都十分器重他，连号称主战的宰相何㮚也说过：‘割让三镇之两河之事，非王子飞去莫办！’上月间，他携去的国书中竟有这样的话：‘若恤邻存好，则浩恩再造；提师再至，则宗庙殒亡。’”

“无耻，无耻！”大家听了这两句，都骂起来，问是哪个贼王八起稿的书词。

“闻是翰林院承旨吴幵削的稿。”

“呸！我道是哪个吴幵，”何老爹敏捷地接上了话头，“那吴幵、莫俦、李回三个号称套在一只裤脚管里的三条蹊跷腿。如今三个都发迹了，莫俦钻了吴敏的门路，官拜刑部侍郎，贪赃枉法，家资万金，近又遣往粘罕处乞和；李回派到黄河边去督师，还给了个巡按大河使的名义。他才走到河边，听得对岸一阵鼓声，先吓得屁滚尿流，丢下大使的印信就逃回京师。俺说这吴幵，哥儿俩都发迹了，你怎不露一手儿？今日果真如此。俺恨不得把这三条蹊跷腿都砍下来，放到腌肉缸里去腌一腌，只怕还有人嫌脏嫌臭，不肯吃它！”

“丁太学，你且说王云割地求和之事与马子充有何干系？”邢倞急问。

“要索三镇，原是斡离不自己提出来的，及至王云赍了朝旨允承割让三镇时，斡离不又翻前议，不要三镇，而要河东、河北全路了。不但如此，还要朝廷遣送蔡京、童贯、王黼、吴敏、李纲、马扩、詹度、张孝纯、陈遘九人的家属前往金朝，才可商量缓师之议。”

“这九个人，”邢倞首先提出疑问道，“或忠或佞，或生或死，或坚守抗敌，或无耻乞降，或被系在狱，或远斥外地，事情不同，薰莸有别。金人不伦不类地把他们列在一起，要把他们的家属索去何用？”

“醉翁之意不在酒，公相的宠姬慕容夫人、邢夫人、武夫人艳名夙著，久有‘一树红桃三朵花’之称。莫非金帅好色，索去了要充为下陈？”雷观笑答道，“只是吴敏的侍婢远山远去扬州，王黼的宠姬田令人，号称国色，久已跟一个缉捕使臣逃亡，要找回来却不容易了。”

“太原之失，李枢使也遭废黜，远斥南服，尽室而行，只怕也拿不到了。”

“张孝纯属已降敌，金人要他的家属，是想为笼络之计，见好降人，其情可知。”

邢倞的这个推测，甚合情理，大家一致赞同。

詹度、陈遘先后为中山府知府。太原失守后，中山仍在喋血坚守中。金人勾取他们的家属，意图以宋人为质，要挟他们出降。吴革的这个推测也是合理的。

使他们大惑不解的是，为什么把马扩家属也列在名单之内。马扩职位比其他八人低得多，手中又无兵权，长期以来系在真定府狱中，目前不知所存。把他的家属取来，是何道理，大家也想不出来。

“莫非金人已知子充踪迹，取他的家属来胁降?”雷观推测道。

“非也。”丁特起说，“王云去金营时，斡离不当面问他子充的下落，可见斡离不也不知道子充何在，所以在国书上特别注明一笔要朝廷查索报明。”

这时李师师发言了，她说：“曾听马宣赞说起过，当年使金时，多与斡离不过从，两人曾并骑上山猎虎，各有所获。想是斡离不深知马宣赞之才，唯恐他一旦再起，必为彼国之患。不如先把他的家属拘捕了，异日可为要挟之用。”

“师师所言，深有见地。”吴革马上接着说，这是他第一次直接称赞师师，倒使师师有些面红耳赤起来，“只是斡离不不知子充之心，马子充心如铁石，岂肯为家属易节？斡离不此举也属徒劳无益。”

李师师和吴革的话，高度评价了马扩之为人，这时邢倞又补充道：“不但子充如此，子充家人也都是心如铁石，岂肯受金人之胁?”邢倞的话说得及时，李师师急忙为他斟满一杯酒。何老爹提议，为马子充干此一杯！这个提议，深合大家之意，他一举杯，其他五人都跟上了，痛快地一饮而尽。

“今日打听得朝廷给斡离不的复书又由王云赍去，除同意派皇九弟康王前去虏营讲和外，”丁特起索性把话讲完了，“又备述以上九人的生死情况，见在何处，务要把他们的家属拘拿到案，听金人发落。只是说到子充时，也道不知所往。子充的踪迹真个叫人悬念不止了。”

“金人如此寻根究底地追索子充及其家属的行踪，必有所为。”邢倞带着老年人的深谋远虑替亸娘担起心来，“子充一家都在保州，目前保州存亡不明，只是边城孤悬，终难久守。俺只怕这一家子难免都要遭到金人毒手。”他说着，不禁从丹田里滚出几声沉重的叹息，然后加上一句：“如果真是如此，天道宁复可问?”

“邢太医还提什么‘天道’，如有天道，杀人略地的金寇怎能猖披至此?”吴革先反驳这个所谓“天道”的过时理论，“俺此番道出河阳，来到京师。听当地人说，金人渡河之役，我军有十二万人守河。金将娄室说‘宋人虽多，不足畏也’，尽取军中战鼓，痛击达旦，十多万大军在此一夜间都被战鼓声吓跑了。何老爹刚才说的李固，也是被鼓声吓跑的。官兵逃走，老百姓逃祸不遑，辗转陷死于泥沙中的何啻千万。过了两天，斡离不的大军也自魏县的李固渡渡过大河。不意黄河天险，两路会兵不费一矢之力，两天内先后渡过，坐使京师危急，人民遭殃。此乃人事之不臧，何关乎天道?”

对吴革的这番激动人心的发言，各人都有自己的理解。何老爹也不禁叹息道：“河东、河北，朝内、朝外，都有这等脓包的将兵，窝囊的官员。有官如此，中国焉得不亡？俺怕这番东京城难保了。”

“自有生来多涕泪，独无人处恸江山!”丁特起吟了这句诗以后，独自跑进邢倞的里间，呜呜幽幽地哭起来。这时大家都有几分酒意，举座为之惨然。

吴革与丁特起十分熟悉，他跑进里间把丁特起拖出来，叫道：“特起，恸哭江山并非见不得人的事，你要哭就大声哭，到大庭广众之间来哭，躲在里间幽幽地哭，还算什么大丈夫、太学生?”然后他又面对大家说：“众位休被他哭得肠断肝裂，意气颓丧，且听俺吴某说一段话。上月间粘罕率军过隆德府，在城下大言：‘我今提兵问罪赵皇去，尔等但将犒军酒肉送来，我明日即去，不攻你城。’知府张有极与属官父老共议。通判李谔主张给粘罕烧烧香，叩两个响头，送些酒食去就可免祸。父老们听了大怒，说道：‘若如此，乃拜降也！如通判要与他酒食即与，男女等却愿守城!’次日粘罕来索酒食，父老们喧骂这里无犒设物给他。李谔尚待呶辩，一个军官上前大呼：‘通判莫待反耶?’一刀掷去，斫中他的面颊，父老们即刻集合了数千人，凭城与金军大战两日，只杀得红尘滚滚，日月无光，惨烈异常。”

这个故事说得生气勃勃，大家的情绪果然振奋起来。何老爹先就干了一杯，喝彩道：“隆德府的老百姓如此英雄，这才不辱没我们的祖宗，即使战败了被杀，虽死犹荣。”

“何老爹说得恁地气壮，咱汉人就是要做好汉子。”吴革顿时飞起一杯，与他对饮了，又针对他刚才的一句话，说道，“有民如此，中国定不灭亡！即如你何老爹在年初围城时，怒斥王时雍，不让狐群狗党抄毁师师之家。陈少阳伏阙上书，你往来保卫，又率众殴击奸党，当时何等意气！难道今日豪气已尽，眼睁睁地就让金贼占我京师，覆我大宋社稷不成?”

一句话把何老爹激得跳起三丈高，他大叫道：“俺何宏虽是个粗人，却也略识大义，这一腔子的热血，早已卖给国家。只是腔子上少了这个。”他用手指一指头脑说："种宣抚、李枢使既被废斥，少阳又到南边去了，俺忽忽如有所失，不知道听哪位说话跟哪位走路好？如今你吴统制忠义为国，还肯结交到咱市井细人，俺不听你话还有谁的话可听？俺如今就跟定你了。吴统制你如有驱策，何宏俺一定执鞭相随，万死不辞！"

"俺吴革何人，敢来驱策老爹？"吴革谦逊道，"凭你老爹在东京城里的声望，只要登高一呼，一二十万人怕不都跟着你走？大家一条心用于抗虏之事，战士在城上击贼，老百姓从旁缉奸安民，修城筑道，搬运矢石，传令传食，有多少事情可做。事有巨细，功则相同，这就是老百姓的救国之道了。还有你邢太医，刚直不阿，交友遍及京中，其中岂无忠义绝伦之士？如与他们广通声气，必能收得集思广益之效。邢太医、雷太学、丁二哥，你们且屈指数数在今东京城里，还有哪些忠义之士，可与言救国之道的？"

一句话触发了邢倞、雷观。他们列举出监察御史张所，禁军将领蒋宣、李福、卢万、崔广、崔彦，太学生吴铢、徐伟，角抵艺员李宝等名字不下二十人。吴革一一记下来，然后亲自给大家斟满了酒，提议道："众位都是汉家的好汉子。"他停顿了一下，补充道："就是师师，虽属巾帼，忠肝义胆，也是我汉家的好汉女。今日一会，非比寻常。吴革不揣微末，愿与众位歃血为盟，誓保大宋江山，不与金虏共存于斯世。至于各位提出的忠义之士，自当逐一相访，披肝结交，若得万众一心，咸来赴会，岂惧金贼肆虐、奸臣卖国？"吴革这番话说得意气干云，博得大家的激赏，都说愿意歃血与盟。只是谈到为头的问题，吴革又客气一句道："至于领袖之选，自当虚位以待贤者。"

"义夫（吴革字），这话就不对了。"丁特起也变得积极起来，"你看邢太医、何老爹都愿推你为尊，此事攸关大局，岂为一人荣辱？义夫再推却，就是矫情了。"

这个问题无可再议。大家都推吴革在首位坐下。吴革顿时现出一股刚毅之气，说道："既然众位见推，吴革义不容辞，只好暂时承乏此席，权为盟主。吴革分居军人，将来会众多了，不免要以军法部勒，那时众位要大力支持，才好办事。"

这一条大家又通过了。然后吴革发令道："酒来！"他自己拔出佩刀，卷起衣袖，一刀刺入臂中，把鲜血流入一个盛满了酒的大瓦盆内。他的隔座，恰巧正是师师，他又犹豫了一会儿，待把刀子递给左旁的雷观。不想师师一声不响，就把刀子接过来。她挽起衣袖，露出一弯玉臂，咬紧牙齿，用力一刺，把刀子刺入皮肤，一股鲜血弯弯曲曲地流入瓦盆。然后再一个个挨过去，大家都刺了血。盟主吴革就用刀子在酒盆里搅动几下，双手捧起酒盆，喝了一大口。挨到师师，她喝血酒要比刺血困难得多，不禁皱起眉头来，她感觉到大家的眼睛都盯着她瞧，她闭上眼睛，一挺脖子也喝下去了。大家挨次喝酒，转了两圈，早把这一大盆血酒全部喝干。

和着血的酒进入血管里，使他们的血液更加沸腾起来，他们的神色也更加肃穆，这是因为他们意识到抗金的大业已有一大部分落到他们的肩膀上，他们不是用言语而是用决心要实现今夜的誓言。

这件事发生在金军第二次进攻东京的前夕。从此三家村成为东京城里一个抗金的“地下据点”，到了适当时机，它的作用就会显示出来。

3

从靖康元年十一月十二日粘罕大军渡过河阳的黄河渡口算起，两天以后斡离不大军也渡过魏县李固渡的黄河渡口，直到十一月三十日，金朝东西两路大军同日到达，会师于东京城下，闰十一月初一金兵正式攻城，其后的二十天是民族危机空前紧急，是北宋朝廷已处在生死绝续关头的关键性的二十天。

作为高级军官吴革，作为刚刚有了一个出身的起码官员雷观，作为尚无一命之荣的太学生丁特起，作为各阶层市民的医士邢倞和染匠何宏，作为闭门谢客的歌伎李师师等都明白地感觉到，在这关键时刻中宋朝人应当有所行动才能打退金人，决不能寄希望于一场瘟疫和一场大地震使金人乖乖地自动撤退。

但是作为主持朝纲的当局大臣何桌、孙傅、唐恪、耿南仲这些人，在这个关键时刻又做了哪些应急的准备工作，采取了哪些战守的行动呢？

说来好笑，渊圣皇帝命令吴革到陕西去勾兵的明旨下来以后，大臣们进行了一场讨论，首先对并非由他们推荐而是渊圣皇帝直接召见的吴革感到十分不满。如果哪一个普通军官都可以直接见到官家，妄论国是，反对割地，劝渊圣“不复议和”，朝纲岂不是要大乱了？他们先给吴革加上一个“动摇国策，荧惑圣听”的罪名，然后针对吴革的“勾兵陕西”之议，提出两条意见：

第一条是属于财政方面的，如果陕西或其他地方的勤王军都“勾”到了，这笔费用如何开销？他们的官样文章是：今百姓困匮，调发不及，养数十万兵于京城下，财用何以给之？说得好冠冕堂皇！不过他们忘记了一条，他们还准备补足年初斡离不围城时勒索去的不足之数，另外每年加三十万两匹银绢赂献金师，以求缓攻，不知道这笔账准备如何开销？

第二条是属于外交的，说是今朝廷讲和，不务用兵，若使金人知道朝廷已在东京附近征集军队，志不在和，岂不激怒了他们。

根据这两条意见，他们决定不准吴革前往“陕西勾兵”，也不准另一个带兵的文官张叔夜率领所部从京西路前来勤王。

作为普通军官的吴革，的确不了解朝廷事务的复杂性，渊圣皇帝亲自接见他，当面跟他说要他去陕西勾兵，后来又正式下了明旨，却还是作不得数。只要在宰执之间有了反对的意见，他们就有本事使诏旨成为一纸空文。吴革后来续得诏旨命他暂缓陕西之行。那时潼关已遭金军封锁，吴革还当这是官家对他保全之意，怎知道其中还有这样复杂的经过?

后来有一次，他因议论京城防守军务与耿南仲在政事堂争执起来，耿南仲气鼓鼓地朝他白了一眼，然后冲口一句骂出来："公之言何以似太学生?"

吴革当时还不知道这句话的分量。后来问了丁特起，才知道在政事堂中，太学生就等于是盗匪寇贼的同义词。主战的太学生是主和的宰执们的第一号仇敌，普通军官吴革说起话来和太学生一样，根据他们的逻辑，他当然也是他们的第一号仇敌。

吴革到京城来了一两个月，学了不少乖，到最后总算弄清楚了官家要他与宰执们商量战守之计，实际是"与虎谋皮"的勾当。他这才下了决心要与何老爹等人组织"地下据点"来进行抗金的大计。达官贵人中间既然找不到同盟者，只好在市井细民、学生官兵中寻求志同道合的人，这是事理发展势所必然的。

不过宰执大臣，也还有各自的面目，并非完全划一。譬如"主战"的宰相何桌，他的面目便不同于其他的宰执，做出事情来也别有一副肝肠。

何桌为人犹如一只红萝卜球，他主战的主张好像一层红皮，用手指甲把它剥去，里面雪白的萝卜心子就露出来了。他是战在皮外，和在心子里。其实从他本人的外形来看，圆滚滚的脸，圆滚滚的身体，圆滚滚的一团被酒糟染得通红的鼻子，也很像一只红萝卜。何桌上台前曾受到太学生舆论的支持，后来太学生看穿了他的行径撤回支持，改为斥骂攻击，并为他加上一个"红萝卜球"的绰号，从此他对太学生痛恨的程度也不亚于唐恪和耿南仲等人。

不过他还是千方百计要把它这层红萝卜皮保牢的。原因是：他很明白，他之所以能够进入宰执之列，后来又代替了因一次夜出被老百姓打碎灯笼，因而被官家认为"失尽人心"的唐恪而跃居首相的地位，主要就因他有主战派之称。放一个主战派在朝堂之内，犹如在一大堆白萝卜中间搭进一只红萝卜，既可使官家放心，又可敷衍一下舆论，这个做法在第一次围城以来就行之有效。表面上的平衡不会妨碍主和派实际上的一统天下。

何桌一个积极的备战措施是在京师招募一支人数多至七千七百七十七名的"六甲兵"。

事情是这样的：殿帅王宗濋麾下有一名叫作郭京的老兵，自言善于"使神役鬼”，有“移山倒海、撒豆成兵，隐形潜身”之能，如使他招募一支“六甲兵”守备京师，金人不足平矣！

王宗濋把他推荐给首相何㮚，何㮚先还不相信，要当面试一试。他们在金殿之上进行试验。郭京带来了他的两名助手，一个是还俗的和尚傅临政，人称“傅先生”，一个是在东京街市上摆个摊头，挂起十多只葫芦卖药的道人刘无忌。他们用白粉在金殿地砖上画了许多个大圈圈、小圈圈，大圈圈外侧的左右边各画一道门，左门上写个“生”字，右门上写个“死”字。试验开始，郭京南面而坐，口中念念有词。傅先生手持铃铎，振动不已，蓦地刘道人奔出来，甩一个虎跳，头顶着地，双脚向天，沿着圈圈转了三圈。郭京喝声“住”。一只白白胖胖的波斯猫忽然从刘道人的衣兜里喵呜喵呜地爬出来，那壁厢傅先生也从衣兜内取出一只硕大无比吱吱乱叫的老鼠。郭京吆喝一声“生”，傅先生把老鼠放在生门，刘道人把波斯猫放进死门，猫鼠一齐进入大圈子里，彼此沿着小圈圈转来转去，相互盘旋，有几次，猫儿老鼠擦身而过，老鼠丝毫没有畏怯图逃的样子，猫儿也像根本没有看见老鼠一样。这样足足表现了半刻钟，然后郭京又喝一声：“死”，猫、鼠交换了进口的门。老鼠一进死门吓得伏在地上不敢动弹，猫儿跳过去，一爪搭住，就把它咬死撕裂了。

试验成功，在一旁观看的大臣、内侍们莫不啧啧称奇。郭京趁势夸下海口道：“如依此法用兵，我入生道则番贼不能见我，番贼入死道，则束手受缚耳！”又说他就要到市上招募七千七百七十七名“六甲兵”，但论八字，不问技艺，只要推算得八字好的，即能入选。他们一上阵，金将粘罕、斡离不将尽成俘虏，驱之回城，大功告成，指日可待。

何㮚对郭京深信不疑，郭京提出的要求，照单全收。果然不到十天，“六甲兵”就全部招募足额，屯于城中的天清寺。

有个同乡给主持城守的副宰相孙傅上书，掏出郭京、傅临政等人的老底子，还说：“自古未闻以此成大功者，如今郭京等在京师为非作歹，万一失利，贻朝廷羞！”

孙傅把那同乡招来斥骂道：“天佑宋室，乃有郭京之异人前来相助，金殿试兵，某所亲见，岂有虚诈？你小子怎敢胡言？幸好你只与我说，此书若让别人见了，定坐你以沮师之罪，祸至灭族矣！”

那同乡见他无理可喻，只得逡巡而退。

耿南仲等主和派并不相信这等装神扮鬼之事。他们在一旁看到了，心里暗暗发笑，表面上却附和大家之意，还祝贺何桌道：“有此神兵，京师防务无虞，此乃相公之洪福，今后，公但在城楼高枕酣卧、坐待捷音。此外与金人酬对之事，某等数人足以了之，公何虑之有？”

主和派不相信神兵，他们相信的是与斡离不做交易：我们既挡住了陕西、京南的勤王之师不使入京，你岂可不给我们一个好面孔看看？他们尤其寄托希望于康王、王云奉使斡离不军前议和一举。其中耿南仲表现得最积极，他同意渊圣之旨，儿子耿延禧被派为康王的随员，一同北上，吃一点苦头，富贵唾手可得，这个险值得一冒！

4

康王赵构是太上皇的第九个儿子，在兄弟行中，以干练和才学著称。

在宫廷这个环境中，特别在那“太平盛世”培育出来的皇子们基本上都是一种类型，不过随着各人的癖性、爱好、天分和成长经历，也可以略有异同。

譬如太上皇是著名的艺术家，书画都属于第一流。他的子女们为了博得父皇的欢心，都留心书画，注意文化教养。太上皇的几个儿子在这方面都有些成就：渊圣皇帝擅书法，学的是薛稷体，字迹秀美；康王也长于此道，学的是黄山谷体，字体瘦硬；郓王曾举状元；肃王被斡离不当作人质押往燕京后，曾在吴天寺默读一篇碑文，回到寓所，把全文一千多字默写出来，一字不差，监视他的女真贵族们看了也十分敬佩，但这没有给他带来任何好处，据说就因为这个，斡离不把他扣留在燕山，不放回来。

“才学”，如果单指写字读书、作诗画图，那是许多皇子都具有的，可是在宫廷的环境中，如何锻炼出一个皇子的“干练”，那就令人费解了。而且“干练”本身的定义也很难下。大约康王之为人，对本身利害的考虑十分周到，决不糊涂，而且很懂得趋利避害之道，这就是他们所谓的“干练”。

康王之所以在宫廷中就得到锻炼的机会，与他生母韦氏出身低卑有关。韦氏原是宰相苏颂家里的一个丫鬟，苏家不要她了，辗转进入宫廷。后来在宫廷的马球队中当一名队员。由于她的姿色、骑术都属平平，并无特殊吸引官家之处。幸亏她与同队的乔氏相好，两人相互约定，如一方遭际了官家，一定要引进另一方。乔氏色艺超群，很快就封为贵妃，她不忘誓约，把韦氏带见官家，封作才人，还生了个儿子，就是康王。

即使这样，由才人升为淑妃的韦氏在宫廷钩心斗角的争逐中仍然处于不利的地位。官家很快就忘掉有她这样一个妃子。眼光势利的内监、宫人等也很少会口角春风提到韦氏，而嫔妃之得以接近官家，除少数几个能使官家念念不忘以外，全靠别人提醒他，才想起来，偶然去光顾一次。宫廷中的姐妹之情也是靠不住的，乔贵妃虽然长期受到宠幸，势倾后宫，此时却视官家为禁脔，一心只想让她一个人包办独占，早已忘了与小姐妹的誓约。因此韦淑妃的处境比普通给事的宫人还不如，普通给事的宫人平常还有机会承望官家的颜色，而她，却深锁在宫院之中，一年半载中难得有一两次与官家见面。

母亲的失势给儿子带来困难，处于孤臣孽子地位上的康王从小就养成万事都要想一想的习惯。他的一言一行都要考虑到对自己和母亲有什么影响，有什么利害关系。母亲在宫廷斗争中是弱者，她没有很好地利用为官家生了一个儿子的机会来抬高自己。儿子却是个强者，他发誓要超过所有兄弟姐妹，突出于众人之上，为自己和母亲造个扬眉吐气的地位。

除了母亲，他对任何人都没有感情，特别对父皇和已经被立为太子的长兄。因为一个是造成母亲痛苦生活的祸首，一个是阻挡他出人头地的一堵墙。封建的教育花了整整十年工夫，教他要学会礼让仁爱、孝悌忠信，宫廷的倾轧生活同时教会了他不要去相信这些鬼话。赵构是个聪明的学生，两样都学到家了，他懂得表面上的孝悌和骨子里的仇恨。他很早就勘破了那欺骗人的一关。

第一次围城之役，斡离不提出要亲王、大臣为质。渊圣征求兄弟们的意见，谁都怕一入金营便回不来了，大家推推托托，礼让为先，没有一个肯出任艰巨。只有康王感到这是一次让他脱颖而出的机会，越次上告，自愿请行。渊圣大喜，就派他与少宰张邦昌一起进入金营。康王留心行事，既不敢触怒斡离不，自取祸患，也不肯像张邦昌那样卑躬屈膝，自失身份。在金营中，他更小心地把自己掩盖起来，没有做出像肃王后来在燕京做的那种蠢事，自露才华，惹起金人的猜忌。他在金营二十多天，应付得体，后来改换肃王为质，斡离不就把他送进围城。他居然从虎口中脱身回来。

从此康王在朝廷上取得了一定的声望，在宫廷中，地位也超过诸兄弟。

这次出使求和，虽由斡离不点名指定，也受到朝内主和派大臣唐恪和耿南仲的怂恿。他们认为派去谈判的人身份越高，谈判成功的机会也越多。王云虽然能言善道，两次出使，都使金人满意，毕竟地位太低，人微则言轻，不能见重于敌方。他们奏准了渊圣，派康王率领一大批人，浩浩荡荡地前往斡离不军前谈判。

康王这次出门与第一次完全不同。第一次，他仅仅被派去做一名人质，这次却身系朝廷之重。因为他明白无论渊圣，无论所谓“主战”的大臣何㮚等心里都希望谈判得成。至于条件，割三镇割两河，尊金主为伯皇帝或为父皇帝，要多少“犒设”，反正都是一样，只要和议得成，不管付出多少代价，都可签约，在这方面，他已取得全权。和议不成，他顶多与兄弟们一样同归俘辱，和议若成，他就是第一号功臣了。本朝一百余年的历史中，亲王从未立过这样的大功，因此，他欣然受

[1] 今河南长垣县。

命，出城而行。

在康王辞别了母亲韦妃、妻子邢妃即将首途出发时，发生了一件不寻常的事。婢子招儿忽然鬼迷心窍地当着许多送别的人说，她刚看见云端中有四尊金盔金甲的将军，状貌雄伟，手中各执宝剑、弓箭、刀戟等武器，样子好像要护卫殿下出门。她向天空那个方向比比画画，让大家来看。有的说也看到了两驾尊神，有的说云彩重叠、迷迷雾雾，看不清楚。这时母妃韦氏恍然大悟道："我事四圣，香火甚虔，今日吾儿出行，宜得其阴助。"

小婢招儿与韦妃的话肯定要传出去，那会引来两种后果：一种是康王奉使议和，出门时受到四圣的护卫，吉人天相，和议必定有成；一种是康王出行，有尊神护驾，乃大贵之兆。

后面的一种舆论可能给他酝酿不利因素，但目前朝廷切望和议有成，暂时不会给他带来什么祸患，而将来的发展，则说不定还会有莫大的好处。对个人利害关系考虑得非常周到的康王，在决定让母亲与招儿做这件事以前一定把各种利害因素都衡量过了。

在亲王权贵之间，出了这样一个能够深谋远虑的自私者，并非简单的事情。在当时的历史环境中，一个利害分明的彻底自私者也许会比一个糊里糊涂把国家全部利益都断送了还自认为"朕不负百姓"的皇帝有用。

康王等一行人是于十一月十六日出京的，事实上，斡离不、粘罕两支大军已先后于十二日、十四日渡过黄河了。当时，康王还未知道。他们从浚县的河津渡河，道经长垣[1]时，听老百姓纷纷传说金军已两路渡河，斡离不大军从魏县渡河后已直趋京师。老百姓也打听到康王一行人要去北京大名府与斡离不议和。出于对皇子的爱护，他们笼住了康王的马头，不让他向前走。他们说：斡离不已离开北京直取东京，殿下去了，也是扑个空。不如留在这里，起兵攻打金人的后路。百姓都愿相随。

百姓对康王的缱绻之意是十分明显的，说的话也很有道理。康王以好言相慰道："父老之意，俺都省得，只是长垣非用兵之地。昨日出京时，官家面谕磁州宗泽有兵一万五千人，披城立寨。俺即待到宗知州那里去，与他商议起兵之事。父老们在这里起了兵，续到磁州，听俺调拨可也。"

老百姓走散后，长垣的官吏们也来献起兵之策。康王脸色一沉道："本藩受官家之命，前去金营与斡离不议和，未得朝旨，岂可擅自起兵，败坏祖宗法度。你等好糊涂！”

然后他关起房门来，斥责王云道：“王尚书，你一意主和，官家派你两番出使，乞求缓师，你回来说二太子要三镇，续后又说要以黄河为界，即可缓师不攻。朝廷都依你了，明旨割与，只求缓师。不想他又翻前议，挥大兵渡河，直趋京师。此事你我如何向朝廷交代？”

“渡河之事，只听传闻，尚未知端的。”王云似乎很有把握地回答，“即使有些少金军渡了河，二太子也必在北京府相待。殿下去了仍可与他面议缓师，不误朝廷之事。”

“两河之地，他自己已取了，你我前去，尚有何用？怕他不肯以礼相待。”

“二太子颙望殿下行旆。殿下去了，他必倒屣相迎，以礼接待。如今两河之地虽为他所占，尚有不少孤城，不明朝廷意向，犹在负隅顽抗。如今殿下赍去朝廷明旨，又以亲王之尊，谕令各城投降，他们自然听话，倘得两河一时敉平，殿下为二太子立下大功，二太子青眼相看，将来的好处不少。”

“俺贵为皇弟，爵尊亲王，二太子还会有什么好处加到俺头上？”

“议和不成，玉石俱焚，尚何有于亲王、皇弟？议和若成，大金朝必有赏赍，犹有胜于亲王、皇弟者，殿下岂可不三思？”

王云的话说得赤裸裸，其实不必他相劝，康王自己心中考虑的也正是那超过亲王、皇弟以上的尊荣。但他还不愿马上就向王云袒露心事。如果这样容易受他利诱，就会使他小看了自己。他的长兄渊圣就是吃了这个苦头，让大臣们牵着鼻子走路的。他此番出城，早就拿定主意，一定要重振纲纪，决不重蹈兄皇之覆辙。当下他摆出一副公事公办的面孔，挥手说：“王尚书你力主讲和，说是有利于你我，却不知道为害于宗社朝廷、生灵百姓者甚大。此去若遇斡离不，正要与他力争利权，岂可以他之利为利。你且回下处休息，明日仍依原议向磁州进发，如何行止，到时听俺发落。”

5

对金人要“求”，对百姓要“骗”，对低级官员要“训”，对亲近的属吏也要防他“邀上”，这个年纪不到二十的亲王已经很懂得要用不同的态度来对付不同的对象。可是他到了磁州，却碰上一个无法对付的官儿。这个官儿就是年近七十，身体壮健得犹如一头牯牛、性格坚硬得犹如一块岩石的知磁州宗泽。他一经拿定主张，就用九头牯牛也拖他不回来。康王终于尝到他的滋味。

宗泽早已打听到康王一行人即将过境，先派了几百名兵卒，在中途迎接康王，护送来境。他自己率同所属文武官员、全城父老出城十里相迓，把他们一行人送入行馆安置。行馆布置得很有气派，供应华典，似乎早有准备。

康王一看这副派头儿，就认为宗泽是个巧于逢迎、趋势附炎的老官僚。对付这样的官员，要严格一点，他当场收下手本，不予接见，只让随行的中书舍人耿延禧、观察使高世则两人出去传话，说行馆中一草一木、一饮一食，莫非民脂民膏，公供张过盛，甚失殿下之意，传语知州，今后都要免了。

说得好冠冕的话，行馆供张，固然莫非民脂民膏，康王随身携带赠送给斡离不的礼物，用了十辆太平车才勉强装下，价值何止百万，难道这就不是民脂民膏？宗泽且不与他计较这句话，拦住耿、高二人，一定要求接见。

康王不得已出来相见，看见那么一大批人由宗泽率领着上前参见。行礼刚毕，康王就把刚才叫耿延禧传达的话，自己重说一遍，还说：“本藩道出磁州，过此一宿，明日即行，贵知州何必如此费事？”

宗泽不卑不亢地回答：“斡离不全军已发，东京城下，旦夕将有大战，殿下岂可一宿即行，自投虎口！宗某今日与合城父老前来求见，就为的要挽殿下之驾，在此小驻，建立帅府，起兵抗金，宗某麾下，有善战之士一万五千名，百姓义兵，远近声气相通，旬日之内，就可募集十万人，悉听殿下指挥。殿下舍此尚欲何往？”

即使语气婉转，他的语气还是带有威胁性的，至少康王是这样感觉的，不由心中大怒，但环顾形势，一时不便发作，只好委婉回答：他奉旨出来讲和，如有别图，要取得朝旨，才能定去留之计。

“殿下何得相欺？”宗泽快人快语，一句就戳穿他的谎话，“如今东京各城门都已紧闭，内外不通，殿下何由取得朝旨？不如从权起兵，为朝廷立大功。千万莫为左右小人所误！”

一句话触恼了副使王云，他立刻给宗泽加上一项罪名：“宗知州，你胆敢聚众要挟，阻拦藩驾，其要造反？”

“王尚书你莫要造反了？”宗泽立刻回敬，“你出入虏营，一进三镇，再送两河，如今还待把康王送与虏人，以取富贵，却不道国人容你不得。”

这时拥在行馆门口的老百姓都高声叫起来：“王云乃虏人细作！”“把他杀了，以绝内奸！”

康王一看势头不好，掉过头来，软语相求，请宗泽保护。

“百姓激于忠愤，岂敢对殿下放肆？只是此地空旷，保护难周，殿下既不喜行馆，今夜就随宗某去州衙歇了，明日再定行止。”

宗泽说着，就叫人抬来一乘黑漆紫褥的大轿，硬请康王坐上，抬起来就走。他自己骑着马，缓缓随行，一面摆动着双臂，用马鞭和手势示意，麾退拥塞在行馆左右的老百姓，让出一条路来，以便轿马通行。康王随行的一帮人，紧紧跟着他们。

康王坐在轿里，很不舒服，屡次回头去看宗泽，他仍好像岩石一样，面部毫无表情。康王不由得心里嘀咕道：官家要俺道出磁州收兵，不想这个宗泽手里有了些兵就如此难于对付。骗他、训他、求他都无济于事。今晚且去州衙歇了，看他明日如何行事？

这时队伍后面喧嚷声大作，重新聚拢的大群百姓，围成个栲栳，把康王的随员们统统截住包围起来。万头攒动，灰尘涨天，忽见一条条的巾帻衣裤在天空中飞舞，飘飘荡荡地落在地上。夹杂在群众的怒骂汉奸声中，是王云的哀求和惨呼声。他才干号两声，就被激怒的群众活活打死。

康王还待替王云求情，只见宗泽一动不动地骑在马背上，双目喷射出火焰般的光芒，他的话一下子就缩进腔子里。

惩罚了王云总算让康王接受了一个惨痛的教训。他暂时放弃往大名府向斡离不乞和的打算，定下起兵之计。磁州地方太小，非用武之地，由宗泽亲身护送他到地大城高人口众多的相州去组织元帅府。一路上他芒刺在背，竟没有与护送者交谈一句话。

磁州人民保护了康王，解除他陷入虎穴的危险，康王自己却把磁州看成为一个虎穴，把宗泽看成为一只要吃人的大虫。他乐于在知相州兼主管真定府路安抚司公事汪伯彦的软迷迷的庇护下，做起尚未经朝廷认可的大元帅来，那时东京城已岌岌可危了。

6

十一月三十日，两路金军同日抵达东京城下。他们划分地盘：粘罕负责攻击东京城西、南两面，驻东京以南的青城；斡离不负责攻击东京城东、北两面，驻军东京以东的刘家寺。

这时，东京城下有两支宋军披城立寨，迎待金军。

一支是京畿提刑秦元统率的未经训练的乌合之众，所谓“保甲军”五万人；一支是原西军统制官范琼率领的刘延庆旧部，有相当作战能力的环庆军约五千人。这个人们熟悉的范麻子在伐辽战争后长期逗留在京师，与高俅等人打得火热，又受到老长官刘延庆的游扬推荐，在第一次围城之役中，指挥部分勤王的环庆军，凭着几分蛮勇，打过几个硬仗，逐渐挨入当代著名将领之列，这时奉命在城外“犄角”金军。

斡离不是见敌即攻，范琼和秦元是望风而逃，根本还没交手，两支宋军都逃入城内。“犄角”拔去，城门紧闭，从此东京城下已成为金军的一统天下。

比较起第一次围城战，在第二次围城战开始时宋朝的处境要困难得多。

第一，太原失守后，娄室的五万大军，南渡黄河，西趋洛阳，封锁了潼关，把宋朝最精锐的西军关在潼关以内，断绝了它东来的勤王之路。

第二，第一次围城战时，斡离不兵力有限，攻城的活动限于西、北两隅，有时蔓延到东北角，南面诸门则始终未受攻击。第二次围城时，金军两路合攻，四面合围，陷东京于彻底孤立。

第三，第一次围城以前，北宋朝廷吵吵闹闹，到了斡离不大军到达东京的前夕，毕竟也定下了战守之策。李纲被任命为亲征行营使和御营京域四壁守御使，取得主持战守的大权。这次渊圣把战、守、和的全权都授给宰相何㮚。红萝卜头何㮚一手管神兵，一手管议和（除康王外，这时又派出枢密使冯澥到粘罕军中求和），自以为双管齐下，左右逢源，实际上并没有决策守城。金兵兵临城下，临时派待罪在京的刘韐提举四壁守御，另外又以次相孙傅为守御使，事权不一，掣肘实多。有时何㮚，甚至渊圣本人也要来插一手，干扰他们的战守计划。守御使和提举四壁守御根本起不了统筹全局的统帅的作用。他们的地位比李纲当时的地位差得多。

第四，双方实力对比，即使单从数字上来看，也是相差很远的。第一次围城时，斡离不全军六万人，这次增加到八万人，主要将领阇母、挞懒、刘彦宗等仍在军中，只有郭药师以燕京留守的名义，留驻燕京。

郭药师在第一次围城之役充当向导，立下大功，斡离不却很不信任他。回军燕山后，把常胜军的各级将佐数十人召来问道："天祚帝待你们如何?""天祚帝待我们甚厚。""赵皇帝待你们如何?""赵皇待我们尤厚。"斡离不忽然发怒："天祚、赵皇对你们厚，你们都反他，我无金帛与你们，你们更要反我。"立刻麾兵把这些军官都棒杀了。接着把常胜军主力官兵八千余人押往松亭关坑死。留下郭药师一人，名为留守，实系拘留，后来贬死边塞。这就是纵横一时，成为宋金双方争夺对象的郭药师和常胜军的最后结局。

西路军仍以粘罕、完颜希尹、娄室三大将为主副帅，银术可等战将都属麾下，汉人高庆裔、时立爱为谋主。娄室、希尹两人轮流至潼关外督师。西路军的总人数，原来与东路军相等，也是六万余人，经过长期的围攻太原，兵力不断补充，总数增加了一倍以上，这时除封锁潼关的五万人外，仍有七八万人参加第二次东京围城之役。计东西两军的兵力已超过十五万人，比第一次围城战增加了一倍半。

十五万大军在东京四周连珠扎营，这时东京四郊全被金军控制，旗帜军马，往来不绝。城上守军看了十分害怕。

第一次围城之役，东京原来的守军加上西北陆续开来的勤王军，总数达到二三十万人。解围后，这些大军没有安放到应当去的地方，一部分被遣送复员回西北，一部分参加太原解围战而遭到损失，一部分在防河战争中溃散，还有一部分被主和大臣以经济上的理由遣散。以致金军进至东京时，城内的守军不满七万。各地勤王军早已受到朝命钤止，裹足不前。只有南道总管张叔夜与两个儿子伯奋、仲熊不顾朝命，募兵一万三千人，奋勇前进，在颍昌府遭遇粘罕所部，大小十八战，互有胜负，最后全军突入东京城，这是第二次围城之役中唯一的一支能够进入东京城的勤王军。

当然不能忘记官家、宰相倚为长城的那支神兵，以及围城当天就被击溃逃散的五万保甲兵。所有这些军队统统加起来也不过十三四万人，未经一战，已经减少了三分之一，在数量上居于劣势，在质量上更是相差甚远。

所幸第一次围城之役中守城已有相当经验的禁军将领姚友仲、何庆彦等仍在军中。在西军中被推为有大将之才的吴革，也有守城经验，受到姚、何等将领的尊重，后来在攻守战中他起的作用很大，隐然成为事实上的军事长官。留居东京纳福的西军宿将刘延庆一度被任为“提举四壁守御”，负责城守之责，那是朝廷要加重他的部将范琼的事权，不过无论范琼，无论刘延庆都不能寄以希望。刘延庆最后发生一次作用，那是在攻守战十分剧烈时，渊圣问他事势如何，他以习知战守的边将的资格，说了一句实话：“大臣谓城之不可破者，皆是欺罔朝廷，今日之事，可谓危矣！”他说这话的目的是要让渊圣了解事实的真相，采取必要的战略措施，还是危言耸听，促成渊圣议和，现在已不得而知。

在这些带兵的文臣和将领中，资望、地位、能力能够当统帅之重的看来只有张叔夜一人。围城前，朝廷中竟找不出一个与第一次围城之役的李纲一样的统帅人选。张叔夜这时已除签书枢密院事，有调遣军队的权力，他不避嫌疑，勇于任事，担负起城守的重责，重用吴革，令他四城策应，把姚友仲等布置在适当的岗位上，并亲自上城头督战。连日攻守战，尚能相持，张叔夜是有一定功绩的。

但是朝廷并没有真正任命张叔夜为统帅，议和的阴谋仍在进行。其实这个时候已经谈不到什么议和了，除非就向金人投降。金人开出来的都是要向他投降的条件。宰相何桌在都堂上饮酒谈笑自若，还拍桌击节，歌唱柳永的小词，然后问问属吏，议和的条件谈得怎样了。属吏据实汇报，他摇摇头大言道：“便饶他漫天索价，待我略地酬伊！”

有一天，他听说张叔夜擅自召集守城将领会议，准备出击。他一怕张叔夜夺了他的权，二怕诸将领夺了郭京六甲兵的功，大吃一惊，急忙奏准官家，诏止叔夜道：“同卿檄召诸将，莫是欲出战否？如欲出战，幸先示及。”

渊圣这话表面上客气，实际分量很重，张叔夜吃了这一闷棍，怎敢再议出兵？后来索性力辞签书枢密院之职，不敢再担负起守城的全责。

在张叔夜幕下任职的太学生丁特起看见出击之事不成，张叔夜又意存消极，不禁滴泪沾裳。他与吴革商量后，上书乞早决用兵之计，毋淹延不断，养成夷狄之患。这样的上书，当然不可能得到任何结果。

在这二十多天的围城期间，宋朝方面竟然推不出一个统筹战守的真正的统帅，直到城池失守为止。

军事力量和统帅事权的对比，宋朝又是大大处于不利的地位。

一切斗争，与敌人作政治或军事的斗争，与自然界作生产建设或抗暴的斗争，最痛心的一个现象莫过于力量内耗，在自己内部的矛盾中把力量消耗殆尽，这种现象在第二次东京保卫战中暴露无遗，以致在攻守战正式开始以前，两军的优劣势就已十分明显。

东京城的前途黯淡。

7

渊圣皇帝并没有从金军第一次围城之中吸取教训，也没有看到目前军事上的危机。

在他亲自上城视察以前，他的心中反而比较踏实，认为目前的处境比他刚即位几天就匆匆应付金军的进攻时要好得多。他的根据是：当时他主张不定，一会儿要守，一会儿要和，每经过一次变换，他的内心就要发生一次剧烈的斗争。这次不同了，他的方针自始不变，他的政策一贯到底，并无左右摇摆之虞。现在他的方针政策是战中有和，和中有战，两不妨碍。他用了双管齐下的宰相何㮚忠实地执行这一项政策，他自己在宫内更可以高枕无忧了。

由于和的需要，他派出康王和冯澥分别出使到斡离不和粘罕军前乞和，答应并准备答应他们提出来的任何条件，只要保牢他的皇位。他一次又一次地应金人之请派出“割地使”，要三镇及两河各地抗金的军民乖乖地放下武器，臣服金朝。他同意下令不准各地勤王军开到京师来。甚至在围城期间，战争十分剧烈之际，他也同意何㮚的建议，制止张叔夜的出击计划。那个计划至少能挫动金军的锐气，使它不敢小觑城内守军的力量，总之比现在这样勉强应战、坐待灭亡为好。事实上，在张叔夜准备出击前，吴革也两次建议，出兵城外下寨，使虏人不敢近城，且通东南道路；又乞选日诸门并出兵分布期会为正兵、为牢制、为冲突、为尾袭、为应援，可以战而胜。太学生丁特起在张叔夜准备出击的前后都曾上书乞用兵，论对金人有三可灭之理，用兵有五不可缓之说。这些建议，都被渊圣皇帝置之高阁。

由于战的需要，他亲自召对吴革，派他去陕西勾兵，并明令他与诸帅臣商议城守之事，有权参加东京的防务。张叔夜援兵开至城下时，他派吴革出城接应，并亲自在南薰门上接见张叔夜，传谕嘉奖，擢升张叔夜为延康殿学士，签书枢密院事，得以顾问全部军事。他一再驾幸各道城门，抚慰军民，并出宫中所制的衣袄项围，务令军士温暖。他同意招募郭京的六甲兵，并与何㮚、孙傅一样，把最后的希望寄托于这支军队。

战中有和，和中有战，或者称为寓战于和，寓和于战，比完全的和还要坏，完全的和是一种急性的自杀，万一死不掉，人们必须走相反的路来挽救生命。半战半和是一种慢性的自杀，最后必至于死亡。连改弦更张的机会都没有。这是历史的惨痛教训之一。

渊圣皇帝要经过三次巡城，亲自碰到不少显而易见的困难，这才了解到情况的严重性，但是，直到东京城沦陷时，还没有放弃半战半和的方针政策。甚至到了被金人控制、监视以至完全成为俘虏的时候，他的求和的幻想一直没有改变。

不但渊圣一人，北宋灭亡以后，从南宋小朝廷创建开始，遇到金、元侵犯，除非万不得已抵抗一下，基本上都坚持议和的政策，直到亡国为止。明知道这是无底的深渊，他们却一个接着一个地跳下去，至死不悔，这就是一个值得注意的历史现象，而不能简单从统治者个人的软弱性上去寻找原因了。

渊圣第一次巡城是在金军已经渡河、尚未抵达京郊的十月下旬。那时守河的折彦质、燕瑛、李回等均已陆续逃回，风声已经很紧，渊圣临时决定，带了文武大臣去视阅各城门上的炮位。

渊圣跑了三个城头，发现大炮零零落落，三处加起来，一总不过三五十位，其中还包括一部分已经损坏不堪使用的在内。

渊圣显然不高兴地向新任兵部尚书吕好问道："东京各城头共有若干炮位？朕即位前有多少？围城后有多少？如今尚能使用的和不能使用的各占多少？吕卿可细细报来。"

这个兵部尚书虽然姓着两张口，名为好问，又带一张口，对官场上的消息到处打听，固然十分灵通，对自己的业务却懒得去问。更加想不到一向渊默的官家今天忽然一反常态，一口气问出这么许多问题，竟不知道如何回答，只好磕一个响头，回奏："臣调本兵，莅事以来尚不过五日，炮位之事，首尾不详，要问原任尚书才知端的。"

偏偏原任尚书不在跟前，一时又找不到。渊圣皱皱眉头，问少宰唐恪可曾知道。

主和的宰相唐恪当然也不会了解炮位的数目，只好回奏："炮位之数，待臣去问了有关经手人员，来日必有以复命。"

打仗内行、做官外行的吴革不明白这样一件简单的事，为什么要等到明天才能复命。当时他越次对道："此事有何难办！官家派三五人去各城头一看便知，不消两个时辰，即可见分晓。何必待至明日方能复命？"

渊圣点头称是，就说："吴卿，你且为朕去办此事。朕在此等候回音。"

吴革唱声"遵旨"，上马即行，也不管唐恪等人对他白眼连连。

这里渊圣在城头上下令试炮。

由于炮位长期没有管好，炮兵技术又不熟练，试打了几炮，一大半打出去的炮石都掉在护城河以内，甚至还够不上弩矢的射程。有几炮根本发不出去，最危险的一炮，不是飞向前方而是向后面飞来，这一炮因为距离近，特别有力，竟把城楼打塌一角。渊圣等人吓得一齐扑倒地上躲避，过了好半天还是两眼发花，耳际轰鸣，心头乱跳不止。

这里吕好问早把打炮的士兵拿下，说是惊了圣驾，该当死罪，请旨斩首。

像常有的情形一样，渊圣的头脑一时糊涂，一时清醒。当下他想了一想说道："军政不修，乃朕与大臣之过，士兵何辜？棍责已足，何至斩首！"他挥挥手，命人把那名炮手带下去了。

大臣们见渊圣龙颜不怿，一齐启请圣驾回宫休息。

"诸卿要回即回，朕在此等候吴革回奏。"

不久吴革驰回来复奏："臣身至西城各门按视，该处年初时战争甚剧，现尚存大炮六十三位，其中废坏的十一位。臣派亲随去东南两城查实有大炮四十位，尚无损坏，都可使用。四城合计，可用之炮，不过一百三十余位，与年初围城时相较，已少了一半。如虏军四面合围，则此区区之数，定不敷用。"

"炮位如此之少，赶造起来，恐已不及，如之奈何？"

吴革成竹在胸地回奏："臣数次出入固子门、万胜门，见牟驼冈一带金人废垒中尚留有大炮四百多位，当时金人匆匆撤离，不及携走。九个月来，留置该处，日晒雨淋，无人过问。如今何不把它取来，稍加修葺，尚可为我所用。"

这倒确实是个好主意，不过四五百位大炮，弃置城外已有九个多月，为何无人过问，早把它们收入城内？渊圣不由得又问起兵部来，吕好问说：事属朝廷，合系枢密院收管。枢密副使聂昌说，此事不干枢密院，乃由提举军器监的内监陈良弼掌收。内监陈良弼又诿过于兵部，说兵库为何不收？大家推来推去，竟没有一个部门承管此事。渊圣发怒道："过去之事，休再提了，如今责成兵部，限三日内尽数搬取入城，如有一位未尽，唯你吕好问是问。"然后吩咐吴革道："吴卿，朕委你以城守之责，你当为朕的心腹耳目。三日后，你去牟驼冈视看，如有一架大炮搬取未尽，速来回奏。朕必重责有司。"

第一次巡城，给渊圣留下了极不愉快的印象，也使有关大臣对不懂得官场窍巧的吴革侧目而视。

金军开始围城后的几天，雨雪连绵，阴霾不开，天气十分寒冷。渊圣想亲自去了解士卒身上的穿着是否足够温暖，进行了第二次的巡城，这次巡城，共分四天，每日一壁。第一天，他来到被金军围攻正急的宣化门。他头戴小盔，全身铁甲披挂，乘马在泥淖中缓行，后来徒步登上城门左右翼的“拐子城”[1]，远观粘罕大营，遥遥看见金后营中推出很多状如篷帐的牛皮车及状如大鹅的木车。他不知道这是什么。左右奏禀：这叫洞屋、鹅车，都是攻城的利器，如让它们逼近城根，城守就有危险。

这些重武器虽然可怕，但它不逼近城根，就发挥不出威力。渊圣看看城下的护城河既宽又深，里面的积水都已结成厚冰，谅他们插翅也飞不过城壕，倒也不甚在意。

他在城头上逗留到吃饭的时候，内监们送来御膳。他下令撤了，以饷守卒，自己却取士兵的伙食，与他们一起吃了一餐。他又查问每个士兵的衣着，亲手去摸摸他们的棉袄有多厚，这才发现在这闰十一月的酷寒中竟有一半以上的士兵没有棉袄，有的也都是破的、旧的或薄得像张纸，不禁坠下泪来。眼泪滴进战士的心里。

这时金军也已吃罢午餐，一队队轮番出来攻城，他们听到城上的高呼声，知道渊圣皇帝御驾在此，就大声骂出肮脏的话，一面发矢向城上射来。有的箭矢劲道十足，直贯城楼的板壁上，有的还牢牢地钉进城砖中。

守城的军士和渊圣自己带来的一部分卫士共三百多人，踊跃请战，要求开城出去与城下的敌兵拼一死战。渊圣答应了。他们大呼出城，用木板和稻草垫铺在坚冰上，渡过战壕，勇猛地扑入金军的队伍中，与金军混战。就个别战士的勇敢和武艺而论，他们并不输于金军。其中有两个手执盾牌长刀的勇士，在敌阵中往来跳荡，不多一会儿就斫死敌军五六十名。但是后面拥上来的敌军越来越多，宋军却没有后续的部队。城上鸣金连连，要收军入城内，这时敌我混战，短兵相接，势已急迫，他们唯恐引狼入室，使城门有失，不肯后退，最后三百余人全部战死。

这场接战是在渊圣眼底下进行的。他亲眼看到士兵们英勇作战，抵死不退，愿为朝廷作国殇。但也看到有些将士贪生怕死，或为保全实力，不肯开门相援。特别可恶的是主守南壁诸门的统制官范琼。渊圣两次派人传旨给他开城接应，他竟推托说敌氛已恶，不宜开城，拒绝圣旨，坐视城外鏖战的战士至死不救。渊圣不由大怒，当场下旨要斩他以徇，当不得刘延庆在旁，一再叩头力保，结果只褫夺了他的统制官，留军中自效。

在惩罚范琼的同时，渊圣把身上佩戴的一围玉带解下来，拆开上面嵌镶着的八

[一] 拐子，在宋人的语汇中，有左右两翼之意，如拐子城、拐子马等。金朝骑兵作战常用两翼包抄战术，宋人称它的左右翼骑兵为拐子马，并无马匹以铁甲连贯起来保护作战的含义。

宝，传旨分给那两名战死的执盾战士的家属，另外战死者也都按规定，加倍给予抚恤，以劝有功者。这些措施赢得了士卒的感泣。

以后三天也是如此，他分别巡视东、西、北三壁，瞭望了刘家寺斡离不的大营，又从固子门城头瞭望牟驼冈敌垒有没有遗留的炮位还不曾收入城里，但这时牟驼冈又有新的金军入驻，新旧炮位混在一起分不清楚。

这里渊圣从城楼上瞭望斡离不大军的动静，那边斡离不也不断登上高处瞭望城内宋朝守军的动静。封丘门外的铁塔，高达三百尺，第一次围城之役，李纲曾登塔顶，视察敌情。如今形势反过去了，斡离不每天必与刘彦宗、阇母等高级将领登塔察看城里的一切。近日细作报来，渊圣每日巡城，分四日巡毕四壁。这种机械的做法，给予敌方推测的可能性。那天斡离不已先在铁塔内等候，远远看见一行人上城头，虽然看不清楚面目，但从种种迹象来看，很可能渊圣就在其中，也很可能就是这一撮人中间的那个被人拱卫着的中心人物。

作为一个射手，斡离不具有超群绝伦的准头和弓力，他居高临下，这几百步距离算不了一回事，很可能一箭就断送冷不防的渊圣的性命。这不但他做得到，就是随行的阇母、窝里嗢也都做得到。

但是作为战略家和统帅的斡离不懂得把这个皇帝留在城内比射死他更对自己有利，为此，他已做了不少牢线搭钩的工作，舍不得一箭就把他轻轻断送了。于是他觑准了这个假定的皇帝，远远一箭，正好射中离渊圣头顶不到一尺之处的一根城楼的木柱子。

事后，宋朝人员费了不少气力拔下这支箭，箭筈上清楚地刻着“太子郎君左副元帅东路军完颜斡离不”两行小字。这一箭起了信息之用，它好像给渊圣递个信说：你的性命在俺掌握之中，今天饶你不死，你可要识得时务，才算俊杰！

这一箭真把渊圣吓坏了，以后要隔开多日，他才再敢上城巡视，而且余悸犹在，不敢再上这道容易被敌方发现目标的封丘门视察。

尽管内心害怕，他亲自行幸四壁，毕竟是围城中的一件大事，理应有一篇官样文章昭告全城将士。他把这个任务交给副宰相兼守御使孙傅，孙傅对守御一行一窍不通，撰写文章却十分在行。他代天立言，顿时草发了一道措辞沉痛肫挚的诏旨：

雪意未解，士卒暴露，朕不敢自安，亲幸四壁，犒劳将士。皇后偕官人亲制棉襦千领，已发至军前！宫内尚在续制。务使三军尽得挟纩，踊跃赴敌，朕心慰矣！

皇帝巡城，在一定范围内，确实可起振奋人心、激励士气的作用，皇后亲制寒衣，也使领用者感奋，可惜限于人力物力，这件事没有持续进行，“宫内尚在续制”也成为一句空话，成为一种象征性的行动。

官家巡行后两天，东京一个开质库[1]的富户张师雄跑到都堂，声称要见宰相何㮚论事。他谈的几条都有些道理，其中有一条说：“军兵平日饥寒，当今日用人之际，以单寒之身，暴露风雪中，欲其尽命拒敌，不亦难乎？请括在京质库并富户，每家出备十人棉袄、棉裤、袜衲等，除鞋外，并不得用麻。如敝损不堪及绵薄之类，皆罚令重作。行遣一万家，可得十万人衣服温暖，如此则军兵乐战而忘死矣！师雄也开质库，愿先倍于众人，出备二十人衣装。”

这个富户提出来的几条办法倒都切实可行，尤其征集寒衣这一条，办法更加具体。他事前与太学生雷观等商量过，才来都堂求见的。不想何㮚最恨的是太学生，一了解他的背景，就哈哈大笑道：“尊论平平，容待理会。”就这样把他打发出去了。

战争的发展，渐渐集中在填护城河与反填河的这个焦点上。

洞屋、鹅车、云梯等攻城重武器都是古已有之的，从战国以来，就不断有人发明创造、改进、实践，总结了不少经验，连图带文字载在兵书上。不过军事工业比较落后的少数民族女真人制造和使用它们却是很晚的事情。辽金战争中，主攻的一方，金人没有使用它们。宋金战争开始时，金军也还没有使用它们，及至两路军队屯兵于太原、东京两处坚城下，屡攻不克，他们这才总结出一条经验：“野地合战，宋军望风披靡，凭城坚守，我军每每匆克。”这时在西路军的汉人时立爱、高庆裔等就向粘罕献策，按照古兵书上记载的式样、尺寸，制造出来，用以攻城。由于王禀的防御得法，太原城并非被这些重武器攻下，但它们具有巨大的破坏防守的力量，这一点却为大家所公认。现在粘罕把它们都带在军前，连斡离不也看得眼红，要如法炮制，并把它们看成为攻城的依靠力量。

不过一切事物都不可能依样画葫芦，它们在太原城下试用已见成效，到了东京城下又发生新的困难。在太原时，他们只要临时搭制一些载重量较大的桥板，就把重武器渡过护城河了，撤退时也是如此，去来十分自由。在东京城下，由于城上的守御攻击较为密集，护城河较宽，还有东京靠近黄河，土质较松，他们试渡了几

[1] 即当铺。

次，都告失败，或者陷在城河中，或者勉强渡过后，被城上发下来的火箭火药烧成灰烬。这才发了个狠心，非要把东京四周的护城河全部填没不可。这一点大家都看清楚了，填河的目的主要是为了使用重武器，连得没有军事常识的渊圣皇帝也懂得这一点。他巡行四壁时，就关照守御的大臣、将领，要防止金人填河的活动。

这一天近侍报来，东南二壁的南薰门、宣化门、曹州外门、东水门一带，金人都在填塞护城河，形势危殆。渊圣急忙起驾，带了吴革等几个将领，赶到南薰门。这时南薰门外已有三分之二的河道被金军填没，禁军大将何庆彦刚刚赶到不久，正与金军西路军大将银术可进行对攻。双方都猛发弩炮。上面的宋军要想借炮石和箭矢之力，使填河的和掩护填河的金军站不住脚，迫他们退回去。在战场上富有经验的银术可已把多辆洞子推到河边，在它们掩护下施放弩炮以杀伤城头上的守军。洞子里装满了土、稻草、麦秆、木板。士卒们都扑倒在已经填实的河道上，只等城上的一阵矢石过去，他们趁势糅进，用土填入一段新河道上，上面再铺几层稻草麦秆和木板，城上的攻势虽猛，打不退金人填河的决心。他们牺牲了不少士卒，大量的血渗入泥土中，流在冰块上，但还是节节前进，毫不气馁。眼看这一段河道都要给填没了，形势十分危险。

从展开填河与反填河的战斗以来，各壁城上的守军都打得十分英勇。金人白天不能取得进展，就利用黑夜偷偷地填。在西、北两壁防守的宋军大将姚友仲传令到处点起火把，放在铁盆里，悬到城外，察照金军的行动。一发现有情况，就先发制人，猛施炮弩，使金人的洞子没法逼近河边，多次破坏了他们的填河行动。姚友仲这个办法行之有效，后来就在四壁推行，实行分段察看。

前一夜，提举南壁守御的文官中书舍人李擢在南薰门城楼上与宾客酣饮，喝得大醉，竟在城楼上睡着，守城军士也都懈怠了，没有及时发觉城下金军的活动。及至天明，护城河已被填没一半，势成燎原。现在即使御驾亲临，也没有办法阻止它继续填河。

当下吴革和何庆彦商量了一下，形势已急，除开城一战以外，别无他法。何庆彦立刻点齐两千名精锐，他与吴革各领一千名，开城杀出。何庆彦补过心切，他一马当先，大声呐喊，直往填河的金军冲去。银术可猝不及防，竟被他冲退数十步，在冰凌泥淖中，也有许多金军被杀。何庆彦利用金军已经填实的一段河道，趁势冲上去，把那些挤着、挨着还来不及撤回去的洞子推倒了几辆，然后整队而归。

银术可集合败卒，整队再至，忽见吴革在城下摆开阵势，一面保护城门，一面接应何庆彦的前军，队伍十分严整。另在沿河之处，推出几十辆铧车，每辆铧车上都装着一床床子弩，弩士持满以待，单看吴革手中的红旗一落，就要发射。银术可不敢造次追赶，也不敢继续填河，双方相持一会儿，他就收队而归。这里何庆彦与吴革目送金军全部退回了，再缓缓入城。

这一仗，何庆彦、吴革以两千名锐卒，背城一战，有死无生。依赖他们的过人勇气居然打败金人数万之众，杀伤了女真兵一千余名，焚毁洞子、鹅车十余辆，迫使女真名将银术可收兵而退，可真是围城以来的一次奇捷。

论功行赏，官家当场授何庆彦以保州承宣使之职，吴革等也得到相应的优赏，连带有罪的李擢，处分也减轻了，只降官两级。

官家第三次巡城打了一个胜仗，不让银术可继续填河，心里高兴，可是他的最后一个措施是错误的。军法严厉，在自己汛地上失职，让敌人占到便宜，按律必诛。官家一时心慈手软，轻罚李擢，由于这一失出，以致后来各处护城河都被填河，对失职人员不能以军法相绳，很快就影响到以后几天战局的发展。

8

东京人对渊圣皇帝是爱戴的，他做的任何一件好事都没有被人冷淡、遗忘过。

宣德门上书时，开封府尹王时雍、殿帅王宗濋等气势汹汹地调集了一支骑兵，把二三十万人民团团包围起来，单等圣旨一下，就要来个“草薙禽狝”，血染广场。是渊圣的一句话、一道圣旨，把这场流血惨祸制止了。在当场，他们谁也没有害怕死，到事后，每个人都不忘记他的再生之恩。

蔡京、童贯、王黼等六贼，横行了二十余年，老百姓对他们“家家有刻骨之仇，户户积难平之愤”。当他们气焰熏天的时候，谁敢去碰他们一根汗毛？又是渊圣皇帝把他们一个个地贬了、杀了，为人民出了一口气，大快天下之心。

这些功德，载入人民之口碑之中，铭刻在人民的心版上，谁又能忘记？

第二次围城以来，渊圣已多次巡城，人们喧传说他在雪浆泥淖之中骑马步行，登上城楼，不但把肩舆撤了，内侍为他布下的障泥，他也不要。他撤下御膳，与士兵同进伙食，还就杀贼有功的士兵手里干了几杯酒。人们还传说他亲自在南薰门射弩发炮，一次战斗中杀伤金虏数千人。另外一次则亲挽御弓射死敌虏统帅大太子粘罕，后来又被更正说，射死的不是大太子粘罕，而是四太子兀术。四太子兀术是金虏中最凶悍的贵酋，年初时曾在东水门外杀死无辜百姓数千人。如今官家亲自把他射死了，也是为那批死者报了仇。

所有这些真的或者假的消息都像生了脚、长了翅膀飞快地在京师流传，赢得人民的称赞。特别有一次，渊圣巡行万胜门回来，因雪地过滑，他从马上摔下来，摔伤了肋骨。据目击的老百姓说，他躺在软椅里，面色苍白，不时皱起眉头，表示痛得非常厉害，不过他还用手指指万胜门那个方向，不放心城下正在展开的一场厮杀。这个消息竟然吸引了成千上万的老百姓，前往宣德门焚香顶礼，叩阙问安。这块宫廷广场，曾经是人民伏阙请愿对官家有所争论的地方，现在却成为老百姓对他表示关切、向他致敬的场所。这样持续了两三天，直到内侍出来传旨说“朕安，百姓勿念”，老百姓才恋恋不舍地回去。

东京人对渊圣犯下的错误也采取宽容的态度。所有割地、讲和、赔款、遣亲王为质都是卖国奸臣做的事情，他们是瞒了渊圣去做的，或者利用渊圣卧伤的机会，偷窃了御玺，矫旨前去讲和的。否则如何理解渊圣亲自上城去抵御金寇这个事实？

分明官家是要抗金的，就是这些卖国奸贼不让他抗金。有一夜，卖国宰相唐恪从政事堂议事回家，途中受到一群自发的老百姓的袭击，不但打碎他的肩舆和灯笼，还一拥而上，撕裂他的袍服。如非卫兵救护得快，险险乎叫他成为朱拱之之续。这件事唐恪重事轻报，只说灯笼被打碎。但事实是老百姓要要他的狗命，吓得他从此不敢再作夜行。

除唐恪外，卖国奸贼耿南仲也遭到詈骂，老百姓把他以及跟随康王一起出使求和的儿子耿延禧一起骂为“老贼、小贼”，拦住他的坐骑，不让他进入政事堂。只有一个聂昌，他先为开封尹，竭力保护太学生，坚决反对因伏阙上书一事要惩罚陈东、雷观等人的朝议，态度十分激烈，甚至表示不愿与主张惩罚太学生的大臣共事一朝，因此取得太学生的好感。后来忽被耿南仲拉进枢密院，在一段时期中，改变了论调，昌言议和，最后被派出去充为河东割地使，又力言割地之非计。这个态度明朗、毫不暧昧的两面派，弄得东京人不知道要赞成他好，还是反对他好。另外一个态度暧昧的两面派，那就是红萝卜球首相何㮚，他先以主战的言论，受到太学生拥护，被推荐为首相，后来逐渐转变了立场，反而为主和派张目，因此受到太学生们的攻击，他成为舆论谴责的中心。

圣明仁孝，原来就是任何一个官家的“起点”，不管他是三岁小儿被抱上金銮殿的，还是长期在深宫储待，等到登上宝座时，已达六十岁的高龄。不管哪一个，老百姓在他刚即位时，都深信不疑他应该是圣明仁孝的。除非经过长时期的考验，这个不争气的官家做出来的事情距离“圣明仁孝”的标准实在太远了，甚至完全是它的反面，这才对那根深蒂固的信念稍微动摇了一些。譬如老百姓对道君皇帝的信念也是直到最后几年才有些改变的。

无论从哪一个角度来看，当今的渊圣皇帝确实不愧为圣明仁孝的好皇帝。既不因为父皇，也不因为奸臣，更不因为金寇的关系，对他圣明仁孝的看法有一分动摇。在强敌围城的情况下，东京人热血沸腾，渴望在抗金的事业中能够贡献出一份力量。他们不惜流汗，甚至流血，只要有用得着他们的地方，他们一定去。打击金虏，究竟为的是保卫这个国家还是为了保卫这个官家，他们并不十分清楚。在他们的思想中，可能后者更为重要，因为前者是抽象的，后者是具体的。在他们看起来，山河城市、土地人民都是后者的附着物而并非是前者的组成部分。

不过要领导他们去保卫这个受到金寇攻击的官家，绝不是官家本人，他只是一个高高在上的偶像。一定要有一个强有力的人物才能担负起领导他们的责任。二月间那场如火如荼的运动，才是他们心目中最伟大的行动，陈东就是最理想的领导者。当时几十万人都听陈东的一句话。他要大家鼓噪，大家就摇撼着门柱，发出震天动地的喊声；他要大家肃静，一下子忽然鸦雀无声。开封尹的刽子手吓不倒他，殿前司的铁骑他视若无睹。是他把运动领导到胜利，最后官家出来宣旨：种、李复用，奸臣罢黜，就这样把十万金兵吓退了。那是一个多么伟大的胜利。

但愿现在再出一个陈东来领导他们，再一次把金寇打退，那该多好！

群众的领袖主要是自然产生的，现在已经有许多人听说吴革这个名字，许多人知道他在第一次围城之战、特别在第二次围城之战中立了许多功劳。那天何庆彦南薰门之战能得胜利，就因为他在城门口的摆布。没有他的接应部队，没有他的铧车弩床，没有他的严阵以待，何庆彦不一定能够安全凯归。许多人知道他帮助官家做了不少事情，而不以官职升擢为念。从品质、才能、威望各方面来说，吴革比较陈东并不逊色。但是吴革仍然不是几十万东京人民共同承认的领导者。当初那六家村的盟约者把事情看得太简单了。他们认为只要吴革出来登高一呼，就有十万、二十万群众出来响应他、拥护他，马上就成为大家公认的领袖。但事实并非如此。要成为群众的领袖，特别是一群“业余”群众的“业余”领袖，要有一定火候。事情碰了壁，他们才冷静起来，重新研究问题，重新考虑了一些比较可行的实事求是的具体措施。

他们六人，除师师外，其余五人都有本分的工作，吴革尤其忙，官家给他的任务是四壁策应，那就是说东南西北四壁，哪一壁受到攻击，哪一壁情况危殆，他都要驰去救应。攻击的警报没有解除，他就得留在那里，留一整天，有时还要留过夜，留到明天。

他的业余时间是十分有限的。但是他比任何人都早看到东京城的危机。从护城河被填以来，四壁中的任何一壁，只要稍有疏虞，就有被攻陷的危险，而这种疏虞，常会发生，防不胜防，他怕的是一壁被陷，其他三壁的战士也会同时奔溃，导致全城的沦陷。这一点他只好闷在心里，连在最亲密的盟友面前也不敢多谈。他现在较多考虑的问题是万一全城沦陷了，怎样把更多的散漫的群众组织起来，或进行巷战，或继续反抗。他与雷观商量这个问题，隐隐约约地透露出他们的这个组织无论在目前、在今后都是十分需要的，也该进一步加强。

雷观出了一个点子，他在户部供职，可以拨借太仓公粮，举办一个赈济所，一方面是救济难民，一方面是把群众组织起来。这个点子出得好。围城以来，许多穷苦市民失了业，或因小生意的收入减少了，不足维持生计，需要政府救济。赈济所虽用公粮，却以民办的形式出现，借用五岳观、启圣院、同文馆三处地方，每天发放救济粮食，并熬稠粥两次，供贫民食用。这几处赈济所就请何老爹、邢倞、太学生吴铢还有皇亲高某、宗室赵子昉等人出来主持。他们的主要工作是把领用赈济粮食的贫民连同他们的家口，一概都登记起来，编成名册，分为小队、大队，按次序领粮。破城后又加上不少脱了军籍的散兵游勇，懂得军事编制的禁军军官崔彦、崔广等被借调出来，暗暗以兵法部勒军民。这种领取粮食的军民，人数越来越多，竟达十万人以上。他们挑选了一些年轻力壮的另外编成队伍，并把禁军的军官、士兵混合编制进去，给予军事方面的训练，这个赈济所就逐渐成为带有军事性质的群众组织点了。

除吴革经常抽空来赈济所与贫民见面外，其余的盟友也都在这里兼一份工作。太学生丁特起这时在张叔夜手下当幕僚，他不懂钱粮出入之事，在赈济所里没有多少事情可做。他还讥笑师师说："你妇道人家，连这口大铁锅都搬不动，到赈济所来顶什么用?"师师却找到她能够胜任的工作了。她帮何老爹、邢太医编写名册，每天忙个不停，后来索性把识字善书的小蓁、惊鸿两个都带来，一起住进同文馆工作。她穿一身棉袄、布裙，头上包一块青花布帕，不但写字，连烧粥、发放粮食等项也样样参加，谁都没有认出来这个普普通通的妇人竟是当年名噪一时的李师师。

这个丁特起又来烦师师了。他把围城时期的见闻以及朝廷的种种荒谬措施都写在一本书里，说是要成为后世的殷鉴。他请师师替他缮写，并请她代想一个书名。师师不假思索就在书签上题上《泣血录》三个字。丁特起对这书名十分满意，后来这部书就以《孤臣泣血录》的名字行世。

同样的太学生，同样的爱国之士，丁特起愿以血泪救国，雷观却更愿意流汗。他和同舍生徐伟等以贫苦市民不能白白地消耗国家粮食为理由，建议他们巡行街头，查诘奸宄。这一条被批准了，从此他们就取得"诘奸"的权力。每晚出队，在街市巡查。"赈济所"这个以特殊形式出现的机构在东京人心目中的地位提高了。

这时，军事形势更趋恶化，东京城已处在沦陷的前夕。

9

两次围城之役，在军事上有一个明显的区别：第一次围城的斡离不，采取政治攻势多于军事攻势，特别当宋方的西北勤王军抵达东京，在军事形势已经转为不利的情况下，他尽量避免接触，即使偶然攻城，也都是为政治攻势服务。第二次围城之役则不然，虽然没有停止过暗中进行的政治攻势，却显然以军事攻势为主。粘罕与斡离不合围后，截断了宋朝各处勤王军的来路，他们已无后顾之忧，就可以积极发动攻城战。可以说自闰十一月初一攻城开始以来，无日不在恶战之中。

从闰十一月下旬以来，金军陆续填塞四围的护城河，攻城的重武器充分发挥威力，洞子、鹅车、云梯、偏桥、楼车、撞车等横冲直撞，在每道城门下都逼近城墙，或在半空中施放箭石，居高临下地杀伤城头上的宋军，或施放火箭，焚烧城楼，或在城下用撞车猛撞城门，在军事上占到绝对的优势。只要一处得手，大功可成。宋军的抵抗已濒于绝境。

攻守战的高潮发生于闰十一月二十四日。那天，斡离不、粘罕发下狠心，把全部女真兵、契丹兵、奚兵、室韦兵、渤海兵都调上第一线。连后备的汉军兵马也调上前线，作为夫役之用，后营为之一空。所有高级将领都奉到命令，分段指挥攻城，只许成功，不许失败。猛安以下的中下级将佐，都责下军令状，今时攻城不效，甘受重罚。这种大规模的孤注一掷的攻城战，在女真建国后的二十年军事史中确是空前未有之事。

围城初期，曾连续下过几场雪，后来天气转阴转冷，对金军的填河活动十分有利。二十三日黄昏后，天色凄惨，彤云密布，起更以后，忽然又下起一场入冬以来最大的雪。到了清晨，积雪竟达二尺的厚度，这显然会给进攻的一方带来更多的不方便。但是他们决心下得如此之大，不愿意临时再改变命令。粘罕为了鼓励士气，不顾事实地宣称："雪势如此，如添二十万生兵。"

战争本身就是丧失理智的活动，一句骗不了小孩的谎话，有时竟可以骗过十万人。金军的将帅战士们也宁愿相信粘罕的话，大家整理好队伍，踏着大雪纷纷整队而出，攻城的重武器也全部出动，迅速就造成全面展开、百道齐攻的巨大声势。

战争一开始，东壁守将统制官高师旦就被金军的劲矢射死在曹州门城楼上。提举东壁守御的文官孙觌一见大惊，急忙逃下城楼，东城大乱。金朝的金牌大将刘安乘势架起云梯，正待爬城而入，幸得四壁策应使吴革带了一队民兵赶到。他指挥部众以大炮猛击，把刘安打死在城下，稳定了东壁的形势。刘安是斡离不手下的重要谋臣，今天他代替连日攻城不下的挞懒指挥东壁的攻城，可见斡离不对他畀任之深。把他打死的这一炮起了决定性的作用。在这一天的攻击中，东城门一带的金军攻势已挫，始终没有构成重大的威胁。

战争的重点在北壁，斡离不亲自参加封丘门的进攻，金方东路军重要将领都在这一路指挥作战，使用的洞子、鹅车达一百余辆，占全军所有的半数以上。

这时首相何桌、副相提举四壁守御史孙傅都已躲得不知去向。只有四壁守御副使张叔夜尚在南城与粘罕对战，无力兼顾其他各壁。主持北壁的大将姚友仲受到如此严重的攻击，竟不知道向何人去告急请援。后来别人告诉他，吴革在东壁，他也派人去告急。吴革告诉使者说："高统制战死，孙御史逃走，东壁竟无人主守。今吴某在此承乏，勉强支吾，手下无兵可调。寄语姚都统今日之事，吴某与都统唯有相勉以死尔!"

吴革的激将法比他的增援更起作用。姚友仲是吴革在西军中的老战友，两人相知甚深。他说无军马可以调拨，那肯定是没有增援的希望了。他唯有尽自己的兵力，来阻挡金人的猛攻而已。

这是双方都不要活命了的攻守战。

这天，北门诸城，险象环生，在每个时辰中几乎都有五次、十次被攻入的危险。所有的楼橹全被击毁，用以阻挡炮矢的虚棚和绳网也都被火箭烧成灰烬。宋军只能凭血肉之躯，在城头上抵御矢石。有时一矢中胸，人被直直地钉在烧焦的木柱上，手足头部都佝偻起来，像只烤红的大虾；有时一炮飞来，被击碎的头颅和折断的四肢一齐在天空中飞舞，阵阵血雨，洒在雪堆上。在这个时候还能继续站在城头上作战的就是非常勇敢的猛士了。

也有过几次，在哪一段城墙已经看不见守军的踪迹。城下的金军军官大喜过望，立刻架起云梯，战士们一个个鱼贯而上，直爬上城。他们一声呐喊，正待翻城而入。这些金方战士在云梯上爬着像一群轻捷的猿猴，只要有一只脚踏上城墙，就变为一只凶狠的猛虎。谁也没料到在一凹一凸的城堞背面还隐藏着许多守军，他们冷静得好像一块块化石，一直等到金军跳上搁板时，才从隐蔽处杀出来，挥刀飞舞，把进攻者一个一个斫到城下去。这时城下金军顾不得自己人和敌军，箭矢乱放，他们一起被射倒在城头，或者一齐从几十尺的空中坠下城根。在混战中，有几架云梯也随着战士一起倒下来。

到了下午申时时分，封丘门下的攻城战达到白热化。二三十架洞子一字儿横排在城根下，掩护一批批的战士用撞车猛撞城门，这些金军似乎不知道什么叫作死、什么叫作生，根本不知道这两者之间还有一道界线。他们不管城上有多少东西泼下去，不管地面上已经堆起了多少层尸体，还是不歇手地连续撞城，前面一批人死了，后面一批又接上来。那几层厚的铁门也经不起长时间的冲撞，眼见它被撞出一个个的瘪洞，撞上去的声音也变成混杂的哑音，这标志着铁门将被撞破。

姚友仲既要照顾下面，又要在上面指挥，无法兼顾，势已殆危。幸亏吴革趁东城门金军攻势稍懈的机会，赶到增援，他和姚友仲分别在城上、城下指挥。这时城头上可以杀伤敌人的矢石已剩下有限，在大雪中，火器又不能发挥作用。此时吴革充分利用老百姓的力量，让他们把打铁铺子的全套家伙都搬上城头，利用鼓风炉，把大块的铁烧得通红，甚至烧成铁汁、铁浆，一齐向城下泼下去。这一着才给撞门的金人以致命的打击。不但撞车本身，连掩护它们的洞子、鹅车都损折了不少。在封丘门城门口的女真战士的尸体堆成了一座小山。

直到黄昏，金军在四壁的进攻都没有得手，只好收兵而退。这一天的激战，胜负是明显的，尽管多处城门受到冲撞，多处城墙被凿出一个个小窟窿，却没有一个金军能攻入城内。他们损折了不少战士，单是北城一带，战死的金军就不下三千人，断头洞腹的尸体还躺在城根下，不及收去，同样在城头上也躺着几百具宋朝守军的尸体。双方死伤的比例是十比一，也是二十多天围城战中取得最大战果的一天。入夜以后，东京的老百姓掌着灯上城头来看这两天的战绩，大家感到欢欣鼓舞，一种乐观的说法，认为金军经过这样一次挫折，已经无以为继，看来他们只好像第一次围城之役一样自动撤兵回去了。

官家与大臣们也被同样的情绪鼓舞，抻长脖子，等待来日的捷音。

七千七百七十七名六甲兵已经组成了一个月，在神将郭京、刘无忌、傅临政率领下，屯在天清寺内，领取最高请受，过着真正的神仙的生活。好酒好肉，美姝倡优，尽他们受用，好不优哉游哉。

他们的头儿郭京本人却不清闲，每天都在打听行情。他知道东京人根本不信任他们，许多官员对他们也持怀疑态度，正规化部队的战士们对他们更是十分嫉视。

只有大臣何㮚、孙傅，殿帅王宗濋才是他们的有力靠山，官家又是他们这批人的后台。不过戏法总还得变一次，才能取信于人。在战争最激烈的前几天中，何㮚、孙傅一再催促出师，郭京借口时机未到，一直拖到今天。但是时机终于到来了，既然城头上的“赤佬”们今天已取得空前大捷，他们乐得去凑个现成，坐致胜果。前面说过赤佬是市井游民对军人的蔑称，这支神兵除个别人出身军队外，大部分来自市井街坊，他们对士兵的情绪是对立的。

善于揣摩人心的郭京立刻把这一决定通知何㮚，说是昊天玉皇上帝昨日降神天清寺，传命明晨六甲兵出征，定可大歼丑类，上上大吉。他乘机提出三项要求：一、郭京到时要在城头上作法，祭一座血海罩在金军营寨上，不可使凡夫俗子看见，城头守军一律撤退；二、每壁城上都要竖起三面绘有玉帝天王之像的绣像，使金人丧胆；三、要赶制槛车数十辆，缚置粘罕、斡离不等酋，一车一人，决不落空。

这些要求，都被接受了。

闰十一月二十五日清晨，郭京大启宣化门出战，兵锋未交，他就派人进城来报捷道：“前军大胜，已在敌营中竖起大旗。”一会儿又派人报捷道：“前军夺得贼马千匹，粘罕等落荒而走，已派神将去拿捕。”何㮚、孙傅这天起个大早，坐在宣化城门下等待捷音。郭京每次报捷，他们都转报官家，现在一切都应验了，单等槛车缚酋这一着应验，大功就可以告成。

由于郭京关照过，他作的“血海法”不能让凡夫俗子看见，何㮚、孙傅虽然贵为首相、次相，毕竟还是凡夫俗子，不许他们在城楼上观战。他们只有坐在城下“听”战的权利。

城外一阵阵惊天动地的喊杀声、惨呼声，想是六甲兵获胜，金人四处窜逃。不过奇怪的喊杀声不是越去越远而是越来越近了。他们终于听到千万人惊呼：“城破了，城破了!”他们不相信自己的耳朵，走到城头上，壮起胆睁眼一看，不好了，大事坏了，六甲兵就在离城门不远之处，被粘罕的铁骑冲散。六甲兵纷纷夺路而逃，逃不走的都成为刀下之鬼。金军猛烈攻城，城门已闭，金军就架起百十架云梯，直奔城头。城头上已无守兵，何㮚、孙傅手下的一些从人早已一哄而散。何㮚、孙傅等几个人，转身就逃，刚来得及奔下城楼，已听见攻上城的金军狂呼乱叫，此应彼和，霎时间南壁诸门都被攻破。

他们从城头奔下，直奔到政事堂，似乎那个平章天下大事的宰相办公的处所，还能容他们苟延一会儿残喘，但是坏消息好像长了腿胫，接踵跟到政事堂，其中最关紧要的一条是北城封丘门的主将姚平仲昨天刚立下大功，今天闻知南城有警，军心已乱，他急忙下城弹压。不防范琼所部士兵因不准观看神兵作法，连夜调来北城，他们趁乱中把姚平仲杀害了。城下金军趁势登上埤堄，夺取了封丘门。

不久又有人报来，东水门、新宋门也相继沦失。这时东、南、北三壁都有敌军登城，只有西壁尚在相持中。不久前从南薰门调到万胜门去主持城守的何庆彦明知大厦将倾，非一木可支，但他一息尚存，决不愿白白地把城门让给金军。他力战到黄昏，手下人损折溃散殆尽，他使用的长刀也早已缺口难用，就拔出佩剑，力斫数人，最后与他们同归于尽。

东京地区广，城门多，各处抵抗的情况不一样，一壁数门的抵抗情况也各个相异，有的一下子就失守了，有的竭力抵抗，支吾了一整天，直到晚晌，全城城门才告全部易手。当时大雪已止，金统帅部传令占领各城门的金军，把城上的守御之事全部拆毁破坏，残余的城楼全部焚烧，但未得命令，严禁擅自下城，城门口的军队在扫荡了残余守敌之后也不准随便进城，且观望一下，再来施展他们的政治攻势。

这一夜宫禁尚未遭兵，但情况已极度混乱。宫门口无人守卫，宫人们可以随意进出，不过谣诼纷纭，宫外比宫内更为危险。她们现在共同考虑的问题是要不要死，马上死还是观望一下再去就死。

渊圣皇帝接到破城的消息后，就在懋德殿上兜来兜去，已兜了几个时辰，仍兜不出一个办法。他的头脑里也好像宫禁中一样“一片混乱”。他是化装易服而逃，还是去找金使刘晏，通过他向二太子泥首乞降，还是积薪大内，自焚而死？这三条路他统统想过了，结果仍决不定走哪一条路。

他登上一座阁子，环顾东京路已被烈焰浓烟所包围，夜空中一片通红，浓烈的烟呛人喉咙，他以为全城已遭焚毁，其实那是金军在焚烧各门城楼。这时宫禁中也有一堆小火，据小内监报来是太上皇的老内监黄经臣纵火自焚。黄经臣希望以自己的死来促使两宫在此“患难之际，当有以自处”。这是年初李师师要他转告太上皇的话。此刻他自己先实行了，临焚前，手中仍紧握着李师师折断的那半段金簪不放。

当然这个老内监的死，起不了促使两宫“有以自处”的作用。渊圣听报后，待了一会儿就把他忘了。他仍在殿上兜来兜去，最后想出来的一句话是：“朕悔不用种师道之言，乃有今日。”

其实他应该悔的绝不止种师道一句话而已。

伟大的东京城，美丽的东京城，在这一年中历经沧桑，多少人为它操心、为它挥汗，多少人为它流了血，希望从敌人的锋镝下，把它守卫住。可是昏聩糊涂的靖康君臣，儿戏似的拱手把它让给金人了。这是东京城的灾难，也是这个北宋王朝的灾难！

一座城市被毁灭，一个朝代被灭亡，都不是轻而易举就可以做到的事情。首先它并非单纯地亡于外来的暴力，而亡于内部的溃烂以及本身不断造成的错误。人们要花多少气力才铸得成这样一个足以毁灭一座京城、一个朝代的大“错”。